Robert Ludlum
Der Prometheus-Verrat

Robert Ludlum

Der Prometheus-Verrat

Roman

Aus dem Amerikanischen
von Michael Windgassen

WILHELM HEYNE VERLAG
MÜNCHEN

Die Originalausgabe erschien unter dem Titel
The Prometheus Deception
bei St. Martin's Press, New York

Umwelthinweis:
Dieses Buch ist auf chlor- und säurefreiem Papier gedruckt.

First published in the United States as THE PROMETHEUS DECEPTION
wirtten by Robert Ludlum

Gesetzt aus der Garamond bei Leingärtner, Nabburg
Druck und Bindung: Bercker, Kevelaer
Printed in Germany

ISBN 3-453-19619-8

Prometheus stieg vom Himmel herab und
brachte den Menschen das Feuer.
Falscher Zug.

Prolog

Karthago, Tunesien
3:22 Uhr

Unablässig stürzte sintflutartiger Regen herab und angepeitscht von heulenden Sturmböen donnerte die Brandung an den Strand, ein anhaltendes Dröhnen in schwarzer Nacht. Im flacheren Wasser nahe dem Ufer wippten etliche dunkle Gestalten in den Wellen, die sich an ihren wasserdichten Packsäcken festgeklammerten wie Schiffbrüchige an Wrackteilen. Das Unwetter hatte die Männer überrascht, aber es kam ihnen gelegen. Eine bessere Deckung hätten sie sich nicht wünschen können.

Am Strand blinkte zweimal ein roter Lichtpunkt auf, das verabredete Zeichen des Vorauskommandos, mit dem es signalisierte, dass die Männer sicher an Land kommen konnten. *Sicher!* Was hatte das schon zu bedeuten? Dass die *Garde Nationale* diesen Küstenabschnitt weniger gründlich kontrollierte? Doch die tunesische Küstenwache war bei weitem nicht so bedrohlich wie diese Naturattacke.

Hin und her geworfen von den sich brechenden Wellen, strebten die Männer auf das Ufer zu und stiegen schließlich vor den Ruinen der antiken punischen Hafenanlage aus dem Wasser. Sie streiften die schwarzen Neoprenanzüge ab, unter denen wiederum schwarze Kleidung und geschwärzte Gesichter zum Vorschein kamen. Aus den Packsäcken holten sie ihre Waffen: Heckler & Koch MP-10 Maschinenpistolen, Kalaschnikows und Präzisionsgewehre. Nach einer Weile hatte schließlich auch der Letzte der Männer den Strand erreicht.

Die Aktion war von einem Mann koordiniert worden, der sie während der vergangenen Monate bis zur Erschöpfung gedrillt hatte. Sie waren Tunesier, Al-Nahda-Kämpfer, die sich zum Ziel gesteckt hatten, ihr Land von den Unterdrückern zu befreien. Ihre Anführer aber waren Ausländer, Mitglieder eines kleinen Elitekaders aus Kämpfern vom radikalsten Flügel der Hisbollah. Diese gut ausgebildeten Freischärler waren selbst gläubige Muslime.

Der Anführer dieses Kaders und der fünfzig oder mehr Tunesier war ein unter dem Namen Abu bekannter Terrorist. Gelegentlich wurde er auch bei seinem vollen Decknamen genannt: Abu Intiquab. Vater der Rache.

In aller Heimlichkeit hatte Abu die Al-Nahda-Kämpfer in einem libyschen Camp bei Zuara ausgebildet. Sie hatten sich an einem Eins-zu-eins-Modell des Präsidentenpalastes in Kampftaktiken geübt, die brutaler und heimtückischer waren als alles bisher Dagewesene.

Vor nicht einmal dreißig Stunden waren die Männer im Hafen von Zuara an Bord eines in Russland gebauten 5000-Tonnen-Frachters gestiegen, mit dem normalerweise tunesische Textilien und Ware aus Libyen zwischen Tripolis und Binzert in Tunesien hin- und hergeschifft wurden. Der robuste, aber mittlerweile stark lädierte alte Frachter war in nordnordwestlicher Richtung an Tunesiens Küste entlanggefahren, vorbei an den Städten Sfax und Soussa, war dann um das Cap Bon gebogen und gleich hinter dem Marinestützpunkt La Goulette in die Bucht von Tunis gelangt. Um den Booten der Küstenwache nicht in die Quere zu kommen, hatten die Männer fünf Seemeilen vor Karthago Anker gesetzt und Schlauchboote mit kräftigen Außenbordmotoren zu Wasser gelassen. In nur wenigen Minuten hatten sie die Brandung vor Karthago erreicht, jener einstmals so mächtigen phönizischen Stadt, die im fünften Jahrhundert v. Chr. die große Rivalin Roms gewesen war. Auf dem Radarschirm der Küstenwache wäre bloß ein Frachter zu sehen gewesen, der unterwegs nach Binzert eine kurze Pause einlegt.

Der Mann, der das rote Lichtsignal gegeben hatte, fluchte und kommandierte die Männer in einem Tonfall, der keinen Zweifel an seiner Autorität aufkommen ließ. Er hatte einen Vollbart und trug einen Anorak aus Armeebeständen, dessen Kapuze über seine Keffise gezogen war. Abu.

»Ruhe! Seid leise! Oder wollt ihr vielleicht die ganze verdammte *Garde* am Hals haben? Beeilung! Ein bisschen schneller, ihr lahmen Säcke! Während ihr hier herumtrödelt, schmort euer Anführer im Gefängnis. Die Trucks warten.«

Neben ihm stand ein Mann, der angestrengt durch ein Nachtsichtgerät spähte. Ihn, den Munitionsexperten der Hisbollah, kannten die Tunesier nur als den Techniker. Er sah gut aus, hatte einen hellbraunen Teint, buschige Brauen und glänzend braune Augen. Den Männern war er noch weniger bekannt als Abu, dem er als Berater zur Seite stand. Gerüchten nach war er der Sohn wohlhabender syrischer Eltern, in Damaskus aufgewachsen und in London zum Waffen- und Sprengstoffspezialisten ausgebildet worden.

Um sich vor dem peitschenden Regen zu schützen, zog der Techniker die Kopfbedeckung seiner schwarzen, wasserdichten Montur tiefer ins Gesicht. Endlich machte er den Mund auf. Seine Stimme klang ruhig und beherrscht.

»Ich zögere noch, es zu sagen, aber die Operation läuft bislang glatt, mein Bruder. Die mit dem *matériel* beladenen Trucks sind, wie verabredet, getarnt, und die Soldaten haben die kurze Strecke über die Avenue Habib Borguiga ungehindert zurücklegen können. Die Vorhut hat uns soeben über Funk mitgeteilt, dass sie den Präsidentenpalast erreicht hat. Der Coup d'État hat begonnen.« Noch im Sprechen hatte er einen Blick auf seine Armbanduhr geworfen.

Abu nickte energisch. Er war ein Mann, der Erfolg gewohnt war. Mehrere Explosionen in der Ferne verrieten ihm und seinem Berater, dass der Kampf ausgebrochen war. Der Präsidentenpalast würde eingenommen werden und Tunis schon in wenigen Stunden unter der Kontrolle militanter Islamisten stehen. »Wir sollten uns nicht zu früh gratulieren«, sagte Abu mit angespannter Stimme. Der Regen ließ etwas nach, und der Sturm flaute so unvermittelt ab, wie er ausgebrochen war.

In die plötzlich eingetretene Stille am Strand drangen gellende Rufe. Jemand schrie mit schriller Stimme etwas auf Arabisch. Dunkle Gestalten rannten über den Sand. Abu und sein Techniker langten nach ihren Waffen, sahen aber dann, dass es Hisbollah-Brüder waren, die da auf sie zugelaufen kamen.

»Null-eins!«

»Ein Hinterhalt!«

»Allmächtiger Allah, sie sind *umzingelt*!«

Vier Araber näherten sich, verschreckt und außer Atem. »Ein Null-eins-Notsignal«, keuchte der eine, der ein PRC-117-Funkgerät auf dem Rücken trug. »Sie konnten nur noch mitteilen, dass sie von Sicherheitskräften umzingelt und gefangen genommen wurden. Dann ist die Verbindung abgebrochen. Sie behaupten, in eine Falle getappt zu sein.«

Alarmiert wandte sich Abu seinem Berater zu. »Wer könnte dahinter stecken?«

Der jüngste der vier jungen Männer, die vor ihnen standen, sagte: »Das *matériel*, das für sie bereitgestellt worden ist – die Panzerabwehrwaffen, die Munition, die C-4 –, nichts davon hat funktioniert! Und die Regierungstruppen lagen schon auf der Lauer. Das war abgekartet, von Anfang an.«

Abu stand sichtlich unter Schock; mit der für ihn sonst typischen Gelassenheit war es vorbei. Er winkte seinen wichtigsten Berater zu sich: »*Ya sahbee*, ich brauche deinen weisen Rat.«

Der Techniker fummelte im Näherkommen an seiner Armbanduhr. Abu legte ihm einen Arm um die Schulter und sagte leise: »Es gibt offenbar einen Verräter in unseren Reihen, einen Spitzel. Unsere Pläne sind verraten worden.«

Abu deutete mit Zeigefinger und Daumen ein Zeichen an, das für einen Uneingeweihten kaum wahrzunehmen war. Doch seine Männer verstanden sofort. Sie packten den Techniker bei den Armen, Beinen und Schultern. Der wehrte sich mit aller Kraft, kam aber gegen die durchtrainierten Kämpfer nicht an. Abus rechte Hand schnellte nach vorn. Etwas Metallenes blitzte auf. Abu rammte dem Techniker ohne

Vorwarnung ein krummes Messer mit gezackter Schneide in den Unterleib und zog es sofort wieder herauszerrte. Abus Augen blitzten. »Der Verräter bist *du*!«, spuckte er aus.

Der Techniker schnappte nach Luft. Trotz der Schmerzen, die er litt, blieb sein Gesicht maskenhaft unbewegt. »Nein, Abu!«, protestierte er.

»*Schwein!*« Abu schickte sich an, ein zweites Mal zuzustechen. »Zeitpunkt und genauen Ablauf kannte sonst niemand. Kein Einziger! Und du warst es, der das *matériel* abgenommen hat. Es kann keiner außer dir gewesen sein.«

Plötzlich wurde der Strand von gleißend hellem Scheinwerferlicht überflutet. Abu blickte auf und sah sich und seine Männer von zahllosen, schwer bewaffneten Soldaten in khakifarbenen Uniformen eingekesselt. Das Groupement de Commando der tunesischen *Garde Nationale* war wie aus dem Nichts aufgetaucht, und ein dröhnendes Knattern in der Luft zeugte von der Ankunft mehrerer Kampfhubschrauber.

Feuerstöße aus automatischen Gewehren verwandelten Abus Männer in zuckende Marionetten. Ihre Schreie waren schnell verstummt, als ihre Körper zu Boden sackten, wo sie grotesk verrenkt liegen blieben. Noch einmal krachten die Waffen, dann wurde es gespenstisch still. Von den Terroristen waren nur der Anführer und sein Munitionsexperte am Leben geblieben.

Doch Abu schien nichts anderes im Sinn zu haben als den vermeintlichen Verräter. Er fuhr herum und hob das Krummmesser, um ihm den Todesstoß zu versetzen. Schwer verwundet versuchte der Techniker, den Angriff abzuwehren, brachte aber keine Kraft mehr auf. Er hatte bereits zu viel Blut verloren. Der bärtige Hisbollah-Anführer wollte sich gerade auf ihn stürzen, als er, von kräftigen Händen gepackt, zurückgezerrt und in den Sand geworfen wurde.

Abus Augen funkelten trotzig, als er sich von zwei Regierungssoldaten in Gewahrsam genommen sah. Er fürchtete sich vor keiner Regierung. Regierungen sind feige, hatte er immer gesagt. Regierungsvertreter würden hinter den Kulissen kungeln, irgendeinen Vorwand finden – sei es *internationales Recht* oder ein *Auslieferungsverfahren* oder *Repatriierung* – und ihn wieder auf freien Fuß setzen, in aller Heimlichkeit natürlich. Denn darin waren sich alle gleich: Keine Regierung wollte den Zorn der Hisbollah auf sich lenken und terroristische Vergeltungsschläge riskieren.

Abu wehrte sich nicht, aber er ließ seinen Körper hängen und zwang die Soldaten dadurch, ihn hinter sich her zu schleifen. Als sie an seinem ehemaligen Vertrauten vorbeikamen, spuckte er ihm ins Gesicht und zischte: »Dir bleibt nicht mehr viel Zeit, Verräter. Schwein! Du wirst sterben für deinen Verrat.«

Als Abu weggeschafft war, legte man den Techniker auf eine Trage. Der Kommandeur der Truppe kam, kniete sich neben ihm in den Sand und inspizierte die Wunde. Der Mann winselte leise, ließ aber sonst kein Wort verlauten.

»Mein Gott, dass Sie überhaupt noch bei Bewusstsein sind!«, sagte der Kommandeur. Sein Englisch hatte einen starken Akzent. »Sie sind schwer verwundet und haben viel Blut verloren.«

Der als der Techniker bekannte Mann antwortete: »Wenn Ihre Männer ein bisschen schneller auf mein Signal reagiert hätten, wäre das hier nicht passiert.« Er zeigte auf seine Armbanduhr, die mit einem Minisender ausgestattet war.

Der Hauptmann ignorierte den Vorwurf. »Der SA-341«, er deutete auf den Hubschrauber, der über ihnen schwebte, »wird Sie in ein gut bewachtes Krankenhaus in Marokko bringen. Ich darf Ihre wahre Identität nicht erfahren, auch nicht, wer Ihre eigentlichen Auftraggeber sind. Darum frage ich auch gar nicht erst«, sagte der Tunesier. »Allerdings kann ich mir denken, dass …«

Plötzlich zischte der Techniker: »In Deckung!« Er zog eine halbautomatische Pistole aus dem Halfter unterm Arm und feuerte in schneller Folge fünf Schüsse ab. In einiger Entfernung standen mehrere Palmen. Von dort gellte ein Schrei, und ein Kämpfer der Al-Nahda stürzte, sein Gewehr noch in der Hand, zu Boden. Offenbar hatte er sich während der Schießerei auf der Palme in Sicherheit bringen können.

»Allmächtiger!«, stöhnte der Kommandeur und schaute sich vorsichtig um. »Jetzt sind wir wohl quitt, Sie und ich.«

»Hören Sie zu«, murmelte der Araber matt, der gar kein Araber war. »Sagen Sie Ihrem Präsidenten, dass sein Innenminister ein heimlicher Sympathisant und Kollaborateur der Al-Nahda ist und seinen Platz einnehmen will. Er hat den stellvertretenden Verteidigungsminister auf seiner Seite. Und da sind noch andere ...«

Doch er hatte schon zu viel Blut verloren. Noch ehe er seinen Satz beenden konnte, war er in Ohnmacht gefallen.

ERSTER TEIL

Erstes Kapitel

Washington, D. C.
Fünf Wochen später

Der Patient wurde mit einem gecharterten Jet zu einem privaten Rollfeld dreißig Kilometer nordwestlich von Washington D. C. ausgeflogen. Obwohl er der einzige Passagier an Bord war, wechselte keiner von der Besatzung mit ihm ein Wort, das über das Allernötigste hinausgegangen wäre. Niemand kannte seinen Namen. Man ahnte lediglich, dass es sich um eine wichtige Persönlichkeit handeln musste. Der Flug war nirgends registriert, weder bei zivilen noch militärischen Kontrollstellen.

Nach der Landung wurde der anonyme Passagier in einer unauffälligen Limousine nach Washington gebracht und auf eigenen Wunsch hin in der Tiefgarage eines tristen Häuserblocks nahe dem Dupont Circle abgesetzt. Er trug einen schlichten grauen Anzug, abgetragene aber sauber polierte Halbschuhe und sah aus wie Dutzende andere Mitarbeiter der Washingtoner Regierungsverwaltung – ein gesichts- und farbloser Beamter aus dem mittleren Dienst.

Unbeachtet tauchte er aus der Tiefgarage auf und ging leichten Schrittes, aber merklich hinkend auf ein graubraunes, viergeschossiges Gebäude in der K Street nahe der 21st Street zu. Das Haus, ganz aus Beton und grau abgetöntem Glas, unterschied sich durch nichts von all den anderen unansehnlichen Kästen in diesem nordwestlichen Bezirk der Stadt. Hier hatten Interessenvertretungen, Handelsgruppen, Reiseunternehmen und Industrieverbände ihre Hauptstadtbüros. Neben dem Eingang waren zwei Bronzetafeln montiert mit der Aufschrift INNOVATION ENTERPRISES und AMERICAN TRADE INTERNATIONAL.

Nur einem aufmerksamen Beobachter mit entsprechendem Hintergrundwissen wären vielleicht ein paar ungewöhnliche

Details aufgefallen – so zum Beispiel die Tatsache, dass jeder Fensterrahmen mit einem piezoelektrischen Oszillator ausgestattet war, der alle Versuche einer Laser-akustischen Überwachung von außen scheitern ließ. Oder die hochfrequentige White-noise-»Quelle«, die zum Schutz vor Lauschangriffen einen Kegel aus Radiowellen über das Gebäude stülpte.

Ansonsten gab es an dem Gebäude nichts, was die Neugier der Nachbarn geweckt hätte – jener Anwälte der Landwirtschaftskammer oder der verkniffenen Buchhalter mit ihren Krawatten und kurzärmeligen Oberhemden, die in der langsam dahinsiechenden Consulting-Firma beschäftigt waren. Morgens trudelte die Belegschaft vor dem Gebäude 1324 K Street ein, abends ging sie wieder weg, und an bestimmten Tagen kam die Müllabfuhr, um den Container zu leeren. Worum hätte man sich sonst noch kümmern sollen? Und so gefiel es dem Direktorat: in aller Öffentlichkeit gut versteckt zu bleiben.

Als ihm dieser Gedanke durch den Kopf ging, musste der Mann unwillkürlich schmunzeln. Wer würde je vermuten, dass der geheimste aller Geheimdienste sein Hauptquartier ausgerechnet in einem gewöhnlichen Bürogebäude an der K Street bezogen hatte?

Die Central Intelligence Agency in Langley, Virginia, und die National Security Agency in Fort Meade, Maryland, waren in protzigen Festungen untergebracht, die förmlich auszurufen schienen: *Alle mal hersehen! Hier bin ich, genau hier!* Sie forderten alle Welt geradezu auf, ihre Sicherheitsschranken zu durchbrechen, was auch immer wieder versucht wurde. Diese angeblich klandestinen Behörden wirkten so diskret wie die US-Postverwaltung.

Der Mann stand in der Eingangshalle von 1324 K Street und musterte die schmale Messingkonsole, an der ein ganz normaler Telefonhörer befestigt war, eine Sprechanlage, wie man sie überall auf der Welt in den Foyers solcher Bürohäuser vorfindet. Der Mann nahm den Hörer auf und tippte eine bestimmte Ziffernfolge in die Tastatur. Am Schluss hielt er für mehrere Sekunden den Zeigefinger auf der #-Taste gedrückt, bis ein leiser Klingelton bestätigte, dass sein Fingerabdruck elektronisch gescannt, analysiert und mit einem der gespeicherten digitalisierten Abdrücke erfolgreich abgeglichen worden war. Nach exakt drei Rufzeichen wurde er von einer synthetischen Frauenstimme aufgefordert, sein Anliegen zu erklären.

»Ich bin mit Mr. Mackenzie verabredet«, antwortete der Mann. In Bruchteilen von Sekunden wurden seine Worte in Datenbits konvertiert und wiederum mit einer Datenbank voller Stimmproben abgeglichen. Erst als dies geschehen war, summte die automatische Verriegelung der ersten inneren Tür aus kugelsicherem Glas. Er legte den Hörer auf, stieß die Tür auf und betrat einen winzigen Vorraum, wo er ein paar Sekunden lang verharrte, damit sein Gesicht von drei hoch auflösenden Überwachungskameras abgelichtet und mit dem vorhandenen Bildmaterial verglichen werden konnte.

Die zweite Tür öffnete sich in einen kleinen, schmucklosen Empfangsraum mit weißen Wänden und grauem Teppichboden. Auch hier befand sich eine versteckte Apparatur, ein Detektor zum Auffinden verborgener Waffen. Auf einer marmornen Ablage in der Ecke lag ein Stapel Broschüren mit dem eingeprägten Logo von American Trade International, einer Organisation, die nur in einigen Registraturen und auf diversen Rechtsdokumenten existierte. Von dem Logo abgesehen, enthielten die Broschüren nur nichts sagendes Blabla und beliebige Plattheiten über den internationalen Handel. Ein Wachposten mit ernster, verschlossener Miene winkte Bryson vorbei, durch eine Reihe weiterer Türen und in einen mit dunklem Walnussholz getäfelten Raum, wo rund ein Dutzend Schreibkräfte bei der Arbeit saßen. Man hätte meinen können, in einer der schicken Kunstgalerien an der 57th Street in Manhattan oder in einer gut gehenden Anwaltskanzlei zu sein.

»Nick Bryson, unser wichtigster Mann!«, rief Chris Edgecomb und sprang von seinem Sitz hinter einem Computerbildschirm auf. Der schlanke, große Mann war in Guyana geboren, hatte eine dunkelbraune Haut und grüne Augen. Seit vier Jahren gehörte er dem Direktorat an und arbeitete im Team für Kommunikation und Koordination. Seine Aufgabe bestand vor allem darin, Notrufe aufzufangen und, wenn nötig, Agenten vor Ort zum Einsatz zu bringen. Edgecomb schüttelte Bryson die Hand.

Nicholas Bryson wusste, dass er von Leuten wie Edgecomb, die liebend gern selbst im Außendienst tätig gewesen wären, als eine Art Held angesehen wurde. »Treten Sie dem Direktorat bei und verändern Sie die Welt«, witzelte Edgecomb häufig in seinem singenden Englisch, und es war meist Bryson, den er dann im Sinn hatte. Dass das Büropersonal ihn, Bryson, aus nächster Nähe zu Gesicht bekam, war selten genug und für Edgecomb gewiss ein Ereignis.

»Es hat Sie schlimm erwischt, nicht wahr?« Edgecomb war voller Mitgefühl angesichts jenes Mannes, der bis vor kurzem im Krankenhaus gelegen hatte. Aber weil er wusste, dass es ihm nicht zustand, Fragen zu stellen, fügte er schnell hinzu: »Ich habe für Sie zum Heiligen Christopher gebetet. Sie werden in null Komma nichts wieder voll auf dem Damm sein.«

Segmentierung und Arbeitsteilung waren das A und O des Direktorats. Kein Agent oder Büroangestellter durfte so viel an Interna wissen, dass er eine Gefahr für die Sicherheit des Ganzen werden konnte. Die Organisationsstrukturen wurden selbst vor so altgedienten Männern wie Bryson geheim gehalten. Natürlich kannte er einige der Kollegen vom Schreibtisch, aber die Außendienstler arbeiteten allesamt isoliert für sich und innerhalb der Netze, die sie selbst geknüpft hatten. War eine Zusammenarbeit unausweichlich, kannte man den anderen nur unter einem Pseudonym und seiner kurzfristig geltenden Legende. Diese Regel war mehr als bloß eine Verfahrensvorschrift – sie war ehernes Gesetz.

»Danke, Sie sind ein guter Kerl, Chris«, sagte Byrson.

Edgecomb lächelte bescheiden und zeigte mit dem Finger nach oben. Er wusste, dass Bryson mit Ted Waller, dem Chef, verabredet war – oder hatte der ihn etwa vorladen lassen? Bryson schmunzelte, gab Edgecomb einen freundlichen Klaps auf die Schulter und machte sich auf den Weg zum Fahrstuhl.

»Bleib sitzen«, sagte Bryson, als er Ted Wallers Büro in der dritten Etage betrat. Waller stand trotzdem auf – zur vollen Größe von einsneunzig, auf die sich ein Gewicht von 135 Kilo verteilte.

»Herrje, wie du aussiehst!«, sagte Waller sichtlich betroffen. »Wie jemand, der gerade aus einem Kriegsgefangenenlager kommt.«

»Ich war 33 Tage in einem US-Krankenhaus in Marokko; das hat auch schon gereicht«, entgegnete Bryson. »Es war nicht gerade das Ritz.«

»Vielleicht sollte ich mich eines Tages auch mal von einem verrückt gewordenen Terroristen aufschlitzen lassen.« Waller tätschelte seinen stattlichen Bauch, der seit Brysons letztem Besuch noch dicker geworden zu sein schien, obwohl der Anzug aus marineblauem Kaschmir elegant darüber hinwegtäuschte – so wie der Kragen seines Turnbull-&-Asser-Hemdes über den mächtigen Stiernacken. »Nick, ich mache mir wegen dieser Sache schreckliche Vorwürfe. Mir wurde gesagt, es sei ein bulgarisches Sägemesser der Marke Verenski gewesen, das man dir in den Leib gestochen und in der Wunde herumgedreht hat. Ekelhaft und primitiv. Was ist das nur für eine Welt, in der wir leben. Vergiss nie: Worüber wir stolpern, ist, was wir nicht sehen.« Schwerfällig setzte sich Waller zurück in seinen dick gepolsterten Ledersessel. Das getönte Fensterglas in seinem Rücken filterte das Licht der frühen Nachmittagssonne. Bryson nahm in einem Sessel vor dem Eichenschreibtisch Platz. Waller, der für gewöhnlich eine rötlich Gesichtsfarbe hatte und einen robusten Eindruck machte, war bleich und hatte Ränder unter den Augen. »Es heißt, du hast dich erstaunlich schnell erholt.«

»In zwei, drei Wochen werde ich wieder voll auf der Höhe sein. Jedenfalls haben mir das die Ärzte versprochen. Sie meinten auch, dass ich mir nie mehr Sorgen um meinen Blinddarm zu machen brauche. Immerhin eine positive Nebenwirkung«, sagte er und empfand einen dumpfen Schmerz in der rechten Hälfte des Unterleibs.

Waller nickte nervös. »Weißt du, warum du hier bist?«

»Ein Schuljunge, der zum Rektor zitiert wird, hat einen Rüffel zu erwartet.« Bryson gab sich unbekümmert, obwohl ihm ganz anders zumute war.

»Rüffel«, wiederholte Waller wie abwesend. Er blieb für eine Weile stumm und richtete den Blick auf eine Reihe in Leder gebundener Bücher im Regal neben der Tür. Dann wandte er sich wieder seinem Gegenüber zu und sagte mit bedrückter Stimme: »Auch wenn das Direktorat mit seinen Belangen argwöhnisch hinterm Berg hält, wirst du, mein Lieber, doch in etwa wissen, wie es um die Befehlsstrukturen bei uns bestellt ist. Letzte Entscheidungen liegen nicht bei mir, vor allem dann nicht, wenn es um wichtige Personalangelegenheiten geht. Bei aller Loyalität, die ich genauso empfinde wie du – ja, wie sie verflucht noch mal jeder von uns empfindet – ist gerade in heutiger Zeit ein ganz und gar nüchterner Pragmatismus gefordert. Das weißt du.«

Für Bryson kam nur ein Beruf in Frage, und den übte er aus; daran gab es nichts zu rütteln. Nun aber schwante ihm Schlimmes, und er musste sich zurückhalten, um seinem Vorgesetzten nicht sofort ins Wort zu fallen. Das gehörte sich hier einfach nicht. Er erinnerte sich an eines von Wallers Mantras: *So etwas wie Pech gibt es nicht.* Und dann fiel ihm noch eine andere Weisheit ein: »Ende gut, alles gut«, sagte er. »Und die Sache ist gut ausgegangen.«

»Wir hätten dich fast verloren«, erwiderte Waller. »*Ich* hätte dich fast verloren«, fügte er in klagendem Tonfall hinzu, wie ein Lehrer, der sich vom besten Schüler enttäuscht fühlte.

»Was soll's?«, sagte Bryson ruhig. »Wer draußen im Einsatz ist, hat den Packzettel meist nicht zur Hand. Das sind deine eigenen Worte. Man muss improvisieren, auch mal dem Instinkt folgen. Die Vorschriften allein helfen nicht immer weiter.«

»Mit dir hätten wir womöglich auch Tunesien verloren. Es wären fast eine Reihe anderer Geheimoperationen aufgeflogen, im Maghreb und an anderen Stellen unseres Sandkastens. Dominoeffekt nennt man so was. Du hast andere Menschenleben in Gefahr gebracht, Nicky – andere Operationen und Menschenleben. Deine Legende als Techniker war eng verflochten mit anderen von uns fabrizierten Legenden. Das weißt du. Trotzdem hast du deine Deckung auffliegen lassen. Damit ist die Arbeit von vielen Jahren kompromittiert worden.«

»Augenblick mal...«

»Du jubelst denen unbrauchbare Munition unter... Hast du wirklich geglaubt, damit durchzukommen, ohne in Verdacht zu geraten?«

»Verdammt, das mit der unbrauchbaren Munition war nicht beabsichtigt.«

»Aber sie war unbrauchbar. Warum?«

»Keine Ahnung.«

»Hast du sie geprüft?«

»Ja. Nein. Ich weiß nicht. Es ist mir einfach nicht in den Sinn gekommen, dass man uns schlechte Ware andrehen könnte.«

»Ein schwerer Lapsus, Nicky. Damit hast du, wie gesagt, die Ergebnisse jahrelanger Arbeit gefährdet. Ganz zu schweigen vom Leben einiger unserer besten Leute. Verflucht, was hast du dir dabei gedacht?«

Bryson ließ mit der Antwort eine Weile auf sich warten. »Man hat mich auflaufen lassen«, sagte er dann.

»Wie bitte?«

»Ich bin mir nicht ganz sicher.«

»Wenn man dich hat auflaufen lassen, musst du schon unter Verdacht gestanden haben. Hab ich Recht?«

»Ich... ich weiß nicht.«

»Du weißt nicht? Solche Worte sind nicht besonders vertrauensbildend, findest du nicht auch? Das sind keine Worte, die ich gerne höre. Du warst bislang unser bester operativer Agent. Was ist nur los mit dir, Nick?«

»Mag sein, dass mir irgendwann irgendein Fehler unterlaufen ist. Glaub mir, darüber hab ich mir selbst schon den Kopf zerbrochen.«

»Ich will Antworten hören.«

»Vielleicht gibt's keine Antworten, jedenfalls vorläufig noch nicht.«

»Wir können uns solche Pleiten nicht erlauben. Nachlässigkeiten sind nicht hinzunehmen. Es gibt Grenzen, und was darüber hinausgeht, kann das Direktorat nicht tolerieren. Das war dir von Anfang an bewusst.«

»Glaubst du etwa, ich hätte einen großen Handlungsspielraum gehabt? Oder dass sich ein anderer an meiner Stelle *besser* geschlagen hätte?«

»Du warst der Beste, den wir je hatten; das dürfte dir bekannt sein. Aber wie gesagt, es gibt Entscheidungen, die nicht ich, sondern nur der Konsortiumsvorstand treffen kann.«

Bei dieser für Verwaltungsmenschen so typischen Ausflucht lief es Bryson kalt den Rücken hinunter. Ihm war klar, dass sich Waller bereits aus der Verantwortung gestohlen hatte, Ted Waller, sein Mentor, Boss, Freund und – vor fünfzehn Jahren – sein Ausbilder. Er hatte ihn zu Anfang seiner Laufbahn immer persönlich auf seine Einsätze vorbereitet, was Bryson nach wie vor als eine große Ehre ansah. Ein intelligenterer Mensch als Waller war ihm noch nie begegnet. Er konnte Differenzialgleichungen im Kopf lösen und verfügte über einen enormen Fundus an geopolitischem Wissen. Gleichzeitig war er körperlich sehr gewandt, was man ihm beim besten Willen nicht ansah. Bryson erinnerte sich, wie Waller einmal am Schießstand ganz nonchalant aus zwanzig Meter Entfernung einen Volltreffer nach dem anderen gelandet und sich dabei zerknirscht über den Niedergang des britischen Schneiderhandwerks ausgelassen hatte. In seiner riesigen, weichen Pranke war die 22er wie ein kleiner Handschmeichler fast verschwunden, doch er verstand sie zu führen, als sei sie ein Teil von ihm.

»Du sprichst in der Vergangenheitsform, Ted«, sagte Bryson. »Soll wohl heißen, dass du mich schon aufgegeben hast.«

»Ich meine nichts anderes, als was ich gesagt habe«, entgegnete Waller ruhig. »Mit einem Besseren als dir habe ich nie zusammengearbeitet und werde es wohl auch nicht.«

Dank seines Temperaments und jahrelangen Trainings fiel es Nick nicht schwer, nach außen ruhig zu bleiben, obwohl er im Inneren Aufruhr verspürte. *Du warst der Beste, den wir je hatten.* Das klang fast wie der Nachruf auf einen Toten. Bryson erinnerte sich noch lebhaft an Wallers Reaktion auf seinen ersten operativen Coup, als es ihm gelungen war, das versuchte Attentat auf einen südafrikanischen Reformpolitiker zu vereiteln. *Nicht schlecht*, hatte Waller gesagt und die Lippen fest aufeinander gepresst, um sein Grinsen zu verbergen. Ein schöneres Lob hatte er nie erhalten, und er hatte begriffen: Ist man erst als wertvoll erkannt, wird man auch eingesetzt.

»Nick, was du auf den Komoren geschafft hast, wird dir so leicht keiner nachmachen. Ohne dich wäre da jetzt dieser wahnsinnige Oberst Denard an der Macht. Und auf Sri Lanka verdanken dir Tausende von Menschen ihr Leben, weil du die Routen des Waffenhandels hast auffliegen lassen. Und in Weißrussland? Die GRU hat immer noch keinen Schimmer und wird auch nie erfahren, was du da abgezogen hast. Überlassen wir's den Politikern, ihre Farben innerhalb der Linien aufzutragen, die wir gezogen haben. Die du gezogen hast. Die Historiker werden davon nichts erfahren, und das ist gut so. Es reicht, wenn wir Bescheid wissen, oder?«

Bryson antwortete nicht. Eine Antwort war nicht gefragt.

»Und noch etwas anderes, Nick. Man rümpft hier die Nasen wegen dieser Sache mit der Banque du Nord.« Er bezog sich auf Brysons Einstieg in eine tunesische Bank, durch die er Gelder zur Finanzierung des geplanten Anschlags an Abu und die Hisbollah transferiert hatte. Im Verlauf der Operation waren dann eines Nachts 1,5 Milliarden Dollar spurlos im Cyberspace verschwunden. Monatelange Recherchen waren zu keinem Ergebnis gekommen. Die Geschichte hatte einen losen Faden, und das Direktorat mochte keine losen Fäden.

»Du unterstellst mir doch wohl nicht, dass ich mich selbst bedient hätte?«

»Natürlich nicht. Aber du wirst verstehen, dass immer ein Verdacht zurückbleibt. Die Frage schwebt im Raum, solange keine Antwort darauf gefunden wird.«

»Mir haben sich schon oft Gelegenheiten zur persönlichen Bereicherung geboten, die sehr viel lukrativer und diskreter gewesen wären.«

»Ja, du bist gründlich geprüft worden und hast alle Prüfungen mit Bravour bestanden. Aber was mir nicht passt, ist die Methode. Dass du, um verwertbares Material gegen Abu und Konsorten zu sammeln, ihnen diese Gelder hast zukommen lassen.«

»Improvisation nennt man so was. Dafür werde ich bezahlt – dass ich meine Fähigkeiten möglichst diskret einsetze, wann und wo Bedarf dafür besteht.« Bryson stockte und merkte auf. »Aber woher weißt du das eigentlich? Darüber gibt's doch noch gar keinen Bericht von mir.«

»Du hast alles schon haarklein erzählt, Nick«, sagte Waller.

»Von wegen ... ach, ich verstehe, ihr habt mich mit euren Chemikalien voll gepumpt, stimmt's?«

Waller zögerte einen Augenblick, lange genug, um Brysons Frage zu beantworten. Wenn es darauf ankam, konnte Ted Waller unumwunden und perfekt lügen, doch Bryson wusste, dass es sein alter Freund und Mentor kaum über sich brachte, ihn für dumm zu verkaufen. »Auch in dieser Hinsicht habe ich nicht das letzte Wort, Nick. Für Informationsbeschaffung sind andere zuständig. Das weißt du.«

In diesem Moment wurde Bryson klar, warum er so übermäßig lange in der von Amerikanern geführten Klinik in Laayoune hatte zubringen müssen. Er war, ohne selbst etwas davon zu merken, zum Sprechen gebracht worden, und zwar wahrscheinlich mit einem Zusatzmittel in irgendwelchen Infusionen. »Verdammt, Ted! Was hat das zu bedeuten? Dass man mir nicht traut? Ich hätte doch freiwillig Rede und Antwort gestanden. Warum habt ihr mich so hintergangen?«

»Manchmal sind die zuverlässigsten Befragungen gerade die, bei denen der Befragte keine Möglichkeit hat, persönliche Interessen ins Spiel zu bringen.«

»Mit anderen Worten, ihr seid davon ausgegangen, dass ich lüge, um meinen Arsch zu retten.«

Wallers Antwort war so ruhig wie frostig. »Wenn eine Bewertung ergeben hat, dass ein Mitarbeiter nicht 100-prozentig vertrauenswürdig ist, wird – zumindest bis auf weiteres – das Gegenteil angenommen. Das gefällt mir so wenig wie dir, ist aber bei einem Geheimdienst nun einmal so der Fall, gerade bei uns, die wir besonders diskret sind. Oder wäre *paranoid* das richtigere Wort?«

Paranoid. Für Waller und seine Direktoratskollegen waren die Central Intelligence Agency, die Defense Intelligence Agency und selbst die National Security Agency geradezu ausgehöhlt von Maulwürfen, geknebelt von Auflagen und Vorschriften und gelähmt durch einen permanenten Desinformationskrieg gegen ihre Pendants im feindlichen Ausland. Diese Agenturen, deren Existenz und Wirken aller Welt hinlänglich bekannt waren, bezeichnete Waller gern als »wollene Mammuts«. Zu Anfang seiner Zeit beim Direktorat hatte Bryson in seiner Naivität einmal gefragt, ob es nicht Sinn machte, zumindest in einigen Bereichen mit anderen Agenturen zusammenzuarbeiten. Waller hatte lauthals darüber gelacht. »Wir sollen den wollenen Mammuts auf die Nüstern binden, dass es uns gibt? Dann können wir ja auch gleich eine Pressemitteilung an die *Prawda* schicken.« Doch nach Wallers Ansicht ging die Krise des amerikanischen Geheimdienstes über das Problem der Unterwanderung weit hinaus. Die Spionageabwehr war eines seiner Lieblingsthemen. »Du belügst den Feind und bespitzelst ihn dann; was dabei herauskommt, ist natürlich eine Lüge«, hatte Waller einmal gesagt. »Aber diese Lüge ist jetzt gewissermaßen wahr; sie wurde von der ›Aufklärung‹ neu eingestuft. Es ist wie die Suche nach Ostereiern. Wie viele Leute haben – auf beiden Seiten – Karriere gemacht, indem sie fleißig ausbuddelten, was ihre Kollegen vorher ebenso fleißig eingebuddelt hatten? Nämlich schöne, bunt bemalte Ostereier – aber nichtsdestotrotz Windeier.«

Die beiden hatten damals bis tief in die Nacht in der Kellerbibliothek unter der K Street zusammengesessen. Der Raum war mit einem kurdischen Teppich aus dem 17. Jahrhundert und alten britischen Gemälden mit Jagdmotiven ausgestattet, auf denen unter anderem reinrassige Hunde abgebildet waren, die in ihren Schnauzen soeben erlegtes Geflügel apportierten.

»Du verstehst doch, oder?«, hatte Waller damals gesagt. »Jedes CIA-Abenteuer, ob es versiebt wurde oder nicht, muss sich letztlich der öffentlichen Aufmerksamkeit stellen. Aber was wir machen, bleibt unterm Teppich, denn uns hat niemand im Radar.« Bryson erinnerte sich noch an das leise Klingeln der Eiswürfel im Kristallglas, als Waller an seinem im Eichenfass gereiften Lieblingsbourbon genippt hatte.

»Aber im rechtsfreien Raum zu agieren, kann unserer Sache doch auch nicht gerade förderlich sein«, hatte Bryson eingewendet. »Da wäre zum Beispiel die Frage der Ressourcen.«

»Zugegeben, daran fehlt's, aber uns kommt andererseits auch keine Verwaltung in die Quere, und das ist, gerade was unsere Aufgaben betrifft, ein enorm großer Vorteil. Unsere Erfolge sind ein Beleg dafür. Wenn es darum geht, weltweit mit allen möglichen Gruppierungen auf Ad-hoc-Basis zusammenzuarbeiten und in Einzelfällen auch aggressive Interventionen zu riskieren, dann braucht man dazu einen kleinen Kreis extrem gut ausgebildeter Spezialisten. Man nutzt die Vorteile, die sich vor Ort bieten, und hat dadurch Erfolg, dass man die Ereignisse *steuert* und auf das gewünschte Ziel hin koordiniert. Auf den Wasserkopf der Spitzelbehörden kann man getrost verzichten. Alles, was man braucht, ist *Grips*.«

»Und Blut.« Bryson hatte schon ein gehöriges Quantum davon opfern müssen.

Waller zuckte mit den Achseln. »Das große Scheusal Josef Stalin hat es einmal auf den Punkt gebracht: Man kann keine Omelettes machen, ohne Eier aufzuschlagen.« Er sprach über das amerikanische Jahrhundert, über die Probleme einer Weltmacht. Über das imperiale Großbritannien des 19. Jahrhunderts, als dessen Parlament sechs Monate darüber verhandelte, ob ein Expeditionskorps jenem General zu Hilfe geschickt werden sollte, der mit seinen Truppen seit zwei Jahren belagert wurde. Waller und seine Direktoratskollegen waren überzeugte Verfechter einer freiheitlichen Demokratie – aber sie waren auch überzeugt davon, dass, wer ihre Zukunft sichern wollte, sich nicht immer an die, wie Waller sagte, Boxregeln des Marquis of Queensbury halten durfte. Wenn der Feind Tiefschläge verteilte, war man gut beraten, mit den entsprechend wirksamen Mitteln darauf zu antworten. »Wir sind das notwendige Übel«, hatte Waller gesagt. »Aber bilde dir bloß nichts darauf ein, denn das Hauptwort ist und bleibt ›Übel‹. Ja, wir operieren im rechtsfreien Raum, ohne Aufsicht und Kontrolle. Manchmal wird mir selbst vor unserem Verein angst und bange.« Es klimperte wieder im Glas, als er den letzten Schluck Bourbon kippte.

Nick Bryson hatte schon so manchen Fanatiker – nicht nur im gegnerischen Lager, sondern auch in den eigenen Reihen – zu Gesicht bekommen und fand Wallers Ambivalenz so tröstlich wie seinen Verstand bewundernswert: diese Gedankenschärfe und diesen Idealismus, der wie Sonnenlicht durch die Schlitze einer heruntergelassenen Jalousie aus Zynismus strahlte. »Mein Freund«, sagte Waller, »wir sind hier, um eine Welt zu schaffen, in der wir nicht mehr nötig sein werden.«

Jetzt, im aschfahlen Licht des frühen Nachmittags spreizte Waller seine Hände auf der Schreibtischplatte, wie um Halt zu finden bei der unangenehmen Aufgabe, die ihm nun bevorstand. »Wir wissen, dass dich Elenas Abschied sehr mitgenommen hat«, hob er an.

»Komm mir jetzt nicht damit«, blaffte Bryson. Er spürte eine Ader in seiner Stirn pulsieren. Elena war über viele Jahre seine Frau, Freundin und Geliebte gewesen. Vor sechs Monaten hatte Bryson sie aus Tripolis angerufen und erfahren müssen, dass sie ihn verlassen wollte. Darüber zu diskutieren, wäre zwecklos; sie sei fest entschlossen und durch nichts von diesem Entschluss abzubringen. Ihre Worte hatten ihn tiefer verletzt als Abus Messer. Ein paar Tage später war er – unter dem Vorwand, Waffen zu beschaffen – in die Staaten zurückgeflogen, um einen Zwischenbericht abzulegen, und musste erfahren, dass sie tatsächlich aus der gemeinsamen Wohnung ausgezogen war.

»Hör zu, Nick, du hast wahrscheinlich mehr Gutes auf der Welt erreicht als irgendein anderer Geheimdienstler.« Waller überlegte kurz und fuhr dann mit sehr bedacht gewählten Worten fort: »Wenn ich dich weiter gewähren lasse, ist zu fürchten, dass du diese Leistung Stück für Stück zunichte machst.«

»Mag sein, dass ich dieses eine Mal Mist gebaut habe«, entgegnete Bryson. »So viel bin ich bereit einzuräumen.« Es hatte auch hier keinen Sinn zu diskutieren, doch er konnte sich einfach nicht zurückhalten.

»Du wirst wieder Mist bauen«, sagte Waller. »Wir pflegen in diesem Zusammenhang von Hab-Acht-Ereignissen zu sprechen. Die sind als Frühwarnsignale zu verstehen. Du warst außergewöhnlich erfolgreich, und das über lange Zeit. Außergewöhnlich. Aber *fünfzehn Jahre*, Nick. Für Agenten im Außeneinsatz sind das Hundejahre. Man sieht nicht mehr klar, ist ausgebrannt, und das Schlimme ist, man selbst merkt es nicht einmal.«

War das Zerwürfnis in seiner Ehe etwa auch so ein Hab-Acht-Ereignis? Während Waller in ruhigem Tonfall weiter räsonierte, spürte Bryson einen Wust an Gefühlen aufwallen, wovon eines Wut war. »Meine Fähigkeiten ...«

»Ich spreche nicht von deinen Fähigkeiten. Was die Arbeit im Außeneinsatz angeht, gibt es nach wie vor keinen Besseren als dich. Ich spreche im Augenblick vielmehr über Zurückhaltung, die Fähigkeit, auf Aktion zu verzichten. Die ist besonders wichtig, aber daran mangelt's dir.«

»Vielleicht wäre einfach einmal ein kleiner Urlaub fällig.« In Brysons Stimme schwang eine Spur Verzweiflung mit, wofür er sich gern selbst in den Hintern getreten hätte.

»Das Direktorat gewährt keine Freijahre«, antwortete Waller trocken. »Das weißt du. Nick, du hast anderthalb Jahrzehnte lang Geschichte geschrieben. Jetzt kannst du sie studieren. Ich entlasse dich zurück ins Leben.«

»Du willst mich also tatsächlich in den Ruhestand versetzen«, entgegnete Bryson tonlos.

Waller lehnte sich in seinem Sessel zurück. »Kennst du die Geschichte von John Wallis, einem der großen britischen

Meisterspione des 17. Jahrhunderts? Er arbeitete für die Parlamentaristen und war ein Genie im Dechiffrieren geheimer Botschaften, die die Royalisten untereinander austauschten. Er half bei der Gründung der English Black Chamber, der damaligen NSA. Nachdem er schließlich seinen Dienst quittiert hatte, nutzte er sein Talent weiter und ging als Professor für Geologie nach Oxford, wo er mit der Entwicklung einer neuen Rechenmethode der modernen Mathematik den Weg bereitete. Wer war nun wichtiger: Wallis, der Spion, oder Wallis, der Gelehrte? Aus dem aktiven Dienst auszuscheiden ist etwas anderes als auf die Weide getrieben zu werden.«

Wie oft hatte Bryson diese verquere Metapher schon gehört! Es fehlte nicht viel, und er hätte laut aufgelacht. »An was hast du denn da für mich gedacht? Soll ich mich vielleicht als Wachmann in einem Supermarkt verdingen und mit Gummiknüppel und Knarre vor der Fleischtheke patrouillieren?«

»*Integer vitae, scelerisque purus non eget Mauris jaculis, neque arcu, nec venenatis gravida saggittis pharetra.* Der integere, schuldlose Mann braucht keinen Maurenspeer, noch einen Bogen oder einen Köcher voller Pfeile. Horaz, du kennst den Satz bestimmt. Zufällig ist alles schon arrangiert. Das Woodbridge College muss seinen Lehrstuhl für Nahostgeschichte neu besetzen, und ich wüsste da einen passenden Kandidaten. Deine Studien, deine Fremdsprachenkenntnisse und konkreten Erfahrungen prädestinieren dich für dieses Amt.«

Bryson hatte den gespenstischen Eindruck, nicht mehr bei sich selbst zu sein, das Gefühl, abgehoben über den Dingen zu schweben und alles mit kühlem, nüchternem Blick von oben zu beobachten. Er war immer gefasst darauf gewesen, im Einsatz getötet zu werden; diese Möglichkeit hatte er stets ins Kalkül gezogen. Aber dass man ihn eines Tages schassen würde, hätte er sich nie und nimmer träumen lassen, geschweige denn, dass es ausgerechnet sein Freund und Mentor sein würde, der ihn vor die Tür setzte.

»Das gehört alles mit zum Plan deiner Pensionierung«, fuhr Waller fort. »Wie heißt es so richtig? Untätige Hände sind des Teufels Werkstatt. Davon können wir ein Lied singen. Ein Agent mit viel Geld, aber ohne Aufgabe stürzt ab; das ist so sicher wie das Amen in der Kirche. Auch du brauchst ein neues Projekt, und zwar eines, das dich voll in Anspruch nimmt. Du bist der geborene Lehrer – was einer der Gründe dafür ist, dass du ein so guter Agent warst.«

Bryson sagte nichts. Er versuchte, die schmerzliche Erinnerung an einen Einsatz in einer kleinen Provinz in Lateinamerika zu verdrängen, die Erinnerung an ein Gesicht im Fadenkreuz eines Präzisionsgewehrs. *Das Gesicht gehörte zu einem seiner »Studenten«, einem 19-jährigen Amerikaner indianischer Abstammung namens Pablo, dem er beigebracht hatte, hoch explosive Sprengstoffe einzusetzen, scharf zu machen oder zu entschärfen. Ein harter, aber anständiger Kerl. Seine Eltern lebten als Bauern in einem Bergdorf, das kurz zuvor von maoistischen Rebellen eingenommen worden war. Wenn sie erfahren hätten, dass Pablo mit dem Erzfeind kollaborierte, wäre es seinen Eltern an den Kragen gegangen. Der junge Mann geriet in einen schweren Loyalitätskonflikt und sah, um seine Eltern zu schonen, keine andere Möglichkeit, als überzulaufen und den Guerilleros zu berichten, was er von der anderen Seite wusste, unter anderem auch die Namen anderer Kollaborateure. Er war zwischen die Fronten geraten, in eine Situation, für die es keine günstige Lösung gab. Bryson nahm Pablos Gesicht ins Visier – das Gesicht eines armen, verzweifelten, verängstigten jungen Mannes – und konnte dann, als der Abzug gedrückt war, nur noch wegsehen.*

Waller sah sein Gegenüber unverwandt an. »Dein Name ist Jonas Barrett. Du bist ein freischaffender Gelehrter, Autor von einem halben Dutzend viel beachteter Artikel in einschlägigen Fachzeitschriften, unter anderem im *Journal of Byzantine Studies*. Unsere Nahostexperten haben an deiner zivilen Legende fleißig mitgestrickt.« Waller reichte ihm einen Aktenordner, dessen kanarienvogelgelbe Farbe deutlich machte, dass in seinem Deckel Magnetstreifen eingelassen waren, die Alarm schlagen würde, wenn man versuchte, den Ordner nach draußen zu schmuggeln. Er enthielt eine Legende, eine fiktive Biografie. *Seine* Biografie.

Er durchblätterte die eng beschriebenen Seiten. Sie erzählten das Leben eines zurückhaltenden Gelehrten, dessen linguistische Fähigkeiten durchaus den seinen entsprachen und dessen sonstiges Spezialwissen schnell aufzuholen war. Die Grundzüge der Biografie konnte er sich problemlos zu Eigen machen. Jonas Barrett war unverheiratet. Jonas Barrett hatte Elena nie kennen gelernt. Jonas Barrett hatte sich darum auch nie in sie verlieben können. Jonas Barrett sehnte sie nicht an ihre Seite zurück. Jonas Barrett war eine Fiktion. Ihn Wirklichkeit werden zu lassen, würde für Nick bedeuten, dass er den Verlust von Elena akzeptierte.

»Deine Ernennung ist vor wenigen Tagen bestätigt worden. Woodbridge erwartet seinen neuen außerordentlichen Professor Anfang September. Und ich möchte hinzufügen, dass man sich dort über diesen Neuzugang glücklich schätzen darf.«

»Habe ich eine Wahl?«

»Nun, wir hätten dir auch einen Job in irgendeiner multinationalen Consulting-Firma verschaffen können. Oder bei einem Erdölriesen. In der Industrie. Aber das wäre alles nicht das Richtige gewesen. Du konntest immer schon mit Abstraktionen so gut umgehen wie mit Tatsachen. Früher habe ich mir Sorgen gemacht, dass du dadurch gehandikapt sein könntest, aber es hat sich als deine größte Stärke erwiesen.«

»Und wenn ich einfach nicht gehen *will*? Was, wenn ich mich sträube, wenn ich mich nicht abschieben lasse?« Aus irgendeinem Grund sah er wieder die Klinge aufblitzen, den sehnigen Arm, der mit dem Messer in der Hand auf ihn zuschnellte …

»Sei nicht so stur, Nick.« Waller verzog keine Miene.

»Himmel«, flüsterte Bryson. Er bedauerte, dass er den Schmerz, den er empfand, nicht besser verhehlen konnte. Schließlich wusste er, wie gespielt wurde. Was ihn schmerzte, war nicht, *was* er da zu hören bekam, sondern *wer* ihm diese Worte an den Kopf warf. Waller konnte sich relativ kurz fassen, denn Bryson wusste, dass er keine Wahl hatte, und er wusste auch, was ihn erwartete, falls er sich auflehnen würde.

Ein Taxi gerät ins Schleudern, reißt einen Fußgänger nieder und verschwindet. Oder da wäre der Einstich einer Injektionsnadel, den der Betroffene im überfüllten Einkaufszentrum nicht einmal merkt, und am Ende heißt die Diagnose schlicht und einfach Herzversagen. Oder ein Raubüberfall mit tödlichem Ausgang – wahrhaftig nichts Ungewöhnliches in einer Stadt mit der landesweit höchsten Rate an Straßenkriminalität.

»Die Sache ist entschieden«, sagte Waller ungerührt. »Die Verantwortung für unseren Dienst geht vor. Ich wünschte, es wäre anders. Du kannst dir kaum vorstellen, wie schwer mir das alles fällt. In meiner Amtszeit musste ich schon drei meiner Männer… mit Sanktionen belegen. Gute Männer, die dann aber aus dem Ruder gelaufen sind – insofern als sie sich unprofessionell verhalten haben. Das belastet mich noch heute, und doch würde ich nicht zögern, es immer wieder so zu tun. Drei Männer. Ich flehe dich an, lass keinen vierten dazukommen.« War das eine Drohung, eine Bitte oder beides? Waller ließ langsam Luft ab. »Ich biete dir ein Leben. Ein gutes Leben, Nick.«

Aber was Bryson erwartete, war kein Leben, noch nicht. Es war irgendein Zustand zwischen Leben und Tod. Die Vorhölle. Fünfzehn Jahre lang hatte er sich ganz – mit Herz und Hirn – einer extrem gefährlichen, anstrengenden Tätigkeit gewidmet. Jetzt war er in diesem Job nicht mehr gefragt. Und Bryson empfand nichts als eine tiefe Leere. Er fuhr nach Falls Church zurück, zu seinem schmucken Haus im Kolonialstil, das ihm aber sonderbar fremd vorkam. Er ging wie ein Gast durch die Räume, musterte die von Elena ausgesuchten schönen Aubusson-Teppiche, das pastellfarben gestrichene Zimmer für das Kind, das sie sich so sehr gewünscht hatten. Das Haus kam ihm leer vor und gleichzeitig von Gespenstern belagert. Er füllte ein Wasserglas mit Wodka – danach würde er wochenlang nie mehr ganz nüchtern sein.

Überall im Haus war Elena, ihr Duft, ihr Geschmack, ihre Aura. Er konnte sie nicht vergessen.

Sie saßen auf dem Steg vor ihrem Häuschen am See und sahen das Segelboot vorüberziehen… Sie schenkte ihm gekühlten Weißwein ein, reichte ihm das Glas und gab ihm dabei einen Kuss. »Ich vermisse dich«, sagte sie.

»Aber ich bin doch bei dir, Liebling.«

»Jetzt, ja. Aber morgen bist du wieder weg. In Prag, Sierra Leone, Jakarta, Hongkong… wer weiß wo? Wer weiß wie lange?«

Er nahm ihre Hand und fühlte ihre Einsamkeit, die sie einfach nicht vertreiben konnte. »Aber ich komme doch immer zurück. Und du weißt: Trennung auf Zeit kommt der Liebe zugute.«

»Mai rarut, mai dragut«, *sagte sie nachdenklich. »Wo ich herkomme, gilt ein anderer Sinnspruch.* Celor ce duc mai mult dorul, le pare mai dulce odorul. *Trennung schärft die Liebe, aber Nähe festigt sie.«*

»Das gefällt mir.«

Sie hob den Zeigefinger und wackelte damit hin und her. »Da wäre noch so eine Weisheit. Prin departare dragostea se uita. *Wie sagt man? Lange weg, schnell vergessen?«*

»Aus den Augen, aus dem Sinn.«

»Wie lange dauert's bei dir?«

»Aber du bist doch immer bei mir.« Er tippte an seine Brust. »Hier drin.«

Er zweifelte keinen Augenblick daran, dass ihn das Direktorat überwachte, doch das kümmerte ihn kaum. Wenn man ihn als Sicherheitsrisiko einstufte, musste er auf Schlimmeres gefasst sein. Vielleicht, dachte er düster, konnte er seiner Dienststelle den Ärger einer Liquidierung abnehmen, indem er einfach eine ausreichende Menge Wodka in sich hineinkippte. Die Tage vergingen, und er sah und hörte niemanden. Vielleicht hatte sich Waller auf Konsortiumsebene für ihn eingesetzt, denn Waller wusste, worin sein eigentliches Problem bestand. In Elenas Weggang. Elena, der Fixpunkt seiner Existenz. Unter Bekannten galt Nick immer als ausgesprochen ruhig und entspannt, doch er wusste, dass diese Ruhe nur geliehen war, und zwar von Elena. Als was hatte

Waller sie so treffend bezeichnet? Als *personifizierte Gelassenheit.*

Nick hatte sich nie vorstellen können, jemand anderes so zu lieben wie sie. Im berufsbedingten Durcheinander aus Lügen verkörperte sie für ihn das buchstäblich einzig Wahre. Gleichzeitig war aber auch sie Agentin. Andernfalls hätten sie beide auf Dauer nicht zusammenleben können. Im Übrigen stand sie in der Hierarchie ziemlich weit oben und arbeitete für die Dechiffrierabteilung des Direktorats. Weiß der Himmel, was den Spezialisten dieser Abteilung so alles auf den Tisch kam. Wer feindliche Spionageberichte entschlüsselte, erhielt manchmal auch brisanteste Informationen über die eigene Regierung, Informationen, die selbst vor den Abteilungsleitern des Direktorats geheim gehalten werden mussten. Analytiker wie sie arbeiteten ausschließlich am Schreibtisch; die Computertastatur war ihre einzige Waffe, und doch streiften sie mit ihren Gedanken so frei wie jeder Außendienstler durch die Weltgeschichte.

Oh Gott, wie sehr er sie liebte!

Dass sie sich kennen gelernt hatten – unter denkbar ungünstigen Umständen –, war Ted Waller zu verdanken, denn sie waren sich während einer Mission begegnet, mit der er ihn, Bryson, beauftragt hatte.

Es war ein ganz normaler Transportauftrag, unter Insidern des Direktorats auch »Coyotenlauf« genannt: Personenschmuggel. Als während der späten 1980er Jahre der Balkan brannte, sollte ein rumänischer Mathematiker mit Frau und Tochter aus Bukarest herausgeholt werden. Andrei Petrescu war ein echter rumänischer Patriot, ein Wissenschaftler an der Universität von Bukarest, spezialisiert auf das obskure Fach der mathematischen Kryptografie. Er war von der Securitate, dem berüchtigten Geheimdienst Rumäniens, dazu zwangsverpflichtet worden, einen Geheimcode für den innersten Kreis der Regierung Ceauşescus zu entwerfen. Er tat, was von ihm verlangt wurde, lehnte aber ein Anstellungsverhältnis strikt ab und wollte Dozent an der Universität bleiben, zumal ihn die Unterdrückung des rumänischen Volkes durch die Securitate anwiderte. Weil er sich weigerte, wurden Andrei und seine Familie sozusagen unter Hausarrest gestellt, das heißt, sie durften nicht verreisen und standen unter ständiger Beobachtung. Seine Tochter Elena, von der es schon damals hieß, dass sie nicht weniger genial als ihr Vater war, promovierte im Fach Mathematik und hoffte, in die Fußstapfen ihre Vaters treten zu können.

Als sich die Krise im Dezember 1989 zuspitzte und die Massen offen gegen den Diktator Nicolaie Ceauşescu rebellierten, schlug dessen Garde, die Securitate, brutal zurück. Auf dem Bulevardul 30 Decembrie in Timisoara versammelte sich eine riesige Menge an Demonstranten, die dann in das Hauptquartier der Kommunistischen Partei eindrangen und die Porträts des Diktators zum Fenster hinauswarfen. Die Aufständischen wurden Tag und Nacht von Armee und Securitate unter Beschuss genommen, die Toten zusammengetragen und in Massengräbern verscharrt.

Entsetzt über diese Gewalttaten, beschloss Andrei Petrescu, einen kleinen Beitrag zum Sturz des Tyrannen zu leisten. Er besaß die Schlüssel für Ceauşescus geheimste Kommunikation und wollte sie den Feinden des Diktators zukommen lassen, damit die ganze Welt erführe, welche Entscheidungen und Befehle dieser an seine Schergen ausgab.

Dem Professor fiel der Entschluss beileibe nicht leicht, und er hatte schwer mit sich zu kämpfen. Würde er Simona, seine geliebte Frau, und seine Tochter Elena in Gefahr bringen? Wenn man ihm auf die Schliche käme – und das war sicher, da nur er die Quellcodes kannte –, würde er mitsamt seiner Familie festgenommen und exekutiert werden.

Es gab nur einen Weg: die Flucht aus Rumänien. Aber dazu brauchte er starke Verbündete im Ausland, am besten einen Geheimdienst wie die CIA oder den KGB, dem es möglich war, ihn und seine Familie außer Landes zu schaffen.

Von Angst getrieben, lancierte er erste vorsichtige Anfragen. Er hatte Kollegen, die ihrerseits gewisse Leute kannten. Denen unterbreitete er sein Angebot und seine Forderung. Aber weder die Briten noch die Amerikaner wollten darauf eingehen. Beide Seiten hatten sich für eine Politik der

Nichteinmischung entschieden. Sein Angebot wurde abgelehnt.

Doch dann nahm eines frühen Morgens ein Amerikaner Kontakt zu ihm auf. Er war kein CIA-Mann, sondern Vertreter eines anderen Geheimdienstes und sagte, dass seine Dienststelle an ihm interessiert sei und ihm helfen wolle. Seine Auftraggeber hatten den Mut, der den anderen fehlte.

Die Details für den Einsatz waren von den Logistikexperten des Direktorats entworfen worden; Bryson hatte sie nach Rücksprache mit Ted Waller in einigen Punkten modifiziert. Der Plan sah vor, den Mathematiker mit seiner Familie sowie fünf weitere Personen – zwei Männer und drei Frauen – über die rumänische Grenze zu schleusen. Ins Land hineinzukommen, war der einfachste Teil der Reise. Von Nyírábrány im Osten Ungarns fuhr Bryson mit dem Zug bei Valea Lui Mihai über die Grenze nach Rumänien. Er hatte den gültigen Pass eines ungarischen Fernfahrers bei sich und sah mit seinem Overall und den Schwielen an den Händen auf den ersten Blick auch aus wie einer. Wenige Kilometer hinter Valea Lui Mihai fand er den Lastwagen vor, der von einer Kontaktperson des Direktorats an verabredeter Stelle abgestellt worden war – ein alter rumänischer Lieferwagen, der aus allen Löchern nach Diesel stank, aber clever präpariert war: Wenn man die Heckklappe öffnete, schien die Ladefläche voll gepackt zu sein mit Kisten rumänischen Weins und *tzuica*, Pflaumenschnaps. Doch die Kisten waren nur zu einer einzigen Reihe aufgestapelt; dahinter verbarg sich ein Hohlraum, in dem sich halb Rumänien hätte verstecken können.

Die Flüchtlinge waren aufgefordert worden, sich im Wald von Baneasa fünf Kilometer nördlich von Bukarest einzufinden. Bryson traf sie beim Picknick an; sie wirkten wie eine große Familie, die einen Tag im Freien verbringt – wenn nicht die Angst in ihren Gesichtern so deutlich zu sehen gewesen wäre.

Der Anführer der achtköpfigen Gruppe war allem Anschein nach der Mathematiker Andrei Petrescu, ein kleinwüchsiger Mann Mitte sechzig, begleitet von einer sanften, rundlichen Frau, der Gattin, wie es schien. Aber es war ihre Tochter, die Brysons Aufmerksamkeit sofort gefangen nahm, denn er hatte noch nie eine so schöne Frau gesehen. Elena Petrescu. 22 Jahre jung, rabenschwarze Haare, klein, zierlich, mit dunklen Augen, die funkelten und blitzten. Sie trug einen schwarzen Rock, einen taubengrauen Sweater und hatte eine bunte Babuschka um den Kopf gewickelt. Sie sagte kein Wort und beäugte ihn mit unverhohlenem Argwohn.

Bryson begrüßte sie auf Rumänisch. »*Buna ziua*«, sagte er. »*Unde este cea mai apropiata statie Peco?*« Wo ist die nächste Tankstelle?

»*Sinteti pe un drum gresit*«, antwortete der Professor. Sie sind auf der falschen Straße.

Er führte sie zu dem Lieferwagen, den er, zwischen Bäumen versteckt, abgestellt hatte. Die wunderschöne junge Frau setzte sich, wie im Plan vorgesehen, zu ihm ins Fahrerhaus. Die anderen stiegen in das Versteck im Laderaum, wo Bryson Butterbrote und Wasser für die lange Fahrt zur ungarischen Grenze deponiert hatte.

Während der ersten Stunden sagte Elena kein einziges Wort, obwohl Bryson immer wieder versuchte, mit ihr ins Gespräch zu kommen. Sie schwieg vor sich hin, ob aus Schüchternheit oder Nervosität, war für ihn nicht zu erkennen. Sie fuhren durch die Landschaft von Bihor und näherten sich der Grenzstation bei Bors, von wo sie ins ungarische Biharkeresztes überwechseln sollten. Sie waren die ganze Nacht hindurch gefahren und zügig vorangekommen. Alles schien glatt zu gehen – fast zu glatt, wie Bryson fand, denn auf dem Balkan gab es meist Hunderte kleiner Hindernisse.

Es überraschte ihn darum auch nicht, als er das Blaulicht eines Streifenwagens sah. Ungefähr acht Kilometer vor der Grenze kontrollierte ein Polizist den Durchgangsverkehr. Auch dass ihn der Polizist zur Seite winkte, konnte ihn nicht überraschen.

»Was zum Teufel soll das?«, fragte er Elena Petrescu und schlug einen blasierten Tonfall an, als sich der Polizist in seinen Schaftstiefeln näherte.

»Nur eine Routinekontrolle«, antwortete sie.

»Ich hoffe, du hast Recht«, sagte Bryson und drehte die Scheibe runter. Sein Rumänisch war fließend, hatte aber einen fremden Akzent, wofür der ungarische Pass eine hinreichende Erklärung bot. Um seiner Rolle als Fernfahrer gerecht zu werden, bereitete er sich im Stillen auf einen Streit mit dem Polizisten vor.

Der Mann verlangte nach den Papieren und prüfte sie. Es war alles in Ordnung.

Ob es einen besonderen Grund für die Kontrolle gebe, fragte er auf Rumänisch.

Mit einer strengen Bewegung deutete der Polizist auf die Scheinwerfer. Einer war kaputt. Und so einfach sollten sie bei ihm nicht durchkommen. Er wollte wissen, was der Lieferwagen geladen hatte.

»Exportware«, antwortete Bryson.

»Aufmachen«, sagte der Polizist.

Ärgerlich stöhnend stieg Bryson aus und ging nach hinten, um die Heckklappe zu öffnen. Im Rückenhalfter, versteckt unter seiner grauen Musselinjacke, steckte eine halbautomatische Pistole. Von ihr würde er nur im äußersten Notfall Gebrauch machen, denn einen Polizisten zu töten, war enorm riskant. Zum einen würde es womöglich Zeugen geben, zum anderen stand zu befürchten, dass der Polizist, als er sie zur Seite winkte, die Registriernummer des Lieferwagens durchgegeben hatte und der Kollege in der Funkzentrale auf eine weitere Meldung wartete. Falls die ausblieb, würde die Grenzkontrolle auf den Lieferwagen hingewiesen werden.

Als er die Klappe öffnete, sah er, dass der Polizist angesichts der vielen Wein- und Schnapskisten gierige Augen machte, was Bryson durchaus beruhigend fand: Vielleicht würde sich der Mann mit der einen oder anderen Kiste schmieren lassen. Aber der rückte jetzt bereits neugierig an der Fracht herum und hatte schnell die falsche Wand entdeckt. Mit argwöhnisch zusammengezogenen Brauen klopfte er an die Wand. Dass sich dahinter ein Hohlraum befand, war unüberhörbar.

»Nanu, was haben wir da?«, fragte er.

Bryson langte mit der rechten Hand unter die Jacke, sah aber plötzlich Elena Petrescu aus dem Fahrerhaus klettern und mit kokettem Hüftschwung näher kommen. Sie kaute ein Kaugummi, und ihr Gesicht war übertrieben geschminkt mit Lippenstift, Mascara und Rouge. Die Verwandlung in eine Prostituierte war perfekt und innerhalb weniger Augenblicke gelungen. Ihr Unterkiefer mahlte unablässig hin und her, als sie sich dem Polizisten bis auf Nasenlänge näherte und hauchte: »*Ce curu' meu vrei?*« Was zum Henker willst du?

»*Futiti gura!*« Verpiss dich! Er tastete mit beiden Händen über die falsche Wand und schien nach einem Knauf oder Riegel zu suchen. Bryson spürte, wie sich sein Magen zusammenzog, als der Polizist die Griffmulde fand, über die sich das Versteck öffnen ließ. Für sechs blinde Passagiere gab es keine andere Erklärung als die Wahrheit. Der Polizist musste unschädlich gemacht werden. Aber was zum Teufel hatte diese Elena hier draußen verloren?

»Ich will dich was fragen, Genosse«, sagte sie in anzüglicher Tonfall. »Wie viel ist dir dein Leben wert?«

Der Beamte fuhr herum und blaffte sie an: »Was soll der Scheiß?«

»Ich frage dich, wie viel dir dein Leben wert ist. Denn wenn du so weiter machst, ist es nicht bloß um deinen schönen Beruf geschehen. Du bist gerade auf dem besten Weg in die geschlossene Psychatrie. Vielleicht sogar in irgendein Armengrab.«

Bryson war fassungslos. Sie drohte die Aktion platzen zu lassen. Er musste ihr unbedingt Einhalt gebieten.

Der Polizist öffnete den Leinenbeutel, den er am Hals hängen hatte, holte ein klobiges, altmodischen Feldtelefon heraus und begann zu wählen.

»Ich schlage vor, du rufst gleich im Hauptquartier der Securitate an und lässt dich mit Dragan verbinden.« Bryson glaubte nicht richtig zu hören. Generalmajor Radu Dragan war der stellvertretende Oberkommandierende der Sicherheitspolizei, verschrien als durch und durch korrupter und sexuell »zügelloser« Machtmensch.

Der Polizist zog den Finger aus der Wählscheibe und musterte Elena mit kritischem Blick. »Du willst mir drohen, Schlampe?«

Sie schnalzte mit dem Kaugummi. »He, mir ist scheißegal, was du tust. Wenn du dich unbedingt in die geheimen Geschäfte der Securitate einmischen willst … von mir aus herzlich gern. Ich erledige nur meinen Job. Dragan ist scharf auf junge Pustamädchen, und wenn er mit ihnen fertig ist, schaffe ich sie über die Grenze zurück. Wenn du mich daran hindern willst, schön und gut. Spiel meinetwegen den Helden, der Dragans kleine Schwäche öffentlich macht. Aber glaub mir, ich möchte zum Verrecken nicht in deiner Haut stecken oder in der deiner Verwandtschaft.« Sie verdrehte die Augen. »Mach schon, ruf Dragans Büro an.« Sie nannte eine Nummer mit Bukarester Vorwahl.

Langsam und wie benommen wählte der Beamte die angegebene Rufnummer und drückte den Hörer ans Ohr. Plötzlich riss er die Augen weit auf und beeilte sich, die Verbindung zu unterbrechen. Offenbar hatte er tatsächlich die Securitate am Apparat gehabt.

Er drehte sich schnell um, murmelte ein paar wirre Worte der Entschuldigung und hastete zu seinem Streifenwagen zurück.

Später, als sie von den ungarischen Grenzbeamten durchgewinkt wurden, fragte Bryson seine Beifahrerin: »War das wirklich die Nummer der Securitate?«

»Natürlich«, antwortete sie.

»Woher wussten Sie …«

»Ich kann mir Zahlen gut merken«, fiel sie ihm ins Wort. »Hatte ich das noch nicht gesagt?«

Ted Waller war Nicks Trauzeuge. Elenas Eltern waren, mit neuen Identitäten ausgestattet, unter dem Schutz des Direktorats nach Rovinj an die istrischen Adriaküste umgesiedelt worden. Elena durfte sie aus Sicherheitsgründen nicht besuchen, was sie schweren Herzens akzeptierte.

Ihr war ein Arbeitsplatz im Hauptquartier des Direktorats angeboten worden, und zwar in der Dechiffrierabteilung, die sich mit der Entschlüsselung und Analyse abgefangener Signale befasste. Sie war außerordentlich talentiert, vielleicht die beste Kryptografin, die es in dieser Abteilung je gegeben hatte, und sie liebte ihren Job. »Ich hab dich und meine Arbeit, und wenn ich auch noch meine Eltern in der Nähe wüsste, wäre ich restlos glücklich«, hatte sie einmal gesagt. Als Nick seinem Mentor Waller zum ersten Mal gestand, dass es Elena und ihm ernst sei, war es fast, als würde er ihn um Erlaubnis zur Heirat bitten. Ob als väterlichen Freund oder Arbeitgeber, war ihm dabei selbst nicht ganz klar. Für das Direktorat zu arbeiten bedeutete, dass es zwischen Privatleben und Beruf keine klare Abgrenzung gab. Wie auch immer, weil er sie im Rahmen seiner Agententätigkeit kennen gelernt hatte, erschien es ihm als angemessen, Waller über sein Verhältnis zu ihr zu informieren. Waller hatte sich aufrichtig gefreut. »Endlich hast du eine gefunden, die zu dir passt und dir gewachsen ist«, hatte er gesagt und mit breitem Grinsen eine eisgekühlte Flasche Dom Perignon zum Vorschein geholt wie ein Zauberer eine Münze hinterm Ohr.

Bryson dachte zurück an die Flitterwochen, die sie auf einer winzigen, fast unbewohnten Karibikinsel verbracht hatten. Der Sand am Strand war rosarot, und an einem klaren Bach im Inneren der Insel wuchsen Tamarisken, die eine geradezu magische Aura ausstrahlten. Sie wanderten in den Hainen umher, allein zu dem Zweck, sich zu verirren, sich zu verlieren – im jeweils anderen – und sich aus der Zeit zu stehlen, wie es Elena formulierte. Und wenn sie nicht mehr wussten, wo sie waren, versicherten sie sich gegenseitig in einer Art Ritual, dass sie, solange sie einander hätten, nie wirklich verloren wären.

Jetzt war Elena fort, und er fühlte sich in der Tat verloren, entwurzelt, haltlos. Das große Haus war still und leer, doch er hörte ihre belegte Stimme, die so ganz nüchtern erklärte, dass sie ihn verlassen würde. Nein, es seien nicht die vielen Monate der Trennung, hatte sie erklärt; die wahren Gründe lägen sehr viel tiefer. *Du bist mir fremd geworden*, hatte sie gesagt. *Ich weiß nicht mehr, wer du bist, und kann dir nicht mehr vertrauen.*

Er liebte sie, verflucht, und wie! War das denn nicht genug? Seine Bitten waren lautstark und leidenschaftlich. Aber der entstandene Schaden ließ sich nicht mehr rückgängig machen. Falschheit, Hartherzigkeit, Kälte – das waren Eigenschaften, die einen Agenten im Außeneinsatz am Leben hielten, und es gelang ihm nicht mehr, sie zu Hause abzulegen. Eine Ehe konnte aber unter solchen Voraussetzungen nicht länger bestehen. Er hatte ihr einige Dinge verheimlicht – insbesondere einen wichtigen Vorfall –, und das belastete ihn sehr.

Und darum wollte sie gehen und ohne ihn leben. Um ihre Versetzung aus dem Hauptquartier ersuchen. Ihre Stimme klang gespenstisch fern, als sie dies sagte. Sie blieb ganz gelassen dabei, aber es war gerade dieses Fehlen jeglichen Ausdrucks, das so schwer zu ertragen war. Für sie schien damit alles gesagt zu sein und so selbstverständlich wie die Gewissheit, dass zwei plus zwei vier ergeben oder die Sonne im Osten aufgeht.

Er erinnerte sich, wie ihn ein Gefühl von Ohnmacht überkam. »Elena«, hatte er gesagt, »weißt du eigentlich, was du mir bedeutest?«

Ihre Antwort – bleiern und jenseits aller Kränkung – hallte immer noch in seinen Kopf nach: »Ich glaube, du weißt nicht einmal, wer ich bin.«

Als er, aus Tunesien zurückgekehrt, das Haus verlassen vorgefunden hatte, hatte er sie aufzuspüren versucht und Ted Waller gebeten, ihn mit allen zur Verfügung stehenden Mitteln dabei zu unterstützen. Er wollte ihr tausend Dinge sagen. Aber es schien, als sei sie vom Erdboden verschluckt worden. Sie war nicht aufzutreiben, weil sie nicht gefunden werden wollte. Waller hatte Recht: Sie war ihm, Nick, voll und ganz ebenbürtig.

In ausreichenden Mengen eingenommen, wirkt Alkohol wie das Betäubungsmittel Novocain. Doch wenn die Wirkung nachlässt, stellt sich der Schmerz wieder ein; dagegen hilft nur noch mehr Alkohol. Die Tage und Wochen, die auf seine Rückkehr aus Tunesien folgten, bestanden nur noch aus Fetzen gerissener Filme. Bilder in Sepia. Er brachte den Müll nach draußen und registrierte das helle Klirren von Glas. Manchmal klingelte das Telefon; doch er achtete nicht darauf. Einmal läutete es an der Tür: Es war Chris Edgecomb, der ihm allen Regeln des Direktorats zuwider einen Besuch abstattete. »Ich mache mir Sorgen«, sagte er, und so sah er auch aus.

Bryson mochte gar nicht darüber nachdenken, wie er auf sein Gegenüber wirkte – so erschöpft und ungepflegt, wie er war. »Sind Sie geschickt worden?«

»Machen Sie Witze? Wenn rauskommt, dass ich hier war, geht's mir dreckig.«

Bryson wähnte sich einer so genannten Intervention ausgesetzt. Er konnte sich nicht mehr an die Worte erinnern, die er Edgecomb gegenüber gesagt hatte, nur noch daran, dass sie heftig ausgefallen waren. Der junge Mann würde jedenfalls nicht mehr wiederkommen.

Halbwegs klar bei Verstand war Bryson immer nur dann, wenn der Rausch ausgeschlafen war und er mit dröhnenden Kopfschmerzen und verklebtem Gaumen erwachte. Im Spiegel sah er dann seine geröteten Augen mit tiefen dunklen Ringen darunter. Sobald er versuchte, etwas zu essen, wurde ihm schlecht.

Ein paar isolierte Laute, ein paar unzusammenhängende Bilder. So ging nicht nur ein Wochenende verloren, sondern ein Vierteljahr.

Seine Nachbarn in Falls Christ nahmen kaum Notiz von ihm; vielleicht steckte Diskretion dahinter, vielleicht Desinteresse. Was war er noch gleich: Finanzbuchhalter für irgendeine Maschinenbaufirma, oder? Wahrscheinlich hatte man ihn vor die Tür gesetzt. Entweder er schaffte es, aus seinem Tief herauszukommen, oder er schaffte es nicht. Die Opfer des Managements der neoliberalen Wirtschaft verdienten nicht viel Mitleid. Und außerdem hielt man sich in der Nachbarschaft einer Vorstadt lieber auf Distanz.

Dann, an einem Augusttag, ging plötzlich ein Ruck durch ihn. Er sah die violetten Astern aufgehen, Blumen, die Elena im Vorjahr gepflanzt hatte und die, unbeachtet und vernachlässigt, wie aus Trotz zu blühen anfingen. Er wollte es ihnen gleichtun. Die Müllsäcke klirrten nicht länger, wenn er sie am Straßenrand absetzte. Er aß wieder regelmäßig, dreimal am Tag. Anfangs war er noch ein bisschen zittrig, doch es ging stetig bergauf, und zwei Wochen später machte er sich, mit frisch geschnittenen Haaren, rasiert und in einem ordentlichen Anzug, auf den Weg zur Nummer 1324 in der K Street.

Waller versuchte seine Erleichterung geschäftsmäßig zu kaschieren, doch Bryson sah seine Augen aufleuchten. »Wer hat da behauptet, im Leben der Amerikaner gäbe es keinen zweiten Akt?«, sagte Waller.

Bryson erwiderte Wallers festen Blick und wartete geduldig. Er hatte endlich wieder zu seiner alten Selbstsicherheit zurückgefunden.

Waller deutete ein Schmunzeln an – man musste ihn schon gut kennen, um es als Lächeln identifizieren zu können – und reichte ihm den knallgelben Aktenordner. »Nennen wir's den dritten Akt.«

Zweites Kapitel

Fünf Jahre später

Das Woodbridge College im Westen Pennsylvanias war zwar ziemlich klein, strahlte aber Exklusivität und Wohlstand aus, was vor allem am Grün der Anlage augenfällig wurde, an den manikürten Rasenflächen und den perfekt abgezirkelten Blumenbeeten. Sie machten deutlich: Hier gab es auch Geld für ästhetische Details. Die Architektur der Backsteinbauten entsprach jenem neugotischen Stil, wie er für Universitätsbauten der 20er Jahre typisch war. Aus der Ferne betrachtet und abgesehen von der tristen Industrielandschaft ringsum, hätte man die Schule auch für eines der alten Colleges von Cambridge oder Oxford halten können. Es war eine nach außen abgeschirmte, gut gesicherte, konservative Institution, ein Ort, an den Amerikas reichste und mächtigste Familien ihre gelehrigen Zöglinge hinschicken konnten, ohne ständig Angst um sie haben zu müssen. Die Läden und Snackbars auf dem Campus machten gute Umsätze mit *Latte* und *Focaccia*. Selbst während der späten Sixties war das College das geblieben, was der damalige Präsident einmal scherzhaft als »Brutstätte der Ruhe« bezeichnet hatte.

Zu seiner eigenen Überraschung entpuppte sich »Jonas Barrett« tatsächlich als guter Lehrer, und seine Seminare waren besser besucht als es die Fächer, die er unterrichtete, vermuten ließen. Manche seiner Studenten waren sehr helle und fast alle fleißiger und wohlerzogener, als er selbst es während der eigenen Studienzeit je gewesen war. Einer seiner Fakultätskollegen, ein humorvoller Physiker aus Brooklyn, der vorher am City College von New York unterrichtet hatte, hatte ihm gegenüber zu Beginn seiner Lehrtätigkeit bemerkt, dass man sich hier vorkomme wie ein Lehrer im 18. Jahrhundert, der die Kinder englischer Lordschaften zu unterrichten habe. Man lebte inmitten von Pracht und Reichtum, ohne selbst wirklich Anteil daran zu haben.

Trotzdem, Waller hatte Recht behalten: Es war ein gutes Leben.

Jonas Barrett sah sich jetzt in einem voll besetzten Hörsaal hundert erwartungsvollen Gesichtern gegenüber. Amüsiert hatte er zur Kenntnis genommen, dass die *Campus Confidential* ihn anlässlich seines ersten Jahrestags am Woodbridge College als einen »unterkühlt charismatischen Lehrer« mit »versteinerter, leicht ironischer Miene« charakterisiert hatte. Aus welchen Gründen auch immer, seine Vorlesung über das antike Byzanz gehörte zu den am besten besuchten Veranstaltungen im Fachbereich Geschichte.

Er warf einen Blick auf seine Armbanduhr. Es war Zeit, den Vortrag zu beenden und einen Ausblick auf die nächste Stunde zu geben. »Das Römische Reich war wohl die erstaunlichste politische Errungenschaft in der Geschichte der Menschheit. Klar, dass sich zahllose Historiker den Kopf darüber zerbrochen haben, wie es zu seinem Untergang hatte kommen können.« Sein Tonfall war professoral mit einer Spur Sarkasmus. »Sie alle kennen die traurige Geschichte. Das Licht der Zivilisation flackert auf und nimmt ab. Vor den Toren stehen die Barbaren. Der Menschen beste Hoffnung droht das Aus, nicht wahr?« Im Saal äußerte sich gemurmelte Zustimmung. »*Dünnschiss!*«, platzte es aus ihm heraus, und nach einer kurzen, überraschten Unruhe wurde es plötzlich ganz still. »Entschuldigen Sie mein Mazedonisch.« Er sah sich mit zusammengekniffenen Brauen im Hörsaal um. »Lange bevor ihre politische und territoriale Überlegenheit verloren ging, haben die Römer ihre moralische Überlegenheit verspielt. Aus Rache an einer früheren Schlappe, die ihnen der Feind beigebracht hatte, nahmen die Römer Gotenkinder als Geiseln gefangen, trieben sie in zahlreichen Städten auf öffentlichen Plätzen zusammen und schlachteten sie ab. Nichts, was die Goten je getan hatten, kam diesem Verbrechen an Grausamkeit gleich. Das Weströmische Reich war eine Arena der Sklaverei und blutiger Spiele. Dagegen machte sich das Oströmische Reich geradezu friedlich aus, und es überlebte auch den so genannten

Fall des Römischen Reiches. ›Byzantium‹ war nur der Name des Westens für den Rivalen im Osten. Die Byzantiner selbst hielten ihr Reich für das wahre Rom und bewahrten all das an Wissenschaft und humanitären Werten, was wir heute noch wertschätzen. Der Westen wurde nicht Opfer eines äußeren Feindes, sondern verrottete von innen heraus. Also nichts von wegen ›das Licht der Zivilisation flackert auf und nimmt ab‹. Es bewegte sich vielmehr nach Osten.« Und nach einer kurzen Pause: »Sie können jetzt nach vorn kommen und Ihre Arbeiten einsammeln. Und ein schönes Wochenende; genießen Sie's, wie Sie es für richtig halten. Denken Sie an Petronius, der sagte: Alles mit Maßen, auch die Mäßigung.«

»Professor Barrett?« Die hübsche, blonde Studentin zählte zu denjenigen, die immer in der ersten Reihe saßen und aufmerksam zuhörten. Er hatte seine Aufzeichnungen eingesteckt und zog gerade die Schnallen seiner ramponierten Kollegmappe zu. Er hörte nur mit halbem Ohr zu, als sie sich darüber beschwerte, zu schlecht von ihm benotet worden zu sein. Ihre Stimme war gereizt und was sie sagte, war ziemlich einfallslos. *Wo ich doch so fleißig gebüffelt habe… ich hab mein Bestes gegeben…* Sie folgte ihm auf dem Weg zur Tür, hinaus auf den Parkplatz und bis zu seinem Wagen. »Kommen Sie doch morgen zur Sprechstunde in mein Büro«, sagte er freundlich.

»Aber Herr Professor…«

Da stimmt etwas nicht.

»Mir scheint, die Note stimmt nicht, die Sie mir gegeben haben.«

Ihm war gar nicht aufgefallen, dass er seinen Gedanken laut ausgesprochen hatte. Wie auch immer, seine Sensoren schlugen an. Warum? Ein plötzlicher Anfall grundloser Paranoia? War es mit ihm auch schon so weit wie mit jenen traumatisierten Vietnam-Veteranen, die vor Schreck zusammenfahren, wenn sie eine Fehlzündung hören?

Ein Geräusch, das nicht hierher gehörte. Er wandte sich der Studentin zu, aber nicht, um sie anzusehen. Stattdessen sah er über sie hinweg, auf das, was sich am Rand seines

Gesichtsfeldes als Bewegung bemerkbar machte. Ja, tatsächlich, da war etwas, das nicht ins Bild passte. Locker und unbefangen, als würde er die blütengeschwängerte Frühlingsluft genießen, schlenderte ein breitschultriger Mann in schwarzem Flanellanzug, weißem Hemd und adrett geknoteter Krawatte herbei. In Woodbridge kleideten sich selbst die Leute aus der Verwaltung leger, und für Flanell war es definitiv zu warm. Kein Zweifel, dort ging ein Fremder, der allerdings so tat, als gehörte er hierher auf den Campus.

Brysons Instinkte waren hellwach. Er spürte, wie sich seine Kopfhaut zusammenzog, und blickte unwillkürlich hin und her, wie ein Fotograf, der verschiedene Blickwinkel ausprobiert. Ungerufen meldeten sich alte Verhaltensmuster aus einer entlegenen Bewusstseinsecke zurück.

Aber *warum*? An einem Besucher war doch wahrhaftig nichts ungewöhnlich, geschweige denn alarmierend. Wahrscheinlich handelte es sich um irgendeinen Vater, um einen Vertreter der Schulaufsicht oder um einen hochgestellten Handelsvertreter. Bryson musterte ihn mit kritischem Blick. Das Jackett war nicht zugeknöpft. Darunter blitzten dunkelbraune Hosenträger auf. Allerdings trug der Mann auch einen Gürtel, und die Hosenbeine fielen ziemlich lang aus, so dass sie auf den schwarzen, gummibesohlten Schuhen aufsetzten und Falten warfen. Adrenalin überschwemmte sein Blut: Genau so hatte er sich auch angezogen, früher, in seinem anderen Leben. Hosenträger oder ein Gürtel allein reichten manchmal nicht, dann nämlich, wenn man in der einen oder anderen Tasche einen schweren Gegenstand bei sich trug, einen großkalibrigen Revolver zum Beispiel. Und die Hosenbeine mussten ein bisschen länger ausfallen, um sicherzustellen, dass der Halfter am Fußgelenk auch im Sitzen verdeckt blieb. *Dress for sucess*, mit diesem Standardrat hatte Waller erläutert, wie man in einem richtig geschneiderten Anzug ein ganzes Waffenarsenal verstecken konnte.

Ich bin ausgestiegen. Lasst mich in Frieden!

Aber es gab keinen Frieden, nicht für ihn. Wer einmal drin war, kam nicht mehr raus, auch wenn das Gehalt nicht mehr überwiesen wurde und die spezielle Krankenversicherung längst gekündigt war.

Auf der ganzen Welt dürsteten feindliche Parteien nach Rache. Egal, welche Vorsichtsmaßnahmen getroffen wurden, egal, wie dicht die Deckung, wie raffiniert der Rückzug eingefädelt worden war – wirklich hartnäckig Gesuchte würden früher oder später ausfindig gemacht werden. Etwas anderes anzunehmen war Augenwischerei. Das war allen Agenten des Direktorats zweifelsfrei klar.

Aber womöglich schickt das Direktorat nach dir aus. Um – zynisch ausgedrückt – die Sterilisation komplett zu machen, den Splitter zu entfernen, reinen Tisch zu machen. Bryson kannte keinen einzigen Pensionär des Direktorats, obwohl es den einen oder anderen sicherlich geben musste. Aber wenn jemand auf höchster Ebene des Konsortiums an seiner, Brysons, Loyalität Zweifel aufkommen ließ, wäre es um ihn geschehen. Mit tödlicher Sicherheit.

Ich bin draußen; das Damals ist aus und vergessen.

Aber wer würde ihm glauben.

Nick Bryson – denn jetzt war er wieder Nick Bryson; Jonas Barrett hatte nichts zu melden – musterte den Mann mit aufmerksamem Blick. Das grau melierte Haar war kurz geschoren, das breite Gesicht leicht gebräunt. Im Näherkommen lächelte er und zeigte kleine, weiße Zähne. »Mr. Barrett?«, rief er von der Mitte des sattgrünen Rasens.

Das Gesicht des Mannes war maskenhaft freundlich, und das verriet ihn endgültig als Profi. Wer als normaler Mensch einen Fremden begrüßte, zeigte zumindest einen Rest an Vorsicht oder Unsicherheit.

Direktorat?

Dessen Personal war besser, weniger auffällig.

»Laura«, sagte er leise zu der Studentin. »Ich möchte, dass Sie zurück in die Severeid Hall gehen und in meinem Büro auf mich warten.«

»Aber …«

»*Sofort!*«, forderte er in scharfem Ton.

Sprachlos und mit rot angelaufenem Kopf machte Laura auf dem Absatz kehrt und eilte davon. Professor Jonas Barrett sei plötzlich wie ausgewechselt gewesen, würde sie am Abend ihrer Zimmergenossin erklären; er habe ihr regelrecht Angst eingejagt.

Aus der anderen Richtung waren leise Schritte zu hören. Bryson wirbelte herum. Ein zweiter Mann: rothaarig, mit Sommersprossen, jünger; er trug eine Clubjacke, eine hellbraune Hose und braune Lederschuhe. Dieser Aufzug entsprach schon eher der Kleiderordnung des Campus – abgesehen von den Knöpfen am Jackett, die allzu hell und metallen waren. Und außerdem wölbte sich das Jackett an der Brust, was auf einen darunter versteckten Halfter schließen ließ.

Woher, wenn nicht vom Direktorat? Gegner aus dem Ausland? Oder von einem anderen US-Geheimdienst?

Mittlerweile hatte Bryson das Geräusch identifiziert, durch das er zu Anfang aufmerksam gemacht worden war: das Geräusch eines leise im Leerlauf laufenden Motors. Ein Lincoln Continental mit dunkel getönten Scheiben stand in der Ausfahrt des Parkplatz, und zwar so, dass er sein Auto blockierte.

»Mr. Barrett?« Der größere, ältere Mann nahm Blickkontakt zu ihm auf und verlangsamte den Schritt, je näher er kam. »Wir müssen Sie bitten, mit uns zu kommen.« Dem Akzent nach stammte er aus dem Mittleren Westen. Er rückte bis auf einen halben Meter heran und deutete auf den Lincoln.

»Was Sie nicht sagen«, entgegnete Bryson kühl. »Kennen wir uns?«

Der Fremde antwortete wortlos: Er stemmte die Hände in die Hüften und wölbte die Brust, um die Konturen der Waffe zu zeigen, die im Halfter unter seinem Jackett steckte. So gab sich ein Profi einem anderen Profi zu erkennen. Plötzlich knickte er in der Hüfte ein und langte sich krampfhaft mit beiden Händen an den Bauch. Bryson hatte ihm blitzschnell die Stahlspitze seines schlanken Füllfederhalters in den muskulösen Bauch gerammt, worauf der Profi ganz unprofessionell, wenngleich durchaus verständlich reagierte. Eine von Wallers vielen Maximen lautete: *Immer nach der Waffe grei-*

fen, nie nach der Wunde. Und obwohl ein solches Verhalten allen natürlichen Instinkten zuwiderlief, hatte es Bryson schon mehr als einmal das Leben gerettet. Sein Gegenüber war, das stand jetzt fest, kein Spitzenmann.

Während der Fremde noch seine Wunde abtastete, langte Bryson unter dessen Jackett und zerrte die kleine, aber durchschlagskräftige Beretta aus dem Halfter.

Beretta – keine Direktoratswaffe. Woher stammte sie dann?

Er schlug mit dem Knauf gegen die Schläfe des Mannes. Dass er traf, sah er nicht mehr; er hörte nur das widerliche Krachen von Metall auf Knochen und wie der Mann zu Boden sackte; denn schon war Bryson herumgefahren und zielte mit der Pistole auf den Rothaarigen in der marineblauen Clubjacke.

»Ich habe entsichert«, rief er ihm zu. »Und wie sieht's bei Ihnen aus?«

Mit seiner verwirrten, panischen Miene gab sich der junge Mann als unerfahren zu erkennen. Immerhin konnte er sich ausrechnen, dass Nick schießen würde, sobald er den Hebel der Sicherung herumklappte. Die Chancen standen schlecht für ihn. Aber Unerfahrenheit konnte auch gefährlich werden, insofern nämlich, als sie zu irrationalen Reaktionen verleitete.

Die Pistole ruhig auf den rothaarigen Amateur gerichtet, wich Bryson langsam zurück, auf den im Leerlauf schnurrenden Lincoln zu, dessen Türen aller Wahrscheinlichkeit nach unverriegelt waren, weil man sich ja auf einen raschen Abgang vorbereitet hatte. Ohne den Jungagenten aus dem Schusswinkel zu entlassen, warf Bryson die Fahrertür auf und schlüpfte hinters Lenkrad. Auf den ersten Blick stellte er fest, dass die Fenstergläser ringsum kugelsicher waren. Er brauchte nur den Schalthebel aus der Park-Stellung zu ziehen, und schon rollte der Wagen an. Gleich darauf hörte er eine Kugel ins Heck einschlagen, dem Scheppern nach zu urteilen genau ins Nummernschild. Ein zweites Geschoss traf auf die Heckscheibe und spritzte davon ab, ohne Schaden anzurichten. Mit weiteren Schüssen auf die Reifen versuchte der Rotschopf, den Wagen aufzuhalten.

Doch schon wenige Sekunden später raste Bryson durch das geöffnete schmiedeeiserne Tor zum Campus hinaus auf die von Bäumen gesäumte Zufahrt. Einer seiner Verfolger lag am Boden, der andere ballerte wild und vergeblich hinter ihm her. Bryson schwirrte der Kopf. *Das war's*, dachte er. Und: *Was nun?*

Wenn man mich wirklich hätte umbringen wollen, wäre ich jetzt tot.

Auf die Interstate abgebogen, trat Bryson aufs Gaspedal, gefasst darauf, dass sich ihm ein oder mehrere Verfolger anschließen würden. *Sie haben mich absichtlich, arglos und unbewaffnet wie ich war, zu überrumpeln versucht.* Man hatte also etwas anderes mit ihm im Sinn gehabt. Aber was? Wie war es überhaupt möglich, dass sie ihn gefunden hatten? Wer hatte da Zugriff auf eine strengstens abgesicherte Datenbank des Direktorats? Es gab zu viele Variablen, zu viele Unbekannte. Von Angst aber war Bryson weit entfernt; er empfand nur diese eisige Ruhe des gedrillten Agenten, der er einst gewesen war. Einen Flughafen würde er jetzt natürlich nicht ansteuern, denn da erwartete man ihn als Erstes. Stattdessen beschloss er, dahin zu fahren, wo man ihn am wenigsten erwartete: in sein Haus auf dem Campus. Falls es dort zu weiteren Konfrontationen käme, musste er sich ihnen eben stellen. Konfrontation war ein Risiko von begrenzter Dauer, eine Flucht dagegen konnte endlos sein. Für so etwas fehlte Bryson mittlerweile die Geduld. Zumindest in der Hinsicht hatte Waller durchaus Recht.

Als er in den Campusweg einbog, der zu seiner Wohnung an der Villier Lane führte, hörte er – und sah dann auch – einen Hubschrauber durch die Luft schwirren und auf den kleinen Landeplatz auf dem Gebäude zufliegen, das von einem Software-Milliardär gestiftet worden war und die naturwissenschaftliche Fakultät beherbergte. Es war mit Abstand das höchste Bauwerk der College-Anlage. Normalerweise landeten dort nur bedeutende Sponsoren; diese Maschine aber trug die Kennung der Bundespolizei. Offenbar war sie gerufen worden. Bryson hielt vor seinem Haus an, einem leicht verwitterten Ziegelbau im Queen-Anne-Stil mit Walmdach und stuckverzierter Fassade. Das Haus war leer, und an der Alarmanlage, die er selbst installiert hatte, konnte er ablesen, dass niemand das Haus in seiner Abwesenheit betreten hatte.

Er vergewisserte sich, dass an der Anlage nicht herumgefummelt worden war. Helles Sonnenlicht flutete durch ein Wohnzimmerfenster auf die Bodendielen aus Kiefernholz, das durch die Wärme einen angenehm harzigen Duft verbreitete. Genau darum hatte er sich für den Kauf dieses Hauses entschieden: Dieser Duft erinnerte ihn an ein glückliches Jahr, das er in einem Holzhaus außerhalb von Wiesbaden verbracht hatte. Er war damals sieben Jahre alt gewesen, und sein Vater hatte auf dem nahe gelegenen Militärstützpunkt ein Jahr Dienst absolvieren müssen. Nicht, dass Nick ein typischer Soldatenspross gewesen wäre. Sein Vater hatte immerhin im Rang eines Generals gestanden und seiner Familie stets eine komfortable Unterkunft mit Personal bieten können. Trotzdem, während seiner Kindheit lernte Nick vor allem eines: Pflöcke aus dem Boden zu ziehen und in irgendeinem anderen Winkel der Welt wieder einzuschlagen. Seine natürliche Sprachbegabung, über die andere nur staunen konnten, kam ihm bei den vielen Umzügen sehr zugute. Neue Freundschaften zu schließen fiel ihm allerdings weniger leicht, doch auch darin entwickelte er mit der Zeit mehr und mehr Geschick, zumal er sich nicht als Außenseiter stilisieren wollte, wie so viele andere Kinder von Armeeangehörigen.

Er war jetzt zu Hause. Er würde abwarten. Das nächste Treffen würde auf seinem Territorium stattfinden, zu seinen Bedingungen.

Es dauerte nicht lange.

Nur wenigen Minuten waren vergangen, als ein schwarzer Cadillac, durch einen US-Wimpel an der Antenne als Limousine der Regierung kenntlich gemacht, in seine Auffahrt einbog. Vom Fenster aus sah Bryson den Wagen kommen und ahnte sofort, dass der so offen zur Schau gestellte Wimpel ihm zur Beruhigung dienen sollte. Ein livrierter Chauffeur stieg aus und öffnete die hintere Tür, um einen kleinen, drahtigen Mann aussteigen zu lassen. Bryson hatte das Gesicht schon einmal im Kabelprogramm C-SPAN gesehen. Es war irgendein Geheimdienstbeamter. Bryson trat ihm auf der Veranda entgegen.

»Mr. Bryson«, grüßte der Mann im New-Jersey-Akzent und mit verrauchter Stimme. Bryson schätzte ihn auf Mitte fünfzig. Er hatte dichtes weißes Haar, ein schmales Gesicht mit tiefen Furchen und trug einen braunen Anzug, der nur wenig hermachte. »Sie wissen, wer ich bin?«

»Jemand, der mir einiges zu erklären hat.«

Der Regierungsbeamte nickte und hob scheinbar reuevoll die Hände. »Wir haben Mist gebaut, Mr. Bryson – oder ist Ihnen Jonas Barrett lieber? Ich übernehme die volle Verantwortung und bin gekommen, um mich persönlich bei Ihnen zu entschuldigen. Und um Ihnen eine Erklärung abzuliefern.«

Ein Bild vom Fernsehschirm kam Bryson in den Sinn, unter dem sprechenden Kopf eine Einblendung in weißer Schrift. »Sie sind Harry Dunne, Deputy Director der CIA.« Bryson erinnerte sich, ihn ein- oder zweimal in irgendeinem Unterausschuss des Kongresses gesehen zu haben.

»Ich muss mit Ihnen reden«, sagte der Mann.

»Ich habe Ihnen nichts zu sagen und wünschte, Sie an Ihren Mr. Breyer – oder wie immer der auch heißt – verweisen zu können. Aber das kann ich ja leider nicht.«

»Sie brauchen mir nichts zu sagen. Ich möchte Sie nur bitten, mir zuzuhören.«

»Ich habe schon verstanden, die beiden Typen waren von Ihnen.«

»Ja, so ist es«, gab Dunne unumwunden zu. »Sie sind übers Ziel hinausgeschossen und haben Sie, Bryson, gehörig unterschätzt. Es war ein Fehler anzunehmen, dass Sie fünf Jahre nach Ihrem Ausstieg aus dem aktiven Dienst nicht mehr in Form sein würden. Sie haben den beiden – vor allem diesem Eldridge, der übrigens schon verarztet ist – eine Lektion erteilt, für die er sich bei Ihnen bedanken sollten.« Er lachte und ließ dabei ein trockenes Rasseln in der Kehle hören. Langsam ging er auf Bryson zu, der an einem Holzpfosten lehnte, die Arme auf dem Rücken verschränkt, etwas unterhalb der Stelle, wo er die Beretta mit Pflaster festgeklebt hatte. Im Handumdrehen hätte er sie parat. In der TV-Talk-Runde am vergangenen Sonntag hatte Dunne einen gebieterischen, überlegenen Eindruck gemacht. Dagegen wirkte er jetzt geradezu geschrumpft, als wäre er zu klein für seinen Anzug.

»Ich habe keine Lektionen zu erteilen«, entgegnete Bryson. »Ich habe mich nur gegen zwei Männer verteidigt, die hier nichts zu suchen hatten und mir, wie es schien, zu nahe kommen wollten.«

»Sie haben im Direktorat eine wirklich gute Ausbildung genossen. Das steht fest.«

»Ich weiß nicht, wovon Sie sprechen.«

»Oh doch, das wissen Sie genau. Aber dass Sie sich sträuben, war zu erwarten.«

»Ich fürchte, Sie verwechseln mich«, sagte Bryson leise. »Mir ist schleierhaft, worauf Sie anspielen.«

Der CIA-Mann stieß geräuschvoll Luft aus und hustete rasselnd. »Leider sind nicht alle Ihre früheren Kollegen so diskret wie Sie, oder sagen wir: so *prinzipientreu*. Amtseide und Schweigepflichten verlieren häufig ihre bindende Wirkung, wenn Geld von einer Hand in die andere wechselt. Ich spreche von viel Geld. Von Ihren früheren Kollegen hat sich keiner billig verkauft.«

»Wie schon gesagt, ich verstehe Sie nicht.«

»Nicholas Loring Bryson, geboren in Athen, Griechenland, einziger Sohn von General und Mrs. George Wynter Bryson«, referierte der CIA-Mann monoton. »Besuch der St. Alban School in Washington, D.C., der Stanford-Universität und der Georgetown's School für den Auswärtigen Dienst. Zurzeit des Studiums in Stanford von einer Geheimdienstagentur rekrutiert, die nur einigen wenigen Eingeweihten als das Direktorat bekannt ist. Ausgebildet als Agent für besondere Einsätze, fünfzehn Jahre erfolgreich Dienst geleistet, unter anderem in ...«

»Nette Vita«, unterbrach Bryson. »Hätte ich auch gern. Als Akademiker stellt man sich gern mal vor, wie es wäre, ein aktives Leben jenseits Efeu berankter Institutsmauern zu verbringen.« Er sprach mit Inbrunst. Seine Legende war darauf angelegt, Verdacht zu zerstreuen. Es reichte nicht, sich gegen Verdächtigungen nur zu wehren.

»Weder Sie noch ich haben Zeit zu verschwenden«, sagte Dunne. »Wie auch immer, Sie werden feststellen, dass wir Ihnen keinen Schaden zufügen wollen.«

»Nach allem, was ich gelesen habe, sind Männer Ihres Schlages, mit Verlaub, zu allem fähig, und vieles davon ist sehr schädlich. Zum Beispiel Kugeln im Kopf oder Scopolamin-Infusionen. Muss ich Sie an den armen Nosenko erinnern, der den Fehler machte, auf unsere Seite überzuwechseln? Man hat ihm eine Vorzugsbehandlung zukommen lassen, nicht wahr? Achtundzwanzig Monate in einer Gummizelle. Sie und Ihresgleichen haben alles daran gesetzt, dass er vor die Hunde geht.«

»Sie sprechen da einen Fall aus der Vorgeschichte an, Bryson. Ich verstehe und akzeptiere Ihren Argwohn, würde ihn allerdings gern zerstreuen.«

»Was wäre verdächtiger als gerade ein solcher Versuch?«

»Wenn ich Ihnen wirklich an den Karren fahren wollte«, sagte Dunne, »würden wir dieses Gespräch nicht führen, das wissen Sie genau.«

»Sie stellen sich das, glaube ich, ein wenig zu einfach vor«, antwortete Bryson in leicht überheblichem Tonfall und lächelte blasiert, um dem CIA-Mann Gelegenheit zu geben, auf die implizite Drohung zu antworten. Es hatte keinen Sinn, sich länger zu verstecken.

»Wir wissen, dass Sie mit Ihren Händen und Füßen allerhand anrichten können. Eine Demonstration ist nicht nötig. Ich bitte Sie lediglich, mir eine Weile zuzuhören.«

»Das sagten Sie bereits.« *Wie viel wusste die CIA wirklich von ihm und seiner Arbeit beim Direktorat? Wie war es überhaupt möglich, dass Informationen über ihn nach draußen gelangen konnten?*

»Hören Sie zu, Bryson, Kidnapper sind keine Bittsteller. Sie können sich wahrscheinlich vorstellen, dass es nicht zu meinen Tagesgeschäften gehört, Klinken zu putzen. Ich bin hier, um Ihnen etwas Wichtiges zu sagen. Und Ihnen wird nicht gefallen, was Sie zu hören bekommen. Sie kennen doch unsere Einrichtung in den Blue Ridges, nicht wahr?«

Bryson zuckte mit den Achseln.

»Ich möchte, dass Sie mich dorthin begleiten. Ich möchte, dass Sie sich anhören und ansehen, was ich Ihnen zu sagen und zu zeigen habe. Anschließend können Sie, wenn Sie denn wollen, nach Hause zurückkehren, und wir vergessen das Ganze.« Er zeigte auf seine Limousine. »Kommen Sie mit.«

»Was Sie da vorschlagen, ist kompletter Wahnsinn. Das müsste Ihnen doch klar sei. Vorhin haben zwei drittklassige Schläger versucht, mich zu entführen. Dann kommt jemand, den ich nur aus TV-Shows kenne und der eine ziemlich schlecht beleumundete Behörde vertritt. Er kommt an meine Tür und versucht mich, mal mit Drohungen, mal mit Versprechungen, gefügig zu machen. Was glauben Sie wohl, wie ich darauf reagiere?«

Dunne verzog keine Miene. »Ich bin sicher, Sie werden mich begleiten.«

»Und was macht Sie so sicher?«

Dunne ließ mit der Antwort eine Weile auf sich warten. »Ihre Neugier wird siegen«, sagte er schließlich. »Kommen Sie mit. Nur so werden Sie die Wahrheit erfahren.«

Bryson prustete. »Welche Wahrheit?«

»Wie wär's fürs Erste mit der eigenen?«, antwortete der CIA-Mann im Flüsterton.

Drittes Kapitel

In den Blue Ridge Mountains Westvirginias, nahe der Grenzen zu Tennessee und North Carolina, unterhält die CIA einen rund 200 Hektar großen Forst, der hauptsächlich aus Hartholz besteht, aber an einigen Stellen durchmischt ist von Fichten, Tannen und Kiefern. Inmitten des Jefferson National Forest gelegen, ist dieses zum Naturschutzgebiet am Little Wilson Creek gehörende Gebiet mit seinen Hügeln, Seen, Flüssen, Bächen und Wasserfällen weit entfernt von allen größeren Wanderpfaden und den nächsten Ortschaften Troutdale und Volney. Diese durch einen hohen elektrischen Zaun mit einem Saum aus Natodraht gesicherte Wildnis ist in den Kreisen der Agentur unter dem nichts sagenden Namen »Range« bekannt.

Dort werden auf felsigem Terrain neueste technische Entwicklungen getestet, zum Beispiel miniaturisierte Sprengstoffe oder diverse Sender und Radaranlagen, deren Frequenzbereiche jenseits aller Aufklärungsmöglichkeiten der Gegner liegen.

Es wäre nicht verwunderlich, wenn jemand, der tagelang über die Hügel streift, das flache Gebäude aus Beton und Glas nicht entdeckte, das gleichzeitig als Hauptquartier, Trainingslager, Tagungsstätte und Wohnunterkunft dient. Dieses Gebäude liegt rund 100 Meter von einer Lichtung entfernt, einem Hubschrauberlandeplatz, der aufgrund seiner topografischen Besonderheiten kaum einzusehen ist.

Harry Dunne hatte auf der Reise hierher nur wenig gesagt. Gelegenheit zu einem Gespräch gab es auch nur während der kurzen Autofahrt zum Landeplatz auf dem Campus. In dem dunkelgrünen Regierungshubschrauber hatte man ihnen und Dunnes stummem Assistenten Schallschutzschalen auf die Ohren gesetzt. Nach der Landung wurden die drei Männer von einem Beauftragten in Empfang genommen, der offensichtlich keine wichtige Position innehatte.

Gefolgt von den beiden Assistenten, durchquerten Bryson und Dunne den schlichten Eingangsbereich und gingen über eine Folge von Treppen nach unten in einen Kellerraum mit niedriger Decke und spartanischer Einrichtung. Auf die glatten, weiß gestrichenen Wände waren zwei große flache LCD-Bildschirme montiert, die wie quadratische Leinwände aussahen. An einem matt schimmernden Tisch aus gebürstetem Stahl nahmen die beiden Männer Platz. Einer der stummen Assistenten verschwand; der andere bezog Posten vor der Tür.

Kaum war die Tür geschlossen, legte Dunne los. Er kam gleich zur Sache. »Ich will Ihnen sagen, was ich glaube, wofür Sie sich halten«, fing er an. »Sie halten sich für einen Helden, dem ein Loblied nach dem anderen gesungen werden müsste, was aber nicht der Fall ist. Dass Sie an dieser für Sie so zentralen Überzeugung mit Vehemenz festhalten, ist der eigentliche Grund dafür, warum Sie anderthalb Jahrzehnte lang einen Stressjob ausgehalten haben, an dem andere in kürzester Zeit zerbrochen wären. Sie glaubten, über dieses ultrageheime, so genannte Direktorat ihrem Land zu dienen. Von der Existenz dieser Einrichtung wissen nicht einmal höchste Regierungsvertreter, ausgenommen vielleicht der Sicherheitsberater des Präsidenten und ein paar Schlüsselfiguren im Weißen Haus. Eine wirklich hermetisch abgeriegelte Agentur, oder jedenfalls so hermetisch wie etwas in dieser Welt überhaupt sein kann.«

Bryson atmete tief und gleichmäßig. Er wollte sich auf keinen Fall eine Gefühlsregung anmerken lassen. Tatsächlich war er schockiert: Der CIA-Mann wusste über Dinge Bescheid, die außerordentlich gründlich kaschiert worden waren.

»Zwar ist Ihnen vor zehn Jahren vom Präsidenten ein Verdienstorden zuerkannt worden«, fuhr Dunne fort, »aber diese Ehrung musste so heimlich und leise über die Bühne gehen, dass es weder Feier noch Ansprache gab, geschweige denn einen freundlichen Händedruck vom Präsidenten. Ich wette, Sie haben nicht einmal den Orden behalten dürfen.« Bryson erinnerte sich: Waller hatte ein Kästchen geöffnet und ihn einen Blick auf das runde Messingstück werfen lassen. Natürlich kam ein Besuch im Weißen Haus aus Geheimhaltungsgründen nicht in Frage. Trotzdem hatte sich Bryson durchaus geehrt gefühlt. Waller hatte ihn gefragt, ob es ihn ärgere, die höchste zivile Auszeichnung erhalten zu haben, ohne dass irgendjemand jemals Notiz davon nehmen würde, was Bryson, sehr bewegt, aufrichtig verneint hatte. Immerhin wüssten er, Waller, und der Präsident Bescheid; es sei ihm Genugtuung genug, davon ausgehen zu dürfen, dass durch seine Arbeit die Welt ein bisschen sicherer geworden sei. Das war im Übrigen auch in etwa die moralische Grundeinstellung aller Direktoratsangehörigen.

Dunne drückte nun eine Reihe von Schalterknöpfen auf einer in die Metallplatte des Tisches eingelassenen Konsole, worauf die beiden Flachbildschirme flimmernd aufleuchteten. Zu sehen war ein Foto von Bryson als Student in Stanford – kein Porträt aus einem Jahrbuch, sondern ein Schnappschuss, der ohne sein Wissen gemacht worden war. Das Bild auf dem anderen Monitor zeigte ihn in militärischer Arbeitskleidung in den Bergen Perus und verwandelte sich nach einigen Sekunden in ein drittes Bild, auf dem er mit getöntem Teint und dichtem Vollbart einen syrischen Munitionsexperten mit Namen Jamil Al-Moualem darstellte.

Verwunderung ist eine Emotion von kurzer Haltbarkeit. Bryson spürte, wie sein schockiertes Erstaunen allmählich abebbte und von Verärgerung abgelöst wurde, die schließlich in Wut mündete. Offenbar hatte er im Streit der Geheimdienste um die Legitimität der Direktoratsmethoden als Zankapfel herhalten müssen.

»Beeindruckend«, kommentierte Bryson trocken, »aber ich schlage vor, Sie diskutieren dieses Problem mit anderen. Ich bin seit einiger Zeit ausschließlich als Dozent tätig; und das wissen Sie auch.«

Dunne streckte den Arm aus und gab Bryson einen kameradschaftlichen Klaps auf die Schulter. »Mein Freund, die Frage ist nicht, was *wir* wissen, sondern was *Sie* wissen, oder genauer: was Sie *nicht* wissen. Sie glauben, fünfzehn

Jahre lang Ihrem Land gedient zu haben.« Dunne musterte Bryson mit bohrenden Blicken.

Leise, aber entschieden antwortete Bryson: »Ich weiß, dass dem so ist.«

»Und genau an dem Punkt irren Sie. Stellen Sie sich vor: Das Direktorat gehört gar nicht zur Administration der Vereinigten Staaten, hat nie und nimmer dazugehört.« Dunne lehnte sich in seinem Sessel zurück und fuhr mit der Hand durch seine weiße Mähne. »Verdammt, ich bin mir im Klaren darüber, dass ich Ihnen jetzt einiges zumuten muss, und es fällt mir nicht leicht, glauben Sie mir das. Vor zwanzig Jahren musste ich einen unserer Männer zurückpfeifen. Er glaubte, für Israel zu spionieren und war ganz engagiert bei der Sache. Ich musste ihm klarmachen, dass er unter falscher Flagge gedient und seinen Lohn von Libyen empfangen hatte. Die Kontakte, die Kontrollen, die Hotelzimmer-Rendezvous in Tel Aviv – all das war Teil der Inszenierung. Und die war nicht einmal besonders raffiniert. Dumm nur, dass dieses Miststück dann anfing, ein doppeltes Spiel zu spielen. Trotzdem tat er mir Leid, als er erfahren musste, wer seine wahren Auftraggeber waren. Sein Gesicht werde ich nie vergessen.«

Bryson lief rot an. »Worauf wollen Sie eigentlich hinaus?«

»Gegen diesen Mann sollte tags darauf in einem streng abgesicherten Raum des Justizministeriums Anklage erhoben werden. Aber er kam uns zuvor und nahm sich mit einem Kopfschuss das Leben.« Auf einem der LCD-Bildschirme leuchtete ein anderes Bild auf. »Das ist der Mann, der Sie rekrutiert hat, stimmt's?«

Es war ein Foto von Herbert Woods, ein arrivierter Historiker und Brysons Mentor in Stanford. Woods hatte große Stücke auf ihn gehalten und an ihm bewundert, dass er zwölf Sprachen fließend sprechen konnte, mit einem außergewöhnlich guten Gedächtnis gesegnet war und dass er auch sportlich einiges auf dem Kasten hatte. Gesunder Geist in gesundem Körper – darauf legte Woods großen Wert.

Der Bildschirm wurde kurz dunkel und zeigte dann ein sehr grobkörniges Foto des jungen Woods auf einer Straße, die Bryson sofort als die alte Gorkystraße in Moskau wiedererkannte, die nach der Wende wieder ihren vorrevolutionären Namen Twerskaja zurückerhalten hatte.

Bryson lachte bitter auf. »Das ist Irrsinn. Sie wollen mir doch jetzt nicht von dem ›Skandal‹ erzählen, dass Herb Woods in jungen Jahren ein Kommunist gewesen ist. Verzeihung, aber das weiß doch längst jeder. Er hat nie ein Hehl daraus gemacht. Deshalb war er später ja auch ein so entschiedener Antikommunist: Er wusste aus erster Hand, wie verführerisch der ganze utopische Quatsch damals war.«

Dunne schüttelte den Kopf. Ein rätselhafter Ausdruck lag auf seinem Gesicht. »Vielleicht habe ich zu weit vorgegriffen. Wie ich Ihnen schon sagte, ich will, dass Sie einfach nur zuhören. Sie sind Historiker, stimmt's? Nun, dann gestatten Sie mir eine kleine Geschichtslektion. Sie wissen bestimmt, was es mit dem Trust auf sich hat.«

Bryson nickte. Der Trust galt gemeinhin als der größte Spionagecoup des 20. Jahrhunderts. Die Operation hatte sich über sieben Jahre erstreckt und war von Lenins Meisterspion Felix Dserschinski ausgeheckt worden. Kurz nach der Oktoberrevolution wurde die Tscheka, die sowjetische Geheimpolizei, aus der sich der KGB entwickelte, von einer Gruppe falscher Dissidenten gegründet. Unter ihnen befanden sich einige angeblich abtrünnige Mitglieder der Sowjetregierung, die, gezielt gestreuten Gerüchten zufolge, glaubten, dass der Zusammenbruch der UdSSR unmittelbar bevorstünde. Bald schlossen sich dem so genannten Trust oppositionelle Gruppen aus dem Exil an, die dann die Geheimdienste des Westens mit Informationen versorgten – gefälschten, versteht sich –, und zwar in einem Ausmaß, dass diese Geheimdienste gänzlich davon abhängig wurden. Zum einen konnten so alle Regierungen, die die Sowjetunion zu Fall bringen wollten, in die Irre führt werden; zum anderen bot sich Moskau damit die enorm wirksame Möglichkeit, in die Spionagenetze des feindlichen Auslands einzudringen. All dies funktionierte so vorzüglich, dass der Trust später als Modellfall einer perfekten Täuschungsoperation an den

Schulen der Geheimdienste auf der ganzen Welt vorgestellt wurde.

Als der Schwindel in den späten 20er Jahren aufflog, war es zu spät. Führende Oppositionelle im Exil waren gekidnappt und ermordet, Netze von Kollaborateuren zerstört und Überläufer abgefangen worden. Die Widerstandskräfte im Land hatten sich von diesem Rückschlag nie erholen können. Diese Operation war, wie es ein berühmter amerikanischer Geheimdienstanalytiker ausdrückte, der Grundstock des sowjetischen Staates.

»Jetzt sind Sie es, der aus der Vorgeschichte referiert«, sagte Bryson ungehalten und rutschte nervös hin und her.

»Unterschätzen Sie nie die Kraft der Inspiration«, sagte Dunne. »Anfang der 60er Jahre gab es bei der GRU, der militärischen Aufklärung der Sowjets, eine Hand voll heller Köpfe ... wenn das kein Widerspruch in sich ist.« Er kicherte. »Nun, diese Leute befanden, dass die eigenen Geheimdienste allesamt schlaff und ineffektiv seien und sich aus demselben Trog an Desinformation bedienten, den sie zur Täuschung anderer aufgestellt hatten, kurz: nicht viel taugten. Warum? Weil sie jede Menge Zeit damit verbrachten, den eigenen Spuren zu folgen. Das waren wirklich schlaue Kerle, Superhirne; sie nannten sich selbst *Schakmatisti,* Schachspieler, die sie auch tatsächlich waren. Sie verabscheuten ihre dusseligen Agenten und hatten nur Verachtung übrig für jene Amerikaner, die mit ihnen kooperierten. Sie waren in ihren Augen armselige Dilettanten und Verlierer. Die Schachspieler nahmen nun den alten Trust noch einmal unter die Lupe, um ein paar nützliche Dinge daraus zu lernen, und kamen – übrigens genau wie wir – zu dem Schluss, dass es günstig wäre, die pfiffigsten Agenten aus dem Feindeslager für eigene Zwecke einzuspannen. Und sie glaubten auch zu wissen wie – übrigens wiederum genau wie wir: nämlich mit dem Versprechen, ein Leben voller Abenteuer garantieren zu können.«

»Ich kann nicht ganz folgen.«

»Das konnten wir bis vor kurzem auch nicht. Erst in den letzten Jahren erfuhr die CIA von der Existenz des Direktorats und – wichtiger noch – was es mit ihm auf sich hat.«

»Unsinn.«

»Das ist kein Unsinn, sondern Schach in Vollendung. Wir sprechen vom größten Spionagecoup der Nachkriegszeit, einem fantastisch listigen Husarenstück. Es war nicht weniger raffiniert als das, was man mit der Operation Trust seinerzeit abgezogen hatte. Der Meisterzug jener GRU-Genies bestand darin, eine Infiltrationsoperation direkt auf feindlichem Boden, auf unserem Boden, durchzuführen. Sie installierten eine höchst geheime Spionageagentur, besetzt mit allerbesten Kräften, die keine Ahnung davon hatten, von wem sie ihre Befehle erhielten. Hinsichtlich der Führungsebene war immer nur vom ›Konsortium‹ die Rede, und für die eigene Arbeit galt klipp und klar, dass nicht einmal höchste Regierungsstellen davon Kenntnis haben durften. Und darin bestand das Geniale dieser Konstruktion. Niemand, schon gar nicht die Regierung, durfte wissen, woran man gerade arbeitete. Ich spreche von guten, rechtschaffenen Amerikanern, die morgens ihren Maxwell-Kaffee tranken, ihre Schnitte Wonder Bread toasteten, in ihrem Buik oder Chevy zur Arbeit fuhren und im Auslandseinsatz ihr Leben aufs Spiel setzten – aber nie in Erfahrung bringen sollten, wer ihre wahren Arbeitgeber waren. Und es lief alles wie am Schnürchen.«

Bryson konnte Dunnes sarkastische Ausführungen nicht länger ertragen. »Verdammt noch mal, es reicht! Das ist doch alles erstunken und erlogen! Sie glauben doch nicht etwa, dass ich Ihnen diesen Schwachsinn abkaufe. Sie sind ja nicht ganz bei Trost.« Er stand hastig auf. »Bringen Sie mich hier raus, aber schnellstens. Ich habe keine Lust, Ihrem Schmierenstück länger zuzuhören.«

»Ich habe nicht erwartet, dass Sie mir auf Anhieb glauben.« Dunne verzog keine Miene. »Und ich verstehe gut, dass Sie diese Geschichte nicht wahrhaben wollen. Aber, bitte, gedulden Sie sich noch eine Weile.« Er deutete auf einen der beiden Bildschirme. »Kennen Sie diesen Mann?«

»Ted … Edmund Waller«, stammelte Bryson. Auf dem Foto war Waller noch sehr viel jünger, kräftig gebaut, aber nicht fettleibig; er trug eine Uniform der russischen Armee und schien an einer Parade auf dem Roten Platz teilzunehmen. Im Hintergrund war ein Teil der Kreml-Mauer zu sehen. Am Bildrand wurden in Laufschrift biografische Daten eingeblendet: »Name: GENNADI ROSOWSKI; geb. 1935 in WLADIWOSTOK. Wunderkind in Sachen Schach. Seit dem siebten Lebensjahr von einem Muttersprachler in amerikanischem Englisch ausgebildet. Hochschulabschlüsse in Staatspolitik und militärische Wissenschaften.« Es folgte eine Liste von Orden und anderen militärischen Auszeichnungen.

»Wunderkind in Sachen Schach«, murmelte Bryson vor sich hin. »Was soll das heißen?«

»Es heißt, dass er, wenn er eine Laufbahn als Schachspieler eingeschlagen hätte, selbst Leuten wie Spassky und Fisher überlegen gewesen wäre«, antwortete Dunne. »Schade, dass ihm eine solche Herausforderung nicht groß genug war.«

»Fotos können gefälscht werden, besonders leicht, wenn sie als digitale Datensätze vorliegen…«, gab Bryson zu bedenken.

Dunne fiel ihm ins Wort. »Wem wollen Sie hier eigentlich etwas weismachen, mir oder sich selbst? Übrigens liegen uns von den meisten Fotos auch die Originale vor, die Sie, wenn es Sie glücklich macht, überprüfen dürfen. Ich kann Ihnen versichern, dass wir selbst genau hingesehen haben, nicht zuletzt mit Hilfe eines Mikroskops. Fast hätten wir von der Sache nie erfahren. Aber dann kam die große Wende, und wir erhielten – *mirabile dictu*, Professor – Zutritt zu verschiedenen Kreml-Archiven. Eine größere Summe Geld wechselte den Besitzer, und es tauchten verschollene Akten auf. Mit denen allein hätten wir kaum etwas anfangen können, wenn uns da nicht ein paar Überläufer zu Hilfe gekommen wären. Für sich genommen, waren deren Hinweise wiederum wenig aufschlussreich, aber im Kontext mit den Kreml-Akten wurden die Zusammenhänge allmählich klar. Und auf diesem Weg erfuhren wir von Ihnen, Nick. Inhaltlich sprang aber nicht viel dabei heraus, weil die Hintermänner ihre Operationen extrem klein segmentiert hatten, genau so, wie es auch Terrorzellen tun.

Wir haben also unsere Wissenslücken zu füllen versucht, womit wir die vergangenen drei Jahre in streng geheimem Auftrag sehr intensiv beschäftigt waren. Trotzdem ist es uns bislang nicht gelungen, die Hintermänner zu identifizieren – bis auf einen, Ihren Freund Gennadi Rosowski. Eines muss man ihm lassen: Er hat Humor. Wissen Sie, nach wem er sich benannt hat? Edmund Waller war der Name eines geheimnisvollen Poeten aus dem 17. Jahrhundert. Hat Waller jemals mit Ihnen über den englischen Bürgerkrieg gesprochen?«

Bryson schluckte unwillkürlich und nickte.

»Das wird Ihnen gefallen, ganz bestimmt: Während der Zeit des Interregnums schrieb dieser Edmund Waller flammende Lobgedichte auf Cromwell, den Lord Protector. Gleichzeitig aber hatte er sich an einer royalistischen Verschwörung beteiligt, weshalb er nach der Restauration vom königlichen Gerichtshof mit großen Ehren ausgezeichnet wurde. Interessant, nicht wahr? Ihr alter Freund benennt sich nach dem größten Doppelagenten der englischen Lyrik. Über diesen Witz wird man sich in Ihrem Gelehrtenkreis doch bestimmt ausschütten vor Lachen.«

»Sie behaupten also, dass ich als College-Student von einer Art – wie soll ich sagen? – Handlangerorganisation rekrutiert worden bin und dass alles, was ich danach geleistet habe, nur eine Farce war. Habe ich Sie richtig verstanden?« Brysons Stimme klang bitter und skeptisch zugleich.

»Allerdings haben die schrägen Machenschaften schon früher begonnen, sehr viel früher.«

Er drückte ein paar Schalter auf der Konsole und ließ andere Bilder auf den Schirmen aufleuchten. Links war Brysons Vater, General George Bryson, zu sehen, ein kräftiger, gut aussehender Mann mit kantigem Kinn; ihm zur Seite stand seine Frau Nina Loring Bryson, eine zarte, herzensgute Frau, die, von Beruf Klavierlehrerin, ihrem Mann rund um die Welt von einer Kaserne zur anderen gefolgt war und sich nie auch nur mit einem Wort darüber beklagt hatte. Das rechte Bild – wiederum sehr grobkörnig und offenbar Polizeiakten entnommen – zeigte ein total demoliertes Autowrack auf einer verschneiten Bergstraße. Bryson war wie vor den Kopf geschlagen. Nach all den Jahren war der Schmerz noch immer unerträglich.

»Gestatten Sie, dass ich Ihnen eine Frage stelle, Bryson. Haben Sie tatsächlich an einen Unfall geglaubt? Sie waren 15 Jahre alt, ein Eliteschüler, ein Sportass, der Idealtyp des amerikanischen Jugendlichen. Auf einen Schlag kommen beide Elternteile ums Leben. Sie kommen zu den Großeltern …«

»Onkel Pete«, sagte Bryson tonlos. »Peter Munroe.«

»Ja, der Name, den er angenommen hatte. Ursprünglich hatte er einen anderen. Er hat bestimmt, auf welches College Sie gehen, und auch viele andere Entscheidungen für Sie getroffen – Entscheidungen, mit denen sichergestellt war, dass Sie am Ende bei der richtigen Adresse landeten: beim Direktorat.«

»Sie sagen, dass meine Eltern vorsätzlich ermordet wurden«, wiederholte Bryson wie benommen. »Sie sagen, mein ganzes Leben sei ein … einziger großer Schwindel.«

Dunne zögerte. »Wenn es Sie tröstet: So wie Ihnen ist es auch anderen ergangen«, sagte er leise. »Dutzenden. Nur waren Sie der spektakulärste Erfolg.«

Bryson wollte Einspruch erheben und seinem Gegenüber nachweisen, dass seine Geschichte etliche Ungereimtheiten enthielt und so nicht stimmen konnte. Doch er bekam kein Wort über die Lippen. Er war wie gelähmt von einem entsetzlichen Gefühl der Ohnmacht. Wenn Dunne mit seinen Ausführungen Recht hatte, und sei es auch bloß halbwegs … was in seinem Leben war dann wirklich? Wo lag seine Wahrheit? Mit wem hatte er es bei seiner eigenen Person zu tun? »Und Elena?«, fragte er mit stierem Blick und wollte die Antwort im Grunde gar nicht hören.

»Tja, Elena Petrescu. Auch so ein Fall. Sehr interessant. Wir vermuten, dass sie der rumänischen Securitate angehört hat, dann vom Direktorat angeworben und auf Sie angesetzt worden ist, um Sie im Auge zu behalten.«

Elena... nein, unvorstellbar, sie war kein Securitate-Spitzel! Ihr Vater war ein Oppositioneller, ein braver Mathematiker, der gegen seine korrupte Regierung aufgestanden ist. Und Elena... Er, Bryson, hatte sie und ihre Eltern gerettet; gemeinsam hatten sie in Amerika ein neues Leben angefangen...

Sie saßen auf Pferden und ritten am menschenleeren, endlos langen Sandstrand einer Karibikinsel entlang. Aus wildem Galopp bremsten sie ab in einen leichten Trab. Das Mondlicht war silbrig, die Nacht kühl.

»Ist das unsere eigene Insel, Nicholas?«, rief sie begeistert. »Mir ist, als wären wir hier ganz allein und als würde alles, was wir sehen, uns gehören.«

»So ist es, meine Liebe«, sagte Bryson, angesteckt von ihrem Überschwang. »Hab ich dir das noch nicht gesagt? Ich habe von etlichen geheimen Konten einen kleinen Betrag abgezweigt und davon diese Insel gekauft.«

Ihr Lachen klang melodiös und voller Freude. »Nicholas, du bist schrecklich.*«*

»›Nick-o-las‹– es klingt einfach herrlich, wie du meinen Namen aussprichst. Wo hast du übrigens so gut reiten gelernt? Ich wusste gar nicht, dass es in Rumänien jemals Pferde gegeben hat.«

»Oh doch. Meine Großmutter Nicoleta hatte einen Bauernhof in den Ausläufern der Karpaten, und da hab ich reiten gelernt. Auf einem Hutsul-Pony. Das sind Tiere, die für die Arbeit in den Bergen gezüchtet werden, aber sie lassen sich auch sehr gut reiten, sind lebhaft, kräftig und trittsicher.«

»Die Beschreibung trifft auch auf dich zu.«

Sie lachte über das Rauschen der Brandung hinweg. »Du hast mein Land nie richtig kennen gelernt, nicht wahr? Die Kommunisten haben Bukarest furchtbar hässlich gemacht, aber das Land, Transsylvanien und die Karparten, sind wunderschön und unverdorben. Da lebt man immer noch wie vor hundert Jahren, und die Wagen werden von Pferden ge-

zogen. Sooft wir die Uni über hatten, sind wir zu Oma Nicoleta nach Dragoslawele gefahren. Bei ihr gab es jeden Tag Mamaglia, *das ist gebratener Maisbrei, und* Ciorba, *meine Lieblingssuppe.«*

»Hast du manchmal Heimweh?«

»Ein bisschen. Meine Eltern fehlen mir am meisten. Dass ich sie nicht sehen kann, macht mir schwer zu schaffen. Die zwei Telefonanrufe im Jahr sind einfach viel zu wenig.«

»Aber immerhin sind sie in Sicherheit. Dein Vater hat viele Feinde, die ihn umbringen würden, wenn sie wüssten, wo er sich aufhält, Übriggebliebene der Securitate, Profikiller, die ihm die Schuld am Untergang der Ceauşescu-Regierung geben. Jetzt müssen sie selbst im Untergrund leben, in Rumänien und im Ausland, und haben viel Zeit zum Schmollen. Es gibt Terrorgruppen, die sich aus diesen Typen zusammensetzen und ›Ausputzer‹ genannt werden. Sie stöbern ihre alten Feinde auf und töten sie. Und sie sind ganz versessen darauf, Rache an dem Mann zu üben, der in ihren Augen der schlimmste aller Wendehälse war.«

»Er ist ein Held!«

»Natürlich. Aber für sie ist er ein Verräter. Und sie werden alles daransetzen, Rache an ihm zu üben.«

»Du machst mir Angst.«

»Ich will dich bloß daran erinnern, wie wichtig es ist, dass deine Eltern versteckt und in Sicherheit bleiben.«

»Oh Gott, hoffentlich passiert ihnen nichts.«

Bryson zügelte sein Pferd und sah Elena an. »Versprochen, Elena. Ich werde alles Menschenmögliche tun, um sie zu schützen.«

Das Schweigen zog sich in die Länge. Bryson zwinkerte mit den Augen und sagte schließlich: »Aber das alles ergibt keinen Sinn. Ich habe doch, verdammt noch mal, wertvolle Arbeit geleistet. Immer und immer wieder habe ich ...«

»... haben Sie uns aufgemischt, und das auf bravouröse Weise«, unterbrach Dunne und spielte mit einer Zigarette, ohne sie anzuzünden. »Jeder Ihrer großen Erfolge war ein verheerender Rückschlag für uns und die Interessen Amerikas. Ich sage das mit großem Respekt vor Ihrer professionellen Leistung. Nun, was hätten wir da alles? Zum Beispiel diesen angeblich moderaten Reformpolitiker aus Südafrika, den Sie beschützt haben. Er wurde geschmiert von Terroristen des Sendero Luminoso, des Leuchtenden Pfads. Auf Sri Lanka haben Sie eine geheime Koalition zerschlagen, die kurz davor stand, einen Frieden zwischen Tamilen und Singhalesen auszuhandeln.«

Wieder wechselte das Bild auf dem einen der hochauflösenden Schirme, und die flimmernden Pixel nahmen Farbe und Kontur an. Noch ehe das Foto scharf war, hatte Bryson das Gesicht erkannt.

Es war Abu.

»Tunesien«, sagte Bryson und schnappte nach Luft. »Er... er und seine Leute, Fanatiker, sie hatten einen Anschlag geplant. Ich habe mich eingeschaltet, Druck gemacht auf diverse oppositionelle Gruppen und herausgefunden, wer im Palast auf beiden Seiten mitmischte ...« An diese Episode erinnerte sich Bryson alles andere als gern. Die Erinnerung an das Gemetzel auf der Avenue Habib Borguiba verfolgte ihn bis in die Träume, ganz zu schweigen von dem Moment, da Abu ihn demaskiert und umzubringen versucht hatte.

»Tja«, sagte Dunne. »Sie haben ihn auffliegen lassen und an die Regierung ausgeliefert.«

In der Tat, Bryson hatte Abu einer ihm vertrauten Gruppe von Sicherheitsbeamten der Regierung übergeben, die ihn und Dutzende seiner Mitstreiter ins Gefängnis geworfen hatten.

»Und was ist dann passiert?«, fragte Dunne, als wollte er ihn prüfen.

Bryson zuckte mit den Schultern. »Er ist zwei Tage später in Haft gestorben, und ich kann nicht sagen, dass ich darüber eine Träne vergossen hätte.«

»Ich wünschte, dasselbe sagen zu können«, entgegnete Dunne, und seine Stimme nahm einen scharfen Ton an. »Abu war einer von uns, Bryson. Genauer: Einer von meinen Leuten. Ich habe ihn persönlich ausgebildet. Er war unser wichtigster Mann in der Region, und damit meine ich den ganzen verfluchten Sandkasten.«

»Aber der geplante Anschlag…«, bemerkte Bryson zaghaft. Ihm schwirrte der Kopf. Er verstand die Welt nicht mehr.

»Nichts weiter als eine Geschichte, um seine verrückten Anhänger bei der Stange zu halten. Ja, er war Anführer der Al-Nahda, aber er führte sie geradewegs ins Abseits. Abus Cover war sehr dick, und das musste auch so sein, sonst hätte er in diesem Umfeld nicht lange überlebt. Sie können sich wohl vorstellen, dass es nicht einfach ist, in eine terroristische Zelle einzudringen, vor allem, wenn es sich um die Hisbollah handelt. Die sind alle verdammt misstrauisch. Wenn sie einen nicht ganz genau kennen – das heißt die komplette Familie, und zwar seit Generationen –, wollen sie dich kübelweise Blut vergießen sehen, das Blut von Israelis; anderenfalls wird man dir nicht trauen. Abu war ein gewiefter Hund, aber eben *unser* Hund. Und er konnte sich nicht leisten, zimperlich zu sein. Tatsache ist, dass er sich schon ziemlich nahe an Gaddafi herangemacht hatte. Sehr nahe. Gaddafi setzte auf Abu und hoffte, dass er Tunesien einnehmen und zur libyschen Provinz machen würde. Es fehlte nicht viel, und die beiden hätten Blutsbrüderschaft geschlossen. Wir standen kurz davor, einen direkten Draht zu allen islamischen Terrorgruppen nördlich der Sahara zu unterhalten. Dann ist ihm das Direktorat auf die Schliche gekommen und hat ihm Blindgänger als Munition untergejubelt. Als unsere Leute dahinter kamen, gab es schon nichts mehr zu retten. Unser Spionagenetz war um gut zwanzig Jahre zurückgeworfen. Hervorragende Arbeit. Das muss man diesen superschlauen Schachspielern wirklich lassen. Alle Achtung, wie sie es geschafft haben, einen amerikanischen Geheimdienst gegen den anderen auszuspielen. Soll ich noch mehr erzählen? Von Nepal berichten und Ihnen erklären, was Sie mit Ihrem Eingreifen dort bewirkt haben? Oder von der Aktion in Rumänien, mit der Sie und Ihre Leute gehofft haben, der Opposition des Landes gegen Ceauşescu helfen zu können. Was für eine Farce! Fast das gesamte Personal des alten Regimes hat eines Tages seine Garderobe gewechselt und die neue Regierung gestellt. Das wissen Sie. Der Sturz Ceauşescus war schon seit Jahren von seinen eigenen Chargen betrieben worden. Sie haben ihren Chef den Wölfen vorgeworfen, um an der Macht bleiben zu können. Übrigens ganz im Sinne des Kreml. Was ist also passiert? Es gab angeblich einen Staatsstreich, der aber in Wirklichkeit keiner war; der Diktator und seine Frau versuchten, in einem Hubschrauber zu fliehen, der aber plötzlich ›Motorprobleme‹ hatte und eine Flucht vereitelte, worauf die beiden in Haft genommen, einem Scheinprozess unterzogen und am Weihnachtstag von einem Exekutionskommando hingerichtet wurden. Dieses ganze Schauspiel war von vorn bis hinten inszeniert. Und wozu? Wie Dominosteine waren die osteuropäischen Satelliten der Sowjetunion umgefallen, einer nach dem anderen. Alte Parteiapparatschiks wurden demokratisch und nabelten sich ab. Moskau wollte Rumänien nicht auch noch verlieren. Aber weil Ceauşescu eine schlechte Presse hatte, musste er gehen. Er war dem Kreml sowieso schon immer ein verdammtes Ärgernis gewesen. Moskau wollte Rumänien und seinen Sicherheitsapparat halten und ein neues Marionettenregime installieren. Und wer sollte die dreckige Arbeit machen? Wer, wenn nicht Sie und Ihre Freunde vom Direktorat? Himmel, Mann, wie viel wollen Sie eigentlich wirklich wissen?«

»Verflucht!«, schrie Bryson. »Unsinn! Sie wollen mich wohl für dumm verkaufen! Diese verdammte GRU, das ist alles lange her. Vielleicht haben Sie und Ihre Kalten Krieger in Langley es noch nicht mitgekriegt, aber der Krieg ist vorbei.«

»Ja«, antwortete Dunne heiser, kaum hörbar. »Aber aus unerfindlichen Gründen ist das Direktorat noch springlebendig und gut dabei.«

Bryson starrte ihn an, unfähig, ein Wort hervorzubringen. Er spürte, wie es in seinem Hirn arbeitete, wie die Gedanken darin zu kreisen begannen, heiß liefen, Funken schlugen.

»Ich will Ihnen gegenüber ganz offen sein, Bryson. Es gab eine Zeit, da hätte ich Sie liebend gern eigenhändig umgebracht. Das war, ehe wir durchschaut haben, wie das Direktorat arbeitet. Nein, ich muss mich korrigieren. Wirklich durchschaut haben wir noch nichts. Davon sind wir tatsächlich noch ein gutes Stück entfernt. Unser Wissen ist nach wie vor bruchstückhaft. Jahrzehntelang gab es nichts als Gerüchte, die so viel Substanz hatten wie Pusteblumen. Mit dem Ende des Kalten Krieges ist es um diese ganze Angelegenheit still geworden. Es ist wie in der alten Parabel vom Blinden und dem Elefanten. Wir können hier einen Rüssel und da einen Schwanz ertasten, reichen aber nicht bis ganz oben heran, so dass uns letztlich verborgen bleibt, mit welchem Tier wir's eigentlich zu tun haben. Allerdings wissen wir, dass Sie – und wir beobachten Sie seit vielen Jahren –, dass Sie ein irregeführtes Stück Scheiße waren. Deshalb rede ich auch ganz höflich mit Ihnen und verzichte darauf, Ihnen an die Gurgel zu gehen.« Dunne lachte bitter, und aus dem Lachen wurde ein keuchendes Husten – Raucherhusten. »Wir nehmen an, dass sich die Organisation nach dem Ende des Kalten Krieges von ihren alten Auftraggebern gelöst hat und dass ihre Leitung in andere Hände übergegangen ist.«

Bryson merkte auf und fragte: »In wessen Hände?«

Dunne zuckte mit den Achseln. »Keine Ahnung. Vor rund fünf Jahren schien die Organisation in eine Art Winterschlaf übergegangen zu sein. Sie waren nicht der einzige Agent, der geschasst beziehungsweise ausgeschaltet wurde. Wie Ihnen ist es vielen anderen auch ergangen. Vielleicht hat man den Laden ganz dichtgemacht. Mit Gewissheit lässt sich nichts sagen. Aber wir haben Grund zur Annahme, dass der Betrieb wieder aufgenommen wurde.«

»Was soll das heißen?«

»Das wissen wir selbst nicht. Deshalb haben wir uns an Sie gewandt. Uns ist zu Ohren gekommen, dass Ihre Chefs von früher aus irgendwelchen Gründen Waffen horten.«

»Aus irgendwelchen Gründen«, brummte Bryson vor sich hin.

»Vielleicht wollen sie für Unruhe sorgen. Aber weshalb bloß? Worauf könnten sie abzielen? Keine Ahnung. Und genau das macht mir Sorgen.«

»Interessant«, erwiderte Bryson sarkastisch. »Sie schnappen Gerüchte auf, stellen Mutmaßungen an, führen mir hier Ihre verdammten digitalen Dias vor, tappen tatsächlich aber, wie Sie selbst zugeben, im Dunklen.«

»Deshalb brauchen wir Sie. Mit dem alten Sowjetsystem mag es ja vorbei sein, aber seine Generäle sind noch nicht ausgezählt. Schauen Sie sich zum Beispiel General Buschalow an: Der hat in der russischen Politik anscheinend wieder einiges zu sagen. Angenommen, es passiert etwas Schlimmes, das den Vereinigten Staaten angelastet werden könnte. Ich würde darauf wetten, dass er an die Macht kommt. Durch demokratisch durchgeführte Wahlen? Jede Menge Russen würden sagen: Scheiß drauf. In Peking gibt es sowohl im Nationalen Volkskongress als auch im Zentralkomitee starke reaktionäre Strömungen. Ganz zu schweigen von der Volksbefreiungsarmee, die in der chinesischen Politik eine große Rolle spielt. Wie auch immer, es geht um viel Geld und um viel Macht. Manche Beobachter glauben, dass sich übrig gebliebene *Schakmatisti* mit ihren Brüdern in Peking zusammentun. Auch das sind bloß vage Vermutungen. Bescheid wissen nur diejenigen, um die es geht, und die halten sich bedeckt.«

»Wenn Sie tatsächlich glauben, dass ich Handlanger in einem der größten Schwindel gewesen bin, den die Welt erlebt hat, wozu zum Teufel brauchen Sie mich dann?«

Dunne sah seinem Gegenüber lange in die Augen und sagte dann: »Sie sind bei einem ihrer Superhirne, einem ihrer Gründer, in die Lehre gegangen, bei Gennadi Rosowski, der in Russland den Spitznamen *Wolschebnik* trägt: Zauberer. Was sind Sie demnach?« Wieder artete Dunnes Lachen in krampfhaftes Husten aus. »Ein Zauberlehrling.«

»Verdammt!«, platzte es aus Bryson heraus.

»Sie wissen, wie Waller tickt. Sie waren sein bester Schüler. Ahnen Sie, worum ich Sie bitte?«

»Ja«, antwortete Bryson mit düsterer Miene. »Sie wollen, dass ich in den Laden zurückkehre.«

Dunne nickte. »Wir versprechen uns sehr viel von Ihnen. Ich könnte an Ihren Patriotismus appellieren, an Ihr besseres Ich. Aber, verdammt noch mal, ich finde, Sie schulden uns etwas.«

Bryson schwirrte der Kopf. Er wusste nicht, was er denken, geschweige denn sagen sollte.

»Nichts für ungut«, fuhr Dunne fort, »aber wenn wir versuchen wollen, Witterung von ihnen aufzunehmen, sollten wir den besten Spürhund ausschicken, den es gibt. Verzeihen Sie den Vergleich.« Er spielte nun schon so lange an der unangesteckten Zigarette herum, dass sie zu krümeln begann. »Aber Sie sind der Einzige, der weiß, wie sie riechen.«

Viertes Kapitel

Eine intensive Mittagssonne bleichte die Gebäude an diesem besonderen Abschnitt der K Street und spiegelte sich in den getönten Fensterscheiben. Bryson beobachtete die Nummer 1324, ein Gebäude, das ihm vertraut und zugleich fremd erschien. Schweiß lief ihm über das Gesicht und durchfeuchtete das weiße Hemd. Er stand am Fenster eines verlassenen Bürohauses, ein kleines Fernglas vor den Augen, das er diskret in der Hand verschwinden lassen konnte. Kein Zweifel, der Immobilienmakler, von dem er den Schlüssel der zur Miete angebotenen Büroetage bekommen hatte, fand es bestimmt sehr merkwürdig, dass dieser Interessent, der sich als Geschäftsmann ausgegeben hatte, ein paar Minuten allein sein wollte, um ein »Gefühl« für die Räumlichkeiten entwickeln und ihr »Feng-Shui« ergründen zu können. Der Makler hielt Bryson wahrscheinlich für einen versponnenen, New-Age-bewegten Kauz, hatte aber seinem Wunsch entsprochen und war hinausgegangen.

Brysons Puls raste und pochte in den Schläfen. Was seinem ehemaligen Freund und Chef als Hauptquartier diente und ihm selbst lange Zeit ein Heimatstützpunkt gewesen war, Zuflucht und Insel der Kontinuität und Rückversicherung in einer sich ständig wandelnden Welt voller Gewalt – dieses Gebäude wirkte jetzt nur noch abstoßend und hässlich auf ihn. Eine gute Viertelstunde betrachtete er es aus dem dunklen Raum der gegenüberliegenden Büroetage, bis sich der Immobilienmakler klopfend an der Tür meldete und wissen wollte, ob er sich inzwischen entschieden habe.

Kein Zweifel: In 1324 K Street hatte es Veränderungen gegeben, zwar nur kleine, doch sie fielen auf. Die am Eingang angebrachten Schilder mit den Namen der Einlieger waren gegen andere Namensschilder ausgetauscht worden.

Laut Auskunft von Harry Dunne hatte das Direktorat seinen Stammsitz in der K Street aufgegeben, was Bryson aber so ohne weiteres nicht glauben mochte. Das Versteckspiel hatte sein ehemaliger Arbeitgeber perfekt beherrscht. Wie hatte Waller immer so treffend gesagt? *Nackt ist die beste Verkleidung.*

War das Direktorat hier tatsächlich nicht mehr untergebracht? Der VERBAND DER AMERIKANISCHEN TEXTILINDUSTRIE und die GENOSSENSCHAFT DER AMERIKANSICHEN GETREIDEPRODUZENTEN hätten als Tarnung ebenso gut getaugt wie deren fiktive Vorgänger. Aber weshalb dieser Wechsel? Und all die anderen Veränderungen? Während der viertelstündigen Observation war Bryson aufgefallen, dass in 1324 K Street ungewöhnlich viele Leute ein- und ausgingen, sehr viel mehr, als es die Größe der Belegschaft des Direktorats und seiner Mitmieter hätte erwarten lassen. In diesem Haus musste also etwas anderes vor sich gehen.

Vielleicht hatte Dunne doch Recht. Aber Brysons Frühwarn-Sensorium war angeregt worden. *Nur ja nicht dem bloßen Anschein aufsitzen; alles hinterfragen.* Noch so einer von Wallers Sprüchen, und der galt natürlich auch im Hinblick auf Waller selbst – wie auch auf Dunne und alle anderen in dieser Branche.

Die Frage, wie er, ohne Aufmerksamkeit zu erregen, das Gebäude würde betreten können, beschäftigte ihn nun schon seit Stunden, und zwar auf dieselbe Art und Weise, wie er früher x-beliebige Einsatzprobleme zu lösen versucht hatte. Er spielte im Geiste Dutzende von Möglichkeiten durch, die er aber alle verwarf, weil die damit verbundenen Risiken unverhältnismäßig höher waren als ihr potenzieller Nutzen. Dann erinnerte er sich wiederum an eine von Wallers – *Gennadi Rosowski, verdammt noch mal* – Maximen: *Im Zweifelsfall immer durch den Haupteingang.* Mit Dreistigkeit kam man eben manchmal schneller ans Ziel.

Aber wie alles in diesem Job musste auch eine solche Dreistigkeit doppelbödig sein. Er dankte dem Makler, bekundete sein Interesse und bat ihn, einen Mietvertrag aufzusetzen. Dann reichte er ihm eine seiner gefälschten Visitenkarten und sagte, dass er in Termindruck sei und sich beeilen müsse.

Er näherte sich dem Haupteingang des gegenüberliegenden Gebäudes, hypersensibel auf plötzliche Bewegungen oder Veränderungen gefasst, die als Gefahrensignal hätten gedeutet werden können.

Wo war Ted Waller?

Wo steckte die Wahrheit?

Der Verkehrslärm ringsum schien anzuschwellen und Überhand zu nehmen. *»Nur so werden Sie die Wahrheit erfahren.«*

»Welche Wahrheit?«

»Wie wär's fürs Erste mit der eigenen?«

Aber wo lag die Wahrheit? Wo die Lüge?

»Sie halten sich für einen Helden… Sie glaubten über dieses ultrageheime, so genannte Direktorat ihrem Land zu dienen.«

Schluss damit! Das ist Wahnsinn!

Elena? Du auch? Liebe meines Lebens, genauso plötzlich verschwunden, wie du mir begegnet warst.

»Sie glauben, fünfzehn Jahre lang Ihrem Land gedient zu haben.«

All das Blut, das ich vergossen habe, die unsäglichen Ängste, die zahllosen Male, dass ich nur knapp mit dem Leben davongekommen bin oder anderen das Leben genommen habe?

»Wir sprechen vom größten Spionagecoup der Nachkriegszeit, einem enorm listigen Husarenstück.«

»Sie sagen, mein ganzes Leben sei ein… einziger großer Schwindel.«

»Wenn es Sie tröstet: So wie Ihnen ist es auch anderen ergangen. Dutzenden. Nur waren Sie der spektakulärste Erfolg.«

Irrsinn!

»Sie sind der Einzige, der weiß, wie sie riechen.«

Jemand rempelte ihn an. Bryson duckte sich und fuhr herum, bereit für einen Angriff. Aber es war niemand, den er zu fürchten hatte, sondern nur ein großer, sportlicher Mann mit Sporttasche und Squash-Schläger. Er blickte so erschrocken drein, dass sich Bryson zu einer Entschuldigung bemüßigt fühlte. Der junge Mann suchte verstört das Weite.

Stell dich der Vergangenheit, der Wahrheit.

Inzwischen hatte er akzeptieren müssen, dass Ted Waller tatsächlich nicht Ted Waller war. Bryson verfügte immer noch über seine ganz eigenen Kontakte zum ehemaligen KGB beziehungsweise GRU, zu Männern, die in Pension gegangen waren oder in alter Funktion anderen zahlungskräftigen Herren dienten. Er hatte Erkundigungen eingeholt, Informationen gesammelt, Daten überprüft. Er hatte jede Menge Telefongespräche geführt und belanglos klingende, aber für Eingeweihte sehr bedeutungsvolle Formulierungen verwendet, woraufhin andere Männer kontaktiert wurden, Männer, die Bryson aus seinem vergangenen Leben kannte, das er längst zurückgelassen zu haben glaubte. Ein Diamantenhändler aus Antwerpen; ein Geschäftsmann und Anwalt aus Kopenhagen; ein in Moskau ansässiger hochdotierter »Experte« für internationalen Handel – allesamt frühere GRU-Agenten, die sich zwar aus der Welt der Spionage zurückgezogen hatten, aber noch jede Menge brisantes Material in Schließfächern oder in ihren sehr gescheiten Köpfen aufbewahrten. Sie waren alle ziemlich überrascht oder verunsichert darüber gewesen, von einem Mann angerufen zu werden, der früher in einschlägigen Kreisen legendären Ruhm genossen und sich im Austausch für Informationen und Hilfe immer großzügig gezeigt hatte.

Nach all diesen Gesprächen, Aktenstudien und Vergleichen von Dokumenten stand zweifelsfrei fest: Gennadi Rosowski und Ted Waller waren ein und dieselbe Person.

Ted Waller – Brysons Trauzeuge, Boss, Vertrauter, Arbeitgeber – war in Wirklichkeit ein Geheimagent des GRU. Wieder einmal hatte der CIA-Mann Harry Dunne Recht behalten. *Kaum zu fassen!*

Als er die Eingangshalle betrat, fiel ihm sofort auf, dass die Intercom-Tafel entfernt worden war, an der er früher seinen von Mal zu Mal aktualisierten Code eingegeben hatte. An ihrer Stelle befand sich nun ein von Glas abgedecktes Verzeichnis der Firmen und Organisationen, die hier ein Büro unterhielten. Unter jedem dieser Namen stand eine Liste des leitenden Personals und deren jeweiliger Büronummer. Es überraschte Bryson, dass die Verbindungstür ohne Verschlussmechanismus oder Sperre war und sich ohne weiteres öffnen ließ. Hier konnte jeder ein- und ausgehen.

In dem Raum jenseits der Doppeltür, die nunmehr aus einfachem Fensterglas zu bestehen und nicht mehr kugelsicher zu sein schien, hatte sich auch einiges verändert. Hinter einem Rezeptionsschalter – einem großen Halbrund aus Marmor – saß ein Mann, der Pförtner und Empfangschef in einem war. Der junge Farbige in blauem Blazer und mit roter Krawatte zeigte nur wenig Interesse an Bryson.

»Ich habe eine Verabredung mit ...«, er stockte einen kleinen Moment lang und rief sich einen der auf dem Verzeichnis im Eingangsbereich aufgeführten Namen ins Gedächtnis. »John Oakes vom Verband der amerikanischen Textilindustrie. Mein Name ist Bill Thatcher; ich vertrete den Kongressabgeordneten Rudy Vaughan.« Bryson sprach mit leicht texanischem Akzent; als einflussreicher Abgeordneter aus Texas und Vorsitzender einschlägiger Ausschüsse hatte Vaughan dem Verband der Textilindustrie durchaus einiges zu sagen.

Es folgte das übliche Prozedere. Der Wachposten rief im Büro des genannten Verbandsdirektors an. Dessen Assistent wusste nichts vom anstehenden Besuch eines Vertreters des Kongressabgeordneten Vaughan, sagte aber, dass er sich geehrt fühle, ihn begrüßen zu dürfen. Eine beschwingte junge Frau mit weißblondem Haar kam wenig später nach unten, führte Bryson zum Aufzug und entschuldigte sich für das Durcheinander und den ungebührlichen Empfang.

Sie stiegen im dritten Stock aus und trafen gleich am Fahrstuhl auf einen blonden Mann, der sein Haar offenbar nachgetönt hatte, einen teuren Anzug trug und ein bisschen zu gelackt wirkten. Er stellte sich als Mr. Oakes vor und war von geradezu überschwänglicher Herzlichkeit. »Wir sind so dankbar für Mr. Vaughans Unterstützung«, schwärmte er und schüttelte Bryson mit beiden Händen die Hand. Mit gesenkter Stimme, so als wolle er Bryson ein Geheimnis anvertrauen, fügte er hinzu: »Ich weiß, dass sich Mr. Vaughan für ein starkes Amerika einsetzt, das frei bleibt von billigen, minderwertigen Importen. Stoffe von *Mauritius*! Das ist doch wahrhaftig nicht, was unser Land braucht. Und ich bin froh, dass der Abgeordnete Mr. Vaughan ebenso denkt.«

»Mr. Vaughan würde gern mehr über Ihre Initiative für international verbindliche Laborstandards wissen«, sagte Bryson und sah sich in dem Flur um, durch den sie gerade schlenderten und der ihm früher einmal sehr vertraut gewesen war. Aber von der alten Belegschaft war keiner zu sehen, weder Chris Edgecomb noch irgendjemand anderes, den Bryson hätte wiedererkennen können. Da war auch nichts übrig geblieben von den Fernmeldestationen und -modulen oder den Monitoren der Satellitenanlage. Das gesamte Mobiliar war ausgetauscht, ein neuer Boden verlegt worden, das kleine Waffenarsenal restlos verschwunden und durch ein Besprechungszimmer mit Trennwänden aus Rauchglas ersetzt und einem teuer aussehenden Mahagonitisch samt Stühlen.

Der geschniegelte Verbandsvertreter führte Bryson in sein Büro und bat ihn, Platz zu nehmen. »Wenn wir richtig informiert sind, kandidiert Mr. Vaughan im nächsten Jahr für eine Wiederwahl«, sagte Oakes. »Für uns steht außer Frage, dass wir nur Kongressmitglieder unterstützen können, denen an einer starken amerikanischen Wirtschaft gelegen ist.«

Bryson nickte gedankenverloren und sah sich um. In diesem Büro hatte einst Ted Waller gesessen. Jetzt war auch der letzte Zweifel zerstreut. Um eine nur fiktive Organisation, die lediglich als Cover diente, handelte es sich hier nicht.

Das Direktorat war spurlos verschwunden und mit ihm Ted Waller, der Einzige, der bestätigen oder widerlegen konnte, was der CIAler Harry Dunne über das Direktorat behauptete.

Wer lügt? Wer sagt die Wahrheit?

Wie sollte Bryson seine früheren Arbeitgeber ausfindig machen, wenn sie von der Bildfläche verschwunden waren, als hätte es sie nie gegeben?

Bryson wusste nicht weiter.

Zwanzig Minuten später kehrte er zu seinem Mietwagen ins Parkhaus zurück, an dem er nach alter Gewohnheit seine Sicherheitschecks vornahm. Die beiden Härchen, die er auf den Griff der Fahrer- beziehungsweise Beifahrertür geklebt hatte, waren noch an Ort und Stelle. Es hatte also niemand einzusteigen versucht. Er ging in die Knie und warf einen Blick unters Auto, um ausschließen zu können, dass irgendein Gegenstand am Unterboden befestigt worden war. Er hatte zwar nichts davon bemerkt, dass ihm jemand in die K Street oder ins Parkhaus gefolgt wäre, wollte aber auf Nummer Sicher gehen. Als er den Zündschlüssel drehte, verspürte er einen Druck im Magen, jene nervöse Anspannung, die sich früher in solchen Momenten immer unweigerlich eingestellt hatte. Der Augenblick der Wahrheit verstrich unspektakulär: ohne Detonation.

Er kurvte durch mehrere Parkebenen der Ausfahrt entgegen, wo er vor einer geschlossenen Schranke seine Magnetkarte ins Lesegerät schieben musste. Die Karte wurde nicht angenommen und kam zurück. *Verdammt!*, murmelte er vor sich hin. Es war fast zum Lachen, dass er bei all seinen Vorsichtsmaßnahmen ausgerechnet von einer solch banalen Störung aufgehalten wurde. Er steckte die Karte ein zweites Mal in den Schlitz, doch die Schranke rührte sich nicht. Der Parkhauswächter kam mit gelangweilter Miene aus seinem Verschlag, trat ans Fenster, das Bryson heruntergekurbelt hatte, und sagte: »Lassen Sie mich mal versuchen, Sir.« Aber auch er hatte kein Glück; die Karte wurde wieder abgestoßen. Er musterte den blauen Karton, nickte und beugte sich wieder zum Wagenfenster hinunter.

»Sir, ist das die Karte, die Sie bei der Einfahrt bekommen haben?«, fragte der Wächter und gab sie Bryson zurück.

»Natürlich. Was soll die Frage?«, entgegnete Bryson irritiert. Unterstellte ihm dieser Mann, mit dem Auto eines anderen verschwinden zu wollen? Er wandte sich dem Wächter zu und stutzte, als er dessen Hände sah.

»Nein, Sir, Sie haben mich missverstanden«, sagte der Mann und lehnte sich ins Wageninnere. Bryson spürte plötzlich den kalten, harten Stahl einer Pistole an der linken Schläfe. Der Wächter hielt eine kleinkalibrige Schusswaffe mit kurzem Lauf in der Hand. *Nicht zu fassen!* »Ich will, dass Sie beide Hände am Lenkrad lassen, Sir«, brummte der vermeintliche Parkwächter mit tiefer Stimme. »Und machen Sie mir keine Schwierigkeiten.«

Herr im Himmel!

Die Hände! Jetzt wusste Bryson, was ihn stutzig gemacht hatte. Die weichen, manikürten Hände passten nicht zu einem Mann, der in Parkhäusern nach dem Rechten zu sehen hat. Sie gehörten zu jemandem, der sehr viel Sorgfalt auf sein Äußeres legte und in exklusiven Kreisen verkehrte. Doch diese Einsicht kam zu spät. Blitzschnell hatte der Mann die Hecktür aufgemacht, sich auf die Rückbank gesetzt und die Waffe auch schon wieder an Brysons Schläfe gesetzt.

»Auf geht's, fahren Sie los!«, befahl er, kaum dass sich die Schranke geöffnet hatte. »Und lassen Sie nur ja die Finger am Lenkrad. Andernfalls könnte ich womöglich aus Versehen abdrücken, und das würde mir überhaupt nicht gefallen. Wir machen jetzt ein kleinen Ausflug, Sie und ich. An die frische Luft.«

Bryson hatte seine Waffe ins Handschuhfach gelegt, wo sie ihm jetzt nicht helfen konnte. Ihm blieb nichts anderes übrig, als aus dem Parkhaus auf die K Street hinauszufahren und den Anweisungen des falschen Wächters zu folgen. Als er sich in den Verkehr einreihte, spürte Bryson, wie ihm der ungebetene Fahrgast die Pistolenmündung unsanft auf die Schläfe drückte.

»Sie haben geahnt, dass es eines Tages so kommen würde, stimmt's«, sagte der Hintermann im Plauderton. »Darauf muss unsereins immer gefasst sein. Man treibt's ein bisschen zu weit, drückt, wenn man ziehen muss, steckt seine Nase in Sachen, die einen nichts angehen, und schon ist es passiert.«

»Würden Sie mir bitte erklären, wovon überhaupt die Rede ist?«, sagte Bryson, um eine feste Stimmlage bemüht. Sein Herz hämmerte, der Kopf schwirrte ihm. Und wie beiläufig fügte er hinzu: »Hätten Sie was dagegen, wenn ich die Nachrichten einschalte...« Er langte mit der Rechten nach dem Autoradio, zog die Hand aber wieder zurück, als er den heftigen Stoß der Waffe spürte und den Hintermann knurren hörte: »He, verdammt, Hände ans Lenkrad!«

»Himmel!«, stöhnte Bryson unter Schmerzen. »Was soll der Mist?«

Der falsche Parkwächter war offenbar noch nicht auf die Idee gekommen, dass Bryson womöglich eine Waffe unterm Jackett versteckt hielt: Im Rückenhalfter, der über den Lendenwirbeln lag, steckte eine Glock.

Aber wie sollte er an sie herankommen? Der Killer – und es war ein Killer, das stand fest, ein Profi, der entweder auf der Lohnliste des Direktorats stand oder nur für diesen Job angeheuert war – bestand darauf, dass Bryson seine Hände sichtbar am Lenkrad hielt. Bryson musste gehorchen und konnte nur hoffen, dass der Killer für einen Moment abgelenkt sein würde. Der war aber beileibe kein Anfänger. Sein Aktionsplan, die schnellen, präzisen Bewegungen und selbst seine Art zu reden wiesen ihn als ausgebufften Profi aus.

»Wir biegen gleich vom Beltway ab und fahren irgendwohin, wo wir uns ungestört unterhalten können.« Aber sich zu unterhalten war das Letzte, was dieser Killer im Sinn hatte; das war Bryson klar. »Tja, wie das Leben so spielt: zwei Kollegen aus derselben Branche, aber der eine steht vor, der andere hinter der Waffe. Ich bin sicher, Sie verstehen, dass ich persönlich nichts gegen Sie habe. Die Sache ist rein geschäftlich. Heute noch guckt man übers Visier und vielleicht morgen schon in die Mündung. So was kann vorkommen. Das Glücksrad dreht sich immerzu. Sie waren bestimmt mal ziemlich gut, und deshalb zweifle ich nicht daran, dass Sie's wie ein Mann nehmen.«

Bryson antwortete nicht. Er hatte schon zahllose Male vergleichbare Situationen erlebt, aber – außer zur Zeit seiner Ausbildung – niemals aus der Warte des Bedrohten. Er ahnte, was dem Mann auf der Rückbank in diesem Moment durch den Kopf ging, wie sein verinnerlichte Flow Chart aussah: *wenn A, dann B*... Eine plötzliche Bewegung Brysons, eine missachtete Anweisung, ein in die falsche Richtung eingeschlagenes Lenkrad, all das würde augenblicklich eine ganz bestimmte Reaktion zur Folge haben. Solange sie im fließenden Verkehr mitfuhren, würde sich der Killer mit der Waffe zurückhalten, weil er nicht riskieren wollte, dass der Wagen außer Kontrolle geriet und er womöglich selbst zu Schaden käme. Dass Bryson wusste, welche Möglichkeiten sein Gegner hatte, war eine der wenigen Trumpfkarten, die ihm noch zur Verfügung standen.

Trotzdem, für Bryson gab es kein Zweifel daran, dass der Mann, wenn es sein müsste, nicht zögern würde, ihm in den Kopf zu schießen, um dann sofort ins Lenkrad zu greifen. Und der Gedanke daran gefiel ihm überhaupt nicht.

Sie überquerten die Key Bridge. »*Links*«, keifte der Mann und deutete in Richtung Flughafen. Bryson gehorchte. Er gab sich bewusst willfährig und resigniert in der Absicht, die Wachsamkeit des Gegners zu unterlaufen.

»Nächste Ausfahrt raus«, befahl der Killer. Der Abzweig würde sie in den Außenbereich des Flughafens bringen, wo die meisten Autovermietungen ihre Büros hatten.

»Warum haben Sie mich nicht schon im Parkhaus umgelegt?«, murmelte Bryson. »Das wäre leichter gewesen.«

Der Killer war zu erfahren, um auf eine Diskussion über taktische Fragen einzugehen, womit er seine Kompetenz in Frage hätte stellen lassen. »Ach, kommen Sie mir doch nicht damit«, antwortete er und gluckste. »Bei all den Videokameras und möglichen Augenzeugen? Ich wette, Sie wären auch nicht so blöd gewesen. Nicht nachdem, was ich über Sie gehört habe.«

Jetzt hat er sich verplappert, dachte Bryson. Der Mann war tatsächlich ein gedungener Killer, ein Außenseiter, woraus gefolgert werden konnte, dass er ohne Unterstützung war. Er arbeitete sehr wahrscheinlich ganz allein. Ein Angehöriger des Direktorats wäre von anderen abgesichert worden.

Bryson steuerte den Wagen auf einen verlassenen, leeren Parkplatz und bremste an der ihm vorgeschriebenen Stelle ab. Um den Mann direkt anzusprechen, drehte er den Kopf, bekam aber an der Schläfe schmerzhaft zu spüren, dass der Killer etwas dagegen hatte. »Keine Bewegung!«, tönte es scharf von hinten. Bryson blickte wieder nach vorn und sagte: »Warum machen Sie's nicht wenigstens schnell?«

»Jetzt fühlen Sie einmal selbst, was die anderen empfunden haben«, bemerkte der Killer amüsiert. »Angst, das Gefühl von Sinnlosigkeit, Hoffnungslosigkeit. Oder Resignation.«

»Das ist mir jetzt zu philosophisch. Ich wette, Sie wissen nicht einmal, von wem Sie Ihre Schecks bekommen.«

»Interessiert mich auch nicht. Hauptsache, sie sind gedeckt.«

»Sie interessiert nicht, für wen Sie arbeiten?«, hakte Bryson nach. »Ob für oder gegen die Vereinigten Staaten ist Ihnen einerlei?«

»Wie gesagt, solange Geld dabei rausspringt ... Die Politik überlass' ich anderen.«

»Das ist reichlich kurzfristig gedacht.«

»Wir arbeiten in einem kurzfristigen Gewerbe.«

»Das muss nicht sein.« Bryson legte eine kleine Pause ein. »Nicht, wenn wir uns einig werden könnten. Wir haben doch alle was beiseite geschafft; das erwartet man sogar von uns. Geheimkonten, auf denen sich Spesenüberschüsse ansammeln, die dann gewaschen und wieder in den Markt investiert wurden. Das Geld soll schließlich arbeiten. Es wäre mir recht, wenn ein Teil meines Geld jetzt für mich arbeitet.«

»Sie wollen sich freikaufen«, konstatierte der Killer. »Sie scheinen aber zu vergessen, dass mein Lebensunterhalt mit einer Transaktion längst nicht gesichert ist. Sie haben vielleicht ein Geheimkonto, aber den anderen gehört die ganze verdammte Bank. Und gegen die zu wetten wäre ziemlich dumm.«

»Zugegeben«, sagte Bryson. »Aber Sie könnten ihrem Auftraggeber melden, dass die Zielperson tatsächlich sehr viel besser ist, als man Sie glauben machen wollte, dass sie Ihnen durch die Lappen gegangen ist. Das wird man Ihnen glauben, allein schon, weil man's glauben möchte. Sie behalten Ihren Vorschuss, und ich lege das Doppelte der vereinbarten Summe drauf. Ein ganz normaler Geschäftsvorgang, mein Freund.«

»Heutzutage werden Bankbewegungen ziemlich genau beobachtet, Bryson. Zu Ihrer aktiven Zeit mag das noch anders gewesen sein. Inzwischen wurde der Geldfluss digitalisiert, und digitale Überweisungen hinterlassen Spuren.«

»Bares lässt sich nicht zurückverfolgen, jedenfalls nicht, wenn die Scheine unsortiert sind.«

»Heute hinterlässt alles Spuren, und das wissen Sie selbst. Tut mir Leid, ich habe einen Job zu erledigen. Und ich werde dafür sorgen, dass es wie Selbstmord aussieht. Sie haben mit Depressionen zu tun gehabt. Ihr Privatleben war in letzter Zeit schrecklich freudlos, Wissenschaft und Lehre konnten nie wirklich Ersatz sein für die aufregende Arbeit als Spion. Ihre Depression wurde von einem angesehen Psychiater und Psychopharmakologen diagnostiziert…«

»Unsinn, der einzige Psychiater, mit dem ich je zu tun hatte, war Amtsarzt, und das liegt Jahre zurück.«

»Falsch, nach den Unterlagen Ihrer Krankenversicherung sind Sie erst vor wenigen Tagen untersucht worden«, erwiderte der Killer mit einer Stimme, der man sein Grinsen anhörte. »Und seit über einem Jahr sind Sie regelmäßig bei einem Psychoklempner in Behandlung.«

»Ich glaub' Ihnen kein Wort.«

»In Zeiten vernetzter Datenbanken ist alles möglich. Aufschlussreich sind auch die Medikamente, die Ihnen verschrieben werden: Antidepressiva, Aufheller, Schlaftabletten. Dafür gibt's Belege. Und wie man mir sagte, ist in Ihrem Computer auch ein Abschiedsbrief von Ihnen abgespeichert.«

»Abschiedsbriefe sind immer handgeschrieben. Alles andere hat keine Beweiskraft.«

»Ich sehe schon, auch Sie haben den einen oder anderen Job nach Selbstmord aussehen lassen. Aber glauben Sie mir, in diesem Fall hier wird es keine tiefer gehenden Untersuchungen geben. Ihre Leiche bleibt ungeöffnet. Sie haben schließlich keine Familie, die eine Autopsie beantragen könnte.«

Obwohl sie wahrscheinlich auswendig gelernt waren, taten die Worte des Profis weh, denn sie trafen zu: Es hatte keine Familie, nicht, seit Elena gegangen war. *Nicht, seit meine Eltern vom Direktorat ermordet wurden*, dachte er bitter.

»Aber ganz ehrlich, ich fühle mich geehrt, dass man mir diesen Auftrag anvertraut hat«, fuhr der Killer fort. »Es heißt, dass Sie in Ihrem Fach einer der Besten gewesen sind.«

»Warum hat man ausgerechnet Ihnen den Auftrag gegeben? Was glauben Sie?«, fragte Bryson.

»Ich weiß nicht, und es interessiert mich auch nicht. Job ist Job.«

»Glauben Sie wirklich, dass Sie lebend aus der Sache rauskommen? Es ist doch nicht auszuschließen, dass ich Ihnen noch allerhand heiße Informationen gesteckt habe. Man wird sicherstellen, dass Sie davon nichts weitererzählen können. Und deshalb war das Ihr letzter Job.«

»Na und«, erwiderte der Mann wenig überzeugend.

»Nein, ich bin sicher, Ihr Auftraggeber hat Ihren Tod längst beschlossen«, fuhr Bryson fort. »Ich kann Ihnen schließlich wer weiß was erzählt haben.«

»Was versuchen Sie mir eigentlich einzureden?«, fragte der Killer, nachdem es eine Weile unangenehm still im Wagen geworden war. Er schien zu zögern. Bryson spürte, wie der Druck der Mündung auf seiner Schläfe für einen Moment geringer wurde. Und diese ein, zwei Sekunden Unentschlossenheit auf Seiten des Killers waren alles, was Bryson brauchte. Seine linke Hand ließ vom Lenkrad ab und langte in den Rücken, wo die Glock steckte. Ohne lange zu fackeln, zielte er auf die Lehne und drückte ab, gleich darauf ein zweites, ein drittes Mal. Mit ohrenbetäubendem Krachen durchschlugen die großkalibrigen Geschosse das Polster. War der Mann getroffen? Die Frage beantwortete sich gleich darauf, als der Pistolenlauf von Brysons Schläfe abrutschte. Bryson wirbelte herum und sah, dass der Mann tot war. Es hatte ihm die halbe Stirn weggerissen.

Diesmal trafen sie sich in Langley, in Dunnes Büro im siebten Stock der neu gebauten Zentrale. Die Sicherheitschecks waren absolviert, und Bryson wurde ohne viel Aufhebens in das Hauptquartier der CIA vorgelassen.

»Wieso überrascht es mich nicht, dass das Direktorat Sie für ›unrettbar verloren‹ erklärt hat?«, fragte Harry Dunne mit heiserem Lachen, aus dem wieder einmal ein unterdrückter Hustenanfall wurde. »Ich glaube, man hat dort vergessen, mit wem sie es zu tun haben.«

»Was wollen Sie damit sagen?«

»Dass Sie besser sind als alle, die man Ihnen auf den Hals hetzen könnte. Was denen doch auch längst klar sein müsste.«

»Ihnen war aber auch klar, dass ich früher oder später in diesem Büro hier landen und auspacken würde. Und das galt es zu verhindern.«

»Schade nur, dass Sie so wenig auspacken können«, entgegnete Dunne. »Ihr Wissen besteht doch bloß aus unzusammenhängenden Bruchstücken; dafür hat man gesorgt. Sie kennen keine wahren Namen, nur Legenden, und die helfen uns kaum weiter, da sie sich mit unseren Informationen nicht in Beziehung setzen lassen. Mit Ihrem ›Prospero‹ zum Beispiel können wir nichts anfangen.«

»Wie gesagt, ich kenne diesen Mann nur unter diesem Pseudonym. Der Fall liegt fünfzehn Jahre zurück, ist also schon kaum noch wahr. Ich glaube, Prospero war Holländer oder zumindest holländischer Herkunft. Als Agent hatte er sehr viel auf dem Kasten.«

»Ihre Beschreibung ist unseren besten Zeichnern vorgelegt worden, und das Phantombild, das sich dabei ergeben hat, wird zurzeit mit unserem Bild- und Personenarchiv abgeglichen. Leider ist die AI-Software noch nicht ausgereift genug. Darum muss noch nach der alten Methode verfahren werden: Treffer oder Fehlanzeige. Bislang gab's nur einen Treffer. Es ist einer, mit dem Sie in einem besonders sensiblen Exfiltrationsfall in Schanghai zusammengearbeitet haben.«

»Sigma.«

»Ogilvy. Frank Ogilvy aus Hilton Head, South Carolina. Da hat er jedenfalls gewohnt.«

»Ist er umgezogen?«

»Es war ein heißer Tag an belebtem Meeresstrand. Vor sieben Jahren. Angeblich eine schwere Herzattacke. Hat dort für einigen Wirbel gesorgt, wie uns ein Zeuge berichtete. Bei all den Menschen ringsum …«

Bryson betrachtete einen Moment lang stumm und nachdenklich die fensterlosen Wände in Dunnes Büro. Plötzlich sagte er: »Suchst du Ameisen, sieh dich nach einem Picknick um.«

»Wie bitte?« Dunne zerbröselte gerade wieder eine Zigarette.

»Das war einer von Wallers Wahlsprüchen. *Suchst du Ameisen, sieh dich nach einem Picknick um*. Wenn es keine Spur gibt, der man folgen könnte, überlegt man sich, wo sie aller Wahrscheinlichkeit nach anzutreffen sind. Man fragt sich: Was brauchen sie? Worauf haben sie Appetit?«

Dunne merkte interessiert auf und legte die verhunzte Zigarette weg. »Da fallen mir auf Anhieb Waffen ein. Es scheint, sie stocken ihr Arsenal auf. Wir vermuten, dass sie im südlichen Balkan Chaos zu stiften versuchen. Ihr eigentliches Ziel liegt jedoch woanders.«

»Waffen.« In Brysons Kopf kippte ein Schalter.

»Gewehre und Munition. Vom Feinsten.« Dunne zuckte mit den Achseln. »Was nachts laut *bumm* macht. Wenn es Granaten und Kugeln hagelt, sehen die eigenen Generäle immer besonders schneidig aus. Kurzum, was die andere Seite auch vorhat, wir müssen es verhindern. Mit welchen Mitteln auch immer.«

»›Mit welchen Mitteln auch immer‹?«

»Sie und ich, wir wissen, was mit dieser Formulierung gemeint ist. So grundanständige Leuten wie Richard Lanchester begreifen's wohl nie. Aber was ist mit all den idealistischen, redlichen Intentionen erreicht worden? Alle Heiligen sind tot.« Der honorige, hoch verehrte Richard Lanchester war Vorsitzender des Nationalen Sicherheitsrates im Weißen Haus. »Dick Lanchester glaubt an die Kraft von Regeln und Regulationen. Dumm nur, dass sich die Welt nicht danach richtet. Wie auch immer, manchmal muss man Regeln brechen, wenn man will, dass sie ihre Wirksamkeit behalten.«

»Mit anderen Worten, man darf sich nicht immer an die Boxregeln des Marquis of Queensbury halten«, sagte Bryson in Erinnerung an Ted Wallers Worte.

»Erzählen Sie mir doch, wie Sie damals an Waffen herangekommen sind. Die sind Ihnen ja bestimmt nicht aus der Waffenkammer der Regierung geliefert worden. Haben Sie das Zeug von der Straße aufgelesen?«

»Wir waren in der Tat immer sehr wählerisch, was unser – wie wir sagten – ›Besteck‹ anging. Und Sie haben Recht. Bei all den Restriktionen und der strengen Geheimhaltung mussten wir uns das Zeug selbst beschaffen. Natürlich sind wir nicht mit einem Bestellschein zur nächstbesten Ausgabestelle der Army gefahren. Wenn für eine bestimmte Operation viele Waffen gebraucht wurden – zum Beispiel für die auf den Komoren, damals '82, als es darum ging, den Putschversuch einer Söldnerbande zu verhindern …«

»Das waren CIA-Leute«, warf Dunne ein und verzog das Gesicht. »Und sie hatten lediglich vor, ein paar Briten und Amerikaner zu befreien, die dieser geistesgestörte Colonel Patrick Denard gekidnappt und aus irgendwelchen unerfindlichen Gründe in Geiselhaft genommen hatte.«

Bryson zuckte unwillkürlich zusammen, setzte seine Erklärung aber weiter fort: »Als Erstes brauchten wir rund 200 Kalaschnikow-Sturmgewehre. Die sind billig, zuverlässig, leicht und werden in ungefähr zehn verschiedenen Ländern hergestellt, was den Vorteil hat, dass man ihre Herkunft nicht so einfach zurückverfolgen kann. Des Weiteren: eine kleinere Anzahl an Präzisionsgewehren mit Nachtsicht-Zielfernrohren, am besten BENS 9304 oder Jaguar Night

Scope. Dann Raketenwerfer und Granaten, günstigenfalls vom Typ CPAD Tech. Immer gut kommen Stinger-Missiles – die Griechen produzieren als Lizenznehmer jede Menge davon. Und es ist denkbar einfach, einen Posten davon zu beziehen. Um an Geld zu kommen, verkauft die kurdische PKK das Zeug an die Tamil Tigers, die LTTE.«

»Ich kann nicht mehr ganz folgen.«

Bryson seufzte ungeduldig. »Wo illegal Waffen beschafft werden, gehen immer welche verloren. Mit jeder Fuhre.«

»Sie fallen vom Lastwagen.«

»Wenn Sie so wollen, ja. Und dann kommt es natürlich darauf an, Munition zu sammeln. Dabei machen Amateure fast immer den entscheidenden Fehler: Sie haben am Ende mehr Waffen als Munition.«

Dunne musterte sein Gegenüber mit rätselhafter Miene. »Sie waren wohl wirklich gut in Ihrem Fach, nicht wahr?« Es war keine Frage und offenbar auch nicht als Kompliment gemeint.

Bryson stand unvermittelt auf, die Augen weit aufgerissen. »Ich weiß, wo ich sie finde. Oder immerhin, wo ich anfangen muss zu suchen. Genau zu dieser Jahreszeit« – er warf einen Blick auf die Datumsanzeige seiner Armbanduhr – »verflixt, in ungefähr zehn Tagen kreuzt ein schwimmender Waffenbazar vor der spanischen Costa da Morte auf, in internationalem Gewässer. Das ist eine mittlerweile 20 Jahre alte Institution, ein so regelmäßig wiederkehrendes Ereignis wie die Thanksgiving-Parade von Macy's. Ein riesiges Containerschiff voll von allerbester Munition und einer Menge erstklassiger Feuerwaffen.« Bryson stockte. »Registriert ist das Schiff unter dem Namen *Spanish Armada*.«

»Das Picknick«, sagte Dunne und grinste. »Wo sich die Ameisen treffen. Verstehe. Keine schlechte Idee.«

Bryson nickte, war aber in Gedanken schon woanders. Die Vorstellung, in seinen alten Job zurückzukehren, erregte Ekel in ihm, zumal er jetzt wusste, wie sehr man ihn betrogen hatte. Aber es stellte sich noch eine andere Empfindung ein, nämlich Wut. Ein heißer Wunsch nach Rache. Und noch etwas, das sich etwas zurückhaltender zu Wort meldete: das Bedürfnis zu verstehen und mit der eigenen Vergangenheit ins Reine zu kommen. Hinter all den Geheimnissen und Lügen die Wahrheit aufzudecken. Eine Wahrheit, mit der er leben konnte. »Ja, vielleicht«, sagte Bryson. »Für jede Gruppe, die, ob auf eigene Faust oder mit dem Segen irgendeiner Regierung, Waffen zu akquirieren versucht und dabei unbeobachtet bleiben will, ist die *Spanish Armada* immer ein willkommenes Picknick.«

Fünftes Kapitel

Atlantischer Ozean
Dreizehn Seemeilen SW von Cabo Finistre, Spanien

Das riesige Schiff stieg aus dem Nebel und türmte sich unheilvoll auf. Es war so lang wie eine Häuserzeile, rund 300 Meter. Der schwarze Rumpf lag tief im Wasser. Der Superfrachter war von der Brücke bis zum Bug mit bunten Metallcontainern beladen, zu zehn Reihen angeordnet, jeweils drei Container über- und acht nebeneinander, wobei jeder einzelne sechs Meter lang und zwei Meter achtzig hoch war. Als die Bell 407 über dem Frachter kreiste und sich dann auf das Vorschiff senkte, rechnete Bryson schnell zusammen: 240 Container standen dort an Deck. Und in dem riesigen Bauch der Schiffe lagerte womöglich noch ein Dreifaches – eine Unmenge an Fracht, die umso ominöser wirkte, als davon auszugehen war, dass jeder einzelne dieser schäbig aussehenden Metallbehälter randvoll mit Waffen war.

Die Scheinwerfer des Hubschraubers ließen das Deck grell aufleuchten. Achtern erhoben sich jenseits der Containerreihen die mächtigen weiß gestrichenen Aufbauten mit schwarzen Fenstern und die Brücke mit ihren futuristisch anmutenden Radar- und Antennensystemen. Das Deckshaus wirkte deplaziert und schien weniger zu einem Frachter als zu einer Luxusjacht zu passen. *Aber das ist ja auch kein gewöhnliches Containerschiff*, dachte Bryson, als der Hubschrauber sanft auf dem großen H aufsetzte, das als Markierung auf das Deck des Vorschiffs gemalt worden war.

Dies also war die *Spanish Armada*, eine Legende in der Schattenwelt der Terroristen, Undercoveragenten und Halbseidenen. Ihr Name führte allerdings gewissermaßen in die Irre, denn bei der *Spanish Armada* handelte es sich nicht etwa um eine Flotte, sondern um ein einziges riesiges Schiff, sowohl mit exotischen als auch herkömmlichen Waffen beladen. Niemand wusste, woher Calacanis, der rätselhafte Herr über dieses schwimmende Waffenlager, seine Ware bezog, aber es wurde gemunkelt, dass er einen Großteil davon ganz legal von Staaten bezog, die zu viel Waffen, aber zu wenig Geld besaßen, Staaten wie Bulgarien, Albanien und andere osteuropäische Randstaaten, aber auch Russland, Korea und China. Calacanis' Kundschaft kam aus aller Welt, oder richtiger: aus der Unterwelt zwischen Afghanistan und dem Kongo, wo Dutzende von Bürgerkriegen tobten, und Aufstände durch Waffen angeheizt wurden, die von Vertretern der jeweiligen Regierung illegal beschafft wurden. Die Waffen stammten von diesem Schiff, das 13 Seemeilen vor der spanischen Küste ankerte, über dem relativ flachen Kontinentalsockel, aber schon im internationalen Gewässer, so dass hier ungehindert Geschäfte abgewickelt werden konnten.

Dem Vorbild seiner drei Mitreisenden folgend, nahm Bryson den Ohrenschutz vom Kopf. Er war zuerst nach Madrid geflogen, von dort weiter mit den Iberian Airlines nach La Coruña in Galizien. Mit einem anderen Interessenten war er dort an Bord des Hubschraubers gegangen, der sie nach einem kurzen Zwischenstopp im 75 Kilometer entfernten Hafen von Muros, wo zwei weitere Männer an Bord kamen, hinaus auf das Schiff brachte. Von ein paar höflichen Floskeln abgesehen, schwiegen die vier Passagiere. Sie konnten davon ausgehen, dass auch die jeweils anderen bei Calacanis einzukaufen gedachten. Worte wären hier überflüssig gewesen. Der eine war Ire, wahrscheinlich ein Provo; der andere schien aus dem Nahen Osten zu stammen, der dritte aus Osteuropa. Der Pilot war ein düster dreinblickender, ebenfalls schweigsamer Baske. Er flog eine luxuriös ausgestattete Maschine mit Ledersitzen und großen gewölbten Glastüren. Calacanis war, zumindest was seinen Fuhrpark anging, offenbar nicht kleinlich.

Bryson trug einen italienischen Anzug, den er speziell für diesen Anlass auf Kosten der CIA hatte anfertigen lassen, und der sehr viel modischer war als seine gewohnte Garderobe. Er reiste unter dem Deckmantel einer alten Legende, die er sich schon vor zehn Jahren, noch im Dienst des Direktorats, zugelegt hatte.

John T. Coleridge war ein zwielichtiger Geschäftsmann aus Kanada, in einschlägigen Kreisen bekannt als jemand, der sich gern in schmutzige Deals verwickeln ließ und als Mittelsmann für mehrere kriminelle Syndikate in Asien und so genannten Schurkenstaaten am Persischen Golf fungierte, gelegentlich auch als Organisator von Mordanschlägen. Als Person war Coleridge, wenn überhaupt, immer nur flüchtig in Erscheinung getreten; sein Name aber hatte sich herumgesprochen, und nur darauf kam es an. Er hatte zwar seit sieben Jahren nichts mehr von sich hören lassen, was aber in diesem Geschäft keine Seltenheit war.

Harry Dunne hatte Bryson gedrängt, sich eine neue Pseudoidentität zuzulegen, die dann von den CIA-Spezialisten in Sachen »Authentisierung und Validisierung«, den Meistern der Fälschung aus der Abteilung für technische Dienste, mit den entsprechenden Dokumenten ausgestattet worden wäre. Aber Bryson hatte sich dagegen gesträubt. Er wollte keine undichten Stellen riskieren, keine Spuren innerhalb des Verwaltungsapparates legen. Und schließlich war ja auch noch nicht sicher, ob er Harry Dunne trauen konnte. Dunnes Organisation traute er jedenfalls nicht. Bryson kannte zu viele Beispiele für folgenschwere undichte Stellen, Fauxpas und Indiskretionen, die auf die Kappe der CIA gingen. Nein, vielen Dank, für seine Tarnung sorgte er lieber selbst.

Doch Bryson hatte Calacanis nie zuvor gesehen, kein einziges Mal seinen Fuß auf die *Spanish Armada* gesetzt, und von Basil Calacanis wusste man, dass er sich über jeden, der ihn besuchen wollte, sehr genau erkundigte. In diesem Gewerbe verbrannte man sich allzu leicht die Finger. Entsprechend gründlich hatte sich Bryson auch auf seinen Besuch an Bord des Schiffes vorbereitet.

Er hatte ein Waffengeschäft angeleiert. Noch war kein Geld geflossen, doch er hatte Kontakt zu einem deutschen Waffenhändler aufgenommen, dem er in seiner Rolle als

Coleridge schon einige Male über den Weg gelaufen war. Dieser Mann wohnte in einem Luxushotel in Toronto und war Schlüsselfigur in einem Schmiergeldskandal, der die deutsche Christlich Demokratische Union in arge Bedrängnis gebracht hatte. Um nicht in Deutschland vor Gericht gestellt zu werden, blieb er in Kanada auf Tauchstation. Allerdings ging ihm, wie man wusste, allmählich das Geld aus. Bryson war also nicht überrascht, als sich der Deutsche an Coleridges Offerte außerordentlich interessiert zeigte.

Bryson hatte streuen lassen, dass er – das heißt Coleridge – eine Gruppe von Generälen aus Zimbabwe, Ruanda und dem Kongo vertreten würde, die bestimmte schwere Waffen kaufen wollten, die nur über Calacanis zu beschaffen waren. Coleridge war realistisch genug, zu erkennen, dass er diesen Deal nur dann würde makeln können, wenn man ihm Zutritt zu Calacanis' Waffenbazar gewährte. Falls der Deutsche, der mit Calacanis schon häufig Geschäfte gemacht hatte, ihm dazu verhelfen konnte, sollte er eine ordentliche Provision erhalten – leichtes Geld für ein einfaches Empfehlungsschreiben, per Fax an Calacanis' Schiff geschickt.

Als Bryson und die anderen Passagiere aus dem Hubschrauber ausstiegen, trat ein junger, kräftig gebauter Mann mit schütteren roten Haaren auf sie zu und schüttelte ihnen unterwürfig lächelnd die Hand. Er grüßte, ohne Namen zu nennen, stellte sich aber selbst als Ian vor.

»Schön, dass Sie vorbeigekommen sind«, sagte Ian im Akzent der britischen Upperclass, fast so, als würde er alte Peers begrüßen, die gekommen waren, um einem alten Freund zu helfen. »Ein herrlicher Abend, den Sie sich für Ihren Besuch ausgesucht haben – ruhige See, Vollmond… Was will man mehr? Und Sie kommen gerade rechtzeitig zum Dinner. Wenn Sie sich bitte gleich dorthin begeben würden?« Er deutete auf drei breitschultrige, mit Maschinenpistolen bewaffnete Wachen, die neben der Landestelle auf sie warteten. »Tut mir schrecklich Leid, dass ich Ihnen das zumuten muss, aber Sie kennen ja Sir Basil.« Er lächelte schuldbewusst und zuckte mit den Achseln. »Wie sehr er auf Sicherheit bedacht ist. Aber Sir Basil kann dieser Tage gar nicht vorsichtig genug sein.«

Die stämmigen Wachen filzten die vier Ankömmlinge nach allen Regeln der Kunst und musterten sie mit argwöhnischen Blicken. Der Ire regte sich darüber auf und blaffte den Mann, der ihn filzte, verärgert an, hielt aber trotzdem still. Bryson hatte mit diesem Ritual gerechnet und deshalb darauf verzichtet, eine Waffe einzustecken. Der Wachposten, der ihn überprüfte, klopfte die üblichen Stellen ab und auch alle anderen, fand aber natürlich nichts. Dann forderte er Bryson auf, seine Aktentasche zu öffnen. »Und die Papiere«, sagte er in einem Akzent, den Bryson als sizilianisch identifizierte.

Der Wachposten grunzte zufrieden.

Bryson schaute sich um, registrierte die panamaische Flagge am Bug und sah, dass an vielen Containern der Hinweis auf Explosionsgefahr klebte. Einigen privilegierten Kunden wurde gestattet, die Ware vor dem Kauf zu inspizieren, das heißt einen Blick in die Container zu werfen. Doch verladen wurde hier nichts. Die *Spanish Armada* würde später einen für sie sicheren Hafen anlaufen, etwa den von Guayaquil in Ecuador, der angeblich Calacanis' Stützpunkt war; oder den Hafen von Santos in Brasilien. Beide Anlaufstellen galten als die korruptesten Piratennester des amerikanischen Subkontinents. Im Mittelmeer würde das Schiff im albanischen Hafen von Vlorë vor Anker gehen, einem der Welt größten Schmugglerzentren. In Afrika kamen die Häfen von Lagos in Nigeria und der von Monrovia in Liberia als Umschlagplätze in Frage.

Bryson hatte die Durchsuchung hinter sich.

Er war an Bord.

»Hier entlang, bitte«, sagte Ian und zeigte auf das Deckshaus, wo sich aller Wahrscheinlichkeit nach die Quartiere der Crew, die Brücke sowie Calacanis' Privatkabinen und Büros befanden. Auf ihrem Weg dorthin wurden die vier Besucher in diskretem Abstand von bewaffneten Wachen begleitet. Der Hubschrauber stieg wieder auf, und als die vier die Aufbauten erreichten, hatte sich das Knattern der Rotoren schon entfernt. Bryson hörte die vertrauten Geräusche des Meeres, die Möwen, das Klatschen der Wellen, und er roch die salzige Luft, unter die sich der scharfe Geruch von Diesel mischte. Hell leuchtete der Mond über dem Wasser.

Zusammen mit Ian bestiegen die Besucher einen engen Fahrstuhl, der sie vom Hauptdeck auf die Ebene 06 hinaufbeförderte.

Als die Fahrstuhltür aufging, staunte Bryson nicht schlecht. So viel Luxus hatte er nicht einmal auf den Jachten der extravagantesten Milliardäre gesehen. Gespart hatte man hier wahrhaftig nicht. Die Böden waren aus Marmor, die Wände mit Mahagoni vertäfelt, funkelnd die Messingbeschläge. Sie kamen an einem Spielkasino vorbei, einem kleinen Kino, einem Fitness-Studio mit modernsten Geräten, einer Sauna, einer Bibliothek. Schließlich gelangten sie in einen großen Salon, die Privatkabine des Schiffsherrn, die Ausblicke nach vorn und nach achtern bot. Sie ging über zwei Ebenen und war mit einem Prunk ausgestattet, den man selbst in den größten Luxushotels nur selten antraf.

Vier oder fünf andere Männer saßen an einer Bar, hinter der ein Barmann mit schwarzer Krawatte stand. Eine weiß uniformierte Stewardess, umwerfend schön mit leuchtend grünen Augen, bot ihm scheu lächelnd eine Flöte Cristal-Champagner an. Bryson nahm das Glas, bedankte sich, und schaute in die Runde, wobei er versuchte, nicht neugierig zu erscheinen. Auf den Marmorböden lagen orientalische Teppiche; Plüschsofas waren zu Sitzgruppen zusammengestellt. Einige Wände standen voll mit Büchern, die sich allerdings auf den zweiten Blick als Attrappen herausstellten. Es gab kristallene Lüster. Nur eines fiel hier aus dem Rahmen, nämlich die großen ausgestopften Fische, offenbar Angeltrophäen, die als Wandschmuck herhalten mussten.

Die anderen Gäste unterhielten sich mehr oder weniger angeregt. Bryson glaubte einige davon schon bei anderen Gelegenheiten gesehen zu haben. Aber wer waren sie? Er strengte seinen Kopf an und durchforstete sein phänomenales Gedächtnis. Nach und nach setzten sich einzelne Dossiers zu vage wiedererkennbaren Porträts zusammen. Ein pakistanischer Mittelsmann; ein ranghohes Mitglied der IRA, ein Geschäftsmann und Waffenhändler, der wohl wie kein Zweiter den Krieg zwischen Iran und Irak angeheizt hatte. Diese und andere waren allesamt Vermittler, Zwischenhändler, sie waren gekommen, um Ware en gros einzukaufen. Ihm wurde vor nervöser Anspannung ganz klamm bei der Frage, ob einer von diesen Männern ihn womöglich auch erkannte und über sein früheres Leben Bescheid wusste, ob als Coleridge oder in einer seiner vielen anderen Identitäten. Das Risiko, demaskiert oder bei einem anderen Namen genannt zu werden, begleitete ihn ständig. Es gehörte zu seinem Job und stellte eine seiner vielen beruflichen Gefahren dar. Auf diese Möglichkeit musste er immer gefasst sein.

Zum Glück war da aber niemand, der ihn heimlich oder neugierig mit jener Art von Blick verfolgte hätte, mit denen Raubtiere ihre Rivalen bedenken. Er spürte auch nicht jenes Prickeln am Hinterkopf, das sich immer dann einstellte, wenn ihm schwante, dass man ihn beobachtete. Allmählich entspannte er sich wieder.

Er schnappte einzelne Gesprächsfetzen auf; da war von einem »Doppler-Radar« die Rede, von »Scorpions« und »tschechischen Striela Antiair Missiles«.

Bryson sah, wie ihm die hübsche Stewardess einen Blick zuwarf, und lächelte freundlich. »Wo ist Ihr Boss?«, fragte er sie.

Sie wirkte verlegen. »Oh«, antwortete sie, »Mr. Calacanis?«

»Wen sollte ich wohl sonst meinen?«

»Er wird sich seinen Gästen bei Tisch zeigen. Möchten Sie vielleicht jetzt schon eine Kleinigkeit naschen? Kaviar gefällig, Mr. Coleridge?«

»Nein danke, dafür hab ich nichts übrig. Al-Biqa?«

»Wie bitte?«

»Ihr Akzent. Lässt auf einen levantinischen Dialekt des Arabischen schließen, der auf der Beka'a-Ebene gesprochen wird. Habe ich Recht?«

Die Stewardess errötete. »Netter Party-Trick.«

»Mr. Calacanis heuert offenbar aus aller Herren Länder an. Man könnte sagen, er bietet als Arbeitgeber allen die gleiche Chance.«

»Tja, der Kapitän ist Italiener, die Offiziere kommen aus Kroatien, die Mannschaft von den Philippinen.«

»Ein richtiges U. N.-Modell.«

Sie lächelte.

»Und die Kunden?«, wollte Bryson wissen. »Wo kommen die her?«

Das Lächeln war schlagartig verschwunden. »Danach frage ich nicht, Sir«, erwiderte sie kurz angebunden. »Sie entschuldigen mich.«

Bryson hatte überzogen. Calacanis' Personal war wohl freundlich, aber in erster Linie diskret. Es brächte natürlich nichts, wenn er sich über diesen Mann direkt erkundigen würde, aber er hatte über Dunne und dank eigener Recherchen etliche Informationen zusammengetragen, die ein halbwegs anschauliches Profil ergaben. Vasiliou Calacanis war als Spross einer vermögenden griechischen Familie in der Türkei zur Welt gekommen. In Eton drückte er mit dem Erben eines der größten Waffenproduzenten Englands die Schulbank. Irgendwie – keiner wusste Genaueres – kam es später zu einer engen Kooperation zwischen Calacanis und der Familie des Klassenkameraden, für die er Waffen an die griechischen Zyprioten verkaufte, die gegen ihre türkischen Nachbarn kämpften. Zuvor waren einflussreiche britische Politiker geschmiert und lukrative Beziehungen geknüpft worden; aus Vasiliou wurde Basil und aus Basil schließlich Sir Basil. Er erwarb Mitgliedschaften in den vornehmsten Londoner Clubs. Seine Verbindungen zu Frankreich waren allerdings noch stärker; er gründete einen seiner Hauptsitze in einem enorm prachtvollen Château an der Avenue Foch in Paris, wo er regelmäßig hochrangige Politiker vom Quai d'Orsey empfing.

Nach dem Fall der Berliner Mauer verdiente er durch den Handel mit überzähligen Waffen aus dem Ostblock, insbesondere aus Bulgarien, viel Geld. Nicht weniger lukrativ waren seine Geschäfte mit beiden Kriegsparteien im Iran-

Irak-Konflikt, an die er etliche Hubschrauber verkaufte. Deals in großem Umfang gelangen ihm auch mit Libyen und Uganda. Mit Gewehren, Mörsern, Pistolen, Landminen und Raketen von Calacanis wurden viele Bürgerkriege und Rebellionen geschürt. Er hatte den Luxus seines Jacht-Frachters mit dem Blut Hunderttausender bezahlt.

Einer der Stewards ging von Gast zu Gast. »Das Dinner ist angerichtet, Mr. Coleridge«, sagte er.

Der Speisesaal war noch opulenter, noch extravaganter als der Salon, aus dem sie kamen. Die Wände waren mit Hafen- und Meermotiven bemalt, so dass man den Eindruck hatte, an einem sonnigen, milden Nachmittag im Freien zu sitzen, umgeben von eleganten Segelbooten. Der lange Tisch war mit weißem Damast bedeckt und mit Kristallgläsern und Kerzen festlich geschmückt. Von der Decke hing ein gewaltiger kristallener Kronleuchter.

Einer der Stewards führte Bryson zu seinem Platz neben dem Kopfende des Tisches, an dem ein beleibter Mann mit kurzem grauen Vollbart und dunkler Gesichtsfarbe saß. Der Steward beugte sich zu dem bärtigen Mann herab und flüsterte ihm etwas ins Ohr.

»Mr. Coleridge«, grüßte Basil Calacanis im sonoren Bass eines Donkosaken und streckte die Hand aus. »Entschuldigen Sie bitte, dass ich sitzen bleibe.«

Bryson schüttelte Calacanis' Hand. »Selbstverständlich. Es ist mir eine Ehre, Sie kennen zu lernen. Ich habe schon so viel von Ihnen gehört.«

»Gleichfalls, gleichfalls. Erstaunlich, dass wir erst jetzt zusammentreffen.«

»Es hat so lange gedauert, den Mittelsmann auszuschalten«, sagte Bryson grinsend. »Ich war's leid, immer Stückpreise zahlen zu müssen.« Calacanis gluckste vor Lachen. Die anderen Gäste hatten mittlerweile Platz genommen und taten so, als würden sie dem Gespräch zwischen ihrem Gastgeber und dem mysteriösen, bevorzugt platzierten Fremden keine Beachtung schenken. Bryson bemerkte, dass einer, der besonders intensiv zu lauschen schien, vorhin nicht mit an der Bar gesessen hatte. Der Mann trug einen doppelreihigen Nadelstreifenanzug und hatte silbernes, schulterlanges Haar. Bryson erschauerte in schlimmer Vorahnung. Er kannte den Mann. Sie waren sich zwar nie zuvor begegnet, doch Bryson hatte diesen Kopf schon auf etlichen Videos aus Überwachungskameras und in diversen Dossiers gesehen. Er war Franzose und in einschlägigen Kreisen als Kontaktmann zu extremen Terroristengruppen bekannt. An den Namen konnte Bryson sich nicht erinnern, aber er wusste, dass der langhaarige Mann Bevollmächtigter eines sehr einflussreichen, ultrarechten französischen Waffenhändlers namens Jacques Arnaud war. Hatte das zu bedeuten, dass Arnaud Calacanis belieferte oder umgekehrt?

»Hätte ich gewusst, wie schön es ist, hier einzukaufen, wäre ich bestimmt schon früher gekommen«, fuhr Bryson fort. »Sie haben ein wirklich außergewöhnliches Schiff.«

»Sie schmeicheln mir«, entgegnete der Waffenhändler. »›Außergewöhnlich‹ dürfte kaum das passende Wort für diesen alten, rostigen Kahn sein. Es ist schon ein Wunder, dass er sich überhaupt noch über Wasser hält. Sie hätten ihn allerdings erst mal vor zehn Jahren sehen sollen, als ich ihn von Maersk gekauft habe. Er sollte abgewrackt werden, und ich dachte, ein Schnäppchen machen zu können. Doch ich fürchte, Maersk hat mich übers Ohr gehauen. Der Kahn war schwer reparaturbedürftig, es musste allein über eine Tonne Rost abgekratzt werden.« Er schnippte mit den Fingern, worauf die schöne blonde Stewardess mit einer Flasche Chassagne-Montrachet an den Tisch kam und zuerst Calacanis, dann Bryson einschenkte, den sie darüber hinaus aber keines Blickes würdigte. Calacanis hob sein Glas und zwinkerte Bryson zu: »Auf die Kriegsgewinne.« Bryson prostete ihm zu. »Übrigens, die *Spanish Armada* kommt auf ein ganz schönes Tempo – 25 bis 30 Knoten –, schluckt aber auch 250 Tonnen Treibstoff am Tag. Ihr Amerikaner nennt so etwas ›overhead‹, hm?«

»Ich bin Kanadier, um genau zu sein«, sagte Bryson und merkte auf. Dass sich Calacanis in solchen Dingen irrte, war eher unwahrscheinlich. Ganz en passant fügte er hinzu: »Als

Sie das Schiff gekauft haben, hat es doch bestimmt ein bisschen anders ausgesehen.«

»In den Mannschaftsquartieren sah's aus wie in einem alten Krankenhaus.« Calacanis sah sich in der Tischrunde um. »Für das Zubehör, das einem wichtig ist, muss man immer selbst sorgen. Also, Mr. Coleridge, wenn ich richtig informiert bin, sind Ihre Kunden Afrikaner. Stimmt's?«

»Meine Kunden sind interessierte Abnehmer«, antwortete Bryson – die Diskretion in Person – mit höflichem Lächeln.

Calacanis zwinkerte ihm wieder zu. »Die Afrikaner zählen seit eh und je zu meinen besten Kunden. Der Kongo, Angola, Eritrea. Irgendwo kracht es da unten immer, und es scheint, dass alle beteiligten Parteien immer genug Geld flüssig haben. Lassen Sie mich raten: Ihre Kunden interessieren sich für ein paar grundsolide AK-47er, für Munition, Landminen, Granaten. Vielleicht auch für ein paar RPGs. Präzisionsgewehre mit Nachtvisier. Panzerfäuste. Lieg ich ungefähr richtig?«

Bryson zuckte mit den Achseln. »Ihre Kalaschnikows ... sind die in Russland hergestellt?«

»Vergessen Sie die russischen. Alles Schrott. Meine sind aus Bulgarien.«

»Ah ja, Ihre Ware ist wirklich nur vom Besten.«

Calacanis schmunzelte zufrieden. »Allerdings, die von Arsenal in Bulgarien hergestellten Kalaschnikows sind immer noch unübertroffen. Der Meinung ist auch Dr. Kalaschnikow persönlich. Wie haben Sie Hans-Friedrich eigentlich kennen gelernt?«

»Ich habe ihm dabei geholfen, eine größere Anzahl Fuchs-Panzer der Thyssen AG an Saudi-Arabien zu verkaufen und ihn mit einigen Öl triefenden Freunden am Golf bekannt gemacht. Aber zurück zu den Kalaschnikows; ich verlasse mich da ganz auf Ihre Expertise«, sagte Bryson großzügig. »Und was die Sturmgewehre angeht ...«

»In dem Fall gibt es nichts Besseres als die südafrikanische Vektor 5,56 mm CR21. Sehr handlich. Wer die einmal angelegt hat, will nichts anderes mehr haben. Die integrierte

Reflexoptik erhöht die Trefferquote auf Anhieb um 60 Prozent. Selbst bei blutigen Anfängern.«

»Abgereicherte Uranmunition?«

Calacanis krauste die Stirn. »Könnte ich eventuell auftreiben. Interessante Wahl. Doppelt so schwer wie Blei, geht durch Panzerstahl wie ein heißes Messer durch Butter. Und strahlt obendrein noch. Sie sagten, Ihre Klienten seien aus Ruanda und dem Kongo?«

»Ich kann mich nicht erinnern, so etwas gesagt zu haben.« Dieses Frage-Antwort-Spiel zerrte an Brysons Nerven. Das war kein Kaufgespräch, sondern eine Gavotte, ein äußerst kompliziertes Tänzchen, wobei jeder Partner darauf lauerte, dass dem anderen ein Fehler unterlief. Es schien, als wüsste Calacanis von seinem Gegenüber mehr, als er offen zugab. Akzeptierte der schlaue Waffenhändler die Fassade von John T. Coleridge? Was, wenn seine Kontakte bis tief, *allzu* tief in die Welt der Geheimdienste reichten? Was, wenn in den Jahren nach seinem Ausscheiden aus dem Direktorat die Coleridge-Legende als fiktiv aufgeflogen war, womöglich durch entsprechende Hinweise von Ted Waller – vorsorglich oder aus Rache?

Ein winziges Handy auf dem Tisch neben Calacanis' Teller klingelte. Calacanis nahm es auf und meldete sich barsch: »Was gibt? ... Ja, Chicky, aber er kriegt von uns keinen Kredit mehr. Tut mir Leid.« Er brach die Verbindung ab und legte das Telefon an seinen Platz zurück.

»Meine Kunden sind auch an Stinger-Missiles interessiert.«

»Jaja, die sind heutzutage sehr gefragt. Es scheint, als könnte kein Terrorist und keine Guerilla-Gruppe mehr darauf verzichten. Dank der US-Regierung ist ein hübsches Kontingent davon im Umlauf. Die Amis haben sie wie Zuckerstangen an ihre Freunde verteilt. Bis dann einige in iranische Kanonenboote gelangten und auf Navy-Hubschrauber am Golf abgeschossen wurden. Da sah sich Amerika gezwungen, das ganze Zeugs wieder zurückzukaufen. Peinlich, peinlich. Für eine Stinger bietet Washington mittlerweile 100000 Dollar, viermal mehr als sie ursprünglich gekostet hat. Ich zahle natürlich noch besser.« Calacanis wurde für eine Weile still. Neben ihm war die schöne Stewardess mit einem Tablett aufgetaucht. Auf ein Zeichen des dicken Griechen hin machte sie sich daran, ihm ein kunstvoll garniertes Schälchen Lachstartar mit schwarzem Kaviar zu servieren.

»Ich nehme an, Washington ist nach wie vor ein guter Kunde von Ihnen«, sagte Bryson.

»Washington hat – wie sagt man? – tiefe Taschen«, meinte Calacanis.

»Wenn man sich umhört, könnte man meinen, dass die Umsätze in jüngster Zeit sprunghaft gestiegen sind«, fuhr Bryson mit leiser Stimme fort, »und dass gewisse Organisationen in Washington – gewisse Geheimdienste, die ziemlich souverän arbeiten – in großem Umfang bei Ihnen einkaufen.«

Bryson versuchte, möglichst beiläufig zu klingen, doch Calacanis schien zu ahnen, worauf er anspielte, und musterte ihn mit kritischem Blick. »Sind Sie an meiner Ware interessiert oder an meinen Kunden?«, fragte der Waffenhändler mit eisigem Unterton.

Bryson spürte, wie ihm flau wurde, als er erkannte, dass er sich schwer verrechnet hatte.

Schwerfällig stand Calacanis auf. »Wenn Sie mich entschuldigen wollen. Ich fürchte, meine anderen Gäste vernachlässigt zu haben.«

»Ich interessiere mich für Gründe, für Geschäftsgründe«, beeilte sich Bryson zu sagen.

Calacanis machte kein Hehl mehr aus seinem Misstrauen. »Welche Geschäfte könnten Sie mit Regierungsbehörden schon eingehen?«

»Ich habe etwas anzubieten«, antwortete Bryson, »etwas, das interessant sein könnte für einen Major-Player, der zwar nicht direkt mit der Regierung verbunden ist, aber selbst auch, wie Sie sich ausdrücken, ›tiefe Taschen‹ hat.«

»Wollen Sie *mir* etwa ein Angebot machen? Tut mir Leid, ich verstehe nicht ganz. Für Ihre Geschäfte brauchen Sie mich bestimmt nicht.«

»In diesem Fall schon«, sagte Bryson leise und in verschwörerischem Tonfall. »Es gibt keinen geeigneteren Strippenzieher.«

»*Strippenzieher?*« Calacanis war sichtlich verunsichert. »Worum zum Teufel geht es überhaupt?«

Bryson flüsterte so leise, dass sich Calacanis zu ihm herabbeugen musste. »Um Pläne, Blaupausen, Spezifikationen, die bestimmten finanzstarken Gruppen sehr viel Geld wert sind. Ich darf bei dieser Sache aber auf keinen Fall persönlich in Erscheinung treten. Ihre Beteiligung als ... nun, sagen wir *Mittelsmann*, würde Ihnen einiges einbringen.«

»Sie machen mich neugierig«, sagte Calacanis. »Vielleicht sollten wir das Gespräch später unter vier Augen fortsetzen.«

In Calacanis' Bibliothek gab es kostbare französische Antiquitäten zu bestaunen, die unsichtbar am Boden festgeschraubt waren. Römische Jalousien und Vorhänge deckten zwei Wände aus Glas ab; an den beiden anderen Wänden hingen gerahmte antike Seekarten. Mitten in einer dieser Wände befand sich eine Eichentür. Wohin sie führte, konnte Bryson nicht erkennen.

Dass sich der Grieche so schnell von seiner Dinner-Party verabschiedet hatte, zeugte von der verführerischen Kraft der Blaupausen und Spezifikationen, die er nun in der Hand hielt. Sie waren von den Grafikern der CIA-Abteilung für technische Dienste erstellt worden, und zwar so kunstvoll, dass selbst ein so erfahrener Waffenhändler wie Calacanis auf sie hereinfallen musste.

Dieser war sofort Feuer und Flamme. Er blickte von den Plänen auf, und in seinen Augen spiegelte sich unverhohlene Habgier. »Eine neue Generation der Antipanzerwaffe JAVALIN«, sagte er andächtig. »Wo zum Teufel haben Sie das her?«

Bryson schmunzelte bescheiden. »Sie reden nicht gern über geschäftliche Interna, und ich auch nicht.«

»Leichtgewichtig, von einem Einzelnen zu handhaben. Abdrücken und das war's dann. Die gleiche Munition – 127-

Millimeter-Missiles, versteht sich –, aber der Zielsucher scheint um einiges verbessert zu sein, vor allem im Hinblick auf mögliche Gegenmaßnahmen. Wenn ich die Pläne richtig lese, kann man mit diesem Ding gar nicht danebenschießen.«

Bryson nickte. »Das hat man mir auch so zu verstehen gegeben.«

»Haben Sie die Quellcodes?«

Bryson wusste, was Calacanis meinte, nämlich die Software, mit der es gelänge, die Waffe von Grund auf nachzubauen. »Selbstverständlich.«

»An interessierten Parteien wird es nicht mangeln. Die einzige Frage ist: Wer hat die finanziellen Mittel? Billig ist diese Waffe nicht.«

»Sie haben bestimmt schon einen Kunden im Sinn.«

»Ja, er ist zufällig an Bord.«

»War er am Tisch?«

»Er hat sich entschuldigen lassen. Gesellschaften sind nicht seine Sache. Zurzeit inspiziert er die Ware.« Calacanis langte nach seinem Handy und tippte eine Nummer ein. Während er darauf wartete, dass am anderen Ende abgenommen wurde, bemerkte er: »Die Organisation dieses Herrn kauft in letzter Zeit groß ein. Mobile Waffen. Ihr Angebot wird sie mit Sicherheit interessieren, und Geld scheint für diese Kundschaft kein Problem zu sein.« Er hielt inne und sagte dann ins Handy: »Bitten Sie Mr. Jenrette, in der Bibliothek vorbeizuschauen.«

Die interessierte Partei, wie Calacanis sich ausgedrückt hatte, tauchte knapp fünf Minuten später in der Tür zur Bibliothek auf, begleitet von Ian, dem Mann mit den schütteren roten Haaren, der Bryson am Hubschrauber in Empfang genommen hatte.

Sein Name war Jenrette, aber Bryson wusste sofort, dass dies nur sein aktuelles Pseudonym war. Als der müde aussehende Mann in mittleren Jahren und mit borstigen grauen Haaren auf Calacanis' Schreibtisch zuging, traf sein Blick den Brysons.

Kowloon.

Die Dachbar des Miramar Hotels.

Jenrette war ein Agent des Direktorats, den Bryson unter dem Namen Vance Gifford kannte.

»*Die Organisation dieses Herrn kauft in letzter Zeit groß ein. Mobile Waffen. Ihr Angebot wird sie mit Sicherheit interessieren, und Geld scheint für diese Kundschaft kein Problem zu sein.*«

Geld kein Problem... die Organisation dieses Herrn... kauft groß ein.

Vance Gifford gehörte immer noch zum Direktorat. Harry Dunne hatte also Recht: Das Direktorat existierte noch.

»Mr. Jenrette«, sagte Calacanis, »ich möchte Sie mit einem Herrn bekannt machen, der ein interessantes neues Spielzeug anzubieten hat, das Ihnen und Ihren Freunden bestimmt gefallen wird.« Ian, der Bodyguard und Adjutant, stand mit gestrafften Schultern vor der Tür und beobachtete die Szene.

Vance Gifford war für einen kurzen Moment aus der Fassung geraten, hatte sich aber schnell wieder im Griff und setzte ein Lächeln auf, das Bryson als falsch durchschaute. »Mr. ... Mr. Coleridge?«

»Nennen Sie mich doch bitte einfach John«, sagte Bryson. Sein Körper war wie erstarrt, und sein Gehirn arbeitete auf Hochtouren.

»Wie kommt's bloß, dass ich den Eindruck habe, Sie irgendwo schon einmal gesehen zu haben?«, fragte der Mann vom Direktorat betont jovial.

Bryson tat ganz ungezwungen und lachte, ließ aber den Mann nicht aus den Augen, notierte jedes noch so kleine Muskelzucken im Gesicht, das die Wahrheit unter der Lüge aufdeckte. *Vance Gifford ist aktiver Agent des Direktorats.* Daran konnte für Bryson kein Zweifel mehr bestehen.

Er war schon aktiv gewesen, als sie sich vor acht oder neun Jahren im Ostsektor begegnet waren, bei einem Treffen im Miramar Hotel von Kowloon. *Wir kannten uns kaum, unterhielten uns ungefähr eine Stunde lang über Geschäftliches, über verdeckte Finanzierung und Kautionen und der-*

gleichen. Über die Rolle des jeweils anderen im Direktorat wusste der eine vom anderen natürlich nicht.

Und Gifford war offenbar immer noch aktiv, denn sonst hätte Calacanis ihn nicht gerufen, um diesen vermeintlichen Prototyp zu begutachten.

»War's in Hongkong? Taipeh? Sie kommen mir auch bekannt vor«, sagte Bryson leicht blasiert, scheinbar amüsiert über den Zufall. In Wirklichkeit aber raste sein Herz. Er spürte, wie ihm der Schweiß auf der Stirn ausbrach. Seine Instinkte als Agent waren immer noch intakt und sensibel; allerdings hatte er seine Emotionen nicht mehr so gut im Griff wie früher. *Gifford weiß, wer ich bin*, ahnte er. *Er weiß zwar nicht, weshalb ich an Bord bin, lässt sich als alter Fuchs aber erst einmal auf mein Spiel ein. Dem Himmel sei Dank.* »Wo und wann es auch gewesen sein mag – schön, Sie wiederzusehen.«

»Für neues Spielzeug bin ich immer zu haben«, sagte Gifford alias Jenrette beiläufig. Er musterte Bryson mit scharfem Blick. *Natürlich weiß er, dass ich ausgeschieden bin.* Die Nachricht von einem verbrannten Direktoratsagenten machte blitzschnell die Runde, denn es musste ja verhindert werden, dass der Geschasste auf eigene Faust weitermachte. *Aber weiß er über die Hintergründe meiner Entlassung Bescheid? Sieht er mich als Feind an? Oder vielleicht als Neutrum? Nimmt er womöglich an, dass ich eigenen Geschäften nachgehe, wie so viele Ex-Kollegen, die nach dem Ende des Kalten Krieges in den Waffenhandel umgestiegen sind? Wie auch immer, Gifford ist nicht auf den Kopf gefallen. Er weiß, dass es sich hier im Fall dieser gestohlenen Verschlusssache nicht um einen x-beliebigen Deal handelt, auch wenn an Bord dieses schwimmenden Schwarzmarktes nichts mit gewöhnlichen Dingen zugeht.*

Wie geht es jetzt weiter? Er könnte das Angebot für einen Köder mit Haken halten. Dann würde er annehmen, dass ich für einen anderen Dienst arbeite und vielleicht sogar die Seiten gewechselt habe. Mit Haken versehene Köder waren immer schon die klassischen Mittel zur Rekrutierung von Personal aus rivalisierenden Geheimdiensten. Bryson schwirrte der Kopf. *Vielleicht hält er mich auch für eine Art Provokateur im Kampf der verschiedenen Dienste gegeneinander.*

Oder schlimmer noch – was, wenn Gifford mich für einen Betrüger hält, der gegen Calacanis und dessen Kundschaft zu Felde zieht?

Was für ein Wahnsinn! Giffords Reaktion war einfach nicht kalkulierbar. Man musste auf alles gefasst sein.

Calacanis' Miene war völlig nichts sagend. Er winkte den Mann vom Direktorat zu sich an den Schreibtisch, auf dem er die Blaupausen, Spezifikationen und Quellcodes der Hightech-Waffe ausgebreitet hatte. Gifford beugte sich über den Tisch.

Seine Lippen bewegten sich kaum, als er dem Waffenhändler etwas zuflüsterte, ohne ihn anzusehen.

Calacanis nickte, schaute auf und sagte: »Würden Sie mich bitte entschuldigen, Mr. Coleridge? Wir, Mr. Jenrette und ich, wollen uns kurz unter vier Augen beraten.«

Calacanis stand auf und öffnete die Eichentür, hinter der, wie Bryson sah, ein privates Arbeitszimmer lag. Jenrette folgte und zog die Tür hinter sich zu. Bryson nahm auf einem der antiken französischen Stühle Platz und rührte sich nicht. Er kauerte reglos da wie ein in Bernstein gefangenes Insekt. Nach außen gab er sich geduldig und spielte weiter die Rolle eines Mittelmannes, der schon seine Provision für das anstehende Geschäft überschlägt. In seinem Inneren aber brodelte es. Verzweifelt versuchte er den nächsten Zug vorauszuberechnen. Was hatte Gifford Calacanis zugeflüstert? Angenommen, Jenrette hatte vor, Calacanis zu verraten, dass er Bryson kannte. Wie wollte er dann seine Beziehung zum Direktorat verheimlichen? Oder wollte er sich vielleicht offenbaren? Wie viel würde er preisgeben? Wie dicht war Jenrettes Tarnung? All diese Fragen waren völlig offen, zumal Jenrette keine Ahnung hatte, weshalb Bryson an Bord war. Er musste davon ausgehen, dass Bryson in eigenen Geschäften unterwegs war und Waffenpläne zu verkaufen versuchte.

Die Tür zum Arbeitszimmer öffnete sich. Bryson blickte auf und sah die blonde Stewardess eintreten. Sie trug ein

Tablett mit leeren Gläsern und einer Flasche Portwein. Offenbar war sie von dem Griechen gerufen worden und über eine andere Tür in dessen Arbeitszimmer gelangt. Ohne auf Bryson zu achten, sammelte sie die benutzten Champagner- und Weingläser ein, die auf dem Schreibtisch standen. Als sie dann den großen gläsernen Aschenbecher mit Calacanis' Zigarrenstummeln von dem Beistelltisch neben Bryson nahm, öffnete sie unvermittelt den Mund und sprach mit leiser, kaum hörbarer Stimme.

»Sie sind ein bekannter Mann, Mr. Coleridge«, murmelte sie, ohne ihn dabei anzusehen. Sie stellte den Aschenbecher aufs Tablett. »Sie werden im Nebenzimmer von vier Freunden erwartet.« Bryson schaute ihr ins Gesicht und sah, wie sie die Augen Richtung Eichentür verdrehte. »Lassen Sie lieber kein Blut auf den Heriz-Läufer tropfen. Ein seltenes Stück, auf das Mr. Calacanis besonders stolz ist.« Gleich darauf war sie verschwunden.

Bryson spürte einen Schwall Adrenalin in sein Blut schießen, blieb aber ruhig sitzen und ließ sich nichts anmerken.

Was sollte das heißen?

War im Nebenzimmer eine Falle für ihn aufgestellt worden? War sie Teil des Hinterhaltes? Wenn nicht, wieso hatte sie ihn soeben gewarnt?

Plötzlich ging die Tür zum Arbeitszimmer wieder auf. Darin zeigte sich – an der Seite seines Bodyguards Ian – Calacanis persönlich. Dahinter war Gifford/Jenrette zu sehen.

»Mr. Coleridge«, rief Calacanis. »Würden Sie sich bitte zu uns gesellen?«

Bryson zeigte sich einen Augenblick lang unentschlossen. »Gewiss«, antwortete er dann. »Ich bin gleich bei Ihnen, muss aber vorher noch etwas holen, das ich in der Bar vergessen habe.«

»Mr. Coleridge, ich fürchte, dafür bleibt keine Zeit mehr«, entgegnete Calacanis in barschem Tonfall.

»Es dauert keine Minute«, sagte Bryson und wandte sich der Tür zu, die in den Salon zurückführte. Vor dieser hatte sich inzwischen ein bulliger Wachposten aufgebaut, doch Bryson nahm keine Notiz von ihm und ging auf die Tür zu.

»Tut mir Leid, Mr. Coleridge, wir müssen wirklich ein Wort miteinander reden, Sie und ich«, sagte Calacanis und nickte mit dem Kopf, was anscheinend ein Signal für den Posten an der Tür war. Brysons zitterte vor Anspannung, als sich der Bodyguard umdrehte, um die Tür zuzuziehen.

Jetzt!

Er sprang nach vorn und stieß den Wachposten mit Wucht vor den Rahmen der noch offenen Tür. Von der plötzlichen Attacke überrascht, geriet der Mann ins Straucheln, und noch ehe er zur Waffe greifen konnte, trat Bryson ihm mit dem rechten Fuß in die Seite.

Eine Alarmsirene heulte auf, ohrenbetäubend laut und offenbar von Calacanis ausgelöst, der wütende Schreie ausstieß. Bryson nutzte die momentane Schwäche seines Gegenübers, rammte ihm sein Knie in den Unterleib und zerrte ihn gleichzeitig mit der rechten Hand zu Boden.

»Schluss jetzt!«, donnerte Calacanis.

Bryson wirbelte herum und sah, dass Ian, der andere Bodyguard, mit einem Ausfallschritt nach vorn gesprungen war und mit beiden Händen eine 38er Pistole gepackt hielt.

In diesem Augenblick richtete sich der bullige Bodyguard unter ihm auf, brüllend und mit aller Kraft. Bryson langte zu, griff seinem Widersacher in die Augenhöhlen und lenkte dessen Bewegung ab, so dass sein Kopf sich wie eine Art Schutzschild vor seinem eigenen Gesicht befand. Ian würde wohl kaum zu schießen wagen, wenn er dabei riskierte, seinen Kollegen zu treffen.

Es krachte, und Bryson sah Blut spritzen. In der Stirn des Bodyguards klaffte ein dunkelrotes Loch. Kraftlos sackte er in sich zusammen. Ian hatte, wahrscheinlich unabsichtlich, seinen Kollegen erschossen.

Bryson fackelte nicht lange und rannte los, hinaus auf den Gang. Schüsse explodierten, Geschosse zersplitterten Holz, schlugen Dellen in metallene Schotten. Ringsum schrillte und heulte Alarm, als Bryson den Gang entlangstürmte.

Washington, D. C.

»Verstehe ich richtig? Sie lassen sich durch nichts von Ihrem Vorhaben abbringen?« Roger Fry sah Senator James Cassidy erwartungsvoll an. In den vier Jahren, die Fry nun schon Chef des Stabes war, hatte er den Senator in allen wichtigen Entscheidungen beraten. Auf ihn war Verlass, gerade dann, wenn es um heikle, kontroverse Themen ging. Preisstützung zugunsten der Milchwirtschaft? Wie auch immer die Entscheidung ausfallen würde – entweder gingen die Verbraucherverbände oder die Bauern auf die Barrikaden. Fry, ein zierlicher, rothaariger Mann Anfang vierzig, riet häufig genug: »Jim, es ist gehüpft wie gesprungen. Lassen Sie Ihr Gewissen den Ausschlag geben.« Cassidy war damit immer gut gefahren.

Die tief stehende Abendsonne strahlte durch die Lamellenjalousie, warf horizontale Lichtstrahlen in das Büro des Senators und spiegelte sich in dem auf Hochglanz polierten Vollholzschreibtisch. Der Senator von Massachusetts blickte von den Vorlagen auf und schaute Fry ins Gesicht. »Ich hoffe, Sie wissen, wie wertvoll Sie für mich sind, Roger«, sagte er, wobei ein Lächeln um seine Mundwinkel spielte. »Sie sind so tüchtig, so pragmatisch, so gewieft, dass ich es mir tatsächlich ab und an einmal erlauben kann, zu sagen, was ich für richtig halte.«

Cassidy war nicht nur Senator, er sah auch aus wie einer: stattliche Figur, silbergraue Mähne, scharf geschnittene Gesichtszüge, ausgeprägte Wangenknochen und eine breite Stirn. Er war ausgesprochen fotogen. Was an seiner Erscheinung aber am meisten bestach, waren seine warmen, freundliche Augen, die seinen Wählern den Eindruck vermittelten, er sei ihr Vertrauter. Dann wiederum konnten sie eiskalt und stechend wirken, einschüchternd auf alle, die sich mit ihm anzulegen versuchten.

»Ab und an einmal?« Fry schüttelte den Kopf. »Allzu häufig, wenn Sie mich fragen. Häufiger als es Ihnen politisch gut täte. Und irgendwann werden Sie damit nicht mehr durchkommen. Die letzte Wahl war schon kein Spaziergang, wenn ich Sie daran erinnern darf.«

»Sie machen sich zu viele Sorgen, Roger.«

»Irgendjemand muss sie sich machen.«

»Glauben Sie mir, unsere Wähler interessieren sich für solche Dinge. Habe ich Ihnen diesen Brief schon gezeigt?« Er stammte von einer Frau, die an der Nordküste von Massachusetts lebte. Sie hatte eine Marketing-Firma verklagt und herausgefunden, dass diese Firma seit 15 Jahren Informationen über sie zusammentrug. Auf mittlerweile 30 eng bedruckten Seiten standen über 900 einzelne Hinweise auf ihre Person: die von ihr gewählten Schlaftabletten, Mittel gegen Sodbrennen und die Hämorrhoidensalbe, die Marke ihres Duschgels. Man kannte ihren Kreditrahmen, wusste von ihrer Scheidung, von ihren Arztbesuchen und von ihren Sünden im Straßenverkehr. Aber das war nicht ungewöhnlich. Die Firma hatte ähnliche Dossiers über Millionen anderer Bürger angelegt. Ungewöhnlich war nur, dass diese Frau dagegen protestierte. Und Cassidy nahm diesen Protest ernst.

»Sie haben wohl vergessen, dass ich den Brief selbst beantwortet habe«, antwortete Fry. »Was ich sagen wollte, ist: Ich fürchte, Ihnen ist nicht ganz klar, was Sie da aufführen. Diese Sache trifft den Nerv der modernen Marktwirtschaft.«

»Umso wichtiger ist es, darüber zu diskutieren«, sagte der Senator ruhig.

»Manchmal ist es wichtiger, zu überlegen, wie man den nächsten Tag überstehen kann.« Aber Fry wusste um Cassidys Schrullen: Moralische Entrüstung triumphierte über politisches Taktieren. Ein Heiliger war der Senator nicht; er trank ganz gern einen über den Durst und war – vor allem früher, als er noch glänzend schwarze Haare hatte – häufig in fremden Betten zu Gast. Dabei hatte er sich aber stets ein Mindestmaß an politischer Integrität bewahrt: Er versuchte das Richtige zu tun, zumindest in Fällen, in denen das Richtige ebenso klar einzuschätzen war wie die politischen Risiken einer solchen Entscheidung. Über diesen idealistischen Zug seines Chefs regte sich Fry auf, obwohl er ihn – geradezu widerwillig – respektierte.

»Erinnern Sie sich an Ambrose Bierces Definition eines Staatsmannes?« Der Senator zwinkerte ihm zu. »Ein Politiker, der, obwohl von allen Seiten bedrängt, aufrecht bleibt.«

»Gestern habe ich an der Garderobe Ihren neuen Spitznamen aufgeschnappt.« Fry grinste. »Er wird Ihnen gefallen: Senator Kassandra.«

Cassidy krauste die Stirn. »Leider hat niemand auf Kassandra gehört«, bemerkte er. »Immerhin kann man ihr nicht vorwerfen, sie hätte nicht rechtzeitig gewarnt ...« Er stockte. Über dieses Thema hatten die beiden schon häufig genug gesprochen. Fry wollte ihn eigentlich ja nur in Schutz nehmen, und in der Regel nahm Cassidy seinen Rat auch dankbar an. Aber in dieser Sache hatte er sich festgelegt.

Senator Cassidy würde sich von seinem Vorhaben durch nichts und niemanden abbringen lassen.

Um nichts in der Welt.

Sechstes Kapitel

Als Bryson auf das zentrale Treppenhaus zulief, hörte er hinter sich Schritte auf dem metallenen Deck stampfen. Vor dem Fahrstuhl hielt er kurz an, besann sich dann aber eines Besseren. Der Fahrstuhl bewegte sich allzu langsam, und die Tür kam dem Deckel eines aufrecht stehenden Sarges gleich, denn wer sich auskannte, hatte die Elektrik im Handumdrehen abgeschaltet. Nein, er würde über die Treppe zu fliehen versuchen, so laut seine Schritte auch hallen mochten. Ihm blieb nur die Wahl: rauf oder runter? Dass er nach oben in Richtung Ruderhaus rannte, würden seine Verfolger wohl am wenigstens erwarten. Auf dem Weg hätte er sich aber wahrscheinlich schnell festgelaufen. Besser war es, nach unten auszuweichen, aufs Hauptdeck.

Aber wie sollte er vom Schiff fliehen? Ein Sprung in die Tiefe, ins eiskalte Wasser, wäre kaum zu überleben. Und über den Steg nach unten zu laufen, würde viel zu lange dauern und ihn außerdem allzu sehr exponieren.

Himmel! Es gab keinen Ausweg.

Nein, das durfte er sich jetzt nicht einreden. Es musste einen Ausweg geben. Er würde ihn finden.

Er kam sich vor wie eine Ratte in einem Labyrinth. Dass er sich auf dem Schiff nicht auskannte, war ein klarer Nachteil gegenüber seinen Verfolgern. Die riesigen Ausmaße, die zahllosen Gänge und Schlupflöcher boten aber immer wieder Möglichkeiten, sich zu verstecken.

Er rannte die Treppe hinunter, nahm immer drei, vier Stufen auf einmal, als von oben lautes Gebrüll zu hören war. Einer der Bodyguards war tot, aber es gab zweifellos ausreichend Ersatz, in Alarm versetzt durch die Sirenen oder per Funk. Das Getrampel und die Rufe wurden lauter; die Gruppe der Verfolger hatte zugenommen, und es war nur eine Frage von Sekunden, ehe weitere aus anderen Teilen des Schiffes aufkreuzten.

Die Schiffssirenen und Alarmschellen schrillten in einem scheußlichen Missklang aus heiserem Heulen und metallischem Kreischen. Von einem Treppenabsatz zweigte ein Durchgang ab, der nach draußen zu führen schien. Leise öffnete er die Tür, zog sie ebenso leise hinter sich zu und rannte weiter, über das Achterdeck, wie er feststellte, ganz und gar ungeschützt. Der Himmel war schwarz; sanft klatschten die Wellen gegen das Heck. Er eilte zur Reling und suchte nach Sprossen, wie sie manchmal zum Notausstieg an Schiffswände aufgeschweißt waren. Er hoffte, auf ein anderes Deck klettern und seine Verfolger abschütteln zu können.

Aber es gab keine solchen Sprossen oder Haltegriffe. Nach unten ging es nur im freien Fall.

Plötzlich explodierte Gewehrfeuer. Eine Kugel prallte sirrend von einer Metallstange ab. Hastig wich er von der Reling zurück und tauchte in den Schatten einer Muringwinde, die wie eine riesige Garnspule aussah und eine mächtige Trosse aufgewickelt hatte. Dicht über ihm schlugen erneut Geschosse ein.

Man würde ihn hier, wie er einsehen musste, hemmungslos unter Beschuss nehmen, denn mit der offenen See und den massiven Metallaufbauten im Rücken war nicht zu fürchten, dass irgendein sensibles Gerät zu Schaden gehen könnte.

Im Innern des Schiffes wäre man bestimmt vorsichtiger. Und das war sein Schutz! Man würde nicht zögern, ihn zu töten, aber auf das Schiff und die kostbare Ladung würde man Rücksicht nehmen.

Er musste seine Deckung verlassen und ins Innere des Schiffes zurückkehren. Dort gab es mit Sicherheit etliche Verstecke, und seine Jäger würden bestimmt mehr Zurückhaltung üben.

Aber wie sollte er hier wegkommen? Er steckte in der Falle und hatte nur die große Winde als Schutz. Einen gefährlicheren Ort hätte er auf dem gesamten Schiff kaum finden können.

Er hatte es momentan mit zwei oder drei Gegnern zu tun. Die mussten irgendwie abgelenkt werden. Aber wie?

Bryson sah sich um und entdeckte hinter einem Poller einen Farbkanister, den dort irgendein Seemann anscheinend vergessen hatte. Er robbte darauf zu und langte danach. Der Kanister war fast leer.

Wieder krachten Schüsse; offenbar hatte man ihn entdeckt.

Schnell zog er sich zurück und schleuderte den Kanister in Richtung Reling, wo er scheppernd auf eine Seilführung traf. Er spähte über den Rand der Winde und sah, wie sich die beide Männer hastig umwandten. Einer von ihnen lief auf die Schallquelle zu, während der andere die klassische Position eines Schützen einnahm und aufmerksam hin und her blickte. Als dann der andere steuerbords abdrehte, schlug er die entgegengesetzte Richtung ein und hielt derweil seine Waffe unablässig auf die Winde gerichtet. Er hatte Brysons Ablenkungsmanöver durchschaut und vermutete ihn nach wie vor in seinem Versteck.

Doch er hatte nicht damit gerechnet, dass Bryson geradewegs auf ihn zukommen würde. Er war nur noch wenige Schritte entfernt, als der andere Wachposten plötzlich Laut gab, um kundzutun, dass er den Gesuchten nirgends entdecken konnte. Ein sehr unprofessionelles Verhalten. Denn sein Kollege war einen Moment lang abgelenkt.

Jetzt!

Bryson hechtete nach vorn, riss den Mann zu Boden und rammte ihm ein Knie in den Bauch. Der Mann rang nach Luft, bäumte sich auf. Bryson wuchtete ihm seinen Ellbogen auf den Kehlkopf. Er hörte den Knorpel knirschen und nahm den Hals des Gegners mit dem rechten Arm in die Zange. Der schrie vor Schmerzen auf, was Bryson zu nutzen versuchte, um ihm die Pistole aus der Hand zu hebeln. Doch Calacanis' Söldner war ein harter Knochen; trotz der Schmerzen, die Bryson ihm zufügte, hielt er verzweifelt an der Waffe fest. Von der anderen Seite des Decks wurde geschossen. Der andere Mann kam herbeigelaufen, seinem Kollegen zu Hilfe, der ihm allerdings die Schusslinie auf Bryson verstellte. Bryson drehte die Waffe, bis das Handgelenk seines Gegners knackte. Die Pistolenmündung zielte auf dessen

Brust, als Bryson Druck auf den Finger gab, der um den Abzug gelegt war.

Der Söldner bäumte sich auf. Trotz des wilden Handgemenges hatte Bryson den Schuss sehr genau angesetzt und ihn mitten ins Herz getroffen.

Er nahm die Waffe aus der erschlafften Hand, sprang auf und feuerte in Richtung des anderen Mannes. Der hörte zu schießen auf, denn ihm war klar, dass er, wenn er im Laufen schösse, eine gute Zielscheibe abgeben würde. Diese kurze Feuerpause war Brysons Chance, und von den Schüssen, die er in schneller Folge abgab, traf einer den Gegner in die Stirn. Der Mann kippte zur Seite und sackte vor der Reling tot in sich zusammen.

Für ein paar Sekunden durfte sich Bryson in Sicherheit wiegen. Aber schon wieder waren Laufschritte an Deck zu hören, die näher rückten, und Stimmen, die deutlich machten, dass es mit dieser Sicherheit auch schon wieder vorbei war.

Wohin?

In unmittelbarer Nähe sah er eine Tür mit der Aufschrift DIESELGENERATOR. Offenbar führte sie zum Maschinenraum, der sich im Moment als einziger Fluchtpunkt anbot. Er rannte los, riss die Tür auf und sprang über schmale, grün gestrichene Stufen in einen großen, offenen Raum, in dem ein ohrenbetäubender Lärm herrschte. Hier stampften die Hilfsgeneratoren, die das Schiff mit Strom versorgten, wenn die Maschinen abgestellt waren. Mit langen Sätzen eilte er über den Steg, der über den gewaltigen Generatoren rings um den Raum lief.

Über das Dröhnen der Dieselmotoren hinweg hörte er seine Verfolger rufen, und dann sah er sie auch: mehrere Gestalten, die über die Treppe nach unten kamen und im spärlichen, grünlichen Licht nur als Schatten auszumachen waren.

Er zählte insgesamt vier Männer, die sich erstaunlich steif und ungelenk bewegten, was ihn stutzig machte, bis ihm auffiel, dass zwei von ihnen Nachtsichtgeräte vor den Gesichtern trugen. Die anderen hatten Nachtvisiere auf ihren Präzisionsgewehren. Die Umrisse waren unverkennbar.

Er hob die erbeutete Pistole, zielte auf den ersten, der über die Treppe kam und…

Plötzlich war es stockfinster!

Jemand hatte sämtliche Lichter gelöscht, wahrscheinlich von der zentralen Kontrollstation aus. Darum also trugen diese Männer Nachtsichtgeräte! Von ihrer Hightech-Ausrüstung versprachen sie sich einen Vorteil im Dunklen, und es gab in diesem schwimmenden Arsenal gewiss keinen Mangel an solchem Material.

Aber Bryson feuerte trotzdem, ins Dunkle, in die Richtung, in die er soeben gezielt hatte. Er hörte einen Aufschrei, dann ein Poltern. Einer der Männer war gestürzt. Es wäre jedoch Irrsinn gewesen, einfach weiter drauflos zu schießen und kostbare Munition zu verschwenden, zumal er nicht wusste, wie viele Kugeln im Magazin steckten.

Und das wollten seine Gegner ja nur, dass er wie ein Tier in der Falle reagierte, wie eine ertrinkende Ratte, dass er verzweifelt um sich schlug, ins Blaue ballerte, bis alle Munition verschossen wäre. Und mit Hilfe ihrer Nachtsichtgeräte würden sie ihn dann ganz leicht und ungehindert zur Strecke bringen.

Mit ausgestreckten Armen tastete er nach Gegenständen, die im Weg standen oder vielleicht auch Deckung bieten konnten. Die mit den monokularen Infrarot-Illuminatoren ausgerüsteten Männer waren mit Sicherheit auch mit Pistolen bewaffnet. Die anderen hatten Gewehre mit hochmodernen Infrarot-Visieren. Mit solchen Sehhilfen war es möglich, Wärme ausstrahlende Objekte auch bei völliger Dunkelheit zu erkennen. Mit dem erstmalig 1982 und mit großem Erfolg auf den Falkland-Inseln angewendeten Vorläufer dieser Technik hatte man nur kurze Distanzen überblicken können. Doch bei den Gewehraufsätzen, wie sie hier ins Feld geführt wurden, handelte es sich, wie Bryson erkannt hatte, um leichte, präzise und besonders weit reichende Visiere der Marke RAPTOR. Sie wurden meist in Verbindung mit Präzisionsgewehren Kaliber .50 eingesetzt.

Gütiger Himmel! Die Karten waren wahrhaftig nicht gut verteilt.

Der Generator schien im Dunklen noch lauter zu dröhnen.

Bryson sah einen winzigen roten Punkt durch sein Gesichtsfeld tanzen.

Er war entdeckt worden. Jemand zielte auf ihn, genau auf seine Augen.

Winkelberechnung! Bryson versuchte den Scharfschützen zu lokalisieren, indem er den bewegten Lichtpunkt an seine Quelle zurückverfolgte. Es war nicht das erste Mal, dass er von einem Scharfschützen mit Nachtsichtvisier aufs Korn genommen wurde, und er hatte gelernt den Abstand zum Gegner einzuschätzen.

Aber jede Verzögerung beim Zielen gab auch dem anderen, der ihn als grüne Silhouette vor schwarzem Hintergrund wahrnahm, Zeit und Gelegenheit, auf ihn anzulegen. Und sein Gegner wusste, wo er steckte, während sich Bryson nur auf sein Glück und auf ein paar überkommene Erfahrungswerte verlassen konnte. Und worauf sollte er in dieser Dunkelheit überhaupt zielen?

Er blinzelte, konnte aber beim besten Willen nichts erkennen. Sei's drum. Er hob die Pistole und feuerte.

Ein Schrei!

Er hatte jemanden getroffen; mit welchem Ergebnis, konnte er allerdings nicht sagen.

Ein oder zwei Sekunden später schlug klirrend ein Geschoss gegen die Maschinerie zu seiner Linken. Ob mit oder ohne Nachtsichtgerät, sein Gegner hatte ihn verfehlt. Rücksicht auf den Generator brauchten sie jedenfalls nicht zu nehmen; er war offenbar von solidem Stahl ummantelt.

Es konnte ihnen also gleichgültig sein, ob sie trafen oder danebenschossen.

Wie viele Gegner waren noch da? Wenn er auch den zweiten ausgeschaltet hatte, mussten es noch zwei sein. Bei der Lautstärke des Generators konnte er nicht einmal hören, ob sich Schritte näherten oder ob jemand, verletzt am Boden liegend, nach Luft schnappte. Bryson war nicht nur blind, sondern auch taub.

Kurz entschlossen stand er auf und lief los, eine Hand vor sich ausgestreckt, um Hindernisse rechtzeitig auszumachen, mit der anderen hielt er die Waffe gepackt. Ein Schuss krachte, und die Kugel zischte so dicht an seinem Schädel vorbei, dass er den Luftzug auf der Kopfhaut spüren konnte.

Dann traf seine Hand auf einen festen Widerstand – ein Schott. Er war in diesem großen, höhlenartigen Raum vor eine Wand gelaufen. Er schwenkte die Waffe zur einen, dann zur anderen Seite, und stieß jedes Mal auf einen eisernen Handlauf.

Er steckte in der Falle.

Wieder tanzte ein roter Lichtfleck auf ihn zu, als einer der Schützen das grüne Oval, das sein Kopf darstellte, anpeilte.

Er richtete die Pistole nach vorn, zielte in die Dunkelheit und brüllte: »Na los! Wenn ihr mich verfehlt, riskiert ihr, den Generator an einer empfindlichen Stelle zu treffen. Darin steckt jede Menge Elektronik, Mikrochips, die leicht kaputt gehen können. Legt den Generator lahm, und es gibt auf dem ganzen Schiff keinen Saft mehr. Was wohl Calacanis davon halten würde?«

Er glaubte, den roten Fleck schwanken zu sehen, ahnte aber, dass er sich das bloß einbildete. Plötzlich war ein Kichern zu vernehmen. Der optische Messpunkt streifte über sein Gesicht, verharrte und …

Das Spucken einer schallgedämpften Waffe, dann drei weitere dumpfe Schläge, ein Schrei und das Aufschlagen eines Körpers auf dem Metallrost des Laufstegs.

Was?

Wer hatte da auf seine Widersacher geschossen? Da musste noch jemand sein. Mit schallgedämpfter Pistole.

Jemand hatte auf seine Verfolger gefeuert – und sie womöglich ausgeschaltet!

»Keine Bewegung!«, rief Bryson im Dunklen in die Richtung, in der er noch einen Scharfschützen vermutete. Diese Forderung war natürlich, wie er wusste, Unsinn, denn warum sollte ein mit Nachtsichtbrille oder -visier ausgerüsteter Gegner darauf eingehen? Aber der Ruf an sich, so unerwartet und unlogisch, wie er war, konnte kurz für Verwirrung sorgen.

»Nicht schießen!«, antwortete eine dünne Stimme, die vom Maschinenlärm fast verschluckt wurde.

Eine Frauenstimme.

Bryson erstarrte. Er hatte doch nur Männer über die Metalltreppe herbeistürmen sehen. Oder war doch eine Frau dabei gewesen, unkenntlich in der klobigen Montur?

Aber was sollte das heißen, *nicht schießen*?

Bryson rief: »Waffe ablegen!«

Plötzlich blitzte blendend helles Licht durch den Raum, und er sah, dass das Licht wieder eingeschaltet worden war. Es strahlte heller als vorhin.

Was ging hier eigentlich vor?

Als sich seine Augen auf das helle Licht eingestellt hatten, entdeckte er auf dem Laufsteg weiter oben eine Frauengestalt in der weißen Livree der Bediensteten von Calacanis.

Sie trug eine Kopfhalterung mit einem einäugigen Nachtsichtgerät, das ihr Gesicht zur Hälfte verdeckte. Und doch erkannte Bryson in ihr die blonde Schönheit, mit der er vor dem Abendessen ein paar Worte gewechselt und die ihn später auf so rätselhafte Weise vor der drohenden Hinrichtung gewarnt hatte.

Und jetzt war sie hier, kauerte im Ausfallschritt auf dem Boden, den Griff einer Ruger mit aufgeschraubtem Schalldämpfer in beiden Händen. Bryson entdeckte nun auch die vier reglosen Körper der Schützen: zwei auf dem Deck vor dem Generator, einer am Anfang des Stegs, auf dem auch er sich befand, und der vierte beängstigend nahe, nur drei Schritte entfernt.

Die Stewardess zielte nicht etwa auf ihn, sondern gab ihm Rückendeckung und schützte ihn vor den anderen, wie er erst jetzt bemerkte. Sie befand sich neben einer kleinen Schalttafel. Offenbar hatte sie von dort die Lichter eingeschaltet. »Kommen Sie!«, rief sie über den Maschinenlärm hinweg. »Hier lang!«

Was zum Teufel hatte das alles zu bedeuten?

Bryson war unschlüssig.

»Kommen Sie endlich, wir müssen hier raus«, rief die Frau ärgerlich. Ihr Akzent war definitiv levantinisch.

»Was haben Sie vor?«, fragte Bryson, weniger an Auskunft interessiert als daran, Zeit zu schinden. Denn es war doch mit Sicherheit eine Falle, in die sie ihn da lockte …

»Was glauben Sie wohl?«, rief sie zurück, nahm wieder die Haltung eines Schützen ein und richtete die Waffe auf ihn. Auch er zielte auf sie und wollte gerade abdrücken, als er sah, wie sie den Lauf ihrer Pistole ein Stück zur Seite lenkte. Und dann hörte er das Geräusch einer gedämpften Detonation.

Auf dem Laufsteg über ihm schlug eine Gestalt der Länge nach hin. Noch ein Schütze mit Gewehr und Infrarotvisier. Tot.

Sie hatte ihn erschossen.

Der Mann hatte sich leise von oben herangeschlichen, um ihn zu töten, aber sie hatte ihn abgefangen.

»Machen Sie schon!«, brüllte sie. »Bevor die anderen aufkreuzen. Wenn Sie am Leben bleiben wollen, setzen Sie endlich Ihren Hintern in Bewegung!«

»Wer sind Sie?«

»Ist das jetzt nicht völlig egal?« Sie schob das Nachtsichtgerät aus dem Gesicht, so dass es oben auf der Kopfhalterung zu stehen kam. »Beeilung, bitte! Um Himmels willen, ist Ihnen eigentlich klar, in welcher Lage Sie sich befinden?«

Siebtes Kapitel

Entgeistert starrte Bryson die Frau an.

»Kommen Sie endlich!«, rief sie in hörbar zunehmender Anspannung. »Wenn ich Sie hätte umbringen wollen, wären Sie längst tot. Ich bin mit dem Infrarotgerät eindeutig im Vorteil.«

»Den haben Sie jetzt nicht mehr«, rief Bryson zurück. Er hatte die Waffe zwar gesenkt, aber fest im Griff.

»Ich kenne dieses Schiff in- und auswendig. Wenn Sie hier bleiben und Mätzchen machen wollen, bitte schön. Ich muss jetzt jedenfalls verschwinden, denn Calacanis hat eine starke Truppe, und ein Großteil davon wird jetzt auf dem Weg hierher sein.« Mit der freien Hand zeigte sie auf einen Gegenstand hoch oben im Winkel zwischen Decke und Wand, eine Überwachungskamera, wie Bryson sofort erkannte. »Davon gibt's jede Menge, aber nicht überall. Sie haben die Wahl: mir folgen und Ihr Leben retten oder hier bleiben und sterben.« Sie wandte sich ab, lief den Steg entlang und über eine Reihe von Metallstufen zu einer geschlossenen Luke. Sie öffnete den Deckel und forderte ihn mit einer knappen Kopfbewegung auf, ihr zu folgen.

Bryson ließ sich nicht mehr lange bitten. Tausend Fragen schwirrten ihm durch den Kopf. Wer war diese Frau? Was tat sie hier, was hatte sie vor? Warum war sie hier?

Eine einfache Angestellte war sie offenbar nicht.

Wer also war sie?

Sie winkte. Die Waffe in der Hand, stieg er ihr durch die Luke nach.

»Was haben Sie …«, hob er an.

»Still!«, zischte sie. »Hier oben hört man alles.« Sie machte die Luke hinter ihm zu und schob den schweren Riegel vor. Der nervend laute Motorenlärm war ausgeblendet. »Wir können von Glück reden, dass die Durchgänge hier nicht versperrt oder zugeschlossen werden können.«

Er sah ihr in die Augen und war für einen kurzen Moment wie gebannt von ihrer Schönheit. »Sie haben Recht«, sagte er leise. »Mir bleibt keine Wahl, aber es wäre doch schön, wenn Sie mir erklären würden, was hier eigentlich abgeht.«

Sie bedachte ihn mit einem Blick, der offen und trotzig zugleich war. »Für Erklärungen haben wir jetzt keine Zeit. Auch ich bin undercover hier, Waffenschiebern auf der Spur, die Israel in die Steinzeit zurückbomben wollen.«

Mossad, dachte er spontan. Aber ihr Akzent war libanesisch; sie schien von der Beka'a-Ebene zu stammen. Würde der Mossad eine Agentin aus dem Libanon in seinen Dienst stellen?

Sie reckte den Hals, als hätte sie einen Laut vernommen, der ihm entgangen war.

»Hier lang«, sagte sie und lief über eine Eisenstiege weiter nach oben. Er folgte ihr und gelangte hinter einer Tür in einen langen, engen Gang, wo sie kurz stehen blieb und in beide Richtungen spähte. Als sich seine Augen an das spärliche Licht gewöhnt hatten, sah er, dass der Gang weiter als sein Blick reichte. Er schien die gesamte Länge des Schiffes vom Heck bis zur Bugspitze abzudecken und war allem Anschein nach ein selten benutzter Versorgungstunnel. »Kommen Sie!«, zischte sie und rannte weiter.

Bryson folgte ihr mit langen Schritten, um bei dem Tempo, das die Frau vorlegte, mithalten zu können. Sie bewegte sich eigentümlich: federnd, leicht, fast lautlos. Es kam ihr wohl, wie Bryson ahnte, darauf an, den metallenen Boden möglichst wenig zu erschüttern, um nicht gehört zu werden und selbst besser hören zu können. Er versuchte, ihren Schritt nachzuahmen.

Als sie nach einer halben Minute an die hundert Meter zurückgelegt hatten, glaubte er, gedämpfte Laute von achtern hören zu können. Er warf einen Blick über die Schulter zurück und bemerkte am fernen Ende einen vagen Wechsel von Licht und Schatten. Bevor er sie darauf aufmerksam machen konnte, hatte sie sich rechts hinter einem vertikalen Stahlträger mit dem Rücken an die Wand geschmiegt. Wieder folgte er ihrem Beispiel und tat gut daran.

Denn plötzlich krachte automatisches Gewehrfeuer. Kugeln sirrten und klirrten über das Deck.

Bryson schaute mit zusammengekniffenen Augen links um die Ecke und sah, wie am anderen Ende des Gangs Feuerzungen aus der Mündung eines Maschinengewehrs zuckten. Der Schütze dahinter war nur schemenhaft zu erkennen. Es folgte eine zweite Salve von Schüssen, und dann kam der Killer im Laufschritt näher.

Die Frau mühte sich am Deckel einer Luke ab. »Verdammt«, flüsterte sie, »mit Lack verklebt.« Mit Blick in den langen Gang, durch den der Killer immer näher kam, sagte sie, »Los«, verließ die Deckung des Träger und rannte weiter. Es war das einzig Richtige; sie durften nicht länger warten. Er spähte um den Träger und sah, wie der Schütze seinen Lauf abbremsten, seine Uzi hob und auf die fliehende Frau anlegte.

Bryson zögerte keine Sekunde. Er nahm den Mann aufs Korn und drückte zweimal ab. Beim ersten Mal löste sich ein Schuss, dann war nur noch ein Klicken des Bolzens zu hören. Kammer und Magazin waren leer.

Aber der Verfolger schlug der Länge nach hin. Seine Uzi rutschte scheppernd über den Metallboden. Trotz der großen Entfernung erkannte Bryson, dass der Mann tot war.

Die Stewardess drehte sich erschrocken um und sah, was passiert war. Sie warf Bryson einen kurzen Blick zu, der womöglich anerkennend gemeint war, sagte aber nichts. Er lief los, um zu ihr aufzuschließen.

Fürs Erste waren sie in Sicherheit. Plötzlich bremste sie ab und wich nach rechts aus, wo sich zwischen zwei vertikalen Streben ein ovale Öffnung im Schott befand. Sie langte nach der Stange, die darüber angebracht war, und schwang sich, die Füße voran und wendig wie ein Kind am Klettergerüst, durch das Loch. Unmittelbar darauf war sie verschwunden. Er folgte ihr, allerdings nicht ganz so elegant. Gelenkig war er wohl auch, kannte sich auf dem Schiff aber nicht so gut aus wie sie.

Sie befanden sich in einer niedrigen, würfelförmigen Kabine, die bis auf das Licht, das vom Tunnel hereinfiel, völlig dunkel war. Als sich seine Augen an die Dunkelheit gewöhnt hatten, sah er eine zweite offene Luke, die in ein ähnliches Abteil führte, das wiederum über eine weitere Luke mit einem weiteren verbunden war und so weiter. Man konnte durch diese Öffnungen bis auf die andere Seite des Schiffes blicken. Eine Querverbindung aus einzelnen Kammern, unterteilt von schweren Eisenträgern. Seine Begleiterin spähte ins nächste Abteil, langte ohne lange zu fackeln nach der Haltestange und schwang sich durch den ovalen Ausschnitt.

Er folgte dichtauf und hatte kaum wieder Boden unter den Füßen, als er sie flüstern hörte: »Psst! Hören Sie das?«

Er hörte hämmernde Schritte auf Metall, die sowohl aus dem Gang zu kommen schienen als auch von der Ebene über ihnen. Da waren offenbar über ein Dutzend Männer in Bewegung.

Sie sprach schnell und mit gesenkter Stimme. »Ich bin sicher, man hat den Mann gefunden, den Sie umgelegt haben. Man weiß also, dass Sie bewaffnet und wahrscheinlich ein Profi sind.« Sie sprach mit starkem Akzent, aber erstaunlich fließend. Der Intonation nach klang der letzte Halbsatz wie eine Frage, doch ihre Miene sagte etwas anderes, und dann fügte sie hinzu: »Was ohnehin klar sein dürfte, da man Sie immer noch nicht erwischt hat. Man weiß allerdings auch, dass Sie – dass wir – noch nicht weit gekommen sein können.«

»Ich würde gern erfahren, wer Sie sind. Sie setzen Ihr Leben für mich aufs Spiel, und obwohl Sie mir nichts schulden, hätte ich doch gern eine Erklärung.«

»Dafür haben wir vielleicht Zeit, wenn wir hier durch sind. Jetzt nicht. Haben Sie noch eine Waffe bei sich?«

Er schüttelte den Kopf. »Nur dieses verdammte Ding. Und das ist leer.«

»Zu dumm. Wir sind schwer im Hintertreffen. Man wird ausschwärmen und jeden Gang, jeden Winkel nach uns absuchen. Und wie wir mittlerweile wissen, sind sie bis an die Zähne bewaffnet.«

»Waffen gibt's hier auf dem Schiff ja auch mehr als genug«, sagte Bryson. »Wie weit ist es bis zu den Containern?«

»Container?«

»Die Kisten. Die Fracht.«

Im Halbdunkel blitzten ihre Zähne, als sie mit einem Lächeln reagierte und antwortete: »Nicht weit. Aber was da so alles drin ist, weiß ich nicht.«

»Schauen wir nach. Müssen wir zurück in den Tunnel?«

»Nein. Von einer dieser Zellen geht ein Niedergang ab. Ich weiß allerdings nicht genau wo, und es ist hier so dunkel, dass wir womöglich geradewegs wie in eine Fallgrube tappen.«

Bryson griff in seine Hosentasche, holte eine Schachtel Streichhölzer hervor und riss eines an. Im dünnen, gelben Schein der Flamme ging er auf die nächste Öffnung zu, wo ein Luftzug sie sofort wieder löschte. Er steckte ein zweites Streichholz an. Sie trat an seine Seite und lugte durch den Ausschnitt. »Das ist er ja schon«, sagte sie. Bryson löschte das Streichholz. Sie streckte die Hand nach der Schachtel aus. Er überließ sie ihr, war ihm doch klar, dass sie, vorausgehend, die Hölzer nötiger hatte als er.

Es war wieder dunkel, als sie nach der Haltestange langte, durch die Öffnung schlüpfte und sich an der Stange auf der anderen Seite wieder aufrichtete. Sie suchte mit dem Fuß den Metallboden nach dem Einstieg ab. »Sie können kommen. Aber Vorsicht.«

Er stieg durch die Öffnung und tastete sich an einen Niedergang mit fest verschweißter Leiter heran. Während er noch darauf wartete, ihr folgen zu können, hörte er die Schritte und Rufe der näher rückenden Verfolger. Dann sah er auch den Lichtstrahl eines starken Scheinwerfers durch den Versorgungsgang zittern. Er hatte sich gerade noch flach vor den Rand der Öffnung geworfen, als das Licht in die Kammer strahlte und langsam von einer Seite zur anderen schwenkte.

Bryson blieb stocksteif liegen und presste seine Wange an das kühle Metall. Die Schiffssirenen heulten immer noch, waren aber, wie ihm erst jetzt bewusst wurde, nur noch ein

Hintergrundgeräusch, das andere, feinere Laute nicht übertönen konnte.

Er hielt die Luft an. Das Licht wanderte in die Mitte, und es schien, als sei er entdeckt worden. Sein Herz hämmerte so laut, dass es, wie er glaubte, für jedermann zu hören sein musste. Dann verzog sich der Lichtstrahl und verschwand.

Laute Schritte, die sich aber wieder zu entfernen schienen. »Hier ist nichts!«, rief jemand.

Bryson wartete eine volle Minute, eine Ewigkeit, wie er meinte, ehe er sich wieder zu regen wagte. Dann suchte er tastend nach dem runden Ausschnitt im Boden und fand auch die hervorstehenden Holme der Leiter.

Sekunden später hangelte er sich an den Sprossen entlang nach unten.

Er hatte den Eindruck, Dutzende von Metern in die Tiefe zu steigen, ahnte aber, dass es so viele nicht sein konnten. Schließlich war er am Ende der Leiter angelangt: in einem dunklen, feuchten Gang, wo es nach Bilgewasser stank. Die Decke war so niedrig, dass Bryson und die Frau sich nur tief gebückt darin fortbewegen konnten. Die Schritte der Verfolger waren jetzt weit entfernt und nur noch schwach zu hören. Wieselflink eilte die Frau voraus, durch die geduckte Haltung kaum behindert. Bryson musste sich anstrengen, um den Anschluss nicht zu verlieren. Hinter einem Abzweig nach rechts gelangten die beiden wieder an eine senkrechte Leiter, über die die Frau kurzerhand nach oben stieg. Bryson folgte ihr, und bald tauchte ein weiterer Gang auf. Die Frau hatte ein Streichholz angerissen. Im Schein der flackernden Flamme waren auf beiden Seiten hohe Wände aus profiliertem Metall zu erkennen. Erst auf den zweiten Blick stellte Bryson fest, dass es sich um die Stirnseiten von Containern handelte, die hier dicht an dicht zusammenstanden. Der Gang führte durch zwei Containerreihen hindurch.

Sie zündete noch ein Streichholz an und hielt es vor eines der in Kniehöhe aufgeschraubten Schilder, die den jeweiligen Inhalt spezifizierten. »Steel Eagle 105, 107, 111 ...«, las sie leise.

»Kampfmesser. Weiter.«

Sie ging zum nächsten Container. »Omega Technologies ...«

»Das sind elektronische Komponenten. Die haben hier wohl alles. Uns hilft das jetzt aber nicht weiter.«

»Mark-Twelve IFF Crypto ...«

»Das sind Verschlüsselungssysteme. Versuchen wir's im nächsten Gang. Schnell!«

Bryson kauerte sich vor einen Container auf der anderen Seite und versuchte im schwachen Licht zu entziffern, was auf dem Schild stand. »Ich glaube, hier haben wir was«, sagte er. »XM84 Blendgranaten, ungiftig, nicht-splitternd. Flash-and-bang. Die giftigen wären mir lieber, aber in der Not frisst der Teufel Fliegen.«

Leise las sie weiter: »AN/PSC-11 SCAMP.«

»Single-Channel Anti-Jam Man-Portable. Das sind speziell abgeschirmte Funkgeräte für den Kampfeinsatz. Was gibt's noch?«

Sie riss ein weiteres Streichholz an. »AFATDS?«

»Army Field Artillery Tactical Data System. Damit wird ermittelt, für welches Ziel welche Munition am geeignetsten ist. Hilft uns jetzt auch nicht weiter.«

»AN/PRC-132 SOHFRAD?«

»Special Operations High Frequency Radio. Ist nichts.«

»Tadiran ...«

Er fiel ihr ins Wort. »Tadiran Telecommunications, aus Ihrer Heimat. Ein Lieferant für drahtlose Vermittlungssysteme. Können wir hier auch nicht gebrauchen.«

Dann fiel ihm das Schild des benachbarten Containers ins Auge: M-25 CS und M-76, Tränengasgranaten und Granatwerfer für Polizei- und Militäreinsätze gegen Aufständische. »Das wär was«, sagte er aufgeregt, aber leise. »Genau, was wir brauchen. Wissen Sie, wie man diese Kästen aufkriegt?«

»Kein Problem. Die Container sind nur versiegelt. Schlösser gibt's nicht.«

Das Siegel war schnell aufgebrochen, und nicht weniger schnell löste sich die zwei Meter achtzig hohe Klappe aus der Halterung. Im Inneren des Containers stapelten sich Holzkisten mit Granaten und anderem Gerät: eine wahrhaft Aladin'sche Waffenhöhle.

Zehn Minuten später war das Nötigste eingesammelt. Nachdem sie sich mit den einzelnen Waffen vertraut gemacht hatten, stopften sie die kleineren Teile – Granaten und Munition – in die Taschen ihrer Schutzwesten aus Kevlar. Die größeren Teile wurden mit Hilfe von provisorischen Halftern, Rucksäcken und Seilschlingen an Schultern und Rücken befestigt beziehungsweise in den Händen getragen. Beide hatten einen Kevlar-Helm mit Visier auf dem Kopf.

Plötzlich polterte es laut über ihren Köpfen. Dann kratzte kreischend Metall auf Metall. Bryson schlüpfte in einen schmalen Gang zwischen zwei Container und winkte die Frau zu sich.

Helles Licht fiel in den Raum, als sich die Decke zu öffnen schien; tatsächlich klappte nur eine Luke über der Ladesektion auf, in der sich die beiden befanden. Das Licht stammte aus starken Stablampen, die drei oder vier Männern in ihren Händen hielten. Die Männer wurden noch von etlichen anderen verstärkt, und Bryson sah von schräg unten, dass sie alle schwer bewaffnet waren.

Nein, zu einer Konfrontation durfte es hier und jetzt nicht kommen, zumal er sich mit der fremden blonden Frau, die aus unerfindlichen Gründen seine Komplizin geworden war, noch nicht hatte absprechen und auf eine Strategie festlegen können.

Er packte die in Bulgarien hergestellte Kalaschnikow AK-27, richtete sie nach oben und spielte in Gedanken seine Möglichkeiten durch. Wenn er jetzt drauflos schösse, würde er mit dem Mündungsfeuer sein Versteck preisgeben. Noch konnten Calacanis' Männer nicht wissen, dass sich die Gesuchten hier unten aufhielten.

Brysons Blick fiel zufällig auf eine Reihe schwerer Waffen, die sie beim Durchstöbern der Fracht zwischen den Containern hatten liegen lassen. Daran würden die Gegner erkennen, dass sie auf der richtigen Spur waren: Die Flüchtigen waren entweder hier gewesen oder sie steckten immer noch zwischen den Containern.

Aber was, so fragte sich Bryson, hielt die Killer davon ab, das Feuer zu eröffnen?

Wenn der Gegner in der Überzahl ist, ist Angriff die beste Verteidigung. Seine Instinkte drängten ihn zu schießen und so viele Gegnern wie möglich auszuschalten, gleichgültig, ob er damit seine Position verriet oder nicht.

Er legte die Kalaschnikow an, peilte durch das Fadenkreuz im Restlicht verstärkenden Visier sein Ziel an und drückte ab.

Unmittelbar auf die Explosion folgte ein Schrei, und einer von Calacanis' Soldaten stürzte von der Brüstung auf die Rampe wenige Schritte von Bryson entfernt. Er hatte genau getroffen. Mit einer klaffenden Wunde in der Stirn lag der Mann tot am Boden.

Bryson zog sich weiter in die Schatten der Container zurück, gefasst darauf, von mehreren Waffen unter Beschuss genommen zu werden.

Doch der Kugelhagel blieb aus.

Stattdessen war ein Kommando zu hören, das sich wie ein Bellen ausnahm. Die Männer rückten, die Gewehre im Anschlag, wieder an den Rand der Öffnung vor, schossen aber nicht. Warum zum Teufel nicht?

Verblüfft legte Bryson wieder an und gab zwei sorgfältig gezielte Schüsse ab. Ein Mann stürzte, tödlich getroffen, in die Tiefe. Ein anderer sackte schreiend in sich zusammen.

Plötzlich ahnte Bryson den Grund der Zurückhaltung: Den Männern war verboten worden zu schießen.

Ein Feuergefecht zwischen den Containern war viel zu riskant. Nicht alle, aber doch einige enthielten hochexplosives oder leicht entflammbares Material. Ein einziger Querschläger konnte den relativ dünnen Metallmantel eines Containers durchbohren und womöglich eine Ladung Bomben hochgehen lassen, C-4 Plastiksprengstoff oder dergleichen, was eine Kettenreaktion und letztlich den Untergang des Schiffes zur Folge haben könnte.

Solange er sich zwischen den Containern aufhielt, würden sie ihm nichts anhaben können. Doch sobald er und die Frau ihre Deckung verließen, wären die Scharfschützen zur Stelle, um sie zu töten. Sicher waren sie also nur hier; mit anderen Worten, es gab kein Entrinnen. Die Gegenseite musste nur warten, bis er oder einer von ihnen einen Fehler machte.

Er setzte die Kalaschnikow ab und ließ sie am Gurt von der Schulter baumeln. Die Blonde kauerte rund sechs Schritte entfernt zwischen zwei Containern, sah ihn an und schien darauf zu warten, dass er etwas unternahm. Bryson richtete den ausgestreckten Daumen zuerst nach links, dann nach rechts und fragte lautlos: *Wie kommen wir hier wieder raus?*

Sie antwortete ebenfalls in Gebärdensprache. Der einzige Ausweg führte über die Rampe zurück, auf der sie gekommen waren. Verdammt! Es blieb ihnen nichts anderes übrig, als die Deckung preiszugeben. Bryson zeigte auf sich und ließ sie wissen, dass er vorangehen wollte. Er nahm nun seine andere taktische Hauptwaffe zur Hand, eine in Südafrika hergestellte Uzi-Maschinenpistole. Rücklings an einen der Container geschmiegt, schob er sich vorsichtig aus seinem Versteck und richtete die Uzi auf die offene Luke über ihm.

Die Frau folgte, und so schnell, wie es ihre schwere Bewaffnung erlaubte, flohen die beiden auf den einzigen Ausgang zu. Sie hasteten über die Rampe, immer dicht an den Containern vorbei. Lampenstrahlen zuckte hin und her, trafen ihnen mitunter blendend in die Augen und verfolgten jeden ihrer Schritte. Am Rand seines Blickfeldes sah Bryson mehrere Schützen in Position gehen und darauf warten, dass sich eine günstige Gelegenheit zum Schießen bot.

Doch die wollte Bryson ihnen partout nicht geben. Er entsicherte die Uzi und blieb stehen, um auf die Luke anzulegen, als plötzlich aus der anderen Richtung ein dröhnendes Klappern laut wurde. Schnell drehte er sich um und sah Männer aus der Luke kommen, durch die er mit der Frau fliehen wollte. Sie waren eingekreist, der einzige Fluchtweg versperrt!

Plötzlich ein Feuersturm aus Maschinenpistolen. Er ging von der Frau aus, die anschließend zwischen zwei Containerreihen Deckung suchte. Es folgten Rufe und Geschrei, und etliche der heranrückenden Männer stürzten zu Boden, tot oder verwundet. Bryson nutzte die Gelegenheit, holte eine Splittergranate aus der Tasche seiner kugelsicheren Weste, zog den Stift und schleuderte sie einer Gruppe entgegen, die sich von oben näherte. Schreiend stoben die Männer auseinander, als die Granate explodierte und Schrapnell verschleuderte, dem mehrere Männer zum Opfer fielen. Die Metallsplitter flogen sogar bis vor Brysons Gesichtsschild.

Eine zweite Salve richtete die Frau auf eine Hand voll Männer, die gerade aus der Luke gesprungen waren und mit gezogenen Pistolen ausschwärmten. Bryson half mit einer weiteren Granate nach, die sehr viel eher explodierte als die erste, aber eine ähnlich verheerende Wirkung hatte. Dann feuerte er mit der Uzi auf die Söldner. Zwei von ihnen waren ebenfalls gepanzert und kamen näher. Bryson feuerte erneut in ihre Richtung. Einer von ihnen konnte der Wucht der Geschosse, die gegen die Kevlar-Weste prallten, nicht widerstehen und kippte rücklings zu Boden. Den anderen traf eine Kugel in den ungeschützten Hals und tötete ihn auf der Stelle.

»Weiter!«, schrie die Frau. Er sah sie in einen engen dunklen Gang zwischen zwei Containerreihen eintauchen. Anscheinend hatte sie ein bestimmtes Ziel vor Augen. Er konnte nur hoffen, dass sie wusste, was sie tat. Bryson sprang aus seinem Versteck und rannte, zur Deckung wild um sich schießend, über die offene Rampe. Der Ausfall glückte, und er sah gerade noch rechtzeitig, wie sie, die etwas Schweres hinter sich herzog, hinter mehreren Containern nach links abbog.

Es war eine Waffe, wie er erkannte. Bevor er ihr folgte, schleuderte er Calacanis' Männern – zumindest denen, die noch standen – eine weitere Granate entgegen.

Verrückt! Die Frau mühte sich mit diesem riesigen Teil ab, das sie bei der Flucht nur behinderte.

»Lassen Sie los!«, flüsterte er ihr zu. »Ich nehm' das Ding.«

»Danke.«

Er packte die Waffe, schwang sie auf die Schulter und zog die Gurte um die Brust. Sie kletterte über einen Niedergang in das nächst tiefer gelegene, ebenfalls mit Containern beladene Deck. Er folgte dichtauf und hörte klappernde Schritte von überall her, hauptsächlich von oben und aus dem Hintergrund, woraus zu schließen war, dass sich die Verfolger in kleine Gruppen aufgeteilt hatten. Wo wollte die Frau hin? Warum bestand sie darauf, diese verfluchte Waffe mitzuschleppen?

Sie eilte im Zickzack durch die Containerschluchten und stieg bald noch eine Etage tiefer. Insgesamt war der riesige Laderaum in acht Zwischendecks unterteilt, und die Gänge zwischen all den Containern glichen einem verwirrenden Labyrinth aus Schlupfwinkeln. Offenbar wollte sie die Verfolger in die Irre führen. Er selbst hatte alle Orientierung verloren und beeilte sich, den Anschluss nicht zu verlieren.

Schließlich gelangten sie an einen Schacht mit Leiter, über die sie nach oben hastete und dabei ein Tempo vorlegte, mit dem er, behindert von der schweren Waffe, nicht Schritt halten konnte. Der Schacht war an die 15 Meter hoch und mündete in einen dunklen Tunnel, in dem man immerhin aufrecht stehen konnte. Kaum hatte er die Luke passiert, wurde sie auch schon von ihr zugeklappt und verriegelt.

»Dieser Gang ist ziemlich lang«, sagte sie. »Aber wenn wir's bis ans Ende schaffen und Deck 02 erreichen, sind wir draußen.«

Sie eilte mit langen Schritten los. Bryson folgte.

Plötzlich war ein lautes, hallendes Klicken zu hören, und dann verlöschte schlagartig auch der letzte Lichtstrahl.

Bryson warf sich instinktiv auf den Metallboden und hörte, dass die Frau ebenso reagierte.

Unmittelbar auf die Explosion eines Gewehrschusses hörten sie die Kugel ganz in der Nähe auf dem stählernen Schott auftreffen. Der Schütze hatte gut gezielt, was ohne Nachtsichthilfe nicht möglich gewesen wäre. Wieder krachte es, und gleich darauf spürte Bryson, dass es ihn erwischt hatte.

Wie ein wuchtiger Fausthieb traf das Geschoss auf die Kevlar-Weste. Bryson hatte kein Nachtsichtgerät; das war in Aladins Höhle auf die Schnelle nicht aufzutreiben gewesen. Immerhin hatte die Libanesin eines.

Oder?

Als hätte sie seine Gedanken erraten, flüsterte sie plötzlich: »Verflucht, ich hab das Infrarotvisier unterwegs verloren.«

Die Schritte kamen, wie im Dunklen deutlich zu hören war, immer näher, nicht eilend, aber zügig, entschlossen und mit der Sicherheit dessen, der sehen konnte. Der Killer konnte sich getrost Zeit lassen und in Ruhe sein Ziel anvisieren.

»Unten bleiben!«, hauchte Bryson und feuerte mit der Uzi in die Richtung, aus der Gefahr drohte. Aber es half nichts; Bryson hörte, dass der Gegner weiter vorrückte.

In der linken Westentasche steckten mehrere Granaten. M651 CS Tränengas-Granaten. Doch damit würde er sich in dem eng begrenzten Raum womöglich selbst schaden. Auch die Rauchgranaten M90 nützten nicht viel, da sich eine Infrarotsehhilfe von Rauch nicht beeinträchtigen ließ.

Aber da war noch eine Waffe, wie er sich erinnerte, eine ganz besondere, die ihm gerade jetzt gelegen kam.

Sie war ihm zufällig beim Stöbern durch Calacanis' Warensortiment in die Finger gefallen. Seine Begleiterin wusste davon nichts, und es fehlte jetzt die Zeit, sie auf den Einsatz dieser Waffe vorzubereiten.

Er ertastete die Granate an ihrer ungewöhnlichen Form und glatten Oberfläche. Kurz entschlossen zog er den Stift, wartete zwei Sekunden und warf sie dem Killer entgegen.

Grelles, phosphorweißes Licht blitzte auf und zeigte die Gestalt des Mannes wie in einem überbelichteten Schnappschuss. Bryson sah, wie er, die Maschinenpistole im Anschlag, den Kopf vor Schmerzen in den Nacken warf. Aber so plötzlich, wie es aufgeflammt war, verlosch das Licht auch wieder. Bryson spürte brennend heißen Rauch verpuffen. Der Killer hatte sich von dem Schock noch nicht erholt, als Bryson mitsamt der schweren Waffe wieder auf den Beinen war, sich in Bewegung setzte und der Frau auf Arabisch zurief: »Beeilung! Er kann uns fürs Erste nicht mehr sehen.«

In der Tat, die mit der Explosion der amerikanischen M76-Rauchgranate freigesetzten heißen Messingflocken wirbelten durch die Luft und setzten das Infrarotgerät des Killers außer Kraft, da sie die Wärmestrahlung der menschlichen Körper gewissermaßen ausschalteten. Der Killer sah jetzt nichts als eine dichte Wolke aus glitzernden Funken.

Bryson und die Frau rannten weiter. Als sich der Gegner Sekunden später wieder erholt hatte und wütend drauflos feuerte, waren sie schon außer Reichweite.

Er fühlte eine Hand, die nach ihm suchte: Die blonde Frau lotste ihn durch eine Luke und zu einer Leiter hin, bis er sich wieder selbst zurechtfand und über die Sprossen nach oben kletterte. Von unten lärmte ein Hagelsturm aus blindlings abgefeuerten Kugeln, der aber plötzlich abriss. *Die Munition ist alle*, dachte Bryson. *Er muss nachladen.*

Das kann dauern.

Über ihm sperrte die Frau eine Bodenluke auf. Wohltuend frische Luft schlug ihm entgegen, als sie sich im Freien wiederfanden. Sie klappte die Luke hinter sich zu und schob den Riegel vor. Trotz der dichten Wolken strahlte der Nachthimmel ein Licht ab, das ihnen nach der Dunkelheit unter Deck geradezu grell vorkam.

Sie waren auf Deck 02, eine Ebene oberhalb des Hauptdecks. Die Alarmsirenen hatten aufgehört zu heulen. Trittsicher stieg die Frau über Berge ölig verschmierter Schiffstaue und sprang mit wenigen Schritten zum Schanzkleid, vor dem sie in die Knie ging und eine Trosse löste, worauf die Ausleger eines Davits nach außen schwenkten und mit ihnen ein 27 Fuß langes Patrouillenboot von Magna Marine, eins der schnellsten Wasserfahrzeuge überhaupt.

Die beiden kletterten an Bord des Bootes, das an seinen Flaschenzügen bedrohlich hin und her schaukelte. Mit einem kräftigen Zug an einer Leine löste sie die Bremse. Das Boot sauste in die Tiefe und landete klatschend im Wasser.

Sie startete den Motor, der mit kehligem Röhren auf Touren kam und das Boot dermaßen kräftig nach vorn katapultierte, dass es aus dem Wasser zu springen schien. Die Frau hielt das Steuer gepackt, während sich Bryson an dem langen Stahlrohr zu schaffen machte, das er mitgeschleppt hatte, einem Raketenwerfer mitsamt Projektil. Mit Vollgas beschleunigt, hatte das Boot in kürzester Zeit sein Höchsttempo von rund 54 Knoten erreicht. Calacanis' riesiges Schiff ragte wie eine Bergwand hinter ihnen auf, schwarz und bedrohlich.

Das laute Motorengeräusch des Patrouillenbootes hatte sämtliche Posten an Deck der *Spanish Armada* in Alarmbereitschaft versetzt, denn plötzlich flammten etliche Scheinwerfer von Relings und Schanzkleidern auf, wurde aus zahllosen Maschinenpistolen und Gewehren auf die Flüchtigen geschossen, die aber mittlerweile außer Reichweite waren.

Sie hatten es geschafft, waren in Sicherheit.

Nein, noch nicht ganz. Bryson bemerkte, dass Raketenwerfer gegen sie in Stellung gebracht wurden.

Und unter schrillem Motorengeheul schnellte hinter dem Heck des Schiffes ein Schnellboot der Vigilant-Klasse hervor, ausgerüstet mit fest montierten Maschinengewehren – kein Boot der spanischen Küstenwache, sondern zweifellos eines, dass sich im Auftrag von Calacanis auf den Weg gemacht hatte.

Es raste hinter ihnen her, rückte unaufhaltsam näher und näher, worauf auch die Libanesin die Drosselklappe bis zum Anschlag öffnete und alle Kraft aus dem Boot herausholte, die in ihm steckte. Doch das andere Boot war nicht weniger schnell.

Sie flogen der Küste entgegen, und wer am Ende gewinnen würde, war völlig unklar. Das Verfolgerboot hatte sich fast bis auf Schussweite genähert. Es war nur eine Frage von Sekunden, wann es aufschließen würde. Und schon wurde aus allen Rohren gefeuert. Vom Kugelhagel aufgewühlt, brodelte das Wasser.

Die großen Raketenwerfer an Bord der *Spanish Armada* waren offenbar schussbereit, ihr Ziel – das Boot der Flüchtigen – sehr wohl in Reichweite.

»Schießen Sie doch endlich!«, rief die Frau. »Bevor man uns in die Luft jagt!«

Bryson hatte die Stinger schon auf die Schulter gehoben und festgeschnallt, hielt den Griff in der rechten Hand gepackt und das Rohr mit der linken waagerecht im Gleichgewicht. Er spähte durch die Zielvorrichtung. Die hochentwickelte Software für den passiven Infrarotsucher garantierte äußerste Präzision. Der Mindestabstand zum Ziel war längst erreicht.

Bryson nahm das Ziel ins Visier, drückte den Schalter zur Unterdrückung der Freund-Feind-Unterscheidung und aktivierte die Missile-Funktion.

Ein Signalton meldete, dass sich das Missile auf sein Ziel ausgerichtet hatte.

Er drückte ab.

Die Explosion war von verblüffender Gewalt. Als der Raketenmotor zündete und den Flugkörper nach vorn katapultierte, wurde er durch den Rückstoß zurückgeworfen.

Die gelenkte Waffe flog in hohem Bogen auf das Patrouillenboot zu und hinterließ eine lange graue Spur am Nachthimmel.

Eine Sekunde später explodierte das Boot in einem Feuerball und einer schwefelgelben Rauchwolke. Das Meer toste und warf mächtige Wellen auf.

Von der *Spanish Armada* hörte man ein lang anhaltendes Pfeifen, gefolgt von mehreren kurzen Stößen und einem wiederum langen Ton.

Der Frau hatte sich umgedreht und starrte entsetzt und zugleich fasziniert zurück. Bryson spürte einen Schwall heißer Luft im Gesicht. Er steckte das zweite – und letzte – Projektil, das mit dem ersten zusammengepackt gewesen war, ins Rohr des Raketenwerfers und richtete es nach links auf die Aufbauten der *Spanish Armada*. Bald hörte er am Piepton, dass das Ziel anvisiert war.

Sein Herz pochte; er hielt die Luft an und drückte ab.

Die Missile zischte auf das riesige Containerschiff zu, korrigierte seine Bahn und flog auf die Schiffsmitte zu.

Kurz darauf erfolgte eine gewaltige Explosion, die vom Inneren des Schiffes auszugehen schien. Schwarzer Rauch, Feuerzungen und Metallfetzen flogen in die Luft, und dann krachte es ein zweites Mal, um etliches lauter.

Und noch einmal. Und noch einmal.

In einer Kettenreaktion explodierte ein überhitzter Container nach dem anderen.

Über dem Meer blähte sich eine riesige lodernde Sphäre aus Flammen, Rauch und Trümmern auf. Das Donnern war unerträglich laut. Dann geriet auch das auslaufende Öl in Brand, bis das ganze Meer nur noch aus Rauch und brennenden Wellen zu bestehen schien.

Calacanis' großes Schiff, jetzt nur noch ein in Rauch gehülltes Wrack, gierte zur Seite und begann zu sinken.

Die *Spanish Armada* war verloren.

ZWEITER TEIL

Achtes Kapitel

Sie strandeten vor einer schmalen felsigen Landzunge, die von hohen Wellen umspült wurde. Sie war Teil der Costa da Morte, der Todesküste, so benannt, weil an diesem gefährlichen Küstenstreifen schon zahllose Schiffe zerschellt waren.

Wortlos schleiften sie ihr Rettungsboot so weit wie möglich aus dem Wasser und über eine Sandbank in eine Felsnische, um es vor den Suchscheinwerfern der Küstenwache und argwöhnischen Schmuggleraugen zu verstecken. Bryson legte die um die Schulter geschlungenen Waffen ab, verscharrte sie neben dem Boot im Sand und legte kleinere Steine darauf, damit sie nicht so schnell entdeckt werden konnten. Noch blieben ihm und seiner Begleiterin einige kleinere Waffen, die in ihren Westen steckten. Sich mit schweren Geschützen in der Öffentlichkeit zu zeigen, wäre wenig ratsam gewesen.

Mit dünnen Schuhen, durchnässten Kleidern – sie in weißer Livree und er im italienischen Anzug – und den voll gestopften Taschen war es für sie alles andere als leicht, sich in dem felsigen Gelände zu bewegen. Bryson wusste in etwa, wo sie sich befanden; von der Satellitenaufklärung darüber informiert, wo die *Spanish Armada* vor Anker lag, hatte er vorsorglich die CIA-eigenen Karten von der galizischen Küste Spaniens genau studiert. Er wähnte die Ortschaft Finisterre – oder Fisterra, wie die Gallegos sie nannten – ganz in der Nähe. Finisterre, »wo das Land aufhört«, war Spaniens westlichster Punkt und früher die Grenze der Spanien bekannten Welt, ein Ort, an dem unzählige Schmuggler zwischen Klippen und Muschelbänken ihr grausames, aber gnädig schnelles Ende gefunden hatten.

Es war die Frau, die als Erste wieder einen Ton von sich gab. Zitternd vor Kälte setzte sie sich auf einen Stein, langte sich mit der Hand an den Kopf und zog eine, wie sich jetzt zeigte, blonde Perücke vom Kopf, unter der kurz geschnittene, rötlich braune Haare zum Vorschein kamen. Daraufhin kramte sie eine wasserdicht verschlossene Plastiktasche hervor und entnahm ihr ein kleines weißes Kunststoffkästchen, einen Behälter für Kontaktlinsen. Mit routinierten Bewegungen tippte sie mit der Zeigefingerkuppe gegen die Augäpfel, nahm die farbigen Linsen heraus und ließ sie in dem Kästchen verschwinden. Die strahlend grünen Augen waren zu dunkelbraunen geworden. Bryson sah ihr, ohne ein Wort zu sagen, fasziniert zu. Dann zog sie aus der Plastiktüte auch noch einen Kompass, eine laminierte Karte und eine winzige Taschenlampe. »Wir können hier natürlich nicht lange bleiben«, sagte sie. »Die Küstenwache wird jeden Quadratmeter Strand absuchen. Mein Gott, was für ein Albtraum!« Sie schaltete die Taschenlampe ein, schirmte das Licht nach außen ab und studierte die Karte.

»Wieso habe ich das Gefühl, dass Ihnen Albträume dieser Art nicht ganz fremd sind?«

Sie schaute von der Karte auf und bedachte ihn mit scharfem Blick. »Bin ich Ihnen etwa eine Erklärung schuldig?«

»Sie schulden mir gar nichts. Sie haben, um mich zu retten, Ihr Leben aufs Spiel gesetzt, und ich würde nur gern wissen, warum. Übrigens, ich finde, braune Haare stehen Ihnen besser als blonde. Auf dem Schiff haben Sie gesagt, Sie seien Waffenschiebern auf der Spur. Im Auftrag des israelischen Geheimdienstes?«

»Gewissermaßen«, antwortete sie ausweichend. »Und Sie … CIA?«

»Gewissermaßen.« Seine Mitteilsamkeit beschränkte sich prinzipiell nur auf das, was zur Verständigung unbedingt nötig war, und er hielt jetzt genauere Auskünfte für unnötig.

»Und Ihre Absichten, Ihre Interessen?«, hakte sie nach.

Nach kurzem Zögern antwortete er: »Sagen wir, dass ich mir Klarheit über eine bestimmte Organisation zu verschaffen versuche. Aber lassen Sie mich noch einmal fragen: Warum? Warum geben Sie Ihre Deckung auf, die aufzubauen wahrscheinlich sehr mühsam gewesen ist, und riskieren Ihr Leben für mich?«

»Mir blieb leider nichts anderes mehr übrig.«

»Wieso?«

»Ich habe den dummen Fehler gemacht, Sie zu warnen, und dabei außer Acht gelassen, dass Calacanis überall seine Überwachungskameras installiert hat.«

»Woher wussten Sie, dass man Sie im Auge hat?«

»Weil ich, kurz nachdem der ganze Ärger anfing, zu Boghosian gerufen wurde. Boghosian ist – war – Calacanis' Chefschläger. Und wenn der jemanden zu sich zitiert, weiß man, was das zu bedeuten hat. Sie haben sich wahrscheinlich die Aufnahmen der Überwachungskameras angesehen. Wie auch immer, mir war klar, dass ich fliehen musste.«

»Aber damit ist noch nicht beantwortet, warum Sie mich überhaupt gewarnt haben.«

Sie schüttelte den Kopf. »Ich konnte Sie nicht einfach ins offene Messer laufen lassen. Schließlich besteht meine Aufgabe ja gerade darin, zu verhindern, dass sich Terroristen und Fanatiker an Unschuldigen vergreifen. Außerdem habe ich kaum für möglich gehalten, dass ich mich dadurch selbst in Gefahr bringe – was offenbar ein Irrtum war.« Sie studierte immer noch die Karte und schirmte dabei das Licht der Taschenlampe ab.

Bryson war bewegt von der Offenheit der Frau und fragte: »Haben Sie einen Namen?«

Sie blickte wieder auf und zeigte ein halbes Lächeln. »Ich bin Layla. Und ich bin sicher, Sie heißen in Wirklichkeit nicht Coleridge.«

»Jonas Barrett«, sagte er, mehr nicht. Soll sie doch weiter bohren, dachte er. Nähere Informationen würden zu gegebener Zeit auszutauschen sein. Lügen, Legenden und Decknamen gingen ihm heute genauso leicht über die Lippen wie früher. *Wer bin ich wirklich?*, dachte er im Stillen: die existenzielle Frage eines Heranwachsenden, auf seltsame Weise transponiert ins verstörte Bewusstsein eines ehemaligen Spezialagenten, der die Orientierung verloren hatte. Hohe Wellen brachen sich donnernd an den vorgelagerten Riffs. Von einem Leuchtturm hoch über dem Meer ertönte der düstere Schall eines Nebelhorns. Der berühmte Leuchtturm von Cabo Finisterre, wusste Bryson. »Ob's ein Irrtum war, ist nicht gesagt«, kommentierte er leise ihr Urteil über sich selbst.

Sie lächelte ihm traurig zu und schaltete die Taschenlampe aus. »Ich muss jetzt irgendwo einen Hubschrauber oder anderen Flieger chartern, der mich – uns – in Sicherheit bringt, und zwar schnell.«

»Der nächste Flughafen liegt bei Santiago de Compostela. Rund 60 Kilometer südöstlich von hier. Eine Pilgerstadt, die immer gut besucht ist von Touristen aus aller Welt. Vielleicht können wir dort eine Maschine chartern. Versuchen wir's.«

Sie musterte ihn kritisch. »Sie kennen sich aus in der Gegend.«

»Kaum. Aber ich habe mich vorher ein bisschen schlau gemacht.«

Plötzlich flutete grelles Scheinwerferlicht über die Bucht. Sofort warfen sich die beiden flach auf den Boden. Bryson suchte hinter einem Felsblock Deckung, während Layla unter einem Überhang abtauchte. Bryson spürte den kalten, nassen Sand im Gesicht und hörte sie atmen, ruhig und gleichmäßig. Er hatte in seiner aktiven Zeit nur selten mit weiblichen Kollegen zu tun gehabt, und obwohl er sich so gut wie nie darüber ausließ, war er doch überzeugt davon, dass die wenigen Frauen, die sich in diesem Job – und gegen ihre männliche Konkurrenz – tatsächlich durchzusetzen verstanden, von ganz außerordentlichem Format sein mussten. Über diese mysteriöse Layla wusste er nur so viel, dass sie zu diesem kleinen Kreis der Außerordentlichen gehörte; sie blieb auch unter Stress ruhig und beherrscht.

Er sah den Lichtstrahl über das Ufer schwenken und für einen kurzen Moment ausgerechnet an der Stelle verharren, wo das Boot hinter einem Felsvorsprung versteckt war. Ein geübtes Auge würde vielleicht erkennen können, dass er zur Tarnung zusätzlich ein paar Steine, Treibholz und Tang davor aufgeschichtet hatte. Vorsichtig spähte Bryson am Rand des Felsens vorbei, hinter dem er Schutz gefunden hatte. Er sah ein Boot der Küstenwache langsam vorbeifahren, es suchte mit zwei mächtigen Scheinwerfern das Ufer ab.

Zweifellos standen der Besatzung leistungsstarke Ferngläser zur Verfügung. Nachtsichtgeräte würden auf die große Entfernung nichts nützen. Trotzdem hielt er es für angebracht, in Deckung zu bleiben, denn die Bewegung der hin und her schwenkenden Scheinwerfer war nicht kalkulierbar. Außerdem waren solche Manöver erst der Auftakt zur eigentlichen Suchaktion, die einsetzte, wenn das Licht ausgeschaltet wurde und die Gesuchten aus ihren Verstecken hervorkrochen. Darum blieb er, als das Boot verschwunden war, noch gut fünf Minuten in Deckung, und es wunderte ihn kaum, dass sich Layla ebenso vorsichtig und abwartend verhielt.

Schließlich tauchten die beiden aus ihren Verstecken auf. Sie lockerten die steif gewordenen Gelenke und machten sich dann auf den Weg über das steile, felsige Ufer hinauf in einen struppigen Pinienhain. Bald stießen sie jenseits des Hains auf einen Schotterweg, der an hohen, aus Feldsteinen aufgeschichteten Mauern entlangführte, die jeweils kleine Landparzellen mit uralten, moosbedeckten Steinhäusern darauf einfriedeten. Diese kleinen Anwesen sahen einander mit ihren auf Pfosten aufgebockten Kornkammern, den konischen Heuhaufen, von Wein berankten Spalieren und den knorrigen Obstbäumen zum Verwechseln ähnlich. Hier wohnten Menschen, die, wie Bryson vermutete, seit ewigen Zeiten nach festen, immer gleichen Regeln lebten und wirtschafteten und für Fremde keinen Platz hatten. Wer hier unverhofft aufkreuzte, würde bestimmt argwöhnisch beäugt und den Behörden angezeigt.

Plötzlich waren auf dem Schotterweg hinter ihnen Schritte zu hören. Bryson griff zur Pistole und fuhr herum, konnte aber nichts erkennen. Dunkelheit und Nebel schränkten die Sicht stark ein, und außerdem beschrieb der Weg eine Kurve, so dass er nicht weit zu überblicken war. Ihm fiel auf, dass auch Layla eine Waffe gezogen hatte, eine Pistole mit langem, perforiertem Schalldämpfer. Ihre Haltung und der beidhändige Anschlag waren perfekt, geradezu stilisiert.

Vom Ufer tönte ein Ruf herauf. Da waren also mindestens zwei Leute. Aber wo kamen sie her? Was hatten sie hier zu suchen?

Zur Antwort meldete sich eine schroffe Stimme, in einer Sprache, die Bryson nicht auf Anhieb verstand, dann aber als Gallego identifizierte, jene uralte Mundart, die hier in Galizien gesprochen wurde und sowohl dem Portugiesischen wie auch dem kastilischen Spanisch verwandt war. Bryson verstand nur Bruchstücke.

»*Veña! Axiña que carallo fas aí? Que é o que che leva tanto tempo? Móvete!*«

Bryson und Layla warfen sich einen kurzen Blick zu und schlichen zurück, dicht an der Steinmauer entlang. Gedämpfte Stimmen, dumpfe Geräusche, metallisches Klackern. Als der Scheitelpunkt der Kurve erreicht war, sah Bryson zwei dunkle Gestalten, die schwere Kartons auf einen alten, klapprigen Pritschenwagen hievten. Zwei Männer. Einer stand auf der Ladefläche, der andere reichte ihm die Pakete an. Bryson warf einen Blick auf die Armbanduhr. Kurz nach drei in der Früh. Was trieben diese Männer hier um diese Zeit? Es waren wohl Fischer, die *percebes*, Krebse, gefangen oder von den *mejillonieras*, den im Wasser treibenden Flößen, Muscheln geerntet hatten.

Was auch immer sie taten, diese Männer gingen ihren Geschäften nach und stellten keinerlei Gefahr dar. Bryson steckte die Waffe weg und forderte Layla pantomimisch auf, seinem Beispiel zu folgen. Den Männern mit Pistolen entgegenzutreten, wäre ein Fehler gewesen.

Bei näherem Hinsehen erkannte Bryson, dass einer der Männer mittleren Alters zu sein schien, während der andere, der auf der Ladefläche stand, um einiges jünger und womöglich Sohn desjenigen war, der ihm die Kartons reichte.

Der ältere schimpfte: »*Veña, móvete, non podem os perdelo tempo!*«

Dank seiner vielen Einsätze in Lissabon und São Paulo verstand Bryson Portugiesisch gut genug, um zu wissen, wovon die Rede war. »Komm schon, ein bisschen mehr Bewegung!«, sagte der ältere, »wir haben keine Zeit zu verlieren.«

Er warf Layla einen kurzen Blick zu und rief dann auf Portugiesisch: »*Por favor, nos poderían axudar? Metímo-lo coche na cuneta, e a miña muller e máis eu temos que chegar a Vigo canto antes.*« Können Sie uns bitte helfen? Wir sind mit unserem Auto von der Straße abgekommen, und meine Frau und ich müssen so schnell wie möglich nach Vigo.

Die beiden Männer schreckten auf. Bryson konnte jetzt sehen, was sie auf den Wagen luden. Es waren jedenfalls keine Krebse oder Muscheln, sondern Kartons voller ausländischer Zigaretten, vor allem englische und amerikanische. Die Männer schmuggelten unverzollte Ware ins Land.

Der ältere setzte einen Karton auf der Schotterpiste ab. »Fremde? Woher?«

»Unsere letzte Station war Bilbao. Wir sind Touristen und schauen uns die Gegend an, aber mit dem verdammten Mietwagen hat man uns übers Ohr gehauen. Das Getriebe ist kaputtgegangen, und wir sind im Graben gelandet. Wenn Sie uns mitnehmen könnten, wäre uns sehr geholfen.«

»Kein Problem«, sagte der ältere Mann und winkte dem Jungen zu, der von der Pritsche sprang und seitlich näher kam, auf Layla zu. »Jorge?«

Unvermittelt hatte der Junge einen Revolver gezogen, eine uralte 38er Astra Cadix Spezial, mit der er auf Layla zielte. Er rückte ein paar Schritte näher und schrie: »*Vaciade os petos! Agora mesmo!* Taschen leer machen! Alle! Beeilung, und keine Tricks! Los jetzt!«

Inzwischen hielt auch der ältere Mann einen Revolver in der Hand. Er nahm Bryson ins Visier. »Auch du, mein Freund. Raus mit der Brieftasche und her damit«, bellte er. »Und die Uhr. Hoffentlich wird's bald. Sonst knöpfen wir uns deine Frau vor. Und danach bist du dran.«

Der Junge sprang vor, schlang den linken Arm um Laylas Schulter und drückte ihr den Revolverlauf an die Schläfe. Ihm schien nicht aufzufallen, dass ihre Miene völlig ungerührt blieb, dass sie keinen Laut von sich gab und nicht im Geringsten panisch reagierte. Hätte er Notiz davon genommen, wäre er auf der Hut gewesen.

Layla begegnete Brysons Blick. Er nickte ihr kaum merklich zu.

Blitzschnell hatte sie zwei Waffen gezogen: mit der Linken eine 45er Heckler & Koch USP kompakt, mit der

Rechten eine schwere israelische Desert Eagle, Kaliber 50. Bryson zielte schon mit seiner Beretta 92 auf den älteren Schmuggler.

»Zurück!«, zischte Layla dem Teenager auf Portugiesisch zu, der es sichtlich mit der Angst zu tun bekam. »Waffe fallen lassen, und zwar sofort, oder dir fliegt der Kopf weg!« Der Junge hatte sich von dem Schock halbwegs erholt und zögerte einen Moment. Layla dagegen fackelte nicht lange und drückte die schwere Desert Eagle ab. Die Detonation war enorm laut und umso Furcht erregender, als sie ganz nahe am Ohr des Jungen stattfand. Augenblicklich ließ er seine Astra Cadix fallen und warf beide Hände in die Höhe. *»Non! Non dispare!«* Der Revolver schlug auf dem Boden auf, ging aber zum Glück nicht los.

Bryson trat grinsend auf den älteren Mann zu. »Runter mit der Kanone, *meu amigo*, oder meine Frau wird deinem Sohn, Neffen, oder was auch immer er sein mag, den Garaus machen. Und sei gewarnt, meine Frau ist sehr impulsiv.«

»Por Christo bendito, esa muller está tola!«, greinte der Mann, während er in die Knie ging und die Waffe auf den Schotter legte. Allmächtiger, die Frau ist verrückt! Auch er hob beide Arme in die Höhe. *»Se pensan que nos van tomalo pelo, están listos! Temos amigos esperando por nós ó final da estrada.«* Uns zu beklauen wäre dumm von Ihnen. Wir haben Freunde, die ein Stück weiter unten an der Straße auf uns warten.

»Ja, ja«, entgegnete Bryson. »Eure Zigaretten interessieren uns nicht. Wir wollen nur euren Wagen.«

»O meu camión? Por Deus, eu necesito este camión!« Herrje, ich brauch den Wagen doch selbst.

»Tja, da habt ihr wohl eine Pechsträhne erwischt«, meinte Bryson.

»Auf die Knie!«, verlangte Layla von dem Jungen, der ihr sofort gehorchte. Er zitterte wie ein verängstigtes Kind und wimmerte, sooft sie mit der Desert Eagle winkte.

»Polo menos nos deixarán descarga-lo camión? Vostedes non necesitan a mercancía!«, bettelte der Ältere. Dürfen wir

nicht wenigstens den Wagen abladen? Die Ware brauchen Sie ja doch nicht.

»Na los«, sagte Layla.

»Nein!«, fuhr Bryson dazwischen. »Da ist mit Sicherheit noch irgendwo eine Waffe versteckt. Ich will, dass ihr euch beide umdreht und losmarschiert, und zwar so lange, bis ihr den Wagen nicht mehr hören könnt. Falls ihr versuchen solltet, uns zu folgen, eine Waffe auf uns abzufeuern oder zu telefonieren, werden wir umkehren und mit Waffen aufwarten, wie ihr sie noch nie gesehen habt. Glaubt mir und stellt uns lieber nicht auf die Probe.«

Er eilte auf das Fahrerhaus zu und bedeutete Layla mit einer Kopfbewegung, auf der anderen Seite einzusteigen. Die Beretta auf die Gallegos gerichtet, rief er: »Setzt euch in Bewegung!«

Mit immer noch erhobenen Händen standen die beiden Schmuggler auf und hasteten den Schotterweg zurück.

»Es wäre besser, jedes Risiko zu vermeiden«, sagte Layla plötzlich.

»Was?«

Sie steckte die kleinere Pistole in eine Westentasche und nahm stattdessen ein anderes, seltsam aussehendes Geschütz zur Hand. Bryson sah, was sie vorhatte, und nickte schmunzelnd.

»*Non!*«, schrie der Junge, der sich in diesem Augenblick umgedreht hatte.

Der ältere Mann – offenbar der Vater des jüngeren – rief: »*Non dispare! Estamos facendo o que nos dicen! Virxen Santa, non imos falar, por que íamos?*« Nicht schießen! Wir tun, was ihr wollt! Heilige Jungfrau, wir sagen auch nichts, wirklich.

Die beiden fingen an zu laufen, waren aber nur wenige Schritte weit gekommen, als Layla zweimal abdrückte. Es entlud sich mit jedem Schuss ein Bolzen, der der Zielperson ein starkes, sofort wirkendes Betäubungsmittel einimpfte. Es war eigentlich für Großwild dosiert und würde bei einem Menschen bis zu dreißig Minuten vorhalten. Die beiden gingen zu Boden, wanden sich noch ein paar Sekunden lang und fielen dann in Ohnmacht.

Rappelnd und mit keuchendem Motor mühte sich der Lastwagen die steil ansteigende Schotterpiste hinauf. Hinter schroffen Klippen ging die Sonne auf. Sie bemalte den Horizont in Pastelltönen und warf einen sonderbar fahlen Glanz auf die Schieferdächer der Fischerhütten, an denen die beiden vorbeikamen.

Er dachte an die schöne, ungewöhnliche Frau, die neben ihm saß und schlief, den Kopf an die zitternde Fensterscheibe gelehnt.

Bei aller Zähigkeit und Härte, die sie demonstriert hatte, wirkte sie verletzlich und geradezu melancholisch. Eine sehr attraktive Mischung, doch seine Instinkte mahnten ihn, auf der Hut zu sein. Sie war ihm allzu ähnlich, jemand, dessen harte Fassade ein äußerst kompliziertes und zwiespältiges Innenleben kaschierte.

Und da war Elena, immer Elena in ihrer gespensterhaften Allgegenwart, ein Rätsel für sich. Eine Frau, die er nie richtig kennen gelernt hatte, und so war er in doppeltem Sinn auf der Suche nach ihr, einer Suche, die fast manische Züge annahm.

Layla bot für ihn allenfalls eine zweckmäßige Partnerschaft, die ihm durchaus gelegen kam. Die beiden waren aufeinander angewiesen und halfen sich gegenseitig. Ihr Verhältnis war gewissermaßen taktisch-kollegial. Nicht mehr, nicht weniger. Layla war ihm Mittel zum Zweck.

Erschöpfung machte sich bemerkbar. Bryson lenkte den Wagen zwischen ein paar Bäumen an den Straßenrand und schloss die Augen. Als er nach mehreren Stunden hoch schreckte, hatte er den Eindruck, nur zwanzig Minuten geschlafen zu haben. Layla schlief immer noch tief und fest. Er fluchte lautlos vor sich hin. Ausgerechnet jetzt so viel Zeit zu verlieren! Aber vielleicht war sie doch nicht ganz verloren, denn Müdigkeit konnte gefährlich werden und Fehler provozieren.

Er setzte die Fahrt fort und stellte fest, dass sich die Straße zunehmend belebte. Zuerst waren es nur wenige, die in Richtung Santiago de Compostela unterwegs waren, doch bald bildeten die Pilger eine geschlossene Reihe. Die meisten gingen zu Fuß, manche fuhren mit dem Fahrrad und einige wenige ritten sogar zu Pferde. Ihre Gesichter waren von der Sonne verbrannt. Sie trugen einfache, strapazierfähige Kleider, und viele hatten auf ihre Taschen oder Rucksäcke die Schalen von Jakobsmuscheln appliziert. Bryson erinnerte sich: Diese Muschelschalen waren das Symbol der Wallfahrt über die Camino de Santiago, jene Pilgerstraße, die mehrere hundert Kilometer weit von Roncesvalles in den Pyrenäen bis zum Grab des Apostels Jakobus in Santiago führte. Zu Fuß dauerte diese Reise für gewöhnlich einen Monat. Hier und da standen Händler am Straßenrand und boten auf ihren Handkarren Souvenirs und Devotionalien an – Ansichtskarten, Plastikvögel mit beweglichen Flügeln, Jakobsmuscheln und dergleichen mehr.

Bald bemerkte Bryson etwas, für das er anfangs keine Erklärung hatte. Einige Kilometer vor Santiago kam der Pilgerstrom immer wieder ins Stocken, und Autos und Lieferwagen kamen nur noch im Schneckentempo voran. Was war die Ursache für den Stau? Straßenarbeiten?

Nein.

Hinter einer Kurve tauchten Barrikaden aus Holz und das Blaulicht von Streifenwagen auf. Polizei! Sie inspizierte die Fahrzeuge, kontrollierte Fahrer und Passagiere. Die Personenwagen schienen durchgewinkt zu werden, doch die Laster mussten an den Straßenrand ausscheren, wo Führerschein und Zulassung überprüft wurden. Die Pilger zogen ungehindert vorbei.

»Layla«, sagte Bryson. »Aufwachen, schnell!«

Sie schreckte hoch und war augenblicklich hellwach. »Mist. Die Kerle sind offenbar schon zu sich gekommen und zur Polizei gelaufen …«

»Nein, ich vermute, dahinter stecken andere. Um die Polizei machen Leute wie diese beiden Schmuggler doch meist einen großen Bogen. Ich schätze, sie sind an jemanden geraten, der ihnen ein paar Scheine zugesteckt hat und selbst einen guten Kontakt zur spanischen Polizei unterhält.«

»Jemand von der *Guardacostas*? Von Calacanis' Leuten an

Bord der *Spanish Armada* wird jedenfalls kaum einer überlebt haben.«

Er schüttelte den Kopf. »Ich denke da an eine ganz andere Adresse. An eine Organisation, der bekannt ist, dass ich auf dem Schiff war.«

»Ein feindlicher Geheimdienst?«

»Ja, aber nicht, wie Sie meinen.« *Feindlich ist nicht das richtige Wort*, dachte er. *Diabolisch vielleicht. Eine Organisation, deren Fangarme bis in die Regierungen verschiedener Weltmächte reichen. Das Direktorat.* Ohne Layla vorzuwarnen, steuerte er den Lastwagen plötzlich und abrupt durch eine Lücke im Pilgerstrom an den Straßenrand. Proteste der fliegenden Händler wurden laut, das Getröte von Autohupen.

Bryson sprang aus dem Fahrerhaus und beeilte sich, mit dem Schraubendreher seines Taschenmessers die Nummernschilder abzumontieren. Damit kehrte er ins Fahrerhaus zurück und sagte: »Für den Fall, dass jemand dumm genug ist, nur nach den Schildern zu sehen. Allerdings ist wohl eher damit zu rechnen, dass man nach uns Ausschau hält, nach einem Paar, auf das unsere Beschreibung passt und sich womöglich auf die Schnelle getarnt hat. Das heißt, wir müssen uns trennen und den Rest des Weges zu Fuß zurücklegen ...« Bryson stockte und starrte auf einen der Händlerkarren, die in der Nähe standen. »Augenblick.«

Kurz darauf unterhielt er sich auf Spanisch mit einer rundlichen Zigeunerin, die Schals und Kleidungsstücke zum Kauf anbot, wie sie in dieser Gegend getragen wurden. Sie hielt den Kunden seiner lupenreine Aussprache wegen offenbar für einen waschechten Spanier aus Kastilien und war darauf gefasst, zu feilschen. Umso mehr verwunderte es sie, dass er ihr ein Bündel Geldscheine zusteckte, wahllos ein paar Sachen von ihrem Karren einsammelte und damit zum Lastwagen zurückkehrte. Layla machte große Augen, nickte und sagte: »Jetzt bin ich also eine Pilgerin.«

Chaos, schieres Chaos!

Lautes Gehupe, das Zetern wütender Autofahrer. Der Pilgerstrom staute sich zu einem Meer aus verblüffend unterschiedlichen Menschen, die bis auf ihren Glauben kaum etwas miteinander gemein hatten. Da waren alte, ganz in Schwarz eingekleidete Frauen, Greise mit Krücken, die jeden Augenblick zusammenzubrechen drohten. Die meisten trugen T-Shirts und kurze Hosen. Manche schoben Fahrräder neben sich her. Genervte Eltern trugen schreiende Säuglinge im Arm, deren ältere Geschwister kreischend in der Menge umhertobten. Es stank nach Schweiß, Zwiebeln, Parfüm und diversen menschlichen Ausdünstungen. Mit seiner Kutte und dem Spazierstock sah Bryson wie ein Mönch aus; die über den Kopf gezogene Kapuze überschattete einen Teil seines Gesichts. Layla, die gut 50 Schritt hinter ihm ging, trug eine Art Hemdkleid aus grobem Musselin, darüber eine mit Pailletten bestickte Strickjacke und auf dem Kopf ein rotes Tuch. Obwohl dermaßen schrill gemustert, fiel sie in der Menge kaum auf.

Die hölzernen Straßensperren waren so aufgebaut worden, dass die Fußgänger ohne weiteres passieren konnten. Zwei uniformierte Polizisten flankierten den Durchlass und musterten die Passanten. Die Kraftfahrzeuge auf der anderen Straßenhälfte wurden immer nur einzeln durchgelassen. Erleichtert stellte Bryson fest, dass die Fußgänger in kaum vermindertem Tempo weitergehen konnten. Schwerfällig auf den Stock gestützt und wie nach langem Marsch unendlich müde, schlurfte er an den Polizisten vorbei, die er weder anstarrte noch ignorierte. Auch sie schienen kaum Notiz von ihm zu nehmen. In wenigen Augenblicken würde er die Straßensperre hinter sich gelassen haben und in der Menge verschwunden sein.

Plötzlich blitzte ein Lichtstrahl auf, eine Reflexion der starken Morgensonne. Er drehte den Kopf und sah einen uniformierten Polizeibeamten, der neben der Sperre auf einer Bank stand und durch ein starkes Fernglas spähte. Wie seine Kollegen am Durchlass musterte er die Gesichter derer, die über die Avenida Juan Carlos I. in die Stadt einzogen. Er fungierte offenbar als eine Art zweiter Filter und sondierte die Menge mit methodischer Gründlichkeit. Der prallen und selbst zu so früher Morgenstunde schon sengend heißen Sonne ausgesetzt, war das bleiche Gesicht des Mannes rot angelaufen.

Bryson stutzte und schaute ein zweites Mal hin, irritiert von der fahlen Hautfarbe. Unter der Schirmmütze zeigten sich blonde Haare, wie sie hier eher selten anzutreffen waren. Vor allem aber wunderte sich Bryson über das frisch gerötete Gesicht, denn in dieser sonnigen Gegend kamen selbst Büroangestellte, die sich nur auf dem Weg zur Arbeit oder während der Mittagspause im Freien aufhielten, nicht umhin, ein wenig Farbe anzunehmen.

Nein, dieser Mann war nicht von hier, war kein Einheimischer. Vermutlich war er nicht einmal Spanier.

Der blonde Polizist schwitzte stark und setzte für einen kurzen Moment das Fernglas ab, um sich mit dem Ärmel über die Stirn zu wischen. Da sah Bryson zum ersten Mal die Gesichtszüge des Mannes.

Die scheinbar verschlafen aussehenden grauen Augen täuschten darüber hinweg, dass er hellwach und hochkonzentriert war. Die dünnen Lippen, der käsige Teint, das aschblonde Haar – Bryson kannte ihn.

Aus Khartum. Als Techniker aus Rotterdam, der mit einer Gruppe europäischer Spezialisten die Hauptstadt des Sudan besucht hatte, wo sie mit einer Delegation aus dem Irak zusammengetroffen waren, um mit ihr über die Lieferung von Bauteilen für Scud-Missiles zu verhandeln. Der blonde Mann hatte sich damals als V-Mann des Direktorats in diese Gruppe einschleusen lassen und fungierte – wohl immer noch – nicht zuletzt als so genannter Dispatch-Agent, mit anderen Worten: als Killer. Bryson hatte damals in Khartum Aufklärung betrieben und Beweise gesammelt, die später gegen die Iraki verwendet werden konnten. Im Vorübergehen hatte er dem blonden Killer ein auf Mikrofilm kopiertes Dossier mit Informationen über drei Liquidationsziele zugesteckt. Seinen Namen kannte Bryson nicht; er wusste nur, dass der Blonde einer der besten Killer der Branche war: sehr versiert, wahrscheinlich ein Psychopath mit hoher Erfolgsquote.

Das Direktorat hatte ihm, Bryson, also einen seiner gefährlichsten Leute auf die Fersen geheftet. Kein Zweifel, er war für seinen ehemaligen Dienst »unwiederbringlich verloren«.

Aber wie hatte man ihn bloß ausfindig gemacht? Vielleicht mit Hilfe der Schmuggler, die, wütend über den gestohlenen Laster und möglicherweise mit einer großzügigen Summe geschmiert, wahrscheinlich sehr gern mit dem, was sie wussten, rausgerückt waren. Es gab in dieser Region nicht viele Straßen – von Finisterre gingen nur ganz wenige aus –, und die ließen sich aus der Luft, wenn denn ein Hubschrauber aufzutreiben war, gut überwachen. Einen Hubschrauber hatte Bryson zwar nicht gesehen, aber vielleicht war einer über sie hinweggeflogen, als sie geschlafen hatten. Außerdem hatte der alte Lastwagen derartig laut geklappert, dass ihnen ein Hubschrauber womöglich ein Stück weit unbemerkt gefolgt war.

Der verlassene Lastwagen hatte den Verfolgern dann unmissverständlich zu verstehen gegeben, dass sich die Gesuchten ganz in der Nähe aufhielten. Und es gab nur zwei Möglichkeiten: Entweder waren sie auf dem Weg in die Stadt oder dabei, die Stadt zu verlassen, und die Straßen, über die die beiden kommen mussten, waren problemlos zu überwachen.

Bryson wollte kehrtmachen und sich vergewissern, dass Layla Anschluss hielt, ließ es aber bleiben. Ein solcher Schritt wäre zu riskant gewesen.

Er spürte, wie sich sein Puls beschleunigte, und er senkte den Blick – zu spät. Genau in diesem Moment merkte der Killer auf. *Er hat mich gesehen und wiedererkannt.*

Doch wenn er jetzt wegzulaufen versuchte, würde er sich aus der Menge deutlich hervorheben und den Verdacht des Killers bestätigen. Noch konnte der sich nicht sicher sein; zu groß war der Abstand. Die kurze Begegnung in Khartum lag Jahre zurück, und unter der Kapuze war Brysons Gesicht nur schwer auszumachen. Außerdem würde der Killer nicht wagen einfach drauflos zu schießen.

Im Strudel der Gedanken, die ihm durch den Kopf jagten, schien die Zeit stehen zu bleiben. Adrenalin durchspülte seinen Körper, sein Herz hämmerte, und trotzdem zwang er sich, den langsam schleppenden Schritt beizubehalten. Er durfte auf keinen Fall aus der Masse hervorstechen.

Am äußeren Rand des Gesichtsfeldes sah er, wie der Killer, ihm zugewandt, mit der Rechten nach seiner an der Hüfte gehalfterten Waffe langte. Die Pilgermenge war so dicht, dass sich Bryson fast von ihr tragen lassen konnte. Allerdings ging es nur quälend langsam voran. *Wie kann der Killer wissen, dass ich tatsächlich der Gesuchte bin?*, dachte Bryson. Und plötzlich ahnte er den Grund: die Kapuze. Sie unterschied ihn von allen anderen. Zwar trugen manche Männer Schirmkappen zum Schutz vor dem grellem Licht, aber bei der Hitze, die herrschte, fiel es niemandem ein, eine Kapuze über den Kopf zu ziehen. Er stach hervor.

Obwohl er nicht zur Seite zu blicken wagte, registrierte er im Augenwinkel eine plötzliche Bewegung und das Aufblitzen von Metall. Bryson spürte instinktiv, dass der Killer seine Waffe gezogen hatte.

Eine Ohnmacht vortäuschend, sackte er unvermittelt in den Knien ein, was dazu führte, dass die Pilger, die hinter ihm gingen, über ihn hinwegstolperten. Es wurde geschimpft; eine Frau rief um Hilfe.

Und dann, Sekundenbruchteile später, setzte das tödliche Husten einer schallgedämpften Pistole ein. Schrille, entsetzte Schreie. Eine junge Frau dicht neben Bryson sackte mit zertrümmerter Stirn in sich zusammen. Blut spritzte im Radius von zwei Schritten. Panik breitete sich aus, Angstschreie gellten. Dreck flog durch die Luft, der von einschlagenden Geschossen aufgeworfen wurde. Der Killer feuerte in schneller Folge, und es interessierte ihn nicht, dass er auch Unbeteiligte traf, jetzt, da er seine Zielperson ausgemacht hatte.

Im wilden, panischen Durcheinander drohte Bryson niedergetrampelt und überrannt zu werden. Kaum hatte er sich aufgerappelt, wurde er erneut zu Boden gestoßen. Ein entsetzliches Geheul erhob sich ringsum. Als Bryson endlich wieder stand, ließ er sich, von Tritten und Stößen traktiert, mit der fliehenden Menge davontreiben.

Er war bewaffnet, aber die Pistolen zu ziehen und zu schießen wäre glatter Selbstmord gewesen. Ihm saß bestimmt nicht nur ein Killer im Nacken. Wenn er jetzt den Abzug drückte, würde er sich mit dem Feuerstrahl aus seiner Waffe als Ziel geradezu anbieten. Mit geducktem Kopf und im Schutz der vielen anderen Menschen hastete er weiter.

Von einem wenige Schritte entfernten Verkehrsschild prallte klirrend eine Salve von Kugeln ab. Irritiert von der wogenden Menge, hatte der blonde Killer ihn offenbar aus den Augen verloren. Einige Meter weiter vorn wurde abermals ein Schrei laut; ein Fahrradfahrer war, in den Rücken getroffen, zu Boden gestürzt. Der Blonde zielte mittlerweile anscheinend auch auf Phantome und verursachte dadurch ein absolutes Chaos, was Bryson nur recht sein konnte. Er riskierte einen Blick über die Schulter zurück. Kaum hatte er den Killer lokalisiert, stolperte dieser plötzlich nach vorn, als habe er von hinten einen Stoß erhalten. Er war von einer Kugel getroffen worden! Er wand sich und stürzte von der Bank, tot oder schwer verwundet. Aber wer hatte auf ihn angelegt? Für einen kurzen Augenblick tauchte ein rotes Kopftuch auf, das aber sofort wieder in der Menge verschwand.

Lalya.

Erleichtert richtete Bryson den Blick wieder nach vorn und ließ sich, wie ein Stück Holz in kräftiger Strömung, weitertreiben. Ausgeschlossen, ihr gegen den Strom entgegenzugehen, zumal er nicht auf sich aufmerksam machen durfte. Das Direktorat hatte zweifellos mehr als einen Killer auf ihn angesetzt. An solchen Spezialisten fehlte es dem Dienst nicht. Ein Dispatch-Agent war wie eine Kakerlake: Wenn sich einer blicken ließ, gab es immer auch andere in der Nähe. Aber wo? Der blonde Killer aus Khartum schien in Eigenregie zu operieren; das heißt, die anderen hielten sich in Reserve. Noch war keiner von ihnen zu entdecken. Aber Bryson kannte die Methoden des Direktorats gut genug, um zu wissen, dass der Blonde nicht allein war.

Die Pilgerscharen waren außer Rand und Band, ein wimmelnder Haufen verschreckter Menschen. Die einen rannten die Avenida hinauf, die anderen in die entgegengesetzte Richtung. Was für Bryson soeben noch eine ideale Deckung war, wurde nun selbst zur Gefahr. Er musste sich aus der Menge lösen, in der Stadt verschwinden und sich mit Layla zum elf Kilometer entfernten Flughafen bei Labacolla durchschlagen.

Er drängte aus dem Menschenstrom heraus, musste sich dabei unzählige Rempeleien gefallen lassen und suchte Halt an einem Laternenpfosten, von wo er nach Layla beziehungsweise ihrem roten Kopftuch Ausschau hielt. Gleichzeitig war er vor irgendwelchen Auffälligkeiten auf der Hut und erwartete, jeden Moment das Blinken von Stahl, Polizeiuniformen oder den unverkennbaren Gesichtsausdruck eines gedungenen Mörders zu entdecken. Dass er selbst ein ungewöhnliches Bild abgab, war Bryson bewusst. Er lenkte verwunderte Blicke auf sich, unter anderem die eines Pilgers, der unter den Falten seiner braunen Kutte eine Bibel in der Hand zu halten schien und unverhohlen neugierig von der anderen Seite der Avenida Juan Carlos I. zu ihm herüberschaute. Bryson sah ihm genau in die Augen, als der Mann seine Bibel öffnete und ein länglichen Gegenstand aus blauem Stahl daraus hervorzog.

Eine Pistole.

Kaum hatte sein Gehirn verarbeitet, was die Augen registrierten, sprang Bryson nach rechts und prallte mit einem Fahrradfahrer zusammen, der ins Schwanken geriet und lauthals zu schimpfen begann.

Es folgte ein trockener Schlag, und Bryson spürte Blut in sein Gesicht spritzen. In der Schläfe des Fahrradfahrers klaffte ein großes Loch, aus dem ein roter Schwall quoll. Und wieder gellten Schreie ringsum. Der Mann war tot. Sein Mörder, der Schütze im Mönchsgewand, feuerte weiter drauflos.

Der reine Wahnsinn!

Zu Boden gegangen, musste Bryson die Tritte aufgeschreckt fliehender Menschen über sich ergehen lassen. Er langte nach seiner Beretta, zog sie aus dem Halfter.

Ein Mann brüllte: »*Unha pistola! Ten unha pistola!*« Er hat eine Pistole!

Kugeln trafen scheppernd den Laternenpfosten und schlugen wenige Schritte entfernt auf dem Pflaster auf. Bryson raffte sich auf, zielte auf den Killer-Mönch und drückte ab.

Gleich der erste Schuss traf den Mann in die Brust und brachte ihn zu Fall.

Ein metallisches Blinken am linken Rand seines Blickfeldes ließ Bryson instinktiv aufmerken. Er wirbelte herum und sah gerade noch rechtzeitig, wie ein als Pilger verkleideter Mann, kaum fünf Meter entfernt, eine kleine schwarze Pistole auf ihn richtete. Bryson wich sofort nach rechts aus, spürte in der linken Schulter aber plötzlich einen explosionsartigen Schmerz, der sich wie ein Feuer bis in die Brust fortsetzte.

Er verlor den Halt, knickte ein und stürzte zu Boden. Der Schmerz war unerträglich. Blut durchnässte sein Hemd, und der linke Arm wurde taub.

Plötzlich griffen Hände nach ihm. Er sah wie durch einen Schleier, hatte die Orientierung verloren und trat verzweifelt nach den vermeintlichen Angreifern aus, bis er Laylas Stimme hörte. »Ich bin's doch nur.«

Sie packte ihn bei der gesunden Schulter, half ihm auf und stützte ihn.

»Ist mit Ihnen alles in Ordnung?«, stammelte Bryson.

»Ja. Kommen Sie!« Sie führte ihn zur Seite, aus dem Tumult der Menge heraus, in der totale Panik ausgebrochen war. Bryson biss die Zähne aufeinander und beeilte sich so gut er konnte. Ein paar Schritte entfernt sah er plötzlich wieder einen Mönch, der unter die Kutte langte. Schreckhaft hob Bryson seine Pistole und legte auf den Mann an, sah aber gerade noch rechtzeitig, wie der eine Bibel an die Lippen hob, sie küsste und laut zu beten anfing.

Sie betraten einen großen Park mit großen, gepflegten Rasenflächen und Reihen von Eukalyptusbäumen. »Versuchen wir uns irgendwo zu verkriechen und auszuruhen«, sagte Layla.

»Nein, nicht nötig.«

»Das *Blut*!«

»Ist nur ein Kratzer. Die Kugel hat offenbar ein Blutgefäß getroffen, es sieht schlimmer aus als es ist. Wir dürfen keine Zeit verlieren und müssen weiter.«

»Aber wohin?«

»Über die Straße und hinauf auf den Platz vor der Kathedrale. Die Praza do Obradoiro. Im Pulk der vielen Menschen finden wir am ehesten Deckung. Bei allem, was wir unternehmen, sollten wir uns möglichst unauffällig verhalten.« Und um ihrem absehbaren Einwand vorzugreifen, fügte er hinzu: »Die Wunde verarzten wir später. Die ist jetzt das geringste unserer Probleme.«

»Ihnen ist offenbar nicht klar, wie viel Blut sie schon verloren haben.« Mit der Selbstverständlichkeit einer Krankenschwester knöpfte sie ihm das Hemd auf und zog das Blut durchtränkte Gewebe von der Wunde, die sie dann vorsichtig ringsum abtastete. Er zuckte vor Schmerzen unwillkürlich zusammen. »Na schön«, sagte sie, »kümmern wir uns später darum. Aber wir müssen die Blutung stoppen.« Sie zog sich das rote Tuch vom Kopf, wickelte es fest um seine Schulter und band die Enden zu einer provisorischen Aderpresse zusammen. »Können Sie den Arm noch bewegen?«

Er hob ihn ein Stück an und ächzte: »Ja.«

»Tut weh, nicht wahr? Spielen Sie nicht den Helden.«

»Keine Sorge, ich nehme Schmerzen sehr ernst. Zugegeben, es tut verdammt weh, aber ich habe schon Schlimmeres ausgehalten.«

»Das glaube ich Ihnen sogar. Also los. Auf den Hügel da hinten …«

»Zur Kathedrale von Santiago. Der Platz davor ist die Praza do Obradoiro, manchmal auch Praza de Espana genannt. Hier sind die Pilger am Ziel ihrer Wallfahrt. Entsprechend voll ist der Platz immer. Da können wir untertauchen.«

Sie eilten über den von Eukalyptusbäumen gesäumten Weg, als sich plötzlich zwei Fahrradfahrer mit hohem Tempo von hinten näherten und dicht vor ihnen ausscherten. Offenbar zwei harmlose Pilger auf dem Weg in die Stadt. Dennoch fuhr Bryson vor Schreck zusammen. Vielleicht lag es am starken Blutverlust, dass seine Reflexe nachgelassen hatten. Die Killer des Direktorats waren schlauerweise als Pilger verkleidet; darum drohte von jedem der Wallfahrer Gefahr. In einem Minenfeld konnten geübte Augen die versteckten Minen durchaus erkennen. Doch an unterscheidenden Merkmalen fehlte es hier gänzlich.

Es sei denn, er traf auf ein bekanntes Gesicht.

Bryson hatte früher mit einigen Direktoratsagenten mehr oder weniger beiläufig zu tun gehabt. Gerade die waren aller Wahrscheinlichkeit nach auf in angesetzt worden, denn nur sie würden ihn in der Masse ausmachen können. Doch dieses Schwert hatte zwei Schneiden: Erkannten sie ihn, würde auch er sie erkennen. Und wenn er nur aufmerksam genug wäre, würde er ihnen zuvorkommen. Das war sein einziger Vorteil. Er musste versuchen ihn zu nutzen.

»Moment mal«, sagte er. »Wir, Sie und ich, sind entdeckt worden. Über Ihre Person wird man sich möglicherweise nicht – noch nicht – im Klaren sein. Aber ich bin identifiziert. Was außerdem auffallen dürfte, sind das blutverschmierte Hemd und das rote Kopftuch …«

Sie nickte. »Ich werde gleich losziehen und andere Kleider besorgen.«

Genau daran hatte er auch gedacht. »Ich warte hier … nein, streichen Sie das.« Er zeigte auf eine kleine Kapelle inmitten einer Gartenanlage mit exotischen Pflanzen. »Ich warte da drinnen.«

»Gut.« Sie eilte los, dem großen Platz entgegen, während er sich der Kapelle zuwandte.

Nervös wartete er im dunklen, klammen Inneren der leeren Kirche. Ein paar Mal öffnete sich die schwere Holzpforte, doch es waren nur echte Pilger, die hereinkamen. Frauen mit Kindern, junge Paare. Bryson hielt sich in einer Nische im Eingangsbereich versteckt und musterte jeden, der hereinkam. Er konnte nie sicher sein, sah aber nichts, was seine Instinkte alarmiert hätte. Zwanzig Minuten später öffnete sich die Tür erneut. Es war Layla, die ein in Papier eingeschlagenes Bündel unter dem Arm trug.

Sie zogen sich in der Sakristei um. Was sie für ihn besorgt hatte, hatte genau die richtige Größe. In den neuen, schlichten Kleidern sahen sie nun aus wie Touristen aus der Mittelschicht: Sie trug ein einfaches Kleid, eine Bluse und auf dem Kopf einen Sonnenhut mit breiter Krempe; er war mit beigefarbener Hose, einem weißen Polohemd und Baseballkappe ausstaffiert. Die Wunde hatte er mit Jod desinfiziert und mit einem Druckverband versorgt. Um die Verkleidung perfekt zu machen, drückte sie ihm schließlich noch eine billige Videokamera – ohne Film – in die Hand und hängte sich selbst einen noch billigeren Fotoapparat um den Hals. Auch an Sonnenbrillen hatte sie gedacht.

Zehn Minuten später schlenderten sie Hand in Hand wie Flitterwöchner über die Praza do Obradoiro. Der Platz war voller Pilger, Touristen und Studenten; Straßenhändler boten Ansichtskarten und Souvenirs feil. Bryson blieb vor der Kathedrale stehen und tat, als filmte er das barocke Westportal aus dem 12. Jahrhundert mit seinem prächtigen, von Engeln, Dämonen, Monstren und Propheten bewachten Portico de la Gloria. Das Auge am Sucher, schwenkte er die Kamera von der Fassade ab und über die Menge, um wie ein typischer Amateurfilmer die gesamte Szene zu erfassen.

Dann senkte er den Apparat und nickte Layla mit stolzem Lächeln zu, worauf sie sich bei ihm einhakte und ihrerseits die frisch verheiratete, glückliche Ehefrau mimte. Er war zwar nur minimal verkleidet, aber immerhin warf der lange Schirm der Baseballkappe einen Schatten über sein Gesicht. Vielleicht reichte das, um unerkannt zu bleiben oder um wenigstens auf der Gegenseite Zweifel an seiner Identität aufkommen zu lassen.

Doch dann registrierte er etwas, das ihn stutzig machte: Bewegungen, die sich an verschiedenen Punkten zutrugen, aber miteinander synchronisiert zu sein schienen, was im allgemeinen Durcheinander umso deutlicher ins Auge sprang, zumindest einem so erfahrenen Agenten wie ihm.

»Layla«, sagte er ruhig. »Bitte tun Sie so, als lachten Sie über das, was ich gerade sage.«

»Lachen ...«

»Sofort. Ich habe gerade einen umwerfend komischen Witz gerissen.«

Spontan warf Layla den Kopf in den Nacken und fing ausgelassen zu lachen an, so laut und überzeugend, dass Bryson, obwohl er sie zu diesem Schauspiel aufgefordert hatte, ganz verunsichert war. Er lächelte bescheiden, aber dankbar darüber, dass sie, seine frisch Vermählte, seinen Humor zu schätzen wusste. Dann setzte er die Kamera wieder ans Auge und schwenkte sie wie vorhin über die Menge, hielt aber diesmal gezielt Ausschau.

Laylas Stimme strafte ihren heiteren Gesichtsausdruck Lügen. »Haben Sie was gesehen?«, fragte sie nervös.

In der Tat, sein Verdacht hatte sich bestätigt.

Es war die klassische Triadenformation. An der Peripherie des Platzes standen an unterschiedlichen Stellen drei Personen mit Ferngläsern, die alle auf Bryson gerichtet waren. Einzeln fielen sie kaum auf; sie sahen aus wie alle anderen Touristen auch. Aber das koordinierte Zusammenspiel hob sie aus der Menge hervor. Auf der einen Seite der Praza stand eine junge Frau mit strohblonden, hochgesteckten Haaren und einem für diesen heißen Tag völlig unangebrachten Blazer, der aber wohl ein Schulterhalfter verdecken sollte. Den zweiten Eckpunkt des Dreiecks stellte ein stämmiger Mann mit fleischigem, bärtigem Gesicht, der die schwarze Amtstracht eines Geistlichen trug, zu der das hochmoderne Fernglas ganz und gar nicht passen wollte. Nummer drei war ein drahtiger, dunkelhäutiger Mann Anfang Vierzig. Bryson hatte sofort das vage Gefühl, ihm schon einmal begegnet zu sein, und zoomte sein Bild näher heran.

Plötzlich lief es ihm eiskalt den Rücken hinunter.

Er kannte auch diesen Mann und war schon mehrfach mit ihm zusammengetroffen. Einmal hatte er ihn sogar auf Verlangen des Direktorats in Dienst genommen. Paolo, so sein Name, war Bauer und kam aus einem Dorf in der Nähe von Cividale. Er arbeitete stets mit seinem Bruder Niccolo zusammen. Die beiden besaßen in ihrer Heimat im nordwestlichen Bergland Italiens einen schon legendären Ruf als Jäger. Was aber die wenigsten wussten, war, dass sie auf Bestellung auch Jagd auf Menschen machten, und zwar nicht minder erfolgreich. Das Brüderpaar war für solche Jobs häufig nachgefragt. Auch Bryson hatte sie in seinem früheren Leben gelegentlich angeheuert, einmal im Rahmen einer gefährlichen Infiltration einer russischen Firma namens Victor, von der es hieß, dass sie biologische Waffen entwickelte und herstellte.

Wo Paolo war, konnte Niccolo nicht weit sein. Es gab also mindestens noch eine Verstärkung zur Dreierformation.

Brysons spürte sein Herz im Hals pochen. Seine Kopfhaut zog sich zusammen.

Wie hatten sie ihn und Layla so schnell ausfindig gemacht? Er war doch sicher gewesen, die Verfolger abgeschüttelt zu haben. Wie war es möglich, dass man sie in einer solchen Menge ausmachte, zumal sie ihr Äußeres verändert hatten und nun als Paar auftraten?

Oder lag es gerade an der Kleidung; war sie zu neu, zu hell, irgendwie unpassend? Dabei hatte sich Bryson vorhin noch alle Mühe gegeben, die nagelneuen Lederschuhe an einem Bordstein vor der Kapelle abzuwetzen und zu zerkratzen. Er und Layla hatten sogar daran gedacht, ihre Sachen ein bisschen zu verschmutzen.

Wie hatte man sie finden können?

Ihm schwante die Antwort, und sie ließ ihn erschaudern. Er spürte den Schulterverband warm und feucht werden. Es war nicht nötig, hinzusehen oder hinzulagen; er wusste auch so, dass die Wunde nicht aufgehört hatte zu bluten. Das Blut war durch den Verband gedrungen und zeichnete sich als großer dunkelroter Fleck auf dem gelben Polohemd ab. Der hatte ihn verraten und alle Vorsichtsmaßnahmen zunichte gemacht.

Die Verfolger hatten ihn entdeckt und würden jetzt zur Tat schreiten und ihn töten.

Washington, D. C.

Senator James Cassidy fühlte die Augen der Kollegen auf sich gerichtet – manche gelangweilt, andere misstrauisch –, als er sich erhob, seine klobigen, fleckigen Hände auf dem abgegriffenen Holzgeländer spreizte und seinen dunklen, wohltönenden Bariton erklingen ließ. »In unseren Plenar- und Ausschusssitzungen ist häufig von knappen Ressourcen und bedrohten Tierarten die Rede. Wir fragen uns, wie mit den endlichen Rohstoffen der Natur hauszuhalten sei, während nahezu alles, mit Preisschild und Strichcode versehen, zum Verkauf gebracht wird. Ich möchte hier deshalb das Augenmerk auf eine andere bedrohte Art richten, auf ein anderes begrenztes Gut, nämlich das der Privatsphäre. In der Zeitung las ich von einem Internet-Experten, der sagte: ›Von der Vorstellung einer Privatsphäre können wir uns verabschieden; die gibt's sowieso nicht mehr.‹ Nun, wer mich kennt, wird wissen, dass ich mich keinesfalls davon verabschieden werde. Stattdessen sage ich: Bleibt einmal kurz stehen und schaut euch um. Was seht ihr? Kameras und Scanner, gigantische Datenbanken, deren Umfang alle menschliche Vorstellungskraft sprengt; Marketing-Strategen, die uns auf Schritt und Tritt über die Schulter schauen und jedes Detail über uns registrieren. Unsere Alarmanlage verrät, wann wir das Haus verlassen, die Videokamera dokumentiert, wann wir die Arbeitsstelle erreichen, und die Stechuhr hält fest, wann wir Mittagspause machen. Sind wir online, wird jede Transaktion, jeder ›Treffer‹ von so genannten Infomediaries festgehalten und aufgezeichnet. Es soll schon vorgekommen sein, dass Geschäftsleute an das FBI herangetreten sind mit dem Vorschlag, ihr, der Behörde, Informationen über Einzelpersonen abzukaufen. Als wären solche Informationen Staatseigentum, das sich bei Bedarf privatisieren ließe! Steht uns die gläserne Republik, die Überwachungsgesellschaft ins Haus?«

Der Senator sah sich um und bemerkte zu seiner Überraschung, dass ihm seine Kollegen tatsächlich zuhörten. Manche zeigten sich ernstlich besorgt, andere machten einen skeptischen Eindruck. Aber alle waren aufmerksam.

»Ich frage Sie: Würden Sie in einer solchen Welt leben wollen? Ich fürchte mittlerweile wirklich, dass unsere wertgeschätzte Privatsphäre bald keine Chance mehr hat gegen die Kräfte, die es auf sie abgesehen haben: gegen übereifrige Ordnungshüter, gegen Marketing-Unternehmen, Versicherungsgesellschaften, Banken und all die unzähligen Greifarme und Fühler aus Wirtschaft und Verwaltung. Liebe Kolleginnen und Kollegen, diejenigen, die den Gesetzen Nachdruck verschaffen wollen, und diejenigen, die jeden Penny aus uns herauszuquetschen beabsichtigen, schließen sich zu einer mächtigen Allianz zusammen. Dagegen steht unsere Privatsphäre. Dieser Kampf ist schrecklich einseitig. Und darum frage ich Sie, meine geschätzten Kollegen beider Fraktionen: Auf welcher Seite stehen Sie?«

Neuntes Kapitel

Nicht hinsehen«, murmelte Bryson, der die Kamera über die Menge schwenkte und durch den Sucher spähte. »Drehen Sie sich jetzt nicht um. Es sind im Ganzen drei, soviel ich sehen kann.«

»In welcher Entfernung?« Sie sprach leise, aber eindringlich und lächelte dabei, was, aus der Nähe beobachtet, grotesk wirkte.

»An die 20 Meter. Sie bilden ein gleichschenkliges Dreieck. Von Ihnen aus gesehen rechts steht eine blonde Frau in einem Blazer; sie hat die Haare hochgesteckt und trägt eine übergroße Sonnenbrille. Im Scheitelpunkt steht ein bärtiger Typ in schwarzer Soutane und schließlich ganz links ein schlanker Mann Mitte dreißig, dunkler Teint, dunkles kurzärmeliges Hemd, dunkle Hose. Alle drei haben ein kleines Fernglas bei sich, und ich bin sicher, sie sind auch bewaffnet. Okay?«

»Verstanden«, flüsterte sie kaum hörbar.

»Einer von ihnen wird der Anführer sein. Auf sein Zeichen kommt es an. Ich werde Sie jetzt auf etwas aufmerksam machen und durch die Kamera gucken lassen. Sagen Sie mir dann, ob Sie die drei sehen können.«

Mit der offenen, flachen Hand deutete er wie ein Kunstkenner auf das Portal und reichte ihr die Videokamera. »Jonas«, platzte es plötzlich aus ihr heraus. Es war das erste Mal, dass sie ihn beim Namen nannte, wenn auch nur bei seinem Decknamen. »Mein Gott, das *Blut*! Ihr Hemd!«

»Halb so schlimm«, antwortete er. »Aber das hat sie leider auf uns aufmerksam gemacht.«

Übergangslos wechselte ihre alarmierte Miene zu einem fast albernen Grinsen und sie kicherte, um die drei Zuschauer irrezuführen. Dann setzte sie die Kamera ans Augen und fuhr mit dem Sucher langsam die Menge auf dem Platz ab. »Da, die blonde Frau«, bestätigte sie. Und wenige Sekunden später: »Der bärtige Priester. Und der jüngere Typ im dunklen Hemd. Alles klar.«

»Gut.« Er lächelte und nickte im Einklang mit seiner angenommenen Rolle. »Ich vermute, die werden sich nach der Pleite an der Straßensperre diesmal besser vorsehen. Nicht, dass sie Probleme damit hätten, unschuldige Passanten zu treffen; allerdings werden sie möglichst wenig Aufsehen erregen wollen und zum Beispiel diplomatische Schwierigkeiten zu vermeiden versuchen. Sonst hätten sie wahrscheinlich schon auf mich geschossen.«

»Es könnte aber auch sein, dass sie noch nicht sicher wissen, ob Sie der Richtige sind«, entgegnete Layla.

»So, wie die sich positioniert haben, scheint darüber kein Zweifel mehr zu bestehen«, sagte Bryson und bewegte die Lippen dabei kaum. »Sie sind in Stellung gegangen.«

»Ich verstehe das nicht. Wer sind diese Leute? Sie, Jonas, scheinen einiges über sie zu wissen.«

»Ich kenne ihre Methoden und weiß, wie sie arbeiten«, antwortete er.

»Woher?«

»Ich habe ihr Handbuch für den aktiven Einsatz studiert«, verriet er, ohne wirklich etwas zu verraten.

»Dann werden Sie auch wissen, was sie zu riskieren bereit sind. Sie sprachen vorhin von diplomatischen Schwierigkeiten. Soll das heißen, dass die Leute in staatlichem Auftrag operieren? Amerikaner? Russen?«

»Sagen wir, sie sind in internationaler Mission unterwegs. Jedenfalls weder im Auftrag Amerikas noch Russlands, Frankreichs oder Spaniens. Sie arbeiten für eine Organisation, die ihre Fäden im Untergrund spinnt, wo es keine Landesgrenzen gibt. Sie arbeiten in Kooperation mit staatlichen Diensten, aber nicht *für* sie. Im Augenblick scheint es, als warteten sie auf ein Kommando. Deshalb sind sie noch nicht näher vorgerückt. Falls ich aber plötzlich Reißaus nehmen sollte, werden sie mit Sicherheit das Feuer eröffnen, und zwar ohne Rücksicht auf Verluste.«

Die vielen Touristen und Pilger standen mittlerweile so dicht gedrängt, dass man sich kaum rühren konnte. Bryson fuhr fort: »Ich möchte, dass Sie sich die Frau vorknöpfen. Aber Vorsicht. Die beobachten jede unserer Bewegungen. Vielleicht wissen sie nicht, wer Sie sind, aber dass Sie mich begleiten, wird ihnen mittlerweile aufgefallen sein. Und mehr brauchen sie nicht zu wissen.«

»Was soll das heißen?«

»Dass Sie in deren Augen eine Helfershelferin sind, wenn nicht sogar eine Komplizin.«

»Großartig«, stöhnte Layla und lächelte.

»Tut mir Leid, aber ich kann nichts dafür, dass Sie jetzt mit drinhängen.«

»Ich weiß und mache Ihnen auch überhaupt keine Vorwürfe.«

»Solange wir hier in der Menge stehen, werden sie von uns nur Kopf und Oberkörper sehen, mehr nicht.«

Sie nickte.

»Sagen Sie mir, wenn Sie Ihre Waffe gezogen haben.«

Sie nickte ein zweites Mal und langte in ihren großen gewebten Handbeutel.

»Ich hab sie«, sagte sie.

»Heben Sie jetzt mit der Linken den Fotoapparat vors Auge und machen Sie ein Foto von mir mit der Kathedrale im Hintergrund. Gehen Sie dafür ein Stück zurück; es wird so aussehen, als wollten Sie möglichst viel aufs Bild bekommen. Und lassen Sie sich Zeit. Sie sind Gelegenheitsfotografin und können mit dem Ding nicht besonders gut umgehen. Also, keine schnellen oder allzu gewandten Bewegungen.«

Sie hob die Kamera vors Gesicht und kniff das rechte Auge zu.

»Gut so, und jetzt tue ich so, als wollte ich Sie aufziehen und dabei filmen. Sobald ich die Kamera zum Einsatz bringe, werden Sie zu protestieren anfangen, weil ich das schöne Motiv kaputt mache. Sie setzen die Kamera ab, und zwar so plötzlich, dass unsere Zuschauer für einen Moment lang überrascht und verwirrt sind. Nutzen Sie die Gelegenheit und geben Sie einen gezielten Schuss auf die blonde Frau ab.«

»Auf die Entfernung?«

»Ich habe gesehen, wie Sie schießen, und war schwer beeindruckt. Sie werden treffen, da bin ich mir sicher. Aber nicht lange fackeln. Schießen und sofort abtauchen.«

»Und Sie? Was werden Sie tun?«

»Ich nehme mir den Vollbart vor.«

»Aber da wäre noch der Dritte...«

»Tja, wir sind nun mal leider in der Unterzahl.«

Sie bedachte ihn mit einem entwaffnend falschen Lächeln, setzte dann den Fotoapparat ans Auge und hob ihre 45er Heckler & Koch bis zur Gürtellinie.

Er schmunzelte verschmitzt und langte, während er die Kamera ans Auge führte, mit der freien Hand hinten an seinen Hosenbund und zog die Beretta hervor. Seine Hände zitterten; ihm stockte fast der Atem.

Durch den Sucher der Kamera sah er, wie der rund 20 Meter hinter Layla postierte falsche Priester das Fernglas senkte. Was mochte das bedeuten? Dass er und seine Kumpanen über Brysons Verhalten irritiert waren und nicht wussten, wie sie reagieren sollten? Dass sie doch davor zurückscheuten, bei so vielen Menschen ringsum drauflos zu schießen? In diesem Fall hätten er und Layla ein wenig Zeit gewonnen.

Anderenfalls...

Plötzlich schüttelte der Bärtige seine Hand. Was so aussah wie der Versuch, einer ins Stocken geratenen Blutzirkulation nachzuhelfen. Es war offenbar ein Zeichen – ein Zeichen, das früher kam, als Bryson erwartet hätte.

Nein, er hatte keine Sekunde mehr Zeit.

Jetzt.

Er ließ die Videokamera fallen, riss die Pistole hoch und gab in schneller Folge drei Schüsse ab.

Zeitgleich wirbelte Layla herum und feuerte ihre 45er Magnum über die Köpfe der Menge hinweg ab.

Es krachte nun aus allen Ecken, Schuss folgte auf Schuss, was die Menge zu entsetzten Schreien provozierte. Als Bryson in Deckung ging, sah er gerade noch, wie der Bärtige, offenbar getroffen, zurücktaumelte und in den Knien einknickte.

Auch Layla hatte sich inzwischen auf den Boden geworfen, robbte auf Bryson zu und riss dabei eine junge Frau um. Ganz in der Nähe war jemand von einem Irrläufer gestreift und verletzt worden.

»Getroffen«, keuchte Layla, als sie ihn erreicht hatte. »Die Blonde. Ich hab sie erwischt.«

So plötzlich wie sie ausgebrochen war, war die Schießerei wieder vorbei. Die Menschen schrien voller Panik und Entsetzen.

Zwei der auf Bryson angesetzten Killer waren ausgeschaltet, und das wahrscheinlich nicht nur vorübergehend. Doch einer stand noch auf den Beinen: Paolo, der Jäger aus Cividale. Und es gab mit Sicherheit noch andere vor Ort, zum Beispiel Paolos Bruder.

Aufgescheuchte Menschen trampelten und stolperten über Bryson und Layla hinweg. Wieder war Panik und Chaos ausgebrochen. Die beiden schafften es, aufzustehen und hasteten im Gedränge davon.

Bryson ließ sich an den Rand der Menge treiben und entdeckte bald eine gepflasterte Gasse, die von der Praza wegführte. Sie war so eng, dass nur kleinere Autos sie passieren konnten. Er sprang im Zickzack hin und her, um den menschlichen Hindernissen auszuweichen, und rannte in die Gasse hinein, entschlossen, ihr so lange zu folgen, bis die italienischen Brüder – und wer ihm sonst noch im Nacken saß – abgeschüttelt waren. Es gab hier offenbar viele Hinterhöfe und Seitengassen, ein wahres Labyrinth, das viele Möglichkeiten bot, sich zu verstecken.

Seine Schulter schmerzte mittlerweile höllisch; das Blut sickerte warm durch den Verband. Was schon zu heilen angefangen hatte, war wieder aufgerissen. Trotz aller Schmerzen zwang er sich zur Eile. Layla hielt anscheinend mühelos Schritt. Ihre Schritte hallten von den Mauern wider. Im Laufen hielt er aufmerksam Ausschau nach einem günstigen Unterschlupf. Schließlich gelangten sie an eine kleine romanische Kirche, die zwischen einigen noch älteren Steinhäusern stand. Die Pforte war abgesperrt. An der schweren Holztür hing ein handgeschriebenes Schild mit dem Hinweis, dass die Kirche wegen Reparaturarbeiten vorübergehend geschlossen sei. In Santiago, der Stadt der Kirchen und Kathedralen, kamen kleinere, touristisch weniger attraktive Gotteshäuser wahrscheinlich eher zu kurz, was Instandhaltung und Pflege anging.

Bryson trat auf die Kirchentür zu und rappelte an der schweren eisernen Klinke.

»Was haben Sie vor?«, fragte Layla. »Machen Sie doch nicht so viel Krach. Los weiter, wir müssen weiter.« Sie atmete schwer und ihr Gesicht war gerötet. Schritte hallten in der Gasse; sie kamen näher.

Bryson antwortete nicht. Er riss noch einmal mit Macht am Türgriff. In dieser frommen Pilgerstadt war mit Kircheneinbrüchen nicht zu rechnen, und so hatte das kleine, verrostete Vorhängeschloss offenbar nur symbolische Bedeutung; es steckte in einem Schließhaken, der noch verrosteter war und nun splitternd aus der Tür herausbrach.

Er riss die Tür auf und betrat die dunkle Vorhalle. Layla stöhnte frustriert, folgte aber und zog die Tür hinter sich zu. Durch ein kleines Sprossenfenster hoch oben in der Wand fiel spärliches Licht in den düsteren, muffigen Raum. Bryson warf einen Blick in die Runde und stellte sich dann mit dem Rücken vor die kalte Steinwand. Die Anstrengung hatte seinen Puls in die Höhe getrieben, und er fühlte sich geschwächt vom Blutverlust und durch den brennenden Schmerz in der Schulter. Layla eilte durch das Kirchenschiff, offenbar auf der Suche nach einem geeigneten Versteck.

Als er nach ein, zwei Minuten wieder zu Atem gekommen war, kehrte er zur Eingangstür zurück. Den Anwohnern und all denjenigen, die sich in diesem Viertel auskannten, würde das aufgebrochene Schloss womöglich auffallen. Es musste darum wieder provisorisch zusammengesteckt oder gänzlich entfernt werden. Bryson wollte gerade die Tür öffnen, als er Schritte hörte.

Da eilte jemand im Laufschritt herbei; gleichzeitig meldete sich eine Stimme, in einer Sprache, die weder spanisch noch galizisch war. Bryson starrte auf den schmalen Lichtstreifen unter der Türfüllung und lauschte.

Die Sprache war ihm entfernt bekannt.

»Niccolò, o crodevi di velu viodût! Jù par che strade cà. Cumò o controli, tui continue a cjalà la plaza!«

Er verstand: *Niccolo, ich glaube, ich hab ihn gesehen!*, sagte die Stimme. *Er ist die Straße runter. Halt du den Platz im Auge.*

Es war das eigentümliche Friaulisch, eine aussterbende Mundart, die Bryson seit Jahren nicht gehört hatte. Manche bezeichneten diese Sprache als einen italienischen Dialekt; andere hielten sie für eine eigenständige Sprache. Sie wurde nur im äußersten Nordosten Italiens von einer immer weiter abnehmenden Zahl dort ansässiger Bauern gesprochen.

Seine außergewöhnlichen Fremdsprachkenntnisse hatten sich schon häufig in kritischen Situationen bewährt und waren ebenso hilfreich wie sein geübter Umgang mit Feuerwaffen. Vor rund zehn Jahren hatte er etwas Friaulisch gelernt, als er zwei junge Bauern aus den abgelegenen Bergen oberhalb von Cividale angeheuert hatte. Brüder mit ausgeprägten Jagdinstinkten. Um Paolo und Niccolo Sangiovanni unter Kontrolle halten zu können, hatte Bryson damals durch Zuhören viel von der seltsamen Mundart der beiden aufgeschnappt, ohne sie wissen zu lassen, dass er ihren Gespräche immer besser folgen konnte.

Ja. Es war Paolo, der die Schießerei auf der Praza do Obradoiro offenbar überlebt hatte und sich nun rufend mit seinem Bruder Niccolo verständigte. Die beiden Italiener waren hervorragende Jäger und hatten damals alle von ihm gestellten Aufgaben zu seiner vollsten Zufriedenheit ausgeführt. Ihnen zu entwischen würde nicht leicht sein. Doch Bryson dachte gar nicht daran, vor ihnen davonzulaufen.

Er hörte Layla näher kommen und blickte auf. »Ich brauche ein Seil oder Kabel«, flüsterte er.

»Seil?«

»Schnell! So etwas wird doch wohl aufzutreiben sein. In der Sakristei zum Beispiel. Beeilen Sie sich bitte.«

Sie nickte und lief durch die Mittelreihe Richtung Chor.

Vorsichtig öffnete er die Tür einen Spaltbreit und rief ein paar Worte auf Friaulisch nach draußen. Dank seines präzisen Ohrs für fremde Sprachen, konnte er jeden Dialekt täuschend echt nachahmen; mehr noch: Er schaffte es auch, die eigene Stimme auf Paolos höhere Lage anzuheben. Auf seine Fähigkeit der Stimmimitation war, wie er wusste, voll Verlass. Aus der Ferne würde er für Paolo klingen wie der eigene Bruder. »*Ou! Paulo, pessèe! Lu ai, al è jù!*« He! Paulo, komm schnell! Ich hab ihn unten!

Die Antwort folgte unmittelbar. »*La setu?*« Wo bist du.

»*Ca! Lì da vecje glesie... Cu le sieradure rote!*« In der alten Kirche... das aufgebrochene Schloss!

Bryson schmiegte sich rücklings an den Türrahmen und packte die Beretta mit der linken Hand.

Die Schritte kamen beschleunigt näher. Vor der Kirche angelangt, rief Paolo: »*Niccolo?*«

»*Ca!*«, antwortete Bryson, indem er seine Stimme mit der Armbeuge dämpfte. »*Moviti!*«

Kurzes Zögern. Dann wurde die Tür aufgestoßen. In der plötzlich hereinbrechenden Lichtflut sah Bryson die schlanke Gestalt und die kurz geschnittenen schwarzen Locken. Die Pistole in der Hand blinzelte Paolo mit gespannter Miene ins Dunkle. Er wirkte misstrauisch. Sein Blick ging unruhig hin und her.

Bryson sprang nach vorn und fiel mit der ganzen Wucht seines Körpers über Paolo her. Seine Rechte war zu einer Klaue verkrampft, mit der er den Kehlkopf des Italieners so sehr quetschte, dass diesem der Schrei in der Kehle stecken blieb. Gleichzeitig versetzte er ihm mit dem Pistolenknauf einen gezielten Schlag auf den Kopf.

Paolo sackte ohnmächtig zu Boden. Er würde vermutlich in wenigen Minuten wieder zu sich kommen. Bryson nahm ihm die Waffe ab, eine Luger, und durchsuchte die Taschen. Er kannte die Sangiovannis gut genug, um zu wissen, dass sie stets eine zweite Waffe mit sich führten; er wusste auch wo: an der linken Wade, von einem weiten Hosenbein überdeckt. Bryson nahm sowohl diese Waffe an sich als auch das Messer, das in einer am Gürtel befestigten Scheide steckte.

Layla staunte nicht schlecht, als sie dazukam und sah, was inzwischen passiert war. Sie warf Bryson ein elektrische Verlängerungsschnur zu, die zwar alles andere als ideal war, aber fest genug, um ihren Zweck zu erfüllen. Bald war der Italiener an Händen und Füßen gefesselt, mit Knoten, die sich, von Layla geschnürt, fester ziehen würden, je heftiger er sich bewegte. Danach schleppten sie den Gefangenen in die Sakristei jenseits des nördlichen Kreuzflügels. Dort war es noch düsterer, doch ihre Augen hatten sich inzwischen an das spärliche Licht gewöhnt.

»Ein drahtiger Bursche«, bemerkte Layla. »Wie eine gespannte Sprungfeder.«

»Ja, er und sein Bruder sind ausgesprochen sportlich. Beides hervorragende Jäger, regelrechte Berglöwen. Auch ebenso unerbittlich.«

»Hat er schon einmal für Sie gearbeitet?«

»Das ist schon lange her. Er und sein Bruder. Ein paar kleinere Aufträge und in einer größeren Sache in Russland.« Er sah ihren fragenden Blick und konnte keinen Grund erkennen, weshalb er ihr Einzelheiten vorenthalten sollte. »Im russischen Koltsowo nahe bei Nowosibirsk gibt es ein Institut namens Vector. Mitte der 80er Jahre wurde in amerikanischen Geheimdienst-Kreisen gemunkelt, dass Vector nicht bloß eine Forschungsanstalt sei, sondern außerdem Produktionsstätte von Substanzen zur biologischen Kriegsführung.«

Sie nickte. »Milzbrand, Pocken und so weiter. Ich habe davon gehört.«

»Nach Auskunft eines Überläufers, der sich Ende der 80er Jahre zu uns absetzte – kein anderer als der stellvertretende Leiter dieses Programms –, wollten sich die Russen die Möglichkeit eines biologischen Erstschlags gegen amerikanische Großstädte verschaffen. Die Informationen der militärischen Aufklärung waren allerdings wenig aussagekräftig. Eine Anlage aus mehreren Flachbauten, von hohen Elektrozäunen umgeben und von bewaffneten Posten bewacht – das war alles, was CIA oder NSA herausgefunden hatten. Aber ohne konkrete Beweise wollten weder die US-Regierung noch irgendwelche anderen NATO-Staaten einschreiten.« Er schüttelte den Kopf. »Typisch, diese Passivität auf Seiten der Geheimdienstbürokratie. Kurzum, ich wurde auf eine Mission geschickt, die so riskant war, dass kein anderer Dienst etwas Ähnliches wagte. Ich stellte mir selbst mein Team aus Spezialisten und Muskelmännern zusammen, und darunter waren eben auch die beiden Italiener. Meine Auftraggeber hatten eine Einkaufsliste: Sie wollten jede Menge Fotomaterial und vor allem Proben der brisanten Kulturen, die da in den Labors herangezüchtet wurden.«

»Gütiger Himmel! Wer hat Ihnen denn so etwas abverlangt. Sie sagten, dass sich kein anderer Dienst gewagt habe. Und die CIA …«

Er zuckte mit den Achseln. »Lassen wir's dabei bewenden«, sagte er, dachte aber: *Warum sollte ich eigentlich mit all diesen Dingen hinterm Berg halten?* »Diese Brüder Sangiovanni hatten die Aufgabe, die bewaffneten Nachtwachen schnell und lautlos auszuschalten. Sie waren meine Männer fürs Grobe.« Er grinste düster.

»Und wie ist die Sache ausgegangen?«

»Was wir wollten, haben wir bekommen.«

Während sie darauf warteten, dass Paolo wieder zu sich kam, setzte Layla das Schloss an der Tür behelfsmäßig in Stand. Bryson bewachte den ohnmächtigen Italiener, der sich nach ungefähr zwanzig Minuten wieder regte und unter geschlossenen Lidern die Augen bewegte. Leise stöhnend erwachte er und schlug die Augen auf.

»*Al è' pasât tant timp di quand che jerin insieme a Nowosibirsk*«, sagte Bryson. Seit Nowosibirsk ist viel Zeit vergangen. »Dass dir vollkommen egal ist, für wen du arbeitest, war mir schon damals klar. Wo ist dein Bruder?«

Paolo sperrte die Augen weit auf. »Coleridge, du Bastard.« Er versuchte, die Hände hinterm Rücken hervorzuholen, und verzog das Gesicht, als sich die Fessel straffte. Zwischen zusammengepressten Zähnen stieß er hervor: »*Bastard, tu mi fasis pensà a che vecje storie dal purcìt, lo tratin come un siôr, a viodin di lui, i dan dut chel che a voe di vè, e dopo lu copin.*« Bryson schmunzelte und übersetzte für Layla. »Er zitiert ein altes friaulisches Sprichwort, wonach man ein Schwein aufpäppelt und hätschelt, bis es schließlich zur Schlachtbank geführt wird.«

»Und wer ist hier das Schwein?«, fragte Layla. »Sie oder er?«

Bryson wandte sich wieder Paolo zu und sagte auf Friaulisch: »Wir spielen jetzt ein kleines Spiel; es heißt ›wahr oder weh‹. Jede Lüge hat schmerzliche Konsequenzen. Fangen wir mit einer einfachen Frage an: Wo ist dein Bruder?«

»Du kannst mich mal!«

»Damit hast du meine erste Frage schon beantwortet. Niccolo ist hier in der Stadt. Ihr habt mich auf dem Platz umzubringen versucht. Ist das euer Dank einem ehemaligen Vorgesetzten gegenüber?«

»*No soi ancjemò freât dal dut!*«, knurrte Paolo. Ich lass mich nicht kleinkriegen. Er zerrte an den Fesseln und winselte.

»Ich mich auch nicht«, entgegnete Bryson lächelnd. »Wer hat dich angeheuert?«

Der Italiener spuckte Bryson ins Gesicht. »*Fuck you!*«, brüllte er auf Englisch, wahrscheinlich das einzige Wort, das er kannte.

Bryson wischte sich mit dem Ärmel den Speichel vom Gesicht. »Ich frage dich noch einmal. Und wenn du mir nicht wahrheitsgemäß antwortest – ich betone *wahrheitsgemäß* –, werde ich damit nachhelfen.« Er zeigte ihm die Beretta.

Layla rückte näher und sagte leise: »Ich gehe zur Tür und passe auf. Sein Geschrei könnte womöglich Aufsehen erregen.«

Bryson nickte. »Gute Idee.«

»Na los, bring mich nur um«, knurrte der Killer in seiner Muttersprache. »Ist mir egal. Nach mir kommen andere. Zum Beispiel wird es meinem Bruder ein Vergnügen sein, dich kaltzumachen. Das wäre mein Abschiedsgeschenk an ihn.«

»Ach was, ich habe gar nicht die Absicht, dich umzubringen«, antwortete Bryson. »Du bist ein tapferes Kerlchen, und ich weiß, dass dich der Tod nicht schrecken kann. Deshalb verstehst du dich auch so gut auf dein Handwerk.«

Der Italiener kniff die Brauen zusammen und versuchte, hinter den Sinn der rätselhaften Worte Brysons zu kommen. Bryson sah, wie er unablässig an den Fesseln zerrte – vergeblich. Sie gaben kein Stück nach.

»Nein«, fuhr Bryson fort. »Ich werde dir stattdessen abnehmen, was dir am meisten bedeutet, nämlich die Möglichkeit zu jagen. Dann wirst du nichts mehr zur Strecke bringen, weder *cinghiale,* deine geliebten Wildschweine, noch Menschen, die deine verlogenen Auftraggeber als ›unrettbar verloren‹ bezeichnen.« Er zielte mit der Beretta auf eine von Paolos Kniescheiben. »Mit einem steifen Bein hast du als Waidmann ausgedient, und selbst die teuerste Prothese wird dich nicht mehr zum Laufen bringen. Tja, du wirst dich dann wohl nach einer sitzenden Tätigkeit umsehen müssen.«

Der Killer wurde fahl im Gesicht. »Du gottverdammter Überläufer«, zischte er.

»Ach, ist das der Titel, den man mir gegeben hat? Und auf welche Seite soll ich übergelaufen sein?«

Paolo starrte ihn trotzig an, doch seine Unterlippe zitterte.

»Ich frage dich jetzt ein letztes Mal. Überleg dir also deine Antwort gut. Wer hat dich angeheuert?«

»Leck mich!«

Bryson feuerte die Beretta ab. Der Italiener schrie auf. Seine Kniescheibe war zerschmettert; er würde wohl tatsächlich nie mehr auf die Pirsch gehen können. Paolo wand sich vor Schmerzen und stieß unablässig wüste friaulische Flüche aus.

Plötzlich polterte es an der Tür. Dann waren Rufe eines Mannes zu hören und ein würgender Schrei, aus Laylas Kehle, wie Bryson fürchtete. Er wirbelte herum. War sie niedergeschlagen worden? Er lief auf das Portal zu und sah im Halbdunkel zwei kämpfende Schatten. »Hände hoch oder du bist tot«, rief er, obwohl er die beiden Silhouetten nicht voneinander unterscheiden konnte.

»Schon gut«, meldete sich zu Brysons großer Erleichterung Laylas Stimme. »Das Miststück hat sich mit mir anlegen wollen.«

Sie hatte auch Paolos Bruder Niccolo die Hände auf dem Rücken gefesselt. Um seinen Hals hing lose eine Drahtschlinge, die ihm Layla, den Vorteil der Überraschung nutzend, beim Betreten der Kirche um den Hals geworfen hatte. Dass sie ihn fast erdrosselt hätte, verriet eine dünne rote Spur an seinem Hals. Niccolo lag am Boden und versuchte, seine Arme zu befreien. Damit schadete er sich aber bloß selbst, weil die Handfesseln so angelegt waren, dass er die Halsschlinge nur noch fester zog.

Bryon trat ihm auf die Brust, dass ihm die Luft wegblieb und Layla eine Gelegenheit hatte, seine Beine zu fesseln. Niccolo brüllte wie ein abgestochener Ochse und übertönte noch das Geschrei seines Bruders, der hinten in der Sakristei lag.

»Es reicht«, raunzte Bryson. Er riss einen Fetzen aus Niccolos khakifarbenem Hemd und stopfte ihn ihm in den Mund. Layla kam mit einer Rolle Klebestreifen, die sie irgendwo aufgetrieben hatte, und fixierte den Knebel damit. Bryson riss einen zweiten Lappen aus dem Hemd heraus, reichte ihn Layla und bat sie, auch Paolo zu knebeln.

Während sie sich um den Bruder kümmerte, schleifte er Niccolo durch das Kirchenschiff in einen Beichtstuhl. »Paolo hat eine üble Schusswunde«, sagte Bryson und winkte mit der Beretta. »Aber wie man hört, lebt er noch. Er wird allerdings nie mehr richtig laufen können.«

Niccolo warf seinen Kopf hin und her und trat in stummer, ohnmächtiger Wut mit den gefesselten Beinen aus.

»Hör zu, mein alter Freund, ich mach es dir so leicht wie möglich. Sag mir, wer euch angeheuert hat. Ich will das komplette Dossier haben, die Codes, die Kontaktnamen und die genaue Auftragsbeschreibung. Alles. Wenn ich dir jetzt den Knebel aus dem Mund nehme, erwarte ich, dass du unverzüglich zu reden anfängst. Und tisch mir keine Lügenmärchen auf; dein Bruder hat schon eine Menge ausgespuckt. Wenn deine Version mit seiner nicht übereinstimmen sollte, gehe ich davon aus, dass er gelogen hat. Und dann ist er dran. Ich kann Lügner nicht leiden. Haben wir uns verstanden?«

Niccolo hatte zu strampeln aufgehört und nickte ungestüm mit dem Kopf, die Augen weit aufgerissen. Bryson hatte mit seiner Drohung offenbar einen wunden Punkt berührt.

Aus einer anderen Ecke der Kirche waren Paolos durch den Knebel gedämpfte Schreie zu hören.

»Meine Partnerin ist bei deinem Bruder. Ich brauche ihr nur ein Zeichen zu geben, dann jagt sie ihm eine Kugel durch die Stirn. Ist das klar?«

Niccolos Kopfnicken wurde geradezu hektisch.

»Na schön.« Mit einem Ruck riss Bryson das Klebeband von Niccolos Mund und zupfte den eingespeichelten Lappen daraus hervor.

Niccolo schnappte nach Luft.

»Also, wenn du mich belügen willst, bete, dass mir dein Bruder haargenau dieselbe Lüge erzählt hat. Sonst ist es um ihn geschehen, und du bist dafür verantwortlich. Verstanden?«

»Ja«, stöhnte Niccolo.

»Ich würde an deiner Stelle allerdings die Wahrheit sagen. Das erhöht die Chancen ungemein. Und denk daran, ich weiß, wo deine Familie lebt. Wie geht's *nonna* Maria? Und Alma, deiner Mama? Führt sie immer noch das Gästehaus?«

»Ich sag ja die Wahrheit!«, schrie Niccolo mit verängstigtem Blick auf Friaulisch.

»Das muss ganz klar zwischen uns sein«, erwiderte Bryson ungerührt.

»Aber ich weiß nicht, wer uns angeheuert hat. Die Methoden sind heute nicht anders als damals, als wir für Sie gearbeitet haben. Wir sind die *mus*, die nützlichen Esel. Uns sagt man nichts.«

Bryson schüttelte den Kopf und setzte eine grüblerische Miene auf. »So dicht schließt kein Deckel, dass nicht wenigstens ein paar Tropfen durchsickern. Das weißt du so gut wie ich. Selbst wenn du's mit einem Pappkameraden zu tun hast, kennst du zumindest seinen Decknamen. Du kommst gar nicht umhin, die eine oder andere Information aufzuschnappen. Mag sein, dass sie dir nicht sagen, *warum* du diesen oder jenen Job zu tun hast, aber sie werden dir sagen *wie*, und dieses Wie verrät schon allerhand.«

»Ehrenwort, wir haben keine Ahnung, wer unsere Auftraggeber sind.«

Bryson legte mehr Nachdruck in seine Stimme und sprach mit kontrollierter Wut. »Ihr arbeitet im Team, das von einem Teamchef angeführt wird. Euch sind Instruktionen erteilt worden. Kollegen reden. Du weißt verdammt genau, wer euch angeheuert hat.« Er wandte sich dem Kirchenschiff zu, als wollte er ein Signal geben.

»Nein!«, schrie Niccolo.

»Dein Bruder ...«

»Mein Bruder hat selbst keinen blassen Schimmer. Was er Ihnen auch gesagt hat, Fakt ist, *er weiß nichts*. Sie wissen doch, wie das läuft: Der eine weiß vom anderen nichts. Wir sind nur die Hilfskräfte und werden in bar ausgezahlt.«

»Sprache!«

»*Che?* Sprache?«

»Das Team, mit dem ihr hier seid. In welcher Sprache verständigt ihr euch?«

Niccolos Augen funkelten wild. »Mal in der einen, mal in der anderen.«

»Der Team*chef*!«

»Russisch«, brüllte er verzweifelt. »Er ist Russe.«

»KGB, GRU?«

»Was weiß ich?«

»Du kennst Gesichter!«, zischte Bryson. Und quer durch den Raum rief er: »Layla?«

Layla durchschaute sein Spiel und kam näher. »Soll ich lieber den Schalldämpfer aufschrauben?«, fragte sie betont sachlich.

»Nein!«, schrie Niccolo auf. »Ich sag doch, was Sie wissen wollen.«

»Ich gebe ihm noch eine Minute«, antwortete Bryson. »Wenn er mich dann immer noch nicht zufrieden gestellt hat, drückst du ab. Ja, ein Schalldämpfer wäre nicht schlecht.« Und an Niccolo: »Man hat euch für diesen Job eingespannt, weil ihr mein Gesicht kennt.«

Niccolo schloss die Augen und nickte.

»Es war bekannt, dass ihr früher für mich gearbeitet habt. Sie werden euch nicht beauftragen, euren alten Chef zu töten, ohne plausible Gründe zu nennen. Euch ist also gesagt worden, dass ich ein Überläufer bin, ein Verräter, stimmt's?«

»Ja.«

»Und wen, welche Seite soll ich verraten haben?«

»Es wurde nur gesagt, dass Sie die Namen von Agenten verkaufen, dass Sie uns und alle, die je mit Ihnen zusammengearbeitet haben, ans Messer liefern.«

»An wessen Messer?«

»An gegnerische Parteien ... mehr weiß ich nicht; mehr ist uns nicht gesagt worden.«

»Aber du hast ihnen geglaubt.«

»Warum hätte ich daran zweifeln sollen?«

»Ist ein Kopfgeld auf mich ausgesetzt oder gibt's nur das Übliche für einen solchen Job?«

»Ja, ein Kopfgeld.«

»Wie viel?«

»Zwei Millionen.«

»Lire oder Dollar?«

»Dollar! Zwei Millionen *Dollar*.«

»Ich bin geschmeichelt. Du und dein Bruder, ihr hättet euch in eure Berge zurückziehen und nach Herzenslust *cinghiale* jagen können. Das Problem einer Kopfgeldprämie ist allerdings, dass sie jeglichen Teamgeist verloren gehen lässt. Jeder will der Erste sein. Schlechte Strategie; so schadet man sich nur selbst. Der Bärtige, war er der Teamchef?«

»Ja.«

»Er hat Russisch gesprochen?«

»Ja.«

»Kennst du seinen Namen?«

»Nicht direkt. Aber ich hab gehört, dass ihn jemand Miljukow genannt hat. Und ich hab ihn früher schon mal gesehen. Er ist einer wie wir und nimmt Gelegenheitsaufträge an.«

»Freiberufler?«

»Es heißt, dass er für einen russischen Tycoon arbeitet, für einen der reichsten und mächtigsten Männer des Landes. Es heißt, dass er alle Fäden in der Hand hält und der heimliche Zar von Russland ist.«

»Prischnikow.«

Die Miene des Italieners verriet, dass er den Namen schon einmal gehört hatte. »Kann sein, ja.«

Prischnikow. Anatoli Prischnikow. Gründer und Präsident des undurchsichtigen Konsortiums Nortek. Unvorstellbar reich und in der Tat die eigentliche Macht hinter den Kulissen des Kreml. Brysons Herz legte einen Schlag zu. Warum setzte Anatoli Prischnikow ein Killerteam auf ihn, Bryson, an?

Warum?

Die einzig logische Erklärung lief darauf hinaus, dass Prischnikow zur Führungsriege des Direktorats gehörte oder ihm womöglich sogar allein vorstand. Harry Dunne von der CIA hatte gesagt, dass das Direktorat von einer kleinen Gruppe genialer GRU-Leute gegründet worden sei und seither geleitet werde.

»Das Direktorat gehört gar nicht zur Administration der Vereinigten Staaten«, hatte Dunne gesagt, *»hat nie und nimmer dazugehört... Wir sprechen vom größten Spionagecoup... eine Infiltrationsoperation direkt auf feindlichem Boden, auf unserem Boden.«*

Und dann, als mit dem Ende des Kalten Krieges die sowjetischen Geheimdienste aufgelöst worden waren, sei die Leitung des Direktorats *in andere Hände übergegangen*, hatte er gesagt. Die Agenten seien geschasst, beziehungsweise ausgeschaltet worden.

Man hat mich reingelegt und abgeschoben.

Und Elena? Wie war ihr spurloses Verschwinden zu verstehen? Die Tatsache, dass sie sich von ihm getrennt hatte? Konnte das die Sache erklären? Oder hatte man aus irgendwelchen Gründen beschlossen, sie und ihn auseinander zu dividieren? Etwa weil sie einige Dinge in Erfahrung gebracht hatten und zwei und zwei zusammenzählen konnten...

»*... wir haben Grund zur Annahme, dass der Betrieb wieder aufgenommen wurde*«, hatte Dunne gesagt. »*Uns ist zu Ohren gekommen, dass Ihre Chefs von früher aus irgendwelchen Gründen Waffen horten... Vielleicht wollen sie für Unruhe sorgen... Es scheint, sie stocken ihr Arsenal auf. Wir vermuten, dass sie im südlichen Balkan Chaos zu stiften versuchen. Ihr eigentliches Ziel liegt jedoch woanders.*«

Ihr eigentliches Ziel liegt jedoch woanders.

Verallgemeinerungen, vage Behauptungen, Nullaussagen. Unscharfe, verschwommene Konturen. Weiterhelfen konnten nur gesicherte Fakten, aber davon gab es nur wenige.

Fakt: Ein Team aus Direktoratsagenten – aus ehemaligen oder neuen – versuchte ihn umzubringen.

Aber warum bloß? Es wäre durchaus verständlich gewesen, wenn Leute aus dem Umfeld von Calacanis Jagd auf ihn machten. Aber das Killerkommando hier in Santiago de Compostela war viel zu gut organisiert und koordiniert, als dass sich ihm bloß ein schnöder Rachefeldzug gegen ihn unterstellen ließe.

Fakt: Die Gebrüder Sangiovanni waren schon vor seinem Auftritt auf der *Spanish Armada* beauftragt worden, ihn zu töten. Das Direktorat hatte ihn schon vorher als Gefahr ausgemacht. Aber wieso und weshalb?

Fakt: Der Anführer des Killerkommandos stand außerdem in Diensten von Anatoli Prischnikow, jenes sagenhaft reichen Privatmannes aus Russland, der demnach offenbar einer der Hauptakteure des Direktorats war. Aber warum leitete ein vermeintlicher Privatmann einen schurkischen Geheimdienst?

War das Direktorat insgesamt privatisiert worden? Etwa durch eine feindliche Übernahme seitens Anatoli Prischnikow, der sich mit diesem Apparat eine Geheimwaffe zulegen wollte?

Bryson kam plötzlich auf einen anderen Gedanken. An Niccolo gewandt, sagte er: »Im Team werden also, wie du sagst, noch andere Sprachen gesprochen, zum Beispiel Französisch.«

»Ja, aber ...«

»Spar dir dein Aber! Wer sprach Französisch?«

»Die Blonde.«

»Die Frau mit den hochgesteckten Haaren, die auch auf dem Platz war?«

»Ja.«

»Und womit hältst du, was sie betrifft, hinterm Berg?«

»Hinterm Berg? Ich habe alles gesagt.«

»Interessant. Dein Bruder war in diesem Punkt sehr viel freimütiger«, bluffte Bryson auf eine Art und Weise, die sehr überzeugend wirkte. »*Sehr* viel freimütiger. Aber vielleicht hat er ja nur fantasiert, sich eine Geschichte für mich ausgedacht. Verstehe ich dich richtig?«

»*Nein!* Ich weiß nicht, was er Ihnen erzählt hat. Wir haben nur hin und wieder Gespräche am Rande mitbekommen, und in diesen Gesprächen sind vielleicht auch Namen gefallen.«

»Vielleicht auch Namen?«

»Ich habe mitgekriegt, wie die Blonde von einem Franzosen sprach, der an Bord des Waffenschiffes war, als es in die Luft geflogen ist. Auf der *Spanish Armada*. Er war da, um mit dem Griechen einen Deal auszuhandeln.«

»Einen Deal?«

»Wie ich gehört habe, soll dieser Franzose ein Doppelagent gewesen sein.«

Bryson erinnerte sich an den elegant gekleideten, langhaarigen Franzosen im Speisesalon, den man als Emissär von Jacques Arnaud kannte, dem steinreichen und mächtigen Waffenproduzenten aus Frankreich. Hatte dieser Arnaud mit dem Direktorat zu tun oder gehörte er sogar mit zum Kader? Was hätte es zu bedeuten, wenn Arnaud, dieser politisch extrem rechts stehende Großindustrielle, in Verbindung mit dem Direktorat stünde – also auch in Verbindung mit dem wohl reichsten Mann Russlands?

Angenommen, diese beiden so überaus einflussreichen Geschäftsmänner – der eine aus Russland, der andere aus Frankreich – kontrollierten tatsächlich das Direktorat und nutzten es, um weltweit Unfrieden und Terror zu stiften, so stellte sich die Frage: Was führten sie im Schilde?

Sie ließen die italienischen Brüder gefesselt und geknebelt in der Kirche zurück. Zuvor hatte Layla auf Brysons Bitte hin mit Hilfe eines Lappens eine Art Druckverband an Paolos lädiertes Knie angelegt, um den Blutfluss zu stoppen.

»Wie können Sie so nachsichtig einem Mann gegenüber sein, der Sie umzubringen versucht hat?«, fragte sie später, offenbar ehrlich verwundert.

Worauf Bryson mit den Achseln zuckte. »Er hat nur seinen Job tun wollen.«

»Bei uns im Mossad werden andere Umgangsformen gepflegt«, sagte sie. »Wer einem Mordanschlag entgeht, darf seinen gescheiterten Killer nicht ungestraft davonkommen lassen.«

»Für mich gelten andere Regeln.«

Zur Nacht quartierten sie sich in einer kleinen, anonymen *hospedaje* am Stadtrand von Santiago de Compostela ein. Dort machte sich Layla sogleich daran, Brysons Schulterverletzung mit Wasserstoffsuperoxid, das sie zuvor in einer *farmacia* gekauft hatte, zu reinigen, mit einem Stich zu vernähen und mit einer desinfizierenden Salbe zu versehen. Sie ging dabei so geschickt zu Werke wie eine geübte Unfallärztin.

Als sie seinen freien Oberkörper betrachtete, fiel ihr eine lange, glatte Narbe in der Bauchdecke auf: Sie zeugte von der Wunde, die ihm Abu in Tunesien zugefügt hatte, und die von Chirurgen im Auftrag des Direktorats aufs Beste verarztet worden war. Sie tat nicht mehr weh, wenngleich die Erinnerung an den Vorfall immer noch traumatisch nachwirkte.

»Ein Memento«, murmelte er. »Von einem alten Freund.« Regen prasselte gegen das kleine Zimmerfenster und ergoss sich in Strömen auf das Pflaster der stellenweise bemoosten Straße.

»Da hat wohl nicht viel gefehlt, und Sie wären draufgegangen.«

»Ich hatte gute Ärzte.«

»Sie sind schon häufiger attackiert worden.« Sie fuhr mit der Fingerspitze über eine daumennagelgroße Narbe am rechten Bizeps. »Und die?«, fragte sie.

»Auch so ein Memento.«

Die Erinnerung an Nepal lebte wieder auf, an einen Furcht erregenden Gegner namens Ang Wu, einen abtrünnigen Offizier der chinesischen Streitkräfte. Bryson fragte sich wieder einmal, was damals im Verlauf des Schusswechsels tatsächlich geschehen war. Für wen und wofür hatte er sein Leben aufs Spiel gesetzt? War er wirklich nur Marionette in einer bösartigen Verschwörung gewesen, die er nach wie vor nicht durchschaute?

So viel vergossenes Blut, so viele verschwendete Menschenleben. Wozu das alles? Was für eine Bedeutung hatte sein Leben gehabt? Je mehr Informationen ihm bekannt wurden, desto weniger verstand er. Er dachte an seine Eltern, an das letzte Mal, dass er sie lebend gesehen hatte. War es tatsächlich möglich, dass sie von den Denkern und Lenkern des Direktorats umgebracht worden waren? Er dachte an Ted Waller, den er mehr bewundert hatte als irgendjemanden sonst auf der Welt, und ihm kam vor Wut die Galle hoch.

Wie hatte Niccolo, der Killer aus dem Friaul, sich und seinen Bruder genannt? Nützliche Esel? Sie waren gedungene Männer fürs Grobe, austauschbare Figuren in einem miesen Spiel, über dessen Regeln sie sich nie im Klaren waren. Bryson erkannte erst jetzt, dass es in dieser Hinsicht zwischen ihm und den italienischen Brüdern überhaupt keinen Unterschied gab. Sie alle waren nicht mehr als Werkzeuge im Gebrauch dunkler Kräfte. Bauern, die notfalls geopfert wurden.

Layla stand von der Bettkante auf, ging nach nebenan in das winzige Badezimmer und kehrte gleich darauf mit einem Glas Wasser zurück. »Der Apotheker hat mir dieses Antibiotikum gegeben. Ich musste ihm versprechen, bis morgen ein Rezept nachzureichen.« Sie gab ihm eine Kapsel und das Wasserglas. Sofort meldete sich warnend sein in Fleisch und Blut übergegangener Argwohn. Was war das für eine Pille, die sie ihm da gab? Dann schaltete sich sein Verstand ein: *Für einen Mordanschlag auf dich hätten sich ihr in den vergangenen 24 Stunden etliche bessere Gelegenheiten geboten. Ja, sie hätte dir einfach ihre Hilfe vorenthalten können.* Er nahm das Medikament entgegen und spülte es mit Wasser herunter.

»Mir scheint, Sie sind mit Ihren Gedanken ganz woanders«, sagte Layla und packte das Verbandmaterial zusammen. »Sie machen sich Sorgen, stimmt's?«

Bryson blickte auf und nickte. Seit Elenas Verschwinden vor etlichen Jahren teilte er erstmals wieder ein und dasselbe Zimmer mit einer wunderschönen Frau – auch wenn er, wie vereinbart, ganz züchtig auf dem Sofa und sie im Bett schlafen würde. Trotz mancher amouröser Gelegenheit hatte er sich in Enthaltsamkeit geübt, als eine Art Buße für das, was Elena dazu gebracht hatte, ihn zu verlassen.

Aber welchen Anlass hatte er ihr eigentlich gegeben?

Wie viel von ihrem gemeinsamen Leben war, so fragte er sich, von anderen, namentlich von Ted Waller, inszeniert worden?

Und er dachte zurück an jenes eine, einzige Mal, dass er sie belogen und ihr etwas verheimlicht hatte, wenn auch nur, um sie zu beschützen. Waller hätte in dem Zusammenhang William Blake zitiert: »Ist uns der Blick genommen, sind wir geneigt, einer Lüge zu glauben.«

Elena hatte nicht sehen, nicht wissen sollen, was er für sie getan hatte.

Jetzt rief er sich jenen Abend in Bukarest ins Gedächtnis zurück, über den er sie im Unklaren gelassen hatte.

Wo lag die Wahrheit?

Die Unterwelt der Spezialisten für verdeckte Operationen ist im Grunde ziemlich klein. Neuigkeiten haben sich schnell herumgesprochen. Über mehrere verlässliche Quellen war Bryson zugetragen worden, dass eine Gruppe von ehemaligen, als »Ausputzer« berüchtigten Securitate-Leuten sehr viel Geld auslobte für Hinweise, die zur Ergreifung eines gewissen Dr. Andrei Petrescu führten, jenes Mathematikers und Kryptologen, der die Geheimcodes der Regierung Ceauşescus und damit die Revolution des rumänischen Volkes verraten hatte. Unter den früheren Mitgliedern des Geheim-

dienstes herrschte große Verbitterung über den Staatsstreich und die Auflösung des alten Machtapparates. Sie waren entschlossen, die Verantwortlichen für ihre Niederlage zur Strecke zu bringen, gleichgültig, wie hoch der Preis dafür sein und wie lange es dauern würde. Ziel ihrer Rache waren neben Petrescu noch etliche andere »Wendehälse«. Mit ihnen war noch eine Rechnung zu begleichen.

Über einen namenlosen Verbindungsmann ließ Bryson ein Treffen in Bukarest mit dem Chef der Ausputzer, der ehemaligen Nummer zwei in der Hierarchie der Securitate, vereinbaren, und zwar mit der Begründung, dass er, Bryson – das heißt seine über jeden Zweifel erhabene Undercover-Identität –, Informationen anzubieten habe, die für die Ausputzer von großem Interesse seien. Er werde nachweislich allein zu diesem Treffen erscheinen; der Securitate-Mann solle ebenfalls auf Begleitung verzichten.

Bryson war rein persönlich an dieser Sache interessiert gewesen und hatte Vorbereitungen getroffen, ohne das Direktorat darüber zu benachrichtigen. Ein solches Treffen wäre nie gebilligt worden; mögliche negative Folgen waren allzu wahrscheinlich. Doch Bryson hielt an seinem Plan fest. Die Sache war wichtig für Elena, also auch für ihn. Nach dem Abschluss einer Mission in Madrid teilte er der Zentrale mit, dass er sich für ein verlängertes Wochenende in Barcelona entspannen und erholen wolle. Dem Wunsch wurde entsprochen, zumal Bryson schon lange keinen Urlaub mehr genommen hatte. Was er vorhatte, verstieß zwar gegen alle Regeln des Direktorats, aber ihm blieb keine andere Wahl. Es musste geschehen. Unter einem frei erfundenen Namen, der in keiner Datenbank des Direktorats auftauchen würde, kaufte er sich ein Flugticket, das er in bar bezahlte.

Auch Elena erzählte er von seinem Vorhaben nichts. Sie in dieser Hinsicht zu täuschen, war besonders wichtig, denn sie hätte es nie geduldet, dass er sich mit dem Anführer derer traf, die ihrem Vater nach dem Leben trachteten. Zum einen hätte sie seinen Plan für viel zu gefährlich gehalten; zum anderen war sie erklärterweise strikt dagegen, dass er sich auf eigene Faust für ihre Eltern stark machte. Sie hatte Angst davor, ins Hornissennest der Securitate zu stechen, deren Rache zu schüren und am Ende nicht nur die Eltern, sondern auch den Mann zu verlieren. Wäre es nach ihr gegangen, hätte er diese Verabredung nie getroffen. Bislang hatte er ihre Wünsche immer respektiert. Doch diesmal wollte er die Gelegenheit, die sich ihm bot, nicht ungenutzt verstreichen lassen.

Er traf sich mit dem Ex-Securitate-Mann in einer dunklen Kellerbar. Wie versprochen, war er allein gekommen, hatte sich aber im Vorfeld – geschuldete Gefälligkeiten reklamierend oder über Bestechung – die nötige Rückendeckung verschafft.

»Sie haben Informationen über die Petrescus«, sagte Generalmajor Radu Dragan, kaum dass Bryson neben ihm in einer dunklen Nische Platz genommen hatte.

Dragan wusste nichts über Bryson. Bryson dagegen hatte seine Hausaufgaben gemacht und sich über diverse Quellen über die Person Dragans erkundigt. Elena hatte seinen Namen erstmalig auf der Flucht aus Bukarest erwähnt, um jenen Polizisten zu beeindrucken, der so sehr an der Fracht des Lieferwagens interessiert gewesen war. Wie sich damals herausstellte, kannte sie Dragans Telefonnummer deshalb auswendig, weil er es gewesen war, der ihren Vater zum Geheimdienst verpflichtet hatte. Aus diesem Grund nahm Dragan den Verrat durch Andrei Petrescu auch persönlich.

»Allerdings«, antwortete Bryson. »Aber zuerst sollten wir uns über die Geschäftsbedingungen unterhalten.«

Dragan war um die sechzig, von kantiger Gestalt und fahler Gesichtsfarbe. Er hob die Brauen und sagte: »Dazu bin ich gern bereit, sobald ich weiß, welcher Art Ihre Informationen sind.«

Bryson schmunzelte. »Verstehe. Was ich zu berichten habe, ist denkbar einfach.« Er schob ein Stück Papier über den Tisch. Dragan nahm es auf, las und war sichtlich irritiert.

»Was… was soll das?«, fragte er. »Diese Namen…«

»Das sind die Namen aller Mitglieder ihrer erweiterten Familie, auch die der angeheirateten, mitsamt Adresse und Telefonnummer. Als jemand, der den Schutz der lieben Ver-

wandten selbst organisiert, wird Ihnen sofort klar sein, dass ich, um an diese Informationen zu gelangen, über weit reichende Kontakte verfügen muss. Es leuchtet Ihnen darum bestimmt auch ein, dass ich und meine Kollegen jedes einzelne Mitglied Ihrer Familie jederzeit im Handumdrehen aufspüren könnten, falls Sie sie erneut verstecken sollten.«

»Nu te mai pis a imprás tiat!«, *brüllte Dragan. Piss mich nicht an!* »*Wer zum Teufel sind Sie? Wie können Sie es wagen, so mit mir zu reden?«*

»Ich will nur, dass Ihre Putzkolonne zurückgepfiffen wird, und zwar sofort.«

»Sie glauben doch wohl nicht, dass ich mich von Ihnen beeindrucken lasse, nur weil einer meiner Leute den Mund nicht halten konnte.«

»Sie wissen selbst am besten, dass ich meine Informationen gar nicht von Ihren Leuten bezogen haben kann. Sogar Ihr Adjutant, dem sie sonst voll vertrauen, kennt nur einige wenige Namen. Glauben Sie mir, meine Informationen stammen aus Quellen, die sehr viel verlässlicher sind als Ihre Zuträger. Räumen Sie in Ihren Kreisen auf, machen Sie klar Schiff – es wird nichts nützen. Und jetzt hören Sie mir zu. Falls Sie oder Freunde von Ihnen oder Personen, die in irgendeiner Weise mit Ihnen in Verbindung stehen, den Petrescus auch nur ein einziges Haar krümmen sollten, werden meine Leute sämtliche Mitglieder Ihrer Familie ins Jenseits befördern.«

»Raus hier! Machen Sie, dass Sie hier wegkommen! Ihre Drohungen interessieren mich nicht.«

»Sie haben jetzt die Möglichkeit, Ihre Ausputzer anzurufen.« Bryson blickte auf die Uhr. »Ich gebe Ihnen exakt sieben Minuten Zeit.«

»Und wenn ich mich weigere?«

»In dem Fall wird jemand sterben, der Ihnen lieb und teuer ist.«

Dragan lachte und schenkte sich Bier nach. »Sie verschwenden Ihre Zeit. Meine Männer hier in der Kneipe halten mich im Auge. Ich brauche nur ein Zeichen zu geben, und sie werden Ihnen das Maul stopfen, ehe Sie ein einziges Mal telefoniert haben.«

»Nein, Sie sind es, der Zeit verschwendet. Denn Sie wollen, *dass ich anrufe. Einer meiner Mitarbeiter befindet sich nämlich zurzeit in einer Wohnung an der Calea Victoriei, und er hält einer Dame namens Dumitra eine Pistole an den Kopf.«*

Dragans ohnehin schon fahles Gesicht wurde plötzlich noch bleicher.

»Ja, Ihr Liebchen, die Stripperin aus dem Sexy Club an der Calea 13 Septembrie. Dass Sie schon mehrere Jahre mit ihr liiert sind, lässt auf innige Zuneigung schließen. Mein Mitarbeiter wartet auf einen Anruf von meinem Handy. Wenn er in …« Bryson warf wieder einen Blick auf die Uhr, »… sechs, nein, fünf Minuten nichts von mir hört, wird er ihr eine Kugel durchs Gehirn jagen. Hoffen Sie, dass mein und sein Handy funktionieren.«

Dragan gab sich ungerührt, doch seine Augen verrieten Angst.

»Sie können ihr Leben retten, indem Sie hier und jetzt den Exekutionsbefehl gegen die Petrescus zurücknehmen. Es liegt ganz bei Ihnen, was mit Dumitra geschieht. Hier, Sie können über mein Handy anrufen, falls Sie selbst keins haben. Aber nicht so lange quasseln. Das Akku geht zur Neige, und Sie wollen doch, dass ich meinen Freund erreiche.«

Dragan nahm, scheinbar gleichgültig, einen großen Schluck Bier. Er schwieg, und die vier Minuten waren schnell vergangen.

Als die Deadline bis auf eine Minute herangerückt war, rief Bryson in der Calea Victoriei an.

»Nein«, sagte er, als sich der Kontaktmann am anderen Ende meldete. »Dragan weigert sich, sein Kommando zurückzuziehen. Ich muss dich leider auffordern zu tun, was für diesen Fall vorgesehen ist. Noch eins: Gib Dumitra das Telefon, damit sie ein letztes Mal versuchen kann, ihren verstockten Liebhaber zu erweichen.« Bryson wartete, bis er die verzweifelte Stimme der Frau hörte, und reichte dann das Handy an Dragan weiter.

Dragan meldete sich mit einem knappen Hallo. Selbst über den Tisch hinweg hörte Bryson Dumitras kreischendes Flehen. Dragan presste die Lippen aufeinander und sagte kein Wort. Kein Zweifel, er erkannte den Ernst der Lage.

»Die Zeit ist um«, sagte Bryson mit Blick auf die Uhr.

Dragan schüttelte den Kopf. »Sie haben die Schlampe geschmiert«, sagte er. »Keine Ahnung, was Sie ihr geboten haben, dass sie diese Farce mitmacht, aber es war bestimmt nicht viel.«

Über den Tisch hinweg hörte Bryson aus dem kleinen Telefon den Schuss krachen, unmittelbar gefolgt von einem erstickenden Schrei. Gleich darauf krachte es ein zweites Mal, doch ein Schrei blieb jetzt aus.

»Kann sie wirklich so gut schauspielern? Ja?« Bryson stand auf und ließ sich das Handy zurückgeben. »Ihr Starrsinn hat Ihrer Freundin gerade das Leben gekostet. Was soeben passiert ist, wird Ihnen in Kürze durch Ihre Leute bestätigt werden. Sie können sich aber natürlich auch mit eigenen Augen überzeugen und in die Calea Victoriei fahren – wenn Sie das nervlich aushalten.« Die Rolle, die er spielte, widerte ihn selbst an, aber er musste sie durchstehen, weil er sonst nicht deutlich genug machen konnte, wie ernst es ihm war. »Auf dieser Liste stehen 46 Namen. Täglich wird einer eliminiert, bis am Ende keiner mehr übrig bleibt – es sei denn, Sie lassen ein für allemal von den Petrescus ab. Sollte denen allerdings etwas zustoßen, wird Ihre Familie auf einen Schlag ausnahmslos exekutiert.«

Er wandte sich ab und verließ die Bar, ohne sich noch einmal nach Dragan umzusehen.

Noch in derselben Stunde wurde der Mordauftrag gegen die Petrescus zurückgezogen.

Bryson hütete sich, Elena oder Ted Waller gegenüber auch nur ein Wort über diese Sache zu verlieren. Als er zwei Tage später nach Hause zurückgekehrte, erkundigte sich Elena nach seinem Aufenthalt in Barcelona. Normalerweise waren solche Fragen für beide tabu, weil sie sich in ihrer Ehe zwischen Beruf und Privatleben keinen Argwohn leisten konnten. Doch diesmal war Elena ausgesprochen neugierig und stellte viel zu viele Fragen zu Barcelona. Aus Eifersucht? Glaubte sie etwa, dass er eine Affäre mit einer anderen Frau hatte? Es war das erste Mal, dass er bei ihr so etwas wie Eifersucht feststellte, weshalb er umso mehr bedauerte, dass er ihr nicht die Wahrheit sagen konnte.

Aber kannte er selbst denn überhaupt die Wahrheit?

»Ich weiß so gut wie nichts über Sie«, sagte er, stand vom Bett auf und setzte sich aufs Sofa. »Nur soviel, dass Sie mir in den vergangenen zwölf Stunden mehrmals das Leben gerettet haben.«

»Sie brauchen jetzt Ruhe«, sagte Layla. Sie trug eine graue Trainingshose und ein übergroßes Herrenunterhemd, das, anstatt zu kaschieren, ihre Brüste optisch zur Geltung brachte. Es gab nichts zu packen, nichts, womit sie sich hätte beschäftigen können, also nahm sie wieder auf der Bettkante Platz, schlug die langen Beine übereinander und verschränkte die Arme. »Wir können das Gespräch auch morgen fortsetzen.«

Er hatte den Eindruck, als wollte sie seiner Frage ausweichen. Darum hakte er nach: »Sie arbeiten für den Mossad, stammen aber aus der Beka'a-Ebene und sprechen mit arabischem Akzent. Sind Sie Israeli? Libanesin?«

Sie senkte den Blick und antwortete: »Weder noch oder sowohl als auch. Mein Vater war Israeli. Meine Mutter ist Libanesin.«

»Ihr Vater ist tot?«

Sie nickte. »Er war Sportler, ein ausgezeichneter Athlet. Während der Olympischen Spiele von München wurde er von palästinensischen Terroristen ermordet.«

»Das war 1972. Sie werden damals noch ein Säugling gewesen sein.«

Ihr Blick war immer noch gesenkt. »Ich war gerade zwei Jahre alt«, antwortete sie und errötete.

»Sie haben ihn also nie kennen gelernt.«

Sie blickte auf. Ihre Augen waren voller Wut. »Meine Mutter hat dafür gesorgt, dass er für mich lebendig blieb. Sie hat ständig von ihm erzählt und mir Bilder von ihm gezeigt.«

»Sie haben bestimmt einen starken Hass gegen Palästinenser entwickelt.«

»Nein. Im Gegenteil, ich kann sie gut leiden. Sie sind Vertriebene, heimat- und staatenlos. Ich verabscheue die Fanatiker, die irgendwelcher Hirngespinste wegen unschuldige Menschen töten. Seien es der Schwarze September oder die Rote Armee Fraktion, Israeli oder Araber. Ich hasse Eiferer jedweder Couleur. Ich war noch ein Teenager, als ich einen jungen Soldaten der israelischen Armee geheiratet habe. Yaron und ich waren verliebt ineinander, wie man es nur in so jungen Jahren sein kann. Als er dann im Libanon ums Leben kam, habe ich den Entschluss gefasst, für den Mossad zu arbeiten. Um gegen Fanatiker zu kämpfen.«

»Sie sind noch nicht auf den Gedanken gekommen, dass der Mossad selbst eine Bande von Zeloten ist?«

»Zugegeben, viele sind fanatisch, aber nicht alle. Seit ich als Freie für den Dienst arbeite, kann ich mir meine Jobs aussuchen. Was mir nicht passt, lehne ich ab.«

»Man scheint große Stücke auf sie zu halten; sonst hätten Sie diesen Freiraum nicht.«

»Man kennt meine Fähigkeiten als Undercover-Agentin und meine guten Beziehungen. Und vielleicht bin ich die Einzige, die so verrückt ist, auch riskantere Aufträge zu übernehmen.«

»Warum haben Sie sich auf diesen Einsatz an Bord der *Spanish Armada* eingelassen?«

Sie neigte den Kopf ein wenig zur Seite und sah ihn überrascht an. »Wo, wenn nicht auf diesem Schiff, wurden all die Waffen gekauft, mit denen so viel Unheil angerichtet worden ist? Dem Mossad liegen eindeutige Informationen vor, wonach gerade auch die Jihad National Front zu Calacanis' Kundschaft zählte. Die Vorbereitungen, die nötig waren, damit ich endlich an Bord gehen konnte, haben zwei Monate in Anspruch genommen.«

»Und wenn ich nicht dazwischengefunkt hätte, wären Sie jetzt immer noch dort.«

»Und was ist mit Ihnen? Sie haben behauptet, der CIA anzugehören. Aber das stimmt nicht, hab ich Recht?«

»Wie kommen Sie darauf?«

Sie tippte sich mit dem Zeigefinger auf die Nasenspitze. »Ich habe einen Riecher für so was«, antwortete sie lächelnd.

»Hat mein Deodorant versagt?«

»Was faul riecht, sind ihre Gegner, diejenigen, die Jagd auf Sie machen. Dieses Killerkommando – es verletzt alle Regeln unserer Zunft. Entweder sind Sie ein Freelancer wie ich, oder Sie gehören zu einem anderen Dienst. Jedenfalls nicht zur CIA.«

»Zugegeben«, antwortete er, »ich bin kein CIAler, arbeite aber für sie.«

»Als Freier?«

»Gewissermaßen.«

»Aber Sie sind schon länger im Geschäft. Das verraten die vielen Narben.«

»Ja. Das heißt, ich *war* lange Zeit im Geschäft. Aber dann musste ich abdanken. Jetzt hat man mich für einen allerletzten Job wieder angeheuert.«

»Der worin besteht?«

Er zögerte. Wie viel durfte er ihr anvertrauen? »Es ist, wenn man so will, eine Mission in Sachen Spionageabwehr.«

»›Gewissermaßen‹ ... ›wenn man so will‹ ... Wenn Sie lieber nichts sagen wollen, ist mir das auch recht«, entgegnete sie in scharfem Tonfall und blähte die Nasenflügel. »Morgen früh fliegen wir in unterschiedlichen Richtungen davon und werden uns nie wieder sehen. Zu Hause angekommen, werden wir den unerlässlichen Schreibkram erledigen, einen Bericht über unseren Kontakt zu Papier bringen, unseren Vorgesetzten vollständig Rechenschaft ablegen, und das war's dann auch, was uns betrifft. Es werden Untersuchungen eingeleitet, nach einer Weile ergebnislos abgebrochen und schließlich verschwinden zwei schmale Akten, eine im Mossad-, die andere im CIA-Archiv. Wie Tropfen im Ozean.«

»Layla, ich bin Ihnen so dankbar für alles ...«

»Geschenkt«, unterbrach sie ihn. »Ich will keine Dankbarkeit. Sie haben mich missverstanden. Meine Hilfe war alles andere als uneigennützig. Wir beide sind Waffengeschäften auf der Spur. Unsere Ermittlungen führen in verschiedene Richtungen, haben sich aber nun einmal mehr oder weniger zufällig gekreuzt. Für mich ist immerhin klar geworden, dass diejenigen, die Sie lieber tot sehen, keine Randfiguren sind. Sie verfügen über umfangreiche Ressourcen und sind bestens informiert. Es scheint sich demnach um einflussreiche Kräfte auf Regierungsebene zu handeln.«

Bryson nickte. Ihrer Argumentation war nichts entgegenzusetzen.

»Ich will Ihnen nichts vormachen. Die Akustik in der Kirche war so gut, dass ich nicht umhin konnte, Ihr Verhör des Italieners mit anzuhören. Wenn ich Sie linken wollte, hätte ich das jetzt nicht zugegeben.«

Auch dazu nickte Bryson. »Aber Sie verstehen kein Friaulisch, oder?«

»Ich konnte Namen aufschnappen. Zum Beispiel Anatoli Prischnikow, ein Name, der in unseren Kreisen nicht gerade unbekannt ist. Oder Jacques Arnaud, der vielleicht nicht ganz so bekannt ist, allerdings sehr umtriebig, wenn es darum geht, die Feinde Israels mit Waffen auszustatten. Er schürt die Brände im Nahen Osten und zieht riesige Profite daraus. Ich kenne ihn. Und ich verachte ihn. Und ich könnte Sie womöglich zu ihm führen.«

»Was soll das heißen?«

»Ich weiß nicht, welchen Schritt Sie als Nächstes geplant haben. Aber ich kann Ihnen versichern, dass einer von Arnauds Agenten auf dem Schiff war, um Waffen an Calacanis zu verkaufen.«

»Der mit den langen Haaren und dem Doppelreiher?«

»Genau der. Er nannte sich Jean-Marc Bertrand und reiste häufig nach Chantilly.«

»Chantilly?«

»Dort liegt das Château, in dem Arnaud lebt und seine Gäste bewirtet, und zwar sehr verschwenderisch.« Sie stand auf, verschwand kurz im Badezimmer und tupfte, als sie zurückkam, das feuchte Gesicht mit einem Handtuch ab. Ohne Make-up wirkten ihre Gesichtszüge noch edler. Ihre Nase war kräftig, aber fein geschnitten, sie hatte volle

Lippen, und ihre großen braunen Augen konnten warm und eindringlich, aber auch intelligent und verschmitzt blicken.

»Kennen Sie Jacques Arnaud?«, fragte Bryson.

Sie nickte. »Ich kenne ihn und weiß einiges über ihn und seine Welt. Der Mossad hat diesen Mann schon seit Jahren im Visier. Ich war schon mehrere Male als Gast auf seinen Partys in Chantilly.«

»In welcher Art von Tarnung?«

Sie zog die Tagesdecke vom Bett. »Als Handelsattaché der israelischen Botschaft in Paris. In der Funktion bin ich so wichtig, dass man mich jederzeit freundlich empfängt. Jacques Arnaud macht keine Unterschiede. Er verkauft seine Waffen genauso bereitwillig an Israel wie an dessen Feinde.«

»Könnten Sie mich zu ihm bringen? Was meinen Sie?«

Sie drehte sich langsam zu ihm um und schüttelte den Kopf. »Das fände ich nicht besonders klug.«

»Warum nicht?«

»Weil ich meine Mission nicht länger gefährden sollte.«

»Aber Sie sagten doch soeben, dass wir dieselbe Spur verfolgen.«

»Das habe ich nicht gesagt. Ich sagte, unsere Wege hätten sich gekreuzt. Das ist etwas ganz anderes.

»Und Ihr Weg führt nicht zu Jacques Arnaud?«

»Vielleicht ja«, antwortete sie, »vielleicht aber auch nicht.«

»Es könnte für Sie auf jeden Fall sinnvoll sein, nach Chantilly zu fahren.«

»Vermutlich in Ihrer Begleitung«, sagte sie neckend.

»Genau darum möchte ich Sie bitten. Da Sie schon diplomatische Kontakte zu Arnauds Kreisen unterhalten, würde ich leichter Zutritt finden.«

»Ich ziehe es vor, allein zu arbeiten.«

»Eine so schöne Frau wie Sie – allein in so illustrer Runde? Wäre es nicht sehr viel plausibler, Sie hätten einen Mann an Ihrer Seite.«

Layla errötete. »Sie schmeicheln mir.«

»Nur, um Sie in den Schwitzkasten zu nehmen, Layla«, entgegnete Bryson trocken.

»Hauptsache, es wirkt, nicht wahr?«

»So ungefähr.«

Sie lächelte und schüttelte den Kopf. »Tel Aviv würde mir nie die Erlaubnis dazu erteilen.«

»Fragen Sie doch gar nicht erst.«

Sie zögerte, senkte den Kopf. »Es dürfte allenfalls eine kurzfristige Allianz sein, die ich jederzeit wieder auflösen könnte.«

»Bin ich erst einmal im Château, können Sie mir den Rücken kehren, wenn Sie wollen. Sagen Sie mir jetzt bitte noch eines: Warum genau hat der Mossad Arnaud im Auge?«

Sie zeigte sich verwundert. Offenbar hielt sie die Antwort für selbstverständlich. »Weil Jacques Arnaud seit gut einem Jahr die Nummer eins in Sachen Terroristenbewaffnung ist. Deshalb fand ich es auch sehr interessant, dass der Mann, der Sie hat rufen lassen – wie war noch gleich sein Name, Jenrette, nicht wahr? –, dass der in Begleitung von Jean-Marc Bertrand, dem Agenten Arnauds, an Bord des Schiffes gekommen ist. Nach meinen Informationen wollte dieser Amerikaner, der sich Jenrette nannte, Waffen für Terroristen einkaufen. Ich wurde also hellhörig, als ich mitbekam, dass Sie und er zusammentreffen wollten. Offen gesagt, ich habe den halben Abend gerätselt, welche Rolle Sie, Mr. Coleridge, eigentlich spielten.«

Bryson antwortete nicht. Sein Kopf begann fieberhaft zu arbeiten. Jenrette, der ihm als Vance Gifford bekannte Agent des Direktorats, war also mit Jacques Arnauds Unterhändler an Bord des Schiffes gekommen. Arnaud verkaufte Waffen an Terroristen; das Direktorat kaufte ein. Hatte dies – logisch gefolgert – zu bedeuten, dass das Direktorat den Terrorismus auf der Welt sponserte?

»Es ist ungemein wichtig, dass ich zu Jacques Arnaud komme«, sagte Bryson sehr leise.

Sie schüttelte den Kopf und lächelte bekümmert. »Es wird Ihnen wahrscheinlich nicht viel einbringen, uns beiden nicht. Doch das wäre unsere geringste Sorge. Arnaud und seine Männer sind extrem gefährlich; sie machen vor nichts Halt.«

»Das Risiko nehme ich auf mich«, sagte Bryson. »Eine andere Spur habe ich zurzeit nicht.«

Die Killer folgten den Schreien. Sie hatten den Auftrag aufzuräumen und streiften suchend durch die engen Gassen, die strahlenförmig von der Praza do Obradoiro in Santiago de Compostela abzweigten. Da jetzt klar war, dass sich die Zielperson aus dem Staub gemacht hatte, galt es, alle verloren gegangenen Teammitglieder einzusammeln. Die Toten waren in unauffälligen Fahrzeugen weggeschafft und zu einem kooperativen Bestattungsunternehmer transportiert worden, der falsche Todesurkunden ausstellen und die Leichen in namenlosen Gräbern beisetzen würde. Das war das übliche Prozedere in solchen Fällen, und die nächsten Angehörigen würden, großzügig entschädigt, keine weiteren Fragen stellen.

Bald waren alle Verwundeten und Toten ausfindig gemacht; nur zwei Teammitglieder fehlten noch: die beiden Brüder aus dem Friaul. Sie ließen nichts von sich hören und antworteten auch nicht auf die wiederholt abgesetzten Funkrufe. Man hielt sie für tot. Trotzdem musste die Suche fortgesetzt und zweifelsfrei ermittelt werden, was mit ihnen passiert war. Es konnte ja sein, dass sie verwundet waren, und für diesen Fall gab es eindeutige Vorschriften: Bergung oder Liquidation. So oder so, die Brüder mussten gefunden werden.

Dem Aufräumkommando wurde bald berichtet, dass man in einer stillen Seitengasse unterdrückte Schreie gehört habe. Es folgte den Angaben bis zu einer verlassenen, baufälligen Kirche, in der sie tatsächlich auf die beiden Italiener trafen. Beide waren gefesselt und geknebelt. Der Knebel des einen hatte sich ein wenig gelockert, so dass er in der Lage gewesen war, mit seinen Schreien auf sich aufmerksam zu machen.

»Verflucht, warum habt ihr so lange gebraucht?«, ächzte Niccolo auf Spanisch, kaum dass ihm der Lappen aus dem

Mund genommen worden war. »Wollt ihr uns verrecken lassen? Paolo hat jede Menge Blut verloren.«

»Dumm gelaufen«, sagte einer aus dem Team. Dann zog er eine halbautomatische Pistole und feuerte sie zweimal auf den Kopf des Italieners ab. »Schwachstellen werden nicht geduldet.«

Dann wandte er sich dem anderen Bruder zu, der bleich und zitternd, wie ein Fötus zusammengerollt, in einer Blutlache lag. Seinen weit aufgerissen Augen war abzulesen, dass er wusste, was ihn erwartete. Als die Waffe auf ihn gerichtet wurde, gab er keinen Mucks von sich.

Zehntes Kapitel

Chantilly, Frankreich

Das Château de Saint-Meurice lag 35 Kilometer von Paris entfernt. Dutzende raffiniert angeordneter Scheinwerfer illuminierten die Pracht des im 17. Jahrhundert gebauten Palais. Nicht weniger prächtig war seine Umgebung mit den gepflegten französischen Gärten, die ebenfalls geschickt beleuchtet waren. Das Château de Saint-Meurice glich einer Theaterbühne, auf der die Reichen und Mächtigen in festgelegter Folge auftraten, ihren Text aufsagten und wieder abtraten. Jeder versuchte, Eindruck zu schinden und seine Rolle in den Grenzen, die ihm seine kunstvolle Maske vorgab, so überzeugend wie möglich zu spielen.

Hauptakteure an diesem Abend waren die Wirtschaftsminister der EU-Staaten, die sich hier zu einem kleinen G-7-Gipfel trafen; die übrigen Anwesenden zählten zur Standardbesetzung jeder hier gefeierten Party: die Schönen und Reichen aus Paris und Umgebung, *tout le beau monde*, oder zumindest alle von Rang und Namen. Mit glitzerndem Schmuck, der für gewöhnlich in Bankschließfächern aufbewahrt wurde, und in kostbaren Roben gekleidet, entstiegen die Gäste ihrem Rolls Royce oder Benz. Da waren Grafen und Komtessen, Barone und Baronessen, Vicomtes und Vicomtessen, Hoheiten des Geldadels und Stars der Film- und Theaterwelt; sie kamen aus den oberen Etagen des Quai d'Orsay, aus den erlesensten Zirkeln, in denen sich Highsociety und Hochfinanz die Hand reichten.

Der Gehweg über die Zugbrücke und über die Stufen zum Portal des Châteaus war mit Hunderten von Kerzen gesäumt, deren Flammen in der sanften Abendbrise flackerten. Begleitet von weniger eleganten, dafür aber umso stämmigeren jungen Männern, führten elegante, silbergraue Herren glamouröse langbeinige Damen am Arm.

Bryson trug einen Smoking von Le Cor de Chasse, Layla ein spektakuläres, schulterfreies schwarzes Abendkleid von Dior. Ihren schlanken Hals schmückte eine eng anliegende Perlenkette, deren schlichte Eleganz nicht von ihrer außergewöhnlichen Schönheit ablenken konnte. Bryson hatte in seinem früheren Leben schon etliche Empfänge dieser Art miterlebt und sich dabei immer eher als Beobachter denn als Teilnehmer gefühlt. Trotzdem schien er wie selbstverständlich dazuzugehören, er teilte zwar nicht die innere Einstellung dieser Leute, stand ihnen aber bezüglich der vornehmen Haltung, die ihm ganz und gar zu eigen war, in nichts nach.

Layla schien hier in ihrem eigentlichen Element zu sein. Ein paar wenige, geschickt und dezent aufgetragene Farbstriche – etwas Eyeliner und Lipgloss, akzentuierten ihre natürliche Schönheit, den dunklen Teint und die großen, glänzend braunen Augen. Ihr gewelltes, kastanienbraunes Haar war hochgesteckt, bis auf zwei, drei Strähnen, die, scheinbar ungebändigt, ihren anmutigen Schwanenhals umspielten. Das gewagte, aber geschmackvolle Dekolleté erweckte betörende Ahnungen. Sie ging sowohl als Israeli wie auch als Araberin durch und war ja tatsächlich auch beides. Sie lächelte unbeschwert, lachte fröhlich, wobei ihr Blick herzlich und reserviert zugleich war.

Layla wurde von mehreren Leuten persönlich begrüßt. Man kannte sie als israelische Diplomatin, die über geheimnisvolle Beziehungen verfügte, weshalb man sie wiederum doch nicht kannte. Eine Undercoveragentin konnte sich keine bessere Tarnung wünschen. Vormittags hatte sie einen Bekannten vom Quai d'Orsay angerufen, der als Freund von Jacques Arnaud regelmäßiger Gast auf den Partys im Château de Saint-Meurice war und dem Waffenfabrikanten gewissermaßen als gesellschaftliche Antenne dienten. Er war *entzückt* zur erfahren, dass Layla für ein paar Tage in Paris war, und fand es geradezu *unverzeihlich*, dass man sie nicht persönlich zur Fête eingeladen habe, was aber *ganz bestimmt* ein Versehen sei; sie *müsse unbedingt* kommen, Monsieur Arnaud wäre *untröstlich*, ja, *beleidigt*, wenn sie nicht käme.

Aber natürlich, sie solle auf jeden Fall einen Begleiter mitbringen …

Bryson und Layla hatten sich bis spät in die Nacht miteinander unterhalten und den Besuch im Château bis in alle Einzelheiten durchgesprochen. Nach der Zerstörung der *Spanish Armada* war ihr Vorhaben überaus riskant. Allen Nachrichten zufolge gab es zwar keine Überlebenden, die die beiden hätten wiedererkennen können, aber so mächtige Männer wie Calacanis verschwanden nicht einfach in einem flammenden Inferno, ohne dass in Chefbüros und Vorstandsetagen auf der ganzen Welt die Alarmglocken läuteten. Alle wichtigen Vertreter der einschlägigen Branche würden sich jetzt doppelt und dreifach in Acht nehmen. Jacques Arnaud hatte einen seiner größten Abnehmer verloren und musste nun auch um seine eigene Sicherheit fürchten. Wer weiß, womöglich war die Versenkung von Calacanis' Tanker nur der Auftakt einer weltweiten Kampagne gegen den schwarzen Waffenmarkt. Als Frankreichs führender Waffenproduzent musste Jacques Arnaud immer auf der Hut sein, erst recht aber nach dieser Explosion vor der Küste von Cabo Finisterre.

Als Stewardess hatte Layla noch blonde Haare und grüne Augen gehabt; jetzt sah sie völlig anders aus. Bryson konnte aber nicht ausschließen, dass man ihn wiedererkennen würde. Falls die Überwachungskameras an Bord des Schiffes vor dem Untergang über einen Satelliten übertragen worden waren, hatten die Videos, auf denen nicht zuletzt auch Bryson zu sehen wäre, bestimmt schon bei den jeweiligen privaten Sicherheitsdiensten die Runde gemacht.

Vorsichtshalber hatte er sich deshalb in einem Kostüm- und Requisitenladen in der Nähe der Oper ein paar Utensilien gekauft und sein Aussehen dramatisch verändert. Seine Haare waren jetzt silbergrau meliert, so dass es den Anschein hatte, als sei er früher blond gewesen. Das Direktorat hatte ihm in Sachen Verwandlungskunst einiges beigebracht. Wangenpolster verliehen seinem Gesicht joviale Züge. Mit Hilfe von Mastix hatte er sich Tränensäcke zugelegt und Falten um Augen und Mundwinkel gezogen. Vor allem aber kam es darauf an, nicht zu dick aufzutragen. In all den Jahren seiner aktiven Zeit hatte Bryson gelernt: Kleine Veränderung haben die größte Wirkung, ohne Verdacht zu erregen. Er sah nun zwanzig Jahre älter aus, wie ein distinguierter älterer Herr, der sich gut in den Kreis erfolgreicher und hochrangiger Persönlichkeiten einfügte, die im Château de Saint-Meurice ein- und ausgingen. Er hatte sich in James Collier verwandelt, einen Investment-Banker und Spekulanten aus Santa Fe, New Mexico. Wie man es von Spekulanten, die die Öffentlichkeit meist scheuten, erwarten konnte, hielt er sich zurück, sagte nur wenig und wimmelte neugierige Fragen mit ironisch-lakonischen Bemerkungen ab.

Bryson und Layla hatten in einem kleinen, erschwinglichen Hotel an der Rue Trousseau Quartier bezogen, dessen Hauptmerkmal seine Mittelmäßigkeit war. Sie waren auf verschiedenen Wegen nach Paris geflogen, Bryson über Frankfurt, Layla über Mailand. Obwohl von reisenden Paaren erwartet wurde, dass sie ein Zimmer mit Doppelbett belegten, hatte Bryson beim Einchecken um zwei separate, aber aneinander angrenzende Zimmer gebeten, was vielleicht ein bisschen ungewöhnlich war, einem unverheirateten Paar mit althergebrachten Ehrbegriffen aber durchaus gut zu Gesicht stand. Tatsächlich hatte Bryson Sorge, dass ihn die Versuchung übermannen könnte. Layla war eine wunderschöne, äußerst begehrenswerte Frau, und er lebte schon allzu lange enthaltsam. Wie auch immer, er wollte die ohnehin schon schwierige Zusammenarbeit nicht noch zusätzlich verkomplizieren. Oder fürchtete er vielleicht, seine Wachsamkeit aufs Spiel zu setzen? Wollte er Abstand wahren, solange die Fragen um Elena offen blieben?

Als Layla ihn nun lächelnd in den überfüllten Saal führte und sich mit grüßendem Kopfnicken mal hierhin, mal dorthin wendete, informierte sie im Plauderton: »Es heißt, dass die Pracht des von einem Minister Ludwigs XIV. erbauten Châteaus den König so neidisch machte, dass dieser den Minister inhaftieren ließ und sich mit dessen Architekten und Landschaftsgärtnern daranmachte, ein Schloss in Versailles zu bauen, das dieses Château in den Schatten stellen sollte.«

Bryson schmunzelte und gab sich als neureicher Amerikaner, der von seiner Umgebung schwer beeindruckt war. Während er Layla zuhörte, sah er sich aufmerksam um, immer gefasst darauf, ein bekanntes Gesicht zu entdecken oder auf Blicke zu treffen, die sich hastig von ihm abwendeten. Er hatte schon häufig ähnliche Situationen erlebt, doch diese hier war etwas Besonderes und außergewöhnlich nervenaufreibend: Er befand sich auf unbekanntem Terrain, ohne genau zu wissen, was zu tun war, war darauf angewiesen zu improvisieren und sich auf seine Instinkte zu verlassen.

In welcher Beziehung genau stand Jacques Arnaud zum Direktorat? Das auf ihn, Bryson, angesetzte Killerkommando hatte seine Befehle von Arnauds Mann auf der *Spanish Armada* erhalten. Die friaulischen Brüder waren Söldner des Direktorats, was darauf schließen ließ, dass Arnaud persönlich auf irgendeine mysteriöse und noch zu klärende Weise mit dem Direktorat in Verbindung stand. Mehr noch, an Bord des Schiffes hatte sich ein Mann aufgehalten, den Bryson als Direktoratsmitglied unter dem Namen Vance Gifford kannte und der als Jenrette in Begleitung eines Unterhändlers von Arnaud aufs Schiff gekommen war.

Einzeln betrachtet, waren all diese Verdachtsmomente wenig aussagekräftig, aber als Mosaikstücke zusammengesetzt, ergaben sie durchaus ein Bild. Jacques Arnaud gehörte zu jenen Kräften im Hintergrund, die das Direktorat kontrollierten.

Bryson brauchte Beweise, handfeste, unumstößliche Indizien.

Die gab es hier auch bestimmt irgendwo zu finden. Aber wo genau?

Laut Layla gingen die Israeli davon aus, dass Jacques Arnauds Konzern an Geldwäscheaktionen in riesigem Umfang beteiligt war und in dieser Sache vor allem mit der russischen Mafia unter einer Decke steckte. Der Mossad hatte ermittelt, dass Arnaud hier in seinem Château häufig geschäftliche Telefonate entgegennahm und führte, die aber allesamt codiert und nicht zu entschlüsseln waren. Der

Hausherr schien also über eine spezielle Fernsprecheinrichtung zu verfügen oder zumindest über »schwarze Telefone«, mit denen sich Telefongespräche, Faxe oder E-Mails verschlüsseln beziehungsweise entschlüsseln ließen.

Während Layla und Bryson von Raum zu Raum schlenderten, fielen ihm die vielen, kostbaren Gemälde an den Wänden auf. Sie brachten ihn auf eine Idee.

In einem kleinen Zimmer im Obergeschoss saßen zwei Männer im Halbdunkel beieinander, beschienen vom gespenstisch bläulichen Geflacker mehrerer Monitore. Die vielen blanken Edelstahlteile, die Kabelbäume und Leuchtdioden machten sich vor den uralten Mauern aus wie eine Installation moderner Kunst. Jeder der Monitore zeigte – aus verschiedenen Winkeln – einen Raum des Châteaus. Dies wurde durch kleine Kameras ermöglicht, die in den Wänden oder Einrichtungsgegenständen der einzelnen Räume versteckt waren und den Sicherheitskräften vor den Bildschirmen gestochen scharfe Bilder lieferten. Per Zoomfunktion ließen sich zum Beispiel die Gesichter einzelner Gäste des Hauses nah heranholen und als digitalisiertes Bild mit den Porträtvorlagen aus einer gigantischen Datenbank namens Network abgleichen. Jede zweifelhafte Person konnte so identifiziert und, wenn nötig, diskret hinauskomplimentiert werden.

Schalterknöpfe wurden gedrückt, und auf einem der Monitore vergrößerte sich ein Gesicht, das die beiden Männer aufrasterten und in Augenschein nahmen. Es war das Gesicht eines Mannes mit silbergrauen Haaren, kräftigem Kiefer und wettergegerbter Haut. Die den Sicherheitskräften vorliegende Gästeliste wies ihn als James Collier aus Santa Fe, New Mexico, aus.

Nicht, dass die beiden Männer an den Monitoren das Gesicht des Gastes wiedererkannt hätten, im Gegenteil, was sie auf ihn aufmerksam machte, war die Tatsache, dass sie ihn noch nie gesehen hatten. Der Mann war eine unbekannte Größe und allein aus diesem Grund für Arnauds wachsame Angestellten Ziel der Aufmerksamkeit.

Jacques Arnauds Frau Gisèle war eine große Frau aristokratischen Formats mit Hakennase und grau melierten Haaren. Der Haaransatz war ungewöhnlich hoch und die Gesichtshaut überaus straff gespannt, was untrüglich davon zeugte, dass sie regelmäßig Gast einer Schweizer »Klinik« war. Bryson entdeckte sie in einer Ecke der Bibliothek, wo sie eine kleine Gruppe von Gästen unterhielt, die förmlich an ihren Lippen hingen. Bryson wusste, wie sie aussah, hatte er doch in der Bibliothèque National de France mehrere Jahrgänge von *Paris Match* durchgeblättert, in der Gisèle auf den Gesellschaftsseiten immer wieder und häufig abgebildet wurde.

Ihre Zuhörer waren sichtlich von ihrer Klugheit beeindruckt, und jedes ihrer Aperçus löste einen Sturm der Begeisterung aus. Layla nahm einem Kellner zwei Champagnerflöten ab, die er auf einem Tablett angeboten hatte, als Bryson auf ein Gemälde deutete, das über Madame Arnauds Kopf hing. Er eilte darauf zu, positionierte sich in Hörweite der Gastgeberin und schwärmte: »Fantastisch, findest du nicht auch? Hast du je sein Porträt von Napoleon gesehen? Einzigartig – er stellt ihn als römischen Kaiser dar, als Ikone, als lebendes Standbild.«

Seine Auslassung hatte den gewünschten Effekt. Madame Arnaud konnte nicht anders, als sich der Stimme zuzuwenden, die das bewunderte, worauf sie selbst so stolz war. Sie bedachte Bryson mit einem huldvollen Lächeln und sagte in fließendem Englisch: »Ah, und haben Sie je einen so hypnotischen Blick gesehen, den Ingres seinem Napoleon in die Augen legt?«

Bryson erwiderte ihr Lächeln und strahlte mit dem Gesichtsausdruck desjenigen, der endlich eine verwandte Seele gefunden hatte. Er verbeugte sich und streckte die Hand aus. »Sie sind bestimmt Madame Arnaud. James Collier. Ein wundervoller Abend.«

Mit den Worten »Entschuldigen Sie mich bitte« verabschiedete sie sich von ihrem kleinen Zuhörerkreis und trat auf Bryson zu. »Wie ich sehe, sind Sie ein Bewunderer von Ingres, Mr. Collier.«

»Ich bewundere Sie, Madame. Ihre Gemäldesammlung zeugt von wahrem Kunstverstand. Oh, darf ich vorstellen, eine Freundin, Layla Sharett aus der israelischen Botschaft.«

»Wir sind uns schon begegnet«, antwortete die Gastgeberin. »Freut mich, Sie wiederzusehen.« Sie nahm Laylas Hand, blieb mit ihrer Aufmerksamkeit aber bei Bryson. In jüngeren Jahren schien sie, wie er zu erkennen meinte, von außergewöhnlicher Schönheit gewesen zu sein, und selbst mit ihren rund 70 Jahren war sie noch kokett. Und sie besaß das Talent früherer Kurtisanen, die einem Mann das Gefühl geben konnten, als sei er mit Abstand die interessanteste Person im Raum und der Einzige, der für sie existierte. »Mein Mann findet Ingres *langweilig*. Aber er ist auch nicht der Connaisseur, der Sie zu sein scheinen.«

Der Hinweis auf den Gatten war wohl als Angebot zu verstehen, ihn, Bryson, mit Jacques Arnaud bekannt zu machen. Bryson ging aber nicht darauf ein, war es doch sehr viel wichtiger zu vermeiden, dass dessen Bodyguards auf ihn aufmerksam wurden. »Schade, dass Ingres nicht die Möglichkeit hatte, Sie zu porträtieren«, sagte er und wiegte wehmütig den Kopf.

Sie zeigte sich von dieser Vorstellung wenig angetan, konnte aber nicht verhehlen, dass sie sich geschmeichelt fühlte. »Schrecklich! Ingres Modell zu sitzen …«

»Ja, er hat sich immer sehr viel Zeit gelassen, nicht wahr? Die arme Madame Moitessier musste sich zwölf Jahre lang gedulden.«

»Und dann hat er sie auch noch zur Medusa gemacht, mit Fingern wie Tentakeln.«

»Ja, ein ganz außergewöhnliches Porträt.«

»Beängstigend, wie ich finde.«

»Es heißt, dass er möglicherweise eine *camera lucida* als Hilfsmittel für manche seiner Werke verwendet hat. Demnach hätte er seine Modelle, bevor er sie auf Leinwand bannte, gewissermaßen ausspioniert.«

»Tatsächlich?«

»So sehr ich seine Malerei bewundere, seine Zeichnungen gefallen mir noch um einiges besser«, sagte Bryson. Er wusste, dass Arnaud einige Zeichnungen von Ingres besaß und in weniger öffentlichen Räumen des Châteaus hängen hatte.

»Ich pflichte Ihnen aus tiefster Überzeugung bei«, antwortete Gisèle Arnaud. »Dabei hat er seine Zeichnungen selbst als minderwertig abqualifiziert.«

»Ich weiß, ich weiß. Aber immerhin war damit Geld zu verdienen. Und weil er, ziemlich verarmt, in Rom lebte, war er gezwungen, sich mit Zeichnungen für Besucher und Touristen über Wasser zu halten. Aber das kennt man ja von vielen Künstlern – ihre größten Werke sind oft aus der Not heraus entstanden. Und die besten Werke von Ingres sind seine Zeichnungen. Unvergleichlich, wie er mit dem Weißelstift umgeht, wie er Tiefe und Licht ins Bild bringt. Das ist wahre Meisterschaft.«

Madame Arnaud senkte die Stimme und flüsterte vertraulich: »Übrigens, wir haben in unserem Billardzimmer einige seiner Zeichnungen hängen.«

Sein Plan war aufgegangen. Madame Arnaud hatte Bryson und seine Begleiterin dazu eingeladen, auch jene Räume des Schlosses aufzusuchen, die anderen Besuchern verschlossen blieben. Sie hatte angeboten, selbst die Führung zu übernehmen, was Bryson aber dankend ablehnte mit der Bemerkung, dass er sie ihren Gästen nicht ausspannen wolle. Er hatte sich gut vorbereitet und in der Nationalbibliothek Grundrisse kulturhistorisch bedeutender Schlösser aufgetrieben, so auch die des Châteaus de Saint-Meurice. Dass Arnaud größere Veränderungen an diesem Baudenkmal hatte vornehmen lassen, war sehr unwahrscheinlich. Variiert waren aller Voraussicht nach nur die Nutzung und Aufteilung der Räume für private und geschäftliche Zwecke.

Arm in Arm schlenderten Bryson und Layla durch die Flure. Als sie um eine Ecke gebogen waren, hörten sie plötzlich leise, gedämpfte Männerstimmen. Wie angewurzelt blieben sie stehen und lauschten.

Das Gemurmel wurde verständlicher und man konnte hören, dass auf Französisch gesprochen wurde und dass einer der beiden Gesprächspartner einen ausländischen

Akzent hatte, den Bryson sofort als russisch identifizierte. Dieser Mann schien aus der Gegend um Odessa zu kommen.

»... dass wir uns wieder den anderen Gästen zeigen«, sagte der Franzose.

Der Russe erwiderte etwas, das Bryson nicht ganz verstehen konnte, und worauf der Franzose antwortete: »Aber wenn die Aktion in Lille gelaufen ist, wird es einen gewaltigen Aufschrei geben, und wir haben freie Bahn.«

Bryson forderte Layla mit Gesten auf, stehen zu bleiben, schlich auf leisen Sohlen weiter vor und lauschte angestrengt. Die beiden Sprecher rührten sich offenbar nicht von der Stelle. Aus der Brusttasche seines Smokings nahm Bryson nun einen Stab aus glasartigem, aber biegsamem Material, der sich auf eine Länge von 45 Zentimetern auseinander ziehen und als Periskop verwenden ließ. Er bog die Spitze des Stabes um, führte sie an der Wand entlang, bis sie um einen Zentimeter über die Ecke hinausragte und setzte sein Auge an das kleine Okular. Jetzt konnte er die beiden Männer deutlich erkennen. Der eine – kompakt gebaut, kahlköpfig und mit dicker schwarzer Brille – war allem Anschein nach Jacques Arnaud. Sein Gegenüber war hoch gewachsen und hatte ein großes, pausbackiges Gesicht. Bryson erkannte ihn erst auf den zweiten Blick: Es war Anatoli Prischnikow.

Prischnikow, die mutmaßlich treibende Kraft hinter der Galionsfigur im Präsidentenbüro des Kreml.

Bryson bewegte sein Periskop ein wenig zur Seite und entdeckte einen dritten Mann, der erschreckend nahe, gleich hinter der Ecke, auf einem Stuhl saß. Offenbar ein Wachposten, wahrscheinlich bewaffnet. Ein weiterer Schwenk mit der Sehhilfe zeigte ihm eine weitere Wache, die auf der Hälfte des Gangs vor einer großen Tür mit eisernen Beschlägen stationiert war.

Die Tür zu Arnauds Büro.

Sie befanden sich in einem fensterlosen Flügel des Châteaus, der dadurch für die Einrichtung eines Büros im Grunde wenig geeignet erschien. Doch für Arnaud kam es in erster Linie auf Sicherheit an, nicht auf schöne Ausblicke.

Den Gebärden nach, die die beiden Männer austauschten, schienen sie ihre Unterhaltung beendet zu haben. Gemeinsam gingen sie davon – zum Glück in die entgegengesetzte Richtung. Bryson und Layla konnten getrost bleiben, wo sie waren.

Nachdem er das Periskop wieder zusammengeschoben und weggesteckt hatte, gab er Layla mit knappen Zeichen zu verstehen, dass sie gefunden, wonach sie gesucht hatten: die Schaltstelle von Arnauds geschäftlichen Aktivitäten.

Schnell und mit leisen Schritten ging er den Korridor ein Stück zurück bis zur geöffneten Tür eines Zimmers, an dem sie soeben vorbeigekommen waren: ein dunkler, spärlich möblierter Salon, der offenbar nur selten genutzt wurde. Er warf einen Blick auf seine Patek-Philippe-Uhr, deren Zifferblatt im Dunklen leuchtete. Nachdem eine volle Minute verstrichen war, gab er Layla ein Zeichen und betrat den Raum.

Layla machte sich auf den Weg und torkelte, scheinbar beschwipst, den Gang hinunter auf Arnauds bewachtes Privatbüro zu. Unvermittelt brach sie in schallendes Gelächter aus und brabbelte vor sich hin, so laut, dass der erste Wachposten jenseits der Ecke hören musste, was sie sagte. »Hier muss doch, verflixt noch mal, irgendwo ein Lokus sein.«

Um die Ecke wankend, traf sie auf den bewaffneten Posten, der auf einem zierlichen antiken Stuhl hockte. Er richtete sich auf und musterte sie mit schroffer, abweisender Miene. »*Puis-je vous aider?*« Kann ich Ihnen helfen?, fragte er förmlich und mit einer Stimme, die sehr ungehalten klang. Er wirkte noch recht jung – Ende zwanzig, Anfang dreißig –, hatte kurzes schwarzes Haar, buschige Brauen und ein rundes, teigiges, unrasiertes Gesicht. Die schmalen Lippen waren kämpferisch aufeinander gepresst.

Kichernd taumelte sie auf ihn zu und antwortete provozierend: »Ich weiß nicht. Trauen Sie sich zu, mir helfen zu können? Wen haben wir denn da? *Un homme, un vrai* – ein echtes Mannsbild. Mal was anderes, als diese alten Knacker da unten.«

Die Miene des Wachpostens entspannte sich. Er war offenbar zu der Erkenntnis gelangt, dass diese Frau keine

Gefahr für Arnauds Allerheiligstes darstellte. Seine Wangen liefen rot an. Kein Zweifel, er fand Gefallen an Laylas Rundungen, die das tief geschnittene Schwarze so verführerisch zur Geltung brachte. »Verzeihung, Mademoiselle«, sagte er, sichtlich nervös. »Bleiben Sie bitte zurück. Sie dürfen nicht weiter.«

Layla lächelte neckisch und stützte sich mit ausgestrecktem Arm an der Wand ab. »Aber warum sollte ich weiter wollen?«, flötete sie verführerisch. »Mir scheint, ich bin am Ziel meiner Wünsche.« Sie fuhr mit der Hand die Wand entlang und rückte, die Brust voran, näher an ihn heran.

Der junge Wachposten grinste verhalten und warf einen nervösen Blick auf seinen Kollegen am anderen Ende des Korridors, der aber keine Notiz von ihm zu nehmen schien. »Bitte, Mademoiselle ...«

Sie senkte die Stimme. »Vielleicht helfen Sie mir ... die Toilette zu finden.«

»Die ist dahinten. Sie müssen daran vorbeigekommen sein«, antwortete er und versuchte, einen sachlichen Ton anzuschlagen, was ihm allerdings nicht besonders gut gelang.

»Aber ich finde mich hier einfach nicht zurecht«, hauchte sie lasziv. »Zeigen Sie mir, wo's langgeht.«

Wieder sah sich der Wachposten nach seinem Kollegen um, doch der war so weit entfernt, dass er von alledem nichts mitbekam.

»Wie wär's mit einer kleinen Führung?«, fügte sie hinzu und zog die Augenbraue hoch. »Es braucht ja nicht lange zu dauern, hm?«

Befangen und mit rotem Gesicht erhob sich der junge Mann von seinem Stuhl. »Na schön, Mademoiselle«, sagte er.

Es gab nun, wie sich Layla ausrechnete, mehrere Möglichkeiten. Falls er sie zufällig in den Raum führte, in dem sich Bryson versteckt hielt, würde er von ihm überrascht und überwältigt werden.

Stattdessen aber führte er sie in den anderen Raum, das wohnlich eingerichtete *chambre de fumeur*. Er war merklich erregt und zog mit einem wölfischen Grinsen die Tür hinter sich zu.

Für Layla war es an der Zeit, Plan B in die Tat umzusetzen. Sie wandte sich ihm mit lüsterner Miene zu.

Lautlos eilte Bryson durch den Flur, bog um die Ecke und schlenderte auf den Posten zu, der nunmehr allein Wache vor jener wuchtigen Tür zu Arnauds – vermutlich leerem – Privatbüro schob.

Nun war es an Bryson, Trunkenheit zu markieren. Er näherte sich auf wackligen Beinen und machte den Wachposten auf sich aufmerksam.

»Monsieur«, sagte der junge Mann, halb grüßend, halb warnend.

Wankend kam Bryson näher und fuchtelte dabei mit seinem goldenen Zippo-Feuerzeug in der Luft herum. »Verdammter Mist! Stellen Sie sich vor, an mein Feuerzeug hab ich gedacht, aber meine Zigaretten vergessen«, lallte er auf Englisch.

»Sir?«

Er schaltete auf Französisch. »*Vous n' auriez pas une cigarette?*« Immer noch winkte er mit dem Feuerzeug. »Als Franzose müssten Sie doch welche haben.«

Als der Wachposten nach der Zigarettenpackung griff, die in seiner Jackentasche steckte, betätigte Bryson das Feuerzeug, das allerdings statt einer Flamme eine chemische Keule produzierte, die den Mann in Sekundenschnelle außer Gefecht setzte.

Schnell ließ Bryson den bewusstlosen Wachmann auf den Stuhl zurücksinken und legte ihm die gefalteten Hände in den Schoß. Aus Erfahrung wusste Bryson, dass er die Augen des Ohnmächtigen nicht öffnen konnte, also ließ er es dabei bewenden. Von weitem betrachtet, sah es so aus, als schöbe der Posten nach wie vor Wache. Wer in seine Nähe kam, hätte vermutet, dass er schlafe.

Das Betäubungsmittel versprühende Feuerzeug war eines von mehreren kleinen Hilfsmitteln, mit denen sich Bryson in Paris eingedeckt hatte. Dazu zählten außerdem ein Scanner beziehungsweise Grabber für Sicherheitsschlösser und

Infrarot- und Radiowellencodes. Zweifelsohne hatte Arnaud sein Haus, sooft er es für längere Zeit verließ, mit diversen Bewegungsmeldern und Alarmanlagen abgesichert. An diesem Abend – und nachdem er soeben noch in seinem Büro gewesen war –, würde er allerdings wohl keine dieser Anlagen aktiviert haben. Die Bürotür fiel automatisch ins Schloss, das allerdings ein ganz gewöhnliches Zylinderschloss und entsprechend leicht zu knacken war. Bryson zog ein kleines schwarzes Werkzeug aus der Tasche, einen pistolenförmigen Nachschlüssel, mit dem er besser umgehen konnte als mit herkömmlichem Besteck. Er steckte ihn ins Schloss und schob den Kolben so lange hin und her, bis der Zylinder frei drehte und die Tür aufging.

Das Licht seiner kleinen Taschenlampe fiel in einen überraschend karg eingerichteten Raum, der eher in eine Kaserne gepasst hätte als in ein Château. Da war eine kleine Sitzecke, bestehend aus einem Sofa, zwei Sesseln und einem Beistelltischchen, sowie ein großer leerer Mahagonitisch, der offenbar als Schreibtisch diente. Darauf standen eine Tensor-Lampe und zwei Telefonapparate …

Das Telefon.

Das, wonach Bryson suchte, war ein flaches, dunkelgraues Gerät, so groß wie eine Pralinenschachtel und mit einem Deckel ausgestattet. Mit dem Hörer an der Seite und dem Tastenblock wirkte es wie ein gewöhnlicher Telefonapparat, doch Bryson wusste, um was es sich in Wirklichkeit handelte. Er hatte schon mehrere Modelle dieser Art gesehen, wenn auch keines, das so klein und kompakt war: die jüngste Generation eines Satellitentelefons. Im Deckel befanden sich Antenne und Funkeinheit. Darin eingebaut war ein Chip, programmiert mit einem Encryption-Algorithmus für unbegrenzte 128-Bit-Verschlüsselungen. Das Gerät ermöglichte absolut abhörsichere Funkverbindungen, da die Codes niemals mitgesendet wurden. Ein abgefangenes Gespräch würde nur aus sinnlosen Lautfolgen verzerrter Stimmen bestehen. Weil es sich auf Satelliten aufschalten ließ, konnte man auf diesem Gerät von den entlegensten Winkeln der Welt angerufen werden.

Schnell und mit geschickten Handgriffen öffnete Bryson das Gehäuse. Die Bürotür war versperrt, und der Wachposten würde mindestens noch eine halbe Stunde verhindert sein, doch er fürchtete, dass Jacques Arnaud plötzlich wieder auftauchen könnte. Wenn er dann den einen Wachposten nicht und den anderen schlafend anträfe, würde er deren Nachlässigkeit vielleicht der besonderen Partystimmung zurechnen, die nun einmal auch auf das Personal abfärbte. Voraussetzung war natürlich, dass Layla den erregten jungen Mann weiterhin beschäftigt halten konnte. In dieser Hinsicht hatte Bryson allerdings kaum einen Zweifel.

Für ihn kam es jetzt ausschließlich darauf an, möglichst schnell zu Werke zu gehen.

Er breitete die elektronischen Innereien des Apparates vor sich auf der polierten Schreibtischplatte aus, zog den Chip aus seiner Halterung und inspizierte ihn im hellen Schein der Tensor-Leuchte.

Genau dieses Teil hatte er vorzufinden gehofft. Weil er speziell für eine sehr kleine Anzahl untereinander vernetzter Anwender produziert wurde, war dieser Kryptochip relativ groß und klobig. Allein die Tatsache, dass Arnaud ein solches Teil nutzte, deutete unmissverständlich darauf hin, dass er mit einer kleinen, international und im Geheimen agierenden Gruppe in Verbindung stand. War er womöglich einer der heimlichen Spitzenmänner des Direktorats?

Aus der Innentasche seines Jacketts zog Bryson einen Gegenstand hervor, der wie ein kleines Transistorradio aussah. An dessen Seite befand sich ein Schlitz in der Größe des Münzeinwurfs eines Geldautomaten. Dahinein steckte er nun den Kryptochip und schaltete das Gerät ein. Eine Anzeigenleuchte wechselte von grün auf rot und zehn Sekunden später wieder auf grün. Damit waren die im Chip gespeicherten Daten abgelesen und aufgezeichnet. Bryson lauschte auf Stimmen oder Schritte, doch es war nichts dergleichen zu hören. Beruhigt steckte er den Chip auf die Platine zurück, und nach wenigen Minuten war der ganze Apparat wieder zusammengebaut. In seinem Lesegerät waren alle Schlüsseldaten – eine ellenlange Folge von Binärcodes und algorithmischen Vorschriften – abgespeichert. Das Codierschema wechselte mit jedem Telefonanruf und generierte sich jedes Mal neu. Bryson hatte jetzt aber alle möglichen Kombinationen kopiert. Sie im gegebenen Fall anzuwenden, war ein äußerst kompliziertes Geschäft, für das es allerdings Spezialisten gab.

Wenige Augenblicke später schlenderte Bryson über den Flur zurück in Richtung Party. Der Wachposten hing immer noch schlafend in seinem Stuhl. Wenn er – etwa in zehn Minuten – wieder zu sich käme, würde er aller Wahrscheinlichkeit nach darauf verzichten, Alarm zu schlagen, denn zu gestehen, dass er sich von einem einzigen Mann hatte überwältigen lassen, hätte bestimmt unangenehme Konsequenzen für ihn.

Im *chambre de fumeur* hatte der junge Wachposten seine Hose heruntergelassen und das Hemd aufgeknöpft. Er wähnte sich schon fast am Ziel seiner Wünsche. Layla streichelte ihm mit der Hand über den Bauch und knabberte an seinem Hals. Ihr war klar: Sehr viel länger würde sie ihn nicht mehr hinhalten können. Sie warf einen Blick auf ihre kleine goldene Armbanduhr. Dem Plan nach war es jetzt bald an der Zeit, dass …

Ein schlurfender Laut auf dem Steinboden vor der Tür.

Das abgemachte Zeichen. Bryson hatte sich genau an die Zeitvorgabe gehalten.

Sie hob ihre kleine schwarze Samttasche vom Boden auf und gab dem jungen Mann einen freundschaftlichen Kuss auf die Wange. »*Allons*«, sagte sie kurz angebunden und eilte zur Tür. Der Wachmann gaffte ihr mit offenem Mund nach; sein Gesicht war puterrot, die Miene entgeistert. »*Les plus grands plaisirs sont ceux qui ne sont pas réalisés*«, flüsterte sie zum Abschied und verschwand im Flur. Die schönsten Freuden sind die unverwirklichten. Und ehe sie die Tür hinter sich zuzog, fügte sie hinzu: »Aber ich werde dich nie vergessen, mein Freund.«

Laylas Handtasche war inzwischen um einiges schwerer geworden; sie hatte die Beretta darin versteckt. Dass der junge Mann, so wütend und frustriert er auch sein mochte, Meldung machte, war nicht anzunehmen, denn er hatte sich als Wachposten einen unverzeihlichen Fehltritt erlaubt. In einem kleinen Klappspiegel prüfte Layla ihr Make-up, frischte das Lipgloss auf und kehrte in den Festsaal zurück. Bryson war, wie sie feststellte, auch soeben erst eingetroffen.

Ein kleines Streicherensemble spielte Mozart. Unter die Kammermusik mischten sich stampfende Rhythmen und schrille Synthesizertöne aus einem der angrenzenden Räume. Der Effekt war kakofonisch.

Bryson legte einen Arm um Laylas schlanke Taille und sagte leise: »Ich hoffe, Sie haben sich amüsiert.«

»Und wie«, murmelte sie. »Allerdings hätte ich gern mit Ihnen die Rolle getauscht. Erfolg gehabt?«

Bryson wollte gerade antworten, als er in einer entfernten Ecke des Saales Jacques Arnauds kahlen Kopf entdeckte. Er unterhielt sich mit einem Mann im Smoking, der einen kleinen Kopfhörer im Ohr stecken hatte und offenbar zum Sicherheitspersonal gehörte. Arnaud nickte und sah sich unter den Gästen um. Plötzlich eilte ein dritter Mann hinzu, der dem Ausdruck und seinen Gebärden nach in heller Aufregung zu sein schien. Es kam zu einem kurzen Wortwechsel, und Bryson registrierte, dass Arnaud einen scharfen Blick in seine Richtung warf. Offenbar war der Vorfall im Bürotrakt gemeldet und Alarm geschlagen worden. Für Bryson gab es kaum einen Zweifel daran, dass Arnaud gezielt ihn, den vermeintlichen Mr. Collier, in Verdacht hatte. Wahrscheinlich war er ins Bild irgendwelcher Überwachungskameras gelaufen. Wie auch immer, jetzt galt es, schnell zu reagieren.

Schon setzten sich die beiden Männer um Arnaud in Bewegung, drängten sich auf getrennten Wegen durch die Menge und prallten in ihrer Hast immer wieder mit Gästen zusammen. Nun tauchte auch noch ein dritter Mann auf, und bald wurde die Absicht des Trios deutlich: Sie versperrten sämtliche Ausgänge des Saals. Bryson und Layla steckten in der Falle.

Tatsächlich hatten Kameras ihren Streifzug durch die Flure des Châteaus verfolgt und auch Brysons Eindringen in Arnauds Büro beobachtet – oder zumindest sein Verlassen, was erklären würde, warum die Sicherheitskräfte derart verspätet in Aktion traten.

Jetzt aber waren die beiden eingekreist.

Layla drückte Brysons Hand mit krampfhaftem Nachdruck. Auch sie hatte den Ernst der Lage erkannt. Ihre Möglichkeiten waren sehr eingeschränkt. Der Gebrauch von Waffen käme nur als allerletzte Maßnahme in Betracht. Arnauds Leute würden versuchen, Layla und Bryson nach draußen zu locken, ohne Aufsehen zu erregen. Der Schein, dass es sich hier um eine ganz normale Party handelte, sollte nach Möglichkeit gewahrt bleiben. Allerdings zweifelte Bryson keinen Augenblick lang an der Entschlossenheit und Kaltblütigkeit des Hausherrn und seiner Wachmänner. Wenn sie keine andere Möglichkeit mehr sähen, würden sie das Feuer eröffnen. Erklärungen konnten nachgereicht, Lügen fabriziert und im Nachhinein falsche Spuren gelegt werden.

Bryson fuhr mit dem Kopf herum und sah mehrere Männer auf sich zu eilen, gebremst nur vom Gedränge der Gäste und der vermutlich ausdrücklichen Direktive des Gastgebers, Unruhe so weit wie möglich zu vermeiden. Er spürte, wie ihm Layla etwas in die Hand zu stecken versuchte und stellte fest, dass es sich dabei um ihre schwarze Samttasche handelte. Was beabsichtigte sie damit? Er hatte die kleine Ausbuchtung bereits vorher registriert und angenommen, dass die Waffe, durch die sie verursacht wurde, dem verführten Wachmann gehörte.

Weil Layla nicht locker ließ, nahm er die Handtasche schließlich entgegen, öffnete sie und realisierte sofort, worauf sie abzielte. Die Hände hinter dem Rücken versteckt, zog er einen zylindrischen Gegenstand aus der Tasche hervor, der sich ursprünglich an Bord der *Spanish Armada* befunden hatte. Er betätigte den Hebel und warf die kleine Rauchbombe von sich, die Sekunden später zerplatzte und grauen, ätzend stinkenden Rauch entließ, der sich rasend schnell im ganzen Saal ausbreitete.

Spitze Schreie gellten; Rufe wurden laut: »*Au feu!*« und »*Schnell raus hier!*«. Arnauds Männer hatten sich bis auf wenige Schritte genähert, als der Tumult ausbrach. Bald brüllte und kreischte alles durcheinander, und je mehr sich der Saal mit Rauch füllte, desto hysterischer wurde die Menge. Die feinen, kultivierten Partygäste verwandelten sich in ein Rudel aufgeschreckter Lemminge und stürzten den Ausgängen entgegen. Dann begannen Alarmsirenen zu heulen, offenbar von Rauchmeldern ausgelöst. In den benachbarten Räumen verstummte die Musik. Kammer- wie Rockmusiker beteiligten sich an der Flucht und stürmten nach draußen. Layla und Bryson konnten in dem heillosen Durcheinander abtauchen und sich so den Sicherheitskräften Arnauds entziehen.

Schreiende Gäste klammerten sich aneinander fest oder verschafften sich mit brutalen Ellbogenstößen Platz. Im wilden Gedränge vor dem Hauptportal packte Bryson Layla bei der Hand und zerrte sie mit sich in den prachtvoll angelegten Garten hinaus, der das Château umgab. Zwischen dichten Hecken hatte er ein Motorrad versteckt, eine schwere BMW, die er, kaum dass Layla sich auf den Beifahrersitz geschwungen hatte, im Handumdrehen auf Touren brachte und in Richtung Auffahrt lenkte. Noch immer drängte die panische Menge aus dem Château und eilte zu den parkenden Limousinen.

Wenig später rasten sie, ein Auto nach dem anderen überholend, über die A-1 Richtung Paris. Einer der Wagen ließ sich, wie Bryson bald bemerkte, partout nicht abschütteln. Im Gegenteil, der schwarze Sportwagen holte auf und kam immer dichter heran. Bis auf 50 Meter, 30, 10 … Im Rückspiegel sah Bryson, dass der Wagen trotz des halsbrecherischen Tempos hin und her schleuderte. Doch der Fahrer hatte mitnichten die Kontrolle über sein Auto verloren. Nein, mit seinem verrückten Manöver verfolgte er eine ganz bestimmte Absicht:

Der Verfolger wollte Bryson von der Straße drängen.

Bryson drehte weiter auf und beschleunigte das Motorrad bis auf Höchstgeschwindigkeit, sah dann aber eine Ausfahrt vor sich und wechselte abrupt die Spur, um die Schnellstraße zu verlassen. Der schwarze Sportwagen folgte und provozierte mit seiner rücksichtslosen Fahrweise ein wütendes Hupkonzert seitens der übrigen Verkehrsteilnehmer. Bryson spürte Laylas Hände, die sich an seiner verletzten Schulter festkrallten, was ihm unsägliche Schmerzen bereitete.

Das Auto war bis auf knapp fünf Meter herangefahren, als Bryson sich tollkühn in die Kurve der Ausfahrt legte. Um nicht herunterzufallen, packte Layla noch fester zu, so fest, dass er vor Schmerz unwillkürlich laut aufschrie.

Kaum war er in die Ausfahrt eingebogen, ließ er das Motorrad zur linken Seite hin ausbrechen und vollzog eine Kehrtwende um 180 Grad, die umso riskanter war, als es dafür kaum ausreichend Platz gab. Doch irgendwie schaffte er es, das Gleichgewicht zu halten, und beschleunigte auf dem schmalen Seitenstreifen zurück in falscher Richtung auf die Schnellstraße, während der Sportwagen weiter die Ausfahrt entlangraste.

Ohne sich von den blinkenden Scheinwerfern und tötenden Hupen der entgegenkommenden Fahrzeuge irritieren zu lassen, donnerte Bryson über die Standspur zurück. Er warf einen Blick in den Rückspiegel und sah, dass der Sportwagen abgeschüttelt war. Wegen der nachfolgenden Autos war es für ihn unmöglich gewesen, in der Ausfahrt zu wenden.

Bryson gab Vollgas, bis der Motor zu bersten drohte. Sie flogen buchstäblich dahin, dem fließenden Verkehr entgegen.

Plötzlich tauchte ein Motorrad auf, das die entgegenkommenden Autos überholte und an ihnen vorbeizischte. Bryson ahnte sofort: Das konnte nur ein zweiter Verfolger sein, der vom Château de Saint-Meurice kam.

Und tatsächlich: Kreischende Bremsen und erneutes Gehupe verrieten, dass der Motorradfahrer gewendet hatte und den Flüchtigen auf der Standspur nachsetzte. Im Rückspiegel sah Bryson, wie er aufholte. Er konnte die Maschine zwar nicht erkennen, hörte aber am Motorengeräusch, dass es sich ebenfalls um eine BMW handelte, die aber offenbar stärker motorisiert war als seine, die er in Paris gemietet hatte.

Plötzlich spürte Bryson einen Stoß. Der Verfolger war absichtlich aufgefahren und versuchte, sie so zu Sturz zu bringen. Über das Lärmen der Motoren hinweg hörte er Layla vor Angst kreischen.

»Alles in Ordnung?«, brüllte er zurück.

»Ja«, schrie sie zurück. »Aber machen Sie *voran!*«

Er versuchte, weiter zu beschleunigen, doch die Maschine gab nicht mehr her.

Wieder drängte sie ein Schlag von hinten zur Seite ab. Jenseits der Straße erstreckte sich flaches Weideland, auf dem vereinzelt ein paar Heuschober standen. Als Bryson die Maschine wieder unter Kontrolle hatte, scherte er von der Fahrbahn ab und steuerte auf die Wiese zu. Der Verfolger blieb ihm auf den Fersen. Aber weil er nun den Lenker mit beiden Händen festhalten musste, konnte er immerhin keine Waffe ziehen.

Verfolge den Verfolger.

So hatte eine von Wallers häufig wiederholten Spruchweisheiten gelautet.

Am Ende wirst du entscheiden, wer Jäger ist und wer Gejagter. Der Gejagte kann nur überleben, wenn er selbst zum Jäger wird.

Bryson tat das Unerwartete: Er fuhr einen Kreis, wodurch er tiefe Spuren in den weichen Untergrund pflügte und hielt genau auf den Verfolger zu.

Der versuchte überrascht, zur Seite auszuweichen. Doch dazu blieb ihm keine Zeit mehr. Bryson rammte die Maschine mit voller Wucht, wodurch der Fahrer im hohen Bogen aus dem Sattel flog.

Dreck spritzte, als Bryson in die Bremsen griff und sein Motorrad zum Stoppen brachte. Zuerst sprang Layla ab, dann er; die Maschine ließ er einfach zu Boden fallen.

Der andere Fahrer flüchtete und schien im Laufen nach einer Waffe zu greifen. Doch Layla hatte ihre Beretta schon gezogen und feuerte drei Schüsse auf ihn ab.

Schreiend ging der Mann zu Boden. Er schaffte es aber noch, eine Pistole aus dem Halfter zu ziehen und abzudrücken. Doch seine Schüsse waren schlecht gezielt. Inzwischen hatte auch Bryson eine Waffe zur Hand. Sein Schuss traf den Gegner in die Brust.

Der schlug rücklings zu Boden und blieb regungslos liegen.

Bryson eilte zu dem Toten und durchsuchte seine Taschen.

Er brachte eine Brieftasche zum Vorschein. Dass sein Verfolger sie bei sich getragen hatte, konnte nicht überraschen, denn er hatte überstürzt aufbrechen müssen und keine Zeit mehr gehabt, seine Papiere loszuwerden.

Auf das, was Bryson entdeckte, war er allerdings überhaupt nicht vorbereitet. Es versetzte ihm einen Schock, der seinen Atem stocken ließ.

Dokumente konnten gefälscht sein, doch Bryson war ein Experte im Erkennen falscher beziehungsweise echter Papiere, und diese waren echt. Kein Zweifel. Das Mondlicht war hell genug, und er untersuchte den Ausweis gründlich, von vorn, von hinten. Alle fälschungssicheren Merkmale befanden sich da, wo sie sein sollten.

»Was ist?«, fragte Layla. Er reichte ihr den Ausweis.

Sie verstand sofort und stöhnte nur: »Oh, mein Gott!«

Der tote Verfolger war keine angeheuerte Sicherheitskraft gewesen, nicht einmal ein Franzose, der auf Arnauds Gehaltsliste gestanden hatte.

Er war US-Bürger und bei der Pariser Außenstelle der CIA angestellt gewesen.

Elftes Kapitel

Die Sekretärin arbeitete schon seit 17 Jahren für die Central Intelligence Agency, konnte aber an den Fingern abzählen, wie oft es bislang vorgekommen war, dass jemand an ihr vorbeigekommen und unangemeldet ins Büro ihres Chefs Harry Dunne hineingeplatzt wäre. Selbst in den seltenen Fällen, wenn der Direktor zu Besuch kam (normalerweise bequemte sich Harry Dunne ins Büro des Direktors), musste dieser sich gedulden, bis sie Gelegenheit hatte, Harry zumindest anzuklingeln.

Doch so sehr sie auch abwehrte und beteuerte, Mr. Dunne sei außer Hause, es half nichts; der Eindringling tat das Unsägliche: Er ignorierte sie einfach und stürmte an ihr vorbei ins Chefbüro. Marjorie kannte die Sicherheitsvorschriften. Sie rief den Personenschutz, indem sie den unter der Schreibtischplatte angebrachten Alarmknopf drückte, und meldete ihrem Boss erst dann über die Sprechanlage, dass sich dieser Verrückte nicht habe aufhalten lassen.

Bryson hatte die Wahl: Rückzug oder Konfrontation. Er entschied sich für Konfrontation, denn nur so war, wie er glaubte, die unverhüllte Wahrheit zu erfahren – spontan und mit Nachdruck. Layla hatte ihm geraten, einen großen Bogen um Dunne zu machen, denn wichtiger, als die Informationen, die man ihm auftischen würde, sei es, sich um das eigene Überleben zu sorgen. Aber Bryson war anderer Ansicht, zumal er gar nicht anders konnte: Er musste versuchen, die Lügen zu entwirren und die Wahrheit über Elena und sein eigenes Leben in Erfahrung zu bringen. Dafür musste er Dunne zur Rede stellen.

Layla war in Frankreich geblieben. Sie wollte ihre Kontakte aufsuchen und Informationen über Jacques Arnaud und dessen jüngste Aktivitäten sammeln. Über das Direktorat hatte Bryson ihr nichts gesagt; er hielt es immer noch für besser, sie darüber im Unklaren zu lassen. Sie hatte ihn am Charles-de-Gaulle-Flughafen verabschiedet und mit einem überraschend innigen Kuss verblüfft, um sich gleich darauf errötend abzuwenden und davonzueilen.

Harry Dunne stand am Fenster. Er hatte das Jackett ausgezogen und rauchte eine Zigarette, die in einer langen, elfenbeinernen Spitze steckte. In geschlossenen Räumen zu rauchen war, wie Bryson wusste, ein Verstoß gegen die Hausordnung, doch ein stellvertretender Direktor durfte sich von dieser Regel ausnehmen. Er drehte sich um, als Bryson, mit Marjorie im Schlepptau, polternd zur Tür hereinkam.

»Mr. Dunne, es tut mir schrecklich Leid, aber dieser Herr hat sich einfach nicht aufhalten lassen!«, rief Marjorie bestürzt. »Der Personenschutz ist alarmiert.«

Dunne musterte den Besucher und legte sein schmales, hageres Gesicht in Falten. Die kleinen, blutunterlaufenen Augen funkelten. Um den Videoscannern im Eingangsbereich ein Schnippchen zu schlagen, hatte Bryson sein Äußeres verändert und sich verkleidet. Dunne schüttelte den Kopf, stieß einen Schwall Zigarettenqualm aus und hustete. »Schon gut, Margie, pfeifen Sie die Männer wieder zurück. Mit diesem Herrn nehme ich es auch allein auf.«

Verdattert blickte die Sekretärin von ihrem Chef zu dem Eindringling, straffte dann die Schulter und kehrte, die Tür hinter sich schließend, ins Vorzimmer zurück.

Sichtlich verärgert trat Dunne auf Bryson zu. »Den Personenschutz hätten *Sie* nötig, denn ich würde Ihnen liebend gern mit bloßen Händen den Kehlkopf eindrücken«, raunzte er. »Wer weiß, vielleicht tu ich's auch noch. Was für ein Spiel treiben Sie hier eigentlich, Bryson? Sie wollen uns hoffentlich nicht zum Narren halten. Wir werden, wie Sie wissen dürften, ständig mit aktuellsten Nachrichten versorgt. Nun, vielleicht ist etwas Wahres an dem Spruch: Einmal Verräter, immer Verräter.« Dunne drückte die Zigarette in einem gläsernen Aschenbecher aus, der auf dem Schreibtisch stand und schon randvoll mit Kippen gefüllt war. »Keine Ahnung, wie Sie allen Sicherheitsvorkehrungen zum Trotz ins Haus gekommen sind. Aber das wird sich ja wohl mit den Aufzeichnungen der Videokameras erklären lassen.«

Bryson war auf den unbeherrschten Wutausbruch seines Gegenübers nicht gefasst gewesen und zögerte. So viel Temperament hatte er dem weißhaarigen Harry Dunne gar nicht zugetraut. Furcht, Unsicherheit, Verlegenheit, ja – aber keine Wut. Zwischen zusammengebissenen Zähnen stieß Bryson hervor: »Wenn hier einer Grund hat, sauer zu sein, dann ich. Sie haben mir Killer auf den Hals gehetzt, in Paris stationierte halb gare Schnösel.«

Dunne schnaubte verächtlich und zupfte eine neue Zigarette aus der Schachtel, die in der Brusttasche seines zerknitterten grauen Jacketts steckte. Er setzte sie auf die Zigarettenspitze, zündete sie an und ließ das Streichholz in den Aschenbecher fallen. »Sie haben doch eigentlich mehr drauf, Professor«, sagte Dunne kopfschüttelnd und stellte sich wieder vor das Panoramafenster, das einen prächtigen Ausblick auf die grünen Hügel Virginias bot. »Schauen Sie, im Grunde ist die Sache ganz einfach. Wir haben Sie losgeschickt in der Hoffnung, dass Sie einen Schleichweg zurück ins Direktorat finden. Stattdessen lassen Sie unsere einzigen viel versprechenden Kontakte zu diesem Haufen auffliegen. Und dann tauchen Sie ab – wie ein gedungener Killer, der seinen Auftrag erledigt hat.« Er drehte sich zu Bryson um und blies ihm seinen Rauch ins Gesicht. »Wir dachten, das Direktorat wäre für Sie passé. Aber das war wohl ein Irrtum, nicht wahr?«

»Was zum Teufel wollen Sie mir eigentlich sagen?«

»Ich möchte, dass Sie sich einem Test mit einem Lügendetektor unterziehen – obwohl es ja doch das Erste ist, was man Ihnen und Ihresgleichen beibringt, nämlich wie man diese Kiste austrickst. Habe ich Recht?«

Mit einem Ausdruck der Entrüstung warf Bryson eine mit blauem Kunststoff laminierte Karte auf die einzig freie Stelle auf Dunnes Schreibtisch – den CIA-Ausweis aus der Brieftasche des toten Motorradfahrers, der ihm und Layla von Jacques Arnauds Château aus nachgejagt war. »Sie wollen wissen, wie ich ins Haus gekommen bin?«

Dunne nahm die Karte zur Hand und musterte sofort das Hologramm, indem er es so gegen das Licht hielt, dass das dreidimensionale Logo der CIA sichtbar wurde. Dann suchte er und fand den zwischen zwei Kunststofflagen eingeschweißten Magnetstreifen. Alle CIA-Beamten und nur sie hatten eine solche Karte; sie war absolut fälschungssicher. Dunne schob die Karte in das Lesegerät, das auf seinem Schreibtisch stand. Auf dem großen blauen Computerbildschirm erschienen Personendaten und ein Porträt, das Bryson mit seinem veränderten Äußeren durchaus ähnelte.

»Aus der Pariser Dienststelle. Verflucht, woher haben Sie diese Karte?«, wollte Dunne wissen.

»Werden Sie mir zuhören?«

Dunne kniff argwöhnisch die Brauen zusammen. Er setzte sich an den Schreibtisch, entließ zwei Rauchstöße aus der Nase und drückte die erst zur Hälfte gerauchte Zigarette aus. »Lassen Sie mich vorher Finneran rufen.«

»Finneran?«

»Mein Assistent. Sie sind ihm schon begegnet, unterwegs zu den Blue Ridge Mountains.«

»Er soll bleiben, wo er ist.«

»Ich brauche ihn aber. Er ist meine Gedächtnisstütze.«

»Nein. Wir unterhalten uns unter vier Augen – abgesehen von wer weiß wie vielen Wanzen, die Sie hier versteckt haben.«

Dunne zuckte mit den Achseln. Er zog eine neue Zigarette aus der Packung, doch anstatt sie in die Spitze zu stecken, friemelte er mit seinen nikotingelben Fingern daran herum. Durch den dünnen Stoff des blauen Oberhemdes schimmerten, wie Bryson sehen konnte, an Schultern und Bizeps Nikotinpflaster.

Während Bryson die Ereignisse der vergangenen zwei Tage schilderte, wurde Dunne zunehmend ernst. Schließlich sagte er mit belegter Stimme: »Auf Ihren Kopf war ein Preisgeld von zwei Millionen Dollar ausgesetzt, noch ehe Sie sich an Bord von Calacanis' Schiff haben blicken lassen. Irgendwie hat sich herumgesprochen, dass Sie wieder mit von der Partie sind.«

»Haben Sie vergessen, dass man mich schon in Washington abservieren wollte? Die Gegenseite hatte offenbar gewusst oder geahnt, dass ich im alten Hauptquartier des Direktorats vorbeischauen würde. Das deutet auf eine undichte Stelle hier in diesem Haus hin.« Bryson beschrieb mit ausgestrecktem Zeigefinger einen kleinen Kreis in der Luft.

»Ach was!«, ereiferte sich Dunne. Er riss die Zigarette in der Mitte durch und warf beide Hälften in den Aschenbecher. »Ihr Name taucht bei uns nur ein einziges Mal auf, nämlich in der Datenbank der Sicherheit, um zu gewährleisten, dass Sie ins Haus kommen und es auch wieder verlassen können.«

»Das könnte dem Direktorat schon reichen, falls es sich hier eingeloggt haben sollte.«

»Papperlapapp. Wir haben nicht einmal Ihren richtigen Namen gespeichert. Sie werden hier unter Ihrem Decknamen Jonas Barrett geführt, was übrigens gegen alle Regeln verstößt. Normalerweise wird hier nicht gelogen, wenn es um die Sicherheit geht.«

»Spesenrechnungen, Quittungen …«

»Nichts dergleichen wird je an die Oberfläche gelangen. Dafür bürge ich persönlich. Es geht hier schließlich nicht zuletzt um meinen eigenen Arsch. Was glauben Sie eigentlich, Mann? Mit Ihnen habe ich mir ein verdammtes Risiko aufgehalst. Was weiß ich denn schon über Sie und Ihre Loyalität? Auch wenn ich Ihre rot umrandete Personalakte unters Mikroskop legte, würde ich einen Scheißdreck darüber erfahren, was in Ihrem Kopf vorgeht. Ich weiß nur, dass man Sie als Professor in ein Kuhdorf-College abgeschoben hat …«

»Verdammt noch mal«, donnerte Bryson los, »glauben Sie etwa, ich hätte mir das ausgesucht? Aber ich habe mich auch nicht freiwillig von Ihren Schlägern von meinem Abstellgleis herunterholen lassen. Ich war gerade dabei, am beschaulichen Leben als Lehrer in der Provinz Gefallen zu finden. Wie auch immer, ich bin nicht hier, um mich zu verteidigen. Ich nehme an, Sie und Ihre Jungs haben sich, was mein Vorleben angeht, gründlichst informiert. Ich will wissen, was die CIA dazu bewegt, mir aufzulauern und Killer auf den Hals zu hetzen. Und lassen Sie sich bloß eine gute Erklärung einfallen oder zumindest eine Lüge, die mich überzeugt.«

Dunnes Blick verfinsterte sich. »Den Nachsatz habe ich nicht gehört, Bryson«, sagte er leise. »Denken Sie noch mal scharf nach, ja? Ihren Ausführungen zufolge sind Sie von einem gewissen Vance Gifford wiedererkannt worden, einem Direktoratsagenten, mit dem Sie früher einmal in Kowloon im Einsatz waren ...«

»Ja, und die Sangiovanni-Brüder haben behauptet, ich sei außerdem von Arnauds Mann an Bord des Schiffes wiedererkannt worden. Daran kann auch kein Zweifel bestehen. Im Nachhinein ist schnell erklärt, wieso es zu diesen Anschlägen in Santiago de Compostela kommen konnte. Was mich im Augenblick sehr viel mehr interessiert, ist Chantilly, beziehungsweise der CIA-Mann, den ich erschossen habe, und der so nachlässig war, seinen Ausweis mit sich zu führen. Und wo einer dieser Typen ist, stecken auch noch andere; das wissen Sie so gut wie ich. Oder wollen Sie mir verklickern, dass in der CIA alles drunter und drüber geht? Entweder ist das tatsächlich der Fall, oder Sie wollen mich linken. Also, das will ich jetzt glasklar beantwortet bekommen.«

»Es gibt noch andere Erklärungen«, protestierte Dunne mit heiserer Stimme, die einen heftigen Hustenreiz auslöste.

»Ich weiß immer noch nicht, was Sie mir zu erklären versuchen.«

Dunne ahmte Brysons Geste nach und deutete mit kreisendem Zeigefinger auf versteckte Mikrofone. »Ich muss noch ein paar Dinge klären und schlage vor, dass wir unsere Unterhaltung später an einem anderen Ort fortführen.« Sein Gesicht wirkte plötzlich noch ausgemergelter, noch tiefer zerfurcht, und Bryson glaubte, eine Spur von Angst in seinem Blick zu erkennen.

Hinter dem komplizierten Namen *Rosamund Cleary Extended Care Facility* verbarg sich nichts anderes als ein Seniorenheim. Es war ein schmucker, flacher Backsteinbau inmitten der Wälder von Dutchess County im Staat New York. Wer hier seine letzten Lebensjahre verbrachte, war einerseits finanziell privilegiert, andererseits aber auch pflegebedürftig und ohne familiären Anhang, der die Pflege hätte übernehmen können. Seit mittlerweile zwölf Jahren wohnte Felicia Munroe in diesem Heim, jene Frau, die zusammen mit ihrem Mann Peter den Teenager Nicholas Bryson bei sich aufgenommen hatte, nachdem seine Eltern bei einem Autounfall umgekommen waren.

Bryson mochte diese Frau und hatte immer ein gutes Verhältnis zu ihr gehabt, auch wenn sie ihm nie die Mutter hatte ersetzen können. Er war schon zu alt gewesen, als sich der Unfall ereignet hatte, und so war sie für ihn von Anfang an Tante Felicia gewesen, die treue Frau von Onkel Pete, der einer der besten Freunde seines Vater gewesen war. Die beiden hatten sich liebevoll um ihn gekümmert und sogar das Pensionat und dann das Collegestudium für ihn bezahlt, wofür er ihnen ewig dankbar sein würde.

Peter Munroe hatte George Bryson in einem Offiziersclub in Bahrain kennen gelernt. Bryson war als Colonel damit beauftragt gewesen, den Aufbau neuer Kasernen zu beaufsichtigen, während Munroe als Ingenieur eines multinationalen Bauunternehmens an der Ausschreibung teilnahm. Bryson und Munroe hatten sich schnell angefreundet und fleißig Brüderschaft getrunken – eine Spezialität des Clubs in einem ansonsten »trockenen« Land. Später sprach sich Colonel Bryson bezüglich der Vergabe des Auftrags gegen die Firma von Pete Munroe aus, und eine andere Firma erhielt den Zuschlag, deren Angebot einfach günstiger war. Munroe nahm die Niederlage sportlich, lud Bryson auf ein paar Drinks ein und meinte, dass ihm die geschäftliche Niederlage letztlich gleichgültig sei. Persönlich habe sich für ihn die Reise in den Wüstenstaat allemal gelohnt, denn er sei um einen Freund reicher. Später – allzu spät, wie sich herausstellte – erfuhr Bryson, dass die begünstigte Firma ein unlauteres Gebot abgegeben und den Auftrag erschwindelt hatte. Am Ende versuchte sie die Mehrkosten in Höhe von etlichen Millionen Dollar auf die Army abzuwälzen. Als

George Bryson seinen Freund um Verzeihung bat, winkte dieser bloß ab und sagte: »Korruption gehört zum Handwerk. Wäre mir an dem Job wirklich gelegen gewesen, hätte ich wahrscheinlich auch gelogen.« Die Freundschaft zwischen George Bryson und Pete Munroe jedenfalls hatte Bestand.

Aber war auf diese Version der Geschichte Verlass? Sagte Harry Dunne die Wahrheit? Jetzt, da es einen konkreten Beweis dafür gab, dass man ihn durch einen CIA-Agenten hatte umbringen lassen wollen, stand für Bryson alles wieder in Frage. Denn wenn Dunne mit diesem Vorfall etwas zu tun hatte, konnte jedes seiner Worte gelogen sein. In gewisser Hinsicht bedauerte Bryson, dass er nicht schon vor seinem Abflug zur *Spanish Armada* in das Seniorenheim gekommen war. Bevor er die Drecksarbeit für Dunne erledigte, hätte er der alten Tante Felicia einen Besuch abstatten und ihr ein paar gezielte Fragen stellen sollen. Er hatte sie insgesamt zweimal – einmal davon mit Elena – besucht, war aber schon jahrelang nicht mehr bei ihr gewesen.

Dunnes Offenbarungen an jenem Tag in den Blue Ridge Mountains, dem Tag, der sein Leben verändert hatte, hallten immer noch in seinen Ohren nach. Er würde sie so bald nicht vergessen.

»Gestatten Sie, dass ich Ihnen eine Frage stelle, Bryson. Haben Sie tatsächlich an einen Unfall geglaubt? Sie waren 15 Jahre alt, ein Eliteschüler, ein Sportass, der Idealtyp des amerikanischen Jugendlichen. Auf einen Schlag kommen beide Elternteile ums Leben. Sie kommen zu den Großeltern …«

»Onkel Pete … Pete Munroe.«

»Ja, der Name, den er angenommen hatte. Ursprünglich hatte er einen anderen. Er hat bestimmt, auf welches College Sie gehen, und auch viele andere Entscheidungen für Sie getroffen – Entscheidungen, mit denen sichergestellt war, dass Sie am Ende bei der richtigen Adresse landeten: beim Direktorat.«

Bryson traf Tante Felicia in einem geräumigen Tagesraum an, der geschmackvoll mit persischen Teppichen und antiken

Edelholzmöbeln eingerichtet war. Im Raum verteilt befanden sich noch mehrere andere ältere Personen. Einige lasen, andere häkelten, manche dösten einfach nur vor sich hin. Felicia Munroe saß vor dem Fernseher und schien dem Programm mit gespanntem Interesse zu folgen.

»Tante Felicia«, grüßte Bryson herzlich.

Sie wandte sich ihm zu, und für einen flüchtigen Moment hatte es den Anschein, als dämmerte ihr, wer da vor ihr stand. Doch dann trübte sich ihr Blick wieder. »Ja?«, fragte sie mit scharfer Stimme.

»Tante Felicia. Ich bin's, Nick. Erinnerst du dich?«

Sie gaffte ihn mit begriffsstutziger Miene an, und er musste einsehen, dass ihre Demenz, die sich schon vor Jahren mit ersten Symptomen angekündigt hatte, mittlerweile schon sehr weit fortschritten war. Nachdem sie ihn beklemmend lange angestarrt hatte, lächelte sie matt und sagte: »Ach, *du* bist es.«

»Erinnerst du dich? Du hast mich aufgenommen und dich um mich gekümmert.«

»Du bist zurückgekommen«, hauchte sie, und Tränen traten in ihre Augen. »Himmel, wie ich dich vermisst habe.«

Bryson war gerührt.

»Mein lieber George«, sagte sie. »Mein lieber, guter George. Wie lange ist es her?«

Im ersten Moment war er völlig perplex, doch dann begriff er. Bryson war jetzt ungefähr im selben Alter wie sein Vater, General George Bryson, als dieser umgekommen war. Tante Felicia konnte sich womöglich in aller Klarheit an Jahrzehnte zurückliegende Ereignisse erinnern, wenn sie auch ihren eigenen Namen vergessen hatte. In ihrem verwirrten Sinn hielt sie ihn nun für seinen Vater. Die Ähnlichkeit war in der Tat verblüffend, und je älter er wurde, desto mehr glich er George.

Als hätte sie genug von seinem Besuch, wandte sie sich plötzlich ab und starrte wieder auf den Fernsehapparat. Bryson trat unschlüssig von einem Bein aufs andere. Nach einer Weile schien Felicia erneut Notiz von ihm zu nehmen.

»Hallo«, sagte sie zaghaft und fast ängstlich. »Wie ist es möglich? Du bist doch tot … ich dachte, du seist tot.«

Bryson wollte sie nicht irritieren und verzog keine Miene. Vielleicht, so hoffte er, ließ sie eine Bemerkung fallen, die ihm weiterhelfen konnte.

»Du bist bei diesem schrecklichen Unfall ums Leben gekommen«, sagte sie und verzog das Gesicht. »Ja, so war es. Ein schrecklicher Unfall. Du und Martha. Entsetzlich. Und der arme kleine Nicky verwaist. Oh, ich glaube, ich habe drei Tage lang ununterbrochen geweint. Zum Glück war mir Pete eine feste Stütze; er hat mir wieder Mut gemacht.« Wieder wurden ihre Augen feucht, und schließlich rollten ihr Tränen übers Gesicht. »Pete hat mir nicht alles erzählt«, fuhr sie mit monotoner Stimme fort. »Was da genau in dieser Nacht passiert war, konnte und wollte er mir nicht sagen. Er hat sich schreckliche Vorwürfe gemacht, aber nie darüber gesprochen, all die Jahre nicht.«

Ein eisiger Schauer rieselte Bryson über den Rücken.

»Und deinem kleinen Nicky gegenüber hat er auch nie etwas verraten. Traurig, so eine schwere Last mit sich herumschleppen zu müssen, nicht wahr?« Sie schüttelte den Kopf und tupfte sich mit dem Rüschenbündchen ihrer Bluse die Augen trocken. Daraufhin wandte sie sich wieder dem Fernseher zu.

Bryson ging hin und schaltete den Apparat aus. Die arme Frau hatte zwar – aufgrund ihres Alters oder einer Krankheit – ihr Kurzzeitgedächtnis eingebüßt, schien sich aber doch an lange vergangene Dinge recht gut erinnern zu können.

»Felicia«, sagte er mit sanfter Stimme. »Erzähl mir bitte mehr von Pete. Pete Munroe, deinem Mann.«

Ihr starrer Blick machte ihn beklommen. Sie musterte den Teppich unter ihren Füßen. »Er hat mir immer, wenn ich erkältet war, einen Whiskey-Punsch gemacht, weißt du.« Sie schien tief in Erinnerungen versunken zu sein und wirkte völlig entspannt. »Honig und Zitronensaft und ein *winzig* kleines Schlückchen Bourbon. Nur ein Fingerhütchen voll. Danach geht's einem im Nu wieder besser.«

»Felicia, hat er jemals etwas über eine Einrichtung mit dem Namen Direktorat gesagt?«

Sie blickte ihn mit ausdrucksloser Miene an. »Eine verschleppte Erkältung kann sehr gefährlich werden. Aber, richtig behandelt, ist sie in sieben Tagen überstanden.« Sie kicherte und wackelte mit dem ausgestreckten Zeigefinger. »Pete hat immer geraten, nur ja nichts zu verschleppen.«

»Was hat er über meinen Vater erzählt?«

»Oh, er war ein begnadeter Erzähler. Er hat die komischsten Geschichten erzählt.«

In einer anderen Ecke des Aufenthaltsraums war einem der anderen Patienten ein kleines Malheur passiert. Zwei Pfleger kamen mit Eimer und Aufnehmer. Sie sprachen russisch miteinander. Bryson konnte einen Halbsatz aufschnappen – *ya nye znayu*: ich weiß nicht – und am Akzent heraushören, dass der Sprecher aus Moskau stammte.

Auch Felicia Munroe hatte die Worte gehört und spitzte die Ohren. »*Ya nye znayu*«, wiederholte sie lachend. »Was für ein Kauderwelsch!«

»Das ist kein Kauderwelsch, Tante Felicia«, entgegnete Bryson.

»Kauderwelsch!«, insistierte sie trotzig. »So faselte auch Pete manchmal im Schlaf. *Ya nye znayu.* Dummes Zeug. Immer wenn er im Schlaf redete, hörte es sich so ähnlich an. Und wenn ich ihn damit aufgezogen habe, ist er immer in die Luft gegangen.«

»Er hat im Schlaf in dieser Sprache geredet?« Bryson spürte sein Herz gegen die Rippen pochen.

»Oh ja, und das ziemlich häufig.« Mit einem Mal wirkte Felicia hellwach.

Onkel Pete hatte also im Schlaf Russisch gesprochen. Hatte Harry Dunne also Recht? War Pete Munroe ein Genosse von Gennadi Rosowski alias Ted Waller gewesen? War es möglich? Oder gab es auch eine andere Erklärung? Bryson wusste nicht weiter.

Felicia fuhr fort zu erzählen. »Besonders schlimm war's nach deinem Tod, George. Er kam kaum zur Ruhe, wälzte sich dann hin und her und schrie manchmal laut auf im Schlaf, immer in diesem Kauderwelsch.«

Der im Norden des Beach Drive gelegene Rock Creek Park in Washington eignete sich besonders gut für das geheime Treffen mit Harry Dunne, das für den frühen Morgen des nächsten Tages verabredet war. Dunne hatte Bryson die Wahl des Treffpunktes überlassen – aus Höflichkeit und nicht etwa, weil er dessen einschlägige Erfahrung als Spezialagent besonders wertschätzte. Schließlich war er mittlerweile doppelt so lange für seinen Geheimdienst tätig wie Bryson seinerzeit für das Direktorat.

Dass sich der stellvertretende CIA-Direktor mit ihm im Freien, außerhalb des Stammsitzes in Langley, treffen wollte, fand Bryson einigermaßen alarmierend. Er konnte kaum glauben, dass Dunne Angst davor haben musste, im eigenen Büro ohne sein Wissen abgehört zu werden. Aber vielleicht stimmte es ja tatsächlich, dass die CIA von Agenten des Direktorats unterwandert war, dass es Brysons ehemalige Vorgesetzten irgendwie geschafft hatten, ihre Fühler bis in die oberen Etagen der CIA auszustrecken. Dass Dunne darauf bestanden hatte, das Gespräch an einem neutralen, sicheren Ort fortzusetzen, war schon ein beängstigender Beleg dafür, dass irgendetwas nicht stimmte.

Trotzdem wollte sich Bryson auf keinen Fall ins Bockshorn jagen lassen. *Traue niemandem* – Ted Wallers meist feixend vorgetragener Wahlspruch traf auf makabre Weise zu: Waller selbst hatte sich als Erzbetrüger erwiesen und sein, Brysons, Vertrauen aufs Schändlichste hintertrieben. Nein, Bryson würde auf der Hut bleiben und keiner Menschenseele trauen, schon gar nicht diesem Dunne.

Er fand sich schon eine volle Stunde vor dem verabredeten Zeitpunkt am verabredeten Ort ein. Es war kurz nach vier, noch dunkel und die Luft kühl und klamm. Auf der Straße kamen nur vereinzelt einige wenige Autos vorbei, Mitarbeiter, die von der Nachtschicht nach Hause fuhren, oder auf dem Weg zum Frühdienst waren. Die Geschäfte der Regierungsverwaltung liefen rund um die Uhr.

Die ungewohnte Stille empfand Bryson als seltsam. Er achtete auf das Knacken der Zweige unter seinen Sohlen, als er das Dickicht am Rand der Lichtung durchstreifte, die er für das Treffen ausgesucht hatte, und hörte Geräusche, die sonst im Verkehrslärm untergingen. Um möglichst leise gehen zu können, trug er Schuhe mit Gummisohlen, worauf er auch bei seinen Einsätzen stets Wert gelegt hatte.

Bryson sah sich die Umgebung genau an und suchte sie nach möglichen Gefahrenstellen ab. Der bewaldete Hügel lag neben einem schmalen Wiesenstreifen am Rand eines asphaltierten Parkplatzes, in dessen äußerstem Winkel, halb verschwunden in einer Senke, jenes bunkerartige Toilettenhäuschen aus Beton stand, in dem er sich mit Dunne treffen wollte. Entgegen der Wettervorhersage, die Regen angekündigt hatte, war es trocken geblieben. Auch wenn sie jetzt das Häuschen nicht mehr vor Nässe schützen musste – seine dicken Wände würden immerhin helfen, einen eventuellen Anschlag zu vereiteln.

Bryson war aber entschlossen, einen Hinterhalt von vornherein auszuschließen. Er umrundete einmal vollständig den Hügel und hielt Ausschau nach frischen Spuren oder Observationsgeräten, die hier womöglich vorher installiert worden waren. Während eines zweiten Rundgangs sondierte er alle möglichen Zugänge, um nur ja nichts dem Zufall zu überlassen. Nach seinen intensiven Erkundungen glaubte Bryson ausschließen zu können, dass ein Hinterhalt geplant war – was allerdings nicht ausschloss, dass Sie doch noch angegriffen würden. Aber immerhin war ihm die Umgebung jetzt so vertraut, dass ihm schon kleinste Veränderungen, falls sie sich denn zutragen sollten, auffallen würden.

Um Punkt fünf Uhr bog eine schwarze Limousine, ein Lincoln Continental mit dem amtlichen Kennzeichen der Regierung, vom Beach Drive ab und steuerte auf den Parkplatz zu. Aus seinem Versteck heraus, das auf halber Höhe des Hügels hinter ein paar Büschen lag, konnte Bryson mit Hilfe eines starken Fernglases erkennen, dass sich außer Dunne nur dessen Chauffeur im Wagen befand, ein schlanker Afroamerikaner in marineblauer Livree. Dunne selbst saß im Fond und hielt eine Aktenmappe in den Händen.

Die Limousine rollte bis an das Toilettenhäuschen heran und blieb unmittelbar davor stehen. Der Chauffeur stieg aus, um seinem Chef die Tür zu öffnen, doch Dunne, ungeduldig wie immer, hatte sie bereits aufgestoßen. Er zeigte seine gewohnt grantige Miene, sah sich kurz nach allen Seiten hin um und stieg die wenigen Stufen zum Eingang des Häuschens hinunter, aus dem schwefelgelbes Licht leuchtete.

Bryson wartete. Er beobachtete den Fahrer, gefasst darauf, dass er sich irgendwie verdächtig verhielt – zum Beispiel über ein verstecktes Handy anrief, vorbeifahrenden Autos heimlich Zeichen gab oder womöglich sogar eine Pistole lud. Doch der Chauffeur setzte sich wieder hinters Lenkrad und übte sich in Geduld – womit sich sein Boss bestimmt schwertat.

Nach gut zehn Minuten – Dunne war das Warten wahrscheinlich allmählich leid – ging Bryson den Hügel hinunter und folgte einem Pfad, der ihn zum Parkplatz hin abschirmte und in Schleifen auf das Toilettenhäuschen zulief. Auf den letzten Metern begann er zu laufen und sprang in den Graben, der den Betonklotz auf Höhe des Eingangs umgab, ohne dass ihn jemand hätte entdecken können.

Die Lichter flackerten. Es stank nach Urin, Kot und scharfen Putzmitteln, die sich aber allem Anschein nach nicht hatten durchsetzen können. Er lauschte an der Tür und erkannte Dunnes typischen pfeifenden Raucherhusten. Er trat ein, schloss rasch die schwere Metalltür hinter sich und sicherte sie mit einem Vorhängeschloss, das er eigens zu diesem Zweck mitgebrachten hatte.

Dunne stand mit dem Rücken zu ihm vor einem Urinal. Als Bryson hereinkam, drehte er langsam den Kopf und murmelte: »Schön, dass Sie endlich da sind. Jetzt ahne ich auch, warum Ihnen die Armleuchter vom Direktorat den Laufpass gegeben haben. Pünktlichkeit scheint wohl nicht Ihre Stärke zu sein.«

Bryson verzichtete auf einen Kommentar. Den Grund für seine zehnminütige Verspätung konnte Dunne sich mit Sicherheit denken. Dunne zog den Reißverschluss seiner Hose hoch, betätigte die Spülung und trat vor eines der

Handwaschbecken. Die beiden nahmen im Spiegel Blickkontakt auf. »Schlechte Nachrichten«, sagte Dunne mit hallender Stimme, während er sich die Hände wusch. »Der Ausweis ist echt.«

»Welcher Ausweis?«

»Der CIA-Ausweis, den Sie dem Motorradfahrer von Chantilly aus der Tasche gezogen haben. Der Bursche war seit über einem Jahr in Paris stationiert. Als Agent *in extremis* – das heißt für Fälle, in denen besonders dreckige Arbeit zu erledigen ist.«

»Ich würde gern alles über ihn wissen, auch wer ihn nach Paris versetzt hat und wie er überhaupt rekrutiert wurde.«

Dunnes Miene verdüsterte sich wieder. »Dass ich daran noch nicht selbst gedacht habe ...«, antwortete er unüberhörbar ironisch. Er schüttelte seine Hände, denn es gab keine Papierhandtücher und der automatische Gebläsetrockner schien ihm nicht zu behagen. Als er die Hände schließlich an seinen Hosenbeinen abgetrocknet hatte, zog er eine zerknitterte Marlboro-Schachtel aus der Brusttasche, fischte eine halb zerbröselte Zigarette daraus hervor und steckte sie in den Mund, verzichtete aber darauf, sie anzustecken. »Ich habe eine Durchsuchung sämtlicher Datenbänke veranlasst, bis hin zur allerletzter Firewall, Dringlichkeitsstufe Code Sigma. Fehlanzeige.«

»Was soll das heißen? Sie führen doch dicke Personalakten über jeden Angestellten, vom Direktor bis zu der Lady, die die Toiletten in der Medienstelle putzt.«

Dunne zog eine Grimasse. Die kalte Zigarette klebte an seiner Unterlippe.

»Und euresgleichen lässt doch wahrhaftig nichts aus. Sagen Sie mir also nicht, Sie hätten über diesen Kerl keine interessanten Informationen ausgegraben«, fuhr Bryson fort.

»Sie haben mich offenbar nicht richtig verstanden. Es gibt keine Akte über ihn. Für die Zentrale in Langley hat es ihn nie gegeben.«

»Ach was! Versicherungspolicen, Lohnabrechnungen, Steuerkarten – es gibt jede Menge Papierkram, womit sich

Ihre Personalabteilung eindeckt. Wollen Sie mir weismachen, dass ihm kein Gehalt überwiesen worden ist?«

»Verdammt noch mal, hören Sie mir eigentlich nicht zu? Der Kerl hat überhaupt nicht existiert! Solche Fälle gibt's. Die ganz miesen Schlimmfinger sind bei uns nirgends registriert. Wir wollen nämlich nicht, dass sie irgendwelche Aktenspuren hinterlassen. Personalbögen, Gehaltsquittungen und dergleichen werden, kaum dass sie unterschrieben sind, ganz tief vergraben. Das Problem ist nur, dass ich von diesem fraglichen Vorgang nichts weiß. Da ist jemand, der sich im System genau auskennt und diesen Kerl anonym geführt hat. Er war wie ein Gespenst, eine Spukgestalt.«

»Und was hat das nun zu bedeuten?«, fragte Bryson.

Dunne ließ mit der Antwort auf sich warten und hustete heftig. »Das bedeutet, die CIA ist womöglich nicht die geeignete Stelle für Nachforschungen in Sachen Direktorat, denn es steht zu befürchten, dass das Direktorat seine Maulwürfe bei uns hat.«

Obwohl sie nicht unerwartet kamen, schlugen diese Worte ein wie ein Blitz, zumal es so klang, als sei Dunne sich sicher. Bryson nickte. »Das zuzugeben fällt Ihnen bestimmt nicht leicht«, sagte er.

»Allerdings«, antwortete Dunne. Er wirkte sichtlich mitgenommen. »Hören Sie, der Gedanke, das Direktorat könnte mein Amt unterwandert haben, gefällt mir natürlich überhaupt nicht. Aber meinen derzeitigen Posten verdanke ich nicht treuherzigem Wunschdenken. Ich war nicht wie Sie auf einer Elite-Uni, sondern habe gerade mal mit Ach und Krach das St. John's College geschafft. Ich spreche nicht wie Sie Dutzend Sprachen, nur Englisch, und auch das nicht besonders gut. Dafür besitze ich aber eine in unserem Gewerbe sehr seltene Begabung, nämlich gesunden Menschenverstand – oder wie man das sonst nennen will. Schauen Sie sich mal an, was diesem gottverdammten Land im Laufe der letzten 40 Jahre alles widerfahren ist, angefangen von der Schweinebucht-Geschichte über Vietnam und die Panamakrise bis hin zu den Meldungen, wie sie heute in der *Washington Post* zu lesen sind. Hinter all diesen Krisen, Pleiten und Affären stecken immer wieder so genannte *Wise Men*, unsere ›hellsten und besten Köpfe‹ mit ihren Ivy-League-Insignien und gut gepolsterten Rücklagen. Diese Typen schaffen es ein ums andere Mal, uns in die Scheiße zu reiten. Und warum? Weil sie, obwohl hoch gebildet, keinen gesunden Menschenverstand besitzen. Ich dagegen kann sehr wohl riechen, wenn etwas faul ist. Dafür habe ich einen sechsten Sinn, und der funktioniert ganz ohne Hokuspokus. Kurz und gut, ich kann und darf vor der Möglichkeit, dass einer aus unserer Mannschaft fremdgeht, einfach nicht die Augen verschließen. Die Sache ist ernst. Es passt mir zwar nicht, aber womöglich werde ich bald meinen letzten Trumpf ziehen müssen.«

»Und der wäre?«

»Wie nennt ihn das *Time Magazine* noch gleich? Den ›letzten aufrechten Mann von Washington‹? Und das will in dieser durch und durch korrupten Stadt etwas heißen.«

»Richard Lanchester«, sagte Bryson. Der Sicherheitsberater des Präsidenten und Vorsitzender des Nationalen Sicherheitsrates im Weißen Haus. Bryson kannte dessen tadellosen Leumund. »Und warum ist er Ihr letzter Trumpf?«

»Weil ich, wenn ich ihn einsetze, das Spiel aus der Hand gebe. Er ist zwar der Einzige in der Regierung, der korrupte Kanäle umgehen und die Angelegenheit wieder ins Reine bringen kann, aber sobald ich ihn einspanne, haben wir als Geheimdienst in dieser Sache nichts mehr zu melden. Dann kommt's zum offenen Schlagabtausch, und, ehrlich gesagt, ich glaube kaum, dass unsere Regierung einen solchen Krieg übersteht.«

»Himmel«, polterte Bryson los. »Sie glauben wirklich, dass der Einfluss des Direktorats so weit nach oben reicht?«

»Genau das meine ich riechen zu können.«

»Es wäre demnach das Beste, wenn ich mich in Zukunft ausschließlich und direkt mit Ihnen austauschen würde. Keine Mittelsmänner und keine E-Mails oder Faxe mehr, die abgefangen werden könnten. Ich möchte Sie bitten, eine sterile Leitung nach Langley freizuschalten, eigens abgesichert und abgeschottet.«

Der CIA-Mann nickte zustimmend.

»Außerdem sollten wir eine Codewortfolge vereinbaren, die mir garantiert, dass Sie nicht unter Druck stehen oder dass nicht andere Ihre Stimme imitieren. Ich muss sicher wissen, dass Sie es sind und aus freien Stücken reden. Noch einmal: Wenn wir Kontakt aufnehmen, ist niemand Drittes dazwischengeschaltet, nicht einmal ihre Sekretärin.«

Dunne zuckte mit den Schultern. »Verstanden. Allerdings übertreiben Sie jetzt ein bisschen. Für Marjorie lege ich die Hand ins Feuer.«

»Tut mir Leid. Keine Ausnahmen. Meine Frau Elena hat mir beigebracht, was als Metcalf-Regel bezeichnet wird. Danach nimmt die Porosität eines Netzwerks mit der Anzahl der Knotenpunkte exponentiell zu. Die Knoten sind in unserem Fall alle, die über unsere Operation Bescheid wissen.«

»Elena«, feixte der CIA-Mann. »Ich wette, sie versteht sich sehr gut auf Täuschungsmanöver. Was meinen Sie, Bryson?«

Der Stich saß – trotz allem, was passiert war, trotz aller Bitterkeit über ihr unbegründetes Verschwinden. »Stimmt«, erwiderte Bryson. »Deshalb sollten Sie mir zu allererst dabei helfen, sie zu finden …«

»Sie glauben doch wohl nicht im Ernst, ich wäre hierher gekommen, um Ihre Ehe zu kitten«, fiel ihm Dunne ins Wort. »Ich will eine Riesenkatastrophe verhindern.«

»Aber vielleicht kann sie dazu beitragen. Sie weiß etwas, vielleicht sogar eine ganze Menge.«

»Ja, und was, wenn sie involviert wäre?«

»In dem Fall wäre sie an zentraler Stelle involviert. Und wenn man sie belogen und betrogen hat wie mich …«

»Machen Sie sich nichts vor, Bryson. Ich habe Sie gewarnt …«

»Wenn man sie wie mich belogen hat«, fuhr Bryson fort, »könnte ihr Wissen trotzdem sehr aufschlussreich für uns sein.«

»Und damit würde sie natürlich prompt rausrücken, und sei es aus sentimentalen Gründen. Der Erinnerung an glückliche Zeiten wegen.«

»Wenn ich an sie herankäme«, rief Bryson, besann sich dann aber und fügte leise hinzu: »Wenn ich sie doch bloß sprechen könnte. Verdammt, ich kenne sie, ich weiß, ob sie lügt, ob sie mit der Wahrheit hinter dem Berg hält oder ob sie Ausflüchte macht.«

»Sie träumen«, sagte Dunne und hustete erneut rasselnd und pfeifend. »Sie glauben sie zu kennen, mehr noch, Sie sind überzeugt davon, nicht wahr? Allerdings waren Sie auch überzeugt davon, Ted Waller alias Gennadi Rosowski zu kennen. Oder Piotr Aksionow alias ›Onkel‹ Peter Munroe. Hat Ihre Stippvisite im Seniorenheim die gewünschte Aufklärung gebracht?«

Bryson drohte die Beherrschung zu verlieren. »Zur Hölle mit Ihnen!«, platzte es aus ihm heraus.

»Wachen Sie auf, Bryson. Er dürfte doch wohl selbstverständlich sein, dass ich, seit ich vom Direktorat weiß, ihre Tante observieren lasse. Die Gute ist so verwirrt, dass unsere Leute nichts aus ihr herausbekommen haben, und darum rätseln wir immer noch, ob sie etwas wusste und, wenn ja, wie viel. Und es besteht immerhin die Möglichkeit, dass jemand aus dem Umfeld ihres verblichenen Gatten Kontakt mit ihr aufzunehmen versucht.«

»Unsinn!«, konterte Bryson. »Sie haben doch gar nicht die personellen Mittel, um eine alte Frau rund um die Uhr, tagaus, tagein observieren zu lassen, und das bis zu ihrem Tod.«

»Herrje«, winkte Dunne ab, »natürlich nicht; aber da ist jemand, der einen hübschen Nebenverdienst einstreicht, Monat für Monat überwiesen von Felicias ›treuem altem Vetter Harry‹, der sich große Sorgen um seine Kusine macht. Sobald sich irgendjemand bei Felicia meldet, telefonisch oder persönlich, gibt mir eine gewisse Shirley umgehend Bescheid. Sie geht davon aus, dass ich meine senile Felicia vor Erbschleichern und sonstigen üblen Gestalten zu beschützen versuche. Ich kümmere mich um meine Kusine, wo ich nur kann. Ich weiß also, wer wann mit Felicia in Verbindung tritt. Tja, man tut, was man kann. Ich habe nur diesen einen Anhaltspunkt. Sonst gibt es niemanden mehr. Aber mal was ganz anderes: Wollen wir etwa den ganzen Tag in diesem Stinkloch verbringen?«

»Mir gefällt's hier auch nicht, aber immerhin können wir uns halbwegs sicher fühlen.«

»Ach, du lieber Himmel! Nun, würden Sie die Freundlichkeit haben, mir zu erklären, was Sie an diesem Jacques Arnaud interessiert?«

»Wie gesagt, einer seiner Mittelsmänner, die rechte Hand an Bord von Calacanis' Schiff, hat erwiesenermaßen sowohl mit dem Direktorat als auch mit Anatoli Prischnikow in Verbindung gestanden. Arnaud scheint also eine Schlüsselfunktion innezuhaben.«

»Und auf diesen Verdacht hin wollten Sie sich direkt an Arnaud heranmachen?«

Bryson ließ sich mit der Antwort Zeit. Er erinnerte sich an einen Satz, den Ted Waller – Gennadi Rosowski – häufig zitiert hatte: *Sag nie mehr als unbedingt nötig*. Von dem Kryptochip, den er aus Arnauds Satellitentelefon ausgebaut hatte, hatte er Dunne noch nichts erzählt. Und dazu gab es auch jetzt keine Veranlassung. Noch nicht.

»Nein, aber ich wollte sein Umfeld studieren.«

»Und?«

»Nichts. Es war die reine Zeitverschwendung.« *Immer schön Zurückhaltung üben.*

Aus seiner abgegriffenen ledernen Aktenmappe zog Dunne einen rotumrandeten Briefumschlag, dem er einen Stoß Fotos entnahm. »Wir haben die Namen, die Sie uns genannt haben, durch sämtliche uns verfügbaren Datenbanken laufen lassen, auch durch die allervertraulichsten. War nicht ganz einfach, zumal Ihre Freunde vom Direktorat sehr clever und umsichtig zu sein scheinen und ihre Decknamen nach Maßgabe computerisierter Algorithmen auswählen und ständig wechseln, also all diese Methoden anwenden, von denen ich keine Ahnung habe. Jedenfalls werden Direktoratsagenten turnusmäßig aus ihrem jeweiligen Netz herausgelöst, mit neuen Namen und Biografien ausgestattet und anderen Kontakten zugeführt. Lange Rede, kurzer Sinn: Es war verdammt mühsam, aber am Ende hatten wir ein paar Kandidaten, die Sie sich einmal näher ansehen sollten.« Er zeigte Bryson das erste hochglänzende Schwarzweißfoto.

Bryson schüttelte den Kopf. »Nie gesehen.«

Dunne krauste die Stirn und deckte das zweite Foto auf.

»Den auch nicht.«

Kopfschüttelnd versuchte es Dunne mit dem dritten Bild.

»Sagt mir überhaupt nichts. Das sind doch alles Dummys. Sie wollen mich auf die Probe stellen.«

Um Dunnes Lippen deutete sich ein Schmunzeln an. Er hustete.

»Fehlanzeige ... he, Augenblick.« Bryson blickte auf das Foto eines Mannes, den er wiedererkannte. »Der hier, ein Belgier, hat unter dem Decknamen Prospero firmiert.«

Dunne nickte wie ein Oberlehrer, dessen Prüfling gerade die richtige Antwort gegeben hatte. »Jan Vansina, ein leitender Funktionär im Genfer Stammhaus des Internationalen Roten Kreuzes. Eine optimale Tarnung für jemanden, der rund um die Welt jettet und häufig Krisenorte aufsucht. In einer solchen Rolle kann man auch Länder bereisen, die normalen Sterblichen verschlossen bleiben, zum Beispiel Nordkorea, den Irak, Libyen und so weiter. Sie standen auf gutem Fuß mit ihm.«

»Ich habe ihm im Jemen das Leben gerettet, indem ich ihn vor einem Hinterhalt warnte – obwohl ich angehalten war, mein Wissen für mich zu behalten, egal, ob er dabei draufgehen würde oder nicht.«

»Verstehe, Befehlsgehorsam ist auch nicht gerade Ihre starke Seite.«

»Wenn ein Befehl unsinnig ist, kann er mir gestohlen bleiben. Prospero hatte mich schwer beeindruckt. Wir waren beauftragt, einen NATO-Ingenieur und Doppelagenten in eine Falle zu locken. Aber wie kommt Vansina in Ihre Fotosammlung? Sieht aus, als sei er von einer Überwachungskamera aufgenommen worden.«

»Unsere Leute waren ihm in Genf auf der Spur, genauer: in der Banque Genève Privée. Er hat dort einen Expresstransfer von insgesamt 5,5 Milliarden Dollar über diverse Konten veranlasst.«

»Mit anderen Wort: gewaschen.«

»Aber nicht in eigener Sache. Er hat offenbar einer extrem vermögenden Organisation als Geldbote gedient.«

»Alle diese Informationen haben Sie aber nicht allein über eine versteckte Kamera bezogen.«

»Wir haben unsere Quellen in der Schweizer Bankindustrie.«

»Verlässliche?«

»Teils, teils. Aber in diesem Fall hat uns jemand Auskunft gegeben, der sehr genau Bescheid weiß: ein ehemaliges Direktoratsmitglied, das sich als Kronzeuge einer längeren Haftstrafe entzieht.« Er warf einen Blick auf seine Armbanduhr. »Erpressung ist für gewöhnlich sehr wirksam.«

Bryson nickte. »Glauben Sie, dass Vansina immer noch aktiv ist?«

»Das Foto wurde vor zwei Tagen aufgenommen«, antwortete Dunne leise. Er nahm einen Pieper vom Gürtel und drückte einen Knopf. »Entschuldigung, aber ich hätte Solomon, meinem Fahrer, schon längst ein Zeichen geben sollen. Wir hatten verabredet, dass ich ihn sofort benachrichtige, wenn Sie aufkreuzen und für den Fall, dass er sie nicht kommen sieht. Und das hat er wahrscheinlich nicht, da Sie sich ja für einen Auftritt à la Harry Houdini entschieden haben.«

»Aber wieso melden Sie sich bei ihm? Um ihn wissen zu lassen, dass ich Ihnen nichts Böses antue?« Bryson zeigte sich verärgert. »Sie trauen mir nicht, stimmt's?«

»Solomon passt auf mich auf.«

»Man kann nie vorsichtig genug sein«, sagte Bryson.

Plötzlich war an der Eingangstür ein lautes Poltern zu hören.

»Haben Sie etwa abgeschlossen?«

Bryson nickte.

»Wer von uns beiden ist denn hier überargwöhnisch?«, höhnte Dunne. »Meine Güte, gestatten Sie mir, dass ich meinen verängstigten Fahrer beruhige.«

Dunne ging zur Tür, rüttelte am Vorhängeschloss und schüttelte den Kopf. »Alles in Ordnung«, rief er mit heiserer Stimme. »Keine Sorge.«

Von draußen meldete sich eine gedämpfte Stimme. »Sie werden verlangt, Sir. Wenn Sie bitte kurz kommen könnten ...«

»Regen Sie sich ab, Solomon. Wie gesagt, hier ist alles in Butter.«

»Es geht um etwas anderes, Sir.«

»Um was denn?«

»Gleich nachdem Sie mich angepiept haben, kam ein Anruf. Über das Autotelefon, Sir, das, was nur in wirklich wichtigen Fällen klingelt.«

»Herrje«, stöhnte Dunne. »Bryson, wenn Sie so gütig wären ...«

Bryson näherte sich dem Ausgang von der Seite, steckte den Schlüssel ins Schloss und zog die Pistole. Den Rücken an die Wand neben der Tür gelehnt, ließ er das Schloss aufspringen.

Dunne beobachtete ihn ungläubig und machte kein Hehl daraus, dass ihm nicht gefiel, was er sah. Kopfschüttelnd machte er die Tür auf. Davor stand tatsächlich der Afroamerikaner, den Bryson auch hinter dem Lenkrad der Staatskarosse hatte sitzen sehen. Solomon wirkte irritiert und fühlte sich offenbar unwohl in seiner Haut. »Tut mir Leid, wenn ich störe, Sir«, sagte er, »aber es scheint wirklich wichtig zu sein.« Er hatte die Hände an der Hosennaht und schaute seinen Boss an, ohne von Bryson Notiz zu nehmen, der sich neben der Tür an die Wand presste.

Dunne nickte gereizt und ging nach draußen in Richtung Limousine, gefolgt von seinem Fahrer.

Plötzlich wirbelte der Fahrer herum und sprang mit erstaunlichem Schwung durch die offene Tür, in der Rechten eine schwere Magnum.

»Was zum Teufel ...?«, schrie Dunne und fuhr auf dem Absatz herum.

In dem Toilettenhäuschen krachte es ohrenbetäubend laut. Betonsplitter spritzten umher und prasselten auf Bryson ein, der nach rechts unten weggetaucht war, um der Kugel auszuweichen. Schlag auf Schlag folgten weitere Schüsse, trafen auf die Wand, in den Boden, verfehlten ihn nur um Haaresbreite.

Bryson hatte mit einem so ungestümen Angriff nicht gerechnet. Zur gezielten Gegenwehr blieb ihm keine Zeit. Der Chauffeur feuerte wie wild; sein Gesicht war wutverzerrt, geradezu animalisch. Mit vorgehaltener Waffe sprang Bryson nach vorn, als wieder ein Schuss explodierte, lauter noch als die anderen zuvor. Mitten in der Brust des Chauffeurs klaffte ein rotes Loch, aus dem Blut hervorspritzte. Der Mann sackte in sich zusammen, allem Anschein nach tot.

Harry Dunne stand nur fünf Schritt entfernt. Der Lauf seiner 45er Smith & Wesson war noch auf den Chauffeur gerichtet. Schmauch kroch aus der Mündung. Dunne wirkte wie benommen. Vor Entsetzen brauchte er eine Weile, bis er einen Ton herausbekommen konnte. »Allmächtiger«, stammelte er und hustete so heftig, dass er zusammenzubrechen drohte. »Allmächtiger Herr im Himmel.«

Zwölftes Kapitel

Das Licht im Oval Office war fahl und grau und ließ die ohnehin schon düster gestimmte Versammlung beinahe unheimlich wirken. Präsident Malcolm Stephenson Davis saß auf dem kleinen weißen Sofa der Sitzgruppe, wo er alle ernsteren Gespräche zu führen pflegte. In den Sesseln rechts und links hatten die Direktoren der CIA, des FBI und der NSA Platz genommen; unmittelbar zu seiner Rechten saß der Sonderbeauftragte für Fragen der nationalen Sicherheit, Richard Lanchester. Es kam nicht oft vor, dass sich die Herren in dieser Zusammensetzung hier versammelten anstatt, wie sonst üblich, im Kabinett, im Lageraum oder im Sitzungssaal des Nationalen Sicherheitsrates. Doch der außergewöhnliche Anlass der Zusammenkunft ließ den ungewohnten Rahmen als durchaus angemessen erscheinen.

Und der Anlass war allen hinreichend bekannt. Vor etwas über neun Stunden hatte eine gewaltige Explosion in der Washingtoner Metrostation Dupont Circle 23 Menschen getötet und an die 100 zum Teil schwer verletzt. Die Liste der Opfer wurde von Stunde zu Stunde länger. Obwohl die Öffentlichkeit, was Katastrophen, Terroranschläge und Schulhofmassaker anging, einiges gewöhnt war, befand sie sich in einer Art kollektivem Schockzustand. Der Anschlag war im Herzen der Hauptstadt verübt worden – nur anderthalb Kilometer vom Weißen Haus entfernt, wie die CNN-Kommentatoren nicht müde wurden zu betonen.

Während der morgendlichen Rushhour war eine in einem Laptop-Gehäuse versteckte Bombe hochgegangen. Offenbar stand ein Terrorkommando hinter dem Anschlag, worauf Sprengstoff und Konstruktion der Bombe schließen ließen. Allerdings blieben die technischen Informationen in der Öffentlichkeit aus Rücksicht auf die Ermittlungen des FBI auf ein Minimum beschränkt. Gleichwohl verbreitete dieser schreckliche Anschlag, von dem alle Nachrichtenkanäle des Landes berichteten und über den auch im Internet diskutiert wurde, ein Entsetzen, das sich von Stunde zu Stunde weiter aufzuschaukeln schien.

Die Öffentlichkeit interessierte sich insbesondere für die scheußlichsten Details: die schwangere Frau und ihre dreijährigen Zwillingstöchter, die auf der Stelle tot waren; das ältere Ehepaar aus Iowa City, das jahrelang gespart hatte, um sich eine Reise in die Hauptstadt leisten zu können; die Gruppe Drittklässler …

»Es ist mehr als ein Albtraum, es ist eine Schande«, sagte der Präsident. Die anderen Männer nickten schweigend mit den Köpfen. »Ich werde mich entweder noch heute Abend oder aber spätestens morgen mit einer Rede an die Nation wenden müssen, weiß aber zum Verrecken nicht, was ich sagen soll.«

»Mr. President«, sagte FBI-Direktor Chuck Faber, »ich kann Ihnen versichern, dass in diesem Augenblick, da wir hier beraten, nicht weniger als 75 Sonderermittler an diesem Fall arbeiten, systematisch die ganze Stadt durchkämmen und die Zusammenarbeit mit der örtlichen Polizei und dem ATF koordinieren. Unsere Sprengstoffexperten …«

Der Präsident unterbrach: »Ich zweifle nicht daran, dass sich Ihre Leute über die Sache hermachen wie über Sonderangebote. Keine Frage, sie sind wirklich sehr tüchtig, wenn es darum geht, terroristische Akte im Nachhinein aufzuklären. Aber ich frage mich, warum solche Anschläge nicht *verhindert* werden?«

Das Gesicht des FBI-Direktors lief rot an. Chuck Faber hatte sich zu Beginn seiner beruflichen Laufbahn als Staatsanwalt in Philadelphia durch unerbittliche Strenge hervorgetan und war bald zum Oberstaatsanwalt von Pennsylvania aufgestiegen. Er machte kein Hehl daraus, dass er Ambitionen auf den Posten des Justizministers hatte und sich im Vergleich zum gegenwärtigen Amtsinhaber für sehr viel fähiger hielt. In der Tat war Faber der wohl gewiefteste Verwaltungsstratege in dieser Runde. Er ließ keine Gelegenheit aus, sich auf Kosten anderer zu profilieren, war aber klug genug, sich nicht mit dem Präsidenten anzulegen.

»Sir, mit Verlaub, ich finde, Sie tun jetzt den Männern und Frauen des Büros ein wenig Unrecht«, meldete sich Richard Lanchester mit ruhiger, sonorer Stimme zu Wort. Er war ein groß gewachsener, sportlicher Mann mit silbergrauen Haaren, aristokratischen Gesichtszügen und unauffälliger Garderobe, die allerdings aus einer Londoner Maßschneiderei stammte. Für die meisten Korrespondenten des Weißen Hauses, deren Vorstellungen von exklusiver Herrenmode durch europäische Designer wie Giorgio Armani geprägt waren, kleidete sich Lanchester »altmodisch« oder gar »nachlässig«, wie es hieß.

Lanchester aber nahm solche Kommentare gar nicht erst zur Kenntnis und machte stets einen großen Bogen um die Journaille, zumal er – im auffälligen Unterschied zur Washingtoner Polit-Society – überhaupt keinen Sinn für Klatschgeschichten hatte. Trotzdem oder gerade deshalb stand Lanchester bei der Presse hoch im Kurs. Das vom *Time Magazine* geprägte Attribut »Der letzte aufrechte Mann Washingtons« war in den einschlägigen Kolumnen und Talkshows schon so häufig wiederholt worden, dass es fast einer stehenden Redewendung gleichkam.

»Von deren Präventionsbemühungen bekommt man nur selten etwas mit«, fuhr Lanchester fort. »Es lässt sich schließlich kaum einschätzen, was alles passiert wäre, wenn sie nicht rechtzeitig eingegriffen hätten.«

Der FBI-Direktor nickte eifrig.

»Manche Journalisten behaupten aber, dass wir – die US-Regierung – diese Tragödie hätten verhindern können«, sagte der Präsident. »Ist an dieser Behauptung etwas dran?«

Einen unbehaglichen Augenblick lang blieb es still. Endlich ergriff der Direktor der NSA, Air Force Lt. Gen. John Corelli, das Wort und sagte: »Sir, es gibt Probleme bezüglich der Zuständigkeit. Das Gesetz verbietet unserer Behörde wie auch der CIA, in innerstaatliche Angelegenheiten einzugreifen, und dieser Anschlag ist eine solche.«

»Auch wir werden in unserer Arbeit durch Vorschriften und Bestimmungen behindert, Sir«, setzte FBI-Chef Faber hinzu. »Beispiel Lauschangriff: Ein solches Mittel dürfen wir nur dann einsetzen, wenn die Beweislage ohnehin schon derartig eindeutig ist, dass es eines Lauschangriffs im Grunde gar nicht mehr bedarf.«

»Und was hat es mit dem Mythos auf sich, wonach die NSA ständig Telefongespräche, Faxe und Funksprüche abfängt?«

»›Mythos‹ ist das passende Wort, Sir«, antwortete NSA-Direktor Corelli. »Selbst mit den wirklich enormen Kapazitäten auf unserem Gelände von Fort Meade sind wir längst nicht in der Lage, alle im Ausland geführten Telefonate zu überwachen. Und Anrufe im Inland sind für uns tabu, wie Sie wissen.«

»Das ist aber auch gut so«, warf Dick Lanchester ein.

Der FBI-Direktor wandte sich ihm mit unverhohlen missbilligendem Blick zu. »Ach ja? Dann freut es Sie wohl auch, dass wir immer noch nicht in der Lage sind, verschlüsselte Botschaften via Telefon, Fax oder Internet zu überwachen.«

»Sie scheinen zu vergessen, dass unsere Verfassung ein kleines Kapitel mit der Überschrift ›Fourth Amentment‹ enthält«, bemerkte Lanchester trocken. »Es garantiert den Einzelnen das Recht auf Schutz vor staatlichen Übergriffen dieser Art ...«

»Und wie steht es um das Recht auf Schutz vor Terroranschlägen in U-Bahn-Stationen?«, ereiferte sich CIA-Direktor James Exum. »Ich fürchte, die Bande, die dahintersteckt, schert sich einen Dreck um liberale Persönlichkeitsrechte.«

»Trotzdem«, beharrte Lanchester. »Die Amerikaner haben einen Anspruch auf ihre Privatsphäre und werden daran festhalten.«

»Dick«, sagte der Präsident. »Darüber ist lange und ausführlich genug diskutiert worden. Der Staatsvertrag wird in Kürze den Senat passieren, und dann werden wir eine Aufklärungsbehörde haben, die uns vor solchen Wahnsinnstaten schützt. Endlich.«

Lanchester schüttelte den Kopf. »Diese Behörde würde die Staatsgewalt um ein Vielfaches ausweiten und die bürgerlichen Freiheiten drastisch einschränken.«

»Nein«, widersprach der NSA-Direktor entschieden. »Sie wird allerdings für klarere Verhältnisse sorgen. Leider Gottes dürfen wir ohne richterliche Anordnung keine Telefone anzapfen. Übrigens muss der GCHQ, unserer britischen Gegenpart, ähnliche Restriktionen in Kauf nehmen. Richard, Sie scheinen zu vergessen, dass Deutschland womöglich den Zweiten Weltkrieg für sich entschieden hätte, wäre es den Alliierten nicht möglich gewesen, feindliche Nachrichten abzufangen.«

»Wir befinden uns nicht im Krieg.«

»Oh doch«, sagte der CIA-Direktor mit Nachdruck. »Wir stecken mittendrin im Krieg, einem Weltkrieg gegen den Terrorismus, und der hat offenbar zur Offensive geblasen. Sie schlagen doch nicht ernsthaft vor, dass wir uns ihm ergeben sollen ...«

Ein Telefonapparat, der auf dem kleinen Tisch neben dem Sofa des Präsidenten stand, begann leise zu läuten. Jeder der Anwesenden ahnte, dass es sich nur um einen besonders dringlichen Anruf handeln konnte. Präsident Davis nahm ab. »Ja?«

Sein Gesicht wurde aschfahl. Er legte den Hörer wieder auf und blickte in die Runde. »Das war der Lageraum«, sagte er mit belegter Stimme. »Nahe dem JFK-Airport ist ein amerikanisches Passagierflugzeug abgestürzt.«

»Was?«, riefen mehrere der Männer gleichzeitig.

»In der Luft explodiert«, murmelte Präsident Davis mit geschlossenen Augen. »Knapp eine Minute nach dem Start. Es war nach Rom unterwegs. Von den 171 Passagieren und Besatzungsmitgliedern hat niemand überlebt.« Er führte beide Hände vors Gesicht und massierte mit den Fingerspitzen die Augenlider. Als er wieder aufblickte, schimmerten seine Augen feucht; aber sein Blick war fest und entschlossen. »Himmelherrgott, wir müssen etwas tun. Niemand soll mir später einmal nachsagen können, dass ich angesichts dieser terroristischen Umtriebe die Hände in der Schoß gelegt hätte.

Dreizehntes Kapitel

Der an der Rue de la Corraterie mitten im Geschäfts- und Bankenviertel von Genf hoch aufragende gläserne Büroturm leuchtete blau wie das Meer und reflektierte glitzernd die Strahlen der Nachmittagssonne. Im 27. Stock befanden sich die Büros der Banque Genève Privée, die mit ihren Holzvertäfelungen an den Wänden, orientalischen Teppichen und erlesenen Antiquitäten eine konservative Eleganz verströmte, die umso wirkungsvoller zur Geltung kam, als der sie behausende Wolkenkratzer von ausgesprochen futuristischem Design war. Hier schien – so die suggestive Botschaft – gutbürgerliche Tradition im Einklang mit Fortschritt und Hightech zu stehen.

Bryson und Layla saßen in einem kleinen, aber komfortabel eingerichteten Wartezimmer. Bryson war am Vormittag auf dem Flughafen Geneva-Cointrin gelandet, hatte im Le Richemond ein Zimmer bezogen und dann Layla, die wenige Stunden zuvor am Pariser Gare Cornavin in den Paris-Ventimiglia-Express gestiegen war, vom Bahnhof abgeholt. Sie hatten sich wie zwei gute Freunde begrüßt, vertraut und gerade so, als wären sie nur für kurze Zeit getrennt gewesen. Layla brannte darauf, ihm von ihren Recherchen zu berichten; sie hatte, wie sie andeutete, ein paar Goldnuggets an Informationen geschürft. Aber noch war keine Zeit für ein ausführliches Gespräch gewesen. Er hatte sie ins Hotel gebracht, wo sie ein eigenes Zimmer genommen hatte. Gleich nachdem sie sich umgezogen und frisiert hatte, waren die beiden in die Rue de la Corraterie weitergefahren, um dort mit dem Banker zusammenzutreffen, mit dem sich Bryson zu einem Gespräch verabredet hatte.

Lange brauchten sie nicht zu warten. Hier herrschten schweizerische Verhältnisse, und Pünktlichkeit war oberstes Gebot. Eine matronenhafte Frau mittleren Alters mit Knoten im grauen Haar erschien exakt zum abgemachten Zeitpunkt.

Sie begrüßte ihn mit seinem ihm von der CIA verliehenen Decknamen. »Sie müssen Mr. Mason sein«, sagte sie und trug die Nase dabei sehr hoch. Gute Kundschaft wurde von ihr ganz anders in Empfang genommen. Aber für einen Vertreter der US-Administration, als der er ihr angekündigt war, hatte sie an Freundlichkeit nicht viel übrig. Und an Layla gewandt: »Sie sind demnach ...!«

»Anat Chafetz«, half Bryson aus. »Vom Mossad.«

»Erwartet Monsieur Bécot Sie beide? Nach meinen Informationen war ein Gespräch allein mit Mr. Mason vorgesehen.« Die Sekretärin schien verwirrt zu sein.

Bryson imitierte ihren schnippischen Tonfall. »Ich versichere Ihnen, Mr. Bécot will uns beide sehen.«

Sie deutete ein Kopfnicken an. »Entschuldigen Sie mich einen Augenblick.«

Nach etwa einer Minute war sie wieder da. »Wenn Sie mir bitte folgen würden.«

Jean-Luc Bécot war ein gedrungener Mann mit zackigen Bewegungen, die deutlich machten, dass es ihm sehr auf Präzision ankam. Er hatte kurz geschnittenes graues Haar, trug eine Brille mit Goldrand und einen maßgeschneiderten grauen Anzug. Er gab seinem Besuch höflich die Hand, was ihm aber offenbar lästig war, und fragte, ob jemand Kaffee zu trinken wünsche.

Wenig später kam ein junger Mann mit einem silbernen Tablett herein und servierte drei winzige Tassen Espresso. Die für Layla und Bryson stellte er auf den kleinen, um Armeslänge entfernten Beistelltisch, die dritte auf die Platte des gläsernen Schreibtisches, hinter dem Jean-Luc Bécot saß.

Bécots Büro war ähnlich opulent mit antikem Mobiliar und Perserteppichen eingerichtet wie die übrigen Räumlichkeiten. Eine Wand bestand ausschließlich aus Glas und bot einen prächtigen Ausblick auf Genf.

»Nun denn«, sagte Bécot, »Sie werden Verständnis dafür haben, dass meine Zeit knapp bemessen ist. Verzeihen Sie, wenn ich Sie bitte, sofort zur Sache zu kommen. Sie deuteten an, dass bei der Führung eines unserer Konten Unregelmäßigkeiten aufgefallen seien – was ich mir aber ganz und gar nicht vorstellen kann. Unsere Bank würde so etwas nie dulden. Ich fürchte also, dass Sie sich vergeblich hierher bemüht haben.«

Zu den eröffnenden Bemerkungen des Bankers lächelte Bryson duldsam, während er seine Fingerspitzen betrachtete. Als Bécot ihm endlich die Gelegenheit gab, sagte Bryson: »Monsieur Bécot, ich säße jetzt nicht hier vor Ihnen, hätten nicht Sie oder einer Ihrer Mitarbeiter vorher bei der CIA in Langley angerufen, um sich über mich zu erkundigen.« Er pausierte kurz und notierte die unausgesprochene Bestätigung in der Miene seines Gegenübers. Bryson zweifelte keinen Augenblick daran, dass sein Anruf vor wenigen Stunden in diesem Haus für einige Aufregung gesorgt hatte. Die CIA hatte einen Agenten nach Genf geschickt, um in Sachen eines fraglichen Kontos zu ermitteln. Bestimmt stand die ganze Banque Genève Privée bereits Kopf; es hatte mit Sicherheit jede Menge hektischer Anrufe und wahrscheinlich auch schon eine Art Krisensitzung gegeben. Es gab Zeiten, da hätte sich jeder renommierte Schweizer Banker schlichtweg geweigert, Agenten eines Geheimdienstes zu empfangen: Gegen das Bankgeheimnis zu verstoßen wäre undenkbar gewesen. Doch die Zeiten hatten sich geändert, und obwohl in der Schweiz immer noch in großem Umfang Geld gewaschen wurde, hatten sich die Eidgenossen dem internationalen Druck beugen müssen. Sie waren neuerdings sehr viel kooperativer oder gaben es zumindest vor.

Bryson fuhr fort: »Ihnen dürfte klar sein, dass ich nicht hier wäre, wenn es sich nicht um eine durchaus ernste Angelegenheit handeln würde, in die Ihre Bank verwickelt ist. Es wird in dieser Sache zu gerichtlichen Auseinandersetzungen kommen, und die werden Sie Ihrer Bank doch sicher ersparen wollen.«

Bécot zeigte ein hässliches kleines Grinsen. »Ihre Drohungen kommen bei uns nicht an, Mr. … Mr. Mason. Und wenn Sie glauben, uns damit einschüchtern zu können, dass Sie sich von einer Mossad-Agentin begleiten lassen …«

»Monsieur Bécot«, unterbrach Bryson im Tonfall eines Strafverfolgers, der alle Trümpfe in der Hand hält. »Seit im Jahr 1982 die *Convention de Diligence* unterzeichnet wurde, kann weder Ihre noch irgendeine andere Bank großzügig über Konten hinwegsehen, auf denen Geld aus kriminellen Geschäften gewaschen wird. Wer das trotzdem tut, hat, wie Sie wissen, strafrechtlich empfindliche Konsequenzen zu erwarten. Sie sehen nun in Mademoiselle Chafetz und mir geheimdienstlich tätige Vertreter zweier Weltmächte vor sich, die um Ihre Mithilfe bei der Aufklärung von Geldwäsche großen Stils werben. Entweder Sie helfen uns, wie es das Gesetz von Ihnen verlangt, oder Sie weisen uns die Tür und zwingen uns, Sie in Lausanne anzuzeigen.«

Der Banker starrte Bryson einen Moment lang an und vergaß darüber seinen Kaffee. »In welcher Sache ermitteln Sie, Mr. Mason?«

Bryson spürte eine Verunsicherung auf Seiten des Bankers und beschloss, dass es an der Zeit war zuzustoßen. »Wir interessieren uns für das von der Banque Genève Privée unter der Nummer 246322 geführte Konto eines gewissen Jan Vansina.«

Bécot zögerte einen Moment. Wenn nicht die Nummer, so schien ihm doch zumindest der Name etwas zu sagen. »Unsere Kunden bleiben für uns anonym.«

Bryson warf einen Blick auf Layla und gab ihr damit das Zeichen für ihren Einsatz. »Wie Sie mit Sicherheit wissen, ist von einem fiktiven Absender in Liechtenstein eine beträchtliche Geldsumme auf dieses Konto transferiert und von hier aus auf diverse andere Konten verteilt worden: Konten von Scheinfirmen auf der Isle of Man und den Kanal-Inseln, den Cayman-Inseln, Aguilla sowie den niederländischen Antillen. Von dort gelangte das Geld in weiter aufgeteilten Portionen auf die Bahamas und nach San Marino ...«

»Bargeldtransfers sind nicht ungesetzlich!«, protestierte Bécot.

»Solange es sich nicht um Geld aus kriminellen Geschäften handelt«, entgegnete Layla nicht minder heftig. Bryson hatte ihr mitgeteilt, was er durch Harry Dunne über Vansinas

Konto wusste. Alles andere war improvisiert, und Bryson staunte nicht schlecht über das, was sie aus dem Stegreif vortrug. »Im vorliegenden Fall wird Geld gewaschen, um damit Waffen einzukaufen, die für Terroristen rund um die Welt bestimmt sind.«

»Das klingt ja so verdächtig wie ein Angelausflug«, bemerkte der Schweizer.

»Ein Angelausflug?«, entgegnete Layla. »Seien Sie versichert, dass Washington und Tel Aviv gemeinsam in dieser Sache ermitteln; mit anderen Worten, sie wird als äußerst dringlich erachtet. Aber ich sehe, wir verschwenden hier nur unsere Zeit.« Sie stand auf, worauf sich auch Bryson sogleich von seinem Stuhl erhob. An ihn gerichtet, sagte sie: »Anscheinend befinden wir uns hier eine Etage zu tief. Monsieur Bécot hat entweder nicht die nötige Entscheidungsbefugnis, oder er ist Komplize und versucht in Deckung zu gehen. Ich bin sicher, der Eigentümer der Bank, Monsieur Etienne Brousard, wird uns gegenüber sehr viel aufgeschlossener sein ...«

»Was wollen Sie eigentlich?«, unterbrach sie der Banker, der sichtlich und hörbar außer Fassung geraten war.

Im Stehen antwortete Bryson: »Ganz einfach, wir wollen, dass Sie den Kontoinhaber Mr. Vansina anrufen und auffordern, umgehend in die Bank zu kommen.«

»Aber Monsieur Vansina wird nie persönlich kontaktiert; das hat er sich ausbedungen. Er tritt immer nur von sich aus mit uns in Kontakt. Außerdem haben wir gar keine Telefonnummer, unter der wir ihn erreichen könnten.«

»Falsch. Eine solche Nummer liegt der Bank mit Sicherheit vor«, sagte Bryson. »Wenn Sie Ihren Job richtig machen, haben Sie Kopien seines Passes und anderer Ausweispapiere, seine Adressen, seine private Telefonnummer und die des Büroanschlusses ...«

»Das können Sie nicht von mir verlangen!«, keifte Bécot.

»Kommen Sie, Mr. Mason. Ich bin sicher, der Vorgesetzte von Monsieur Bécot wird den Ernst der Lage zu würdigen wissen«, sagte Layla. »Wir werden über unsere diplomatischen Vertretungen dafür sorgen, dass die Banque Genève

Privée öffentlich als Komplize und Geldwäscher des internationalen Terrorismus gebrandmarkt wird, und …«

»Nein! Bitte nehmen Sie wieder Platz«, sagte Bécot, der sein überhebliches Getue mittlerweile abgelegt hatte. »Ich werde Vansina anrufen.«

Der kleine Raum war mit Monitoren voll gestellt, die die Aufnahmen der in der Bank verteilten Überwachungskameras zeigten. Es war so warm und stickig, dass Bryson der Schweiß ausbrach. Nach dem Plan, den er selbst entworfen hatte, wollte er sich einstweilen versteckt halten, während Layla – nach wie vor in ihrer Rolle als Mossad-Agentin – mit Vansina in Bécots Büro zusammentraf. Sie sollte das Verhör beginnen und möglichst viele nützliche Informationen aus ihm herauskitzeln, bis dann Bryson in Erscheinung treten und einen Überraschungsangriff führen würde.

Layla ahnte nichts vom Direktorat und Brysons Beziehungen zu seiner alten Dienststelle. Sie war davon überzeugt, dass Bryson versuchte, illegalen Waffengeschäften auf die Spur zu kommen. Mehr als das, was ihr ohnehin schon bekannt war, brauchte sie vorläufig nicht zu wissen.

Bryson hatte sich nur irgendwo in der Nähe von Bécots Büro verstecken wollen, im Nebenzimmer, einer Besenkammer oder sonstwo. Dass er jetzt in der Überwachungszentrale der Bank gelandet war, war ein purer Glücksfall. Von hier aus konnte er den Eingangsbereich überblicken, das Innere aller Fahrstühle, das Foyer und sämtliche Flure der 27. Etage sowie ein Wartezimmer. In den Büros waren allerdings keine Kameras installiert, auch nicht in dem von Bécot. Immerhin würde Bryson die Ankunft des Belgiers und dessen Gebärden im Fahrstuhl beobachten können. Vansina war ein sehr erfahrener Agent und würde auf der Hut sein. Zum Beispiel würde er darauf gefasst sein, dass man ihn auf Schritt und Tritt per Kamera überwachte. Allerdings würde er davon ausgehen, dass irgendwelche gelangweilten, unterbezahlten Sicherheitsangestellten vor den Monitoren säßen, die nur auf ganz bestimmte Verdachtsmomente reagierten. Vansina würde womöglich die halbwegs geschützte Ge-

genheit nutzen, sein Pistolenhalfter zurechtzurücken, oder irgendwelche anderen aufschlussreichen Vorkehrungen treffen. Aber vielleicht würde er sich auch ganz und gar unauffällig verhalten.

Bécot hatte Vansina im Beisein von Bryson und Layla angerufen. Layla war dann in Bécots Büro zurückgeblieben, um auszuschließen, dass der Banker Vansina in einem zweiten Telefonat warnte.

Bryson ahnte, dass Vansina schnell reagieren würde, und tatsächlich, nach nur 20 Minuten tauchte der Agent des Direktorats in der Eingangshalle auf. Er war ein schmächtiger Mann mit abfallenden Schultern, trug einen kurz geschnittenen, grauen Vollbart und eine Brille mit Drahtgestell und getönten Gläsern. Dank seiner unauffälligen Erscheinung und in seiner Tarnung als Leiter des unfallmedizinischen Dienstes beim Roten Kreuz gab Vansina ein denkbar harmloses Bild ab. Niemand würde auf die Idee kommen, dass diese Person in Wahrheit ein Killer war. Dass man ihn immer unterschätzte, war Vansinas eigentliche Stärke. Auf den ersten Blick wirkte er auf jedermann freundlich und harmlos. Bryson aber kannte ihn als einen Mann von rücksichtsloser Durchsetzungskraft und scharfer Intelligenz. Jedenfalls würde er nicht den Fehler begehen, den Belgier zu unterschätzen.

Bis zum 25. Stock teilte sich Vansina den Fahrstuhl mit einer jungen Frau. Danach war er für ein paar Sekunden allein, gab aber Bryson mit keiner Regung zu erkennen, dass er aufgeregt oder nervös wäre. Falls ihn der Anruf seines Bankers irgendwie in Sorge versetzt hatte, so wusste er das sehr gut zu verbergen.

Bryson sah ihn aus dem Fahrstuhl steigen und den Empfangsschalter ansteuern, wo er von Bécots matronenhafter Assistentin in Empfang genommen und ins Büro geführt wurde, das für Bryson ausgeblendet war.

Egal. Alles Weitere würde nun Layla in die Hand nehmen, und zwar so, wie sie es zuvor besprochen hatten. Bryson brauchte jetzt nur noch ihr Zeichen zum Eingreifen abzuwarten: Sie würde seine Handy-Nummer wählen und nach dem zweiten Klingelzeichen wieder auflegen.

Ihr Verhör würde fünf bis zehn Minuten dauern, je nachdem, wie störrisch sich Vansina aufführte. Bryson schaute auf die Uhr, folgte dem Sekundenzeiger und wartete.

Fünf Minuten schleppten sich scheinbar ewig lange dahin. Layla und er hatten zwei Alarmsignale verabredet, doch bisher war keines von beiden zu vernehmen gewesen. Bei Gefahr im Verzug würde sein Handy öfter läuten oder die Bürotür zum Flur hinaus geöffnet werden, was er im Monitor sehen könnte.

Aber keines dieser Zeichen wurde gegeben.

Bryson versuchte sich auf seinen bevorstehenden Auftritt zu konzentrieren, was ihm aber nicht so recht gelang, weil er immer wieder an den Agenten zurückdenken musste, den er unter dem Namen Prospero kannte. Was hatte Dunne noch einmal gesagt? Dass Vansina als Geldbote fungiert und geholfen habe, fünf Milliarden Dollar zu waschen – wahrscheinlich im Auftrag des Direktorats. Geldwäsche war für Geheimdienste eine geradezu alltägliche Notwendigkeit; allerdings ging es in der Regel um relativ kleine Summen, nämlich meist um Mitarbeiter-Honorare, die für Dritte möglichst nicht nachprüfbar sein sollten. *Fünf Milliarden Dollar* aber war ein Betrag von ganz anderer Dimension. Damit ließ sich einiges anfangen. Falls Dunnes Informationen zutrafen – und es erschien immer unwahrscheinlicher, dass ihn der CIA-Mann an der Nase herumführte, hatte er doch seinen eigenen Leibwächter erschossen, um ihn zu schützen –, falls also Dunnes Auskunft zu trauen war, finanzierte und koordinierte das Direktorat terroristische Organisationen auf der ganzen Welt. Fraglich blieb nur, welche und aus welchen Gründen? Vielleicht konnte der von Arnauds Telefonanlage kopierte Kryptochip dazu beitragen, die Antwort zu finden. Aber wem konnte dieses so wichtige Beweismittel anvertraut werden?

Falls Jan Vansina die verdeckten Transaktionen von sich aus in die Wege geleitet hatte, war er wohl mehr als bloß ein Geldbote. Nach Brysons Einschätzung würde eine so unbedeutende Nebenrolle den Fähigkeiten des Belgiers auch kaum entsprechen. Bestimmt wusste Vansina mehr. Vielleicht war er inzwischen zu einer Führungskraft innerhalb des Direktorats aufgestiegen.

Plötzlich flog die Tür auf. Grelles Licht flutete in den kleinen Raum. Bryson wurde geblendet und konnte nicht erkennen, wer da kam.

Es dauerte ein paar Sekunden, ehe er Umrisse ausmachte, dann auch ein Gesicht – das von Jan Vansina. Der Belgier hielt einen Aktenkoffer in der linken Hand und in der rechten eine Pistole, mit der er auf Bryson zielte.

»Coleridge«, grüßte Vansina. »So sieht man sich wieder.«

»Prospero!«, antwortete Bryson erschrocken und griff instinktiv nach der Pistole in der Innentasche seines Jacketts, erstarrte aber, als er das Klicken des Sicherheitshebels an Vansinas Waffe hörte.

»Keine Bewegung!«, knurrte der Belgier. »Hände schön seitlich herunterhängen lassen. Sie kennen mich und wissen, dass ich nicht viel Umstände mache.«

Langsam ließ Bryson die Hand sinken. Vansina würde in der Tat nicht zögern, ihn zu töten. Warum er nicht schon abgedrückt hatte, war Bryson ein Rätsel.

»So ist's brav, *Bryson*«, sagte der Belgier. »Sie wollten mich sprechen? Ich höre.«

»Wo ist die Frau?«

»In Sicherheit. Gefesselt und hinter Schloss und Riegel. Ganz schön clever, das Fräulein. War aber nicht ganz bei der Sache. Wie auch immer, ihr Mossad-Ausweis sieht ziemlich echt aus. Ich muss schon sagen, Sie haben sich ganz gut abzusichern versucht.«

»Der Ausweis *ist* echt; sie ist tatsächlich vom Mossad.«

»Umso interessanter das Ganze. Sie haben demnach neue Verbündete, Bryson. Tja, die Zeiten ändern sich. Übrigens, das ist für Sie.« Er warf ihm so unvermittelt den Aktenkoffer zu, dass Bryson keine Zeit mehr zum Ausweichen blieb. Im Reflex hob er die Hände und fing den Koffer auf.

»Nicht schlecht«, lobte Vansina. »Und jetzt strecken Sie die Arme vor sich aus.«

Bryson kniff die Brauen zusammen. Der Belgier war so gewieft wie eh und je.

»Na los, reden wir miteinander«, sagte Vansina. »Kommen Sie mit. Aber immer schön die Tasche in der Luft halten. Eine falsche Bewegung, und ich schieße. Sie kennen mich.«

Bryson gehorchte. Im Stillen verfluchte er sich. Er hatte Vansina, diesen gerissenen Kerl, unterschätzt und war ihm auf den Leim gegangen. Wie hatte er es bloß geschafft, Layla zu überwältigen? Schüsse waren keine zu hören gewesen, aber vielleicht hatte er einen Schalldämpfer verwendet. Der Gedanke, dass er Layla etwas angetan haben könnte, zerrte an Brysons Nerven. Obwohl er ihr dringend geraten hatte, sich von ihm zu distanzieren, war sie nicht davon abzubringen gewesen, weiter mit ihm zusammenzuarbeiten. Er hatte sie nicht abwimmeln können und fühlte sich jetzt verantwortlich für sie. War dem Belgier zu glauben, dass er sie irgendwo weggesperrt hatte?

Dirigiert durch die auf ihn gerichtete Pistole setzte sich Bryson in Bewegung. Er durchquerte den schmalen Flur und betrat ein leeres Sitzungszimmer. Durch die getönten Scheiben fiel die Nachmittagssonne in den Raum. Der Blick auf die Stadt war von hier aus noch spektakulärer als aus Bécots Büro. Der Jet d'eau, die berühmte Wasserfontäne, und der Parc Mon Repos waren im Hintergrund deutlich zu erkennen. Dabei blieb der Straßenlärm dank der schallisolierenden Fenster ausgeblendet.

Solange er den Aktenkoffer beidhändig vor sich hertragen musste, war es ihm natürlich unmöglich, seine Waffe zu ziehen. Auch wenn er sich noch so sehr beeilte, würde ihm Vansina mit einem gezielten Schuss in den Hinterkopf zuvorkommen.

»Setzen«, kommandierte der Belgier.

Bryson nahm am Kopfende des Tisches Platz und legte den Koffer vor sich ab, ohne ihn aus den Händen zu lassen.

»Legen Sie jetzt zuerst die linke, dann die rechte Hand flach auf den Tisch. Ganz langsam. Ich will keine ruckartige Bewegung sehen.«

Bryson gehorchte. Als seine Hände neben dem Aktenkoffer auf dem Tisch lagen, setzte sich Vansina ihm gegenüber, mit dem Rücken zum Fenster, die Pistole nach wie vor auf Bryson gerichtet.

»Sollten Sie auch nur ein einziges Mal versuchen, sich hinter dem Ohr zu kratzen oder nach einer Zigarette zu langen, drücke ich ab«, sagte Vansina. »Sie kennen die Regeln, Mr. Bryson. Und jetzt verraten Sie mir bitte Folgendes: Weiß Elena Bescheid?«

Bryson glaubte, nicht richtig gehört zu haben. *Weiß Elena Bescheid?* »Was soll das heißen?«, flüsterte er.

»Ob sie etwas weiß?«

»Was soll sie denn wissen? Wo ist sie? Haben Sie mit ihr gesprochen?«

»Tun Sie doch nicht so, als wäre Ihnen irgendetwas an dieser Frau gelegen, Bryson ...«

»Wo ist sie?«, unterbrach ihn Bryson.

Der Bärtige zögerte eine Sekunde und sagte dann: »*Ich* stelle hier die Fragen, Bryson. Wie lange sind Sie bei den Promethianern?«

Völlig verblüfft wiederholte Bryson: »Promethianer?«

»Es reicht. Keine Mätzchen mehr! Wie lange stehen Sie in ihren Diensten, Bryson? Haben Sie schon während Ihrer aktiven Zeit ein doppeltes Spiel getrieben? Oder brauchten Sie als gelangweilter College-Professor wieder ein bisschen Abenteuer und Abwechslung? Glauben Sie mir, es interessiert mich wirklich, womit man Sie geködert hat. Hat man an Ihren fehlverstandenen Idealismus appelliert? Macht versprochen? Tja, Bryson, Sie sehen, wir hätten wirklich viel miteinander zu bereden.«

»Aber Sie richten eine Waffe auf mich, als hätten Sie längst vergessen, was damals im Jemen passiert ist.«

Vansina schmunzelte und schüttelte den Kopf. »Sie sind immer noch eine Legende in unserem Verein, Bryson. Man schwärmt noch heute von Ihren Leistungen und sprachlichen Fähigkeiten. Sie waren der Beste ...«

»Bis mich Ted Waller vor die Tür gesetzt hat. Oder sollte ich sagen Gennadi Rosowski?«

Vansina stutzte. Er konnte seine Verwunderung nicht verhehlen. »Wir haben alle viele Namen«, erwiderte er. »Viele

Identitäten. Und wer nicht irgendwann Probleme haben will, sollte seine diversen Rollen immer schön auseinander halten können. Das scheint Ihnen nicht mehr so richtig zu gelingen. Sie halten mal dies, mal das für wahr. Sie wissen nicht mehr, wo die Realität aufhört und die Fantasie anfängt. Ted Waller ist ein großartiger Mann, Bryson. Besser als wir alle.«

»Sie lassen sich also immer noch an der Nase herumführen. Sie glauben seinen Lügengeschichten. Haben Sie denn keine Ahnung, Prospero? Wir waren Marionetten, Arbeitstiere – programmierte Automaten. Wir haben blindlings agiert, ohne zu wissen, wer unsere Anführer in Wirklichkeit sind, was tatsächlich auf der Agenda steht.«

»Natürlich gibt es Dinge, über die wir nichts wissen und nichts wissen sollen«, antwortete Vansina ernst. »Wie auch immer, die Welt ändert sich, und wir müssen uns mit ihr verändern, uns an neue Realitäten anpassen. Was hat man Ihnen gesagt, Bryson? Mit welchen Lügen sind Sie gefüttert worden?«

»Apropos ›neue Realitäten‹ ...« Bryson verschlug es die Sprache, als er plötzlich vor den getönten Fensterscheiben ein unheimliches, riesiges Gebilde schweben sah, das wie aus dem Nichts aufgetaucht zu sein schien. Erst als die Scheiben zersplitterten, erkannte er den Hubschrauber, aus dem mit einem Maschinengewehr scheinbar wahllos geschossen wurde. Ein Hagelsturm aus Glassplittern wirbelte durch den Raum.

Bryson warf sich zu Boden und suchte Deckung unter dem langen Konferenztisch, doch Vansina, der, am anderen Kopfende sitzend, dem Fenster sehr viel näher war, hatte keine Chance mehr. Seine Hände flogen seitlich hoch, als versuchte er, wie ein Vogel zu fliegen. Dann fing sein ganzer Körper auf groteske Weise zu tanzen an. Die Kugeln schlugen in seinen Kopf ein, in die Brust; fingerdicke Blutfontänen spritzten aus seinem Körper, und aus seinem verwüsteten Gesicht gellte ein entsetzlicher, kehliger Schrei, der im Maschinengewehrfeuer und dem Lärm des knatternden Rotors unterging. Der Wind fegte durch das Konferenzzimmer, Tausende von Kugeln durchlöcherten Tisch und Teppich, hämmerten den Putz von den Wänden. Aus seiner Deckung heraus sah Bryson, wie es Vansina ein Stück in die Luft hob, ehe er auf den grauen Teppich stürzte, ein blutiger Torso mit verrenkten Gliedmaßen und ohne Hinterkopf. Dann zog der Hubschrauber, genauso plötzlich, wie er aufgetaucht war, wieder ab. Der Lärm verebbte, und außer den normalen Verkehrsgeräuschen von tief unten aus der Straßenschlucht hörte man nur den Wind, der durch das zersplitterte Fenster über das unheimlich stille Schlachtfeld zog, das die Schießerei hinterlassen hatte.

Vierzehntes Kapitel

Auf der Flucht vor diesem Albtraum aus Blut und Splittern rannte Bryson durch den Flur, in dem sich bereits entsetzte Bankangestellte drängten. Alles schrie durcheinander, auf Schweizerdeutsch, Französisch und Englisch.

»Oh, mein Gott!«

»Was ist passiert? Waren das Terroristen?«

»Sind sie im Haus?«

»Ruf doch jemand die Polizei, die Feuerwehr, *schnell*!«

»Herrje, der Mann ist tot. Und schrecklich zugerichtet.«

Bryson lief weiter. Er dachte an Layla. *Nicht auch noch sie!* Hatte der Hubschrauber womöglich das Haus umkreist, um alle Fenster der 27. Etage aufs Korn zu nehmen?

Und er dachte: *Jan Vansina war das eigentliche Ziel des Anschlags. Nicht ich. Vansina. So* muss *es gewesen sein.* Er versuchte, in dem Wust aus Bildern, die ihm, wie durch ein Kaleidoskop betrachtet, durch den Kopf schwirrten, klar zu sehen. Ja. Der Schütze an Bord des Hubschrauber hatte es eindeutig und einzig und allein auf Vansina abgesehen. Das war kein wahlloser Anschlag gewesen, der einfach nur Angst machen sollte. Vielmehr war der Agent des Direktorats gezielt und aus drei verschiedenen Winkeln unter Beschuss genommen worden.

Aber *warum*?

Und durch wen? Das Direktorat würde doch nicht einen seiner eigenen Männer ausschalten, oder? Fürchtete man etwa, dass Vansina einem alten Kollegen geheime Informationen anvertrauen würde?

Nein, das war aus der Luft gegriffen und ergab keinen Sinn. Die Gründe für den Anschlag blieben im Verborgenen. Immerhin stand für Bryson so gut wie fest, dass genau derjenige dem Anschlag zum Opfer gefallen war, dem er auch gegolten hatte.

In solche Gedanken und Zweifel vertieft, entdeckte er schließlich Bécots Büro. Er stieß die Tür auf – und fand den Raum verlassen vor.

Weder Layla noch der Banker waren hier. Er wollte schon wieder kehrtmachen, als ihm auffiel, dass auf dem Kaffeetisch eine Espressotasse umgekippt war und vor dem Schreibtisch einige Papiere auf dem Boden verstreut lagen. Zeichen, die auf einen überstürzten Aufbruch oder sogar auf ein kurzes Handgemenge hinwiesen.

Von irgendwoher drangen gedämpfte Laute an sein Ohr, ein dumpfes Pochen, Rufe. Er sah sich im Büro um und entdeckte eine übertapezierte Tür. Im Nu war er zur Stelle und riss die Tür auf. Dahinter lagen Layla und Jean-Luc Bécot, gefesselt und geknebelt. Hände und Füße waren mit »humanen Arrestbändern« aus Polyurethan fixiert, einem Kunststoff, so reißfest wie Leder. Die Brille des Bankers lag verbogen am Boden; die Krawatte hing schief, das Hemd war aufgerissen und die Haare zerzaust. In dem Bemühen zu schreien traten ihm vor Anstrengung die Augen aus den Höhlen, aber wegen des Knebels brachte er keinen Ton hervor. Layla, die neben ihm lag, war noch sorgfältiger und fester gefesselt, ebenfalls mit Kunststoffbändern. Der graue Chanel-Anzug war ruiniert, einer der hochhackigen Pumps vom Fuß gerutscht. Offenbar hatte sie heftige Gegenwehr geleistet, sich aber am Ende geschlagen geben müssen: Ihr Gesicht war geschwollen und blutverschmiert.

Dieses brutale Miststück Vansina. Bryson kochte vor Wut über den Toten. Er zog zuerst ihr, dann dem Banker den Knebel aus dem Mund. Beide schnappten gierig nach Luft. Bécot japste und jammerte. Layla stöhnte: »Vielen Dank. Oh Mann …«

»Immerhin hat er Sie beide am Leben gelassen«, meinte Bryson, der auf der Suche nach einem Schneidwerkzeug zum Schreibtisch geeilt war und mit einer Nagelschere zurückkehrte, mit der er die Kunststofffesseln kappte.

»Rufen Sie das Sicherheitspersonal!«, hechelte Bécot.

Im Hintergrund war bereits das Heulen von Sirenen zu vernehmen. »Die Polizei ist gleich da«, sagte Bryson. Er nahm Layla beim Arm, half ihr auf die Beine und eilte mit ihr durch den Korridor davon.

Als sie an der offenen Tür des verwüsteten Konferenzzimmers vorbeikamen, vor der sich ein Haufen Schaulustiger versammelt hatte, blieb sie wie angewurzelt stehen.

»Kommen Sie«, zischte Bryson. »Wir haben nicht viel Zeit.«

Doch sie warf einen Blick in den Raum und entdeckte Jan Vansina, dessen zerschossene Leiche am Boden lag und mit Glasscherben übersät war. »Oh, mein Gott«, stammelte sie entsetzt. »Oh, mein Gott!«

Erst als sie den belebten Place Bel-Air erreicht hatten, gönnten sie sich eine kurze Verschnaufpause.

»Wir müssen weg«, sagte Bryson. »Auf getrennten Wegen. Wir dürfen uns nicht zusammen sehen lassen.«

»Weg? Wohin?«

»Egal, Hauptsache, wir verschwinden aus Genf.«

»Was soll das heißen? Wir können doch nicht einfach …« Sie stockte, als ihr auffiel, dass Bryson gar nicht mehr zuhörte. Er starrte wie gebannt auf eine Zeitung, die neben anderen in einem Kiosk zum Verkauf lag. Es war eine Ausgabe der *Tribune de Genève*.

»Um Himmels willen«, stöhnte Bryson und trat näher. Neben einer fetten Schlagzeile war das Foto einer anscheinend fürchterlichen Katastrophe abgedruckt. Bryson schnappte sich ein Exemplar der Zeitung von dem dicken Stapel.

TERRORANSCHLAG
ERSCHÜTTERT FRANKREICH:
HOCHGESCHWINDIGKEITSZUG BEI LILLE
AUS DEN GLEISEN GESPRUNGEN

LILLE. Eine schwere Sprengstoffexplosion hat am frühen Morgen den Hochgeschwindigkeitszug EuroStar rund 50 Kilometer südlich von Lille aus den Gleisen springen lassen und zerrissen. Hunderte von Passagieren aus Frankreich,

Großbritannien, Amerika, Holland und Belgien fanden den Tod. Rettungskräfte und freiwillige Helfer sind seit Stunden im Einsatz und suchen in den Trümmern fieberhaft nach Verletzten. Aus amtlichen Quellen verlautete, dass insgesamt mit über 700 Opfern gerechnet werden muss. Ein Beobachter vor Ort, der anonym bleiben möchte, spricht von einem gezielten Terroranschlag.

Nach Angaben der Bahngesellschaft verließ der EuroStar 9007-ERS um 7:16 Uhr mit 770 Passagieren und dem Fahrziel London den Gare du Nord in Paris. Gegen 8:00 hatte der aus 18 Waggons bestehende Zug das Departement Pas-de-Calais erreicht, als unter dem vorderen und hinteren Abschnitt des Zuges gleichzeitig mehrere Bomben explodierten, die nach Zeugenaussagen im Schotterbett der Gleisanlage versteckt gewesen waren. Obwohl sich noch niemand zu dem Anschlag bekannt hat, sollen dem französischen Sicherheitsdienst schon erste Hinweise auf eine mögliche Täterschaft vorliegen. Aus den Reihen der Sûreté war zu erfahren, dass sowohl der französischen wie auch der britischen Regierung in den vergangenen Tagen mehrfach Warnungen von einem bevorstehenden Anschlag auf den EuroStar zugespielt worden seien. Ein Sprecher der Bahn mochte eine Meldung der *Tribune de Genéve* weder bestätigen noch abstreiten, wonach den Geheimdiensten beider Länder tatsächlich konkrete Hinweise auf den geplanten Terroranschlag auf diesen Zug vorgelegen haben sollen. Bedauerlicherweise sei es aber aufgrund geltender Rechtsvorschriften nicht möglich gewesen, Lauschangriffe gegen den verdächtigen Personenkreis zu führen.

»Ein Skandal«, meinte Françoise Chout, Mitglied der französischen Nationalversammlung. »Wir hätten die technischen Möglichkeiten, um solche widerlichen Anschläge zu verhindern, doch unserer Polizei sind von Rechts wegen die Hände gebunden.« Vor dem britischen Unterhaus wiederholte Lord Miles Parmore seinen Aufruf zur Unterzeichnung des internationalen Abkommens für Überwachung und Sicherheit. »In Anbetracht der Tatsache, dass die Regierungen Frankreichs und Englands die Möglichkeit zur Vermeidung eines solchen Sabotageaktes besitzen, ist es geradezu sträflich, dass wir nichts dagegen unternommen haben. Dies ist eine nationale, wenn nicht gar eine internationale Schande.«

Richard Lanchester, der zum NATO-Gipfel in Brüssel angereiste Sicherheitsberater des US-Präsidenten, sprach von einem »Massaker an Unschuldigen«. Er fügte hinzu: »Bei aller Trauer müssen wir uns fragen, was zu tun ist, damit so etwas nie wieder vorkommt. Trotz großer Bedenken schließt sich die US-Regierung unter Präsident Davis der europäischen Initiative für ein internationales Sicherheitsabkommen an.«

Lille.

Bryson gefror das Blut in den Adern.

Er erinnerte sich an das verschwörerische Flüstern der beiden Männer, die aus Jacques Arnauds Privatbüro im Château de Saint-Meurice herausgekommen waren, der Waffenhändler auf der einen und Anatoli Prischnikow, der russische Tycoon, auf der anderen Seite.

»Aber wenn die Aktion in Lille gelaufen ist«, hatte Arnaud gesagt, »wird es einen gewaltigen Aufschrei geben, und wir haben freie Bahn.«

Die Aktion in Lille.

Zwei der mächtigsten Geschäftsmänner der Welt – ein Waffenhändler und ein Mogul, der aller Wahrscheinlichkeit nach unter der Hand einen Großteil der russischen Verteidigungsindustrie kontrollierte – hatten von dem verheerenden Anschlag, dem Hunderte von Menschen zum Opfer gefallen waren, gewusst.

Womöglich gehörten die beiden selbst mit zu den Urhebern.

Und beide mischten an höchster Stelle im Direktorat mit. Hinter dem Albtraum von Lille stand demnach letztlich das Direktorat.

Aber was hatte das alles zu bedeuten? Sinnlose Gewalt war nicht Sache des Direktorats. Waller und die anderen Chefs hatten sich immer ihre strategische Genialität zugute gehalten. Alles, was sie veranlassten, war planvoll und diente einem übergeordneten Zweck. Selbst der Mord an Brysons Eltern oder das unerhörte Lügengespinst, das sein Leben ausmachte. Der Mord an Agenten im Einsatz ließ sich ja noch rechtfertigen, etwa durch die Erfordernis, eine Belastung, ein Hindernis oder eine Bedrohung zu beseitigen. Aber der Massenmord an über 700 unschuldigen Zugreisenden stand auf einem ganz anderen Blatt.

... wird es einen gewaltigen Aufschrei geben.

Der heimtückische Anschlag rief in der Tat eine Welle der Empörung hervor, und am lautstärksten wurde der Umstand beklagt, dass die Tragödie hätte verhindert werden können.

Das Schlüsselwort lautete Prävention. Offenbar kam dem Direktorat der Aufschrei und die energische Forderung von verstärkten Schutzmaßnahmen vor terroristischen Umtrieben gelegen. Unter *Prävention* konnte allerdings vieles verstanden werden, zum Beispiel die Einführung verschärfter Antiterror-Gesetze, was aber wohl nur kosmetische Wirkung hätte. Es sei denn, solche Gesetze würden zur Aufrüstung führen, zur Anschaffung von Waffen, die dem Schutz und der Verteidigung der Bevölkerung dienten.

Arnaud und Prischnikow – jene Händler des Todes, die ein Interesse am Chaos hatten, weil Chaos eine Form von Marketing war, nämlich Marketing für ihre Ware, für Waffen, deren Nachfrage zunahm, je größer das Chaos wurde – diese beiden Männer standen sehr wahrscheinlich hinter dem Anschlag in Lille und ...

Und? Bryson war so in seine düsteren Gedanken vertieft, dass er das Gedränge der Passanten kaum zur Kenntnis nahm. Layla hatte, ihm über Schulter blickend, den Artikel ebenfalls gelesen, und etwas dazu gesagt, was er aber nicht hörte. Er versuchte, sich an Zeitungsmeldungen aus der jüngsten Vergangenheit zu erinnern: Meldungen über katastrophale Unglücksfälle, von denen er nur am Rande Notiz genommen hatte.

So war erst vor wenigen Tagen in einer Washingtoner U-Bahnstation während der morgendlichen Rushhour eine

Bombe detoniert, die Dutzende von Menschenleben gefordert hatte. Noch am selben Tag war Stunden später, wie er sich erinnerte, ein Passagierflugzeug kurz nach dem Start vom Kennedy Airport mit 170 Passagieren an Bord in der Luft explodiert.

Die amerikanische Öffentlichkeit war entsetzt. Der Präsident hatte daraufhin empfohlen, den Weg freizumachen für die Unterzeichnung jenes internationalen Sicherheitsabkommens, das bislang vom Senat missbilligt worden war. Nach Lille würden bestimmt auch die europäischen Staaten auf verschärfte Maßnahmen im Kampf gegen den Terrorismus drängen und für mehr Kontrolle plädieren.

Kontrolle.

Ob darin der Grund und die Absicht des ganzen Wahnsinns lag, für den sich das Direktorat stark machte? Ein schurkischer Geheimdienst, der hinter den Kulissen seine Fäden spann und nun versuchte, jene Kontrolle zurückzugewinnen, die dem Rest der Welt entglitten war?

Verdammt, das waren doch abwegige Spekulationen, Schlussfolgerungen aus haltlosen Prämissen. Unbeweisbar, schwammig, unzureichend. Aber immerhin deutete sich nun eine Antwort auf Dunnes anfängliche Frage und ein Grund dafür an, warum ihn der CIA-Mann aus seinem beschaulichen Alltag als College-Dozent herausgeholt und gezwungen hatte, Ermittlungen aufzunehmen. Es war an der Zeit, Harry Dunne reinen Wein einzuschenken und ihm von seinen Erkenntnissen zu erzählen. Auf unumstößliche Beweise für die finsteren Machenschaften des Direktorats zu warten, würde bedeuten, ein weiteres Lille in Kauf zu nehmen, und das durfte einfach nicht sein. Oder mussten wirklich noch einmal Hunderte von Menschen ihr Leben lassen, ehe die CIA aktiv wurde?

Und doch …

Das größte Teilstück des Puzzles fehlte noch.

»*Weiß Elena Bescheid?*«, hatte Vansina gefragt. Anscheinend wusste man im Direktorat nicht, wo sie sich zurzeit aufhielt und wem ihre Loyalität galt. Sie ausfindig zu machen, war wichtiger denn je, denn die Frage – *Weiß Elena Bescheid?* –

implizierte, dass sie möglicherweise über ganz entscheidende Informationen verfügte, Informationen, die nicht nur ihr Verschwinden erklären, sondern auch Auskunft über die wahren Intentionen des Direktorats geben würden.

»Sie wissen etwas.« Laylas Stimme klang feststellend.

Erst jetzt registrierte er, dass sie schon eine Weile mit ihm gesprochen hatte. Er drehte sich zu ihr um. Hatte sie denn Arnauds Andeutung auf Lille nicht mitbekommen? Offenbar nicht.

»Ich habe da eine Vermutung«, sagte er.

»Und die wäre?«

»Ich müsste mal kurz telefonieren.« Er drückte ihr die Zeitung in die Hand. »Bin gleich wieder zurück.«

»Wen wollen Sie anrufen?«

»Geben Sie mir ein paar Minuten, Layla.«

Sie hob die Stimme. »Sie verheimlichen mir etwas. Was haben Sie vor?«

Er erkannte Verunsicherung in ihren schönen Augen, und noch etwas: Verletzung und Ärger. Sie hatte Grund, verärgert zu sein. Anstatt sich für ihre Hilfe erkenntlich zu zeigen, ließ er sie im Dunklen tappen. Das war nicht nur ärgerlich, sondern auch und vor allem inakzeptabel, bedachte man, wie viel sie als Agentin leistete.

Er zögerte und sagte dann: »Lassen Sie mich kurz telefonieren. Danach werde ich Sie in alles einweihen. Aber seien Sie gewarnt, ich weiß längst nicht so viel, wie Sie meinen.«

Sie legte ihm freundschaftlich eine Hand auf den Arm, bedankte sich, äußerte Verständnis und sagte, dass er ihr voll und ganz vertrauen könne. Er war gerührt und hätte ihr beinahe einen Kuss gegeben, auf die Wange, zärtlich, aber frei von sexuellem Hintersinn, einfach nur, um auszudrücken, dass er ihr für ihre tapfere Unterstützung sehr dankbar war.

Er ging bis zur nächsten Ecke und bog in eine Seitenstraße ein, die vom Place Bel-Air wegführte. Da war ein kleiner Tabakladen, der außer Zigaretten und Zeitungen auch Telefonkarten verkaufte. Dann suchte er eine Telefonzelle auf, wählte 011, dann eine 0 sowie eine fünfstellige Nummer. Auf ein elektronisches Signal hin wählte er eine Folge von sieben weiteren Ziffern.

Die Rufnummer stellte die Verbindung mit einem abhörsicheren Anschluss in Dunnes CIA-Büro beziehungsweise bei ihm zu Hause her. Dunne hatte ihm garantiert, dass nur er persönlich über diesen Anschluss zu erreichen war.

Es klingelte nur ein einziges Mal.

»Hallo Bryson.«

Bryson stutzte. Die Stimme war ihm unbekannt; jedenfalls war es nicht Dunne. »Wer ist da?«, fragte er.

»Graham Finneran. Ich nehme an, Sie wissen, wer ich bin.«

Während ihrer letzten Begegnung in seinem Büro hatte Dunne den Namen Finneran erwähnt. Finneran war Dunnes rechte Hand und einer der beiden Begleiter auf der Fahrt in die Blue Ridge Mountains gewesen.

»Was ist passiert?«, fragte Bryson.

»Ich ... ehm, Harry ist im Krankenhaus. Er ist sehr krank.«

»Krank?«

»Sie wissen doch, Krebs im fortgeschrittenen Stadium. Er hat nie großes Aufheben davon gemacht, aber es war allen klar, wie ernst es um ihn steht. Gestern ist er zusammengebrochen und musste mit Blaulicht ins Krankenhaus gebracht werden.«

»Wollen Sie mir erzählen, dass er tot ist?«

»Nein, bewahre! Aber um ehrlich zu sein, steht es sehr schlecht um ihn. Er hat mich eingeweiht in Ihr gemeinsames ... Projekt. Und er macht sich große Sorgen.«

»In welches Krankenhaus hat man ihn eingeliefert?«

Finneran zögerte, für ein oder zwei Sekunden nur, aber das war bereits zu lang. »Ich weiß nicht, ob ich das jetzt schon sagen darf ...«

Bryson hängte den Hörer auf die Gabel. Sein Herz pochte; das Blut rauschte in den Ohren. Instinktiv hatte er die Verbindung abgebrochen. Da stimmte etwas nicht. Dunne hatte ihm versichert, dass auf dieser Leitung kein anderer als er selbst antworten würde, und nicht einmal auf dem Sterbebett ließe sich Dunne von einer solchen Zusage abbringen. Dunne kannte Bryson und wusste, wie er reagieren würde.

Nein. Dunne hatte bestimmt nicht seine Erlaubnis dazu gegeben, dass Graham Finneran den Anruf beantwortete – falls es dieser denn überhaupt gewesen war; an der Stimme hatte Bryson ihn jedenfalls nicht wiedererkennen können.

Irgendetwas Schreckliches musste passiert sein.

Hatte das Direktorat seinen Hauptwidersacher auf Seiten der CIA, den letzten Stolperstein auf dem Weg zur unumschränkten Macht, endlich beseitigt?

Bryson eilte zurück zum Place Bel-Air, wo Layla immer noch neben dem Kiosk stand. »Ich muss schnellstens nach Brüssel reisen«, sagte er.

»Was? Warum nach Brüssel?«

»Dort hält sich jemand auf, mit dem ich unbedingt sprechen muss.«

Sie sah ihn fragend an, wortlos, aber eindringlich.

»Kommen Sie. Ich kenne da eine Pension in den Marolles. Sie ist zwar ziemlich heruntergekommen und schäbig, aber dafür anonym und sicher. Niemand wird dort nach uns suchen.«

»Warum nach Brüssel?«

»Wie gesagt, dort hält sich jemand auf, von dem ich mir Hilfe verspreche, eine sehr hoch gestellte Persönlichkeit, meine letzte Hoffnung sozusagen. Manche bezeichnen ihn als den letzten aufrechten Mann Washingtons.«

Fünfzehntes Kapitel

Der Stammsitz der Systematix Corporation umfasste sieben große Gebäude aus funkelndem Stahl und Glas, die auf einem wunderschön angelegten, insgesamt acht Hektar großen Terrain am Stadtrand von Seattle, Washington standen. In jedem Gebäude befanden sich Cafeterien und Fitnessräume, so dass die Angestellten das Gelände gar nicht zu verlassen brauchten und umso fleißiger arbeiten konnten. Sie waren allesamt hochqualifiziert und bildeten eine verschworene Gemeinschaft, auch mit jenen Kollegen, die sie wohl nie zu Gesicht bekommen würden. Denn Systematix unterhielt zahlreiche Niederlassungen rund um den Globus. Außerdem kontrollierte sie als Holdinggesellschaft jede Menge anderer Unternehmen, und zwar in einem Umfang, über den nur vage spekuliert werden konnte.

»Ich habe das Gefühl, wir haben Kansas ein gutes Stück hinter uns gelassen«, ulkte Tony Gupta, der Chefingenieur von InfoMed, als er mit seinem Boss Adam Parker das Sitzungszimmer betrat. Parker lächelte matt. Er war der Geschäftsführer eines 900 Millionen Dollar schweren Unternehmens, fühlte sich aber selbst ungewohnt befangen auf dem sagenhaften Campus von Systematix.

»Schon mal hier gewesen?«, fragte Parker, ein schlaksiger Mann und ehemals guter Marathonläufer, den eine Knieverletzung gezwungen hatte, das Training einzustellen. Stattdessen ruderte er und schwamm und spielte trotz seiner Knieprobleme Tennis, und zwar auf einem so hohen Niveau, dass ihm kaum ein Mitspieler ernsthaft Paroli bieten konnte.

»Einmal«, antwortete Gupta. »Vor vielen Jahren. Ich hatte mich um einen Job in der Softwareentwicklung beworben, bin aber letztlich am Eignungstest gescheitert. Um überhaupt diesen Test machen zu können, musste ich mich vorher mit drei Unterschriften vertraglich zum Stillschweigen verpflichten. In Sicherheitsfragen war man ziemlich fanatisch.« Gupta richtete seine Krawatte, die allzu eng geknotet zu sein schien. Er trug sie nur ausnahmsweise, dem besonderen Anlass entsprechend. Systematix unterschied sich auch in dieser Hinsicht von so vielen Unternehmen des neuen Marktes, die ein saloppperes Image pflegten und ohne Kleiderordnung auskamen.

Parker hatte, was die anstehenden Übernahmeverhandlungen anging, kein gutes Gefühl und machte gegenüber Gupta, dem Mitarbeiter seines Vertauens, kein Geheimnis daraus. »Der Vorstand wird wohl nicht zulassen, dass ich das Geschäft platzen lasse. Was meinen Sie?«

Gupta verdrehte die Augen in Richtung ihrer blonden, schlanken Begleiterin und warf Parker einen warnenden Blick zu. »Mal hören, was der große Mann dazu sagt«, antwortete er.

Wenig später nahmen sie ihre Plätze im Kreis der zwölf Männer und Frauen ein, die sich im obersten Stockwerk des höchsten Gebäudes versammelt hatten, in einem Raum, dessen Fenster fantastische Ausblicke auf die Hügellandschaft ringsum gewährten. Hier liefen alle Fäden des ansonsten recht diffus und divers erscheinenden Unternehmens namens Systematix zusammen. Für die meisten der Versammelten – allesamt Vorstandsmitglieder von InfoMed – war es das erste Mal, dass sie mit dem legendären Gründer, Präsidenten und Geschäftsführer von Systematix, mit Gregson Manning, zusammentreffen sollten. Manning hatte im vergangenen Jahr, wie Adam Parker wusste, Dutzende von Firmen im Handstreich und per Kassageschäft übernommen.

»Der große Mann« – so hatte Gupta ihn genannt, was zwar scherzhaft, aber beileibe nicht ironisch gemeint war. Gregson Manning war in der Tat ein großer Mann. Darin stimmte alle Welt überein. Er hatte aus dem Nichts ein riesiges Wirtschaftsimperium geschaffen, das einen Großteil der Infrastruktur des Internet herstellte. Seine Erfolgsgeschichte war allenthalben bekannt: wie er im Alter von 18 Jahren eine Anstellung bei CalTech aufgegeben, in einer Fürsorgeunterkunft gewohnt und mit Freunden in einer Garage Systematix gegründet hatte. Heute gab es kaum eine Firma, die ohne ein Produkt von Systematix auskommen konnte. Systematix war, wie es das *Forbes Magazine* einmal ausgedrückt hatte, eine Industrie für sich.

Manning hatte sich außerdem als Philanthrop einen Namen gemacht, auch wenn er in dieser Rolle nicht unumstritten war. Er hatte Hunderte von Millionen Dollars investiert, um innerstädtische Schulen an das Internet anzuschließen, und dem Bildungswesen mit modernster Technologie auf die Sprünge geholfen. Als anonymer Spender sollte Manning sogar Milliarden in Form von Stipendien zur Weiterbildung von unterprivilegierten Schülern ausgegeben haben.

Die Fachpresse feierte ihn natürlich, zumal Manning sich bei all seinem unvorstellbaren Reichtum stets menschlich und bescheiden gab. *Barron's* nannte ihn den »Daddy Warbucks« des Informationszeitalters.

Parker aber konnte seine unguten Gefühle nicht abschütteln. Es gefiel ihm nicht, dass er die Kontrolle würde abgeben müssen. Verflixt noch mal, InfoMed war ihm wie ein eigenes Kind, und die Vorstellung, dass sein Betrieb einem Megakonzern einverleibt werden sollte, tat ihm regelrecht weh. Und da war noch etwas anderes: eine große kulturelle Kluft. Parker war ein Geschäftsmann, einfach und schlicht, auch nach Feierabend. Er und seine Partner unterhielten sich in der Sprache der Finanzwelt und über Dinge wie Renditen und Kursnotierungen, über Kosten und Gewinne. Manning aber schien ganz anders gepolt zu sein. Er dachte und sprach in Begriffen der Macht. Bei ihm war immer von historischen Kräften und globalen Trends die Rede. Dass Systematix ein immens profitables Unternehmen war, interessierte ihn anscheinend nur am Rande. »Geben Sie's zu, Sie halten nicht viel von Visionären«, hatte Gupta einmal nach einer endlos langen Strategiesitzung seinem Chef gegenüber gesagt, und er führte offenbar irgendetwas im Schilde.

»Es freut mich sehr, dass Sie alle gekommen sind«, begrüßte Manning seine Besucher und schüttelte jedem einzeln die Hand. Manning war groß gewachsen, hatte eine gute Figur und dunkle, glänzende Haare. Mit seinen breiten Schultern und kantigen Kieferknochen schien er vor Kraft zu strotzen. Seine Gesichtszüge waren aristokratisch, die Nase kräftig und geschwungen, die Haut glatt, fast porenfrei. Er wirkte kerngesund, selbstbewusst und besaß, wie sich Parker eingestehen musste, ein unwiderstehliches Charisma. Manning trug eine khakifarbene Hose, ein weißes, am Hals aufgeknöpftes Hemd und ein leichtes Jackett aus Kaschmir. Warmherzig lächelnd zeigte er eine Reihe weißer, makelloser Zähne. »Wenn ich nicht den allergrößten Respekt vor den Leistungen von InfoMed hätte, wäre ich jetzt nicht hier; und Sie wären nicht hier, wenn...« Manning stockte; sein Lächeln wurde breiter.

»... wenn wir Ihren Zuschlag von 40 Prozent auf unsere Anteile nicht akzeptieren würden«, ergänzte Alex Garfield, der dickbäuchige Aufsichtsratsvorsitzende von InfoMed, lachend. Garfield war ein einfältiger Spekulant, der InfoMed kurz nach der Gründung eine dringend benötigte Geldspritze hatte zukommen lassen. Sein Interesse an dem Unternehmen beschränkte sich auf die Dividende seiner Einlage. Adam Parker konnte ihn nicht besonders gut leiden, wusste aber immerhin, woran er bei ihm war.

Mannings Augen funkelten. »Unsere Interessen überschneiden sich.«

»Mr. Manning«, sagte Parker. »Ich habe da noch ein paar Probleme. Verglichen mit den finanziellen Aspekten unseres Vorhabens, machen sich diese Probleme zwar einigermaßen geringfügig aus, aber ich würde sie dennoch gern zu Gehör bringen.«

»Ich bitte darum«, sagte Manning und neigte den Kopf.

»Mit InfoMed erwerben Sie nicht nur eine sehr umfangreiche medizinische Datenbank; sie übernehmen auch rund 700 engagierte Mitarbeiter. Ich wüsste gern, was diesen bevorsteht. Systematix ist zwar in aller Munde, gleichzeitig aber ein großes Rätsel. Die Konzernleitung legt übermäßig großen Wert auf Verschwiegenheit, und so manche ihrer Entscheidungen sind, mit Verlaub, reichlich mysteriös. Das ist ziemlich irritierend, zumindest für Außenstehende.«

Manning hatte aufgehört zu lächeln. »Mysteriös? Ich verstehe nicht ganz. Was finden Sie an unseren mittel- und längerfristigen Zielen mysteriös?«

»Ich glaube, keiner hier im Raum durchschaut die organisatorische Struktur von Systematix«, entgegnete Parker. Er blickte in die Runde, sah, wie ehrfürchtig alle Anwesenden zu Manning aufblickten, und erkannte, dass seine Bedenken unerwünscht waren. Aber ihm war auch klar, dass sich hier die letzte Gelegenheit bot, diesen Bedenken Ausdruck zu verleihen.

Manning starrte ihn an, nicht unfreundlich, aber streng. »Mein Freund, ich stehe herkömmlichen Organisationsstrukturen in der Tat recht skeptisch gegenüber; sie offenbaren ein, wie ich finde, kleinkariertes Schubkastendenken. Das Erfolgsrezept von Systematix besteht darin, dass wir all diese überkommenen Vorstellungen über Bord geworfen haben.«

»Aber ohne ein logisch aufgebautes Gefüge geht es doch nicht«, präzisierte Parker und ließ sich auch durch die ärgerlichen Blicke der anderen nicht aus dem Konzept bringen. Selbst Tony Gupta fühlte sich bemüßigt, ihm eine zur Vorsicht mahnende Hand auf den Arm zu legen. »Wie dem auch sei, ich möchte wissen, auf welche Weise unsere Firma in Ihren Konzern integriert werden soll.«

Manning sprach zu ihm, als sei er noch ein kleines Kind. »Auf wen gehen die Formen moderner Handels- und Produktionsgesellschaften zurück? Auf Männer wie John D. Rockefeller von Standard Oil oder Alfred Sloan von General Motors. Nach dem Krieg, zur Zeit des wirtschaftlichen Aufschwungs, setzten Robert McNamara bei Ford, Harold Geneen bei ITT und Reginald Jones bei General Electric neue Maßstäbe. Sie propagierten das Konzept der mehrschichtigen Unternehmensführung, die untergeordnete Ebenen in anstehende Entscheidungsprozesse mit einbezog. Klar umrissene, feste Strukturen waren nötig, um die knappste und wertvollste Ressource, nämlich die der Information, optimal nutzen zu können. Was aber, wenn wie heute Information frei zugänglich und in Hülle und Fülle zu haben ist, verfügbar wie

Atemluft und Trinkwasser? Dann werden diese alten Strukturen hinfällig. Sie müssen Platz machen.«

Parker erinnerte sich an ein im *Barron's* abgedrucktes Zitat von Manning, wonach es das Ziel von Systematix sei, »Fenster durch Türen zu ersetzen«. Das musste man ihm wirklich lassen, dachte Parker: Von Manning und seinen wohl gesetzten Worten ging eine geradezu hypnotisierende Wirkung aus. *Platz machen.* »Wem müssen sie Platz machen?«

»Während wir es früher mit vertikalen Hierarchien zu tun hatten, sind wir heutzutage auf horizontal angelegte Netzwerke angewiesen, die vor den Grenzen organisatorischer Strukturen nicht Halt machen. Also bauen wir ein Netz von Firmen auf, mit denen wir auf gleicher Ebene kooperieren können. Die Grenzen fallen. Das aber setzt ein gesteigertes Maß an automatisierter Selbstüberwachung voraus, denn ein solcher Verbund ist insgesamt anfälliger und birgt jede Menge Risiken.« Die im Rücken von Gregson Manning untergehende Sonne setzte ihm einen Strahlenkranz auf, der seine ohnehin schon starke Aura noch sehr viel intensiver erscheinen ließ. »Sie sind Unternehmer. Schauen Sie sich um. Was sehen Sie? Atomisierte Kapitalmärkte. Arbeitsmärkte, die in Auflösung begriffen sind. Pyramidal strukturierte Organisationen weichen beweglichen, sich selbst organisierenden Kooperationsformen. All das zwingt uns zu Zusammenschlüssen, zur Vernetzung, zur Entwicklung gemeinsamer Strategien, zu Verantwortlichkeiten, die mehr bezwecken als den Schutz des Eigentums. Informationskanäle sind rekombinant. Darum muss auf allen Ebenen eines Unternehmens größtmögliche Transparenz herrschen. Kurz und gut, ich will kein Referat halten, sondern nur im Ansatz zum Ausdruck bringen, was wir uns alle längst mehr oder weniger konkret als Zukunft unserer Wirtschaft vorstellen.«

Parker staunte über Mannings Worten. »Wenn man Ihnen so zuhört, könnte man den Eindruck gewinnen, dass Systematix mit einem Unternehmen im eigentlichen Sinne nichts mehr zu tun hat.«

»Nennen Sie es, wie Sie wollen. Traditionell geführte Unternehmen stehen jedenfalls auf verlorenem Posten. Mit der Ära des selbstherrlichen Unternehmertums ist es ein für alle Mal vorbei. Nach den Worten des Dichters Robert Frost machen gute Zäune gute Nachbarn. Der Meinung bin ich nicht. Was heute gebraucht wird, sind durchlässige, transparente und bewegliche Grenzen. Wer Erfolg haben will, muss im wahrsten Sinne des Wortes mit dem Kopf durch die Wand gehen können.« Manning legte eine kurze Pause ein. »Aber wir sollten es uns leichter machen, und die Wände vorher niederreißen.«

An Parker gewandt, sagte Alex Garfield: »Ich will nicht behaupten, den Ausführungen von Mr. Manning Punkt für Punkt folgen zu können. Aber die Wirtschaftsdaten sprechen für sich. Lange Rechtfertigungsversuche sind, wie ich finde, überflüssig. Und mir scheint, er hat Recht, wenn er sagt, dass die kleine selbstständige Unternehmenseinheit nicht mehr zeitgemäß ist. Die neue Losung heißt Integration.«

»Die Mauern müssen fallen«, ergänzte Manning und straffte seine Schultern. »Das ist nach meinem Dafürhalten die Quintessenz des Fortschritts. Sie könnten einwenden, dass wir auf diesem Weg zurück ins Zeitalter der industriellen Revolution geraten. Die industrielle Revolution hat die Arbeit in Einzelaufgaben aufgeteilt. Wir wollen jedoch Einzelaufgaben zu Arbeits*prozessen* zusammenfassen, die ganz und gar nachvollziehbar und transparent sind.«

Irritiert von Mannings Redeschwall, versuchte Parker, seine Position zu behaupten: »All die neuen Technologien, in die Sie investiert haben, die Netzwerktechnologien und so weiter ... nun, ich verstehe nicht ganz, welches Konzept dahintersteckt. Und dann erfährt man über diesen FCC-Bericht, dass Systematix vorhat, eine ganze Flotte von Satelliten in die Umlaufbahn zu schicken. Warum? An Bandbreite mangelt's doch wahrhaftig nicht. Wozu diese Satelliten?«

Manning nickte, als wäre er für die Frage dankbar. »Vielleicht ist es an der Zeit, dass wir über unseren Tellerrand hinausblicken.«

Zustimmendes Gelächter wurde laut.

»Ich habe bislang nur über das Geschäftliche gesprochen«, fuhr Manning fort. »Aber denken wir doch auch einmal an unser Privatleben. Nach unserer Verfassung ist es die eigentliche Domäne unserer persönlichen Freiheit.« Manning setzte eine ernste Miene auf. »Leider ist aber die Privatsphäre für viele alles andere als frei und stattdessen von Missbrauch und Gewalt geprägt. Wir kennen die Schreckensnachrichten: von Vergewaltigung und Mord, von bewaffneten Marodeuren, die unsere Städte unsicher machen. Fragen wir doch mal die Opfer, was sie von dieser Freiheit halten. Ich meine, Freiheit macht in unserem heutigen Informationszeitalter nur noch Sinn als Freiheit *von* etwas – als Freiheit von Gewalt, von Missbrauch, von Verletzung. Und wenn Systematix einen Beitrag dazu leisten kann, diese Freiheit zu erreichen, ist das eine Chance, die es so in der Geschichte der Menschheit noch nie gegeben hat. Wir können für eine nahezu umfassende Sicherheit sorgen. Überwacht werden wir auf die eine oder andere Weise seit eh und je – schon als Kleinkinder durch das Babyfon, später über Kameras in Fahrstühlen, Parks und Unterführungen. Mittlerweile gibt es ganz ausgefeilte Sicherungs- und Alarmsysteme, die allerdings vorerst nur einer kleinen privilegierten Schicht zur Verfügung stehen. Nun, ich plädiere dafür, dass wir diese Mittel demokratisieren, dass alle in den Genuss kommen können, sie zu nutzen. Öffnen wir unsere Augen und unseren Blick über unser Umfeld hinaus auf die ganze Welt. Noch ist das so genannte *Global Village* nur eine Vokabel; aber wir könnten dafür sorgen, dass es Realität wird. Die technischen Möglichkeiten dazu haben wir.«

»Ist das nicht allzu viel Macht, die da einer einzigen Organisation zufällt?«

»Auch das, was wir Macht nennen, hat sich gewandelt. Sie wirkt nicht mehr von einem festen Punkt aus, sondern stellt sich als ein Netz von Sanktionen dar, das die gesamte Gesellschaft überzieht. Wie dem auch sei, ich finde, Sie sehen das etwas zu eng. Wenn Schutz und Sicherheit in vollem Umfang gewährleistet sind, werden wir letztlich auch die Macht über unser Leben in den eigenen Händen halten.«

Es klopfte, und Mannings persönlicher Assistent steckte den Kopf zur Tür herein.

»Ja, Daniel?«, fragte Manning, anscheinend überrascht durch die Störung.

»Ein Telefonanruf für Sie, Sir.«

»Im ungünstigsten Moment.« Manning lächelte.

Der junge Mann räusperte sich hüstelnd. »Das Oval Office, Sir. Der Präsident sagt, es sei dringend.«

An die Versammelten gewandt, sagte Manning: »Entschuldigen Sie mich bitte. Ich bin gleich wieder bei Ihnen.«

In seinem großen hexagonalen Büro, das von Sonne durchflutet, aber doch angenehm kühl war, setzte sich Manning an den Schreibtisch und drückte die Lautsprechertaste der Telefonanlage. »Da bin ich, Mr. President«, sagte er.

»Hören Sie zu, Gregson, Sie wissen, ich würde nicht stören, wenn's nicht wichtig wäre. Aber ich muss Sie um einen Gefallen bitten. Es geht um diese Terroranschläge. In Lille sind ein Dutzend amerikanische Geschäftsleute ums Leben gekommen, aber wir sind nur unzureichend informiert. Und warum? Weil unsere Satelliten aus diesem Sektor abgezogen wurden, und zwar aus Rücksicht auf die Franzosen, die etwas dagegen haben, wenn wir uns auch für sie interessieren. Ich verstehe von alledem zwar nicht viel, aber das ist zusammengefasst ungefähr das, was ich von meinen Experten über diese Sache erfahren habe. Außerdem sagte man mir, dass Systematix ein paar Satelliten in Position hat und brauchbares Bildmaterial liefern könnte.«

»Mr. President, Ihnen ist doch sicher bewusst, dass unsere Satelliten nicht zu Aufklärungszwecken verwendet werden dürfen und ausschließlich für Telekommunikation und digitales Telefonieren zugelassen sind.«

»Ich weiß. Das haben Ihre Leute den Leuten von Corelli bereits klargemacht.«

»Ich darf vielleicht daran erinnern, dass es Ihre Administration war, die beschlossen hat, alle nicht-staatlichen Überwachungsmöglichkeiten einzuschränken.« Während er sprach, betrachtete Manning das gerahmte Foto auf dem Schreibtisch, das seine Tochter zeigte, ein Mädchen mit sandfarbenen Haaren und einem verträumten Lächeln.

»Wenn Sie wollen, dass ich Kröten schlucke – einverstanden, Greg. Wenn's sein muss, bitte ich Sie auch auf Knien. Verdammt, die Sache ist ernst. Wir brauchen etwas, das Sie uns geben könnten. Um Himmels willen, helfen Sie uns ausnahmsweise mit Ihren Informationen aus. Ich werde mich auch erkenntlich zeigen.«

Manning ließ mit der Antwort ein paar Sekunden auf sich warten. »Sagen Sie Ihren NSA-Spezialisten, dass sie sich bei Partovi in meinem Büro melden sollen.«

»Vielen Dank«, antwortete Präsident Davis heiser.

»Mir geht diese schreckliche Geschichte selbst sehr nahe«, sagte Manning, den Blick nach wie vor auf das Foto seiner Tochter gerichtet. Er und seine Frau hatten sie Ariel genannt, und sie war in der Tat ein sehr zauberhaftes Geschöpf gewesen. »Und wir sollten jetzt wirklich an einem Strang ziehen.«

»Verstehe«, erwiderte der Präsident, der sich überhaupt nicht gern in der Rolle des lästigen Bittstellers sah. »Verstehe. Ich wusste doch, dass ich mich auf Sie verlassen kann.«

»Die Sache betrifft uns alle, Mr. President.«

Ariels Lachen hatte so hell und musikalisch wie die Melodie einer Spieluhr geklungen. Manning merkte, wie er durch die Erinnerungn von seinen ansonsten sehr konzentrierten Gedanken abgelenkt wurde.

»Auf Wiederhören, Gregson. Und nochmals, vielen Dank.«

Manning schaltete den Telefonlautsprecher aus. Er konnte sich nicht entsinnen, Malcolm Davis jemals dermaßen angeschlagen erlebt zu haben. Der Präsident war zurzeit wahrhaftig nicht zu beneiden.

Sechzehntes Kapitel

Die Pension lag in einem heruntergekommenen Teil Brüssels, den Marolles, wo ausschließlich Arme und Außenseiter lebten. Viele der noch aus dem 17. Jahrhundert stammenden Häuser zerfielen nach und nach. Die Anwohnerschaft setzte sich mehrheitlich aus südländischen Immigranten zusammen, hauptsächlich Nordafrikanern. Die Besitzerin der Pension La Samaritaine war eine kleine, gedrungene Frau aus dem Maghreb. Sie hockte mit düster argwöhnischem Blick an einem Tisch in einem übel riechenden Verschlag, der als Empfang diente. Zu ihrem gewöhnlichen Klientel zählten Durchreisende, Kleinkriminelle und mittellose Asylanten. Umso verdächtiger musste ihr jener vornehm aussehende Mann erscheinen, der mitten in der Nacht mit kleinem Gepäck aufkreuzte, teure Kleider trug und völlig deplatziert wirkte.

Bryson war mit dem Zug vom Gare du Nord angereist und hatte in einer Imbissstube widerlich fettige *moules et frites* und ein schales Pils als Abendessen zu sich genommen. Von der griesgrämigen Pensionswirtin wollte er nun wissen, welche Zimmernummer seine Bekannte habe, die, wie er glaube, am späten Nachmittag angekommen sei. Die Frau hob die Augenbrauen und antwortete ihm mit anzüglichem Grinsen.

Layla war vor einigen Stunden mit einem Last-Minute-Flug auf dem Zaventem Airport eingetroffen. Sie würde mittlerweile, wie er vermutete, genauso müde sein wir er, doch durch den Spalt unter ihrer Tür sickerte noch Licht. Also klopfte er an. Ihr Zimmer war nicht weniger schäbig als seines.

Sie schenkte ihm aus einer Flasche Scotch ein, die sie in einem Laden nahe dem Vieux Marché erstanden hatte. »So, und jetzt verraten Sie mir doch bitte, wer dieser ›aufrechte Mann‹ aus Washington ist, den Sie hier treffen wollen.« Und mit schelmischem Schmunzeln fügte sie hinzu: »Zur CIA kann er wohl kaum gehören – es sei denn, Sie hätten in Langley tatsächlich einen ehrlichen Menschen gefunden.« Die blauen Flecken im Gesicht, die ihr Jan Vansina zugefügt hatte, waren violett verfärbt und sahen schlimm aus.

Bryson nippte an seinem Glas und setzte sich auf einen verstaubten Stuhl mit Armlehne. »Nein, von der Agentur ist er nicht.«

»Und?«

Er schüttelte den Kopf. »Noch nicht.«

»Noch nicht *was*?«

»Wenn's soweit ist, weihe ich Sie ein. Jetzt noch nicht.«

Sie saß auf der anderen Seite eines kleinen Tisches, dessen Holzfurnier zum Großteil abgeblättert war, und stellte ihr Glas darauf ab. »Sie halten mich immer noch hin. Das war so nicht abgemacht.«

»Abgemacht haben wir überhaupt nichts, Layla.«

»Ja, glauben Sie denn, ich würde mich Ihnen blindlings anschließen, in einer Sache, von der ich nichts weiß?« Sie war wütend, und diese Wut war nicht nur auf ihre Müdigkeit und den Alkohol zurückzuführen.

»Nein, natürlich nicht«, antwortete er vorsichtig. »Aber ich habe Sie nicht gebeten, mir zu helfen. Im Gegenteil, ich habe Sie davon abzubringen versucht. Nicht, weil Sie mich behindert hätten – nein, Sie waren mir von unschätzbar großer Hilfe –, aber ich wollte nicht länger die Verantwortung dafür tragen, dass Sie Ihr Leben für mich aufs Spiel setzen. Denn das ist mein Engagement, meine Mission. Wenn auch für Sie ein positiver Nebeneffekt dabei rausspringen sollte ... umso besser.«

»Das klingt reichlich unterkühlt.«

»Mag sein, aber eine andere Temperatur kann ich mir nicht leisten.«

»Dabei haben Sie auch eine liebevolle, zartfühlende Seite. Das spüre ich.«

Er antwortete nicht.

»Ich vermute, Sie waren verheiratet.«

»Ach ja? Wie kommen Sie darauf?«

»Habe ich Recht?«

»Ja«, gestand er. »Aber was hat Sie darauf gebracht?«

»Die Art, wie Sie sich mir gegenüber verhalten – abgesehen von Ihrer professionellen Vorsicht; Sie kennen mich ja nicht. Trotzdem, mich an Ihrer Seite zu haben ist Ihnen nicht unangenehm, oder?«

Bryson schmunzelte, sagte aber nichts.

Sie fuhr fort: »Ich habe die Erfahrung gemacht, dass die meisten männlichen Kollegen in unserer Branche ziemlich verunsichert sind, was den Umgang mit Frauen angeht. Für sie ist unsereins entweder geschlechtslos oder aber ein potenzielles romantisches Abenteuer. Sie dagegen scheinen zu verstehen, dass sich die Angelegenheit komplexer verhält, dass Frauen, wie auch Männer, beides sein können, oder nichts von beiden oder etwas völlig anderes.«

»Sie sprechen in Rätseln.«

»Tut mir Leid. Ich meine ... nun, es ist im Grunde ganz einfach: Was ich sagen will, ist, dass wir Mann und Frau sind ...« Sie hob ihr Glas, wie um ihm zuzuprosten.

Er verstand den Wink, gab sich aber ahnungslos. Sie war eine außergewöhnliche Frau, zu der er sich in Wahrheit immer stärker hingezogen fühlte. Aber dieser Anziehung nachzugeben wäre allzu egoistisch gewesen und hätte womöglich Erwartungen geweckt, denen nachzukommen er nicht bereit oder fähig sein würde, solange in Frage stand, wie es um seine Beziehung zu Elena stand. Eine Bettgeschichte, so schön sie auch zu sein versprach, würde ihr Verhältnis einschneidend verändern und Probleme aufwerfen, die womöglich ihre Arbeit gefährdeten.

»Sie sprechen offenbar aus Erfahrung«, bemerkte er. »Ihr Mann – Sie waren, wie Sie sagten, mit einem israelischen Soldaten verheiratet –, hat er etwa auch zu denen gehört, die sich mit Frauen schwer tun?«

»Ich war damals noch ein Mädchen, ein ganz anderer Mensch.«

»Hat sein Tod Sie verändert?«, fragte Bryson.

»Ja, sein Tod und der meines Vaters, obwohl ich ihn kaum gekannt habe«, antwortete sie nachdenklich und nahm einen Schluck aus ihrem Glas.

Er nickte.

Mit gesenktem Blick sagte sie: »Yaron, mein Mann, war während der *Intifada* bei Kiryat Shmona stationiert und half, das Dorf zu verteidigen. Eines Tages starteten die israelischen Luftstreitkräfte einen Raketenangriff auf ein Hisbollah-Lager in der Beka'a-Ebene, ganz in der Nähe des Ortes, wo ich als Kind gelebt hatte. Bei diesem Angriff kamen eine Mutter und alle ihre fünf Kinder ums Leben. Ein Albtraum. Die Gegenseite rächte sich, indem sie ihre Katjuscha-Raketen auf Kiryat Shmona abfeuerten. Yaron war gerade dabei, die Dorfbewohner in bombensichere Schutzräume zu bringen, als er von einer der Raketen getroffen wurde und bis zur Unkenntlichkeit verbrannte.« Mit Tränen in den Augen blickte sie auf. »Ich frage Sie, wer war im Recht? Die Hisbollah, die sich anscheinend zum Ziel gesteckt hat, möglichst viele Israeli umzubringen? Oder die israelischen Luftstreitkräfte, die in ihrer Versessenheit darauf, ein Hisbollah-Lager zu zerstören, in Kauf nahmen, dass Unschuldige dabei zugrunde gehen?«

»Sie kannten die Mutter und deren fünf Kinder, nicht wahr?«

Sie nickte und biss sich auf die Unterlippe, als die Tränen zu laufen begannen. »Meine Schwester... meine ältere Schwester und meine kleinen Nichten und Neffen.« Für eine Weile konnte sie nicht sprechen. Dann sagte sie: »Wissen Sie, schuldig sind nicht nur die Männer, die die Katjuschas abschießen, sondern auch diejenigen, die diese Waffen liefern. Und auch die, die in ihren Bunkern über Landkarten sitzen und den Angriff planen. Männer wie Jacques Arnaud, der die halbe französische Nationalversammlung am Wickel hat, und der, weil er Waffen an Terroristen und Fanatiker auf der ganzen Welt verkauft, unvorstellbar reich geworden ist. Kurzum, für den Fall, dass Sie mir irgendwann doch noch Vertrauen schenken und die Absicht haben sollten, mir zu erklären, wofür Sie Ihr Leben aufs Spiel setzen und was Sie herauszufinden hoffen... für den Fall möchte ich, dass Sie wissen, wem Sie sich gerade anvertrauen.« Sie stand auf und gab ihm einen Kuss auf die Wange. »Und jetzt muss ich schlafen gehen.«

Mit aufgewühlten Gedanken kehrte Bryson in sein Zimmer zurück. Er musste unbedingt und schnellstmöglich mit Richard Lanchester Kontakt aufnehmen. Gleich nach dem Aufstehen würde er versuchen, den Sicherheitsberater anzurufen. Bryson ahnte, dass er noch viel zu wenig wusste und dass ihm nicht mehr viel Zeit blieb. Seit Harry Dunne – aus welchen Gründen auch immer – verschwunden war, gab es auf höchster Ebene nur noch eine Anlaufstelle, die einflussreich und unabhängig genug war, um gegen das Direktorat etwas ausrichten zu können. Lanchester war ihm zwar noch nie persönlich begegnet, doch er kannte einige seiner biografischen Daten: Lanchester hatte an der Wall Street etliche Millionen gescheffelt, bevor er mit Mitte vierzig in die Politik gegangen war. Für seinen Freund Malcolm David hatte er einen erfolgreichen Wahlkampf um das Präsidentenamt geführt, wofür dieser sich bei ihm mit der Ernennung zum nationalen Sicherheitsberater bedankt hatte. In diesem Amt war es ihm schnell gelungen, sich zu profilieren. Seine Intelligenz und Redlichkeit hoben sich wohltuend ab vom Dünkel und der Korruption der Washingtoner Politszene. Seine hoch geschätzten Kennzeichen waren Freundlichkeit, Gerechtigkeitssinn und politische Weitsicht.

Nach Auskunft eines Zeitungsberichtes über das Massaker von Lille befand sich Lanchester zurzeit in Brüssel, wo er dem Obersten Hauptquartier der Alliierten Mächte in Europa, kurz: SHAPE, seinen Besuch abstattete und mit dem Generalsekretär der NATO zu Beratungen zusammentraf.

Ausgerechnet dort, unter dem Dach der NATO-Hauptverwaltung, mit Lanchester Kontakt aufzunehmen würde nicht leicht sein.

Aber vielleicht würde sich die eine oder andere Möglichkeit eröffnen.

Bryson hatte kaum geschlafen – der unablässige Verkehr und die Grölerei nächtlicher Zecher waren allzu laut gewesen –, als er kurz nach fünf aufstand, sich mit kaltem Wasser wusch und einen Plan zurechtlegte.

Unten in der Straße entdeckte er einen rund um die Uhr geöffneten Zeitungskiosk, wo er eine umfassende Auswahl an internationalen, vor allem europäischen Zeitungen und Illustrierten erstand. Wie erwartet, berichteten fast alle – vom *International Herald-Tribune* über die Londoner *Times*, *Le Monde* und *Le Figaro* bis hin zur *Welt* – in großer Ausführlichkeit über den Terroranschlag von Lille. Viele zitierten Richard Lanchester in wörtlicher Rede; einige brachten sogar ein längeres Interview mit dem amerikanischen Sicherheitsberater. In einem Café, wo er sich einen starken Kaffee nach dem anderen bestellte, las er die einzelnen Artikel durch und machte sich Notizen dazu.

Manche Zeitungen erwähnten nicht nur Lanchester, sondern auch seinen Sprecher Howard Lewin, der gleichzeitig Sprecher des Nationalen Sicherheitsrates war. Lewin befand sich ebenfalls in Brüssel; er begleitete seinen Boss und die Delegation des Weißen Hauses, die das NATO-Hauptquartier besuchten.

Pressesprecher wie Howard Lewin hatten die Aufgabe, hartnäckige Journalisten mit aktuellen Informationen zu füttern. In sein Pensionszimmer zurückgekehrt, ließ sich Bryson telefonisch mit Lewin verbinden.

»Mr. Lewin, wir kennen uns noch nicht«, meldete sich Bryson in markigem Tonfall. »Ich bin Jim Goddard von der Europaredaktion der *Washington Post*. Tut mir Leid, dass ich Sie so früh am Morgen stören muss, aber wir haben hier eine heiße Sache an der Hand, und es wäre wichtig, dass Sie uns helfen.«

Lewin war sofort ganz Ohr. »Selbstverständlich, ... eh, Jim? Was steht an?«

»Ich möchte Sie vorab darüber informieren, dass wir eine ausführliche Titelgeschichte über Richard Lanchester bringen werden. Mit allem Drum und Dran. Manches davon wird Ihnen und Ihren Leuten, wie ich fürchte, nicht besonders gut schmecken. Um offen zu sein, es könnte sein, dass sich die politische Laufbahn von Mr. Lanchester dem Ende zuneigt. Was wir da in drei Monaten an Informationen zusammengetragen haben, ist wirklich starker Tobak.«

»Was soll das? Ich verstehe wohl nicht ganz richtig.«

»Nun, Mr. Lewin, es ist so: Mir wird von vorgesetzter Stelle aus Druck gemacht, mit der verflixter Sache endlich rauszukommen und vor ihrer Veröffentlichung nur ja kein Sterbenswörtchen darüber zu verlieren. Ich habe allerdings meine Bedenken, weil die Angelegenheit nicht nur für Lanchester, sondern auch für die Sicherheit unseres Landes gefährlich werden könnte...« Bryson legte eine kurze Pause ein, um seine Worte wirken zu lassen. Dann warf er den Rettungsring, den Lewin jetzt einfach ergreifen musste. »Deshalb möchte ich Ihrem Boss wenigstens die Gelegenheit geben, Stellung zu nehmen. Vielleicht können wir das Ganze ja noch für ein paar Tage aufschieben. Wie auch immer, ich persönlich bewundere Mr. Lanchester, werde aber meine journalistischen Pflichten darüber nicht vergessen. Wenn ich ihn allerdings sprechen könnte, ließe sich vielleicht noch etwas machen...«

»Ist Ihnen eigentlich bewusst, welche Uhrzeit wir hier in Brüssel haben?«, stammelte Lewin. »Mir auf die letzte Minute mit einer solchen Geschichte zu kommen... das ist doch... das ist doch unerhört und ganz und gar unverantwortlich von Seiten der *Post*...«

»Hören Sie, Mr. Lewin, ich will Sie wirklich nicht unter Druck setzen, aber eines muss klar sein: Ich habe Ihnen Gelegenheit gegeben, das Feuer auszutreten. Was jetzt folgt, geht auf Ihre Kappe... nein, Augenblick«, rief er einem imaginären Kollegen zu, »nein, nicht dieses Foto, das Porträt, du Esel!« Dann sprach er wieder ins Telefon: »Sagen Sie Ihrem Boss, dass er mich über meine Handy-Nummer anrufen soll. Ich warte noch zehn Minuten, danach geht die Sache in Druck, zusammen mit dem Hinweis: ›Lanchester lehnt Stellungnahme ab.‹ Haben wir uns verstanden? Sagen Sie ihm – und zwar wortwörtlich – dass sich unsere Recherchen im Wesentlichen auf sein Verhältnis zu einem russischen Geheimdienstler namens Gennadi Rosowski konzentrieren. Verstanden?«

»Gennadi... wer?«

»Gennadi Rosowski«, wiederholte Bryson und gab seine Washingtoner Handy-Nummer durch, um nicht zu verraten, dass er in Brüssel war. »Sie haben zehn Minuten Zeit.«

Kaum anderthalb Minuten später klingelte es.

Bryson erkannte Lanchester an seinem wohlklingenden Bariton mit dem gepflegten Ostküsten-Akzent sofort. »Hier ist Richard Lanchester«, meldete sich der Sicherheitsberater in fast panischer Erregung. »Was zum Teufel hat das alles zu bedeuten?«

»Ich nehme an, Sie sind von Ihrem Sprecher über unser Projekt aufgeklärt worden.«

»Er hat einen russischen Namen genannt, der mir noch nie zu Ohren gekommen ist – Gennadi Soundso. Was soll das Ganze, Mr. Goddard?«

»Sie kennen den wahren Namen von Ted Waller sehr wohl, Mr. Lanchester …«

»Wer zum Teufel ist Ted Waller? Was soll das alles?«

»Wir müssen uns unterhalten, Mr. Lanchester. Sofort.«

»Dann schießen Sie doch los. Ich höre. Was will Ihre Zeitung da gegen mich fabrizieren? Goddard, ich kenne Sie nicht, nehme aber an, Sie wissen, dass ich mit der Herausgeberin Ihrer Zeitung auf vertrautem Fuß stehe und im Ernstfall nicht zögern würde, sie anzurufen.«

»Wir müssen uns unter vier Augen sprechen. Ich bin in Brüssel und könnte in einer Stunde in der SHAPE-Zentrale in Mons sein. Sagen Sie dem Sicherheitsposten, dass er mich durchlassen soll.«

»Sie sind in Brüssel? Ich dachte, Sie hätten von Washington aus angerufen. Was zum Teufel …«

»In einer Stunde, Mr. Lanchester. Und ich rate Ihnen, von jetzt bis zu meiner Ankunft kein einziges Telefonat zu führen.«

Er klopfte leise bei Layla an. Es dauerte nicht lange, und sie öffnete die Tür. Sie war schon angezogen, frisch gebadet und duftete nach Seife und Shampoo. »Ich bin eben an Ihrer Zimmertür vorbeigekommen und habe Ihr Telefonat mitgehört«, sagte sie, als er eintrat. »Aber keine Sorge, ich stelle keine Fragen. Sie werden mir ja – wie sagten Sie? – ›wenn's soweit ist‹, alles erklären, nicht wahr?«

Er nahm auf demselben wackligen Stuhl Platz, auf dem er auch letzte Nacht gesessen hatte. »Ja, ich glaube, es ist jetzt soweit, Layla«, sagte er, und es erleichterte ihn, dass er sie endlich ins Vertrauen ziehen konnte. »Ich muss Sie einweihen, weil ich Ihre Hilfe brauche. Wahrscheinlich wird man versuchen, mich auszuschalten.«

»Wer ist ›man‹?« Sie legte ihm ihre Hand auf den Arm. »Was haben Sie mir zu sagen?«

Er wählte seine Worte sehr genau und teilte ihr Dinge mit, über die bislang nur er und der stellvertretende, inzwischen verschwundene CIA-Direktor Harry Dunne Bescheid wussten. Er vertraute ihr an, in welcher Mission er unterwegs war, dass er eine Organisation zu unterwandern und unschädlich zu machen versuchte, die sich das Direktorat nannte und nur einigen wenigen bekannt war. Und er erklärte ihr, was er sich von dem Gespräch mit Richard Lanchester versprach.

Sie hörte staunend zu, stand nach einer Weile von ihrem Stuhl auf und ging im Zimmer auf und ab. »Ich bin nicht sicher, ob ich wirklich alles verstanden habe. Das Direktorat ist *kein* amerikanischer Geheimdienst? Sondern eine internationale, multilaterale Organisation?«

»So könnte man sagen, ja. Zu meiner aktiven Zeit hatte sie ihren Hauptsitz in Washington. Den scheint sie inzwischen an einen anderen Ort verlegt zu haben. Wohin, weiß ich nicht.«

»Und Sie sagen, die ganze Bagage sei einfach spurlos *verschwunden*?«

»Ja.«

»Unmöglich. Ein Geheimdienst ist doch wie jede andere Behörde; sie hat Telefonnummern, Faxe, Computer und jede Menge Personal. Wie kann so etwas spurlos verschwinden?«

»Anfangs war das Direktorat eine ganz schlanke, extrem wendige Einrichtung, die sich außerdem mindestens ebenso erfolgreich zu tarnen wusste wie die CIA ihre Auslandsstützpunkte. Oder denken Sie an die potemkinschen Dörfer der Sowjets, an ihre Produktionsanlagen zur Herstellung biologischer Massenvernichtungswaffen, die nach außen hin wie Waschmittelfabriken oder sogar wie Universitäten wirkten.«

Ungläubig schüttelte sie den Kopf. »Und Sie glauben, dass dieser Verein in Konkurrenz steht zur CIA, zum MI-6, zum Mossad und zur Sûreté und dass diese Dienste davon wissen?«

»Nein, nicht ganz. Man gibt den Mitarbeitern des Direktorats zu verstehen, dass sie Missionen übernehmen, die von den anderen Diensten nicht übernommen werden dürfen, sei es aus rechtlichen oder politischen Gründen.«

Sie nickte mit ernster Miene. »Und trotzdem können sie ihre Existenz geheim halten? Wie ist das möglich? Es wird doch getratscht, Sekretärinnen haben Freunde … es gibt Aufsichtsbehörden und Kontrollausschüsse …« Sichtlich mitgenommen, trat sie an die Frisierkommode, kramte in ihrer kleinen schwarzen ledernen Handtasche und holte schließlich einen Lippenstift daraus hervor. Sie zog damit die Lippen nach, betupfte sie mit einem Papiertaschentuch und steckte den Stift wieder weg.

»Aber das ist ja gerade das Geniale! Dafür sorgen eine wirklich durchdifferenzierte Arbeitsteilung und eine äußerst sorgfältige Rekrutierung – die Mitarbeiter werden aus aller Herren Länder angeworben und bringen eine Biografie mit, die für einen solchen Job besonders gut eignet. Und die Arbeitsteilung garantiert, dass sich die einzelnen Mitarbeiter nie richtig kennen lernen, allenfalls flüchtig. Ihr einziger Kontakt ist der jeweilige Führungsoffizier. Meiner war eine lebende Legende, einer der Gründer des Dienstes, ein Mann namens Ted Waller. Er war mein Idol«, fügte er reumütig hinzu.

»Aber Ihr Präsident wird doch Bescheid wissen.«

»Keine Ahnung, ehrlich. Ich glaube, dem Oval Office gegenüber wird die Existenz des Direktorats verheimlicht; zum einen, um den Präsidenten mit unschönen Informationen über Drecksarbeiten zu verschonen – das halten Geheimdienste anderer Staaten übrigens ähnlich –, zum anderen, weil ein Präsident von unserer Branche immer nur als zeitweiliger Bewohner des Weißen Hauses angesehen wird. Als ein Mieter, der nach vier, maximal acht Jahren wieder auszieht und für einen anderen Platz macht, der die Wohnung renoviert, neues Personal und Geschirr mitbringt und ein paar Reden schwingt, um dann selbst wieder in der Versenkung zu verschwinden. Die Geheimdienstler dagegen bleiben. Sie sorgen für Permanenz in Washington und sind die wahren Erben der Macht.«

»Und Sie vermuten, dass das einzige Mitglied der Regierung, das über die Aktivitäten des Direktorats Bescheid weiß, der Vorsitzende des Beraterstabes für Auslandsaufklärung ist? Dieser Stab soll ja auch, wie ich gehört habe, die NSA, CIA und andere amerikanische Geheimdienste kontrollieren.«

»Korrekt.«

»Und der Vorsitzende ist Richard Lanchester?«

»Genau.«

Sie nickte und sagte: »Und mit dem wollen Sie sprechen.«

»So ist es.«

»Aber *worüber*?«, rief sie. »Was wollen Sie ihm sagen?«

»Ich werde ihm sagen, was ich über das Direktorat weiß und worauf es meiner Meinung nach abzielt. Die große Frage ist: Wer kontrolliert das Direktorat heute? Um das in Erfahrung zu bringen, hat man mich reaktiviert. Damit ich herausfinde, was es so treibt.«

»Glauben Sie die Antwort zu kennen?«, fragte Layla. Sie wirkte irgendwie gereizt, geradezu kämpferisch.

»Nein. Ich habe nur einen Verdacht und ein paar Belege, die diesen Verdacht erhärten.«

»Was denn für Belege? Geben Sie's zu, Sie haben nichts.«

»Auf welcher Seite stehen Sie eigentlich, Layla?«

»Auf Ihrer!«, blaffte sie. »Ich will Sie beschützen und fürchte, dass Sie einen Fehler machen.«

»Einen Fehler?«

»Sie treffen sich mit diesem Lanchester und haben nichts in der Hand. Allenfalls ein paar haltlose Anschuldigungen. Er wird Sie für verrückt erklären und vor die Tür setzen.«

»Möglich«, räumte Bryson ein. »Aber es ist mein Job, ihn aufzuklären. Und ich glaube, dass mir das gelingen kann.«

»Woher nehmen Sie überhaupt die Sicherheit, dass Sie ihm vertrauen können?«

»Mir bleibt doch keine andere Wahl.«

»Womöglich ist er ein Lügner und gehört der Gegenseite an. Können Sie das ausschließen?«

»Natürlich nicht«, antwortete er. »Zugegeben, ich tappe im Dunklen und weiß nicht einmal mehr, auf welcher Seite ich selbst eigentlich stehe.«

»Was veranlasst Sie eigentlich, diesem CIA-Mann zu glauben? Was macht Sie so sicher, dass er nicht auch einer von denen ist und Sie von vorn bis hinten angelogen hat?«

»Wie gesagt, ich bin mir nicht sicher. Von Gewissheiten kann eben leider nicht die Rede sein, allenfalls von Wahrscheinlichkeiten.«

»Aber Sie haben ihm abgekauft, dass Ihre Eltern ermordet worden sind.«

»Meine Stiefmutter – die Frau, die mich nach dem Tod meiner Eltern zu sich genommen hat – hat diese Version mehr oder weniger bestätigt. Sie ist zwar nicht mehr gut dabei, doch ihr Gedächtnis funktioniert noch halbwegs. Aber wirkliche Gewissheit finde ich wohl nur bei den beiden Menschen, die ich so verzweifelt suche, bei Ted Waller und Elena.«

»Elena ist Ihre Ex-Frau.«

»Wir sind nie geschieden worden. Sie ist einfach verschwunden. Ich schätze, man könnte sagen, wir leben getrennt.«

»Sie hat Sie im Stich gelassen.«

Bryson seufzte. »Wer weiß, was sie dazu veranlasst hat. Wenn ich es doch bloß wüsste!«

»Sie ist einfach verschwunden, von einem Tag auf den anderen, und hat sich nie mehr gemeldet?«

»Ja.«

Sie schüttelte den Kopf. »Wie mir scheint, lieben Sie sie immer noch.«

Er nickte. »Tja ... es ist mir kaum möglich, einen klaren Gedanken zu fassen, wenn es um sie geht. Ich weiß nicht, was ich glauben soll. Hat sie mich je geliebt, oder hatte man sie auf mich angesetzt? Ist sie aus Enttäuschung oder aus Angst weggegangen, oder wurde sie dazu gezwungen? Ich würde so gern die Wahrheit erfahren.« War sein Alleingang in Bukarest womöglich Schuld an allem gewesen? Musste sich Elena aus Angst vor den Ausputzern versteckt halten? Aber das hätte sie ihm doch erklären können. Oder war sie womöglich dahinter gekommen, dass er sie belogen hatte, dass er an dem bewussten Wochenende gar nicht in Barcelona gewesen war? Vielleicht hatte sie sich betrogen gefühlt. Aber wäre sie in dem Fall gegangen, ohne ihm vorher die Hölle heiß gemacht zu haben?

»Sie hoffen, die Wahrheit zu erfahren, indem Sie um die halbe Welt fliegen und nach Agenten des Direktorats suchen? Das ist doch Wahnsinn.«

»Layla, wenn ich es schaffe, diesen Wespen bis in ihr Nest zu folgen, ist es mit ihnen vorbei. Und das wissen sie. Ich habe detaillierte Kenntnisse über Operationen, die bis zu 20 Jahre zurückliegen, und könnte schwerste Gesetzesverstöße aufdecken.«

»Und das wollen Sie jetzt Richard Lanchester unter die Nase reiben, in der Hoffnung, dass er aufräumt?«

»Wenn er wirklich so aufrecht ist, wie man sagt, wird er genau das tun.«

»Und wenn nicht?«

Bryson wusste keine Antwort.

»Sie haben doch bestimmt eine Waffe mitgebracht«, sagte sie plötzlich.

»Natürlich.«

»Wo haben Sie das Ding? Bei sich tragen Sie's offenbar nicht.«

Er blickte verwundert auf. Layla hatte ein gutes Auge. »Im Gepäck, noch in Einzelteile zerlegt, um sie durch die Kontrolle am Flughafen zu schmuggeln.«

»Tja dann ...« Sie zog eine 45er aus der Handtasche, die Heckler & Koch USP kompakt.

»Danke, aber ich nehme lieber meine Beretta mit.« Er lächelte. »Aber falls Sie noch die Desert Eagle haben ...«

»Nein, Nick, tut mir Leid.«

»*Nick*?« Er spürte ein hohles Pochen in der Brust. Sie kannte seinen wahren Namen. Dabei hatte er ihn ihr gegenüber nie erwähnt. *Mein Gott, was wusste sie sonst noch alles?*

Sie hielt die Waffe auf ihn gerichtet. Es dauerte einen Moment, ehe er die Situation erfasste. Er erstarrte; seine ansonsten blitzschnellen Reaktionen waren vor ungläubigem Staunen wie gelähmt.

Ihr Miene wirkte gequält. »Ich darf nicht zulassen, dass Sie sich mit Lanchester treffen, Nick. Es tut mir Leid, aber ich kann nicht anders.«

»Was zum Teufel soll das?«, zischte er.

»Ich tue meinen Job. Sie lassen uns keine andere Wahl. Dass es soweit kommt, habe ich nicht für möglich gehalten.«

Ihm war, als wäre alle Luft aus dem Zimmer gewichen. Der Schock fuhr ihm in die Eingeweide und in sämtliche Glieder. Kalter Schweiß brach auf seiner Stirn aus.

»Nein«, stöhnte er heiser. Der Stuhl, auf dem er saß, schien langsam in unendliche Tiefen abzusinken. »Jetzt auch noch Sie. Wann hat man Sie ...«

Mit der Kraft einer gespannten Feder schnellte er aus dem Sitz und fiel urplötzlich über sie her. Reflexhaft wich Layla zurück und verlor für den Bruchteil einer Sekunde die Kontrolle. Aus dem Gleichgewicht geraten, drückte sie ab. Die Detonation dröhnte in ohrenbetäubender Lautstärke in dem kleinen Raum. Bryson spürte, wie das Geschoss an der linken Wange vorbeizischte. Heißer Schmauch schlug ihm ins Gesicht. Er hörte die ausgestoßene Patronenhülse auf den Boden fallen. Fast gleichzeitig hechtete er durch die Luft und holte Layla von den Beinen, der vor Schreck die Waffe aus der Hand fiel.

Sie war wie ausgewechselt: eine Tigerin, blutgierig und mit wilden Augen. Layla bäumte sich auf, grub ihre langen Krallen in seine Kehle und rammte ihm gleichzeitig den linken Ellbogen mit einer Wucht gegen das Brustbein, dass ihm die Luft wegblieb.

Trotzdem gelang es ihm, sich aufzurichten und die Faust zu schwingen. Sie aber tauchte darunter ab, keilte sich mit der rechten Schulter unter seine Armbeuge, warf den rechten Arm um seinen Nacken und drückte zu, indem sie den linken Oberarm als Hebel einsetzte.

Er hatte schon mit den gefährlichsten und auf Höchstleistung gedrillten Killern im Clinch gelegen; Layla aber kämpfte in einer ganz anderen Liga. Sie war unerhört stark, so unermüdlich wie eine Maschine und entwickelte im Kampf eine Wut, die ihm Angst machte. Irgendwie schaffte er es, sich aus ihrem Würgegriff zu befreien, und hieb ein zweites Mal mit der Faust auf sie ein. Sie sprang zurück, lenkte den Schlag mit dem linken Unterarm ab, duckte sich und wuchtete ihm ihre Rechte in den Magen.

Nach Luft ringend, versuchte er, sie beim Kragen zu packen. Doch sie war schneller und versetzte ihm einen so harten Tritt in die rechte Kniekehle, dass er einknickte. Als sie ihm auch noch mit dem Ellbogen einen Stoß vor den Hinterkopf versetzte, wäre Bryson beinahe zu Boden gegangen. Doch er biss trotz grausamer Schmerzen die Zähne zusammen und bot seine letzten Kraftreserven auf. Allmählich erwachten auch seine vor Jahrzehnten erworbenen und lange Zeit ungenutzten Kampftechniken.

Er warf sich ihr frontal und mit der ganzen Wucht seines Körpers entgegen und versetzte ihr gleichzeitig mit der Linken einen gezielten Nierenhaken. Layla stieß einen schrillen Schrei aus, nicht vor Schmerzen, sondern vor Wut. Sie sprang in die Luft, wirbelte um die eigene Achse und trat mit dem rechten Bein nach hinten, ihm in den Unterleib. Kaum war sie wieder auf dem Boden gelandet, schleuderte sie, noch in der Drehbewegung, die rechte Faust in sein Gesicht, packte ihn, ehe er sich versah, bei den Schultern und rammte ihm das linke Knie zwischen die Beine. Als er ächzend zusammenbrach, hackte sie mit dem rechten Ellbogen auf seine Wirbelsäule ein, langte nach seiner linken Gesichtshälfte und riss ihm den Kopf im Uhrzeigersinn herum, bis er zu Boden ging.

Verzweifelt schlug er um sich, traf mit der harten Handkante auf den Nervenknoten oberhalb ihres linken Knies und brachte auch sie zu Fall. Ehe sie sich wegwälzen konnte, hatte er ihr in die Seite getreten und seinen Ellbogen vor ihren Hals gewuchtet. Schreiend ließ sie mit der rechten Hand von ihm ab und langte nach der Heckler & Koch, die, wie er sah, nicht weit entfernt auf dem Boden lag. Er durfte jetzt auf keinen Fall zulassen, dass sie wieder Oberwasser bekam. Ein Stück zur Seite gewandt, nahm er ihren Hals in die Armzwinge und quetschte den Kehlkopf. Würgend langte sie unwillkürlich nach seinem Ellbogen, um sich Luft zu verschaffen, was ihm Gelegenheit gab, die Pistole mit der linken Hand an sich zu reißen und ihr mit dem Knauf einen Schlag auf den Schädel zu versetzen, der so dosiert war, dass sie weder in Lebensgefahr geraten noch bleibende Schäden davontragen würde.

Layla sackte zusammen und verdrehte die Augen, so dass nur noch das Weiße zu sehen war. Er tastete nach ihrer Halsschlagader und fühlte den Puls. Sie lebte, würde aber die nächsten Stunden im Tiefschlaf verbringen.

Wer immer sie auch sein mochte, sie hätte ihn töten können, nur abzudrücken brauchen, als sie die Waffe gezogen und auf ihn gerichtet hatte. Doch anscheinend war sie dazu nicht willens oder in der Lage gewesen. Vielleicht war sie, genau wie er, eine mit Lügen und unter Vortäuschung falscher Tatsachen ins Spiel geschickte Randfigur, rekrutiert für einen Auftrag, über dessen Hintergründe man sie wohlweislich im Unklaren gelassen hatte. Wahrscheinlich war auch sie ein Opfer.

Ein Opfer des Direktorats?

Darauf schien alles hinzuweisen.

Er würde sie befragen und herausfinden müssen, was sie wusste. Aber nicht jetzt. Dazu hatte er vorläufig keine Zeit.

Er durchsuchte den Kleiderschrank, in dem sie ein paar Sachen aufgehängt und Schuhe verstaut hatte, nach einer Schnur oder dergleichen, womit er sie fesseln konnte. Als er mit der Hand über den Boden tastete, kam ihm der spitze Absatz jener grauen Pumps zwischen die Finger, mit denen sie in die Genfer Bank gestöckelt war. Der Absatz hatte sich irgendwie vom Schuh gelöst und eine extrem scharfe Kante freigelegt, an der er sich prompt die Hand aufritzte. Stöhnend holte er das graue, zirka sechs Zentimeter lange Teil zum Vorschein und entdeckte eine kleine Klinge, wie die eines Teppichmessers, die an der Oberkante des Absatzes befestigt war, der sich mit einem Gewindestück problemlos mit dem Schuh verschrauben ließ.

Er warf einen Blick auf Layla. Von ihren Augen war nach wie vor nur das Weiße zu sehen, die Kinnlade hing schlaff herab; sie war immer noch bewusstlos.

Erst jetzt dämmerte ihm, dass die Klinge nicht von ungefähr in dem abschraubbaren Absatz steckte. Er untersuchte den anderen Schuh, der tatsächlich auf gleiche Weise präpariert war. Ein hübscher kleiner Trick.

Plötzlich fiel bei ihm der Groschen.

Er sah sie im Geiste in der Abstellkammer der Genfer Bank liegen, gefesselt mit jenen »humanen Arrestbändern« aus Polyurethan, wie sie die Polizei seit einiger Zeit anstelle von Handschellen verwendete. Jan Vansina, der Direktoratsagent, hatte ihr diese Fesseln angelegt. *Es wäre ein Leichtes für Layla gewesen, sich davon zu befreien.*

Die Sache in Genf war abgekartet gewesen.

Layla hatte mit Vansina unter einer Decke gesteckt. Sie gehörte offenbar selbst zum Direktorat. Vansina hatte die Attacke gegen sie nur vorgetäuscht; sie hatte mitgespielt und wäre jederzeit aus eigener Kraft wieder freigekommen.

Aber was hatte das alles zu bedeuten?

Am Ende des dunklen Flurs gab es einen kleinen Fahrstuhl für zwei Personen, einer, der sich über die innere Ziehharmonikatür in Gang setzen ließ. Zum Glück war niemand in der Nähe. Bryson hatte keine anderen Gäste in der Pension ankommen oder weggehen gesehen. Womöglich waren er und Layla zurzeit die einzigen.

Er hievte sie vom Boden hoch – sie wog nicht viel, war aber, weil erschlafft, schwer zu fassen –, legte seinen Arm um ihre Hüfte, lehnte ihren Kopf an seine Schulter und führte sie wie eine sturzbetrunkene Ehefrau zum Fahrstuhl. Für den Fall, dass ihnen jemand über den Weg lief, hatte er sich einen Scherz über die regelmäßigen Besäufnisse seiner Frau zurechtgelegt.

Er fuhr mit ihr in den Keller hinab, wo es nach undichter Kanalisation stank, und setzte sie auf dem rohen, dreckigen Estrich ab. Nach kurzer Suche hatte er eine Art Besenkammer entdeckt, in der er Layla verstecken konnte. Mit einem Stück alter Wäschekordel schnürte er ihr Hände und Füße zusammen und achtete darauf, dass sie sich, aus der Ohnmacht erwacht, nicht von allein würde befreien können. Die Knoten waren fest, und sie hatte keine Schuhe an, geschweige denn präparierte.

Dann, als letzte Vorsichtsmaßnahme und für den Fall, dass sie allzu schnell wieder zu sich kommen und womöglich um Hilfe schreien würde, stopfte er ihr einen Knebel in den Mund und stellte sicher, dass sie trotzdem noch genug Luft bekam.

Dann schloss er die Tür ab, jedoch nicht, um andere am Eintreten zu hindern, sondern um Layla einzusperren, obwohl kaum anzunehmen war, dass sie sich aus eigener Kraft würde befreien können.

Schließlich kehrte er auf sein Zimmer zurück und bereitete sich auf das Treffen mit Richard Lanchester vor.

In einem dunklen Raum auf der anderen Seite der Erdkugel kauerten drei Männer vor einer elektronischen Konsole. Ihre konzentrierten Gesichter wurden von dem kalten grünen Licht der Leuchtdioden erhellt.

»Ein Eingang direkt von Mentor, einem unserer Satelliten aus der Intersat-Flotte«, sagte einer von ihnen.

»Und was sagt die Stimmerkennung?«, lautete die Antwort, und der Tonfall verriet, dass der Sprecher seit vielen Stunden unter Stress stand. »Wie verlässlich ist Voicecast überhaupt?«

»Sehr verlässlich«, sagte der erste Mann. »Die Treffergenauigkeit liegt zwischen 99 und 99,97 Prozent.«

»Identifikation positiv«, meldete der dritte Mann. »Das Gespräch wurde von einem Handy aus geführt, den Koordinaten nach in Brüssel in Belgien, und wurde in Mons entgegengenommen.« Der dritte Mann verstellte einen Regler, worauf eine erstaunlich klar klingende Stimme aus einem Lautsprecher in der Konsole tönte.

»Was soll das alles?«

»Wir müssen uns unterhalten, Mr. Lanchester. Sofort.«

»Dann schießen Sie doch los. Ich höre. Was will Ihre Zeitung da gegen mich fabrizieren? Goddard, ich kenne Sie nicht, nehme aber an, Sie wissen, dass ich mit der Herausgeberin Ihrer Zeitung auf vertrautem Fuß stehe und im Ernstfall nicht zögern würde, sie anzurufen.«

»Wir müssen uns unter vier Augen sprechen. Ich bin in Brüssel und könnte in einer Stunde in der SHAPE-Zentrale

in Mons sein. Sagen Sie dem Sicherheitsposten, dass er mich durchlassen soll.«

»Sie sind in Brüssel? Ich dachte, Sie hätten von Washington aus angerufen. Was zum Teufel ...«

»In einer Stunde, Mr. Lanchester. Und ich rate Ihnen, von jetzt bis zu meiner Ankunft kein einziges Telefonat zu führen.«

»Sollen wir Befehl zum Eingreifen geben?«, fragte einer der drei Männer.

»Nein. Die Entscheidung darüber wird an höherer Stelle getroffen«, antwortete ein anderer, offenbar der Vorgesetzte. »Vielleicht will Prometheus lieber weiter Informationen über die Aktivitäten der Zielperson sammeln und herausfinden, wie viel sie weiß.«

»Aber wenn sich die beiden in einem abgeschirmten Raum treffen ... dann ist Abhören zwecklos.«

»Ach, McCabe, wann wären wir mit unseren Mitteln am Ende? Leiten Sie die Stimmdatei weiter. Prometheus wird entscheiden, was zu tun ist.«

TEIL DREI

Siebzehntes Kapitel

Der nationale Sicherheitsberater des Präsidenten saß Bryson an einem Konferenztisch aus poliertem Mahagoni gegenüber, die hohe Stirn in tiefe Furchen gelegt. Seit über 20 Minuten hörte Richard Lanchester Brysons Ausführungen gespannt zu, nickte hin und wieder, machte sich Aufzeichnungen und unterbrach nur, wenn ihm etwas unklar war. Jede Frage, die er stellte, war sachdienlich und dazu angetan, Missverständnisse gar nicht erst aufkommen zu lassen. Bryson war beeindruckt von diesem Mann, von seiner hellwachen Intelligenz und der Fähigkeit, aufmerksam zuzuhören. Bryson sprach wie mit einem Führungsoffizier, dem Bericht zu erstatten war. So hatte er früher auch immer Ted Waller über seine Einsätze unterrichtet: ruhig, prägnant und nüchtern, ohne ungesicherte Behauptungen in sein Urteil miteinfließen zu lassen. Er versuchte, seine Enthüllungen in einen plausiblen Kontext zu stellen. Und das war nicht leicht.

Der Raum, in dem sich die beiden befanden, war ein speziell abgeschirmter Teil der Kommandozentrale des NATO-Generalsekretärs und als Raum im Raum schallisoliert, weshalb er inoffiziell als »Blase« bezeichnet wurde. Tatsächlich handelte es sich um ein würfelförmiges Modul, umgeben von einer dicken Gummischicht, die jede noch so starke Schwingung restlos dämpfte. Tagtäglich wurde die Blase mit Hilfe geeigneter Tests auf ihre Sicherheit vor Lauschangriffen überprüft. Sicherheitskräfte durchsuchten den Raum und die unmittelbare Umgebung regelmäßig nach heimlich installierten Abhörgeräten. Weil es keine Fenster gab, war auch nicht zu befürchten, dass Gespräche mittels Laser oder Mikrowellen von außen abgefangen werden konnten. Für zusätzliche Sicherheit sorgten hoch empfindliche Geräte zur Spektral- und Schallwellenanalyse, die im Stande waren, jeden noch so raffinierten Versuch eines Lauschangriffs als solchen zu erkennen und abzuwehren. Schließlich kam auch noch ein Geräuschgenerator zum Einsatz, der einen Schallteppich aus *Pink Noise* erzeugte, für den Fall, dass irgendwelche Kontaktmikrofone oder Audiotransmitter in den Installationen des Raumes versteckt waren. Dass Lanchester darauf bestanden hatte, das Gespräch in diesem außerordentlich sicher geschützten Raum zu führen, zeugte davon, wie ernst er Brysons eindringlich vorgebrachte Andeutungen nahm.

Lanchester blickte auf; er war sichtlich bestürzt. »Was Sie da sagen, ist absurd, der helle Wahnsinn, lässt sich aber wohl nicht einfach von der Hand weisen, zumal einiges davon zu bestätigen scheint, was auch mir schon an Gerüchten zu Ohren gekommen ist.«

»Aber Sie werden doch von der Existenz des Direktorats wissen. Immerhin sind Sie Vorsitzender des PFIAB und beraten in dieser Funktion den Präsidenten in Fragen der Spionageaufklärung.«

Lanchester nahm die randlose Brille von der Nase und putzte nachdenklich mit einem Taschentuch die Gläser. »Das Direktorat ist eines der am strengsten gehüteten Geheimnisse der Regierung. Kurz nach meiner Berufung in den PFIAB wurde ich darüber informiert. Ehrlich gesagt, ich dachte, der Mensch, von dem ich das erfuhr – ein anonymer Geheimdienstler –, sei nicht ganz bei Trost. Eine verrücktere Geschichte hatte ich noch nie gehört. Ein Geheimdienst, der verdeckt und jenseits aller Kontrolle und Rechenschaftspflicht sein eigenes Süppchen kocht… unvorstellbar! Wenn ich es wagte, dem Präsidenten davon zu erzählen, würde er mich sofort einweisen lassen, und das zu Recht.«

»Was finden Sie denn daran so unglaubwürdig? Das, was das Direktorat eigentlich ausmacht, nämlich dass es eine Täuschung in der Täuschung ist?«

»Nein, das nicht. Harry Dunne hat mich vor ein paar Monaten unterrichtet, kurz nachdem er einen Teil der Geschichte aufgedeckt hatte. Er glaubt, dass die Gründer und Hauptakteure des Direktorats samt und sonders vom sowjetischen GRU abstammen und dass sich hinter Ted Waller ein Mann namens Gennadi Rosowski verbirgt. Was

Dunne da alles erzählt hat, ist haarsträubend und so alarmierend, dass es streng geheim bleiben muss: Wahrscheinlich würde unsere Regierung, wenn sie davon erführe, in eine schwere Krise geraten und in ihren Grundfesten erschüttert werden. Darum habe ich, als Sie diesen Namen erwähnten, sofort aufgehorcht.«

»Und trotzdem sind Sie skeptisch in Bezug auf das, was Dunne Ihnen anvertraut hat.«

»Oh ja, sehr. Allerdings lässt sich die Geschichte nicht so ohne weiteres abtun. Dunne ist ein verdienstvoller Mann und kann nicht einfach ignoriert werden. Aber die Vorstellung von einer derart gewaltigen Täuschungsoperation ... nun, die geht, mit Verlaub, ein bisschen zu weit. Was mich viel mehr in Sorge versetzt, ist Ihre Einschätzung der aktuellen Aktivitäten des Direktorats.«

»Dunne wird Sie doch wohl ausführlich darüber informiert haben.«

Er schüttelte kaum merklich den Kopf. »Ich habe seit Wochen nicht mehr mit ihm gesprochen. Wenn er ein solches Dossier zusammengestellt haben sollte, wäre er von Rechts wegen verpflichtet gewesen, mich davon in Kenntnis zu setzen. Aber vielleicht wollte er warten, bis er mehr Material und substanzielle Informationen an der Hand haben würde.«

»Es muss Ihnen doch möglich sein, ihn zu erreichen oder herauszufinden, wo er sich zurzeit aufhält.«

»Glauben Sie mir, ich verstecke keine Trümpfe im Ärmel. Aber ich könnte ein paar Telefonate führen. Mal sehen, was sich machen lässt. Ein Mensch verschwindet schließlich nicht einfach aus dem siebten Stock der CIA-Zentrale. Wenn er als Geisel festgehalten wird oder gar tot ist, wird sich das feststellen lassen, Nick. Ich bin sicher, wir werden ihn finden.«

»Als ich ihn das letzte Mal gesprochen habe, äußerte er die Sorge, dass das Direktorat womöglich eigene Leute in die Hauptverwaltung der CIA eingeschleust haben könnte.«

Lanchester nickte. »Nun ja, der Ausweis, den Sie diesem Killer vor Chantilly aus der Tasche gezogen haben, spricht

Bände. Mag sein, dass der Ausweis gestohlen war oder dass sein Besitzer die Seiten gewechselt und sich vor Ort hat anwerben lassen. Wie dem auch sei, ich stimme mit Ihnen und Dunne durchaus überein: Wir können nicht ausschließen, dass die CIA unterwandert wird. Ich werde in wenigen Stunden nach Washington zurückfliegen, mich dann sofort mit Langley in Verbindung setzen und ein paar Worte mit dem Direktor persönlich wechseln. Aber lassen Sie mich ganz offen sein, Nick. Fassen wir zusammen: Sie haben im Château eines französischen Waffenhändlers zufällig Teile eines vertraulichen Gesprächs aufgeschnappt, aus denen Sie schließen, dass dieser Waffenhändler und Anatoli Prischnikow hinter dem Anschlag bei Lille stecken. Ich will nicht bezweifeln, dass dem tatsächlich so sein könnte, aber was ließe sich konkret gegen die beiden vorbringen?«

»Das Wort eines Mannes, der fast zwei Jahrzehnte lang als Geheimdienstagent tätig war«, antwortete Bryson.

»Ausgerechnet eines ehemaligen Mitgliedes dieses, wie wir nun wissen, kriminellen Dienstes, der auf amerikanischem Boden gegen amerikanische Interessen verstößt. Verzeihen Sie, ich muss so brutal offen sein. So stellt sich die Sache nun einmal dar. Sie sind ein Überläufer, Nick. Ich persönlich zweifle keinen Augenblick an Ihrer Vertrauenswürdigkeit, aber Sie wissen, was man in den einschlägigen Kreisen Washingtons von Überläufern hält. Herrje, denken Sie nur daran, was unsere Leute dem armen Nosenko angetan haben, der dem KGB ausgebüchst war, um uns zu sagen, dass die Russen hinter dem Attentat auf Kennedy stecken und dass sich ein Maulwurf in der Führungsetage unserer CIA eingenistet hat. Wir haben ihn in Isolationshaft genommen, in eine Zelle eingesperrt und jahrelang verhört. James Jesus Angleton, damals Chef der CIA-Gegenspionage, war überzeugt davon, dass uns die Sowjets an der Nase herumzuführen versuchten, und wollte von alledem kein Wort wahrhaben. Und nicht genug damit, er schikanierte den armen Teufel auch noch so sehr, dass er schließlich zerbrach. Dabei hatte Nosenko Lügentest um Lügentest bestanden und handfeste Informationen und Namen von Agenten ausgespuckt. Sie dagegen, Nick, haben bloß Gerüchte, aufgeschnappte Gesprächsfetzen und Mutmaßungen anzubieten.«

»Was ich Ihnen anbiete, sollte Sie veranlassen, alle Hebel in Bewegung zu setzen«, protestierte Bryson.

»Nick, hören Sie mir zu. Und versuchen Sie, zu verstehen. Stellen Sie sich vor, ich ginge zum Präsidenten und würde ihm sagen, dass es da eine Art Krake gibt – eine gesichtslose, ominöse Organisation, deren Existenz nicht nachweisbar ist und über deren Ziele nur vage spekuliert werden kann. Wenn er mich dann nur auslachen und vor die Tür des Oval Office setzen würde, käme ich noch glimpflich davon.«

»Nein, er würde auf Sie hören. Sie sind glaubwürdig.«

»Glaubwürdig bin ich, wenn überhaupt, vor allem deshalb, weil ich allem Aktionismus skeptisch gegenüberstehe und immer wieder zur Besonnenheit mahne. Himmel, wenn im Nationalen Sicherheitsrat oder im Oval Office jemand solche haltlosen Andeutungen machte, würde ich lautstarken Protest erheben.«

»Aber Sie wissen doch ...«

»Ich *weiß* gar nichts. Verdachtsmomente, dunkle Ahnungen, Befürchtungen – mit Gewissheit hat das nichts zu tun. Streng juristisch gesehen, können wir nicht einmal von einem hinreichenden Anfangsverdacht sprechen.«

»Mit anderen Worten, Sie wollen nichts unternehmen.«

»Das habe ich nicht gesagt. Verstehen Sie mich doch bitte, Nick. Ich gebe gern zu, dass ich großen Wert auf die Einhaltung von Spielregeln lege, aber ein Rigorist bin ich nicht, wie es mir viele vorwerfen. Und ich werde nicht die Hände in den Schoß legen und zusehen, wie Fanatiker die ganze Welt in Geiselhaft nehmen. Was ich sagen will, ist: Ich brauche konkrete Anhaltspunkte, Beweise. Wenn Sie mir die liefern, verspreche ich Ihnen, dass ich alle staatlichen Kräfte mobilisiere.«

»Verdammt, dazu fehlt die Zeit.«

»Bryson, so verstehen Sie doch!«, flehte Lanchester mit verzweifelter Miene. »Ohne eindeutige Beweise läuft nichts. Besorgen Sie uns welche. Ich muss wissen, was genau geplant ist. Ich – wir alle – zählen auf Sie.«

»Ich – wir alle – zählen auf Sie.« In dem abgedunkelten Raum Tausende von Kilometern entfernt tönte Lanchesters Stimme aus der Lautsprecherkonsole. *»Wie könnte ich Ihnen helfen? Was brauchen Sie?«*

Einer der Zuhörer langte nach dem Telefonhörer und drückte eine Taste. Nach wenigen Sekunden meldete er im Flüsterton: »Er hat Kontakt aufgenommen. Wie erwartet.«

»Das passt ins Profil, Sir«, hieß es am anderen Ende der Leitung. »Er schaltet die höchsten Stellen ein. Es überrascht mich, dass er weder droht noch zu erpressen versucht.«

»Ich will wissen, mit wem er zusammenarbeitet und für wen.«

»Verstanden. Was er als Nächstes vorhat, wissen wir leider noch nicht.«

»Keine Sorge. Die Welt ist klein geworden. Er kann uns nicht entwischen.«

Zwei Straßenzüge von den Marolles entfernt, stieg Bryson aus dem gemieteten Wagen und ging zu Fuß in die Pension zurück. Er sah sich aufmerksam um, auf der Hut vor Dingen, die nicht ins Bild passten. Alles war wie gehabt, was ihn aber nicht beruhigen konnte. Er hatte sich schon allzu oft täuschen lassen. Das Gespräch mit Richard Lanchester war, wie er fand, ganz und gar nicht zufrieden stellend verlaufen. Musste der Präsidentenberater etwa auch in die Liste der Verdächtigen aufgenommen werden? Oder wurde er jetzt schon paranoid? Der Wahnsinn war, wie Bryson wusste, nur einen kleinen Schritt entfernt. Nein, Lanchester war beim Wort zu nehmen und schien selbst aufrichtig besorgt zu sein, konnte aber nicht auf einen bloßen Verdacht hin aktiv werden. Was auf den ersten Blick wie ein Rückschlag aussah, war in gewisser Hinsicht doch ein Schritt nach vorn. Mit Lanchester hatte Bryson nun einen mächtigen Verbündeten. Oder wenn nicht einen Verbündeten, so doch zumindest ein sympathisierendes Ohr.

Kaum hatte er die wie immer düster dreinblickende Frau an der Rezeption passiert, eilte Bryson in den Keller und suchte die Abstellkammer auf. Erleichtert stellte er fest, dass noch abgeschlossen war. Aber weil er sich nicht noch einmal von Layla überraschen lassen wollte, zog er die Pistole, die, vom Anzugjackett überdeckt, im Gürtel steckte, stellte sich seitlich neben die Tür, drehte den Schlüssel um und stieß die Tür auf.

Layla fiel nicht über ihn her. Es blieb still.

Er riskierte einen Blick in die Kammer und sah, dass sie leer war. Die Wäscheschnur, mit der er sie gefesselt hatte, lag zerschnitten auf dem Boden.

Layla war verschwunden.

Ohne fremde Hilfe hätte sie nicht fliehen können. Ausgeschlossen, dass es ihr gelungen wäre, die Fesseln zu lösen oder aufzutrennen. Sie hatte ja kein Messer oder dergleichen bei sich gehabt. Davon hatte er sich überzeugt.

Es stand nun also fest: Sie arbeitete mit Rückendeckung.

Ihre Komplizen waren wahrscheinlich noch immer in der Nähe; sie wussten, wo er wohnte, und würden – im Unterschied zu ihr – nicht lange fackeln, wenn es darum ging, ihn zu erschießen. Aufs Zimmer zurückzukehren kam deshalb nicht in Frage. Dieses Risiko wollte er nicht eingehen.

Im Geiste durchwühlte er den Inhalt seines Koffers. Seit über 20 Jahren reiste er stets mit minimalem Gepäck, weil er eben immer damit rechnen musste, gefilzt zu werden. Gewohnheitsmäßig ordnete er seine Sachen immer so, dass sich für ihn auf den ersten Blick erkennen ließ, ob jemand seine Nase in sie hineingesteckt hatte. Das zu wissen, war ihm schon häufig von großem Nutzen gewesen. Weil er immer damit rechnen musste, dass sich andere über sein Gepäck hermachten, ließ er nie wirklich wichtige Informationen unbeaufsichtigt zurück. Außerdem hatte er gelernt, Wertsachen nach zwei Kategorien zu unterscheiden: Zur einen gehörten Dinge von materiellem Wert, also all das, worauf es Langfinger und diebische Zimmermädchen abgesehen hatten: Bargeld, Schmuck oder elektronisches Gerät, das teuer aussah. Dinge der zweiten Kategorie waren weniger begehrt, aber nur schwer zu ersetzen, wenn sie abhanden kamen, und dazu zählten Ausweispapiere, ob echt oder gefälscht, belichtete Filme, Videokassetten oder Computerdisketten.

Bryson ließ eher Geld und andere Wertsachen in seinem Gepäck zurück als einen falschen Pass. Seiner Gewohnheit treu hatte er alle Ausweispapiere bei sich, so auch seine Waffe und den von Arnauds Satellitentelefon heruntergeladenen kryptografischen Schlüssel: einen winzigen Mikrochip, den er nun schon eine Weile mit sich herumtrug. Aufzugeben, was sich jetzt noch im Zimmer befand, war also kein Problem. Er brauchte allerdings Geld, doch das ließ sich relativ leicht besorgen. Er konnte weitermachen.

Aber in welcher Richtung? Das Direktorat zu unterwandern, kam nicht mehr in Frage. Dort kannte man jetzt seine wahren Absichten. Es blieb ihm eigentlich nur noch ein Frontalangriff: Vielleicht konnte er sich als Elenas Ehemann ins Spiel zurückbringen, der auf der Suche nach ihr war.

Man wusste ja nicht, wie viel und was er durch sie erfahren hatte.

Gleichgültig, ob sie auf ihn angesetzt gewesen war und ihn an der Nase herumgeführt hatte oder nicht, für das Direktorat stand zu befürchten, dass sie ihm – unabsichtlich oder gezielt – Geheimnisse verraten hatte. Er war schließlich ihr Ehemann, und es hatte notwendigerweise auch intimere Momente gegeben, Augenblicke vertraulicher Zweisamkeit.

Die Hinterlist hätte einen Haken, der der Gegenseite gefährlich werden konnte. Was, wenn er durchblicken ließe, dass Elena ihm ganz beiläufig Informationen gesteckt hatte, von denen er eigentlich nicht wissen durfte? Informationen, die – so könnte er behaupten – zu seiner Rückversicherung bei einem Notar deponiert wären, über deren Herausgabe sich aber durchaus verhandeln ließe.

Ja, warum nicht? Ein Ehemann erfuhr so einiges von seiner Frau, und Außenstehende konnten nie mit Gewissheit sagen, welche Geheimnisse die Partner teilten. Er würde diese Ungewissheit, diesen Zweifel als Lockmittel für sich zu nutzen versuchen.

Noch war allerdings unklar, wie und wo er dieses Lockmittel einsetzen sollte. Er stand in seiner Planung erst am

Anfang, entsann sich aber sogleich einiger Agenten, mit denen er kurz zu tun gehabt hatte: in Amsterdam, Kopenhagen, Berlin, London, Sierra Leone und Pjöngjang. Er würde sie ausfindig machen und mit ihnen in Kontakt zu treten versuchen, um dann dem guten alten Ted Waller durch sie eine Botschaft zukommen zu lassen.

Dazu benötigte er jede Menge Geld, was sich jedoch bequem flüssig machen ließ. Er unterhielt Geheimkonten auf Banken in Luxemburg und auf den Cayman-Inseln, die er noch nie angerührt hatte. Es war für Direktoratsagenten geradezu eine Überlebensnotwendigkeit, Schwarzgeld zu bunkern. Er würde sich einen Betrag überweisen lassen, um unabhängig zu sein von der CIA, der er nicht mehr trauen konnte.

Und dann würde er damit beginnen, seine ehemaligen Kollegen zu kontaktieren und über sie ein paar gepfefferte Drohungen zu lancieren. Und die Forderung, dass man ihm ein Treffen mit Elena gestattete. Wenn nicht, würde er mit seinem Wissen, das er bislang zurückgehalten hatte, an die Öffentlichkeit treten. Erpressung, einfach und wirksam. Ted Waller würde darauf anspringen.

Er schloss die Tür der Abstellkammer und suchte nach einem Ausgang, der nicht an der Rezeption vorbeiführte. Minutenlang tappte er durch dunkle Kellerverschläge, ehe er einen nur selten benutzten Ausgang entdeckte, eine rostige Metalltür, die sich nur mit Gewalt öffnen ließ. Durch sie gelangte er in einen engen, gepflasterten und mit Unrat übersäten Hinterhof, in den sich allenfalls eine Ratte verirrte.

Über einen von Autos verstellten Stichweg fand er auf die Durchgangsstraße zurück, wo er in der Menge der Passanten untertauchte. In einem schäbigen kleinen Kaufhaus kaufte er sich neue Sachen, zog sich um und ließ die alten Kleidern zur Verwunderung des Verkäufers in der Umkleidekabine zurück. Im selben Geschäft erstand er außerdem noch einen Umhängebeutel, Wäsche zum Wechseln und eine billige Reisetasche.

Anschließend machte er sich auf die Suche nach einem großen, internationalen Bankhaus und kam an einem Schaufenster voller Fernsehapparate vorbei, die alle dasselbe Programm übertrugen. Die Bilder waren ihm auf Anhieb vertraut: Er erkannte die Wahrzeichen der Stadt Genf, für die, wie es schien, Werbung gemacht wurde. Bald aber zeigte sich, dass es sich um einen Nachrichtenbeitrag handelte. Und was er dann sah, raubte ihm den Atem.

Ins Bild kam das Genfer Hôpital Cantonal. Die Kamera fuhr durch die Gänge der Notaufnahme und schwenkte über Kranke auf Tragen, über zugedeckte Tote. Dann eine grauenvolle Szene: Leichen, aufeinander gestapelt, bereit zum Abtransport. Als Untertitel wurde eingeblendet: »Genf, gestern.«

Gestern? Welche Katastrophe konnte gestern in Genf passiert sein?

Er schaute sich auf der Straße um, entdeckte einen Zeitungskiosk und sah den Aufmacher: GENF. ANTHRAX. ANSCHLAG.

Er riss ein Exemplar der *International Herald-Tribune* aus dem Ständer. In der Zusammenfassung unter der Schlagzeile hieß es im Fettdruck: MILZBRAND-OPFER ÜBERFÜLLEN GENFER KRANKENHÄUSER – DIE WELT STEHT VOR EINEM RÄTSEL – ERSTE SCHÄTZUNGEN GEHEN VON BIS ZU 1000 TOTEN AUS.

Mit Entsetzen las Bryson den Artikel:

GENF. Plötzlich aufgetretene Fälle einer Milzbrandinfektion haben sich zur Epidemie ausgeweitet. Immer mehr Infizierte werden in die Krankenhäuser und Kliniken der Stadt eingeliefert. Nach ersten Schätzungen sind an die 3000 Personen von dem tödlichen Erreger befallen, davon schweben 650 bereits in Lebensgefahr. Die Krankenhausverwaltungen haben Notprogramme zur Versorgung der Patienten aufgelegt, da in den nächsten 48 Stunden mit einem dramatischen Anstieg an Erkrankungen zu rechnen ist. Geschäfte, Schulen und Ämter blieben auf Veranlassung der Stadt geschlossen. Touristen und Geschäftsreisenden wird empfohlen, bis auf weiteres von einem Besuch der Stadt abzusehen. Bürgermeister Alain Prisette drückt sein Entsetzen und seine Trauer aus, mahnt aber alle Bürger und Besucher der Stadt zur Besonnenheit.

Seit gestern früh füllen sich die Krankenhäuser mit Patienten, die über grippeähnliche Symptome klagen. Schon gegen fünf Uhr wurde im Hôpital Cantonal in über Dutzend Fällen Anthrax diagnostiziert. Am Mittag war die Zahl der Betroffenen bereits auf über 1000 angestiegen.

Spezialisten sind rund um die Uhr im Einsatz, um dieser rätselhaften Massenerkrankung auf den Grund zu gehen. Amtliche Stellen beteiligen sich ausdrücklich nicht an Spekulationen über Berichte, wonach ein Lastkraftwagen durch die Stadt gefahren sein und mit einer Sprühvorrichtung Wolken von Krankheitserregern ausgestoßen haben soll.

Milzbrand verläuft in rund 90 von 100 Fällen tödlich. Nach einer Ansteckung kommt es schon bald zu ernsten Atembeschwerden, gefolgt von Schocksymptomen, worauf sich häufig schon nach 36 Stunden der Tod einstellt.

Zwar lässt sich Lungenmilzbrand mit wiederholten Gaben von Penizillin behandeln, doch damit ist es nicht getan. Um nicht selbst angesteckt zu werden, ist das Krankenhauspersonal zur äußersten Vorsicht aufgerufen. Milzbranderreger können über Jahrzehnte latent aktiv bleiben.

Während staatliche Einsatzkräfte die Suche nach der Infektionsquelle fortsetzen, rechnet die Gesundheitsbehörde damit, dass sich die Epidemie bis zum Wochenende auf mehrere 10000 Personen erstrecken wird.

Es drängt sich die Frage auf: Was hat es mit dieser Seuche auf sich? Warum ausgerechnet Genf? Alle Erklärungsversuche verweisen darauf, dass Genf das Zentrum zahlreicher internationaler Organisationen ist, so auch das der Weltgesundheitsorganisation. Der Bürgermeister enthält sich aller Kommentare zu der allenthalben geäußerten Vermutung, wonach die Katastrophe auf den gezielten und seit Wochen, wenn nicht Monaten geplanten Terroranschlag eines unbenannten Kommandos auf die Stadt zurückgeht.

Bryson blickte von der Zeitung auf. Er war kreidebleich im Gesicht. Wenn dieser Bericht zutraf – und es gab keinen Grund, daran zu zweifeln –, hatte es einen mit biologischen Waffen geführten Anschlag auf Genf gegeben, noch während er in der Stadt gewesen war beziehungsweise kurz nach seiner Abreise.

Ein vom Himmel gebombter Passagierjet ... der bei Lille in die Luft gesprengte EuroStar ... eine während der morgendlichen Rushhour in der Washingtoner Metrostation gezündete Bombe ...

Allesamt Terroranschläge, in dichter Folge und mit unübersehbaren Gemeinsamkeiten. Mit ihrer Brutalität gegen die Öffentlichkeit zielten sie darauf ab, Angst, Schrecken und Chaos zu verbreiten. In einem Detail aber wichen sie vom typischen Terrormuster ab.

Es gab keine Bekennerschreiber.

In der Regel erklärten sich Terroristen für ihre Taten verantwortlich und lieferten meist auch eine Rechtfertigung nach. Das Ziel dieser aktuellen Anschläge schien allerdings einzig und allein Panikmache zu sein.

Für Bryson stand außer Frage, dass das Direktorat das Eisenbahnattentat bei Lille geplant und ausgeführt hatte. Es war darum wahrscheinlich auch als Urheber der Katastrophe von Genf anzusehen.

Aber was hatte das alles zu bedeuten?

Was hoffte das Direktorat zu erreichen? Zu welchem Zweck rotteten sich da extrem mächtige Privatpersonen zusammen, in welcher Absicht überzogen sie die Welt mit Terror und Gewalt?

Die Vermutung, dass ein paar Waffenhändler eine gesteigerte Nachfrage nach ihren Waren künstlich zu erzeugen versuchten, mochte Bryson nicht länger einleuchten. Maschinengewehre waren machtlos gegen den Ausbruch von Milzbrand. Es steckte mehr dahinter, ein anderes Muster, eine andere Logik. Aber was?

Er war in Genf und auch in der Nähe von Lille gewesen, jeweils kurz vor den Anschlägen. In Genf hatte er nach Jan Vansina, einem Direktoratsagenten, gefahndet und war vorher in dem nahe bei Lille gelegenen Chantilly gewesen, um gegen Jacques Arnaud zu ermitteln.

Konnte es sein, dass diese zeitlichen und örtlichen Übereinstimmungen nicht zufällig waren? Gab es womöglich irgendeinen Zusammenhang zwischen den Terroranschlägen und seinem jeweiligen Aufenthalt in der Nähe der Tatorte?

Er dachte an Harry Dunne und dessen nachdrückliche Bitte, dass er nach Genf reiste und Jan Vansina stellte. Vielleicht hatte Dunne auch in dieser Sache seine Hände mit im Spiel. Aber Chantilly? Davon hatte Dunne nichts gewusst…

Layla aber sehr wohl. Sie hatte ihn auf Arnaud überhaupt erst aufmerksam gemacht und ihm den Weg nach Chantilly geebnet, obwohl sie anfänglich von einem Besuch ganz und gar nicht angetan gewesen war. Oder hatte sie sich nur zum Schein gesträubt? Wie auch immer, sie war es gewesen, die den Stier mit dem roten Tuch gereizt hatte.

Nach Genf hatte er sich von Harry Dunne, nach Chantilly von Layla locken lassen. An beiden Orten beziehungsweise in der Nähe waren unmittelbar danach Terroranschläge verübt worden. War es möglich, dass Dunne und Layla unter einer Decke steckten, beide für das Direktorat arbeiteten und ihn in diese grauenvollen Anschläge zu verwickeln versuchten?

Himmel, womit war sonst noch alles zu rechnen?

Er faltete die Zeitung zusammen, um sie einzustecken, als ihm das Foto neben einem kurzen Artikel ins Auge sprang.

Bryson erkannte die abgebildete Person auf Anhieb: Es war der pausbackige Mann, den er mit Jacques Arnaud aus dessen Privatbüro in Chantilly hatte kommen sehen: Anatoli Prischnikow, seines Zeichens Präsident und Geschäftsführer des russischen Riesenkonsortiums mit dem Namen Nortek.

Arnaud kündigt Joint Venture an, hieß es in der Überschrift. Jacques Arnaud plante, sein ohnehin schon enorm weit verzweigtes Firmenimperium mit jenem russischen Megakonzern zusammenarbeiten zu lassen, der seinerseits aus dem Zusammenschluss etlicher Rüstungsbetriebe der ehemaligen Sowjetunion bestand.

Zu den Inhalten und Absichten dieses Plans wurde nichts Näheres ausgeführt. Allerdings war davon die Rede, dass sich Nortek verstärkt auf dem europäischen Markt zu engagieren gedenke und bereits bei mehreren Fusionen in der Elektronik-Branche seine Hand im Spiel habe. Es zeichnete sich das Bild einer weltweiten Vereinigung von Konzernen ab, die alle als Lieferanten von Rüstungsgütern in Frage kamen.

Und wenn seine Informationen zutrafen, wurde dieser gesamte militärisch-industrielle Komplex vom Direktorat kontrolliert. Trachtete es etwa danach, die Kontrolle über die Verteidigungskräfte der Weltmächte zu gewinnen? War es das, wovor Harry Dunne so große Angst hatte?

Hatte Dunne ihn unter Vortäuschung falscher Tatsachen ins Spiel gebracht, sozusagen als Bauer, der sich getrost opfern ließ? Oder war Dunne, falls er denn noch lebte, selbst der Dumme?

Immerhin war für Bryson jetzt klar, wohin er sich wenden musste, um Antworten zu finden.

In der Rue d'Argent gab es unweit des Theatre de la Monnaie einen kleinen Laden, der Kostüme verlieh und Theaterbedarf verkaufte. Bryson besorgte sich dort, was er brauchte, und suchte dann die Niederlassung einer internationalen Bank auf, wohin er sich Geld von seinem Luxemburger Konto überweisen ließ. Wenig später hatte er umgerechnet und nach Abzug der Gebühren fast 100 000 Dollar in der Tasche – hauptsächlich in US-Währung, aber auch in europäischen Devisen.

In einem Reisebüro ließ er sich auf die Last-Minute-Liste eines bestimmten Charterfluges setzen. Danach ging er in ein Fachgeschäft für Sportartikel und kaufte ein.

Am nächsten Tag startete vom Zaventem Airport eine klapprige Aeroflot-Maschine mit einer bunt gemischten Reisegruppe aus Rucksacktouristen an Bord, die das Billigangebot »Moskauer Nächte« gebucht hatten: vier Tage und drei Übernachtungen in Moskau, gefolgt von einer nächtlichen Zugfahrt nach St. Petersburg, wo weitere drei Tage verbracht werden sollten. Der Preis verstand sich inklusive Unterkünfte und Mahlzeiten, was nicht unbedingt von Vorteil war.

Einer der Mitreisenden war ein Mann Mitte vierzig in einem grünen Freizeitanzug, mit Baseballkappe und einem dichten braunen Vollbart. Er reiste allein, hatte sich aber schnell von der allgemeinen Ausgelassenheit anstecken lassen. Für seine neu gewonnenen Freunde war er Mitch Borowski, Buchhändler aus Quebec, der mit seinem Rucksack schon die halbe Welt bereist und in Brüssel das plötzliche Bedürfnis verspürt hatte, zur Abwechslung auch einmal Moskau kennen zu lernen. Zum Glück hatte er noch einen der letzten Plätze in der Chartermaschine ergattern können, in buchstäblich letzter Minute. Aber er, Mitch Borowski, traf gern solche spontanen Entscheidungen.

Achtzehntes Kapitel

Es war 10:00 Uhr, als sich mehrere hochrangige Geheimdienstler im Kartenraum des Weißen Hauses zu einer kurzfristig einberufenen Sitzung zusammenfanden. Auf solchen außerordentlichen Konferenzen wurden meist besonders heikle Angelegenheiten behandelt, Brandherde ausgetreten oder gelegentlich auch geschürt, wenn nicht gar gelegt, in jedem Fall aber Entscheidungen von weit reichender Bedeutung getroffen.

Manche Herausforderungen verlangten schnelle, einmütige Reaktionen, die nicht durch bürokratische Maßregeln, politisches Schachern oder ängstliche Einwände ausgebremst werden konnten. Erfolgreiche Regierungsarbeit reduzierte sich bisweilen auf die Anwendung eines einziges Lehrsatzes: In Krisensituationen konfrontierte man den Oberbefehlshaber nicht mit Problemen; vielmehr unterbreitete man ihm Lösungsvorschläge. Und es waren diese besagten Ad-hoc-Konferenzen – im Weißen Haus oder dem angrenzenden alten Regierungsgebäude –, auf denen solche Lösungsvorschläge erarbeitet wurden.

An dem langen, mit weißen Schreibunterlagen bedeckten Mahagonitisch standen insgesamt acht Stühle. Vor einer der Wände stand, wie ein Relikt aus vornehmeren Zeiten, ein roséfarbenes Sofa; darüber hing ein Rahmen mit der letzten von Präsident Roosevelt verwendeten Lagekarte aus dem Zweiten Weltkrieg. Sie war von Hand auf den 3. April 1945 datiert. Gut eine Woche später war Roosevelt gestorben. In den Jahren danach wurde aus der einst streng geheimen Kommandozentrale eine Art Abstellkammer. Erst die jetzige Regierung hatte den fensterlosen Raum wieder in Gebrauch genommen, und alles, was in ihm verhandelt wurde, war gewissermaßen vom Hauch seiner Geschichte umweht.

Richard Lanchester saß am Kopf des Tisches und sah sich in der Runde seiner Kollegen um. »Mir ist immer noch nicht ganz klar, was auf der Tagesordnung steht. Aus der Benachrichtigung war kaum etwas über Inhalte zu erfahren, nur darüber, dass es sich um sehr dringliche Angelegenheiten handelt.«

John Corelli, der Direktor der NSA, sprach als Erster: »Ihnen müsste die Bedeutung dessen, was sich zugetragen hat, doch wohl am ehesten klar sein.« Corelli hielt Lanchesters gelassenem Blick stand. »Er hat Kontakt aufgenommen.«

»*Er*? Ich verstehe nicht ganz«, entgegnete Lanchester und krauste die Stirn. Er war über Nacht von Brüssel zurückgekehrt und hatte noch keine Gelegenheit gehabt, sich zu duschen oder zu rasieren. Sein ermüdender Terminplan war an den tiefen Spuren in seinem Gesicht abzulesen.

Morton Culler, der schon 20 Jahre in gehobener Position für die NSA arbeitete, meldete sich zu Wort. Sein schütteres Haar war mit Gel zurückgekämmt, und die schiefergrauen Augen hinter den dicken runden Brillengläsern hatten einen starren Ausdruck. »Nicholas Bryson, Sir. Wir sprechen von Ihrem Zusammentreffen in Brüssel.«

»Bryson«, wiederholte Lanchester mit ungerührter Miene. »Wissen Sie, wer er ist?«

»Natürlich«, antwortete Culler. »Was wir erwartet haben, ist genauso eingetroffen. Der Mann ist im Grunde sehr berechenbar. Er geht immer geradewegs bis ganz nach oben. Hat er versucht Sie zu erpressen? Hat er Ihnen gedroht?«

»Ach was«, wiegelte Lanchester ab.

»Und Sie haben ihn trotzdem zu einem Gespräch unter vier Augen empfangen.«

»Er ist sehr gerissen und hat sich mir sozusagen empfohlen durch eine Anspielung auf etwas, wovon nur ganz wenige von uns Kenntnis haben.«

»Und? Haben Sie herausgefunden, was er von uns will?«

Lanchester zögerte. »Er brachte das Thema Direktorat aufs Tapet.«

»Er hat wohl zugegeben, dass er für diesen Verein arbeitet«, sagte CIA-Direktor James Exum.

»Im Gegenteil. Und er hält das Direktorat für eine Bedrohung globalen Ausmaßes. Es scheint ihn regelrecht zu beängstigen, dass wir noch keine geeigneten Abwehrmaßnahmen ergriffen haben. Er spielte auf groß angelegte Betrügereien und Täuschungsmanöver an, vorgenommen von einer geheimnisvollen supranationalen Organisation. Das meiste von dem, was er sagte, klang ziemlich verrückt. Aber manches …« Lanchester stockte.

»Aber manches …?«, hakte Exum nach.

»Manches von dem, was er sagte, ergibt durchaus Sinn. Und ist in der Tat zum Fürchten.«

»Ja, das kann er gut«, höhnte Culler, »Märchen erfinden und andere um den Finger wickeln.«

»Sie scheinen diesen Mann ja gut zu kennen«, entgegnete Lanchester mit provokantem Unterton. »Warum klären Sie mich nicht auf?«

»Genau das haben wir vor, Sir«, antwortete Culler. Er nickte in Richtung zweier Personen, die Lanchester nie zuvor gesehen hatte. »Das sind Terence Martin und Gordon Wollenstein von der Task Force, die wir zu diesem Zweck eingerichtet haben. Ich habe sie hergebeten, damit sie den anwesenden Herren Bericht erstatten.«

Terence Martin war ein groß gewachsener Mann Mitte dreißig. Er wirkte sehr spröde und verriet durch seinen Akzent, dass er aus Maine stammte. Unverkennbar war auch sein militärischer Hintergrund: Er stand da wie ein Zinnsoldat. »Nicholas Bryson. Sohn von George Bryson, einem Ein-Sterne-General der US-Army. Diente im 42. Panzerbataillon in Nordkorea und rückte mit ihm nach Vietnam aus, und zwar gleich zu Anfang unseres Engagements dort. Ist mit zahlreichen Orden und Medaillen ausgezeichnet worden. Hatte immer beste Gesundheits- und Führungszeugnisse. Nicholas, sein einziges Kind, kam vor 42 Jahren zur Welt. George Bryson musste zu dieser Zeit häufig seinen Einsatzort wechseln und zog mit seiner Familie rund um die Welt. Nina Bryson, seine Frau, war Pianistin und gab Klavierunterricht. Eine stille, bescheidene Person. Der kleine Nicholas verbrachte seine Kindheit in über zehn verschiedenen Ländern. Besonders schwierig waren für ihn vier Jahre, in denen er nicht weniger als achtmal umziehen musste:

Wiesbaden, Bangkok, Marrakesch, Madrid, Riad, Taipeh, Madrid, Okinawa.«

»Klingt wie eine Anleitung zur Vereinsamung«, bemerkte Lanchester. »In einer solcher Situation muss man ja die Orientierung verlieren. Man verkriecht sich ins eigene Schneckenhaus und schottet sich ab.«

»Ja, aber hier beginnt die Geschichte interessant zu werden«, unterbrach Gordon Wollenstein höflich. Er hatte rotblonde Haare und eine rötliche Gesichtsfarbe. Sein Äußeres wirkte leicht ungepflegt, doch sein wacher Blick und seine ruhige Art ließen erahnen, dass er als Psychologe durchaus gute Arbeit leistete. Seine an der Universität von Berkeley vorgelegte Promotionsarbeit über neue Methoden zur Erhebung psychischer Profile hatte Experten aus Geheimdienstkreisen auf ihn aufmerksam gemacht. »Wir haben es mit einem Kind zu tun, das, kaum hat es sich irgendwo eingerichtet, wieder fortziehen muss. Von heute auf morgen und ganz ohne Vorwarnung. Und doch gelingt es ihm, sich nach jedem Ortswechsel in eine fremde Kultur einzuleben, eine neue Sprache beziehungsweise einen neuen Dialekt und neue Umgangsformen zu erlernen. Der Junge orientiert sich nicht an den Kollegen seines Vaters in der Kaserne, sondern an den Einheimischen, wahrscheinlich in Person der Dienstboten seiner Eltern. Schon vier Monaten nach seiner Ankunft in Bangkok kann der Achtjährige fließend und akzentfrei Thailändisch sprechen. Erst kurze Zeit in Hannover, geht er unter seinen neuen Klassenkameraden als Deutscher durch. So lernt er auch Italienisch, Chinesisch, Arabisch, ja, sogar Baskisch, und zwar nicht nur die jeweilige Hochsprache, sondern auch die regionalen Mundarten, sowohl das, was auf dem Spielplatz gesprochen wird, als auch das Idiom der Nachrichtensprecher. Am Ende beherrscht er jede Sprache wie ein Muttersprachler. Er ist ein menschliches Chamäleon mit einer erstaunlichen Fähigkeit, sich seiner sprachlichen Umgebung anzupassen.«

»Er hat nachweislich überragende schulische Leistungen erbracht und zählte stets zu den Besten seiner Klasse«, ergänzte Terence Martin und verteilte eine Zusammenfassung der Recherchen in der Tischrunde. »Überdurchschnittlich intelligent und sportlich. Ein Paradebeispiel für besondere Begabung. Während seiner Pubertät kam es dann allerdings zu einer Art Einbruch.« Mit einem Kopfnicken gab Martin das Wort an Wollenstein zurück.

»Mit der Anpassungsfähigkeit hat es eine merkwürdige Bewandtnis«, sagte Wollenstein. »Wir sprechen vom *code switching*, wenn Kinder mehrsprachig aufwachsen und sich mühelos mal in der einen, mal in der anderen Sprache verständlich machen können. Problematisch wird es erst, wenn sich die Anpassungsfähigkeit auch auf den Wechsel zwischen verschiedenen Wertesystemen und Moralbegriffen bezieht. Die Attribute ›anpassungsfähig‹ und ›haltlos‹ liegen nicht weit voneinander entfernt, und die Grenze zwischen ihnen ist fließend. Wir glauben, dass sich in Brysons Entwicklung nach dem tragischen Unfalltod seiner Eltern eine entscheidende Wende vollzogen hat. Er war zu diesem Zeitpunkt 15 Jahre alt und sehr empfänglich für alle möglichen Einflüsse. Seine natürliche jugendliche Aufsässigkeit wurde manipuliert und von Kräften ausgenutzt, die uns feindlich gesinnt sind und ihn in einen sehr gefährlichen Mann verwandelt haben – einen Mann mit vielen Gesichtern. Einen Mann, der einen tief empfundenen Groll hegt gegen alles, was einst seine Kindheit geprägt hat. George Bryson hatte sein Leben in den Dienst unseres Landes gestellt. Der Sohn gab nun der US-Regierung indirekt die Schuld am Tod seines Vaters. Und ihn, den Sohn, zum Feind zu haben, ist in der Tat gefährlich.«

Martin räusperte sich. »Und leider können wir uns unsere Feinde nicht aussuchen.«

»Er aber scheint uns ausgesucht zu haben.« Wollenstein legte eine Pause ein. »Wie auch immer, Brysons geniale Fähigkeit, sich an wechselnde Verhältnisse anzupassen, grenzt, wie wir meinen, an eine schizophrene Persönlichkeitsstörung. Mein Team und ich sind überzeugt davon, dass sich unter diesem Gesichtspunkt viele seiner Eigenarten erklären lassen. Wir haben es jedenfalls nicht mit einer Person von festen Gewohnheiten und markanten Zügen zu tun. Vielmehr ließe sich Nicholas Bryson gewissermaßen als ein Ein-Mann-Syndikat kennzeichnen.«

»Wie gesagt, Bryson ist ungemein gefährlich«, schaltete sich Martin wieder ein. »Wir wissen, dass er mit einer Organisation zu tun hat, die sich als Direktorat bezeichnet. Einer seiner Decknamen ist ›Coleridge‹. Wir wissen, dass er extrem gut ausgebildet ist ...«

»Na bitte«, unterbrach Lanchester. »Er hat auch mir gegenüber von einem Direktorat gesprochen und gesagt, dass er es unschädlich zu machen versucht.«

»Typisch. So lenkt man von sich ab«, sagte Corelli. »Womöglich ist er der Kopf des Direktorats.«

Terence Martin öffnete einen großen braunen Briefumschlag und zog einige Fotos daraus hervor, die er herumreichen ließ. »Manche sind ziemlich grobkörnig. Sei's drum, es handelt sich um Aufnahmen von Observationssatelliten. Ich möchte Ihre Aufmerksamkeit insbesondere auf das Foto mit der Kennzeichnung 34-12-A lenken.« Das Bild zeigte Nicholas Bryson an Bord eines großen Containerschiffs. »Mit Hilfe spektralanalytischer Verfahren war es uns möglich zu erkennen, dass er einen Quartzbehälter mit ›Red Mercury‹ in der Hand hält, also jenem nuklearen Sprengstoff, der, wie es heißt, von den Russen entwickelt wurde. Ein übles Zeug.«

»Die Bewohner von Barcelona können ein Lied davon singen«, sagte Corelli. »Eben dieser Sprengstoff wurde bei dem jüngsten Bombenanschlag dort verwendet.«

»Foto 34-12-B ist etwas unscharf, aber Sie werden unseren Mann unschwer darauf erkennen«, fuhr Martin fort. »Es wurde von einer Videokamera im Bahnhof von Lille aufgenommen.« Er hob ein anderes Foto in die Höhe, eine Luftaufnahme der knapp 20 Kilometer südlich von Lille gelegenen Landschaft: ein Bild der Verwüstung, verbogener Gleise und Eisenbahnwaggons, die wie das Spielzeug eines gelangweilten Kindes durcheinandergeworfen waren. »Auch bei dem Anschlag von Lille konnte nachgewiesen werden, dass Red Mercury im Spiel war. Schon rund zehn Kubikzentimeter werden ausgereicht haben.«

Das nächste Foto, das die Runde machte, zeigte Bryson in Genf. »Man muss schon genauer hinsehen, aber dann ist er doch zweifelsfrei in der Menge zu erkennen – vor dem Temple de la Fusterie.«

»Wir dachten, dass er auf irgendeiner Schweizer Bank Schwarzgeld liegen hat«, sagte Morton Culler. »Allerdings war er aus einem anderen Grund in Genf. Aus welchem, wissen wir erst seit ein paar Stunden.«

»Und zwar erfuhren wir von dem Milzbrandanschlag«, erläuterte Martin. »Er wurde genau in dem Altstadtbereich verübt, wo diese Aufnahme von ihm entstanden ist. Er hatte wohl Helfer, die aber wahrscheinlich ahnungslos waren. Doch so viel dürfte klar sein: Auch dieser Anschlag geht auf sein Konto.«

Lanchester lehnte sich auf seinem Stuhl zurück. Er wirkte verstört. »Worauf wollen Sie eigentlich hinaus?«

Corelli antwortete: »Ich würde sagen, Ihr Mann ist die Nummer eins des globalen Terrorismus.«

»Und wer steckt dahinter?« Lanchester schien ins Leere zu starren, doch seine Stimme klang scharf.

»Das ist die große Frage, nicht wahr?«, nuschelte Exum in seiner typisch texanischen Mundart. »John und ich sind in diesem Punkt unterschiedlicher Meinung.«

Von John Corelli mit Blicken dazu aufgefordert, sagte Martin: »Ich bin hier, weil mich Admiral Corelli um Rat gebeten hat. Und was ich zu dieser Sache zu sagen habe, dürfte in diesem Kreis kein Geheimnis mehr sein. Ich glaube nicht, dass Bryson, so verrückt er auch sein mag, auf eigene Faust arbeitet. Ich schlage darum vor, ihm heimlich auf Schritt und Tritt zu folgen, in der Hoffnung, dass er uns zum Hornissennest führt.« Er grinste und entblößte dabei seine kleinen, gelben Zähne. »Auf das wir dann einen Feuerwerfer richten.«

»Johns Leute sind der Ansicht, dass es besser wäre, abzuwarten und weitere Erkenntnisse zu sammeln«, formulierte Exum höflich. Dann beugte er sich über den Tisch und nahm das Foto des zerbombten EuroStars zur Hand. »Meine Meinung ist«, fuhr er in überraschend scharfem Tonfall fort,

»dass wir keinen Moment länger zögern sollten. Mit Verlaub, wir sind hier nicht in einem Debattierzirkel. Wir können nicht warten, bis die Jungs von der NSA ihre Kreuzworträtsel gelöst haben, und darüber in Kauf nehmen, dass es zu weiteren Massakern kommt. Ich bin sicher, der Präsident denkt in diesem Punkt genauso wie ich.«

»Aber Bryson ist unsere einzige Spur ...«, hob Corelli an.

Exum schnaubte. »Und wenn Sie erst einmal sieben waagerecht haben, löst sich auch die Zehn senkrecht. Fünf Buchstaben, der erste ist ein E ...« Er schüttelte den Kopf. »John, Terence, ich habe größten Respekt vor Ihren gründlichen Recherchen. Aber Sie vergessen darüber eine ganz simple Tatsache: Uns bleibt keine Zeit mehr.«

Lanchester wandte sich an Morton Culler von der NSA. »Was sagen Sie?«

»Exum hat Recht«, antwortete Culler. »Bryson sollte so schnell wie möglich dingfest gemacht werden. Und falls er sich einer Festnahme entzieht, muss er eben ein für alle Mal unschädlich gemacht werden. Setzen wir unsere Alpha-Truppe in Marsch, und zwar mit einer sehr klar formulierten Zielsetzung. Immerhin haben wir es hier mit einem Massenmörder zu tun, der allem Anschein nach weitere, noch schlimmere Anschläge in petto hat. Solange er auf freiem Fuß ist, werden wir nicht ruhig schlafen können.«

Lanchester rutschte nervös auf seinem Stuhl hin und her. »Die Alpha-Truppe«, sagte er leise. »Die dürfte es doch eigentlich gar nicht geben.«

»Es gibt sie ja auch nicht«, erwiderte Culler. »Offiziell jedenfalls nicht.«

Lanchester legte seine Hände vor sich auf die polierte Tischplatte. »Ich muss unbedingt wissen, wie gesichert Ihre Erkenntnisse sind«, sagte er. »Von allen Anwesenden hier im Raum bin ich der Einzige, der mit Bryson persönlich Bekanntschaft gemacht hat. Und ich muss Ihnen sagen, dass ich einen durchaus positiven Eindruck gewonnen habe.« Er stockte und fügte dann zögernd hinzu: »Nun ja, es wäre nicht das erste Mal, dass ich mich in einem Menschen getäuscht hätte.«

»Alpha wird unverzüglich zum Einsatz gebracht«, sagte Morton Culler. Seine Kollegen bekundeten ihre Zustimmung, indem sie mit dem Kopf nickten. Der Beschluss war einstimmig, und jeder wusste um seine Bedeutung. Die Alpha-Truppe bestand aus hochkarätigen Killern, gleichermaßen versiert im Kampf mit der Waffe wie auch Mann gegen Mann. Diese Truppe auf eine bestimmte Person anzusetzen, bedeutete deren Todesurteil.

»Gütiger Himmel. Gesucht, tot oder lebendig«, murmelte Lanchester. »Verhältnisse wie im alten Westen.«

»Dass Sie Skrupel haben, ehrt Sie, Sir«, sagte Culler, und seine Stimme verriet eine Spur Sarkasmus. »Aber wir kommen der Gefahr anders nicht bei. Wenn es ihm zweckmäßig erschienen wäre, hätte Bryson Sie getötet, ohne mit der Wimper zu zucken. Womöglich wird er das sogar noch nachzuholen versuchen.«

Lanchester nickte und starrte nachdenklich vor sich hin. »Die Entscheidung fällt mir wahrhaftig nicht leicht. Vielleicht bin ich wegen der persönlichen Begegnung mit ihm befangen. Und ich muss berücksichtigen, dass ...«

»Sie tun das Richtige, Sir«, beeilte sich Culler zu sagen. »Hoffen wir nur, dass es nicht zu spät ist.«

Neunzehntes Kapitel

Der Nachtclub lag versteckt an einer kleinen *pereulok*, einer Gasse, die nahe der Moskauer Ringstraße vom Twerskoj-Boulevard abzweigte. Er lag wirklich weit ab vom Schuss, wie eine jener Spelunken aus dem Amerika der 20er Jahre. Aber im Unterschied zu jenen verbotenen Kneipen der Prohibitionszeit entzog sich das Blackbird weniger den Behörden als der Neugier der breiten Öffentlichkeit, denn es war eine private Spielwiese der Elite: der Reichen, Schönen und Schwerbewaffneten.

Das Lokal war in einem heruntergekommenen Ziegelbau untergebracht, einer stillgelegten Fabrik aus vorrevolutionärer Zeit, wo einst Singer-Nähmaschinen hergestellt worden waren. Die Fenster waren geschwärzt, und es gab nur eine einzige Tür aus schwarz lackiertem Holz, die mit einer Stahlplatte armiert war. Darüber konnte man in abbröckelnden antiken kyrillischen Lettern das russische Wort für Nähmaschinen lesen: *Schweinije Maschini*. Den einzigen Hinweis darauf, dass sich im Inneren des Hauses Menschen aufhielten, lieferte eine lange Reihe von schwarzen Limousinen der Marke Mercedes, die dort parkten. In der schäbigen Gasse wirkten sie völlig deplatziert, so als hätten sie sich alle verfahren.

Gleich nachdem er sich, nach der Landung auf dem Flughafen Scheremetjewo-2, mit dem Rest der Reisegruppe im Intourist Hotel einquartiert hatte, meldete sich Bryson telefonisch bei einem alten Freund. Eine halbe Stunde später fuhr ein dunkelblauer Mercedes vor dem Hoteleingang vor, und ein livrierter Chauffeur bat ihn, im Fond Platz zu nehmen, wo ein Briefumschlag für ihn bereit lag.

Es dämmerte bereits, und auf der Twerskaja Ulitsa herrschte dichter, rücksichtsloser Verkehr. Es gab wohl kaum eine Verkehrsregel, gegen die hier nicht verstoßen wurde. Um langsamere Fahrzeuge zu überholen, schreckten manche Fahrer nicht davor zurück, den Gehweg zu benutzen. Seit Bryson das letzte Mal zu Besuch gewesen war, schien sich Russland in ein chaotisches Tollhaus verwandelt zu haben. Zwar standen noch die alten Bauten – die Hochhäuser der Stalin-Ära oder das gewaltige Telegrafenamt, alte Geschäfte wie das Lebensmittelkaufhaus Jelisejewski oder das Aragwi, eines der wenigen guten Restaurants der Stadt –, doch waren allenthalben erstaunliche Veränderungen zu beobachten. An der einst tristen Gorki-Straße glitzerten nun teure Läden mit Namen wie Versace, Van Cleef & Arpels, Vacheron Constantin oder Tiffany. Aber neben diesen auffälligen Zeichen von plutokratischem Reichtum gab es jede Menge Hinweise auf die Armut der Massen und den Mangel an staatlicher Fürsorge. Soldaten bettelten um Almosen, *babuschki* verkauften selbst gebrannten Schnaps, Früchte und Gemüse oder sie versprachen, Passanten für ein paar Rubel die Zukunft vorauszusagen. Wasserstoffblonde Stricherinnen waren häufiger anzutreffen als je zuvor.

Bryson stieg aus der chauffierten Limousine, nahm die kleine Magnetstreifen-Karte zur Hand, die man ihm in dem braunen Umschlag hatte zukommen lassen, und steckte sie in den Schlitz eines Lesegerätes neben der ramponierten Holztür. Summend öffnete sich die Tür, und er betrat einen dunklen Vorraum. Als die Eingangstür hinter ihm ins Schloss fiel, tastete er nach der zweiten Tür, die ihm der Fahrer in schwer verständlichem Englisch beschrieben hatte. Endlich fand er den kalten Metallknauf, zog die Tür auf und gelangte durch sie in eine bizarre, grelle Halbwelt.

Violettes, rotes und blaues Licht flutete durch wabernden Nebel und brach sich an alabasternen griechischen Säulen und römischen Statuen aus Gips, an Tresen aus schwarzem Marmor und Barhockern aus Edelstahl. Von oben strahlten Scheinwerfer durch die ehemalige Fabrikhalle. In ohrenbetäubender Lautstärke dröhnte Rockmusik, eine Art russischer Techno-Pop, wie Bryson ihn noch nie gehört hatte. Marihuanarauch mischte sich mit den Düften teuren französischen Parfüms und billigen russischen Rasierwassers.

Er bezahlte den Eintrittspreis von umgerechnet 250 Dollar und bahnte sich einen Weg durch die wogende Menge aus Goldkettchen- und Rolexuhrenträgern, von denen jeder Zweite trotz der lauten Musik ein Handy am Ohr hatte. Die Frauen in ihrer Begleitung waren entweder Huren oder sahen in ihren tief ausgeschnittenen Tops und kurzen Röcken nur so aus. Kahl rasierte, stämmige Bodyguards stierten finster vor sich hin. Das an den Wänden postierte Sicherheitspersonal des Clubs trug schwarze Ninja-Uniformen und war mit Schlagstöcken bewaffnet. Hoch über der Tanzfläche schwebte eine Empore aus Glas und Stahl, die den Gästen eine Aussicht wie auf ein Terrarium voller exotischer Geschöpfe bot.

Über eine metallene Spindeltreppe stieg Bryson auf die Empore hinauf und fand dort eine ganz eigene Welt vor. Hauptattraktion auf dieser Ebene waren Stripperinnen, fast durchweg platinblond, obwohl manche dunkle Haut hatten, deren Oberweiten samt und sonders mit Silikon aufgepolstert waren. Sie tanzten von grellen Scheinwerfern beschienen an verschiedenen Stellen der Galerie.

Eine Hostess in freizügigem Outfit und mit einem Headset zum Telefonieren kam auf ihn zu und sprach ihn mit ein paar knappen Worten auf Russisch an. Bryson antwortete stumm, indem er ihr zwei Zwanzig-Dollar-Scheine zusteckte, worauf sie ihn zu einer Sitzgruppe aus Chrom und schwarzem Leder führte.

Kaum hatte er Platz genommen, als ein Kellner eine Auswahl an *zakuski* brachte, Appetithappen aus der russischen Küche: sauer eingelegtes Zungenfleisch mit Meerrettich, roter beziehungsweise schwarzer Kaviar und Blini, Champignons in Aspik, Mixpickles und Heringshappen. Bryson fand nichts von alledem besonders ansprechend, obwohl er durchaus Hunger hatte. Dann wurde eine Flasche Dom Perignon gebracht – »mit den besten Wünschen des Gastgebers«, erklärte der Kellner. Bryson saß allein und beobachtete das Treiben der Menge, bis er schließlich die elegante, schlanke Gestalt von Juri Tarnapolski auf sich zueilen sah, leutselig beide Hände zum Gruß ausgestreckt. Es schien, als wäre er aus dem Nichts aufgetaucht, doch Bryson ahnte, dass der ehemalige KGB-Mann von der Küche aus auf die Galerie gelangt war.

»Willkommen in Russland, mein lieber Coleridge!«, tönte Juri Tarnapolski überschwänglich und umarmte Bryson, der zur Begrüßung aufgestanden war.

Tarnapolski war ein Mann von erlesenem Geschmack, auch wenn dieser Treffpunkt, den er ausgewählt hatte, anderes vermuten ließ. Wie immer war er überaus vornehm gekleidet; er trug einen Anzug aus einer englischen Maßschneiderei und eine Foulard-Krawatte. Es war sieben Jahre her, dass die beiden das letzte Mal zusammengearbeitet hatten, und obwohl Tarnapolski mittlerweile schon Mitte fünfzig war, zeigte sich in seinem Gesicht keine einzige Falte, was vermuten ließ, dass er die Leistungen der kosmetischen Chirurgie in Anspruch genommen hatte.

»Sie sehen jünger aus denn je«, sagte Bryson.

»Man tut, was man mit Geldes Hilfe kann«, antwortete Tarnapolski grinsend und winkte den Kellner herbei, der zwei kleine Gläser mit georgischem Wein brachte, einen weißen Tsinandali und einen roten Khvanchkara. Als die beiden miteinander anstießen, schlenderte eine Stripperin herbei. Tarnapolski steckte ihr ein paar große Rubelnoten in den String-Tanga und bat sie höflich, eine andere Herrenrunde aufzusuchen.

Er und Bryson hatten früher eine Reihe heikler Jobs zusammen ausgeführt, die insbesondere für Tarnapolski immer sehr lukrativ gewesen waren. Zum Beispiel die Operation Vektor: Trotz intensiver Nachforschungen hatte die internationale Rüstungskontrolle keinerlei Hinweise aufdecken können, die jene Gerüchte bestätigt hätten, wonach Russland heimlich B-Waffen produzierte. Alle »überraschenden«, das heißt unangemeldeten Inspektionen der Vector-Laboratorien waren ergebnislos verlaufen. Denn so »überraschend« waren die Besuche der Inspektoren eben nicht gewesen. Um schließlich doch nachweisen zu können, dass Russland Waffen zur biologischen Kriegsführung herstellte, hatte das Direktorat Bryson beauftragt, in das Zentrallabor von Vector in Nowosibirsk einzudringen. Und das war selbst für einen so genialen

Agenten wie Bryson ein extrem gefährliches Unterfangen. Er brauchte unbedingt Hilfe und fand sie in Juri Tarnapolski, der kurz zuvor aus Altersgründen aus dem Dienst beim KGB ausgeschieden war und sich nun als Privatmann gut zahlenden Auftraggebern zur Verfügung stellte.

Tarnapolski hatte sich als überaus tüchtig erwiesen und war jede Kopeke seines exorbitanten Honorars wert gewesen. Er hatte Bryson die Architekturpläne des Laboratoriums beschafft und den Wachmann durch ein Täuschungsmanöver von seinem Posten abgezogen. Nachdem es ihm darüber hinaus gelungen war, die Sicherheitskräfte im Haus mit Hilfe seines noch gültigen KGB-Ausweises einzuschüchtern und abzulenken, konnte Bryson ungehindert bis zu den geheimen Kühltanks vordringen, wo er fand, wonach gesucht wurde. Tarnapolski organisierte dann den Schmuggel der Beweisproben außer Landes: Er versteckte die Ampullen in tiefgefrorenem Lammfleisch, das für Kuba bestimmt war. So konnte das Direktorat den Beweis erbringen, den die Waffeninspektoren schuldig geblieben waren, dafür nämlich, dass in den staatseigenen Laboratorien von Vector B-Waffen hergestellt wurden. In den insgesamt sieben Ampullen befanden sich gefährliche Milzbranderreger einer besonders seltenen Art.

Bryson hatte damals zu Recht stolz auf die gelungene Operationen sein können und war auch von Ted Waller in den höchsten Tönen gelobt worden. Umso mehr hatte ihm die Nachricht von dem Terroranschlag in Genf zugesetzt, bei dem Milzbranderreger einer besonders seltenen Art zum Einsatz gekommen waren – nämlich genau jene Art, die er aus Nowosibirsk herausgeschmuggelt hatte. Ihm wurde schlecht, wenn er daran dachte, wie sehr er sich hatte täuschen lassen. Kein Zweifel: Die von ihm vor Jahren von Vector gestohlenen Anthrax-Proben waren bei dem mörderischen Anschlag verwendet worden.

Tarnapolski grinste breit und fragte: »Gefallen Ihnen unsere dunkelhäutigen Schönheiten aus Kamerun?«

»Ich hoffe, Ihnen ist klar, dass mein Besuch streng vertraulich ist«, entgegnete Bryson mit angestrengter Stimme, denn es war nicht leicht, den Lärm zu übertönen.

Tarnapolski zuckte mit den Achseln und ließ Bryson auf diese Weise wissen, dass er die Bemerkung reichlich überflüssig fand. »Mein Freund, wir haben alle unsere kleinen Geheimnisse. Dass ich selbst welche habe, wird Sie kaum verwundern. Nun, ich darf wohl davon ausgehen, dass Sie nicht allein der Sehenswürdigkeiten wegen in unsere Stadt gekommen sind – wie die anderen Mitglieder Ihrer Reisegruppe, nicht wahr?«

Bryson erklärte sein Anliegen und sagte, dass er ihn, Tarnapolski, um Hilfe bäte. Als er aber den Namen Prischnikow erwähnte, wurde der Ex-KGB-Mann plötzlich nervös.

»Coleridge, mein Guter, ich würde einem geschenkten Gaul nie ins Maul schauen, wie es bei Ihnen so schön heißt. Wie Sie wissen, habe ich immer sehr gern mit Ihnen zusammengearbeitet.« Er bedachte Bryson mit feierlichem, leicht zerknirschtem Blick. »Aber ausgerechnet Prischnikow! Sehen Sie, man erzählt sich gewisse Geschichten über diesen Mann. Das ist kein Geschäftsmann, jedenfalls keiner von denen, wie es sie vielleicht in Amerika geben mag. Nicht, dass wir uns missverstehen. Wer von Anatoli Prischnikow gefeuert wird, bezieht auch keine Fürsorge mehr. Nein, es ist sehr viel wahrscheinlicher, dass man in einer seiner Baustofffirmen zu Beton verarbeitet wird. Oder man endet als Farbstoffkomponente in den Lippenstiften, die ein anderes seiner Unternehmen herstellt. Sie wissen doch, wie man die Gangster nennt, die es durch Schiebung und Erpressung geschafft haben, sich große Teile der heimischen Industrie einzuverleiben, nicht wahr?« Tarnapolski lächelte matt und beantwortete seine Frage selbst: »In Amerika nennt man sie wohl CEO.«

Bryson nickte. »Schwierige Arbeiten werden gut bezahlt.«

Tarnapolski rückte näher an Bryson heran. »Coleridge, mein Freund, dieser Prischnikow ist ein gefährlicher und gewissenloser Mann. Ich bin sicher, er hat seine Zuträger selbst hier in diesem Club, wenn er ihm nicht sogar selbst gehört.«

»Verstehe, Juri. Aber wie ich Sie kenne, schrecken Sie vor einer Herausforderung nicht zurück. Vielleicht können wir einen Kompromiss aushandeln, der uns beide zufrieden stellt.«

Während der nächsten Stunden – sie zogen später vom Blackbird in Tarnapolskis geräumige Wohnung an der Sadowo-Samotjetschnaja um – verständigten sich die beiden über das Finanzielle und auf einen detaillierten Aktionsplan. Zur Unterstützung benötigten sie zwei weitere Männer, die Tarnapolski anzuheuern versprach. »Wenn wir an Prischnikow heranwollen, wird mit Sicherheit Blut fließen«, warnte Tarnapolski. »Womöglich unser eigenes. Wer weiß?«

Gegen Morgen hatten sie einen Plan ausgearbeitet.

Ein direkter Angriff auf Prischnikow kam nicht in Frage, war der Mann doch allzu gut bewacht und somit als Ziel viel zu gefährlich. Seine verwundbarste Stelle, so hatte Tarnapolski nach ein paar diskreten Telefonaten mit ehemaligen KGB-Kollegen erklärt, sei Prischnikows rechte Hand, sein Stellvertreter, ein kleiner schmächtiger Mann namens Dimitri Labow, der in gewissen Kreisen als *chelovek kotory khranit sekrety* bekannt war – als der Hüter von Geheimnissen.

Aber auch Labow würde beileibe kein einfaches Ziel sein. Tarnapolskis Recherchen hatten ergeben, dass er sich Tag für Tag von seinem streng bewachten Wohnsitz zu seinem nicht minder streng bewachten Büro chauffieren ließ, das am Stadtrand in der Nähe des Geländes am Mira Prospekt lag, wo die Ausstellung der Errungenschaften der Volkswirtschaft der UdSSR gezeigt wurde.

Labows Limousine war ein kugel- und bombensicherer Bentley – nach Brysons Einschätzung gab es allerdings keine wirklich kugel- und bombensicheren Fahrzeuge – und bestand aus fast zwei Tonnen Karosseriearmierung. Im Grunde handelte es sich um einen Panzerwagen der höchsten Sicherheitsklasse, der angeblich sogar 7,62er NATO-Munition standhalten konnte.

Während kurzer Ausflüge nach Mexico City und Südamerika hatte sich Bryson mit solchen schwer gepanzerten Limousinen vertraut machen können. Für gewöhnlich bestand die Karosserie aus sechs Millimeter dickem 2024-T3-

Aluminiumblech und einer synthetischen Komponente aus Polyäthylen mit extrem hohem Molekulargewicht. Die auf der Innenseite der stahlverstärkten Türen aufgebrachte zwölf Millimeter dicke Multiplexschicht aus 24 Lagen fiberglasverstärktem Kunststoff konnte Geschosse bis Kaliber zwölf abfangen, die aus nächster Nähe abgefeuert wurden. Die Fensterscheiben bestanden wahrscheinlich aus einem Polykarbonat/Glas-Laminat, der Tank aus einem Material, das von allein Lecks abdichtete und darüber hinaus explosionshemmend wirkte. Eine spezielle Trockenbatterie sorgte dafür, dass – selbst nach einem Angriff – der Wagen weiter angetrieben würde. Und durch seine Spezialreifen konnten diese Wagen bei einer Geschwindigkeit bis Tempo 100 fliehen, sogar dann noch, wenn sie von Kugeln durchlöchert waren.

Labows Bentley würde wahrscheinlich den Moskauer Verhältnissen angepasst sein, wo im Falle eines Anschlags vermutlich Kalaschnikows zum Einsatz kämen. Der Wagen würde mit Sicherheit auch Handgranaten und kleineren Bomben widerstehen, vielleicht sogar panzerbrechender Munition und Vollmantelgeschossen.

Aber auch bei solchen Fahrzeugen gab es immer auch eine Achillesferse.

Zum Beispiel war da der Fahrer, der in aller Regel keine professionelle Ausbildung genossen hatte. Russische Plutokraten beschäftigten meist ihre persönlichen Assistenten auch als Fahrer, weil sie den Profis nicht trauten. Das eigene Personal ließen sie aber nicht ausbilden, weil sie – zu Unrecht – davon ausgingen, dass ein solcher Lehrgang bloß vermitteln würde, was ohnehin bekannt war.

Und es gab noch eine weitere Schwachstelle – und darauf gründete Bryson seinen Plan.

Jeden Morgen verließ Dimitri Labow um Punkt sieben Uhr seine gleich hinter dem Arbat-Platz gelegene Wohnung, die sich in einem prächtigen, kürzlich renovierten Gebäude aus dem 19. Jahrhundert befand, einem Gebäude, das ursprünglich hochrangigen Mitgliedern des Zentralkomitees und

Politbüros vorbehalten gewesen war. Der Appartementkomplex, in dem heute Moskaus *nouveaux riches* – hauptsächlich Mafiosi – wohnten, war hermetisch abgeschottet und sehr gut bewacht.

Labows peinlich eingehaltener Zeitplan stand in krassem Widerspruch zu den ansonsten überaus aufwändigen, ja, protzigen Sicherheitsmaßnahmen, ein Widerspruch, der, wie Bryson gelernt hatte, geradezu typisch war für die kriminelle Prominenz. Wirklich professionelle Sicherheitskräfte wussten um die Bedeutung ständig wechselnder Zeitabläufe, die sich nicht vorherbestimmen ließen.

Aber wie von Tarnapolskis Informanten vorausgesagt, verließ Labows Bentley um Punkt sieben Uhr die Tiefgarage unter dem Appartementgebäude und bog Sekunden später in den Kalinin Prospekt ein. In einem unauffälligen Wolga nahmen Bryson und Tarnapolski die Verfolgung über die Ringstraße und hinaus auf den Mira Prospekt auf. Kurz hinter dem mit Titan verkleideten, steil aufragenden Sputnik-Obelisken bog der Bentley nach links in die Eizensteina Ulitsa ein und erreichte nach drei Straßenzügen jenes prächtig wiederhergestellte Grafenpalais, das der Nortek als Stammhaus diente. Dort verschwand Labows Wagen in einer Tiefgarage.

Darin würde er den ganzen Tag lang bleiben.

In Labows Zeitplan konnte es nur an einer Stelle zu geringfügigen Abweichungen kommen, und zwar bei der Rückkehr nach Hause. Er hatte eine Frau und drei Kinder und war als Familienmensch bekannt, der das gemeinsame Abendessen nie versäumen würde, es sei denn, Prischnikow verlangte es so. An den meisten Tagen aber verließ der Bentley mit Labow im Fond die Nortek-Tiefgarage pünktlich zwischen 19 und 19:15 Uhr.

Auch an diesem Abend schien er wieder eilig zur Familie nach Hause zurückkehren zu wollen. Um fünf nach sieben tauchte der Bentley aus der Garageneinfahrt auf. Tarnapolski und Bryson warteten auf der gegenüberliegenden Straßenseite in einem schmutzigen weißen Lieferwagen. Sofort meldete sich Tarnapolski per Funk bei einem ihrer

Helfer. Das Timing war eng gesteckt, sollte aber zu schaffen sein. Unverzichtbar für den Plan war der Umstand, dass zu dieser Stunde reger Verkehr herrschte.

Tarnapolski, der zu Anfang seines Berufslebens über viele Jahre Dissidenten und Kleinkriminelle quer durch Moskau verfolgt hatte, kannte die Stadt in- und auswendig. Er saß am Steuer und folgte dem Bentley in diskretem Abstand. Nur wenn der Verkehr ausreichend Deckung bot, schloss er dichter auf.

Kaum war der Bentley links in den Kalinin Prospekt eingebogen, ging es plötzlich nicht mehr weiter. Ein großer Lkw-Tieflader stand quer auf der Straße und blockierte sämtliche Spuren. Ein schrilles Hubkonzert hatte bereits eingesetzt. Wütende Autofahrer steckten ihre Köpfe zum Fenster hinaus und bedachten den Urheber des Staus mit heftigen Flüchen. Aber es half alles nichts; der Verkehr stand still.

Der weiße Lieferwagen kam unmittelbar hinter Labows Bentley zum Stehen und wurde sofort durch nachkommende Fahrzeuge seitlich und von hinten eingekeilt. Tarnapolskis Mann hatte den schweren, 18-rädrigen Tieflader mitsamt dem herausgezogenen Zündschlüssel verlassen und gab vor, nach Hilfe zu suchen. Die Durchfahrt würde für eine Weile gesperrt sein.

Mit schwarzen Jeans, schwarzem Rollkragenpullover und schwarzen Handschuhen ausstaffiert, öffnete Bryson eine Bodenluke im Laderaum des Lieferwagens. Der Abstand zwischen Asphalt und Fahrgestell war so groß, dass er unter dem Wagen wegrobben konnte. Da der Bentley von allen Seiten zugestellt war, konnte er sich nicht von der Stelle bewegen.

Mit pochendem Herzen robbte Bryson unter den Bentley und hatte schnell gefunden, wonach er suchte. Zwar bestand der Unterboden fast durchgängig aus Stahl, Aluminium und Polyäthylen, doch es gab da eine kleine perforierte Stelle, hinter der sich der Luftfilter befand. Dies war die zweite Schwachstelle: Auch die Passagiere gepanzerter Fahrzeuge mussten atmen. Schnell drückte Bryson eine selbstklebende

Vorrichtung auf das Sieb, die sich fernsteuern ließ und die Tarnopolski über einen Bekannten aus der Sicherheitsbranche hatte auftreiben können. Bryson prüfte kurz den festen Halt des Aufsatzes, kroch unerkannt zurück unter den Lieferwagen, schlüpfte ins Innere und schloss die Luke hinter sich zu.

»*Nu, khorosho?*«, fragte Tarnapolski. Alles okay?

»*Ladno*«, antwortete Bryson. Bestens.

Tarnapolski funkte den Fahrer des Tiefladers an und rief ihn zu dem verlassenen Fahrzeug zurück. Es war auch höchste Zeit, denn die Polizei kam bereits mit heulenden Sirenen herbeigefahren.

Wenige Minuten später setzte sich der Verkehr allmählich wieder in Bewegung. Die Huperei und das Geschimpfe verebbten. Der Bentley rollte an, fuhr noch ein Stück den Kalinin Prospekt entlang und bog dann, wie erwartet, nach links in eine ruhige Seitenstraße ein.

Genau in diesem Moment drückte Bryson auf den Knopf der Fernsteuerung, die er in der Hand hielt. Weil Tarnapolski dicht auffuhr, war die unmittelbare Reaktion gut zu erkennen. Dichter weißer Rauch füllte den Fahrraum: Tränengas. Der Bentley schleuderte von einer Straßenseite auf die andere, bevor er endlich an den Bordstein heranfuhr und anhielt. Gleichzeitig flogen Fahrer- und Fondtür auf. Würgend und hustend sprangen der Chauffeur und Labow aus dem Wagen, die Hände vor die brennenden Augen geschlagen. Der Fahrer hielt eine Pistole in der Faust, konnte aber nichts damit anfangen. Juri Tarnapolski bremste scharf ab und kam hinter dem Bentley zum Stehen. Kaum war Bryson aus dem Wagen gesprungen, gab er einen Schuss auf den Chauffeur ab, der sofort in die Knie ging und zu Boden stürzte. Das über den Bolzen injizierte Betäubungsmittel würde ihn für Stunden außer Gefecht setzen und außerdem dafür sorgen, dass er sich danach kaum oder gar nicht an das erinnern würde, was an diesem Abend vorgefallen war. Dann rannte Bryson auf Labow zu, der, keuchend und vorübergehend blind, auf dem Gehweg kauerte. Derweil schleppte Tarnapolski den bewusstlosen Fahrer zum Bentley zurück, hievte ihn hinters Steuer und flößte ihm ein gutes Quantum billigen Wodkas in den Mund, Fusel, den er an einer Straßenecke gekauft hatte und von dem er absichtlich auch einiges auf die Livree verkleckerte. Die halb leere Flasche warf er auf den Beifahrersitz.

Bryson schaute sich um, um sicherzustellen, dass sich kein Zeuge in der Nähe befand. Dann packte er Labow bei den Schultern und schleifte ihn auf die Ladefläche des Lieferwagens. Diesen würde mit Sicherheit niemand wiedererkennen, denn erstens fuhren Hunderte solcher Kisten in Moskau herum und zweitens waren die Kennzeichen völlig verschmutzt und somit unleserlich.

Es war kurz vor acht Uhr, als sie Dimitri Labow auf einem harten Metallstuhl festgebunden hatten. Sie befanden sich in einer verlassenen Lagerhalle im Tscherjomuschki-Distrikt unweit des Großmarktes für Früchte und Gemüse. Die Halle war von der Stadtverwaltung konfisziert worden, nachdem sich der Eigentümer, das Oberhaupt eines Tartarenclans, dabei hatte erwischen lassen, dass er Restaurants mit seinen Waren schwarz belieferte, ohne die zuständigen Beamten entsprechend geschmiert zu haben.

Labow war ein kleiner Mann mit Brille, rundem, fülligem Gesicht und schütteren strohblonden Haaren. Bryson stand vor ihm und sprach ihn auf perfektem Russisch an – der leichte St.-Petersburg-Akzent war ein Erbe seines Russischlehrers beim Direktorat. »Ihr Abendessen wird kalt. Wir würden Sie gern zu Hause abliefern, bevor Ihre Frau anfängt, sich Sorgen zu machen. Wenn Sie mitspielen, wird niemand je erfahren, dass Sie entführt worden sind.«

»Was?«, blaffte Labow. »Machen Sie sich doch nichts vor. Mittlerweile weiß alle Welt Bescheid. Mein Fahrer ...«

»Ihr Fahrer parkt am Straßenrand, sitzt hinterm Steuer und schläft tief und fest. Wenn die Miliz vorbeikommt, wird sie annehmen, dass er betrunken ist – wie jeder zweite Moskowiter.«

»Wenn Sie mir irgendwelche Drogen eintrichtern wollen, bitte sehr«, sagte Labow trotzig. »Wenn Sie mich foltern wollen, nur zu. Oder bringen Sie mich doch gleich um. Falls Sie die Nerven dazu haben. Haben Sie überhaupt eine Ahnung, wen Sie vor sich haben?«

»Natürlich«, antwortete Bryson. »Darum sitzen Sie ja hier.«

»Haben Sie eine Ahnung, welche Konsequenzen Ihnen blühen? Wissen Sie, *wessen* Zorn Sie mit dieser Aktion heraufbeschwören?«

Bryson nickte langsam.

»Anatoli Prischnikows Wut kennt keine Grenzen. Auch keine Landesgrenzen.«

»Genosse Labow, seien Sie versichert, ich werde Ihnen kein Haar krümmen, auch nicht Ihrer Frau Mascha. Oder der kleinen Iruschka. Denn wenn Prischnikow mit ihnen fertig ist, werden keine Haare mehr übrig geblieben sein, die sich krümmen ließen.«

»Was reden Sie da für einen Quatsch?«, brüllte Labow mit rot angelaufenem Gesicht.

»Ich will's Ihnen erklären«, sagte Bryson ruhig. »Morgen früh werde ich Sie persönlich an Ihren Arbeitsplatz fahren. Sie sind dann bestimmt noch ein bisschen benommen von der Beruhigungsspritze, aber ich werde Ihnen ins Haus helfen. Und mich dann verabschieden. Unsere Ankunft wird natürlich von diversen Überwachungskameras aufgezeichnet werden. Ihr Boss will dann unbedingt wissen, wer ich bin und warum ich Sie begleitet habe. Sie werden ihm sagen, dass Sie mir kein Sterbenswörtchen verraten haben.« Bryson legte eine kurze Pause ein. »Aber wird er Ihnen auch glauben? Was meinen Sie?«

Labow war außer sich und schrie: »Ich bin ihm seit 20 Jahren ein treuer Mitarbeiter! Ich habe nie gegen ihn intrigiert.«

»Daran zweifle ich nicht. Aber kann es sich Anatoli Prischnikow leisten, Sie beim Wort zu nehmen? Ich frage Sie – so gut wie Sie kennt ihn niemand. Und Sie wissen doch, wie unendlich misstrauisch er ist.«

Labow begann zu zittern.

»Und was glauben Sie, wie lange Prischnikow Sie am Leben lässt, wenn er auch nur den leisesten Zweifel an Ihrer Verschwiegenheit haben sollte?«

Labow schüttelte den Kopf; in seinen Augen stand die nackte Angst geschrieben.

»Ich will meine Frage selbst beantworten. Er wird Sie noch erfahren lassen, dass Ihre Lieben einen qualvollen Tod gestorben sind. So lange wird er Sie verschonen. Es sollen nämlich alle, die für ihn arbeiten, unmissverständlich daran erinnert werden, was der Preis für Verrat und Schwäche ist.«

Juri Tarnapolski, der sich bislang im Hintergrund gehalten hatte, trat näher, streifte mit der Hand über sein Kinn und sagte: »Sie erinnern sich bestimmt an den armen Maximow.«

»Maximow war ein Verräter!«

»Dafür hielt er sich selbst aber nicht«, entgegnete Tarnapolski in sanftem Ton. Er nahm nun seine Pistole zur Hand und polierte den Lauf mit einem weichen, weißen Taschentuch. »Wussten Sie, dass er und Olga einen kleinen Sohn hatten? Man sollte doch meinen, dass Prischnikow wenigstens so junge unschuldige Wesen verschont …«

»Nein! Hören Sie auf!«, stöhnte Labow. Er war mittlerweile aschfahl im Gesicht und rang nach Luft. »Ich weiß doch kaum etwas … viel weniger, als Sie anscheinend glauben. Von den meisten wichtigen Dingen habe ich überhaupt keine Ahnung.«

»Ach was«, mahnte Bryson. »Ausflüchte kosten nur Zeit, und dadurch wird es immer nur noch brenzlicher für Sie. Sie werden erklären müssen, was Sie so lange aufgehalten hat. Also, ich will alles über Prischnikows Beziehungen zu Jacques Arnaud wissen.«

»Da läuft jede Menge Geschäftliches. Die beiden haben viel miteinander zu tun, in letzter Zeit mehr denn je.«

»Warum?«

»Ich glaube, Sie planen ein Projekt.«

»Um was geht es dabei?«

»Keine Ahnung. Einmal habe ich gehört, wie er am Telefon – er sprach mit Arnaud – die ›Prometheus-Gruppe‹ erwähnte.«

Der Name sprach Brysons Erinnerungen an. Er war ihm schon einmal zu Ohren gekommen. Ja! Jan Vansina hatte ihm, Bryson, unterstellt, zu den »Promethianern« zu gehören.

»Was hat es mit dieser Gruppe auf sich?«, fragte Bryson.

»Tja, das wissen Sie wohl nicht. Das weiß keiner. Ich auch nicht. Ich weiß nur, dass sie sehr mächtig ist. Ob Prischnikow einer ihrer Befehlsempfänger ist oder selbst dieser Gruppe vorsteht, ist mir nicht ganz klar.«

»Wer steckt dahinter?«

»Sehr wichtige, mächtige Leute ...«

»Das sagten Sie schon. Ich will wissen, *wer*.«

»Es gibt sie überall – und nirgends. Ihre Namen tauchen weder in Schlagzeilen auf noch auf Briefköpfen oder im Impressum irgendwelcher Publikationen. Aber Tolja ... Prischnikow ist einer von ihnen. Da bin ich mir sicher.«

»Und Arnaud gehört ebenfalls dazu«, soufflierte Bryson.

»Ja.«

»Wer noch?«

Labow schüttelte den Kopf. »Wenn Sie mich umbringen, wird Prischnikow meine Familie in Frieden lassen«, sagte er. »Töten Sie mich doch.«

Tarnapolski grinste gehässig. »Wissen Sie, wie man Maximows Kind vorgefunden hat, Labow?« Er trat näher an den gefesselten Mann heran und polierte dabei immer noch seine Pistole.

Labow warf den Kopf hin und her wie ein Kind, das nicht zuhören will. Wären seine Hände frei gewesen, hätte er sie bestimmt an die Ohren gepresst. Zitternd stieß er hervor: »Der Jademeister! Er hängt mit einem Mann zusammen, der Jademeister genannt wird.«

Tarnapolski warf Bryson einen vielsagenden Blick zu. Beide wussten, auf wen sich der Spitzname bezog. Der so genannte Jademeister war ein mächtiger, in Shenzhen stationierter General der chinesischen Volksbefreiungsarmee. Als korrupt berüchtigt, hatte General Tsai gewissen internationalen Unternehmen die Tür zum chinesischen Markt geöffnet – für diverse Gegenleistungen, versteht sich. Er war auch bekannt für seine Sammelleidenschaft: Er sammelte kostbare Jadekunstwerke aus dem kaiserlichen China und ließ sich, wie man wusste, mit schönen Jadeschnitzereien bereitwillig schmieren.

Labow registrierte den Blick der beiden. »Ich weiß nicht, was Sie sich hiervon versprechen«, sagte er verächtlich. »Es wird sich einiges verändern. Dagegen werden Sie nichts ausrichten können.«

Bryson wandte sich Labow mit fragender Miene zu. »Was soll das heißen: ›Es wird sich einiges verändern‹?«

»Mir bleiben nur noch ein paar Tage«, antwortete Labow sibyllinisch. »Bis dahin muss alles vorbereitet sein.«

»Vorbereitet? Was? Wozu?«

»Die Maschinerie wurde bereits in Gang gesetzt. Der Machtwechsel steht unmittelbar bevor. Dann klärt sich alles auf.«

Tarnapolski hielt mit dem Polieren inne; er steckte das Taschentuch weg und richtete die Waffe auf Labows Gesicht. »Ein Staatsstreich? Ist es das, worauf Sie anspielen?«

Bryson unterbrach ihn. »Aber Prischnikow ist in Russland doch längst an der Macht. Zu putschen hat er gar nicht nötig.«

Labow lachte geringschätzig. »Staatsstreich! Sie tappen offenbar wirklich im Dunklen. Sie sind blind! Wir Russen haben nie gezögert, wenn es darum, Freiheit gegen Sicherheit einzutauschen. Da kommen Sie auch noch hin. Sie alle. Wie gesagt, die Maschine ist schon in Bewegung. Bald wird sich's zeigen.«

»*Wovon zum Teufel reden Sie?*«, donnerte Bryson. »Prischnikow und seine Kollegen – reicht ihnen ihr wirtschaftlicher Erfolg nicht mehr? Wollen Sie noch höher hinaus und sich jetzt auch noch Regierungsgewalt anmaßen? Ist ihnen ihr ganzes Geld und ihr Einfluss zu Kopf gestiegen?«

»Wir würden gern Genaueres wissen, mein Freund«, sagte Tarnapolski und senkte die Pistole. Weitere Drohungen waren nicht mehr nötig.

»Regierungsgewalt? Regierungen sind längst überholt. Man muss sich nur Russland anschauen; unsere Regierung hat doch keine Macht mehr. Das Sagen haben heutzutage die großen Konzerne. Anscheinend hat Lenin doch Recht behalten. Es sind wahrhaftig die Kapitalisten, die die Welt regieren.«

Plötzlich schnellte Labows rechte Hand vor. Die Fesseln ließen ihm gerade eben genügend Spielraum, um Tarnapolskis Pistole zu ergreifen. Tarnapolski reagierte schnell. Er packte Labows Hand und versuchte, ihm die Waffe wieder zu entwenden. Für einen kurzen Moment zeigte der Lauf nach oben und dann, genau auf Labows Gesicht. Labow starrte direkt in die Mündung, schien wie hypnotisiert von dem schwarzen Loch und lächelte süßlich. Dann, bevor ihm Tarnapolski die Waffe aus der Hand reißen konnte, drückte Labow ab.

Zwanzigstes Kapitel

Der Selbstmord von Anatoli Prischnikows langjährigem Assistenten gab den Ereignissen eine unheilvolle Wende. Labow mochte ein gewissenloser Funktionär gewesen sein, der Telefon und Fax wie tödliche Waffen genutzt hatte, doch er war kein Killer gewesen. Mit seinem Tod war unnötig Blut vergossen worden. Mehr noch, er stellte eine Komplikation dar, die den sorgfältig ausgearbeiteten Plan durcheinander brachte.

Labows Fahrer würde bald aus seiner Bewusstlosigkeit erwachen. Seine Erinnerungen an den Überfall würden, wenn er denn überhaupt welche hätte, allenfalls verschwommen und vage sein. Aus dem Koma erwachend, würde er feststellen, dass seine Livree nach billigem Wodka stank, dass auf dem Sitz neben ihm eine Flasche lag und sein Chef verschwunden war. Er würde in helle Aufregung geraten und wahrscheinlich sofort bei Labow zu Hause anrufen. Diese Seite galt es also noch abzusichern.

Unter den Papieren in Labows Brieftasche fand Juri Tarnapolski auch dessen private Telefonnummer. Über sein Handy – ganz Moskau schien mobil zu telefonieren, wie Bryson feststellte – meldete er sich bei Labows Frau Mascha.

»*Gospozha* Labowa«, grüßte er im unterwürfigen Tonfall eines kleinen Angestellten, »hier ist Sascha aus dem Büro. Verzeihen Sie die Störung, aber Dimitri hat mich gebeten, Ihnen zu sagen, dass er etwas später kommt. Er hat ein wichtiges Telefonat mit Frankreich zu führen, dass er nicht einfach abbrechen kann. Er lässt sich entschuldigen.« Und mit gedeckter Stimme fügte er hinzu: »Ist wohl auch gut so, denn sein Fahrer scheint wieder an der Flasche zu hängen. Nun ja. Einen guten Abend noch.« Er brach die Verbindung ab, ehe Frau Labow Fragen stellen konnte. Die Erklärung musste reichen. Dass er sich aus dringlichen Gründen verspätete, kam bei Labow durchaus vor. Und falls der Chauffeur völlig durcheinander und aufgebracht bei der Frau anrufen sollte, würde sie ihn verärgert zurechtweisen und abwimmeln.

So weit, so gut. Doch Labows Selbstmord war ein loses Ende, dass es noch irgendwie einzubinden galt. Für Bryson und Tarnapolski blieb allerdings nicht viel zu tun, zumal sich der Ex-KGBler standhaft weigerte, in der Verwaltungszentrale von Nortek anzurufen. Es stand immerhin zu erwarten, dass jedes Telefonat aufgezeichnet wurde, und er wollte nicht, dass seine Stimme auf irgendeinem Tonband gespeichert wurde. Sie mussten jetzt schnell improvisieren und eine plausible Erklärung für Labows Selbstmord finden, eine Erklärung, die keine allzu gründliche Untersuchung nach sich ziehen würde. Tarnapolski kam auf die Idee, dem Toten ein paar aussagekräftige Indizien unterzujubeln: eine Packung Kondome der russischen Marke Vigor, ein Sortiment abgegriffener Visitenkarten von etlichen Moskauer Schmuddel-Clubs, die dafür bekannt waren, dass es in ihren Hinterzimmern ziemlich zügellos zuging – Tarnapolski hatte eine kleine Sammlung solcher Karten zufällig zur Hand – und, zur Krönung, eine angebrochene Tube Salbe, mit der gemeinhin die sichtbaren Symptome einer Infektionskrankheit behandelt wurden, die in einem solchen Milieu durchaus häufig in Erscheinung trat. Wahrscheinlich waren dem guten, fleißigen Labow diese ihm nun unterstellten Eskapaden völlig fremd gewesen, aber gerade Männer seines Schlages neigten dazu, sich in solchen Etablissements herumzutreiben. Alkohol und roher Sex, das waren ganz normale, alltägliche Laster.

Ein Wettlauf mit der Zeit hatte begonnen; früher oder später würde Prischnikow erfahren, dass Nortek unterminiert war. Jetzt konnte, wie Bryson wusste, jede Menge schief laufen. Womöglich hatte ein aufmerksamer Milizbeamter Labows Limousine und den bewusstlosen Fahrer schon identifiziert und Meldung gemacht. Es war auch damit zu rechnen, dass Labows Frau aus dem einen oder anderen Grund im Büro ihres Mannes anrief. Es stand viel auf dem Spiel, und Prischnikow würde unverzüglich reagieren. Bryson musste Russlands darum so schnell wie möglich verlassen.

Mit hohem Tempo steuerte Tarnapolski seinen Audi zum Flughafen Wnukowo, 30 Kilometer südwestlich von Moskau, einem Rollfeld für Inlandflüge, vor allem für solche, die in den Süden führten. Er hatte mit einem der privaten Flugunternehmen einen Sonderstart für einen angeblich vermögenden Klienten ausgehandelt, einen Geschäftsmann, der wirtschaftliche Interessen in Aserbaidschan verfolgte und noch in der Nacht nach Baku fliegen wollte. Die Dringlichkeit hatte Tarnapolski damit erklärt, dass in einer der Fabriken des Klienten ein Aufstand unter den Arbeitern ausgebrochen sei und dass sie den Fabrikdirektor als Geisel genommen hätten. Natürlich war ein derart kurzfristig verlangter Sonderflug nicht gerade billig. Aber Bryson besaß das Geld, und es war ihm nicht schade darum. Eine weitere beträchtliche Summe würde er den Beamten der Zollbehörde zahlen müssen – für ihre Freundlichkeit und Nachsicht.

»Juri«, sagte Bryson. »Was verspricht sich Prischnikow?«

»Wovon? Von dem Jademeister?«

»Ja. Ich weiß, dass Sie sich mit dem chinesischen Militär gut auskennen. Schließlich haben Sie beim KGB eine Zeit lang in der China-Abteilung gearbeitet. Also, was könnte sich Prischnikow von Beziehungen zu General Tsai versprechen?«

»Sie haben doch Labow gehört, mein Freund. Die Regierungen sind mit ihrer Macht am Ende. Heute haben die Konzerne das Sagen. Prischnikow ist ein ehrgeiziger Machtmensch, der darauf aus ist, den Weltmarkt zu kontrollieren, oder zumindest große Teile davon, und er könnte sich zu diesem Zweck keinen besseren Partner aussuchen als den Jademeister. Tsai gehört zum Generalstab der Volksbefreiungsarmee und ist an vorderster Stelle verantwortlich dafür, dass diese Armee auch wirtschaftliche Macht entwickelt und kommerziell aktiv wird.«

»Auf welche Weise?«

»Das chinesische Militär kontrolliert eine erstaunliche Vielzahl von Unternehmen, die allesamt miteinander vernetzt sind: Autoschmieden und Luftfahrtunternehmen, Pharmakonzerne und Telekommunikationsbetriebe. Darüber hinaus besitzt es jede Menge Immobilienbeteiligungen, Hotels in ganz Asien, unter anderem Pekings Filetstückchen: das Palace Hotel. Das Militär ist Betreiber fast aller chinesischen Flughäfen ...«

»Aber ich dachte, die chinesische Regierung hätte sich daran gemacht, das Militär zu stutzen. Wie es heißt, hat der Ministerpräsident verfügt, dass sich das Militär aus allen Wirtschaftsunternehmen ausklinkt.«

»Oh ja, die Regierung hat's versucht, allein, der Geist hat die Flasche längst verlassen. Oder wie sagen die Amerikaner? Die Zahnpasta ist raus aus der Tube. Pandoras Büchse wäre als Bild wohl treffender. Kurzum, das Verhängnis nimmt seinen Lauf. Die Volksbefreiungsarmee hat sich zur mächtigsten Instanz Chinas entwickelt.«

»Aber hat Peking in den vergangenen Jahren nicht mehrfach die Ausgaben für Verteidigung gekürzt?«

Tarnapolski schnaubte. »Na und? Die Lücken sind schnell gestopft. Die Armee braucht nur ein paar ausrangierte Waffen an Schurkenstaaten zu verhökern. Mein lieber Coleridge, die wirtschaftliche Macht der Volksbefreiungsarmee liegt jenseits unserer Vorstellungskraft. Längst hat sie auch die strategische Bedeutung der Telekommunikation für sich erkannt und entsprechende Weichen gestellt. Sie investiert in Satellitenprogramme; ihr gehört das größte Telekommunikationsunternehmen Chinas; sie kooperiert mit den Marktführern des Westens – mit Lucent, Motorola, Qualcomm, Systematix, Nortel – und baut ein riesiges Mobilfunknetz aus. Es heißt, dass ihr inzwischen der Himmel über China gehört. Und derjenige, der alle Fäden in der Hand hält, ist der Jademeister. General Tsai.«

Als Tarnapolski auf das Rollfeld zusteuerte, sah Bryson ein kleines Flugzeug, eine brandneue Jakolew-112, am Rand der Piste warten. Es handelte sich, wie er auf den ersten

Blick registrierte, um eine einmotorige, viersitzige Maschine – wahrscheinlich die kleinste aus der Flotte des Unternehmens.

Tarnapolski bemerkte Brysons Verwunderung. »Glauben Sie mir, mein Freund, mehr konnte ich in der Kürze der Zeit beim besten Willen nicht herausschlagen. Natürlich hat die Firma auch größere, schickere Maschinen – zum Beispiel eine JAK-40 oder eine Antonow-26 –, aber die waren alle schon gebucht.«

»Die hier tut's auch, Juri. Vielen Dank. Ich bin Ihnen allerhand schuldig.«

»Betrachten Sie's als Werbegeschenk.«

Bryson merkte auf. Nicht weit entfernt war das Quietschen bremsender Reifen zu hören. Als er sich umdrehte, sah er einen großen, schwarz glänzenden Kastenwagen, der über die Startbahn herbeigerollt kam.

»Was zum Teufel hat das zu bedeuten?«, rief Juri. Plötzlich flogen die Türen des Transporters auf und drei maskierte Männer in schwarzer Kampfmontur sprangen auf die Piste.

»In Deckung!«, rief Bryson. »Verdammt! Wir haben keine Waffen!«

Tarnapolski tauchte ab und zog eine Lade unter dem Fahrersitz hervor. Darin befanden sich mehrere Pistolen und jede Menge Munition. Juri gab Bryson eine 9 mm Makarow in die Hand und bewaffnete sich selbst mit einer schweren Kalaschnikow Bizon, einer Maschinenpistole aus dem Arsenal der Spetsnaz. Schon krachten die ersten Schüsse; die Windschutzscheibe des Audi wurde durch Tausende winzige Sprünge schlagartig weiß. Das Glas war, wie Bryson feststellte, immerhin halbwegs kugelsicher. Er duckte sich. »Ist der Wagen gepanzert?«

»Ja, aber nur leicht«, antwortete der KGB-Mann. Er legte die Waffe an und holte tief Luft. »Am sichersten sind die Türen.«

Bryson nickte. Er hatte verstanden. Die Türen waren verstärkt worden; sie würden ihm als Schutzschild dienen.

Wieder hagelten Geschosse auf sie ein, und durch die Seitenscheibe war das Kommando zu sehen, das in Schützenposition Aufstellung genommen hatte. »Die hat uns Prischnikow auf den Hals gehetzt«, flüsterte Tarnapolsky.

»Wahrscheinlich hat Labows Frau bei ihm angerufen«, spekulierte Bryson. Aber wie konnte Prischnikow wissen, wohin er seine Killer zu schicken hatte? Vielleicht lag die Antwort auf der Hand: Russland konnte man am schnellsten durch die Luft verlassen, und jeder, der so töricht war, sich an Prischnikows hoch geschätztem Assistenten zu vergreifen, würde sich schleunigst zu verdrücken haben. Und es gab nicht viele Flughäfen in der Nähe Moskaus, nur zwei, auf denen auch Privatmaschinen abgefertigt wurden. Ein auf die letzte Minute arrangierter Flug... Prischnikow hatte bloß zwei und zwei zusammenzuzählen brauchen.

Tarnapolski sprang aus dem Wagen, kauerte sich hinter die Tür und ließ seine Maschinenpistole rattern. »*Yob tvoyu mat!*«, knurrte er. Fickt eure Mutter.

Einer der Schützen fiel, von Tarnapolski niedergestreckt.

»Gut gezielt«, sagte Bryson. Eine Naht aus Einschüssen zog sich quer über die gesprungene Windschutzscheibe, und winzige Glassplitter spritzten in Brysons Gesicht. Er öffnete die Seitentür, ging dahinter in Deckung und legte auf die beiden übrig gebliebenen Killer an. Auch Tarnapolski feuerte erneut drauflos, und wieder erwischte es einen der Angreifer.

Jetzt war nur noch einer übrig – aber wo?

Bryson und Tarnapolski spähten nach allen Seiten über das dunkle Rollfeld. Die Positionslichter auf der asphaltierten Rollbahn reichten nicht weit. Der dritte Mann hatte sich in den Schatten dahinter verzogen und lag irgendwo, das Gewehr im Anschlag, auf der Lauer.

Tarnapolski glaubte eine Bewegung zu erkennen und gab ein Paar Schüsse darauf ab. Doch eine Reaktion blieb aus. Vorsichtig stand er auf, fuhr herum und richtete seine Bizon in die Dunkelheit jenseits der Rollpiste auf der anderen Seite.

Wo zum Teufel steckte der Dritte?

Prischnikows Männer trugen aller Wahrscheinlichkeit nach gummibesohlte Schuhe, die es ihnen erlaubten, lautlos zu schleichen. Die Makarow fest in beiden Händen, drehte sich Bryson, der noch immer hinter der Tür kauerte, langsam gegen den Uhrzeigersinn um die eigene Achse.

Als er den winzigen roten Lichtpunkt auf Tarnapolskis Kopf aufblitzen sah, entfuhr ihm ein warnender Schrei.

»Runter!«, brüllte er.

Zu spät. Schon war in Juri Tarnapolskis Kopf ein Geschoss eingeschlagen, das ihm das Gesicht zerfetzte.

»*Himmel!*«, schrie Bryson entsetzt und wirbelte herum. Er entdeckte ein Blinken reflektierten Lichts und sah eine flüchtige Bewegung vor der Maschine, die knapp 100 Meter weit entfernt stand und dem Scharfschützen als Schutzschild diente. Bryson hob die Makarow, atmete langsam aus und feuerte einen gezielten Schuss ab.

Im Hintergrund war ein Schrei zu hören, das Scheppern von Metall auf Asphalt. Auch der dritte Mann, der Mörder von Juri Tarnapolski, war tot.

Bryson warf einen letzten Blick auf den am Boden liegenden Freund, trat hinter der Wagentür hervor und rannte auf die Maschine zu. Inzwischen war bestimmt Verstärkung auf den Weg gebracht worden. Er hatte nur eine Chance, mit heiler Haut davonzukommen, und das bedeutete, dass er sich selbst an den Steuerknüppel der Maschine setzen musste.

Vor der Jakolew-112 angekommen, sprang er auf die Tragfläche, schwang sich in den Pilotensessel und zog die Luke dicht. Er legte den Gurt an, lehnte sich zurück und schloss die Augen. *Was nun?* Die Maschine zu fliegen war kein Problem. An Flugerfahrung mangelte es ihm nicht, und er hatte während seiner Jahre beim Direktorat schon ein ums andere Mal auf die Schnelle durchstarten müssen. Die Schwierigkeit bestand vielmehr darin, dass er sich ohne Unterstützung durch den Tower im russischen Luftraum zurechtfinden musste. Aber was blieb ihm anderes übrig? Zu Tarnapolskis Auto zurückzukehren hieße, Prischnikows Killerkommando in die Arme zu laufen, und das war keine akzeptable Alternative.

Er holte tief Luft, hielt den Atem an und drehte den Zündschlüssel herum. Der Motor sprang sofort an. Er checkte die Instrumente und steuerte die Maschine langsam auf das Ende der Startbahn zu.

Den Tower konnte er, das wusste Bryson, nicht einfach ignorieren. Zu starten, ohne vorher mit den Lotsen Kontakt aufgenommen zu haben, wäre nicht nur riskant; die russische Luftwaffe sähe darin einen Akt der Provokation und würde entsprechende Maßnahmen ergreifen.

Er schaltete das Mikrofon ein und meldete sich – auf Englisch, der Sprache des internationalen Luftverkehrs. »*Wnukowo Clearance, Jakolew-112, RossTran three niner niner foxtrot. Number one for runway three, straight-out departure. Ready for clearance to Baku.*«

Die Antwort ließ nicht lange auf sich warten. »*Schto?* Was? Nicht verstanden. Wiederholen Sie bitte«, knarzte eine Stimme, begleitet von statischem Rauschen.

»RossTran drei neun neun«, wiederholte er. »Bin bereit, Wnukowo auf Startbahn drei zu verlassen.«

»Sie haben keinen Flugplan eingereicht, RossTran drei neun neun.«

Bryson insistierte. »Wnukowo Tower, RossTran drei neun neun startklar. Werde auf zehntausend Fuß steigen und diese Höhe beibehalten. Erwarte, Level 250 zehn Minuten nach Start erreicht zu haben. Frequenz bei Abflug: eins-eins-acht Komma fünf-fünf.«

»RossTran, anhalten, ich wiederhole: Anhalten! Sie haben keine Erlaubnis.«

»Wnukowo Tower, ich habe wichtige Passagiere aus der Chefetage von Nortek an Bord, die schnellstens nach Baku müssen«, sagte Bryson und imitierte den arroganten Ton, der für Prischnikows Leute typisch war. »Der Flugplan müsste Ihnen eigentlich vorliegen. Sie haben meine Registriernummer. Rufen Sie Dimitri Labow an; er kann die Sache aufklären.«

»RossTran ...«

»Es würde Anatoli Prischnikow überhaupt nicht gefallen, wenn er erführe, dass Sie ihn in der Ausübung seiner Geschäfte zu behindern versuchen. Vielleicht wären Sie so freundlich, Genosse Lotse, mir Ihren Namen und Dienstrang durchzugeben.«

Über mehrere Sekunden herrschte Funkstille. »Na, dann starten Sie doch«, hieß es dann, kurz angebunden. »Aber Sie fliegen auf eigene Gefahr.«

Bryson drehte den Motor auf. Die Maschine beschleunigte und hob ab.

Einundzwanzigstes Kapitel

Monsignore Dr. Lorenzo Battaglio – seines Zeichens Kurator des Chiaramonti-Museums, eines der vielen Monumenti Musei e Gallerie Pontifice, der Vatikanischen Museen – hatte Giles Hesketh-Haywood seit Jahren nicht gesehen und war auch nicht übermäßig erfreut, ihm nun wiederzubegegnen.

Die beiden Männer trafen sich in der prächtigen, mit Damasttapeten geschmückten Empfangshalle der Galleria Lapidaria. Monsignore Battaglia war schon seit 20 Jahren Kurator der Vatikanischen Museen und als Kunstkenner weltweit geachtet. Sein blasser Besucher aus England, Giles Hesketh-Haywood, hatte mit seiner übergroßen Hornbrille und der stets sehr eigentümlichen Aufmachung wegen immer schon einen schrägen, ja, geradezu lächerlichen Eindruck auf ihn gemacht. Meist trug er knallbunte Seidenkrawatten, karierte Westen, hufeisenförmige goldene Manschettenknöpfen, und aus seiner Jackentasche lugte der schwere Kopf einer Bruyèrepfeife. Er roch nach süßlichem Cavendish-Tabak und war immer ausgesucht guter Laune, um nicht zu sagen überspannt. Hesketh-Haywood wirkte wie ein vornehmer Trottel, auf putzige Art englisch. Angeblich handelte er mit Antiquitäten, war aber im Grunde nichts anderes als ein ausgekochter Hehler im großen Stil.

Hesketh-Haywood, halb Kunstkenner, halb Gauner, zählte zu jenen dubiosen Typen, die mitunter über Jahre von der Bildfläche verschwanden, um dann plötzlich, als wäre nichts gewesen, wieder aufzutauchen, zum Beispiel auf der Yacht eines Ölscheichs aus dem Nahen Osten. Er wich beharrlich aus, sooft seine Vergangenheit zur Sprache kam, doch kannte der Monsignore alle einschlägigen Gerüchte: dass Hesketh-Haywoods Familie einst zur lebenslustigen englischen Gentry gehört hatte, in der von Labour geprägten Nachkriegszeit aber sehr viel kürzer hatte treten müssen;

dass er mit den Zöglingen der Reichen zusammen zur Schule gegangen war, später aber, als Schulabgänger, von seinen Eltern nur einen Berg Schulden geerbt hatte. Giles war ein Schelm, ein Schuft, ein herrlich skrupelloser Bursche, der zu Anfang seines Erwerbsleben archäologische Antiquitäten aus Italien herausgeschmuggelt und sich die passenden Gutachten dazu mit Schmiergeld erschwindelt hatte. Auf diesem Weg gingen auch einige außergewöhnlich kostbare Objekte durch seine Hände. Und wer daran interessiert war, verkniff es sich, eingehende Fragen zu stellen. Männer wie Hesketh-Haywood wurden in der Kunstwelt toleriert, weil sie gelegentlich durchaus nützlich sein konnten. So hatte auch der Monsignore einmal eine gewisse »Transaktion« über ihn abwickeln lassen, wobei er inständig hoffte, dass die Welt nie etwas darüber erführe. Darum war der Monsignore dem Engländer einigermaßen gewogen, aber nicht sehr, weshalb ihn umso mehr empörte, was Hesketh-Haywood nun als Gefälligkeit von ihm erbat.

Monsignore Battaglio schloss die Augen für einen Moment und suchte nach Worten; schließlich beugte er sich vor und sagte in schleppendem Tonfall: »Das kommt überhaupt nicht in Frage, Giles. Von wegen ›Streich‹ – ein Skandal ist das.«

Hesketh-Haywoods Selbstbewusstsein war kaum zu erschüttern, so auch jetzt nicht. »Ein *Skandal*, Monsignore?« Seine von den dicken Brillengläser vergrößerten Augen wirkten überrascht und belustigt zugleich. »Nun, da gibt es aber doch Skandale größeren Kalibers, meinen Sie nicht auch? Zum Beispiel die Tatsache, dass ein Kurienmitglied, ein weltweit geachteter Kunstsachverständiger und Altertumsforscher, der außerdem noch ein geweihter Priester ist, dass dieser Gentleman eine Mätresse an der Via Sebastiano Veniero aushält. Glauben Sie nicht auch, dass manche Leute sehr viel weniger aufgeklärt über solche Dinge urteilen als unsereins, Monsignore?«

Der Engländer lehnte sich in seinem Sessel zurück und wackelte mit seinem langen, dünnen Zeigefinger. »Aber was noch mehr Kummer macht als Frauen, ist das liebe Geld. Und ich hoffe, die hübsche junge Alessandra wird sich auch weiterhin an ihrer kleinen Apanage erfreuen können, die ja gar nicht so klein ist, sondern wirklich großzügig, bedenkt man, dass ein Vatikanischer Kurator nicht gerade übermäßig viel verdient.« Er seufzte und schüttelte den Kopf. »Es würde mich jedenfalls freuen, wenn ich diesem Glück mit meinen bescheidenen Mitteln förderlich sein könnte.«

Monsignore Battaglio spürte, wie sein Gesicht rot anlief. Die Ader an seiner Schläfe begann zu pulsieren.

»Vielleicht können wir uns ja irgendwie arrangieren«, antwortete Battaglio schließlich.

Die starken Gläser der runden Brille verursachten heftige Kopfschmerzen, aber immerhin hatte Bryson mit ihrer Hilfe das Ziel erreicht, wegen dem er nach Rom gekommen war. Er war erschöpft von der langen, beschwerlichen Reise. Er hatte die kleine Maschine durch den russischen Luftraum bis hin zu einer Landebahn außerhalb von Kiew gesteuert und war von dort aus mit einer Linienmaschine nach Rom weitergeflogen. Der Monsignore hatte sich auf seinen Anruf hin sofort zurückgemeldet, was zu erwarten gewesen war, da sich der Kurator für alles interessierte, was Giles Hesketh-Haywood anzubieten hatte.

Die Rolle des Giles Hesketh-Haywood war eine von Brysons sorgfältig zusammengebastelten Legenden und hatte sich schon häufig bewährt.

Als Experte und Händler in Sachen Antiquitäten war es nur natürlich, dass er Länder wie Ägypten, den Sudan, Libyen und dergleichen bereiste. Und er räumte jeden Anflug von Argwohn aus, indem er sich – gemäß einer Grundregel der hohen Täuschungskunst – absichtlich verdächtig machte. Alle diejenigen, die ihn für einen Schmuggler hielten, würden nie auf den Gedanken kommen, dass er in Wahrheit ein Spion war. Und die meisten von ihnen steckten natürlich allzu gern seine Schmiergelder ein, denn wenn sie es nicht täten, würden doch nur andere profitieren.

Im *L'Osservatore Romano*, der offiziellen Zeitung des Vatikans, die in einer Auflage von über fünf Millionen Exemplaren weltweit vertrieben wurde, erschien am nächsten Morgen ein kleiner Artikel mit der Überschrift: OGGETTO SPARITO DAI MUSEI VATICANI? Kunstgegenstände aus den Vatikanischen Museen gestohlen?

Dem Bericht nach hatte man anlässlich der alljährlichen Inventur in den Vatikanischen Museen entdeckt, dass ein sehr kostbares Schachspiel aus geschnitzten Jadefiguren abhanden gekommen war, ein Spiel, das aus der Sung-Dynastie stammte und von Marco Polo zu Anfang des 14. Jahrhunderts dem Dogen von Venedig zum Geschenk gemacht worden war. Papst Paul III. hatte 1549 mit diesem Spiel eine Partie gegen den legendären Schachmeister Paulo Boi gespielt und verloren. Die Schmuckstücke wurden später von Cesare Borgia erworben und schließlich einem der Medici-Päpste, nämlich Papst Leo, vermacht, dem diese Figuren so sehr gefielen, dass er sich auf einem Gemälde damit hatte abbilden lassen.

In dem Zeitungsartikel kam auch ein Museumssprecher zu Wort, der den erhobenen Verdacht vehement bestritt. Gleichzeitig aber weigerte sich die Leitung nachzuweisen, dass sich das Schachspiel noch im Besitz des Museum befand. Der Kurator, Monsignore Lorenzo Battaglio, wurde mit der lapidaren Auskunft zitiert, dass das Museum Hunderttausende von Exponaten katalogisiert habe und dass es angesichts dieser riesigen Bestände nicht verwundern könne, wenn das eine oder andere Objekt einmal irrtümlich verlegt worden sei; es gebe keinen Grund zu unterstellen, dass ein Raub stattgefunden habe.

Bryson war durchaus zufrieden mit dem Artikel, den er sich bei einer Tasse Milchkaffee in seiner Suite im Hassler zu Gemüte führte. So viel hatte er vom Monsignore gar nicht verlangt. Und sein Dementi entsprach sehr wohl der Wahrheit. Die legendären Jadefiguren aus der Sung-Dynastie befanden sich nämlich immer noch in den Schatzkammern des Vatikans und waren seit über vierzig Jahren nicht bewegt worden, geschweige denn geraubt – was aber jeder Leser des Artikels nun unterstellen musste.

Und Bryson war sich sicher, dass auch diejenigen den Artikel läsen, für die er seine Show inszeniert hatte.

Er nahm das Telefon zur Hand und wählte einen alten Bekannten in Peking an, einen chinesischen Staatsbeamten namens Jiang Yingchao, der inzwischen ein hohes Amt im Außenministerium bekleidete. Jiang hatte mit Giles Hesketh-Haywood vor rund zehn Jahren geschäftlich zu tun gehabt und erinnerte sich sofort an dessen laute Stimme.

»Mein englischer Freund«, rief Jiang. »Wie schön, dass Sie anrufen. Wir haben ja schon so lange nichts voneinander gehört.«

»Sie kennen meine Zurückhaltung; es wäre schrecklich für mich, wenn ich Ihnen zur Last fiele«, entgegnete Bryson. »Aber ich hoffe, unsere letzte Transaktion hat … Ihnen einen Schritt weitergeholfen. Nicht, dass es meiner Hilfe bedurft hätte. Ihre steile Karriere im diplomatischen Korps war gewissermaßen vorprogrammiert.«

Der Chinese musste nicht daran erinnert werden: Jiang war ein kleiner Kulturattaché an der chinesischen Botschaft in Bonn gewesen, als er Giles Hesketh-Haywood kennen gelernt hatte. Giles hatte ihm während eines gemeinsamen Mittagessens versprochen, eine äußerst kostbare chinesische Antiquität für einen Spottpreis zu besorgen, was er dann auch tat. Die so erstandene Miniatur – ein rotes Keramikpferd aus der Han-Zeit – war Jiangs Geschenk an den Botschafter gewesen, ein Geschenk, das der Karriere des jungen Diplomaten einen gehörigen Anschub gegeben hatte. Über die Jahre hatte Hesketh-Haywood seinem chinesischen Freund noch eine Menge anderer kostbarer Antiquitäten zukommen lassen, unter anderem wunderschöne Bronzefigurinen und eine Vase aus der Tsing-Zeit.

»Und was haben Sie all die Jahre gemacht?«, fragte der Diplomat.

Bryson seufzte bekümmert. »Ich bin sicher, Sie haben diesen *absonderlichen* Artikel im *L'Osservatore Romano* gelesen«, antwortete er.

»Nein, welchen Artikel meinen Sie?«

»Ach, mein Lieber, Schwamm drüber. Wie dem auch sei, es ist mir eine ganz außergewöhnliche Kostbarkeit in den Schoß gefallen, und ich dachte, dass ein Branchenkenner wie

Sie vielleicht weiß, wer sich dafür interessieren könnte. Ich habe zwar selbst eine überaus lange Liste von potenziellen Interessenten, wollte mich aber der guten alten Zeiten wegen zu allererst bei Ihnen melden …« Er begann, das Schachspiel aus Jade zu beschreiben, doch es dauerte nicht lange, und Jiang fiel ihm ins Wort.

»Ich werde zurückrufen«, sagte Jiang, kurz angebunden. »Unter welcher Nummer sind Sie zu erreichen?«

Eine halbe Stunde später rief Jiang Yingchao über eine sterile Leitung zurück. Kein Zweifel, er hatte mittlerweile den Artikel in der Vatikan-Zeitung gelesen und gleich darauf ein paar kurze, aufgeregte Telefonate geführt.

»Glauben Sie mir, mein lieber Freund, solche Gelegenheiten bieten sich nicht allzu häufig«, sagte Giles. »Aber es ist wirklich erschreckend, wie sorglos manche Institutionen mit ihren Schätzen umgehen, finden Sie nicht auch? Wirklich erschreckend.«

»Ja, ja«, unterbrach Jiang ungeduldig. »Und ich kann mir auch vorstellen, dass es etliche Interessenten gibt. Wenn wir über dieselbe Sache sprechen, über das Sung-Schachspiel aus Jade …«

»Ich spreche natürlich nur im Konditional, mein lieber Jiang. Das müsste klar sein. Falls also ein so prächtiges Set zu erwerben wäre, könnten Sie vielleicht in Ihren Kreisen nachfragen, ob jemand Interesse hätte. In aller Diskretion, versteht sich …«

Deutlicher hätte der Wink mit dem Zaunpfahl nicht sein können. »Ja doch, ich kenne da jemanden. Er ist General und bekanntermaßen ein leidenschaftlicher Sammler von Jadestücken aus der Sung-Zeit. Vielleicht kennen Sie ihn unter seinem Spitznamen. Man nennt ihn den Jademeister.«

»Hm, nein, auf Anhieb fällt mir zu diesem Namen nichts ein. Meinen Sie, Jiang, dieser General wäre eventuell interessiert?«

»General Tsai ist geradezu erpicht darauf, geplünderte Kunstschätze ins Land zurückzuholen. Sie müssen wissen, er ist ein glühender Patriot.«

»Aha. Nun, ich müsste sehr bald eine verbindliche Antwort haben. Sie glauben gar nicht, wie es hier zugeht. Das Telefon steht nicht still. Diese Scheichs aus Oman und Kuwait bedrängen mich regelrecht und lassen einfach nicht locker.«

»Nein!«, platzte es aus Jiang heraus. »Geben Sie mir zwei Stunden! Dieses Schmuckstück muss nach China zurückkehren!«

So lange brauchte Bryson gar nicht zu warten. Knapp eine Stunde später war der Diplomat erneut in der Leitung. Der General war interessiert.

»Weil es sich um ein ganz und gar außergewöhnliches Objekt handelt, muss ich allerdings darauf bestehen, dem Kunden persönlich vorgestellt zu werden«, sagte Bryson, der die Gunst der Stunde nutzte, um seine Bedingungen zu stellen.

»Aber ... aber selbstverständlich«, stammelte Jiang. »Der ... Kunde würde auch von sich aus nichts anderes verlangen. Er braucht jeden nur denkbaren Beleg für die Authentizität des Objekts.«

»Natürlich. Ich werde alle Herkunftsnachweise und Expertisen mitbringen.«

»Natürlich.«

»Das Treffen sollte möglichst bald stattfinden. Ich kann nicht lange warten.«

»Kein Problem. Der Jademeister befindet sich zurzeit in Shenzhen und freut sich auf Ihren Besuch.«

»Gut. Ich nehme den nächsten Flug. Gleich nach meiner Ankunft werden der General und ich ein erstes Gespräch miteinander führen können.«

»Was soll das heißen: *ein erstes Gespräch ...?*«

»Wir werden zunächst einmal ein oder zwei Stunden unbeschwert miteinander plaudern. Ich zeige ihm Fotos der Schachfiguren, und wenn wir uns gut verstehen, gehen wir einen Schritt weiter.«

»Werden Sie denn das Schachspiel nicht bei sich haben?«

»Wo denken Sie hin? Ich würde mich dem Kunden ja regelrecht ausliefern. Man kann heute nicht vorsichtig genug sein. Es ist mein Prinzip, Geschäfte niemals mit Fremden zu machen.« Er kicherte. »Aber wenn wir uns erst einmal näher gekommen sind und wenn ich ein gutes Gefühl bei der Sache habe, können wir über alles Weitere reden: über die Einfuhr, die schnöden Finanzen und all die anderen langweiligen Details.«

»Der General wird darauf bestehen, die Jadefiguren begutachten zu können, Giles.«

»Das soll er ja auch. Aber erst später. China ist für mich eine *terra incognita*. Ich kenne die Gepflogenheiten Ihrer Herrschaften nicht und könnte mich ein klein bisschen verunsichert fühlen. Womöglich kommt der General auf die Idee, meine Ware zu konfiszieren und mich in irgendeinen Steinbruch abzuschieben. Wer weiß?«

»Der General ist ein Ehrenmann, der zu seinem Wort steht«, erwiderte Jiang indigniert.

»Ach, mein lieber Freund, ich bin während der vergangenen 20 Jahre immer auf Nummer Sicher gegangen. Warum sollte ich auf meine alten Tage fahrlässig werden? Und ausgerechnet den undurchsichtigen Orientalen gegenüber?« Er kicherte; ansonsten war es still in der Leitung. »Außerdem, Sie kennen mich doch: ein Gläschen Reiswein, und mich kann jeder um den Finger wickeln.«

Extravagant herausgeputzt in einer gelben Glacélederweste und einem karierten Seide-Kaschmir-Anzug, kam Giles Hesketh-Haywood auf dem Flughafen Huangtian bei Shenzhen an, wo er von einem Emissär General Tsais in Empfang genommen wurde. Der Mann trug die dunkelgrüne Uniform der Volksbefreiungsarmee und eine der üblichen »Mao«-Kappen mit dem emaillierten roten Stern daran. Ohne sich namentlich vorzustellen, schleuste er Bryson mit versteinerter Miene durch den Zoll und die Schranke der Fremdenpolizei. Das Personal zeigte sich ehrerbietig und verlangte nicht einmal, Brysons Pass zu kontrollieren.

Das blieb General Tsais Leuten überlassen. Kaum hatte er die Kontrollstelle passiert, wurde er von Tsais Emissär durch eine nicht weiter gekennzeichnete Tür geschoben, hinter der zwei weitere grün uniformierte Soldaten auf ihn warteten. Einer fiel sofort über sein Gepäck her und ließ keinen Beutel, keinen Reißverschluss ungeöffnet. Der andere filzte ihn von Kopf bis Fuß und schaute sogar unter die Innensohle seiner teuren englischen Lederschuhe. Bryson hatte mit einer solchen Prozedur gerechnet, spielte aber, seiner kapriziösen Rolle entsprechend, den Empörten.

Eben weil eine solche Inspektion zu erwarten gewesen war, hatte er darauf verzichtet, eine Pistole mitzubringen, zumal eine solche Waffe nicht zum Charakter von Giles Hesketh-Haywood gepasst hätte. Das Risiko, erwischt zu werden und somit seine Tarnung auffliegen zu lassen, wäre zu groß gewesen.

Allerdings war er auch nicht ganz wehrlos angereist. In seinem weichen Ledergürtel befand sich eine Waffe, die dort so gut versteckt war, dass sich das Risiko lohnte. Zwischen zwei Lederstreifen eingenäht, steckte eine flexible Metallklinge, zirka zwei Zentimeter breit und 30 lang; sie bestand aus einer Aluminium-Vanadium-Legierung und war über fast die gesamte Länge rasiermesserscharf. Die Klinge ließ sich einfach und schnell aus dem Gürtel ziehen, man musste nur einen Druckknopf öffnen und fest ziehen. Wichtig war die richtige Handhabung, denn allzu leicht hatte man sich selbst verletzt; die Schneide konnte fast ohne Druck durch die Haut und bis auf den Knochen schneiden. Und wenn diese Klinge im Ernstfall nicht taugte, konnte sich Bryson, wie schon so häufig, auf sein Improvisationstalent verlassen und harmlose Gegenstände in gefährliche Waffen umfunktionieren. Doch das würde, so hoffte er, nicht nötig sein. Der uniformierte Soldat verlangte, dass Bryson den Gürtel ablegte, befingerte diesen dann flüchtig, fand aber nichts.

Wenig später fuhr ein schwarzer, funkelnagelneuer Daimler vor dem Ausgang des Terminals vor, gesteuert von einem Soldaten mit ausdruckslosem Gesicht, der das Kinn in Demutsgebärde auf die Brust gedrückt hielt.

Der säuerliche Emissär hielt für Bryson die Fondtür auf, verstaute das Gepäck im Kofferraum und setzte sich auf den

Beifahrersitz. Er sprach kein Wort. Der Chauffeur fuhr an und steuerte den Daimler auf die Straße nach Shenzhen.

Bryson war vor fast 20 Jahren schon einmal in Shenzhen gewesen, erkannte die Stadt aber kaum wieder. Was damals noch ein kleines verschlafenes Grenzstädtchen und Fischerdorf gewesen war, hatte sich in eine schrille, chaotische Metropole aus hastig asphaltierten Straßen, schludrig hochgezogenen Wohnblöcken und riesigen Dreckschleudern an Fabriken verwandelt. Aus den Reisfeldern und dem fruchtbaren Farmland an der Deltamündung des Sikiang waren die Wolkenkratzer, Kraftwerke und Industrieanlagen der so genannten Sonderwirtschaftszone gewachsen. Der Himmel über der bizarren und von Baukränen durchzogenen Skyline war ein dreckiges Grau aus verseuchter Luft. Rund vier Millionen Menschen hatten sich am Flussufer niedergelassen, hauptsächlich kleine Arbeiter und ehemalige Bauern aus den ländlichen Provinzen, angelockt mit dem Versprechen auf Arbeit zu sicheren Löhnen.

Shenzhen boomte in rasantem Tempo. Handel und Wirtschaft liefen auf vollen Touren, angetrieben von jenem Treibstoff, der längst auch im kommunistischen China zur Anwendung kam, nämlich dem Kapitalismus. Aber es war der Kapitalismus in seiner rohesten Form, die gefährliche Hysterie einer Frontstadt, in der Kriminalität und Prostitution blühten. Die Schaufenster, die grellen Reklametafeln, blinkenden Neonlichter und schicken Shops von Louis Vuitton oder Dior waren, wie Bryson wusste, nur Fassade, hinter der sich bittere Armut versteckte, der alltägliche Kampf ums Überleben, Wellblechverschläge, in denen jeweils Dutzende von Migranten ohne Kanalisation hausten, und winzige, dreckige Hinterhöfe für ausgemergeltes Federvieh.

In dichtem Gedränge floss zäh der Verkehr aus Autos jüngster Modelle und knallroten Taxis. Die Gebäude waren allesamt neu, hoch und modernistisch. Überall sah man blinkende Anzeigen, die meisten mit chinesischen Schriftzeichen, aber auch englische: ein M für McDonald's oder ein KFC. Wohin man auch schaute, überall traf der Blick auf knallige Farben, aufgemotzte Restaurants und Geschäfte für

Unterhaltungselektronik – Camcorder und digitale Kameras, Computer und Fernsehapparate sowie DVD-Player. Straßenhändler boten Spanferkel, gebackene Enten und lebende Krebse feil.

Schulter an Schulter drängten sich die Passanten, und die meisten hielten ein Handy ans Ohr. Aber anders als im 30 Kilometer südlich gelegenen Hongkong sah man hier in den Parks keine älteren Menschen Tai-chi praktizieren, ja, es schien hier kaum ältere Menschen zu geben. Die maximale Verweildauer in der Sonderwirtschaftszone betrug 15 Jahre, und nur junge, gesunde Arbeitskräfte waren willkommen.

Der Emissär drehte sich auf dem Beifahrersitz um und sagte: »*Ni laiguo Shenzhen ma?*«

»Wie bitte?«, fragte Bryson.

»*Ni budong Zhongguo hua ma?*«

»Tut mir Leid, ich verstehe nicht.« Der Emissär hatte gefragt, ob er schon einmal in der Stadt gewesen sei und Chinesisch verstünde. Wahrscheinlich wollte er Bryson auf die Probe stellen.

»*English?*«

»Ja, das ist meine Sprache.«

»Sind Sie zum ersten Mal bei uns?«

»Ja. Wirklich nett hier.«

»Warum wollen Sie sich mit dem General treffen?« Die Miene des Emissärs war unverhohlen feindselig.

»Aus geschäftlichen Gründen«, antwortete Bryson. »Ihr Boss ist schließlich auch Geschäftsmann, oder?«

»Der General hat den Guandong-Sektor der Volksbefreiungsarmee unter sich«, informierte der Emissär.

»Nun, mir scheint, die Geschäfte laufen hier nicht schlecht.«

Vom Fahrer mit einem Brummlaut zurechtgewiesen, verstummte der Emissär und drehte sich wieder um.

Der Daimler kroch durch den unglaublich dichten Verkehr und über einen Lärmteppich aus schrillen Schreien und plärrenden Hupen. Auf Höhe des Hotels Shangri-La ging es plötzlich nicht mehr weiter. Der Chauffeur schaltete eine Sirene ein, setzte ein rotes Blinklicht aufs Autodach, schwenkte auf den Gehweg ein und verscheuchte die Passanten mit rüden, durch einen Lautsprecher verstärkten Belllauten. Hinter dem Stau kehrte er wieder auf die Straße zurück.

Schließlich erreichten sie die bewachte Einfahrt zu einem weitläufigen Industriegebiet, das direkt vom Militär kontrolliert zu werden schien. Wahrscheinlich, so vermutete Bryson, hatte General Tsai hier sein Hauptquartier eingerichtet. Ein Soldat mit einem Klemmbrett in der Hand gab dem Emissär ein knappes, zackiges Zeichen, worauf dieser sich beeilte auszusteigen. Der Wagen fuhr weiter, an schäbigen Wohnbaracken vorbei und auf einen Komplex zu, der hauptsächlich aus Lagerhäusern zu bestehen schien.

Bryson merkte auf. Die Fahrt ging offenbar nicht zur Residenz des Generals. Aber wohin brachte man ihn dann?

»*Neng bu neng gaosong wo, ni song wo qu nar?*«, fragte er mit künstlich starkem britischen Akzent und in unbeholfener Syntax. Würden Sie mir sagen, wohin Sie mich hinbringen?

Der Fahrer antwortete nicht.

Bryson hob die Stimme und wechselte in ein fließendes, aktzentfreies Chinesisch über. »Hier wohnt der General doch nicht, *siji*!«

»Der General empfängt nicht in seiner Wohnung. Er hält sich bedeckt.« Der Fahrer sprach in einem unhöflichen Ton und verzichtete auf die Anrede *shifu* – Meister –, die dem Fahrgast gegenüber fällig gewesen wäre. Bryson fing an, sich Sorgen zu machen.

»General Tsai ist bekannt dafür, dass er es sich sehr gut gehen lässt und viel Staat macht. Ich fordere Sie auf, kehrt zu machen.«

»Der General meint, dass wahre Macht im Geheimen ausgeübt wird. Er zieht es vor, in Deckung zu bleiben.« Sie hatten vor einem großen Lager Halt gemacht, neben einer Reihe von Jeeps und Kastenwagen in militärischen Tarnfarben. Bei laufendem Motor und ohne sich umzudrehen, sagte der Fahrer: »Kennen Sie die Geschichte des großen Kaisers Qian

Xing aus dem 18. Jahrhundert? Er glaubte, dass ein guter Herrscher Tuchfühlung zu seinem Volk halten muss, dass das Volk davon aber nichts merken darf. Also reiste er als Gemeiner verkleidet durchs Land.«

Bryson ging ein Licht auf. Er beugte sich nach vorn und schaute dem Fahrer ins Gesicht. *Verdammt*, fluchte er im Stillen. Der Fahrer *war* General Tsai!

Plötzlich war der Daimler von Soldaten umstellt. Der General brüllte Befehle auf Toishan, dem Dialekt seiner Herkunftsregion. Die Tür wurde aufgerissen und Bryson aus dem Fond gezerrt. Zwei Soldaten nahmen ihn in ihre Mitte und hielten ihn bei den Armen gepackt.

»Zhanzhu! Stillgestanden!«, brüllte einer der beiden und bedrohte ihn mit seiner Pistole. »*Shou fang xia! Bie dong!*« Hände unten lassen!

Das Fenster auf der Fahrerseite wurde herabgelassen. Der General grinste. »Das Gespräch mit Ihnen war sehr interessant, Mr. Bryson. Je länger wir miteinander geplaudert haben, desto besser wurde Ihr Chinesisch. Da fragt man sich doch, was Sie sonst noch alles verbergen. Sei's drum, ich schlage vor, Sie ergeben sich jetzt mannhaft in Ihr Schicksal.«

Himmel! Man wusste, wer er war! Woher? Seit wann?

Ihm schwirrte der Kopf. Wer hatte seine wahre Identität verraten können? Oder konkreter gefragt: Wer kannte seine Rolle als Hesketh-Haywood? Wer wusste von seiner Reise nach Shenzhen? Juri Tarnapolsky konnte es nicht gewesen sein. Wer dann?

Gewiss waren Fotos von ihm gefaxt, Verbindungen hergestellt worden. Aber das alles ergab keinen Sinn. In der unmittelbaren Umgebung des Generals musste jemand sei, der ihn, Bryson, erkannt und sein Alias durchschaut hatte. Irgendjemand, der ihn gut kannte. Eine andere Erklärung gab es nicht.

Der Daimler fuhr davon und spie Bryson eine Wolke Abgas in Gesicht. Er wurde auf den Eingang des Lagerhauses zu gestoßen. Eine an seinem Hinterkopf aufgesetzte Pistole sorgte für den nötigen Nachdruck. Er überschlug seine Möglichkeiten. Es stand sehr schlecht um ihn. Er würde seine

Eskorte für einen Moment ablenken und eine Hand freibekommen müssen, möglichst die rechte, um die Vanadiumklinge aus dem Gürtel ziehen zu können. Der Befehl des Generals war eindeutig: Er sollte exekutiert werden, und die Soldaten würden ohne zu zögern schießen, wenn er sich zu befreien versuchte. Er sollte ihren Befehlsgehorsam lieber nicht auf die Probe stellen.

Warum hatte man ihn überhaupt in dieses Lager gebracht? Er sah sich in der weiten Halle um, die offenbar als Garage für Kraftfahrzeuge diente. Auf der einen Seite gab es eine enorm große Hebebühne, die wohl selbst Panzer bewegen konnte. Die Luft stank nach Motoröl und Diesel. Auf der gesamten Fläche standen dicht an dicht Militärfahrzeuge. Man hätte den Eindruck gewinnen können, in der Ausstellungshalle eines Händlers für schwere Kraftfahrzeuge zu sein. Allerdings waren die Wände hässlich mit Öl und Ruß verschmiert.

Was hatte das alles zu bedeuten? Wozu war er in diese Halle geführt worden? Man hätte ihn doch auch schon draußen töten können.

Und dann kam er von selbst auf die Antwort.

Sein Blick fiel auf einen Mann, der bis an die Zähne bewaffnet war, einen Mann, den er kannte.

Ang Wu.

Es gab in Brysons Vergangenheit nur wenige Gegner, die schon rein äußerlich so zum Fürchten waren wie dieser Ang Wu. Ang Wu hatte als Offizier der Armee für Bomtec gearbeitet, der Handelsorganisation der Volksbefreiungsarmee, und war für sie als ständiger Vertreter in Sri Lanka tätig gewesen. Die Chinesen belieferten beide Konfliktparteien mit Waffen, schürten Argwohn und Zwietracht und schütteten so ihr Öl in das schwelende Feuer alter Ressentiments. Mit Hilfe einer eilig zusammengestellten Truppe hatte Bryson einen von Ang Wu angeführten Waffentransport unweit von Colombo abgefangen. Es kam zu einem Feuergefecht, in dessen Verlauf Ang Wu mit einem Bauchschuss aus Brysons Waffe niedergestreckt wurde. Ang Wu hatte nur gerettet werden können, weil er schnell nach Peking ausgeflogen wurde.

Im Nachhinein, nach den bitteren Erkenntnissen aus jüngster Zeit, stellte sich für Bryson auch in dieser Sache die Frage nach den wahren Hintergründen seines Einsatzes in Sri Lanka. Hatte er auch damals als Marionette in einem für ihn undurchsichtigen Plan gedient?

Wie auch immer, jetzt stand ihm Ang Wu gegenüber. Er trug eine chinesische AK-47 quer vor der Brust, und zu beiden Seiten der Hüfte gehalfterte Pistolen. Ketten von Maschinengewehrmunition waren wie Gürtel um seine Körpermitte geschlungen, und in Futteralen an den Waden steckten schwere Kampfmesser.

Die Hände, die Bryson bei den Schultern gepackt hielten, drückten fester zu, so dass es ihm unmöglich war, eine Hand freizubekommen und in seinen Gürtel zu langen, ohne zu riskieren, sofort erschossen zu werden. *Oh Gott!*

Sein alter Feind machte einen zufriedenen Eindruck. »Es gibt so viele Todesarten«, sagte Ang Wu. »Ich wusste, dass wir uns noch einmal begegnen würden, und auf dieses Treffen habe ich mich schon lange gefreut.« Er zog eine der Pistolen aus dem Halfter, eine halbautomatische Waffe aus chinesischer Produktion, wog sie in der Hand und schien Gefallen an ihrem Gewicht zu finden. »General Tsai hat mir ein Geschenk gemacht, zum Dank für viele Jahre treue Dienste. Ein einfaches Geschenk, nämlich die Erlaubnis, dich zu töten. Höchst persönlich und ganz aus der Nähe.«

Er zeigte ein frostiges Grinsen und weiße Zähne. »Vor zehn Jahren in Colombo hast du mich um meine Milz gebracht. Wusstest du das? Fangen wir also auch bei dir damit an. Mit deiner Milz.«

Für Bryson schrumpfte die riesige Lagerhalle auf einen engen Raum zusammen, einen schmalen Tunnel, in dessen beiden Öffnungen er und Ang Wu einander gegenüberstanden. Da war nichts und niemand anderes als dieser Gegner. Bryson holte langsam und tief Luft. »Unter einem fairen Kampf verstehe ich etwas anderes«, sagte er, betont ruhig.

Schmunzelnd streckte der Chinese den Arm aus und richtete die Pistole links unten auf Brysons Bauch. Als er den Sicherungshebel umlegte, sprang Bryson mit dem Mut der

Verzweiflung nach vorn, um sich den Griffen seiner Wärter zu entwinden, und plötzlich …

Er hörte einen leisen Laut, wie ein verhaltenes Husten oder eher ein Spucken, und in Ang Wus breiter Stirn klaffte ein kleines rotes Loch. Er glitt zu Boden, wie ein Betrunkener, der in Ohnmacht fällt.

»*Aiya!*«, schrie einer der Wachmänner und wirbelte auf dem Absatz herum, um gleich darauf ebenfalls tödlich am Kopf getroffen zu werden. Schreiend langte der zweite Posten nach seiner Pistole, lag aber, noch ehe sie gezogen war, mit zerschossenem Kopf am Boden.

Plötzlich frei, warf sich Bryson auf den Bauch und blickte auf. Auf einer Metallbrücke in rund sechs Metern Höhe trat ein groß gewachsener, stämmiger Mann in dunkelblauem Geschäftsanzug hinter einem Betonpfeiler hervor. In der Hand hielt er eine .457er Magnum mit aufgeschraubtem Schalldämpfer, aus dessen Mündung sich eine Cordit-Fahne kringelte. Noch war das Gesicht des Mannes von Schatten umhüllt, doch Bryson erkannte die Umrisse der Gestalt sofort.

Der Mann warf die Magnum im hohen Bogen auf Bryson zu. »Fang!«, sagte er.

Trotz seiner großen Verblüffung, gelang es Bryson, die Waffe aufzuschnappen.

»Schön zu sehen, dass du noch nicht ganz eingerostet bist«, meinte Ted Waller und stieg die steilen Treppenstufen herunter. Unten angekommen, bedachte er Bryson mit einem scheinbar amüsierten Blick und sagte kurzatmig: »Der schwere Teil steht uns noch bevor.«

Zweiundzwanzigstes Kapitel

Senator James Cassidy sah die Überschrift in *The Washington Times*, las, dass auf seine Frau angespielt wurde, auf ihre Festnahme wegen Drogenmissbrauchs, dass vom Verdacht auf Rechtsbeugung die Rede war, und wandte sich ab. Es war nun also doch heraus, der Öffentlichkeit preisgegeben, und damit eingetreten, was er so lange gefürchtet und zu verheimlichen versucht hatte. Der schwarze Fleck war aufgedeckt.

Gegen sechs Uhr morgens – Stunden früher als gewöhnlich – in seinem Büro angekommen, traf er dort bereits alle seine engsten Mitarbeiter an, die genauso niedergeschlagen und frustriert aussahen, wie er sich fühlte. Roger Fry ergriff das Wort und sagte ohne Umschweife: »Dass die *Washington Times* gegen dich stänkert, ist ja nicht neu. Jetzt machen sich allerdings auch andere Blätter über dich und deine Frau her. Das Telefon steht nicht mehr still. Wir haben es mit einem Bombardement auf breiter Front zu tun, Jim. Ich habe darauf keinen Einfluss mehr. Keiner von uns hat das.«

»Stimmen die Vorwürfe?«, fragte Mandy Greene, Cassidys Pressesprecherin. Mandy war vierzig, doch der Stress und die Sorgen, die ihr jetzt ins Gesicht geschrieben standen, ließen sie um einiges älter erscheinen. Ihre Augen waren gerötet, und Cassidy konnte sich nicht erinnern, sie jemals dermaßen aufgelöst erlebt zu haben.

Der Senator warf einen Blick auf seinen Stabschef. Roger hatte die anderen allem Anschein nach unterrichtet. »Was wird denn im Einzelnen behauptet?«

Mandy nahm die Zeitung auf und warf sie dann verärgert durch den Raum. »Dass deine Frau vor vier Jahren beim Kauf von Heroin erwischt und festgenommen wurde. Dass du dich für sie stark gemacht und bewirkt hast, dass ihr Fall zu den Akten gelegt wurde. Jetzt wird dir Strafvereitelung und Behinderung der Justiz vorgeworfen.«

Senator Cassidy nickte wortlos. Er setzte sich in seinen großen Ledersessel, wandte sich von seinen Mitarbeitern ab und schaute zum Fenster hinaus ins Grau eines tristen Washingtoner Morgens. Am Vortag hatte der Reporter mehrmals angerufen, sowohl bei ihm im Büro als auch bei seiner Frau Claire zu Hause, doch die Anrufe waren unbeantwortet geblieben. Er hatte sich deswegen den Kopf zerbrochen und die Nacht über kaum geschlafen.

Claire befand sich zurzeit am Familienwohnsitz in Wayland, Massachusetts. Sie hatte, wie so viele Ehefrauen von Politikern, ihre persönlichen Probleme, und er erinnerte sich, wie der ganze Schlamassel angefangen hatte: der anfangs harmlose Skiunfall und die anschließende Rückenoperation, die zu Komplikationen geführt und die Einnahme von starken Schmerzmitteln notwendig gemacht hatte. Bald brauchte sie ihre Narkotika nicht mehr nur zur Linderung akuter Schmerzen, doch die Ärzte wollten ihr keine weiteren Rezepte mehr ausstellen. Stattdessen rieten sie ihr, eine Selbsthilfegruppe für »Schmerzmanagement« aufzusuchen. Die Tabletten aber hatten Claire auf den Geschmack eines Zustands des süßen Vergessens gebracht und in eine Scheinwelt entführt, in der sie sich geborgen wähnte, geschützt vor den Anstrengungen des öffentlichen Lebens und dem Mangel an Trost, den sie privat empfand. Das musste er sich zum Vorwurf machen – dass er nie da war, wenn sie ihn nötig hatte. Wie sehr seine Welt Claire schadete, war ihm erst nach und nach bewusst geworden. In seiner Welt wurde sie letztlich ins Abseits geschoben, und Claire, so schön, so talentiert und liebenswert, wie sie war, hatte ein solches Los wahrhaftig nicht verdient. Cassidy war ständig dienstlich unterwegs und wurde von allen Seiten beschwatzt, umgarnt und gedrängt, sich so oder so zu entscheiden. Und Claire blieb allein und empfand einen Schmerz, der nicht bloß körperliche Ursachen hatte. Er wusste längst nicht mehr, welche Art von Verletzung bei ihr letztlich am schlimmsten nachwirkte, der Unfall oder die Isolation. Inzwischen vermutete er, dass die Spirale aus Depression und Abhängigkeit, in die sie geraten war, durch den Krankenhausaufenthalt nur beschleunigt worden war.

In ihrer Verzweiflung darüber, dass ihr das Medikament verweigert wurde, hatte sie in einem kleinem Park nahe der 8th und H-Street in Washington eine Prise Heroin zu kaufen versucht. Der Dealer war sympathisch und machte es ihr leicht. Er gab ihr zwei kleine Tütchen von dem weißen Stoff. Sie bezahlte mit frischen Banknoten, die sie kurz vorher aus dem Automaten gezogen hatte.

Doch dann zückte der vermeintliche Dealer seine Dienstmarke und führte sie zur Polizeiwache ab. Als der Captain des Reviers in Erfahrung brachte, wen er da vor sich hatte, rief er den stellvertretenden Staatsanwalt Henry Kaminer zu Hause an, worauf sich Henry Kaminer umgehend mit seinem ehemaligen Kommilitonen Jim Cassidy in Verbindung setzte, der zu dieser Zeit ausgerechnet dem Rechtsausschuss des Senats vorstand. Auf diesem Weg hatte er von dem Problem seiner Frau erfahren. Cassidy erinnerte sich noch genau an den Anruf, an Henrys unbeholfene Floskeln, sein Zögern, ehe er mit der Sprache herausrückte. Es war wohl einer der schlimmsten Momente gewesen, die Cassidy je erlebt hatte.

Er sah Claires zartes, erschöpftes Gesicht vor sich und dachte an die Zeile eines Gedichtes, in der es hieß: *sie winkt nicht, sie ertrinkt.* Wie konnte er nur so blind gewesen sein, dass ihm nicht aufgefallen war, was in seiner nächsten Nähe vor sich ging. War es möglich, dass einen das öffentliche Leben von dem privaten derart entfremdete? Und doch war es so: Claire, *sie winkt nicht, sie ertrinkt.*

Cassidy wandte sich seinen Mitarbeitern zu. »Sie war keine Fixerin«, sagte er leise. »Sie brauchte Hilfe, verdammt noch mal, eine Behandlung, die sie dann auch bekommen hat. Sechs Monate Reha. In aller Abgeschiedenheit. Sie wollte nicht bemitleidet werden und schon gar nicht, dass man sich das Maul über sie, die Frau des Senators, zerreißt.«

»Aber deine Karriere ...«, hob Greene an.

»Ach, diese verfluchte Karriere hat Claire doch erst dahin gebracht! Sie hatte schließlich auch Träume. Zum Beispiel den Traum von einer richtigen Familie, mit Kindern und einem fürsorglichen Mann, für den Frau und Kinder an erster Stelle und mit Abstand vor allen anderen Dingen rangieren, so wie es sich für einen Ehemann und Vater gehört. Der Traum von einem ganz normalen Leben; das wäre ja doch nicht zu viel verlangt gewesen. Sie wollte ein Zuhause, nicht mehr, nicht weniger. Aber sie hat von ihren Träumen Abschied genommen, damit ich in der Rolle des – wie nannte mich das *Wall Street Journal* noch mal? – ›Polonius vom Potomac‹ glänzen konnte.« Seine Stimme klang bitter.

»Aber wie konnte sie nur alles, wofür du dich einsetzt, wofür ihr beide euch einsetzt, auf diese Weise torpedieren?«, fragte Mandy Greene, die ihren Ärger nicht verhehlen konnte.

Cassidy schüttelte den Kopf. »Du kannst dir gar nicht vorstellen, wie sehr sich Claire davor gefürchtet hat, dass man ihr einmal genau dies vorwerfen könnte, nämlich der Karriere des eigenen Mannes geschadet zu haben. Sie hat Höllenqualen deshalb erlitten. Und erduldet. Wir waren schon über den Berg. Und nun das …« Er warf einen Blick auf die Telefonanlage, an deren Kontrollleuchten zu erkennen war, dass alle zwölf Leitungen besetzt waren. »Wie ist es möglich, Roger? Wie konnte die Geschichte auffliegen?«

»Ich bin mir noch nicht sicher«, antwortete Roger. »Aber was da an Informationen draußen ist, ist unglaublich detailliert. Obwohl offiziell gelöscht, kam sogar die elektronische Kopie der Polizeiakte wieder zum Vorschein. Dann die Auskunft darüber, wie viel Geld deine Frau am bewussten Abend von ihrem Konto abgehoben hat. Unterlagen über geführte Telefonate, die zum Beispiel daran erinnern, dass es am Abend der Festnahme etliche Anrufe zwischen eurem Haus und Kaminers Privatanschluss gab, so auch zwischen Kaminer und dem Captain des Polizeireviers oder zwischen dem Captain und dem Polizeibeamten, der Claire festgenommen hat. Es liegen sogar elektronische Belege deiner Zahlungen an das Reha-Sanatorium Silver Lakes vor.«

Cassidy rang sich ein Schmunzeln ab. »Nein, das alles kann kein Einzelner ausgeplaudert haben. Da hat sich jemand über unsere Datenschutzbestimmungen lustig gemacht. Genau davor habe ich immer wieder gewarnt – vor der Überwachungsgesellschaft.«

»Tja, und das wird dir jetzt wahrscheinlich auch noch zum Nachteil ausgelegt«, meinte Mandy Greene, die sich wieder gefasst hatte. »Man wird dir vorhalten, dass du nur deshalb so vollmundig für den Erhalt der Privatsphäre eintrittst, weil du selbst eine Leiche im Keller hast.«

Roger Fry tigerte im Büro auf und ab. »Machen wir uns nichts vor. Es sieht wirklich düster aus, Jim. Aber ich bin trotzdem überzeugt davon, dass wir mit unserer Kampagne am Ende Erfolg haben werden. Für die Menschen von Massachusetts steht fest: Du bist ein guter Mann. Und das müssen auch die Kollegen konzedieren, ob sie dich mögen oder nicht. Die Zeit heilt Wunden, eben auch in der Politik.«

»Ich weiß nicht, Roger«, entgegnete Cassidy und starrte wieder zum Fenster hinaus.

»Natürlich wird man dich jetzt zu kreuzigen versuchen«, sagte Roger. »Aber du bist stärker. Du wirst es allen zeigen.«

»Du verstehst nicht, was?«, erwiderte Cassidy ernst, aber nicht unfreundlich. »Um mich geht es hier nicht. Sondern um Claire. Der erste Satz jeder Zeitungsstory bezieht sich auf Claire Cassidy, die Frau von Senator James Cassidy. Das wird sich womöglich noch über Wochen hinziehen. Wer weiß? Und das kann ich ihr nicht zumuten. Unmöglich. Sie würde das nicht verkraften. Es gibt nur einen Weg, um ihr zu helfen, aus den Schlagzeilen und Klatschspalten herauszukommen.« Er schüttelte den Kopf und imitierte den Tonfall eines Nachrichtensprechers: »*Senator Cassidy stellt sich dem Untersuchungsausschuss des Senats, Senator Cassidy kämpft um sein Amt, Senator Cassidy weist jede Schuld von sich. Ist ihm Amtsmissbrauch vorzuwerfen?, Senator Cassidy mit Junkie verheiratet*. Und das wären nur die Schlagzeilen der ersten Tage. Es würde über Wochen in diesem Stil weitergehen. Aber die Story unter der Überschrift *Senator Cassidy wegen schädigender Vorwürfe zum Rücktritt gezwungen* wäre nach zwei, drei Tagen ausgestanden. Dann würde es wieder ganz andere Aufmacher geben und die Cassidy-Affäre wäre bald vergessen. Vor fünf Jahren habe ich meiner Frau hoch und heilig versprochen, dass ich ihr aus ihrem Tief heraushelfe. Jetzt wird es höchste Zeit, dass ich dieses Versprechen einlöse.«

»Jim«, sagte Fry, der hörbar Mühe hatte, seine Stimme unter Kontrolle zu halten. »Vieles ist noch nicht bedacht. Ich bitte dich, überstürze nichts und halte durch.«

»Im Gegenteil«, lachte der Senator bitter. »Ich habe mit diesem Schritt viel zu lange gewartet.« Er wandte sich an Mandy Greene. »Mandy, es gibt Arbeit für dich. Wir werden eine Pressemitteilung aufsetzen. Sofort.«

Dreiundzwanzigstes Kapitel

Bryson stockte der Atem. Er stand unter Schock. Es war, als hätte ein Blitz aus heiterem Himmel sein Bewusstsein getroffen und alle Fasern der Vernunft zerrissen. Er schnappte nach Luft. Er konnte keinen klaren Gedanken fassen, und beinah hätte er laut aufgeschrien.

Ted Waller!

Gennadi Rosowski!

Der große Manipulator, Magier der schwarzen Künste, der ihn, Bryson, auf unvorstellbare Weise hinters Licht geführt hatte.

Bryson umklammerte die Waffe, die ihm soeben zugeworfen worden war, fühlte, wie sie sich ihm in die Hand schmiegte und gewissermaßen mit ihm verwuchs, zu einem Körperteil wurde. Er richtete sie auf den Mann, der sie ihm zugeworfen hatte, und erkannte, dass es nicht damit getan sein würde, Ted Waller mit einem gezielten Schuss ins Jenseits zu befördern.

Die Fragen, die ihn quälten, würden unbeantwortet bleiben, und nicht einmal sein Rachedurst wäre gestillt. Trotzdem hielt er den Lauf auf Waller gerichtet; aufgewühlt von Wut und einem Wust an Fragen, zielte er auf dessen Gesicht.

Mit gepresster Stimme stieß er die erste Frage hervor, die ihm in den Sinn kam: »Wer zum Teufel bist du?«

Er entsicherte die Waffe mit dem Daumen und drückte den Hahn soweit durch, dass die Waffe auf Automatik schaltete. Das kleinste Zucken im Zeigefinger würde zehn Schüsse in Folge auslösen, und Waller, der Lügner, würde, in die Stirn getroffen, über das Geländer kippen und sechs Meter in die Tiefe stürzen. Waller selbst war offenbar unbewaffnet. Er stand einfach nur da in seiner Fettleibigkeit und zeigte ein rätselhaftes Lächeln.

Wallers Stimme hallte durch den weiten Raum. »Spielen wir das Spiel ›richtig oder falsch‹«, sagte er.

»Leck mich!«, zischte Bryson in kalter Wut. »Dein wirklicher Name ist Gennadi Rosowski.«

»Richtig«, antwortete Waller, ohne mit der Wimper zu zucken.

»Du hast am Moskauer Institut für Fremdsprachen studiert.«

»Richtig.« Und schmunzelnd fügte er hinzu: *»Pravil'no. Otlichno.«* Korrekt. Ausgezeichnet.

»Du gehörst zum GRU.«

»Fast richtig. Um genau zu sein: Das Verb muss in der Vergangenheitsform stehen. Ich gehörte.«

Bryson hob die Stimme und schrie: »Und es war alles dummes Zeug, was du mir über unsere Mission gesagt hast, von wegen ›Welt retten‹! Du hast die ganze Zeit über für die andere Seite gearbeitet.«

»Falsch«, sagte Waller laut und deutlich.

»Es reicht, ich habe genug von deinen Lügen, du Miststück!«

»Richtig.«

»Zum Teufel mit dir. Was treibst du eigentlich hier?«

»Auch auf die Gefahr hin, dass ich jetzt wie General Tsai klinge: Der Lehrer tritt auf den Plan, wenn für seinen Schüler die Zeit reif ist.«

»Mir steht nicht der Sinn nach buddhistischen Kalendersprüchen«, schnauzte Bryson.

Plötzlich waren Schritte zu hören, das Klirren von Waffen. Er fuhr herum und sah zwei grün uniformierte Soldaten mit angelegten Karabinern in die Halle stürmen. Bryson drückte ab. Gleichzeitig krachten Schüsse aus Wallers Richtung. Die beiden Wachposten stürzten zu Boden; es hatte sie erwischt. Bryson tauchte ab und kam neben Ang Wus Leiche zu liegen. Er wälzte den schlaffen Körper zur Seite und zerrte ihm den Gurt der Maschinenpistole über den Kopf, die er statt Wallers Waffe in beide Hände nahm und auf den Eingang richtete, wo er weitere Soldaten vermutete. Aber da waren keine.

Er nahm die Pistole aus Ang Wus Hand und steckte sie in die Jackentasche des lächerlichen Anzugs, den er als Hesketh-Haywood trug. Auch die Messer, die Ang Wu an den Waden getragen hatte, nahm er mitsamt den Scheiden an sich und steckte sie hinten an seinen Gürtel. Der Gürtel! Er dachte an die Alu-Vanadium-Klinge. Doch jetzt standen ihm weit wirkungsvollere Waffen zur Verfügung.

»Hier lang!«, rief Waller und verschwand im Schatten der düsteren Zwischenetage. »Das Gebäude ist umstellt.«

»Wo läufst du hin?«, rief Bryson.

»Mir nach. Im Unterschied zu dir habe ich meine Hausaufgaben gemacht.«

Was blieb Bryson anderes übrig? Gleichgültig, was er von ihm halten mochte, Ted Waller hatte sicherlich Recht: Das Lager war von Soldaten umstellt. Und wenn es im Parterre noch einen zweiten Ausgang gab, so war er mit Sicherheit bewacht. Er würde dem Feind geradewegs in die Arme laufen. Seinem *unmittelbaren* Feind. Bryson hastete die Metallstiege hinauf und sah Waller in seiner ganzen Leibesfülle hinter langen Reihen abgestellter Militärfahrzeuge in einem Treppenhaus verschwinden. Im Zickzack um die dicht an dicht stehenden Hindernisse herum eilte er Waller nach, der mit einer Leichtigkeit, die ihn schon immer verblüfft hatte, über die Stufen nach oben lief. Trotzdem, Bryson war schneller und hatte bald zu ihm aufgeschlossen. »Aufs Dach!«, drängte er. »Einen anderen Fluchtweg gibt es nicht.«

»Aufs *Dach*?«

»Unsere einzige Chance«, keuchte Waller. »Und zwar durchs Treppenhaus. Der Aufzug wäre zu langsam.«

Als sie den dritten Treppenabsatz erreichten, waren bereits im Hintergrund die Rufe und das Getrampel der Verfolger zu hören.

»Verdammt«, fluchte Waller. »Auf die Pastete gestern Abend hätte ich wohl lieber doch verzichten sollen. Lauf du vor.«

Bryson zog an ihm vorbei und schwang sich von Absatz zu Absatz, bis er schließlich die Dachtür erreicht hatte. Er trat hinaus, und stellte fest, dass er sich unter freiem Nachthimmel auf einem riesigen Parkdeck voller Jeeps und gepanzerter Fahrzeuge befand. *Was nun?* Was hatte Waller vor?

Wollte er etwa aufs nächste Dach springen, über die tiefe, fünf bis sechs Meter breite Kluft hinweg?

»Brücken einreißen«, hechelte Waller, als auch er die Tür erreicht hatte. Bryson wusste sofort, was sein Ex-Ausbilder meinte. Den Verfolgern mussten Hindernisse in den Weg gelegt werden. Aber wie und womit? Es gab keine Türen, die man hätte verbarrikadieren können.

Da waren allerdings Dutzende, Hunderte von Fahrzeugen. Bryson rannte auf die nächststehenden zu und versuchte, eines zu öffnen. Vergeblich. *Shit!* Er versuchte es beim nächsten, doch es war ebenfalls verschlossen.

Dann entdeckte er eine Reihe von Jeeps mit zusammenfaltbarem Verdeck. Er lief darauf zu, zückte eins von Ang Wus Messern, schlitzte das Stoffdach auf und langte nach der Türverriegelung. Der Zündschlüssel steckte, was bei einem Wagen, der in dieser streng bewachten Garage abgestellt war, durchaus sinnvoll war, denn für alle Fahrzeuge immer wieder aufs Neue den jeweiligen Schlüssel heraussuchen zu müssen, wäre einem logistischen Albtraum gleichgekommen. Waller stand neben der Dachtür und hielt ein Handy am Ohr. Bryson ließ den Motor aufheulen und steuerte den Jeep auf den Treppenhausausgang zu, der, wie ihm im Näherkommen auffiel, um einiges schmaler war als das Fahrzeug – was ihm durchaus in den Kram passte. Krachend eckte er auf beiden Seiten des Durchgangs an und schob den Jeep wie einen Keil in die Öffnung, so weit, dass die Stoßstange über die ersten zwei, drei Treppenstufen hinausragte. Er konnte gerade eben noch die Fahrertür einen Spalt breit aufstoßen und sich nach draußen zwängen.

Damit war ein wenig Zeit gewonnen, mehr aber auch nicht. Mit vereinten Kräften würde eine Hand voll Männer den Jeep wegschieben können. Dieses Hindernis reichte noch nicht. Eine weitere Reihe von Fahrzeugen absuchend, entdeckte er endlich, wonach er sehnlich gespäht hatte: ein metallenes 100-Liter-Fass, voller Treibstoff. Vorsichtig kippte er es auf die Seite, rollte es an den Jeep heran und öffnete das mit einem Plastikstopfen versiegelte Spundloch. Diesel sprudelte auf den Betonboden, breitete sich als Pfütze rund um das Fahrzeug aus, floss in Strömen auf den Treppenabsatz und plätscherte über die Stufen nach unten. Der Gestank war unerträglich. Bald war das ganze Fass entleert, als schon die hallenden Schritte der Verfolger im Treppenhaus zu hören waren.

Die Zeit wurde langsam knapp. Er zerrte sich die Krawatte vom Hals, tunkte sie in Treibstoff und verstopfte damit das Spundloch des Fasses. Darin war zwar kein Diesel mehr, dafür aber ein Gasgemisch, das, wenn auch nicht optimal in der Zusammensetzung, letztlich wohl doch, durchaus explosiv sein würde. Er zündete das Hesketh-Haywoodsche Messingfeuerzeug und hielt die Flamme an die improvisierte Lunte. Kaum hatte sie Feuer gefangen, stemmte Bryson das Fass in die Höhe, warf es über den Jeep hinweg ins Treppenhaus und rannte dann los, so schnell er konnte.

Die Explosion war gewaltig und unglaublich laut. Das gesamte Treppenhaus verwandelte sich in ein flammendes Inferno. Auch Waller hatte sich aus dem Staub gemacht, als mit einer zweiten Eruption der Tank des Jeeps in die Luft flog. Die Flammen waren blendend hell; es schmerzte, die Augen auf die rollenden, gleißenden Feuerwellen, über denen Wolken schwarzen Rauchs aufwallten, zu richten. Bryson war mitten auf dem Parkdeck stehen geblieben, und wartete dort auf Waller, der im Gesicht puterrot angelaufen war und aus allen Poren schwitzte.

»Gut gemacht«, schnaufte Waller und blickte zum Himmel empor. Aus dem Treppenhaus tönten gellende Schreie, die aber von einem noch lauteren Geräusch übertönt wurden: dem Knattern von Rotoren. Ein gepanzerter, in Tarnfarben lackierter Hubschrauber schwebte herbei und landete behutsam auf einer freien Fläche auf dem Parkdeck.

Bryson traute seinen Augen kaum. »Was zum Henker ...«

Es war ein AH-64 Apache der US-Army und als solcher durch entsprechende Kennzeichnung ausgewiesen.

Waller eilte hinzu und zog unter den schwirrenden Rotorblättern unwillkürlich den Kopf ein, obwohl es gar nicht nötig gewesen wäre. Nach kurzem Zögern lief auch Bryson auf den riesigen Hubschrauber zu. Der Pilot trug einen Overall der US-Army. Wie war das alles zu erklären? Wie hatte Waller als Chef des GRU-eigenen Direktorats einen amerikanischen Kampfhubschrauber herbeirufen können?

Plötzlich fuhr Waller auf dem Absatz herum und starrte, sichtlich alarmiert, an Bryson vorbei. Waller schrie auf und brüllte etwas, das Bryson aber nicht verstehen konnte. Als er sich umdrehte, sah er Dutzende von chinesischen Soldaten aus dem Lastenaufzug hervorquellen, der, kaum 50 Schritt entfernt, auf der dem Treppenhaus gegenüberliegenden Seite des Parkdecks lag. Als er in den Hubschrauber kletterte, spürte er plötzlich einen scharfen Schmerz im Rücken, als habe er einen heftigen Schlag gegen die rechte Seite des Brustkorbs erhalten. Es hatte ihn erwischt! Der Schmerz war nicht auszuhalten, und schreiend brach er zusammen. Waller packte ihn beim Arm und zerrte ihn durch die Luke des Hubschraubers, der bereits abgehoben hatte und schnell an Höhe gewann. Unten sah er die Truppen zusammenlaufen und an anderer Stelle gelbe Feuersbrunst und schwarzen Rauch.

Es war beileibe nicht seine erste Schussverletzung, doch solche Schmerzen hatte er bislang noch nie gehabt. Anstatt allmählich nachzulassen, wurden sie immer heftiger. Offenbar war ein Nerv getroffen worden, und er verlor jede Menge Blut. Wie aus weiter Ferne hörte er Waller sagen: »... sie werden es nicht wagen, einen Hubschrauber der US-Army vom Himmel zu holen ... General Tsai wird nicht so dumm sein zu riskieren, was sich an internationalen Konsequenzen daraus ergeben würde.«

Wallers Stimme schwoll auf und ab wie bei einem Radio mit Empfangsstörungen. Bryson fröstelte und fieberte im Wechsel. Er hörte: »... alles okay, Nicky?«

Und: »... Erste-Hilfe-Kasten, aber auf dem Hongkonger Flughafen gibt es eine Ambulanz ... langer Flug, und wir dürfen keine Zeit verlieren ...«

Und dann: »... früher hat man Patienten auch zur Ader gelassen, Nicky. Vielleicht ist es ab und zu ganz gut, wenn man Blut verliert ...«

Er verlor das Bewusstsein, kam wieder zu sich und nahm seine Umgebung wie durch ein Kaleidoskop war. Der Hubschrauber setzte auf und Bryson registrierte, wie man ihn auf einer Trage nach draußen schaffte.

Man brachte ihn in ein modernes Gebäude, eilte mit ihm durch lange Korridore. Eine Krankenschwester oder Ärztin in weißem Kittel zog ihm das Hemd aus und machte sich über die Wunde her. Er hatte rasende Schmerzen, dann wurde es dunkel um ihn, und er fiel in einen tiefen, durch Medikamente verursachten Schlaf.

»Wahrheit? Ich will den Kerl drankriegen, das ist alles«, ereiferte sich Adam Parker und machte gegenüber Joel Tannenbaum, seinem langjährigen Anwalt, kein Hehl aus seiner Wut. Die beiden aßen im Patroon, einem vornehmen Restaurant an der East 47th Street, zu Mittag, was sie regelmäßig einmal im Monat taten. Die Wände des Lokals waren mit dunklem Holz vertäfelt und mit großformatigen Stichen geschmückt. Parker hatte sich ein separates Zimmer reservieren lassen, um ungestört zu sein und zu den Martinis Romeo y Julietas rauchen zu können. Parker legte großen Wert auf seine Gesundheit, doch sooft er nach Manhattan kam, lockte es ihn an solche Orte, wo man schwelgerisch genießen konnte.

Tannenbaum ließ sich ein gegrilltes Kalbskotelett schmecken. Er hatte an der Columbia Low Review Jura studiert und später die Rechtsabteilung von Swarthmore & Barthelme geleitet, war aber bei all seinen erstklassigen Referenzen und Beziehungen ein Straßenkämpfer geblieben, ein Junge, der aus der Bronx kam und immer sein Bestes gab. »Typen wie der lassen sich aber nicht so einfach drankriegen. Die verspeisen Leute wie dich zum Nachtisch. Verzeihung, Adam, aber ich will dir nichts vormachen. Du kennst doch den alten Witz von der Maus, die einen Elefanten zu bumsen versucht? Glaub mir, es wäre töricht von dir, wenn du Jumbo bespringen wolltest.«

»Lass mich doch«, sagte Parker. »Es wäre nicht die erste Dummheit, die wir machen. Ich bitte dich nur, eine einstweilige Verfügung bei Gericht zu beantragen.«

»Und darin soll was stehen?«

»Dass die Daten von InfoMed nicht mit den Daten anderer Informationsquellen vermischt werden dürfen. Wir haben uns schließlich zur Diskretion verpflichtet, und zwar verbindlich. Zur Begründung führ an, dass uns glaubhafte Beweise vorliegen, wonach die Gegenseite gegen entsprechende Vereinbarungen verstößt und so weiter und so fort.«

»Adam, du hast Nerven, das muss man dir lassen.«

»Ja, sie sollen sich an mir noch die Zähne ausbeißen. So einfach lass' ich mich nicht schlucken.«

»Jumbo lässt sich von dir nicht einmal irritieren. Ihm stehen ganze Heere von Anwälten zu Diensten. Die werden in zwei Minuten einen dicken Strich durch unseren Antrag machen.«

»In zwei Minuten passiert vor Gericht nichts.«

»Na gut, dann in fünf.«

»Wir holen raus, was für uns drin ist. Leise trete ich jedenfalls nicht ab.«

»Soll ich jetzt vor Rührung weinen?«

»Wenn nicht vor Rührung, hilft vielleicht der Gedanke an dein Honorar«, antwortete Parker mit traurigem Lachen.

»Adam, wir kennen und seit – wie lange? – 15 Jahren. Du warst mein Trauzeuge ...«

»Deine Ehe hat acht Monate gedauert. Ich hätte mein Geschenk zurückverlangen sollen.«

»Im Ernst, das haben andere tatsächlich getan.« Tannenbaum nippte bedächtig an seinem Martini.

»Lass dich nicht unterbrechen.«

»Adam, du bist ein Armleuchter, ein Idiot, ein arroganter, besserwisserischer Einfaltspinsel ohne einen Hauch von Bescheidenheit und Demut. Vielleicht hast du gerade deshalb so häufig Erfolg gehabt. Aber diesmal? Glaub mir, du übernimmst dich maßlos.«

»Papperlapapp.«

»Ich bin dein Anwalt. Ich muss dir das sagen.« Tannenbaum zuckte mit den Achseln. »Mein Rat ist ganz einfach: Wenn du boxen willst, tu's in deiner Gewichtsklasse, Adam.«

»Ist es das, was man euch im juristischen Seminar beigebracht hat?«

»Schön wär's. Zurück zum Thema. Du willst meinen Rat. Also hör mir zu. Es gibt kaum eine namhafte Kanzlei, die nicht irgendwie mit Systematix oder einer ihrer Töchter zu tun hätte. Schau dich um, was siehst du? Wir sind wahrhaftig nicht die Einzigen, die ihr Mittagessen auf die Spesenrechnung setzen. Und ich wette, ein Großteil tafelt auf Einladung und auf Kosten von Systematix.«

»Das gefällt mir ja eben nicht: dass sie sich so verdammt breit machen. Die halten sich für die Standard Oil der Informationen.«

»Ach was, im Vergleich zu Systematix ist Standard Oil eine kleine Klitsche. Aber regt sich darüber irgendjemand auf? Es geht einfach nicht fair zu in der Welt. Und leider müssen wir feststellen, dass unser Justizministerium inzwischen eine Art Filiale von Systematix geworden ist.«

»Du willst mir Angst machen.«

»Ich schöre auf das Grab meiner Mutter.«

»Deine Mutter lebt in Flatbush.«

»Trotzdem. Sie haben dein Unternehmen aufgekauft. Du hast Geld dafür bekommen. Und jetzt kläffst du wie ein Hund im Zwinger. Hör dich mal an.«

»Nein, hör du mir mal zu. Es wird denen noch Leid tun, dass sie versucht haben, Adam Parker über den Tisch zu ziehen. Wenn du den Antrag nicht stellen willst, werde ich mir jemanden suchen, der es macht. Zugegeben, ich habe das Geld angenommen, hatte aber keine andere Wahl. Es war eine feindliche Übernahme.«

»Adam. Du willst dich doch nicht wirklich mit diesen Leuten anlegen. Du kennst mich. Ich bin jemand, der sich nicht so schnell einschüchtern lässt. Aber das hier … glaub mir, das ist kein gewöhnlicher Fall. Die folgen ihren eigenen Regeln.«

Parker kippte den Rest Martini hinunter und bestellte Nachschub. »Mag sein, dass die Bezeichnung ›Armleuchter‹ auf mich zutrifft, vielleicht auch ›arroganter Einfaltspinsel‹, aber ein Angsthase bin ich nicht«, sagte er unerschüttert. »Und merk dir eines: Diese Systematix-Drohnen werden sich noch an meinen Namen erinnern.«

»Wir haben das übliche Zimmer für Sie herrichten lassen, Mr. Parker«, sagte die Empfangsdame des Hotels St. Moritz; sie wusste, dass er es schätzte, wenn man seine Vorlieben beachtete.

Und er frönte auch ein paar sonderbarer Vorlieben, wenn er nach Manhattan kam, was nicht allzu häufig der Fall war. An diesem Morgen rief er bei einer gewissen Madame Sevigny an – so nannte er sie jedenfalls –, die ihm »zwei unserer allerbesten *jeunes filles*« versprach. Madame Sevigny konnte auf öffentliche Werbung verzichten; ihre Klienten – allesamt wohlhabende und einflussreiche Herren aus anderen Landesteilen – kamen auf Empfehlung. Sie ihrerseits garantierte 100-prozentige Diskretion, und ihre Mädchen wussten, dass jede auch noch so kleine Indiskretion unnachsichtig bestraft wurde. Ihnen war aber auch bewusst, dass sie, wenn sie Madame Sevignys Regeln befolgten, in wenigen Jahren ihre Schäfchen im Trockenen haben würden. Madame Sevigny beschäftigte auch einen Arzt, der an den *jeunes filles* regelmäßige Bluttests und Untersuchungen durchführte und Gesundheit und Hygiene gewährleistete. Alle Mädchen hielten sich an strenge Diätvorschriften und absolvierten ein Fitness-Programm, das schon fast an Leistungssport grenzte. Vor jedem Einsatz nahm Madame Sevigny höchstpersönlich eine Leibesvisitation durch. Wenn sie es für notwendig erachtete, wurden Augenbrauen gezupft, Hautpartien gepeelt, Füße pedikürt, Wimpern gebogen, Waden enthaart und Fingernägel gefeilt. Irrigation und Parfümierung waren selbstverständlich. »Natürliche Schönheit herzustellen ist eine Kunst«, hörte man Madame Sevigny häufig seufzen, wenn sie ihre Mädchen inspizierte.

Um Punkt 22:00 Uhr wurde aus der Empfangshalle des St. Moritz per Telefon gemeldet, dass die Mädchen angekommen seien. Parker hatte erwartungsvoll auf diesen Anruf gewartet. Er trug einen weißen Frottee-Bademantel und fühlte sich rundherum wohl in seiner luxuriösen Suite, endlich wieder zufrieden und entspannt nach den schrecklich anstrengenden Tagen und Wochen der Übernahme durch Systematix. *O Mann*, er hatte diese Belohnung wirklich verdient. Zumal das letzte Mal schon so lange zurücklag. Er war Madame Sevigny gegenüber in seinen Wünschen immer sehr explizit. Jener Halbleiter-Mogul, über dessen Empfehlung er an ihr Haus geraten war, hatte ihm gleich zu Anfang zu verstehen gegeben, dass es bei Madame keinen Sinn mache, lange um den heißen Brei herumzureden. Und was sie an diesem Abend für ihn in petto hielt, war etwas, für das seine Gattin – eine schlichte, grundsolide Frau – einfach kein Verständnis haben würde. Der besagte Halbleiter-Mogul aber wahrscheinlich sehr wohl.

Minuten später klopfte es an der Tür.

»Mein Name ist Yvette«, hauchte eine mit klassischen Maßen gesegnete Brünette.

»Und ich heiße Eva«, sagte die schlanke Blonde. Sie machte die Tür hinter sich zu. »Haben Sie Lust?«

»Und wie«, antwortete Parker mit breitem Grinsen. »Aber ich dachte, Madame Sevigny hätte gesagt, es kämen Yvette und Erika.«

»Erika ist krank geworden«, erklärte Eva. »Sie hat mich gebeten, für sie einzuspringen und Ihnen herzliche Grüße auszurichten. Es tut ihr Leid, dass sie nicht kommen konnte. Wir sind wie Schwestern. Ich bin sicher, Sie werden nicht enttäuscht sein.«

»Bestimmt nicht«, sagte Parker und schaute auf den flachen grauen Koffer in Yvettes Hand. Sein Mund war vor lüsterner Erwartung ganz trocken. »Darf ich euch etwas zu trinken holen?«

Die beiden Mädchen tauschten einen kurzen Blick und schüttelten den Kopf. »Wir kommen lieber gleich zur Sache, *allons-y*?«

»Gern«, sagte Parker.

Wenig später lag Parker, mit schwarzen Seidenschals an die vier Bettpfosten gefesselt, auf der Matratze und stöhnte vor Lust, während ihn die beiden abwechselnd mal mit Schlägen traktierten, mal kosten und seine Haut darüber immer röter wurde. Sie waren Expertinnen. Sooft er sich dem Höhepunkt näherte, widmeten sie sich weniger delikaten Körperzonen und massierten etwa seine Arme oder die

Brust mit Händen, die sanft und fest zupackend zugleich waren. Als Yvette dazu überging, ihm aus nächster Nähe ihre schwingenden Brüste vor die Augen zu führen, machte sich Eva daran, das heiße Wachs zu applizieren.

Duftendes Bienenwachs tropfte auf seinen ohnehin schon erhitzten Körper, was ihm gleichermaßen Schmerz und Lust bereitete. »Ja«, keuchte er wie von Sinnen, *»ja.«* Am ganzen Körper brach ihm der Schweiß aus.

Schließlich nahm Yvette rittlings auf seinem Schoß Platz. Die seidenen Fesseln hatten sich so weit gelockert, dass er den Oberkörper halbwegs aufrichten konnte. Eva setzte sich hinter seinen Rücken und massierte ihm Schultern und Hals.

»Und jetzt wird's Zeit für ein allerletztes Vergnügen«, flüsterte sie ihm ins Ohr. So schnell, dass er nicht sah, was passierte, blitzte eine dünne Drahtschlinge vor seinem Gesicht auf und legte sich ihm um den Hals.

»O Gott«, ächzte er. Im selben Moment durchschnitt der Draht Knorpel, Muskelfasern, Blutgefäße, Luftröhre und Kehlkopf, und er sagte keinen Mucks mehr.

Yvette hatte die Augen geschlossen, als sie spürte, wie seine Erektion plötzlich nachließ. Sie öffnete die Augen und sah, dass Parkers Kopf nach vorn auf die Brust gefallen war. Ihre Kollegin, das Mädchen, das sich Eva nannte, hielt eine glänzende Metallschlinge in den Händen. Was war denn das für ein neues Spielzeug?

»Jetzt bist du an der Reihe«, sagte Eva leise, und schon hatte sie ihr die Schlinge um den Hals gelegt. Erst jetzt sah Yvette, dass dem Freier, einer hellroten Krawatte gleich, Blut über die Brust lief. Wenig später sah sie nichts mehr.

Vierundzwanzigstes Kapitel

Er war noch nicht ganz wach und spürte quälende Schmerzen. Sein Kopf drohte zu zerspringen. Er saß, mit einer Wolldecke zugedeckt und einem Kissen im Nacken, in einem Ruhesessel an Bord eines luxuriös ausgestatteten Learjets. Vor den Fenstern war es schwarz. Den Geräuschen und der Vibration nach zu urteilen befand sich die Maschine in der Luft. Außer ihm waren nur noch zwei weitere Passagiere in der Kabine: ein Mittvierziger mit kurzem blondem Haar und in der dunkelblauen Uniform eines Flugbegleiters saß schlafend im verdunkelten Rückraum; außerdem Waller, der in einem breiten Ledersessel jenseits des Mittelgangs saß und im schmalen Lichtkegel einer hellen Lampe ein in Leder gebundenes Buch las.

»*Nu, vot eti vot, tovarishch Rosovski, dobri vecher*«, sagte Bryson auf Russisch. »*Shto vyi chitayete?*« Seine Stimme klang matt und schleppend. Er fühlte sich benommen.

Waller blickte auf und lächelte. »Ich hab diese scheußliche Sprache tatsächlich schon seit Jahrzehnten nicht mehr gesprochen, Nicky. Inzwischen fällt es mir entsprechend schwer. Er klappte das Buch zu. »Aber um auf deine Frage zu antworteten: Ich lese die Brüder Karamasow, zum wiederholten Mal. Nur um mich zu vergewissern, dass Dostojewski tatsächlich so schlecht schreibt, wie ich es in Erinnerung habe. Schlampig im Aufbau, moralinsauer bis zum Gehtnichtmehr und eine Prosa wie in einem Polizeibericht.«

»Wo sind wir?«

»Vermutlich irgendwo über Frankreich.«

»Wenn mir Drogen verabreicht worden sind, hoffe ich doch, euch nicht enttäuscht zu haben.«

»Ach, Nick«, entgegnete Waller. »Verständlich, dass du mir nicht mehr unbedingt trauen kannst, aber sei trotzdem versichert: Die einzige Droge, die dir verabreicht wurde, war ein Schmerzmittel. Zum Glück gibt's bei Chek Lap Kok eine halbwegs gut ausgestattete Unfallklinik für Reisende. Du hast da eine hässliche kleine Schusswunde abgekriegt. Offenbar schon die zweite innerhalb weniger Tage. Die erste hat dich an der linken Schulter erwischt. Ein Kratzer nur, und du hattest schon immer gutes Heilfleisch. Aber kann es sein, dass du ein bisschen langsamer geworden bist? Der Job ist wirklich was für Jüngere, so wie Football. Das habe ich dir schon vor fünf Jahren gesagt, als wir uns getrennt haben.«

»Wie hast du mich gefunden?«

Waller zuckte mit den Schultern und lehnte sich zurück. »Wir haben unsere Quellen, sowohl elektronische als auch menschliche. Das weißt du doch.«

»Ganz schön verwegen, mit einem US-Army-Hubschrauber in fremden Luftraum einzudringen.«

»Ach was. Oder hast du Harry Dunnes Märchen tatsächlich geglaubt und uns für ausgekochte Bösewichter gehalten?«

»Behauptest du das Gegenteil?«

»Ich behaupte gar nichts, Nick.«

»Du hast schließlich schon zugegeben, gebürtiger Russe zu sein. Gennadi Rosowski aus Wladiwostok. Ausgebildet als GRU-Agent für besondere Einsätze, als *paminyatchik*, Topspion der Sowjetunion, Spezialist für englische Sprache und amerikanische Kultur, hab ich Recht? Und ein Schachgenie. Juri Tarnapolski konnte all das bestätigen. Schon in der Jugend hattest du deinen Ruf weg; manche nannten dich den Magier.«

»Du schmeichelst.«

Bryson musterte seinen einstigen Mentor und sah, wie er die Beine ausstreckte und die Hände im Nacken verschränkte. Waller – und nur als diesen kannte er ihn, wenn überhaupt – schien ganz und gar mit sich im Reinen zu sein.

»Ich habe früher immer schon geahnt«, fuhr er fort, »dass meine GRU-Akte, aller Wahrscheinlichkeit zum Trotz, eines Tages womöglich doch aus tiefen, kalten Gelassen an die Oberfläche und in die Hände des amerikanischen Geheimdienstes gelangen könnte – wie ein seit langem vergrabener Leichnam, den eine Flut aus seinem Grab schwemmt. Aber wer hätte damit wirklich gerechnet? Nicht einmal wir selbst. Alle Welt macht sich über die CIA lustig, weil sie den Zusammenbruch der Sowjetunion nicht vorhergesehen hat. Ich bin wahrhaftig kein Anwalt der CIA, halte den Vorwurf aber trotzdem für unfair. Schließlich hatte nicht einmal Gorbatschow kommen sehen, was passieren würde.«

»Weichst du jetzt einer Frage aus, die noch gar nicht gestellt wurde?«

»Dann stell sie doch.«

»Bist du ein *paminyatchik*, ein GRU-Spion, ja oder nein?«

»Der Blödmann von Senator McCarthy hätte genauer gefragt: ›Sind Sie oder sind Sie es je gewesen?‹ Ja, ich war einer, aber jetzt bin ich keiner mehr. Ist das unzweideutig genug?«

»Unzweideutig, aber vage.«

»Ich habe mich abgesetzt.«

»Bist auf unsere Seite gewechselt.«

»Klar. Ich war illegal im Westen und habe versucht, meinen Aufenthalt zu legalisieren.«

»Wann?«

»1956. Eingetroffen bin ich 1949 als 14-jähriger Junge. Damals war's noch leicht, in seiner Tarnung unerkannt zu bleiben. Mitte der 50er Jahre kam mir dann die Erleuchtung, und ich habe mich von Moskau gelöst. Ich hatte die Nase voll von Genosse Stalin und meinen Glauben an die strahlende Zukunft einer kommunistischen Welt restlos verloren. Und ein wenig später, nämlich nach der Kuba-Krise, gelangte ich als einer von vielen zu der Einschätzung, dass die CIA ein gemeingefährlicher und verwahrloster Haufen ist. Aus diesem Grund haben ich und Jim Angleton und noch ein paar andere das Direktorat gegründet.«

Bryson schüttelte den Kopf. »Ein GRU-Agent wird nicht fahnenflüchtig, ohne dass seine Führungsoffiziere in Moskau bitterböse werden und zurückschlagen. Ich kann mir nicht vorstellen, wie es dir jahrzehntelang gelungen sein soll, unentdeckt zu bleiben.«

»Kein Problem. Oder glaubst du, ich hätte einen Brief geschrieben, in dem stand: ›Lieber Iwan, du brauchst mir kein

Gehalt mehr zu überweisen, denn ich habe die Seite gewechselt‹? Doch wohl kaum. Ich habe mich natürlich vorgesehen. Mein Führungsoffizier war ein verkommenes Miststück, das weit über seine Verhältnisse lebte und sich allzu häufig aus dem Spesentrog bediente.«

»Mit anderen Worten, er hat unterschlagen.«

»Und das nicht zu knapp. Damals hat er dafür den Gulag oder eine Kugel ins Genick riskiert. Und weil ich einiges über ihn wusste oder zu wissen vorgeben konnte, war er schnell bereit, mich aus den Akten zu tilgen. Ich bin verschwunden, er blieb am Leben, und alle waren zufrieden.«

»Also was nun, ist Harry Dunnes Geschichte am Ende doch kein Märchen?«

»Sie ist eine geschickte Lüge, ein raffiniertes Flickwerk aus Wahrheiten, Halbwahrheiten und krassen Fehlinformationen.«

»Was ist den unwahr daran?«

»Was hat er dir erzählt?«

Brysons Herz legte einen Schlag zu. Sein Körper setzte Adrenalin frei, das gegen die verabreichten Betäubungsmittel im Blut ankämpfte. »Dass das Direktorat in den frühen 60ern gegründet wurde, und zwar von einer kleinen Gruppe von Fanatikern innerhalb der GRU und des VKR, brillante Strategen, die als *Schakmatisti*, die Schachspieler, bekannt waren. Sie hatten sich von dem klassischen Täuschungsmanöver, der Operation Trust des frühen russischen Geheimdienstes Anfang der 20er Jahre, inspirieren lassen. Und eine Penetrationsoperation auf amerikanischem Boden durchgezogen, den wahnwitzigsten Spionagecoup des 20. Jahrhunderts, der selbst die Operation Trust noch in den Schatten stellte. Das Direktorat wird von einem kleinen Kreis von Direktoren, dem Konsortium, kontrolliert, denen es immer wieder gelingt, dem Personal und allen Agenten einzureden, dass sie für einen amerikanischen Geheimdienst arbeiten, der sich durch extrem ausdifferenzierte Segmentierung und strengste Geheimhaltungsvorschriften optimal abzuschotten versteht.«

Waller hatte die Augen geschlossen und schmunzelte.

Bryson fuhr fort. »Dass das Direktorat seine eigentlichen Wurzeln in Moskau hat, wäre laut Dunne solange nicht aufgedeckt worden, wie es die Sowjetunion gegeben hätte. Aber deren Niedergang förderte ein paar Dokumente zu Tage, mit denen eine Reihe von geheimdienstlichen Operationen belegt werden konnte, die in keine KGB- oder GRU-Schemen passten. Und schließlich fanden sich Überläufer, die den Verdacht bestätigten.«

Wallers Grinsen wurde breiter. Er schlug die Augen auf. »Ich glaub's fast selbst, Nick. Harry Dunne hätte sich als Romanautor versuchen sollen. Er hat enorm viel Fantasie. Seine Geschichte ist völlig abgedreht und zugleich erstaunlich überzeugend.«

»Was ist daran erfunden?«

»Ich weiß nicht, wo ich anfangen soll«, seufzte Waller affektiert.

»Warum nicht einfach bei der Wahrheit, verdammt noch mal!«, platzte es aus Bryson heraus, der Wallers Koketterie nicht länger ertragen konnte. »Falls du sie denn überhaupt noch kennst. Wie wär's, wenn du bei meinen Eltern anfängst?«

»Was ist mit denen?«

»*Ich hab mit Felicia Munroe gesprochen, Ted*! Meine Eltern sind von deinen gottverdammten Fanatikern ermordet worden! Um mich unter Pete Munroes Einfluss zu bringen und dem Direktorat zuzuführen.«

»Und deshalb hätten wir deine Eltern umbringen sollen? Also jetzt mach aber mal einen Punkt, Nick.«

»Willst du abstreiten, dass Pete Munroe aus Russland stammt, so wie du? Felicia hat mir Harry Dunnes ›Unfall‹-Version so gut wie bestätigt.«

»Und was soll das heißen?«

»Dass mein Onkel Pete die Tat begangen hat. Er scheint anschließend unter schweren Schuldkomplexen gelitten zu haben.«

»Die arme alte Frau ist senil, Nick. Vielleicht hast du sie falsch verstanden.«

»So einfach kannst du diese Sache nicht abtun, Ted. Sie sagte, dass Pete im Schlaf Russisch gesprochen habe. Dunne behauptet, Pete Munroes richtiger Name sei Piotr Aksionow gewesen.«

»Das stimmt.«

»Herr im Himmel!«

»Er war tatsächlich gebürtiger Russe, Nick. Ich selbst habe ihn rekrutiert. Er war ein fanatischer Antikommunist. Seine Familie verschwand während der so genannten Säuberungsaktionen in den 30ern. Aber er hat deine Eltern nicht umgebracht.«

»Wer denn?«

»Sie sind gar nicht umgebracht worden. Hör mir zu.« Waller starrte in den Lichtkreis auf dem Klapptischchen vor sich. »Es gibt Dinge, die ich dir verschwiegen habe, weil ich der Ansicht war, dass es besser ist, wenn du nichts davon weißt. Aber wie es scheint, sind dir mittlerweile einige grobe Umrisse bekannt. Das Direktorat ist – und war – eine supranationale Einrichtung, die von einem kleinen Kader aus weitsichtigen Mitgliedern der amerikanischen und britischen Geheimdienste gegründet wurde; ja, und zu diesem Gründungsteam zählten auch ein paar wenige hochrangige Überläufer aus der Sowjetunion, deren Vertrauenswürdigkeit über jeden Zweifel erhaben war.«

»Zu welchem Zeitpunkt war das?«

»1962, kurz nach dem Debakel in der Schweinebucht. Wir waren entschlossen, dafür zu sorgen, dass so etwas nie wieder vorkommt. Die eigentliche Idee geht übrigens auf mich zurück, wenn ich das ganz unbescheiden anmerken darf. Und mein erster und eifrigster Fürsprecher war der gute Freund James Jesus Angleton von der CIA. Er stimmte mit mir überein, dass die amerikanischen Geheimdienste nichts mehr taugten, weil sie Amateure und Stümper am Ruder hatten, die so genannten Old Boys, eine Bande verwöhnter Jüngelchen aus der Ivy League, patriotisch vielleicht, aber lachhaft arrogant und felsenfest überzeugt davon, gute Arbeit zu leisten. Eine Wall-Street-Clique, die, wenn man so will, aus Angst vor der eigenen Courage ganz Osteuropa an Stalin abgetreten hat. Ein Haufen elitärer Juristen, die nicht den Mumm hatten, ihren Job so zu tun, wie er hätte getan werden müssen. Denen es schlicht und einfach an Durchsetzungswillen mangelte. Und die die Verhältnisse in Moskau bei weitem nicht so gut durchschauten wie ich.

Vielleicht erinnerst du dich: Nicht lange nach dem Schweinebuchtdesaster lief ein KGB-Offizier namens Anatoli Golitsin auf unsere Seite über und packte in Gesprächen mit Angleton fleißig aus. Unter anderem erfuhren wir, dass die CIA von zahllosen Maulwürfen unterwandert und korrumpiert war – ganz zu schweigen vom britischen Geheimdienst, der sich einen Kim Philby ins Nest geholt hatte. Kurz und gut, Angelton hatte genug gehört. Er sorgte nicht nur für die Einrichtung schwarzer Kassen, aus denen dann das Direktorat heimlich finanziert wurde, er erklärte sich auch mit der zellulären Organisationsstruktur einverstanden. Er half mir dabei, den Gedanken der Verschachtelung weiterzuentwickeln, Formen der Dezentralisierung und Segmentierung, die ein Maximum an Geheimhaltung garantieren sollten. Ganz wichtig war ihm, dass sogar unsere Existenz als solche geheim blieb und nur der obersten Staatsführung bekannt sein dürfe. Nur solange diese neue Organisation absolut unsichtbar wäre, könnte es ihr gelingen, sich aus dem Gespinst aus Gegenspionage und Fehlinformationen herauszuhalten, dem während des Kalten Krieges sämtliche Geheimdienste zum Opfer gefallen waren.«

»Du willst mir doch nicht weismachen, dass Harry Dunne über die wahren Ursprünge des Direktorats dermaßen falsch informiert war.«

»Wo denkst du hin? Er war nicht falsch informiert. Harry Dunne hatte eine Mission zu erfüllen. Und er schuf einen Strohmann und bastelte sich ein *argumentum ad logicam* zusammen, eine ausgefuchste Karikatur, die ganz und gar plausibel zu sein schien und mit Versatzstücken der Wahrheit gespickt war. Gewissermaßen einen Fantasiegarten voller echter Kröten.«

»Wozu?«

»Um dich auf uns anzusetzen. Du solltest uns ausfindig machen und, wenn möglich, zur Strecke bringen.«

»*Wozu?*«

Waller seufzte, und ehe er antworten konnte, fragte Bryson: »Hast du die Stirn zu leugnen, dass man auf deine Veranlassung hin versucht hat, mich auszuschalten?«

Waller schüttelte den Kopf. Seine Miene war sehr ernst. »Jedem anderen würde ich jetzt etwas vormachen, Nick. Aber du bist zu clever.«

»Der Anschlag in dem Parkhaus in Washington, nachdem ich in der K Street vergeblich nach der alten Zentrale gesucht habe. *Du* hast dahinter gesteckt.«

»Ja, der Mann war von uns angeheuert worden. Es ist wahrhaftig nicht mehr so einfach, wirklich zuverlässige Leute zu bekommen. Aber wieso überrascht es mich nicht, dass du diesem Burschen zuvorgekommen bist?«

Bryson hatte keinen Sinn für Komplimente; er war wütend. »Du hattest Angst davor, dass ich die Wahrheit aufdecke, deshalb sollte ich ausgeschaltet werden!«

»Nein. Aber dein Verhalten hat uns Sorgen gemacht. Alles deutete darauf hin, dass du dich von Harry Dunne tatsächlich hast korrumpieren und gegen uns, deine ehemaligen Arbeitgeber, aufhetzen lassen. Wer könnte einem Menschen schon hinter die Stirn blicken? Vielleicht hatte dich die vorzeitige Pensionieren ja verbittert. Es war damit zu rechnen, dass dir Harry Dunne mit seinen Lügen den Kopf verdreht hatte. Darum mussten wir Vorsorgemaßnamen ergreifen; uns blieb nichts anderes übrig. Denn du wusstest ja viel zu viel über uns, trotz aller Segmentierung. Zugegeben, du warst für uns, wie es so schön heißt, ›unrettbar verloren‹.«

»*Himmel!*«

»Allerdings konnte ich es nie so richtig glauben. Ich kenne dich besser als jeder andere und wollte das Dossier, das über dich angelegt worden war, nicht wahrhaben, jedenfalls nicht ohne weitere Beweise. Also habe ich eine unserer besten Kräften auf Calacanis' Schiff geschickt mit dem Auftrag, dich unter die Lupe zu nehmen, bis klar sein würde, auf welcher Seite du stehst.«

»Layla.«

Waller nickte einmal kurz.

»Als Klette auf mich angesetzt.«

»Korrekt.«

»Unsinn!«, brüllte Bryson. »Sie war mehr als eine Klette! In Brüssel hat sie versucht mich umzubringen.«

Bryson musterte Wallers Miene, die aber mit keinem Zeichen irgendetwas zu erkennen gab. »Sie hat auf eigene Faust gehandelt und sich damit über meine ausdrückliche Order hinweggesetzt. Das bezweifle ich nicht, Nick. Aber du darfst die Chronologie der Ereignisse nicht außer Acht lassen.«

»Das ist doch *krank*. Du windest dich hin und her, aber es führt nicht weiter.«

»Hör mir zu, bitte. So viel solltest du mir, der ich dir das Leben gerettet habe, doch noch zugestehen. Zu ihrem Auftrag gehörte es auch, auf dich aufzupassen – und, was den Verdacht gegen dich betraf, die Unschuldsvermutung gelten zu lassen, solange nicht alle Fakten auf dem Tisch lagen. Als es für dich auf Calacanis' Schiff eng wurde, ist sie eingeschritten.«

»Und wie erklärst du die Sache in Brüssel?«

»Ein bedauerlicher Kurzschluss ihrerseits. Im Grunde wollte sie das Direktorat und unsere Mission in Schutz nehmen. Als sie erfuhr, dass du dich mit Richard Lanchester treffen und das Direktorat auffliegen lassen wolltest, hat sie dich davon abzubringen versucht, und weil ihr das mit Worten nicht gelang, ist sie in Panik geraten. Sie glaubte wohl, unverzüglich einschreiten zu müssen und nicht mehr die Zeit zu haben, mit mir Rücksprache zu nehmen. Das war ein Fehler. Aber so ist sie nun mal: leider ein bisschen zu impulsiv. Ansonsten kann man sie nur loben. Sie ist eine der besten Agentinnen, die der Mossad je hervorgebracht hat; und sie ist schön. Eine seltene Kombination. So kommt's, dass man ihre Nachteile schnell übersieht. Übrigens geht's ihr ganz gut. Danke der Nachfrage.«

Bryson ignorierte Wallers Sarkasmus. »Habe ich richtig verstanden? Sie hatte nicht den Auftrag, mich zu töten?«

»Wie gesagt, sie sollte dich observieren und dir, wenn nötig, Rückendeckung bieten. Nicht mehr und nicht weniger. In Santiago de Compostela zeigte sich, dass es andere auf dich abgesehen haben. Calacanis war tot, seine Sicherheitskräfte schwer dezimiert. Kaum anzunehmen, dass das Killerkommando aus seinem Umkreis stammte. Für mich war klar, dass du als Handlanger missbrauchst wirst. Die Frage war nur, von wem.«

»Ted, ich habe einige der auf mich angesetzten Killer gesehen und wiedererkannt. Eine blonde Agentin aus Khartum. Zwei Brüder aus Cividale, dieselben, die ich seinerzeit für die Operation Vector angeheuert hatte. Die hat mir das Direktorat auf den Hals gehetzt!«

»Nein, Nick. Die Killer von Santiago waren Freiberufler, die haben nicht nur für uns gearbeitet, sondern für jeden, der ihnen genug Geld zahlte. Eben *weil* sie dich kannten, ist man für den Job in Santiago an sie herangetreten. Wahrscheinlich hat man ihnen gesagt, dass du ein Abtrünniger bist, der womöglich auch ihre Namen verraten würde. Also wollten sie dir auch aus eigenem Interesse ans Leder.«

»Und das Kopfgeld von zwei Millionen war schließlich auch nicht zu verachten.«

»Allerdings. Die hätte ich im Handumdrehen verdienen können. Was hast du dir eigentlich dabei gedacht, mit einer alten, schon zu Direktoratszeiten angenommenen Identität um die halbe Welt zu reisen. Glaubst du, wir hätten uns an unseren ›John T. Coleridge‹ nicht mehr erinnern können?«

»Wer also hat die Killer angeheuert?«

»Da kämen mehrere in Betracht. Du hattest ja schon von dir aus einige Fühler ausgestreckt. Du hast mit alten KGB-Leuten gesprochen, um meine wahre Identität zu enthüllen. Ist dir nicht in den Sinn gekommen, dass sie Meldung darüber machen, oder genauer gesagt: dass sie ihre Informationen zum Verkauf anbieten könnten, diese korrupten Aasgeier?«

»Komm mir jetzt nicht mit der CIA. Harry Dunne wird mich doch nicht losschicken, damit ich seine Drecksarbeit übernehme, und gleichzeitig Killer auf mich ansetzen.«

»Natürlich nicht. Aber angenommen, man hat spitzgekriegt, welchen Anteil du am Untergang der *Spanish Armada* hattest, und beschlossen, dich nicht mehr als Helfershelfer, sondern als Gefahr zu betrachten.«

»Wer sollte einen solchen Beschluss gefasst haben? Mein Einsatz sollte inoffiziell über die Bühne gehen. Darauf hat Dunne Wert gelegt. Es gab mich nur als Jonas Barrett in der Datenbank der Sicherheitsabteilung.«

»Und wahrscheinlich auch in der Buchhaltung.«

»Aber wenn überhaupt, dann tief vergraben und verschlüsselt und nur allerhöchsten Stellen zugänglich.«

»Ach, das Amt ist doch so löchrig wie ein Käse, immer schon gewesen. Und das weißt du. Darum gibt es uns ja.«

»Richard Lanchester hat sich, kaum dass ich deinen wahren Namen erwähnte, zu einem Treffen mit mir bereit erklärt. Er wusste von den Anfängen des Direktorats und beschrieb sie genauso wie Harry Dunne. Unterstellst du auch Lanchester, dass er lügt?«

»Er ist ein hervorragender Mann, aber ziemlich eitel, und eitle Männer lassen sich leicht hinters Licht führen. Vielleicht hat Dunne ihm den gleichen Bären aufgebunden wie dir.«

»Er will, dass ich der Sache weiter nachgehe.«

»Na klar. Was soll er anderes sagen. Vermutlich hat er's mit der Angst zu tun bekommen.«

Bryson wusste nicht mehr, wo ihm der Kopf stand. Da waren so viele Mosaikstücke, die einfach nicht zusammenpassen wollten, so vieles, das sich nicht erklären ließ. »Prospero – Jan Vansina – hat mich wiederholt gefragt, ob Elena Bescheid wüsste. Was soll das bedeuten?«

»Als wir uns fragten, ob du zum Feind übergelaufen bist, haben wir auch Elena eine Zeit lang im Verdacht gehabt. Vansina wollte sich Klarheit darüber verschaffen. Übrigens habe ich von Anfang an geahnt, dass wir dich zu Unrecht verdächtigen.«

»Und was hattest du dir damals für Operationen ausgedacht – in Sri Lanka, Peru, Libyen und im Irak? Dunne meint, dass sie Amerikas Interessen im Ausland konterkarieren sollten und so gut getarnt waren, dass selbst die teilnehmenden Agenten nicht wussten, was da in Wirklichkeit gespielt wurde.«

»Blödsinn.«

»Und Tunesien? War Abu etwa kein CIA-Mann?«

»Ich weiß nicht alles, Nicky.«

»Es scheint, dass die ganze Operation, die angeblich angestrengt worden war, um einen geplanten Umsturz zu vereiteln, in Wahrheit das Ziel hatte, eine Schlüsselfigur der CIA zu enttarnen und auszuschalten. Sie war der einzige direkte Kanal der Agentur zu den islamistischen Zellen der gesamten Region. So wurde, was die eine Hand erarbeitet hatte, durch die andere wieder zunichte gemacht.«

»Papperlapapp.«

»Und was war auf den Komoren, 1978? Du hast uns losgeschickt, damit wir putschende Söldner daran hinderten, die Regierungsmacht an sich zu reißen. Laut Dunne aber handelte es sich um Männer, die von der CIA beauftragt waren, britische und amerikanische Geiseln zu befreien. Welche Version ist nun die wahre?«

»Schau in die Berichte. Die Geiseln wurden gleich nach unserer Operation befreit. Überprüfe die Einstellungsunterlagen, wenn es denn noch welche gibt. Versuche, die Folge der Ereignisse zu rekapitulieren. Das waren keine Leute von der CIA; sie standen vielmehr im Sold nationalistischer Elemente. Du solltest deine Hausaufgaben ein bisschen sorgfältiger erledigen.«

»Mach mir nichts vor! Ich war vor Ort, das weißt du. Und ich war an Bord der *Spanish Armada*, mit den Blaupausen einer neuen Lenkwaffe als Köder in der Tasche. Calacanis hatte sofort einen potenziellen Käufer bei der Hand, und das war ein Mann von *euch!* Ein Direktoratsmitglied namens Vance Gifford oder wie er sich auch sonst noch nennen mochte. Calacanis hat mir bestätigt, dass von Washington eine wachsende Nachfrage an solchen Waffen ausgeht.«

»Du weißt doch, dass wir uns aus Washington zurückgezogen haben. Wir mussten unseren Stützpunkt wechseln, weil der alte entdeckt worden war.«

»Und warum zum Teufel war dein Agent so scharf auf meine Blaupausen? Waren die für deine persönliche Sammlung bestimmt, oder was?«

»Nicky…«

»Und warum war er in Begleitung von Jacques Arnauds Mann Jean-Luc Bertrand? Willst du mir weismachen, dass ihr *nicht* darauf aus gewesen seid, Waffen einzukaufen?«

»Gifford hat versucht, seinen Job zu erledigen.«

»Und worin bestand der? Ich zitiere Calacanis: ›Die Organisation dieses Herrn kauft in letzter Zeit groß ein.‹«

»In dieser Welt, das weißt du genau, schaut man sich die Ware nicht nur an, man kauft sie auch. Schnüffler sind schnell entlarvt und um die Ecke gebracht.«

»Und aus eben diesem Grund musste wohl auch Prospero – Jan Vansina – in Genf fünf Millionen Dollar waschen, was? War das ebenfalls ein notwendiger Umweg zur Unterwanderung?«

»Wer hat dir das erzählt? Dunne?«

Bryson antwortete nicht, sondern starrte seinen ehemaligen Ausbilder nur an. Er spürte einen pochenden Schmerz in der rechten Brusthälfte. Anscheinend ließ die Wirkung des Schmerzmittels nach.

Ted Waller fuhr fort; sein Tonfall war voller Ironie. »Hat er dir das außerhalb seines Büros anvertraut? Weil er in seinem Büro abgehört zu werden fürchtete?«

Weil Bryson immer noch nicht antwortete, legte Waller nach: »Hat der stellvertretende Direktor der CIA tatsächlich nicht die Macht, sein eigenes Büro sauber zu halten?«

»Wanzen gibt's mittlerweile auch aus Kunststoff. Die lassen sich nicht so ohne weiteres aufspüren. Man müsste schon den Putz von den Wänden schleifen.«

Waller schnaubte. »Er hat dir was vorgemacht, Nick. Ein Schmierenstück. Der offenbar erfolgreiche Versuch, dir einzureden, dass er der Gute sei, dem die Kräfte der Finsternis nachstellten – Kräfte, bei denen es sich in diesem Fall um die gesamte CIA handelt, wovon er die Nummer zwei ist.« Waller schüttelte den Kopf. »Also wirklich.«

»Ich habe ihm einen CIA-Ausweis vorgelegt, den ich einem seiner toten Schwarzarbeiter aus der Tasche gezogen habe, nachdem der mich in der Nähe von Chantilly umzubringen versucht hat.«

»Lass mich raten. Dunne hat den Ausweis prüfen lassen, und es wurde festgestellt, dass es sich um eine Fälschung handelt.«

»Falsch.«

»Dann war es ihm wahrscheinlich nicht möglich, die entsprechende Personalakte hervorzuziehen. Über einen Code-Sigma-Check hat er den Mann schließlich als Agent *in extremis* identifiziert. Und das war's dann. Nicht einmal der Name konnte ermittelt werden.«

»Das kann doch alles so gewesen sein. Solche Agenten hinterlassen keine Spuren, das weißt du. Dunne hat mir gegenüber auch zugegeben, dass sich die CIA für eine Untersuchung in Sachen Direktorat nicht besonders gut eignet.«

»Ah, und das hat ihn für dich noch ein Stück vertrauenswürdiger gemacht, nicht wahr? Ihn persönlich.«

»Willst du mir sagen, dass er mich umzulegen versucht hat, obwohl ich von ihm den Auftrag hatte, dem Direktorat auf die Schliche zu kommen? Das ist nicht nur unlogisch, sondern geradezu idiotisch.«

»Komplexe Operationen zu koordinieren ist immer ein Vabanquespiel. Willst du meine Vermutung hören? Als er erfuhr, dass du den Anschlag überlebst hast, wurde ihm klar, dass man dich eventuell umprogrammieren und auf einen anderen Fall ansetzen könnte. Wie auch immer, es wird Zeit, den Gurt anzulegen und die Rückenlehne, wie es immer so schön heißt, in eine aufrechte Position zu bringen. Wir landen.«

Waller sprach wie aus weiter Ferne, und Bryson verstand nicht, was er meinte. Ihm wurde schwarz vor Augen. Als Nächstes nahm er ein gleißendes Licht wahr. Er öffnete die Augen und fand sich in einem Raum wieder, der aus weißen und verchromten Oberflächen bestand. Er lag in einem frisch bezogenen Bett unter gesteiften Laken. Das Licht war so grell, dass seine Augen schmerzten. Seine Lippen waren trocken, schrundig, der Hals verklebt.

Vor dem hellem Hintergrund zeichneten sich zwei Gestalten ab. Die eine war unverkennbar Waller, die andere eine sehr viel schlankere, kleinere Person. Wahrscheinlich eine Krankenschwester. Er hörte Wallers Bariton: »... er kommt zu sich. Hallo, Nicky.«

Bryson grummelte, versuchte zu schlucken.

»Er hat bestimmt Durst«, sagte eine Frauenstimme, die im sehr vertraut war. »Kann ihm jemand ein Glas Wasser bringen?«

Unmöglich. Bryson blinzelte ins Licht und versuchte klar zu sehen. Zuerst erkannte er Wallers Gesicht, dann ihres.

Sein Herz begann zu hämmern. Er traute seinen Augen nicht, schaute genauer hin. Kein Zweifel.

Dann fragte er: »Bist du's, Elena?«

VIERTER TEIL

Fünfundzwanzigstes Kapitel

Nicholas«, sagte sie und kam näher. Er konnte sie jetzt deutlich erkennen. Es war Elena, nach wie vor von atemberaubender Schönheit, doch sie hatte sich verändert: Ihr Gesicht war hagerer geworden, markanter, was die Augen noch größer erscheinen ließ. Sie wirkte ängstlich, wenngleich ihre Stimme nüchtern und sachlich klang. »Es ist so viel Zeit vergangen. Du bist älter geworden.«

Bryson nickte und rang sich ein heiseres »Danke« ab.

Jemand reichte ihm Wasser in einer Schnabeltasse aus Plastik. Er leerte sie bis auf den letzten Tropfen und reichte die Tasse zurück. Die Krankenschwester schenkte nach. Er trank gierig und dankbar. Elena saß dicht neben dem Bett auf einem Stuhl. »Wir haben uns viel zu sagen«, meinte sie plötzlich.

»Ja«, antwortete er. Sein Hals war rau; das Sprechen tat ihm weh. »Es… es gibt viel zu bereden, Elena. Ich weiß nicht, wo ich anfangen soll.«

»Aber die Zeit drängt«, entgegnete sie in geschäftsmäßigem Tonfall.

Keine Zeit. Ihre Worte hallten in seinem Kopf wider. Keine Zeit? In den letzten fünf Jahren hatte er jede Menge Zeit gehabt, Zeit zum Grübeln und Grämen.

Sie fuhr fort: »Du musst uns alles sagen, was du weißt. Alles über Prometheus. Alles, was uns helfen könnte, deren kryptografische Schranken zu knacken.«

Er sah sie verwundert an. Hatte er richtig gehört? Prometheus. Kryptografie? Sie war fünf Jahre von der Bildfläche verschwunden und wollte jetzt ausgerechnet über *Kryptografie* mit ihm reden?

»Ich will wissen, wo du gesteckt hast«, raunte Bryson. »Warum du verschwunden bist.«

»Nicholas«, antwortete sie kurz angebunden. »Ted sagt, du hättest den Schlüssel aus Jacques Arnauds Satellitentelefon. Wo ist er?«

»Hab ich ihn? Wann hab ich ihm das gesagt?«

»Im Flugzeug«, antwortete Waller. »Schon vergessen? Du sagtest, du hättest eine Disk oder einen Chip. Aus Arnauds Privatbüro, mitgenommen oder kopiert. Du hast dich nicht gerade klar ausgedrückt. Nein, wir haben dir keine Drogen verabreicht. Trotzdem hast du ein bisschen deliriert, das muss ich zugeben.«

»Wo bin ich?«

»In der französischen Dordogne, in einer Einrichtung des Direktorats. Durch den Schlauch in deinem Arm läuft nur eine Lösung, die dich vorm Austrocknen und vor Infektionen schützt.«

»In einer Einrichtung des ...«

»In unserem Hauptquartier. Wir mussten hierher umziehen. Die Zentrale in Washington war nicht mehr sicher. Wir mussten das Land verlassen, um weiterhin unsere Arbeit tun zu können.«

»Was wollt ihr von mir?«

»Alles, was du weißt, und das möglichst schnell«, sagte Elena. »Wenn wir richtig gerechnet haben, bleiben uns nur noch wenige Tage, wenn überhaupt.«

»Bevor was passiert?«

»Bevor Prometheus das Ruder übernimmt«, sagte Waller.

»Wer ist Prometheus?«

»Die Frage lautet: *Was* ist Prometheus. Und darauf haben wir keine Antwort. Deshalb brauchen wir diesen Kryptochip.«

»Und ich will wissen, was passiert ist!«, brüllte Bryson und stöhnte sogleich vor Schmerzen auf. Ihm war, als zerrisse es ihm die Kehle. »Mit dir, Elena! Wohin bist du gegangen? Warum bist du gegangen?«

Sie hatte die Lippen fest aufeinander gepresst, und er sah, dass sie sich von ihrer Linie nicht würde abbringen lassen. »Nick, bitte lass uns über die persönlichen Dinge ein anderes Mal reden. Uns bleibt wirklich nicht viel Zeit ...«

»Was war ich für dich?«, fragte er. »Unsere Ehe, unser gemeinsames Leben ... was hat dir das alles bedeutet? Wenn es für dich Vergangenheit und überkommene Geschichte ist, bist du mir zumindest eine Erklärung schuldig. Was ist passiert? Warum musstest du gehen?«

»Nein, Nick…«

»Ich vermute, dass der Grund irgendwie im Zusammenhang mit Bukarest gestanden hat.«

Ihre Unterlippe fing zu zittern an. Tränen traten ihr in die Augen.

»Ist es so?«, fragte er leise nach. »Falls du irgendetwas darüber erfahren hast, solltest du auch wissen, dass ich, was ich getan habe, für dich getan habe.«

»Nick«, flehte sie. »Bitte. Ich muss mich ohnehin schwer zusammenreißen, und du machst alles nur noch schlimmer.«

»Was, glaubst du, ist in Bukarest passiert? Welche Lügen hat man dir erzählt?«

»*Lügen?*«, platzte es plötzlich aus ihr heraus. »Erzähl mir nichts von Lügen. Du hast mich belogen, nach Strich und Faden.«

»Entschuldigt mich«, sagte Waller. »Ihr habt bestimmt nichts dagegen, wenn ich mich zurückziehe.« Er wandte sich ab und verließ das Zimmer. Die Krankenschwester folgte ihm, so dass Bryson und Elena nun allein waren.

Brysons hatte höllische Kopfschmerzen, und seine Kehle war so rau, dass er dort zu bluten glaubte. Was ihn aber nicht davon abhielt zu reden; er suchte verzweifelt, die Wahrheit zu erfahren. »Ja, ich habe dich belogen«, gestand er. »Es war der größte Fehler, den ich je gemacht habe. Du hattest mich nach meinem Wochenende in Barcelona gefragt, und ich gab dir eine falsche Antwort. Das wusstest du, damals schon, nicht wahr?«

Sie nickte. Tränen rollten ihr über die Wangen.

»Aber wenn du wusstest, dass ich lüge, müssten dir doch auch meine Gründe dafür klar gewesen sein. Du musst doch gewusst haben, dass ich nach Bukarest gefahren bin, weil ich dich liebe.«

»Ich hatte keine Ahnung, was du da wolltest, Nick«, schluchzte sie.

Er sehnte sich nach ihr, nach den Zärtlichkeiten, die sie einst miteinander ausgetauscht hatten. Er wollte sie in die

Arme schließen und hatte gleichzeitig nicht schlecht Lust, sie beim Kragen zu packen und die Wahrheit aus ihr herauszuschütteln. »Aber jetzt ist dir doch wohl alles sonnenklar, oder?«

»Ich... ich weiß nicht, was ich weiß, Nick. Ich war entsetzt und fühlte mich schändlich betrogen von dir, hatte solche Angst um mein Leben und um das meiner Eltern, dass ich keine andere Möglichkeit sah als unterzutauchen. Und weil ich weiß, wie gut du dich darauf verstehst, andere ausfindig zu machen, musste ich möglichst spurlos verschwinden.«

»Waller wusste, wo du gesteckt hast.«

Sie starrte an die Zimmerdecke. Er folgte ihrem Blick und sah einen winzigen roten Punkt. Dahinter verbarg sich eine Überwachungskamera. Natürlich, wenn dies eine Einrichtung des Direktorats war, gab es solche Kameras an allen Ecken und Winkeln. Ob Waller sie beobachtete, belauschte? Und wenn dem so war – na und?

Sie knetete nervös ihre Finger. »Es war ein paar Tage nach deiner Ankündigung, dass du das Wochenende in Barcelona verbringen wolltest. Ich hatte das Übliche zu tun und jede Menge aufgeschnappter Funksprüche zu durchforsten. Da kam mir ein Bericht in die Hände, worin von einem Direktoratsmitglied die Rede war, das sich anscheinend auf eigene Faust in Bukarest herumtrieb.«

»Herrje!«

»Weißt du, ich bin natürlich, weil es mein Job ist, der Spur gefolgt und traf auf dich. Ich verstand die Welt nicht mehr. Für mich warst du in Barcelona. Dass du mir da womöglich einen Bären aufgebunden hattest, um irgendeinen anderen Auftrag zu tarnen, ist mir gar nicht erst in den Sinn gekommen. Es kam so selten vor, dass du ein Wochenende frei hattest, und es war wirklich wieder mal Zeit. Wie dem auch sei, du weißt, wie empfindlich ich bin. Ich bin zu Ted gegangen und habe von ihm verlangt, dass er mir reinen Wein einschenkt. Er hat sofort gesehen, was mit mir los war, dass ich eifersüchtig war, und hat gar nicht erst den Versuch gemacht, dich zu decken. Anderenfalls wäre ich verdammt wütend geworden. Weil er's nicht versucht hat, war klar, dass er selbst nicht Bescheid wusste und genauso überrascht war wie ich. Und das hat mich noch mehr beunruhigt. Auch Ted konnte sich nicht erklären, was du in Bukarest zu suchen hattest.«

Bryson schlug eine Hand vor die Augen und schüttelte den Kopf. Gütiger Himmel, er war die ganze Zeit über observiert worden! Dabei hatte er sich doch so gründlich vorgesehen. Wie hatte das passieren können? Was mochte dahinterstecken?

»Hat er Nachforschungen angestellt?«, fragte er. »Oder hast du es getan?«

»Ich. Er wahrscheinlich auch. Es dauerte nicht lange, und ich hatte ein Foto von dir aus Bukarest, den Beweis, dass du tatsächlich vor Ort warst. Und dann waren aus unabhängiger Quelle, von einem Agenten mit dem Decknamen Titan, ein paar weitere Informationen zu erfahren. Das hat mir den Rest gegeben. Titan berichtete von einem heimlichen Treffen zwischen dir und Radu Dragan, dem Anführer der Ausputzertruppe, die aus ehemaligen Securitate-Spitzeln besteht.«

»Ach, du Schande!«, stöhnte Bryson. »Du hast bestimmt geglaubt, dass ich irgendeine Gemeinheit vorhabe, etwas, dass ich vor dir verbergen muss.«

»Natürlich, zumal ich von Ted erfuhr, dass dein Treffen mit Dragan nicht abgesprochen war. Mit dem hattest du offenbar einen Deal zu verhandeln, auf den du selbst nicht stolz sein konntest, weshalb er in aller Heimlichkeit über die Bühne gehen musste. Allerdings habe ich dir noch eine Chance gegeben und versucht, dich nach deiner Rückkehr zur Rede zu stellen.«

»Ja, es war das erste Mal, dass du Rechenschaft von mir verlangt hast.«

»Daran hättest du erkennen müssen, wie wichtig mir deine Antwort war. Trotzdem hast du mich einfach belogen.«

»Elena, Liebste, es war doch nur zu deinem Schutz. Ich wollte dich nicht alarmieren. Du wärst bestimmt nicht einverstanden gewesen, hätte ich dir gesagt, was ich vorhabe. Und nachher habe ich mich nicht mehr getraut, mit dir darüber zu sprechen; du hättest mir schwere Vorwürfe gemacht.«

Sie schüttelte den Kopf. »Jetzt weiß ich ja Bescheid. Aber von Titan war damals nur zu hören, dass du Dragan das Versteck meiner Eltern verraten hättest im Austausch gegen lukrative Zugeständnisse seinerseits ...«

»Wie konntest du so etwas nur glauben?«

»Aber ich hatte doch keine Ahnung!«

»Aber mir zuzutrauen, dass ich deine Eltern ans Messer liefere! Wie konntest du nur?«

»Weil du mich angelogen hast, Nicholas«, empörte sie sich. »Was hätte ich anderes denken sollen? Du hattest gelogen!«

»Lieber Gott, was musst du von mir gedacht haben.«

»Ich habe von Ted verlangt, dass er mich außer Landes bringt und irgendwo an einem sicheren Ort versteckt. Wo du mich nie finden würdest. Und ich wollte, dass auch meine Eltern umziehen, und zwar sofort. Mir war klar, dass das ziemlich aufwändig und teuer sein würde. Aber Ted erklärte sich einverstanden. Dein Verhalten hat mich bis ins Mark verletzt, aber vor allem ging's mir darum, meine Eltern zu beschützen. Ted brachte mich hierher, in die neue Zentrale. Mama und Papa konnten ganz in der Nähe untergebracht werden.«

»Hat Ted mir eine solche Schweinerei zugetraut?«

»Er wusste nur, dass du ihn ebenfalls angelogen hattest und in eigener Sache unterwegs warst.«

»Aber er hat mich danach nie darauf angesprochen, kein einziges Mal.«

»Überrascht dich das? Du weißt, wie diskret er ist, und ich habe ihn mir versprechen lassen, dass er dir kein Wort sagt.«

»Aber weißt du denn immer noch nicht, *was* ich getan habe?«, rief Bryson. »Weißt du's wirklich nicht? Ja, ich habe mit den Ausputzern einen Deal abgeschlossen, einen Deal zum Schutz deiner Eltern. Ich habe Dragan bedroht und ihm unmissverständlich klargemacht, dass, wenn er sich an deinen Eltern vergreifen sollte, seine ganze Familie dafür büßen müsste. Ich wusste, dass ich nur so bei ihm Eindruck machen konnte: mit einem Racheversprechen der sizilianischen Art.«

Elena schluchzte. »Papa ist vor zwei Jahren gestorben, Mama im vergangenen Jahr; ohne ihn wollte sie nicht mehr weiterleben. Oh, Nicholas, ich habe dich für ein Monstrum gehalten.«

Er streckte die Hände aus, um sie zu umarmen, obwohl er sich kaum aufrichten konnte. Weinend sank sie auf seine Brust, und kam dabei mit der verbundenen Wunde in Berührung, worauf ihn ein scharfer Schmerz durchfuhr. Doch er nahm sie in die Arme, streichelte und tröstete sie. »Was ich dir alles unterstellt habe!«, weinte sie. »Wie konnte ich nur ...«

»Die Schuld liegt bei mir, Elena. Ich war dir gegenüber nicht offen und ehrlich. Es war nicht bloß ein dummes Missverständnis. Du bist vorsätzlich und systematisch in die Irre geführt worden, und zwar von diesem Agenten namens Titan. Warum? Zu welchem Zweck?«

»Womöglich hat auch da Prometheus seine Hand im Spiel gehabt. Sie wissen, dass wir ihnen im Nacken sitzen, und sie werden jede Gelegenheit nutzen, um uns zu verunsichern und auseinander zu bringen. Und uns mit falschen Berichten gegenseitig aufzuwiegeln.«

»›Prometheus‹ ... du und Waller, ihr habt diesen Namen schon mehrfach erwähnt. Ihr scheint einiges darüber zu wissen. Worum geht es da eigentlich?«

Elena streichelte sein Gesicht und schaute ihm tief in die Augen. »Wie sehr ich dich vermisst habe, Liebster.« Sie richtete sich auf, drückte seine Hand und stand dann langsam von der Bettkante auf. Aus alter Gewohnheit ging sie, wenn sie mit einem komplizierten Problem beschäftigt war, nachdenklich im Zimmer auf und ab. Es war, als wirkte die gleichmäßige Bewegung wie ein Katalysator auf ihre Gedanken.

»Der Name Prometheus ist uns vor rund zwölf Monaten zum ersten Mal begegnet«, berichtete sie im Gehen. »Er scheint eine Art internationales Syndikat zu bezeichnen, vielleicht ein Kartell, und soweit wir wissen, besteht es aus verschiedenen Großunternehmen der Branchen Technologie und Rüstung, die beste Beziehungen zu ihren jeweiligen Regierungen unterhalten.«

Bryson nickte. »Jacques Arnaud und seine Rüstungsbetriebe, General Tsais und der von ihm beherrschte militärisch-industrielle Komplex in China, Anatoli Prischnikows riesige Holdings in Russland.«

Sie warf ihm einen scharfen Blick zu und hielt einen Moment lang inne. »Ja. Das sind die drei Hauptakteure. Aber es gibt offenbar noch viele andere, die miteinander kooperieren.«

»Auf welche Weise?«

»Es kommt vermehrt zu Aufkäufen, Übernahmen und Zusammenlegungen in großem Stil.«

»Zusammenlegungen im Rüstungssektor?«

»Ja. Hauptsächlich in Sachen Telekommunikation, Satelliten und Computer. Und es geht um mehr als um den Versuch, ein marktbeherrschendes Rüstungsmonopol zu bilden. Innerhalb der letzten fünf Monate sind überraschend viele terroristische Anschläge verübt worden, die allesamt großes Aufsehen erregt haben …«

»Über den von Lille waren Prischnikow und Arnaud im Voraus informiert«, flocht Bryson ein. »Ich habe sie einige Tage vorher miteinander sprechen sehen und Lille erwähnen hören. Sie sagten wörtlich: ›Es wird einen gewaltigen Aufschrei geben, und wir haben freie Bahn.‹«

»›Wir haben freie Bahn‹«, dachte Elena laut nach. »Waffenhersteller, die vorsätzlich Chaos stiften, um ihre Produkte aufzuwerten?« Sie schüttelte den Kopf. »Das will mir nicht einleuchten. Zu dem Zweck würde man doch wohl eher Kriege vom Zaun brechen. So wird ja unter anderem auch der Ausbruch des Zweiten Weltkrieges erklärt: dass internationale Kartelle aus Rüstungsbetrieben dem jungen Nazideutschland unter die Arme gegriffen haben, gerade weil es kriegerische Absichten verfolgte.«

»Aber wir leben in anderen Zeiten …«

»Nicholas, denk nach. Spitzenvertreter aus Russland, China und Frankreich – und da sind bestimmt noch andere –, Männer, die mächtig genug sind, die Kriegstrommel zu rühren, ihre jeweiligen Nationen gegeneinander aufzubringen und so dafür zu sorgen, dass aufgerüstet wird… *So* macht man das.«

»Man kann aber auch auf andere Weise an der Rüstungsschraube drehen.«

»Wer an die Hebel der Macht heranreicht, wird nicht lange zögern, sie zu bewegen. Nein, es geht hier nicht um weltweite Aufrüstung. Die sähe anders aus. Was wir erleben, sind einzelne terroristische Aktionen, für die niemand die Verantwortung übernimmt und die sich keiner bestimmten Terrorgruppe zuschreiben lassen. Diese Anschläge folgen in immer kürzeren Abständen aufeinander. Warum?«

»Terrorismus ist auch Krieg«, sagte Bryson. »Krieg mit anderen Mitteln. Und mit dem Ziel, zu demoralisieren.«

»Aber ein Krieg hat immer mindestens zwei Seiten.«

»Auf der einen Seite stehen die Terroristen und auf der anderen diejenigen, die sie bekämpfen.«

Sie schüttelte den Kopf. »Das kommt nicht hin. Wer soll das sein: ›diejenigen, die sie bekämpfen‹?«

»Terrorismus ist eine Art Theater. Was die Akteure auf die Bühne bringen, richtet sich an ein Publikum.«

»Es geht also letztlich nicht um die Zerstörung an sich, sondern um die Aufmerksamkeit, die durch Zerstörung erreicht wird.«

»Genau.«

»Aufmerksamkeit, die einer bestimmten Sache oder einer Gruppe zugute kommt. Aber die Urheber der jüngsten Terrorwelle geben sich nicht zu erkennen, auch nicht das, wofür sie stehen. In dieser Richtung finden wir keinen Hinweis. Wir müssen uns die Anschläge selbst genauer ansehen und miteinander vergleichen. Gibt es vielleicht bestimmte Gemeinsamkeiten?«

»Zum Beispiel die, dass sie alle hätten verhindert werden können«, sagte Bryson.

Elena blieb stehen und sah ihn schmunzelnd an. »Wie kommst du ausgerechnet darauf?«

»Lies dir doch noch mal die Zeitungsberichte durch und hör dir an, was im Fernsehen und Radio dazu gesagt wurde.

Nach jedem Anschlag meldete sich jemand zu Wort – meist ein ungenannter Regierungsvertreter –, der darauf hinwies, dass die Tragödie nicht passiert wäre, hätte es am Tatort entsprechendes technisches Überwachungsgerät gegeben.«

»Technisches Überwachungsgerät«, wiederholte Elena.

»Das Abkommen. Das internationale Abkommen für Überwachung und Sicherheit, dem vor kurzem die meisten Staaten der Welt zugestimmt haben.«

»Danach soll so etwas wie ein internationales Wachhund-Amt eingerichtet werden, nicht wahr? Eine Art Super-FBI.«

»Richtig.«

»Es wären Milliarden über Milliarden Dollar an Investitionen fällig, Investitionen für Satellitentechnik, Polizeiausrüstung und dergleichen. Für Konzerne wie die von Arnaud, Prischnikow und Tsai könnte das sehr lukrativ sein. Ein internationales Abkommen als Maske, hinter der sich ein gigantischer Aufbau der Rüstungsindustrie verbirgt. Damit wir am Ende alle schwer bewaffnet sind, geschützt vor dem Terrorismus, der mittlerweile zur Hauptgefahr für den Frieden geworden ist. Das Abkommen ist inzwischen von sämtlichen Mitgliedern des UN-Sicherheitsrates unterzeichnet und ratifiziert worden, nicht wahr?«

»Bis auf eines: Großbritannien. Aber das wird in wenigen Tagen nachgeholt. Deren Hauptbefürworter ist Lord Miles Parmore.«

»Ein Schaumschläger, hat sich aber für das Abkommen schwer ins Zeug gelegt. Man darf ihn jedenfalls nicht unterschätzen. Erinnere dich an die Geschichte um den Reichstagsbrand von 1933.«

Bryson nickte. »Du meinst, Prometheus verfolgt eine ganz ähnliche Strategie? Lord Parmore ist vielleicht nicht besonders helle, war aber sehr erfolgreich. Vermutlich lässt er sich von jemand anders die Worte in den Mund legen. Wie heißt es so schön? Folge dem, der Muskeln hat, gib Acht auf den mit Köpfchen.«

»Soll das heißen, dass die Parlamentsdebatten in London eigentlich von Bauchrednern geführt werden?«

»Darauf kannst du wetten.«

»Aber wer steckt dahinter? Wenn wir das herausfinden ...«

»Ich werde nach London fliegen und mir diesen Parmore vorknöpfen müssen.«

»In deiner Verfassung? Kannst du denn schon wieder reisen?«

»Wenn du mir diese verflixten Schläuche aus dem Arm ziehst, wird's schon gehen.«

Sie blieb eine Weile still und sagte dann: »Normalerweise würde ich darauf bestehen, dass du im Bett bleibst. Aber wenn du es dir wirklich zutraust ... die Zeit drängt ...«

»Mach dir keine Sorgen. Ich fliege, und das möglichst bald.«

»Ich könnte dafür sorgen, dass dir in zirka sechs Stunden der Privatjet zur Verfügung steht, vorgesetzt, Ted kann ihn für eine Weile erübrigen.«

»Gut. Wie weit ist es bis zum Flughafen?«

»Der liegt ganz in der Nähe.« Plötzlich blieb sie wieder stehen und sagte unvermittelt: »Das mit Cassidy ergibt also Sinn.«

»Cassidy? Senator Cassidy?«

»Richtig.«

»Was ist mit ihm? Er musste doch seinen Hut nehmen wegen ... wie war das noch? Seine Frau war beim Kauf von Drogen erwischt worden, oder?«

»Ja, die Sache verhält sich zwar ein bisschen komplizierter, aber das sind die Umrisse. Vor einigen Jahren wurde seine Frau von Schmerzmitteln abhängig. Als ihr der Arzt keine mehr verschrieb, hat sie versucht, sich Stoff auf der Straße zu besorgen und ist dabei an einen verdeckten Ermittler der Polizei geraten. Senator Cassidy hat dann darauf hingewirkt, dass der Polizeibericht über diesen Vorfall verschwindet, und seine Frau zur Entziehung in ein Sanatorium geschickt.«

»Was hat das mit dem Abkommen zu tun?«

»Zum einen war er im Senat der prominenteste Gegner des Abkommens. Er sah in ihm das Ende der individuellen Unabhängigkeit. Im Übrigen hat er sich in Washington schon seit einiger Zeit als jemand hervorgetan, der immer wieder vor der Aushöhlung der Privatsphäre im Zuge der zunehmenden Computervernetzung warnte. Für die meisten Kommentatoren war es natürlich ein gefundenes Fressen, dass ein so engagierter Fürsprecher des Privaten ausgerechnet über einen dunklen Fleck in der eigenen Vergangenheit stolperte. Viele waren der Meinung, dass, wer so entschieden eine solche politische Haltung vertritt, bestimmt etwas zu verbergen hat.«

»Kann ja auch was dran sein.«

»Das ist eine andere Frage. Festzuhalten bleibt, dass er das neunte Kongressmitglied ist, das sich in den vergangenen zwei Monaten von der Politik verabschiedet beziehungsweise seinen Abgang angekündigt hat.«

»Anscheinend sind schwere Zeiten für Politiker angebrochen.«

»Keine Frage. Aber du kennst mich. Ich habe einen Blick entwickelt für wiederkehrende Muster, die anderen so nicht auffallen, und mir ist aufgefallen, dass fünf der besagten neun persönlich in Misskredit geraten sind, und dass diese fünf ausgesprochene Gegner des Abkommens waren. Das kann kein Zufall sein, und man muss keine langen Wahrscheinlichkeitsberechnungen anstellen, um das nachzuweisen. Es sind Informationen durchgesickert, die nicht für die Öffentlichkeit bestimmt waren: Krankenberichte, Psychopharmaka-Verordnungen, Quittungen über den Verleih von Pornofilmen, ein zugunsten einer Abtreibungsklinik ausgestellter Scheck …«

»Die Befürworter des Abkommens kämpfen offenbar mit harten Bandagen.«

»Mehr noch. Sie haben Zugriff auf ganz persönliche Daten.«

»Über Helfershelfer beim FBI?«

»Aber du weißt doch: Seit den Tagen von J. Edward Hoover ist auch das FBI dem Datenschutz verpflichtet und darf nur im Zusammenhang mit konkreten Ermittlungen persönliche Informationen über Tatverdächtige einholen.«

»Wer könnte denn sonst an solche Informationen herankommen?«

»Beim Mustervergleich der fünf Skandalfälle ist mir noch etwas aufgefallen. Was hatten diese Kongressmänner miteinander gemein? Ich habe alles, was über sie bekannt ist, zusammengetragen. Du weißt ja, über das Internet erfährt man schon jede Menge, wenn man nur die Nummer der Sozialversicherung kennt, und die lässt sich leicht ermitteln. Pass auf, jetzt wird's interessant: Zwei der blamierten Kongressmänner hatten Hypotheken bei einer Washingtoner Bank, der First Washington Mutual. Und dann war die Gemeinsamkeit schnell gefunden: *Alle fünf* waren Kunden eben dieser Bank.«

»Also ist die Bank entweder Komplizin einer Erpressung oder das Opfer von Datenraub.«

»Genau. In einer Bank läuft einiges an Daten zusammen, Informationen, die sich aus Überweisungen, Gutschriften, Geldgeschäften und so weiter ergeben. Also nicht zuletzt auch Informationen aus Krankenversicherungen und Kliniken.«

»Harry Dunne«, sagte Bryson.

»Ein weiteres Prometheus-Mitglied. Der stellvertretende CIA-Direktor.«

»*Dunne?*«

»Ja, wir nehmen es zumindest an«, fügte sie eilig hinzu. »Erzähl, was weißt du über ihn?«

»Dunne ist derjenige, der mich aus meiner beschaulichen Anstellung als Collegedozent herausgeholt und auf das Direktorat angesetzt hat. Zu dem Zeitpunkt seid ihr wohl schon der Prometheus-Gruppe auf der Spur gewesen. Dunne wollte also durch mich herausfinden, wie viel und was ihr schon wisst. Die CIA steht hinter dem Abkommen, denn auch sie ist natürlich an verbesserten Überwachungsmöglichkeiten interessiert.«

»Klar, und das aus mehreren Gründen; nicht zuletzt geht's um die eigene Existenzberechtigung, jetzt, in der Zeit nach dem Kalten Krieg. Ja, wir sind Prometheus schon seit längerem auf der Spur, aber immer noch nicht nahe genug dran. Ich bin hier fleißig damit beschäftigt, ihre Funksignale zu entschlüsseln. Einige der Mitglieder sind identifiziert, nämlich Arnaud, Prischnikow, Tsai und Dunne. Wir haben auch etliche Gespräche zwischen diesen Herren aufzeichnen können. Aber die sind natürlich alle verschlüsselt. Wir erkennen zwar spezielle Übertragungs*muster*, die Inhalte aber bleiben uns verborgen. Es ist wie bei einer Holografie: Um sich ein vollständiges Bild machen zu können, braucht man zwei so genannte Datenräume. Ich arbeite schon lange und intensiv daran, aber leider bislang ohne Erfolg. Falls du mir irgendwie weiterhelfen könntest ...«

Bryson richtete sich in seinem Krankenbett kerzengerade auf. Er fühlte sich schon sehr viel besser. »Reich mir mal bitte das Handy. Es liegt da hinten auf dem Tisch.«

»Nicholas, damit wirst du nicht weit kommen. Wir sind hier tief unter der Erdoberfläche und ...«

»Gib's mir einfach.« Sie reichte ihm das kleine silberne GSM-Gerät. Er öffnete das Batteriefach und zog ein winziges schwarzes Rechteck daraus hervor. »Das könnte dir weiterhelfen.«

Sie nahm es entgegen. »Ein Chip ... ein Silikonchip?«

»Ein Kryptochip, um genau zu sein«, antwortete er. »Eine Kopie des Originals aus dem Satellitentelefon von Jacques Arnaud.«

Sechsundzwanzigstes Kapitel

Sie begleitete ihn durch einen langen unterirdischen Gang, der von der Klinik in einen anderen Flügel der Anlage führte. Die Böden bestanden aus polierten Steinfliesen; die Wände waren weiß und die Decken schallisoliert. Fenster gab es nicht, also auch kein Tageslicht. Sie hätten sich wer weiß wo auf der Welt befinden können.

»Diesen Komplex hat das Direktorat vor gut zehn Jahren als seinen europäischen Stützpunkt gegründet«, erklärte sie. »Ich arbeite hier seit ... nun ja, seit ich die Staaten verlassen habe.« *Und dich* zu sagen, ließ sie aus. »Als dann klar wurde, dass unsere Aktivitäten in den USA sabotiert wurden – wahrscheinlich wegen unserer Ermittlungen gegen Prometheus –, ordnete Waller an, das Hauptquartier hierher zu verlegen. Zu dem Zweck musste allerhand angebaut werden. Von außen ist davon jedoch nicht viel zu sehen. Dem ersten Anschein nach ist es immer noch ein hübsches kleines Forschungsinstitut, das an einem Berghang liegt.«

»Gibst du mir dein Wort darauf, dass wir uns in der Dordogne befinden?«, fragte Bryson. Er stand wieder halbwegs sicher auf den Beinen; nur die Wunde seitlich am Brustkorb machte ihm noch zu schaffen und verursachte mit jedem Schritt, den er tat, einen stechenden Schmerz, der über den ganzen Rücken ausstrahlte.

»Davon wirst du dich draußen selbst überzeugen können. Es dauert wohl noch eine Weile, bis der Chip gelesen ist. Solange haben wir Zeit für uns.«

Sie gelangten vor eine Doppeltür aus sandgestrahltem Metall. Elena tippte eine Codezahl in einen kleinen Ziffernblock ein und drückte ihren Daumen auf einen Sensor. Die Türflügel glitten auf. Kühle, trockene Luft schlug ihnen entgegen.

Die Wände des niedrigen Raumes standen voll von großen Rechnern, Workstations und Monitoren. »Wir glauben hier die leistungsstärkste Computeranlage zu haben, die es derzeit auf der Welt gibt«, sagte Elena. »Die von uns verwendeten Prozessoren können über 10^{24} Rechenoperationen pro Sekunde ausführen. Zu dieser Anlage gehören IBM-SP-Nodes, mehrfach vernetzte Computer und eine SGI Onyx Reality Engine. Dazu kommt ein Massenspeicher-System mit einer Online-Kapazität von 120 Gigabyte, und der Robotic-Tape-Server fasst 20 Terabyte.«

»Ich verstehe gar nichts mehr.«

Elenas Begeisterung war greifbar. Sie konnte sie nicht überspielen. Hier war sie, die höhere Mathematik noch an der Wandtafel und an alten Rechnern der frühen 70er Jahre studiert hatte, offenbar in ihrem Element, im Wunderland. So kannte er sie, als jemanden, der von seiner Arbeit und den modernen technischen Hilfsmitteln fasziniert war.

»Nicht zu vergessen die 120 Kilometer Glasfaserkabel, die hier verlegt worden sind, Elena.« Es war Chris Edgecomb, der große, schlanke Guyaner mit den grünen Augen und der kaffeebraunen Haut. »Mann, Sie sehen ja ziemlich fertig aus.« Chris schlang impulsiv seine Arme um Bryson. »Man hat Sie zurückgeholt.«

Bryson winselte und lächelte. Er freute sich, den Computerspezialisten nach so langer Zeit wieder zu sehen. »Auf Dauer lasse ich mich nicht zurückhalten.«

»Ich wette, Ihre Frau wird besonders froh darüber sein«, sagte Chris. »Was auch immer hinter Ihnen liegt. Ich werde natürlich nicht fragen, wo Sie gewesen sind und was Sie getrieben haben. Jedenfalls ist es schön, Sie zu sehen. Ich helfe Elena bei dem Versuch, den Nachrichtenaustausch von Prometheus mit unserer Software zu entschlüsseln – was alles andere als einfach ist. Dabei haben wir das tollste Spielzeug hier: einen Highspeed-Zugang zum Internet für distributed computing und einen geostationären Kommunikationssatelliten für K- und Ka-Frequenzen, auf denen digitale Daten mit Geschwindigkeiten wie durch Glasfaser übertragen werden können.«

Elena steckte den Kryptochip in den Port einer Digital-Alpha-Maschine. »Auf diesem Band sind fünf Monate verschlüsselter Informationsaustausch zwischen den Promethanern gespeichert«, erklärte sie. »Aufzuschnappen war's ganz einfach, nur haben wir noch kein Wort davon verstanden. Das Material ist einfach perfekt verschlüsselt. Aber wenn das hier wirklich eine virenfreie Kopie des Prometheus-Schlüssels ist, schaffen wir vielleicht den Durchbruch.«

»Wann werden wir das wissen?«, fragte Bryson.

»In einer Stunde, vielleicht kann es auch ein bisschen länger dauern. Hängt von der Anzahl der Faktoren ab und von der Frage, auf welcher Ebene der Schlüssel greift. Stell dir den Schlüssel eines Wohnhauses vor; es könnte ein Hauptschlüssel sein, der in alle Türen passt, oder einer, der nur eine bestimmte Tür öffnet. Wir werden sehen.«

»Sobald ich ein Ergebnis habe, rufe ich euch über Pieper oder Handy«, versprach Chris. »Bis es so weit ist, möchte Waller mit euch sprechen.«

Wallers geräumiges, fensterloses Büro war genauso möbliert wie das alte an der K Street – da lagen dieselben edlen kurdischen Läufer aus dem 17. Jahrhundert und an den Wänden hingen die vertrauten englischen Ölschinken, auf denen Jagdhunde das erlegte Geflügel im Maul apportierten.

Waller saß hinter seinem alten französischen Schreibtisch aus massiver Eiche. »Nicky, Elena, ich habe eine Information, die euch interessieren könnte. Elena, ich glaube, du hast sie noch nicht kennen gelernt: Sie ist eine der besten, zuverlässigsten Agentinnen, die wir haben. Leider beehrt sie uns nur ganz selten.« Der vor dem Schreibtisch stehende große Sessel mit der hohen Rückenlehne schwenkte herum. Darin saß Layla.

»Ah, ja«, sagte Elena mit frostiger Miene und nahm Laylas ausgestreckte Hand entgegen. »Ich habe schon viel von Ihnen gehört.«

»Und ich von Ihnen«, erwiderte Layla nicht weniger kühl. Sie blieb sitzen. »Hallo, Nick.«

Bryson nickte. »Wenn ich mich recht erinnere, haben Sie mich bei unserem letzten Zusammentreffen umzubringen versucht.«

»Ach, Schwamm drüber«, sagte Layla errötend. »Sie wissen doch, es war nicht persönlich gemeint.«

»Natürlich nicht.«

»Wie auch immer, vielleicht interessiert es Sie zu erfahren, dass sich unser Freund Jacques Arnaud allem Anschein nach ausklinken will«, sagte Layla schmunzelnd.

»Was soll das heißen?«, fragte Bryson.

»Er ist dabei, alle seine Anteile abzutreten. Ich würde sagen, so verhält sich jemand, der Angst hat. Das ist weder ein geordneter Rückzug noch der Versuch, Schäfchen ins Trockene zu bringen. Mit geschäftlichem Gebaren hat das nichts zu tun. Der Händler des Todes zieht sich in den Ruhestand zurück.«

»Das ergibt doch keinen Sinn«, entgegnete Bryson. »Verstehen Sie das?«

Layla lächelte. »Glücklicherweise haben wir Analysten wie Elena, die aus dem, was unsereins an Informationen sammelt, Sinnvolles zusammenstricken.«

Elena hatte bislang geschwiegen und die Lippen spöttisch verzogen. »Wer ist Ihr Informant, Layla?«, fragte sie nun.

»Ein Mann, der zu Arnauds größten Rivalen zählt, einer der fast ebenso hoch geachtet und gewissenlos ist wie Arnaud selbst, ein Bruder des Bösen, und er verachtet ihn wie Kain seinen Bruder Abel. Sein Name ist Alain Poirier. Sie haben bestimmt schon von ihm gehört.«

»Sie haben also kürzlich von Arnauds größtem Widersacher erfahren, dass dieser seine Geschäfte an den Nagel hängen will«, konstatierte Elena.

»So kann man es ausdrücken«, antwortete Layla. »Jedenfalls auf Englisch. Sie hätten es bestimmt lieber in der Sprache der Algorithmen gesagt, die ja doch sehr viel präziser ist.«

Waller folgte dem Schlagabtausch der beiden Frauen wie einem Tennismatch in Wimbledon.

»Stimmt genau«, sagte Elena. »Doch diese Sprache beginnt mit einem grundsätzlichen Prinzip, und das lautet: Prüfe deine Quelle. Sie halten Poirier für einen Rivalen von Arnaud. Diese Annahme ist durchaus nachvollziehbar. Als

Rivalen haben sich die beiden auch in Szene gesetzt – dabei allerdings ein bisschen zu dick aufgetragen.«

»Worauf wollen Sie hinaus?«, fragte Layla.

»Wenn Sie sich das Verhältnis der beiden ein wenig genauer angeschaut hätten, wäre Ihnen aufgefallen, dass Poirier und Arnaud in Wirklichkeit Geschäftspartner sind und eng zusammenarbeiten. Ihre vermeintliche Rivalität ist nur Schau und nichts weiter.«

Laylas Augen verengten sich. »Soll das heißen, dass meine Information wertlos ist?«

»Ganz im Gegenteil«, erwiderte Elena. »Dass man uns durch Sie, die Sie als Agentin offenbar entlarvt wurden, Informationen zuzuspielen versucht, ist sehr aufschlussreich. Anscheinend will Arnaud, dass wir an seinen Rückzug glauben.«

Layla schwieg für eine Weile. Dann sagte sie, leicht betreten: »Damit könnten Sie Recht haben.«

»Arnaud versucht demnach, unsere Aufmerksamkeit von sich abzulenken«, fasste Bryson zusammen. »Wahrscheinlich arbeitet er an einem Geschäft, das in Gefahr geriete, wenn wir ihm jetzt auf die Finger klopften. Womöglich steigt demnächst irgendeine größere Sache. Wir müssen jetzt ganz genau aufpassen. Himmel, da sind Kräfte am Werk, die über jede Menge Macht und Wissen verfügen. Wir können nur hoffen, dass sie uns unterschätzen und als Gefahr nicht besonders ernst nehmen.«

»Ich fürchte«, meinte Layla, »dass sie in dieser Einschätzung womöglich richtig liegen.«

Waller war zu einer wichtigen Sitzung nach Paris aufgebrochen. Bis zu seiner Rückkehr hatten Bryson und Elena Zeit für sich. Sie unternahmen eine lange Wanderung durch die Hügellandschaft, am Ufer der Dordogne entlang und über Felder, auf denen der Rosmarin blühte. Sie waren tatsächlich in Frankreich, was Bryson bestätigt fand, als er aus den Tiefen des Hauptquartiers auftauchte und ins Freie trat. Das alte, am Berghang gelegene Herrengut war im Grunde nur die Fassade der Einrichtung, die sich zum größeren Teil im

Inneren des Berges fortsetzte. Wer hier vorbeikam, sah nur die Villa, die angeblich von weltvergessenen amerikanischen Wissenschaftlern als Forschungsinstitut genutzt wurde. Dies erklärte den Pendelverkehr zwischen dem Anwesen und dem nahe gelegenen Flugfeld. Doch niemand würde je ahnen, was sich sonst noch alles im Inneren des Feldes verbarg.

Bryson bewegte sich besonders vorsichtig und versuchte die verwundete rechte Seite möglichst zu entlasten, doch immer wieder verzog er das Gesicht vor Schmerzen. Sie gingen über einen zerklüfteten Felshang talwärts und folgten einem alten Pilgerpfad durch schattige Walnusshaine in der Niederung des Flusses, der sich an Souillac und Bordeaux vorbei ins Meer schlängelte. Hier lebten fleißige Bauern und ein paar wenige Engländer, die alte Steinhäuser aufgekauft hatten und hier ihren Lebensabend verbrachten. Hoch oben in den Hügeln gab es einige Châteaus, in denen guter *vin du pays* gekeltert wurde. In der Ferne sah man das fruchtbare Land nördlich von Cahors mit seinen kleinen mittelalterlichen Dörfern und Restaurants, wo bescheidene, aber köstliche *cuisine de terroir* serviert wurde und die Bauern an Sonntagen mit ihren großen Familien zu Gast waren. Hand in Hand schlenderten Bryson und Elena durch Wälder, die berühmt waren für ihre Trüffel, die versteckt zwischen den Wurzeln uralter Bäume an Stellen zu finden waren, die nur wenige kannten und seit Generationen als Geheimnisse gehütet wurden.

»Es war Teds Idee, das Hauptquartier hier aufzuschlagen«, sagte Elena. »Du ahnst, was einen Mann, der so gern isst wie er, in diese Gegend zieht, wo es so leckeren Chèvre gibt und Walnussöl und Trüffel. Aber die Lage ist wirklich sehr günstig. Wir sind hier ungestört; die Tarnung ist plausibel, dank des nahen Flugfeldes sind wir sehr beweglich, und mit dem Auto ist man schnell in Paris, in der Schweiz, am Mittelmeer oder am Atlantik. Meine Eltern haben sich hier sehr wohl gefühlt.« Ihre Stimme wurde weich, und sie klang nachdenklich. »Natürlich haben sie auch Heimweh gehabt, aber trotzdem waren sie froh, ihre letzten Jahre hier verbringen zu können.« Sie zeigte auf eine Hofschaft in der Ferne. »In einem der kleinen Häuser da hinten haben wir gewohnt.«

»›Wir‹?«

»Ich habe mit ihnen zusammengelebt und mich um sie gekümmert.«

»Das freut mich für sie. Mein Verlust war ihr Gewinn.«

Sie lächelte und drückte seine Hand. »*Mai răut, mai drăgut.* Das alte Sprichwort hat wirklich was für sich.«

»Trennung auf Zeit kommt der Liebe zugute«, übersetzte er. »Aber was hast du noch immer gesagt – *Celor ce duc mai mult dorul, le pare mai dulce odorul.* Trennung schärft die Liebe, aber Nähe festigt sie. Stimmt's?«

»Es war nicht leicht für mich, glaub mir, Nicholas.«

»Für mich auch nicht, weiß Gott nicht.«

»Ich musste mein Leben vollkommen umstellen. Und der Schmerz hat über all die Zeit nicht nachgelassen. Wie ist es dir in der Hinsicht ergangen?«

»Nicht besser, wahrscheinlich eher noch schlechter, wegen der Ungewissheit. Ich wusste ja nicht, warum – warum und wohin du verschwunden bist, und was du über mich gedacht hast.«

»Oh, *iubito*! Wir waren wohl beide Opfer, Opfer und Geiseln einer Welt voller Misstrauen und Argwohn.«

»Mir wurde gesagt, dass du den Auftrag hattest, auf mich aufzupassen, und mir deshalb an die Seite gestellt worden warst.«

»Ich soll beauftragt worden sein? Wir haben uns ineinander verliebt, und das ganz und gar zufällig. Aber wie ließe sich das beweisen? Ach, ich liebe dich immer noch, Nicholas.«

Er berichtete ihr, was Dunne ihm eingeredet hatte: die Geschichte von jenem jungen, sportlichen und sprachlich überaus begabten jungen Mann, den man ohne sein Wissen rekrutiert und manipuliert und dessen Eltern man umgebracht hätte.

»Sie sind sehr clever, die Promethianer«, sagte Elena. »Das ist der Nachteil einer Organisation wie der unsrigen, die sich so viele Deckmäntel umgelegt hat: dass sie anderen Gelegenheit bietet, plausible Lügen über uns zu verbreiten. Uns hat man weismachen wollen, dass du uns als Feinde ansiehst und zu vernichten suchst.«

»Aber wusstest du von Waller?«

»Was meinst du?«

»Von seinem biografischen Hintergrund«, antwortete Bryson vorsichtig.

Sie nickte. »Dass er aus Russland stammt, ja. Er hat mich eingeweiht. Allerdings erst vor kurzem, erst seitdem er beschlossen hat, dich zurück ins Boot zu holen. Er hat sich denken können, dass wir uns austauschen.«

Elenas Handy piepte. »Ja?« Ihre Miene wurde ernst. »Danke, Chris.«

Sie trennte die Verbindung und sagte zu Bryson: »Er hat etwas herausgefunden.«

Chris Edgecomb reichte Elena einen Stoß rot umrandeter Hefter, die alle prall mit Computerausdrucken gefüllt waren. »Mann, als der Code geknackt war, sprudelten die Informationen nur so. Was uns noch ein bisschen aufhält, ist das Transkriptionsprogramm. Es kommt kaum nach mit der Umwandlung von gesprochener Sprache in Schriftzeichen, trotz unserer schnellen Prozessoren. Wir sind mit dem Material noch längst nicht durch. Ich habe alles Überflüssige auszusieben versucht, im Zweifelsfall aber eher mehr dringelassen. Was wichtig ist und was nicht, könnt ihr entscheiden.«

»Vielen Dank, Chris«, sagte sie und verteilte die Hefter auf dem langen Tisch im Konferenzraum, der an die Computerzentrale angrenzte.

»Ich lasse Ihnen Kaffee bringen. Den werden Sie, glaube ich, nötig haben.«

Sie teilten die Ausdrucke untereinander auf und begannen zu lesen. Die mit Abstand aussagekräftigsten Texte waren die Abschriften der entschlüsselten Telefongespräche zwischen den Chefs. Davon gab es viele: Manche waren sehr ausführlich, in einigen Fällen hatten noch andere via Konferenzschaltung an den Gesprächen teilgenommen. Weil sich die Teilnehmer auf der sicheren Seite wähnen konnten, nahmen sie kein Blatt vor den Mund. Einige wenige – die wohl gerisseneren, darunter Arnaud und Prischnikow – blieben trotzdem auf der Hut. Sie verwendeten Codewörter und beließen es bei Andeutungen. An solchen Stellen war Elenas Gespür für Sprachmuster und versteckte Sprechintentionen gefragt. Bryson, der über die Hintergründe und Geschäfte der Teilnehmer halbwegs im Bilde war, konnte ebenfalls bestimmte Andeutungen und Hinweise einordnen.

Sie hatten mit der Sichtung der Papiere kaum begonnen, als Bryson sagte: »Ich glaube, jetzt haben wir sie im Sack. Hier ist der Beweis: Prischnikow hat den Milzbrandanschlag von Genf drei Wochen im Voraus geplant.«

»Aber er ist offenbar auch nur ausführendes Organ«, sagte Elena. »Die eigentliche Führungsspitze scheint aus zwei Personen zu bestehen, möglicherweise Amerikanern.«

»Wer könnte das sein?«

»Namen werden nicht genannt. Aber hier wird einmal auf die Zeitzone der Westküste verwiesen, also auf Kalifornien oder Oregon.«

»Und London? Hast du schon eine Idee, wer da die Puppen tanzen lässt?«

»Nein ...«

In diesem Moment kam Chris Edgecomb zur Tür herein. Er wedelte mit einem Stapel Papier und rief freudig erregt: »Das wird Sie interessieren: auffällige Geldbewegungen von und zur First Washington Mutual Bancorp.« Er reichte Elena seine dicht mit Zahlenkolonnen bedruckten Unterlagen.

»Ist das nicht die Bank, die von den meisten Kongressmitgliedern genutzt wird?«, fragte Bryson. »Bei der du schon den Verdacht hattest, dass sie mit persönlichen Daten von Gegnern des Abkommens hausieren geht.«

»Ja«, antwortete Elena, und an Edgecomb gewandt: »Das sind Kapitaltransfers.«

Edgecomb nickte.

»In schöner Regelmäßigkeit.«

»Worum geht's?«, wollte Bryson wissen.

»Eine heiße Spur. Die Vollmachtscodes, wie sie in diesen Unterlagen aufgeführt werden, sind typisch für ein 100-prozentig abhängiges Unternehmen.«

»Was bedeutet das?«

»Dass diese Washingtoner Bank von einem anderen, größeren Geldinstitut kontrolliert zu werden scheint.«

»Was aber doch nichts Ungewöhnliches wäre«, entgegnete Bryson.

»Hier wird allerdings einiges gründlich vertuscht, nicht zuletzt die Identität des eigentlichen Besitzers.«

»Könnten wir den irgendwie ermitteln?«, fragte Bryson.

Elena nickte abwesend; sie hatte sich bereits auf die Unterlagen konzentriert. »Chris, diese wiederkehrende Zahl hier, das müsste der ABA-Code für den Leitweg sein. Könnten Sie das mal überprüfen und feststellen, welche …«

»Schon geschehen, Elena«, sagte Chris. »Es handelt sich um ein New Yorker Bankhaus namens Meredith Waterman.«

»Um Himmels willen«, stöhnte sie. »Das ist eine der ältesten und angesehensten Anlagebanken an der Wall Street. Dagegen machen sich Morgan Stanley oder Brown Brothers Harriman wie Emporkömmlinge aus. Ich verstehe das nicht… was für ein Interesse könnte Meredith Waterman daran haben, Senatoren und Kongressabgeordnete durch Erpressung dazu zu bringen, dass sie dem internationalen Abkommen für Überwachung und Sicherheit zustimmen?«

»Meredith Waterman ist wahrscheinlich in privater Hand«, meinte Bryson.

»Und?«

»Vielleicht ist das Bankhaus nur ein Fassade, hinter der sich eine Holdinggesellschaft verbirgt. Ich schlage vor, wir lassen eine Liste aller ehemaligen und gegenwärtigen Partner von Meredith Waterman zusammenstellen, nach Möglichkeit auch von den Hauptanteilseignern.«

»Das dürfte nicht allzu schwierig sein«, sagte Edgecomb. Auch privat geführte Unternehmen müssen sich bei der SEC und der FDIC registrieren lassen. Über diesen Weg kommen wir an sie heran.«

»Und vielleicht werden wir den einen oder anderen Namen mit Prometheus in Verbindung bringen können«, fügte Bryson hinzu.

Edgecomb nickte und verließ den Raum.

Plötzlich erinnerte sich Bryson: »Richard Lanchester ist früher auch Gesellschafter von Meredith Waterman gewesen.«

»Was?«

»Ja, und zwar bis zu seinem Wechsel in die Politik. Er war eines der Aushängeschilder der Bank. Meredith Watermans Spitzenmann. In dieser Funktion hat er sein Vermögen gemacht.«

»Lanchester? Aber er ... du sagtest doch, er sei voller Verständnis gewesen und habe versprochen dir zu helfen.«

»Ja, er hat mir aufmerksam zugehört und schien auch ernstlich besorgt zu sein. Aber getan hat er bislang nichts.«

»Hat er nicht auch gesagt, du solltest wieder bei ihm vorsprechen, wenn du mehr Beweise gesammelt hast?«

»Nichts anderes wollte auch Harry Dunne – mich als eine Art Vorfühler benutzen.«

»Ob Richard Lanchester tatsächlich zur Prometheus-Gruppe gehören könnte?«

»Das würde ich nicht mehr ausschließen.«

Elena widmete sich wieder ihren Unterlagen. Plötzlich blickte sie auf und sagte: »Hör dir das an! Der Machtwechsel wird 48 Stunden nach der Ratifizierung des Vertrags in London vollzogen sein.«

»Wer sagt das?«

»Keine Ahnung. Der Anruf kam aus Washington und richtete sich allem Anschein nach an Prischnikow.«

»Könnte eine Stimmerkennung was bringen?«, fragte Bryson.

»Möglich. Ich müsste mir den O-Ton anhören und feststellen, ob die Stimme verändert worden ist und wenn ja, wie gut.«

»48 Stunden ... Machtwechsel ... zu wem oder was? Ich muss sofort nach London. Wann geht der nächste Flug?«

Sie warf einen Blick auf die Uhr. »Das dauert noch, genau drei Stunden, zwanzig Minuten.«

»Zu lange. Wenn wir mit dem Auto ...«

»Wäre viel zu weit. Ich schlage vor, wir fahren zum Flugfeld raus, machen gehörig Druck und sorgen dafür, dass der Start vorgezogen wird.«

»Genau das waren auch Dimitri Labows Worte.«

»Wessen Worte?«

»Von Prischnikows rechter Hand. Er sagte: ›Der Machtwechsel steht unmittelbar bevor. Dann klärt sich alles auf.‹ Er meinte, dass es sich nur noch um Tage handeln würde.«

»Mein Gott, Nick, du hast Recht. Wir dürfen keine Zeit verlieren.«

Sie war schon vom Tisch aufgestanden, als plötzlich das Licht zu flackern begann, sich aber dann bald wieder stabilisierte.

»Was war das?«, fragte sie.

»Gibt es hier irgendwo einen Notstromgenerator?«

»Ja, natürlich.«

»Der scheint soeben angesprungen zu sein.«

»Aber das passiert doch nur in echten Ausnahmefällen«, entgegnete sie nachdenklich. »Und soweit ich weiß, ist nichts Ungewöhnliches ...«

»*Raus hier!*«, brüllte Bryson plötzlich. »*Beeilung!*«

»Was?«

»Nichts wie weg, Elena! *Schnell, schnell*! Da stimmt etwas nicht! Wo ist der nächste Ausgang?«

Elena drehte sich um und zeigte nach links.

»Na los, Elena, um Himmels willen, beeil dich! Wahrscheinlich werden sich gleich die Türen automatisch verriegeln und niemanden mehr weder rein- noch rauslassen.«

Er rannte los. Elena raffte ein paar Hefter zusammen und folgte ihm.

»Wo lang?«, rief er.

»Durch diese Türen da hinten.«

Sie lief voraus. Bald hatten sie eine als NOTAUSGANG gekennzeichnete Doppeltür erreicht. Zwischen den beiden Flügeln war ein rot lackierter Hebel angebracht. Bryson legte ihn mit Wucht um, worauf die Tür nach außen aufflog und eine Alarmsirene ertönte. Kalte Nachtluft schlug ihnen entgegen. Gleich hinter der Tür setzte sich automatisch ein Gatter aus Stahlstangen in Bewegung. Es rollte von links nach rechts und drohte den Fluchtweg zu versperren.

»Mir nach!«, schrie Bryson, sprang durch die stetig schmaler werdende Öffnung, wirbelte herum und zerrte Elena hinter sich her, womit er keine Sekunde länger hätte warten dürfen. Sie befanden sich am Steilhang gleich neben der Villa. Hohe Hecken tarnten das bewegliche Gatter.

Bryson und Elena eilten talwärts, weg von dem Anwesen. »Gibt es hier irgendwo ein Auto, das wir nehmen könnten?«, fragte er.

»Ja, einen Geländewagen«, antwortete sie. »Da unten steht er.«

Ein kleiner, klobiger Landrover mit Allradantrieb schimmerte, keine zwanzig Schritt entfernt, im Mondlicht. Bryson eilte darauf zu, sprang auf den Fahrersitz und tastete nach dem Zündschlüssel. Er steckte nicht im Schloss. Himmel, wo war der Schlüssel? Warum hatte man ihn nicht einfach stecken lassen? Kaum anzunehmen, dass in dieser verlassenen Gegend Autoknacker herumlungerten. Elena hatte sich auf den Beifahrersitz geschwungen. »Unter der Matte«, sagte sie.

Er langte nach unten und fand den Schlüssel tatsächlich unter der Gummimatte. Schnell hatte er ihn ins Schloss gesteckt und herumgedreht. Der Motor sprang auf Anhieb an.

»Nick, was ist eigentlich passiert?«, rief Elena, als er den Wagen mit Vollgas beschleunigte und über die steil abschüssige Ausfahrt steuerte, weg von dem Anwesen.

Ehe Bryson antworten konnte, zuckte ein greller Blitz auf, und aus den Tiefen des Berges wurde ein dumpfes Rumoren laut. Kurz darauf krachte es mit verheerender Urgewalt. Bryson steuerte um eine scharfe Kurve und jagte den Wagen durch dichtes Gebüsch. Von hinten spürten sie eine Welle sengend heißer Luft über sich hinweggehen.

Den Haltegriff umklammernd, warf Elena einen Blick über die Schulter zurück. »Oh, mein Gott, Nick!«, schrie sie. »Das Haus ... der ganze Komplex ist zerstört! Sieh dir das an!«

Doch Bryson starrte stur nach vorn. Er wagte nicht, sich umzudrehen, geschweige denn anzuhalten. Stattdessen holte er alles aus dem Wagen heraus, was er in diesem Gelände aufbieten konnte. Und dabei hatte er nur einen einzigen Gedanken: *Meine Liebste – immerhin bist du in Sicherheit.*

In Sicherheit und an meiner Seite.

Jedenfalls fürs Erste.

Siebenundzwanzigstes Kapitel

Gegen 22:00 Uhr landeten sie in London – zu spät, um noch irgendeine Aktivität zu starten. Sie quartierten sich in einem Hotel am Russell Square ein und teilten erstmals seit fünf Jahren wieder ein und dasselbe Bett. Sie waren einander natürlich etwas fremd geworden, fanden aber schnell wieder zueinander. Nach fünf Jahren Enthaltsamkeit liebten sie sich mit einer Leidenschaft, die fast an Verzweiflung grenzte. Eng umschlungen schliefen sie ein, erschöpft von der Liebe und – vor allem – von den aufreibenden Stunden, die hinter ihnen lagen.

Am Morgen unterhielten sie sich über die entsetzliche Katastrophe, der sie entkommen waren, und suchten nach Erklärungen.

Bryson fragte: »Als du am Flugfeld angerufen hast, um den Jet zu buchen, warst du da womöglich auf einer ungeschützten Leitung?«

Sie presste die Lippen aufeinander und nickte mit dem Kopf. »Der Anschluss dort bietet ohnehin nicht die Möglichkeit; es war also gehupft wie gesprungen. Die im Direktorat eingehenden Anrufe galten aber immer als sicher, da unsere Telefonzentrale absolut dicht abgeschirmt war. Wenn wir – zum Beispiel für Anrufe nach London oder Paris oder München – sterile Leitungen benutzt haben, dann nur deshalb, weil wir die andere Seite schützen wollten.«

»Aber Anrufe über größere Distanzen werden für gewöhnlich von Landleitungen aus auf Richtfunktürme aufgeschaltet, und es sind dann deren Funksignale, die sich zum Beispiel von Überwachungssatelliten abfangen lassen. Aber damit erzähle ich dir bestimmt nichts Neues, oder?«

»Natürlich nicht. Auch Landleitungen können angezapft werden, mit herkömmlichen Mitteln, per Fangschaltung oder dergleichen. Das setzt aber voraus, dass man genau weiß, von welchem Anschluss der Anruf ausgeht.«

»Offenbar wusste Prometheus, wo das Hauptquartier liegt«, sagte Bryson leise. »Trotz aller Vorsicht wird wohl aufgefallen sein, dass auf dem Flugfeld reger Verkehr herrscht. Und die dortigen Telefon anzuzapfen dürfte nicht schwer gewesen sein.«

»Waller... nur gut, dass er unterwegs war. Wir müssen unbedingt versuchen ihn zu erreichen.«

»Er weiß bestimmt längst Bescheid. Aber Chris Edgecomb...«

Sie bedeckte ihre Augen mit einer Hand. »Oh mein Gott. Und Layla!«

»Und all die anderen. Du wirst die meisten gut gekannt haben.«

Sie nickte, und als sie die Hand senkte, standen ihre Augen voller Tränen.

Nach einer Weile fuhr Bryson fort: »Für den Anschlag hat man sich vermutlich ins Netz der Stromversorgung eingeklinkt und an allen Ecken und Enden Plastiksprengstoff angebracht. Ohne Hilfe von innen wird das nicht gelaufen sein; da ist jemand gekauft worden. Das Direktorat stand kurz davor, die Pläne der Promethianer aufzudecken, und musste darum unschädlich gemacht werden. Zu dem Zweck hat man ursprünglich mich auf den Weg geschickt – bestimmt auch andere –, aber weil dieser Plan nicht aufging, haben sie sich für den Frontalangriff entschieden.« Er schloss die Augen. »Diese Pläne, die da mit aller Gewalt durchgezogen werden, müssen für die Männer hinter Prometheus von enorm großer Bedeutung sein.«

Lord Miles Parmore, den eifrigsten Befürworter des Abkommens, mit ihren Fragen direkt zu konfrontieren, kam darum nicht in Frage. Damit würden sie nur den Feind auf sich aufmerksam machen. Der Lord stand wahrscheinlich unter permanenter Beobachtung und war darauf getrimmt, all diejenigen, die zur Gefahr werden konnten, an der Nase herumzuführen. Außerdem spürte

Bryson instinktiv, dass Lord Parmore gar nicht ihr Mann war. Er war eine Galionsfigur, sehr populär, wurde aber wahrscheinlich so eng an der kurzen Leine geführt, dass er hinter den Kulissen selbst kaum Bewegungsspielraum hatte. Nein, er gehörte bestimmt nicht zum harten Kern der Prometheus-Gruppe. Die Schalthebel bediente ein anderer, wahrscheinlich jemand in Parmores Umfeld, jemand, der irgendwie mit ihm zu tun hatte. Aber auf welche Weise?

Die Verschwörer waren viel zu clever und auch zu gründlich, als dass sie solche Beziehungen nicht sorgfältig vertuscht hätten. Alle aussagekräftigen Zeugnisse würden abgeändert oder gelöscht worden sein. Die versteckten Machthaber, die Puppenspieler, gaben sich nicht die kleinste Blöße. Einzig und allein das Fehlen von Hinweisen oder genauer: deren nachträgliches Verschwindenlassen mochte Aufschluss bieten. Doch die Suche nach solchen Leerstellen käme der sprichwörtlichen Suche nach der Stecknadel im Heuhaufen gleich.

Bryson schlug darum vor, noch tiefer in der Vergangenheit zu graben. Auf diese Art war er schon häufig fündig geworden: in verstaubten Akten und Dokumenten, Zeugnissen, die nur schwer zugänglich waren und die sich kaum überzeugend fälschen ließen.

Es war nur eine vage Hoffnung, die sie an diesem Morgen nach St. Pancras zur British Library fahren ließ, jenem großen Gebäude aus handgeformten, rotgelb leuchtenden Leicester-Ziegeln. Bryson und Elena durchquerten den kleinen Park an der Euston Road, passierten die große von Sir Eduardo Paolozzi geschaffene Bronzeskulptur von Newton und betraten die geräumige Eingangshalle. Bryson musterte jedes Gesicht, das ihnen begegnete, immer gefasst darauf, selbst Gegenstand der Aufmerksamkeit zu sein. Er musste davon ausgehen, dass Prometheus Jagd auf ihn machte und womöglich schon wusste, dass er sich in London aufhielt. Doch bislang deutete nichts darauf hin, dass man ihn entdeckt hatte. Über eine breite Kalksteintreppe gelangten sie in den großen Lesesaal mit seinen zahllosen

Eichen-Pulten und Leselampen. Die Arbeitsplätze lagen hinter diskret in die Wandvertäfelung eingelassenen Türen. Der Arbeitsplatz, den sie sich hatten reservieren lassen, war für zwei Personen ausgelegt. Die Eichenstühle mit den gerundeten Rückenlehnen und die mit grünem Leder bezogenen Schreibtische verbreiteten eine fast klubartige Atmosphäre.

In rund einer Stunde hatten sie einen Stapel von Büchern zusammengetragen, großformatige, schwarze Bände, die die offiziellen Aufzeichnungen von Parlamentssitzungen enthielten. Die meisten von ihnen waren schon jahrelang nicht mehr aufgeschlagen worden und verströmten einen muffigen Geruch, wenn man darin blätterte. Nick und Elena machten sich konzentriert an die Arbeit. Sie suchten nach Redebeiträgen zum Thema innere Sicherheit und bürgerliche Freiheiten. Gab es schon früher Initiativen für ein Mehr an polizeilicher Kontrolle und Überwachung? Die beiden überflogen Seite um Seite und notierten, was ihnen wichtig beziehungsweise fraglich erschien.

Es war Elena, die den Namen erstmals laut aussprach: *Rupert Vere*. Er war der typische Polit-Funktionär, ein Fädenzieher, der sich nie in den Vordergrund drängte, sondern lieber hinter den Kulissen taktierte – und das sehr geschickt, wie die Aufzeichnungen belegten.

Rupert Vere, Mitglied des Parlamentes und Abgeordneter von Chelsea, war der Außenminister Großbritanniens.

Bryson spürte der wenig gradlinig verlaufenen Karriere des MP in kleineren regionalen Zeitungen nach, die sich insbesondere für die eher nebensächlichen Details interessierten. In mühevoller Kleinarbeit überflog er Hunderte winziger Artikel in etlichen lokalen Gazetten, deren Papier häufig schon vergilbt und spröde war. Mitunter befiel ihn schiere Verzweiflung, denn es schien absolut aussichtslos zu sein, in diesen öffentlich zugänglichen Seiten Hinweise auf eine supergeheime Verschwörung entdecken zu können.

Aber er hielt durch. So auch Elena. Sie führte die Suche in Analogie zu ihrer Lauscharbeit beim Direktorat durch, hatte sie ja auch dort die Aufgabe, aus einer Kaskade von Geräuschen und nutzlosen Informationen das eine verräterische, vielsagende Signal herauszuhören.

Rupert Vere hatte am Brasenose College in Oxford studiert und sein Studium mit Bestnote abgeschlossen; dass er von sich selbst behauptete, faul zu sein, war wahrscheinlich nur ein Bluff. Jedenfalls schien er ein Talent zur Freundschaftspflege zu haben. Ein Kolumnist des *Guardian* stellte fest: »... und darum reicht sein Einfluss über den formalen Amtsbereich weit hinaus.« Nach und nach fügte sich ein Bild zusammen: Außenminister Rupert Vere arbeitete seit Jahren still und leise daran, dem Abkommen für Überwachung und Sicherheit den Weg zu ebnen, indem er Freunde und Verbündete um sich scharte und politische Gegenleistungen einforderte. Dabei waren seine eigenen Auslassungen zu diesem Thema stets moderat. Dass er irgendwelche persönliche Interessen verfolgte, trat an keiner Stelle zutage.

Schließlich stieß Bryson auf eine Information, die ihn aufmerken ließ, obwohl sie auf den ersten Blick äußerst trivial anmutete. Auf den gelben Seiten des *Evening Standard* war der Bericht über ein Ruderrennen zu lesen, das 1965 bei Pangbourne auf der Themse ausgetragen worden war und an dem die besten Teams aller britischen Sekundarschulen teilgenommen hatten. Vere ruderte damals als Sechstklässler für Marlborough. In dem Artikel, über dessen Lektüre Bryson zunächst fast eingeschlafen wäre, hieß es:

Bei den Pangbourne Junior Sculls konnten sich eine Reihe von Vierer- und Zweierbooten hervortun – vor allem der J18-Vierer der Sir William Borlase School, der die schnellste Tageszeit erzielte (10 Min. 28 Sek.). Nicht viel langsamer waren die Teams der J16-Klasse, allen voran der Doppelzweier des St. George College (10 Min. 35 Sek.) mit seinen starken Ruderern Matthews und Loake, die mit knappem Vorsprung vor Westminster einliefen. In beiden J14-Klassen hatte die Hereford Cathedral School die Nase vorn; der Doppelvierer war nach 12 Min. 11 Sek. im Ziel, der Doppelzweier benötigte 13 Min. 22 Sek. Auch bei den Einern gab es in der Altersgruppe J16 einige hervorragende Ergebnisse. Rupert Vere aus Marlborough (11 Min. 50 Sek.) hatte im Ziel 13 Sekunden Vorsprung vor seinem Mannschaftskameraden Miles Parmore. David Houghton (13 Min. 5 Sek.) konnte seinen Verfolgern fast eine halbe Minute abnehmen. Vielversprechende Leistungen brachten in der MJ16-Klasse auch Parrish von St. George's (12 Min. 6 Sek.) und Kellman von Dragon School, die insgesamt das viert- bzw. fünftbeste Tagesergebnis erzielten konnten. Die jüngeren Jahrgänge fuhren ihre Rennen über eine Distanz von 1500 Metern. Dawson von Marlborough (8 Min. 51 Sek.) konnte das Rennen in der WJ13-Klasse für sich entscheiden und belegte unter allen Jungen und Mädchen unter 14 Jahren Rang fünf hinter Goodey, dem Sieger in der MJ13-Klasse.

Bryson las die Zeilen ein zweites Mal durch und fand auch durch andere Artikel bestätigt: Vere hatte für Marlborough und mit Miles Parmore in ein und demselben Team gerudert.

Ja. Der britische Außenminister und MP von Chelsea war ein langjähriger Sportsfreund von Lord Miles Parmore.

Hatten Elena und er ihren Mann gefunden?

Der Palast von Westminster – besser bekannt als Houses of Parliament – war vom Stil her in seiner Verbindung aus althergebrachten und modernen Elementen eine typisch britische Institution. Schon zu Zeiten des Wikinger-Königs Canute hatte an dieser Stelle ein Palast gestanden. Edward der Bekenner und William der Eroberer hatten ihn im 11. Jahrhundert nach dem antiken Vorbild königlicher Großzügigkeit und Prachtentfaltung weiter ausgebaut. Kontinuität zeigte sich im Äußeren so real wie die Magna Carta; noch deutlicher aber traten die historischen Brüche in Erscheinung. Mitte des 19. Jahrhunderts war das Bauwerk endlich so weit fertig gestellt worden, wie es sich heute noch darstellt – als architektonische Glanzleistung auf der Höhe des Gothic Revival, als die Vision einer künstlich nachgestellten Antiquität, die noch einmal neu nachempfunden werden musste, als das Unterhaus im Zweiten Weltkrieg zerstört wurde. Es stellt somit, obwohl sorgfältig restauriert und in seinem Flamboyantstil ein wenig zurückgenommen, die Kopie einer Kopie dar.

Der Palast von Westminster grenzt zwar an den verkehrsreichsten Platz Londons, den Parliament Square, vermittelt aber dennoch den Eindruck einer Insel in arkadischer Abgeschiedenheit. Der »neue Palast« selbst aber ist mit seinen fast 1200 Räumen und den insgesamt über drei Kilometer langen Gängen ein Strudel menschlicher Geschäftigkeit. Die von der Politik genutzten und von Touristen Tag für Tag besichtigten Teile des Palastes sind an sich schon sehr beeindruckend. Doch dahinter liegt noch vieles im Verborgenen, wofür es aus Sicherheitsgründen keine frei zugänglichen Pläne gibt. Wer gezielt danach sucht, kann sie allerdings in den historischen Archiven ausfindig machen.

Bryson hatte volle zwei Stunden über diesen Plänen gebrütet und auch von kleinsten Details Notiz genommen, bis sich die labyrinthischen Grundrisse in sein Gedächtnis eingebrannt hatten, so dass er sie jederzeit würde abrufen können. Er wusste nun genau, wo sich zum Beispiel die Peers' Library befand und wie von dort aus die Prince's Chamber zu erreichen war. Er kannte die Entfernung zwischen der Speaker's Residence und dem Quartier des Stabträgers und wusste, wie viele Schritte von der Lobby des Unterhauses zum nächstgelegenen Ministerbüro zurückzulegen waren. Weil es früher noch keine Zentralheizung gegeben hatte, waren viele Räume durch eine zusätzliche, isolierende Wand geschützt worden, so dass sich zwischen Außenmauer und äußerer Zimmerwand schmale, ungenutzte Hohlräume befanden. Darüber hinaus gab es eine Vielzahl versteckter Gänge, die den Handwerkern und Bauarbeitern vorbehalten waren, damit Wartungs- und Reparaturarbeiten vorgenommen werden konnten, ohne dass dadurch der offizielle Betrieb gestört wurde. Wie die Regierung selbst, so brauchte auch ihre äußere Hülle Räume und Verbindungen, die für die Öffentlichkeit unsichtbar blieben.

Elena sammelte derweil alle auffindbaren Details der Biografie von Robert Vere zusammen. Eines ließ sie besonders aufmerken: Als 16-Jähriger hatte Vere einen von der *Sunday Times* ausgelobten Kreuzworträtsel-Wettbewerb gewonnen. Dass er sich auf solche Spiele einließ, passte ins Bild, auch wenn es damals noch ein triviales war, was man von dem, das er heute spielte, wahrlich nicht behaupten konnte.

Frühmorgens gegen fünf Uhr schlenderte ein Rucksacktourist mit Lederjacke und schwarzer Hornbrille um die Houses of Parliament herum, der scheinbar übermüdet war und versuchte, seinen Kater loszuwerden. Jedenfalls hoffte Bryson, dass er diesen Eindruck hinterließ. Er bummelte am schwarzen Standbild Cromwells vorbei, ging auf den St. Stephan's Entrance zu und las den dort angeschlagenen Hinweis: ALLE GRÖSSEREN SENDUNGEN, AUSGENOMMEN BLUMEN, SIND ÜBER DEN EINGANG ›BLACK ROD'S GARDEN‹ ANZULIEFERN. Dann zog er weiter zum Peer's Entrance, notierte im Stillen dessen Ausrichtung im Verhältnis zu den anderen Pforten und durchquerte einen kleinen Kastanienhain, wobei er auf jede der vielen Überwachungskameras achtete, die, gut erkennbar, in weiß emaillierten Gehäusen installiert waren. Wie er inzwischen wusste, unterhielt die Londoner Stadtpolizei ein über die ganze Stadt ausgebreitetes Netz aus über 300 solcher Kameras, die auf hohen Pfosten oder an Gebäudefassaden angebracht waren. Jede dieser Kameras hatte eine bestimmte Nummer, und wenn eine befugte Person diese Nummer wählte, zeigte sich ihr ein gestochen scharfer, farbiger Ausschnitt Londons. Die Kameras waren schwenkbar und mit Zoomfunktion ausgestattet, so dass es möglich war, einem Autofahrer oder Fußgänger kreuz und quer durch die Stadt zu folgen.

Er betrachtete das viergeschossige Hauptgebäude, vergegenwärtigte sich die in seinem Kopf gespeicherten Grundrisse und brachte die abstrakten Maßzahlen mit der konkreten Anschauung in Übereinstimmung. Jetzt kam es für ihn darauf an, seiner Intuition erlernte Daten zur Verfügung zu stellen, damit er spontan und ohne nachzudenken auf sie zurückgreifen konnte. Das war eine von Wallers ersten und wichtigsten Lektionen gewesen: *Im Einsatz zählen nur die Orientierungspläne, die im Kopf gespeichert sind.*

Der St. Stephen's Tower, ein Uhrturm am Nordrand der Parlamentsgebäude, war 97 Meter hoch. Auf der gegenüberliegenden Seite erhob sich der Victoria Tower, nicht ganz so hoch, aber um einiges breiter. Die Dächer dazwischen waren meist zu großen Teilen eingerüstet, weil es irgendwo immer irgendetwas zu reparieren gab. Gleich neben dem Victoria Tower führte eine Metallstiege von außen aufs Dach. Bryson schlenderte an den Fluss und nahm die uferseitige Gebäudefront in Augenschein, vor der eine gut fünf Meter breite Terrasse lag. Nur die beiden äußeren Flügelteile fielen stufenlos ins Wasser ab. Auf der anderen Seite des Flusses sah er ein paar Boote vor Anker liegen, Touristenboote und Nutzkähne. Auf einem stand in dicken Buchstaben: TREIBSTOFF UND SCHMIERÖL. Bryson notierte alles in Gedanken.

Das Vorhaben war im Entwurf ausgearbeitet, der Zeitplan stand fest. Bryson kehrte ins Hotel zurück, zog sich um und ging dann mit Elena den Plan noch einmal im Einzelnen durch – was aber seine Sorgen und Bedenken nicht mindern konnte. Die Sache hatte allzu viele Haken, und ihm war klar, dass die Wahrscheinlichkeit zu scheitern immer größer wurde, je länger die Aktion dauerte. Aber es gab keine Alternative.

Vornehm in Doppelreiher und Nadelstreifen gekleidet, stieg Bryson alias Nigel Hilbreth, eine runde Hornbrille auf der Nase, über eine Treppe vom unteren zum oberen Wartesaal der Chamber of Commons, nahm in der Galerie Platz und stellte seinen Aktenkoffer zwischen die Füße. Seine Miene war zu einer Maske schierer Gleichgültigkeit geronnen, das Haar säuberlich gescheitelt, der Schnäuzer penibel gestutzt. Er entsprach mit jedem Quadratzentimeter seines Äußeren einem Staatsbeamten der mittleren Laufbahn, und selbst das Parfüm – Penhaligon's Blenheim, gekauft in der Wellington Street – passte zu seiner Aufmachung. Ein einfacher Trick, aber mindestens ebenso wirkungsvoll wie Farbe, Brille und selbstklebende Haarteile. Es war wieder einmal Waller gewesen, der ihn als Erster auf die viel zu selten anerkannte Bedeutung der olfaktorischen Tarnung aufmerksam gemacht hatte. Bevor er einmal im Auftrag des Direktorats Ostasien bereisen musste, hatte Bryson wochenlang auf Fleisch und Milchprodukte verzichtet, da Asiaten, die sich hauptsächlich von Fisch und Soja ernähren, Fremde aus dem Westen allein schon am charakteristischen Körpergeruch erkennen können. Ähnliche diätetische Vorbereitungen traf er, wenn es galt, arabische Ländern zu bereisen. So gering und nebensächlich eine veränderte Duftnote auch erscheinen mochte, Bryson wusste aus Erfahrung, dass oft kleinste Hinweise ausreichten, um in vertrauter Umgebung auf Fremde aufmerksam zu werden.

Nigel Hilbreth saß ruhig auf seinem Platz und folgte der zum Teil hitzig geführten Parlamentsdebatte, der offenbar auch die Abgeordneten ein ungewohntes Maß an Aufmerksamkeit schenkten. Sie saßen unten auf den langen, mit grünem Leder bezogenen Bänken und hatten ihre Vorlagen vor sich ausgebreitet, auf die das Licht aus kleinen, an langen Kabeln von Decke herabhängenden Lampen fiel. Verhandelt wurde ein Problem, für das sich keine elegante Lösung würde finden lassen. Die Minister der amtierenden Regierung hatten ihren Platz auf der vordersten Bank. Ihnen gegenüber, auf der linken Seite, saß die Opposition. Dahinter ragte die stufenförmige Galerie steil auf, verziert mit dunkelbraunen Holzschnitzereien.

Die kurzfristig anberaumte Sondersitzung hatte längst begonnen, als Bryson eingetroffen war, aber er wusste genau, worum es ging: Das Thema stand weltweit ganz oben auf der Tagesordnung fast aller Parlamente: das Abkommen für Überwachung und Sicherheit. Die Debatte wurde in London allerdings zusätzlich durch den scheußlichen Bombenanschlag angeheizt, der mitten im Kaufhaus Harrods zur belebtesten Tageszeit von einer Splittergruppe der Sinn Fein durchgeführt worden war und Hunderte von Menschen verletzt hatte. *Ob auch dieser Anschlag letztlich auf das Konto der Prometheus-Gruppe ging?*

Zum ersten Mal sah Bryson den Außenminister Rupert Vere in realiter vor sich. Vere wirkte geradezu gebrechlich und viel älter als er tatsächlich war, nämlich 56. Doch es war deutlich, dass seinen kleinen, blitzenden Augen kaum etwas entging. Bryson blickte auf seine Uhr – ein weiteres kleines Requisit seiner Tarnung, eine alte rechtwinklige Armbanduhr von McCallister & Son.

Eine halbe Stunde zuvor hatte Bryson in der blasierten Attitüde eines Whitehall-Beamten einem Parlamentsdiener den Auftrag gegeben, dem Außenminister eine dringende Mitteilung zukommen zu lassen. Wenn er pünktlich war, würde dieser Diener nun jeden Moment aufkreuzen. Bryson war gespannt auf Veres mimische Reaktion auf den Inhalt der Nachricht. Elena, selbst begeisterte Rätselraterin, hatte den Text entworfen, und zwar im Stil jener Fragen, die zum »Um-die-Ecke-denken« auffordern.

> *Für steht vor dem Honigtrank, gefolgt vom ersten deutschen Bundespräsidenten ohne den letzten. Erraten? Wir sehen uns während der Sitzungpause in Ihrem Büro.*

Es war Elenas Idee gewesen, die Botschaft in ein Rätsel zu packen, auf das Vere als Rätselfreund einfach anspringen musste.

Während ein Oppositionsmitglied gerade die Gefahren beschwor, die das Abkommen für die bürgerlichen Freiheiten brächte, wurde dem Außenminister ein Briefumschlag gereicht. Er öffnete ihn, überflog den Text und blickte sofort zur Galerie hinauf, in Brysons Richtung. Sein Gesicht war ernst, doch seinem Ausdruck ließ sich nichts entnehmen. Bryson musste an sich halten, um nicht unwillkürlich zusammenzuzucken. Lange Sekunden verstrichen, ehe er gewahrte, dass Vere gar nicht ihn anschaute, sondern einfach nur ins Leere stierte. Bryson mimte weiterhin den gelangweilten Zuhörer, was ihm allerdings nicht leicht fiel. Wenn er entdeckt würde, wäre er geliefert – davon musste er ausgehen. Die Wachhunde der Prometheus-Gruppe wussten ganz bestimmt, wie er aussah. Eine gute Chance bestand allerdings darin, dass sie noch nichts von Elena gehört hatten oder, falls doch, dass man glaubte, sie sei bei der Zerstörung der Direktoratszentrale in der Dordogne ums Leben gekommen.

Es empfahl sich darum, dass Elena an Vere herantrat. Die Sitzung würde in zehn Minuten unterbrochen werden. Was danach passierte, würde über alles andere entscheiden.

Alle Mitglieder des britischen Kabinetts haben ihre Büros an oder in der Nähe von Whitehall. Das Auswärtige Amt liegt an der King Charles Street. Weil er häufig mit Parlamentsabgeordneten zu verhandeln hat, stehen dem Außenminister aber auch Räumlichkeiten unter dem Dach des Palastes von Westminster zur Verfügung. Die von Vere genutzten Räume waren nur wenige Gehminuten vom Sitzungssaal des Unterhauses entfernt und boten einen diskreten Rahmen für dringliche Gespräche, die diplomatisches Gespür verlangten.

Würde Vere der in der Nachricht enthaltenen Aufforderung nachkommen oder würde er mit einer ganz unerwarteten Reaktion überraschen? Bryson glaubte, dass er allein schon aus Neugier sein Büro aufsuchen würde. Falls Vere aber in Panik geriete oder sich aus irgendeinem anderen Grund woandershin begäbe, würde Bryson ihm auf den Fersen bleiben. Ihm im Gedränge der Abgeordneten zu folgen war kein Problem. Bryson beschattete ihn auf dem Weg durchs Treppenhaus nach oben und vorbei an den Büsten ehemaliger Premierminister, bis er nicht länger hinter ihm bleiben konnte, ohne aufzufallen.

Ruperts persönliche Sekretärin war Belinda Headlam, eine gedrungene Frau Anfang sechzig, die ihr graues Haar zu einem festen Dutt gedreht trug. »Diese Dame behauptet, dass Sie sie erwarten«, murmelte sie dem Außenminister zu, als er das Vorzimmer betrat. »Sie sagt, sie habe Ihnen eine Nachricht zukommen lassen.«

»Schon recht«, antwortete Vere. Elena saß auf dem Ledersofa neben der Tür zum Büro. Sie hatte sich ihrem Auftritt entsprechend zurechtgemacht: Das marineblaue Kostüm war tief ausgeschnitten, aber noch schicklich; die Haare waren zurückgekämmt, die Lippen auberginefarben nachgezogen. Sie sah wunderschön aus und gleichzeitig sehr professionell.

Vere hob die Augenbrauen und schmunzelte anerkennend. »Wir sind uns noch nicht begegnet, oder?«, fragte er. »Ich würde mich mit Sicherheit an Sie erinnern. Das war also Ihre Nachricht?« Er winkte sie in sein kleines, düsteres, aber exquisit eingerichtetes Büro unter der Dachschräge, wies ihr einen Ledersessel zu und nahm selbst hinter seinem Schreibtisch Platz.

In aller Ruhe räumte er zunächst einmal seine Korrespondenz zur Seite. Elena fühlte sich von ihm taxiert, allerdings nicht als ein potenzielles Abenteuer, sondern eher als eine Gegnerin.

»Wir haben offenbar eine gemeinsame Vorliebe«, fuhr er schließlich fort. »Das Lösen von Rätseln. In diesem Fall heißt die Lösung ›Prometheus‹, hab ich Recht? War nicht schwer zu erraten. Honigtrank ist klar: *Met*, davor steht *pro* als lateinisches ›für‹, dann folgt der deutsche Präsident Heuss, ohne den letzten Buchstaben *Heus*.« Er legte eine Pause ein und starrte sie an. »Was verschafft mir das Vergnügen, Miss …?«

»Goldoni«, antwortete sie. Da sie ihren rumänischen Akzent noch nicht verloren hatte, stand ihr ein fremdländischer Name gut zu Gesicht. Sie musterte ihn genau, doch er zeigte keinerlei Regung. Stattdessen gab er vor, nicht zu verstehen, was sie von ihm wollte. Der unumwunden ausgesprochene Name Prometheus schien ihn nicht weiter zu verunsichern, geschweige denn zu alarmieren oder in die Defensive zu treiben. Wenn er schauspielerte, tat er das gut, was aber im Grunde nicht verwundern konnte. Nur wer sich zu verstellen wusste, kam als Politiker so weit wie er.

»Ich darf doch annehmen, dass Ihr Büro abhörsicher ist, oder?«, sagte Elena und ließ sich von seiner verdutzten

Miene nicht irritieren. »Sie wissen, wer mich geschickt hat. Verzeihen Sie die unkonventionelle Form der Kontaktaufnahme, aber dafür gibt es Gründe. Es geht um eine dringliche Angelegenheit, und die Kanäle, über die wir sonst kommunizieren, sind womöglich nicht mehr sicher.«

»Ich kann Ihnen nicht ganz folgen«, antwortete Vere hochnäsig.

»Kurzum, Sie dürfen die bislang gültigen Codes nicht mehr verwenden.« Elena beobachtete ihn aufmerksam. »Das ist sehr wichtig, zumal der Stichtag für den Prometheus-Plan immer näher rückt. Sobald das Kommunikationsproblem gelöst ist, werde ich mich wieder bei Ihnen melden.«

Das geduldige Lächeln verschwand aus Veres Gesicht. Er räusperte sich und stand auf.

»Mit Verlaub, Sie haben nicht mehr alle Tassen im Schrank«, sagte er. »Wenn Sie mich jetzt bitte entschuldigen wollen ...«

»Nein!«, insistierte Elena im Flüsterton. »Sämtliche Kryptosysteme sind kompromittiert. Auf sie ist kein Verlass mehr! Wir sind dabei, die Codes zu ändern. Sie müssen bis auf weiteres stillhalten.«

Von Veres professionellem Charme war plötzlich nichts mehr übrig geblieben. Seine Miene verhärtete sich. »Raus hier, aber sofort!«, blaffte er. Schwang da Panik in seiner Stimme mit? Mimte er auf empört, um seine Angst zu kaschieren? »Ich werde Sie der Polizei melden, und wagen Sie es nicht, noch einmal einen Fuß in dieses Gebäude zu setzen.«

Vere langte nach der Gegensprechanlage, doch bevor er dazu kam, den Schalter zu drücken, flog die Bürotür auf. Ein schlanker Mann in Tweed trat ein und schloss die Tür hinter sich. Elena erkannte ihn; sie hatte sein Gesicht im Zuge ihrer Recherchen auf Fotos gesehen: Simon Dawson, langjähriger Wegbegleiter Veres und wichtigster Mann seines Stabes.

»Rupes«, sagte Simon Dawson mit schleppender Stimme. »Ich konnte nicht umhin, das Gespräch mit anzuhören. Wird dir die Frau lästig?« Mit seinen stumpfen braunen

Haaren, den rötlichen Wangen und der schlaksigen Figur wirkte Dawson wie ein in die Jahre gekommener Schuljunge.

Vere war sichtlich erleichtert. »In der Tat«, sagte er. »Sie redet dummes Zeug, und ich verstehe nur Bahnhof, Prometheus, Krypto-sowieso und etwas von einem Stichtag, der näher rückt. Ausgesuchter Blödsinn. Die Dame sollte dem MI-5 gemeldet werden, und zwar sofort. Sie ist gemeingefährlich.«

Elena trat einen Schritt auf Veres Schreibtisch zu; ihr Blick schwenkte von dem einen zum anderen Mann. Irgendetwas stimmte hier nicht. Dawson hatte, wie ihr aufgefallen war, die schwere Eichentür hinter sich geschlossen. Warum?

Die Antwort darauf ließ nicht lange auf sich warten.

Plötzlich zog Dawson eine flache, mit Schalldämpfer versehene Browning aus seinem Tweedjackett.

»He, Simon, was willst du mit einer Pistole?«, fragte Vere. »Das ist wirklich nicht nötig. Die Frau wird wohl noch von sich aus gehen.« Elena studierte Veres irritierte Miene, die ein Gemisch aus Verwunderung, Ärger und Furcht verriet.

Dawson hielt die Pistole mit routinierter Nonchalance. Elenas Herz begann zu pochen. Nervös sah sie sich nach einer Fluchtgelegenheit um.

Dann wandte sie sich wieder Dawson zu, erwiderte den starren, unverhohlen feindseligen Blick und forderte ihn geradezu heraus, die Waffe auf sie abzufeuern. Und tatsächlich drückte Dawson plötzlich ab. Vor Schrecken starr, sah sie, wie die Pistole in seiner Hand aufzuckte. Das Spucken einer schallgedämpften Detonation ertönte, und auf dem gestärkten weißen Hemd von Außenminister Rupert Vere zeigte sich ein roter Fleck, der rasch größer wurde. Sekunden später brach er auf dem orientalischen Teppich zusammen.

Mein Gott! Simon Dawson! Auch sein Name war ihr in dem alten Zeitungsausschnitt über die Ruderwettkämpfe von Pangbourne begegnet; Dawson war ein jüngerer Schulkamerad gewesen, der später, wie sie vermutet hatte, von Vere protegiert worden war.

Irrtum.

Dawson hatte Vere in der Hand gehabt.

Mit kaltem Grinsen wandte er sich Elena zu. »Dumm gelaufen, nicht wahr? Schade um eine so brillante Politikerkarriere. Aber Sie haben mir leider keine andere Wahl gelassen. Was mussten Sie ihm auch so viel erzählen! Er ist ein gescheiter Mann, der sich seinen Teil denkt. Sie verstehen doch, oder?« Er kam mit jedem Wort näher an sie heran, bis sie seinen feuchten Atem spüren konnte. »Rupes war zwar ein fauler Kerl, aber alles andere als auf den Kopf gefallen. Was haben Sie sich dabei gedacht, ausgerechnet mit ihm über Prometheus zu quasseln? Aber vielleicht sollten wir uns jetzt lieber mit Ihrer Person befassen.«

Simon Dawson. Warum hatte sie ihn übersehen? Das gleiche Argument, das Miles Parmore aus der Reihe der Verdächtigen ausscheiden ließ, traf auch auf Rupert Vere zu: Er hatte zu sehr in der Öffentlichkeit gestanden. Der eigentliche Drahtzieher war ein gesichtsloser Funktionär aus der zweiten Reihe, der durch seine ahnungslosen Vorgesetzten agierte.

»Sie haben ihn also die ganze Zeit über im Dunklen gelassen«, sagte Elena, halb zu sich selbst.

»Rupes? Ihn einzuweihen war nicht nötig. Er hat meinem Rat immer voll und ganz vertraut. Und niemand hatte ein so einnehmendes Wesen wie er. Sein Charisma war unbezahlbar. Ich betone: *war*. Mittlerweile können wir darauf verzichten.«

Sie wich einen Schritt zurück. »Sie meinen, weil Großbritannien nun zu den Unterzeichnern des Abkommens gehört.«

»So ist es. Seit exakt zehn Minuten. Aber wer sind Sie eigentlich? Ich wüsste nicht, dass man uns einander vorgestellt hätte.« Dawson hielt die Browning immer noch mühelos und wie selbstverständlich in der rechten Hand. Mit der linken zog er nun ein flaches metallenes Etui aus der Brusttasche, offenbar eine Art elektronisches Notizbuch. »Mal sehen, was Network über Sie zu sagen weiß«, murmelte er und richtete das Gerät auf ihr Gesicht. Sofort erschien auf dem kleinen quadratischen LCD-Bildschirm ihr Bild. Dann begann der Bildschirm zu flackern, und Hunderte anderer Porträts wischten darüber hinweg, bis das passende gefunden war.

»Elena Petrescu«, las er von der Anzeige ab. »1969 in Bukarest geboren. Einzige Tochter von Andrei und Simona Petrescu. Vater Andrei war Rumäniens führender Experte in Sachen Kryptografie. Ah, *sehr* interessant: Kurz vor dem Staatsstreich von 1989 ist er aus Rumänien herausgeschleust worden, und zwar von Nicholas Bryson persönlich.« Er blickte auf. »Sie sind mit Bryson verheiratet. So also fügt sich alles zusammen. Sie beide sind Mitarbeiter des Direktorats. Waren fünf Jahre lang getrennt voneinander. Im Jahr vor Ihrer Trennung hatten Sie – was lese ich da? – insgesamt drei Fertilisationsbehandlungen; sie wollten anscheinend schwanger werden. Hmmm, hat nicht so richtig geklappt, nicht wahr? Sie waren dann einmal wöchentlich bei einem Psychotherapeuten in Behandlung. Warum? Hatten Sie Probleme damit, ein Überläufer im Exil zu sein? War Ihr Job beim Direktorat schuld oder Ihre Ehe?«

In der Diskrepanz zwischen dem, was er sagte, und der Art, wie er es sagte, lag etwas, das Elena erschauern ließ. Ihr fiel auf, dass er die Browning, obwohl er sie nach wie vor in der Hand hielt, kaum zu beachten schien.

»Ihre Pläne sind aufgeflogen. Das sollten Sie wissen«, sagte Elena.

»Ist mir egal«, antwortete Dawson überheblich.

»Das bezweifle ich. Es war Ihnen schließlich auch nicht egal, dass Rupert Vere damit drohte, den MI-5 zu informieren.«

»CIA, MI-6, MI-5 und all die anderen Geheimdienste sind ausgeschaltet. Nur das Direktorat stellt sich noch etwas bockig an – vielleicht weil es so paranoid strukturiert ist; aber dass es sich nicht unterwandern lässt, ist gleichzeitig der große Knackpunkt des Direktorats. Paradox, nicht wahr? Es ist schon erstaunlich, wie lange Sie und Ihre Kollegen brauchen, bis sie endlich einsehen, dass die Zeit an Ihnen vorbeigegangen ist, dass kein Bedarf mehr an Ihnen besteht. Die NSA wird mit all den Informationen, die sie sammelt, nicht mehr fertig, zumal jetzt der gesamte Internet-Verkehr noch dazugekommen ist. Was soll's auch? Sie ist ein Relikt des Kalten Krieges und kann sich offenbar immer noch nicht damit abfinden, dass es die Sowjetunion nicht mehr gibt. Wenn man daran denkt, dass die NSA einmal die Krone der amerikanischen Geheimdienste war! Aber die fortgeschrittene Verschlüsselungstechnik hat ihr diesen Rang nun streitig gemacht. Und dieser dilettantische Verein namens CIA? Unglaublich, aber wahr: Lässt aus Versehen die chinesische Botschaft in Belgrad bombardieren! Und hatte lange Zeit keine Ahnung davon, dass Indien über Atomwaffen verfügt! Nicht zu fassen. Tun wir ihr einen Gefallen und vergessen sie einfach. Geheimdienste gehören der Vergangenheit an. Aber es kann nicht verwundern, dass Sie und Ihresgleichen Prometheus so hartnäckig zu bekämpfen versuchen. Ihr Verhalten kommt mir vor wie die ohnmächtige Wut der Dinosaurier gegen die unausweichliche Evolution. Doch noch an diesem Wochenende wird die ganze Welt zur Kenntnis nehmen, dass es mit Ihnen endgültig vorbei ist. Eine neue Ordnung wird Raum greifen und ein Zeitalter hereinbrechen, das der Menschheit ein bislang ungeahntes Maß an Sicherheit und Wohlstand garantiert.« Jetzt schien ihm wieder einzufallen, dass er eine Pistole in der Hand hielt. Er richtete sie auf Elena. »Es gibt Momente, in denen einige wenige auf dem Altar der vielen geopfert werden müssen. Ich sehe schon die Schlagzeilen im *Telegraph*: AUSSENMINISTER VERE OPFER EINER WAHNSINNSTAT. Und in der *Sun* könnte in etwa stehen: ERST DEN AA-CHEF, DANN SICH SELBST ERSCHOSSEN. Wahrscheinlich wird über irgendwelche perversen sexuellen Motive spekuliert. Wie auch immer, Pistole und Schmauchspuren werden Sie zweifelsfrei als Täterin identifizieren.«

Während er das sagte, schraubte Dawson den Schalldämpfer von der Browning. Dann sprang er urplötzlich und überraschend wendig auf Elena zu, packte sie und zwang ihr den Pistolenknauf in die Hand. Im selben Moment verdrehte er ihr den Arm, bis die Mündung gegen ihre Schläfe stieß. Elena wehrte sich wie wild. Wenn es auch ihr Ende sein sollte, so wollte sie ihm doch zuletzt noch einen Strich durch die Rechnung machen. Sie schrie so laut sie konnte, mobilisierte alle Kräfte und spürte, wie sich intensivster Lebenswille in einem unbändigen Muskelreflex Ausdruck verschaffte. Sie wirbelte herum, schlug um sich, und als sie eine andere Stimme wahrnahm, war ihr, als käme sie aus weiter Ferne.

Es war die Stimme von Nick.

»Dawson, verdammt noch mal, was soll das? Sie gehört doch zu uns!«, brüllte er. Die Tür zum Wandschrank öffnete sich. Bryson trat daraus hervor, verkleidet als Whitehall-Beamter mit falschem Haar, Schnauzbart und Brille. Um ihn als Nicholas Bryson erkennen zu können, musste man schon nahe an ihn herantreten. Die Schultern seines Jacketts waren voller Holzsplitter und Staub und zeugten davon, dass er durch einen engen Schacht hereingekrochen war. »Sie hat ihren Einsatzbefehl von Jacques Arnaud persönlich erhalten«, sagte er.

Dawson und fuhr herum. »Was ... wer zum Teufel sind Sie denn?«, schnaubte er, erstaunt und verunsichert zugleich. Unwillkürlich lockerte er dabei den Griff, mit dem er Elena gepackt hielt, die sich geistesgegenwärtig und blitzschnell aus der Umklammerung löste, die Pistole zog und Bryson zuwarf.

Bryson fing die Waffe mit beiden Händen auf und richtete sie auf Veres Staatssekretär. »Keine Bewegung«, sagte er, »oder Sie legen sich gleich zu Ihrem Chef auf den Boden.«

Dawson erstarrte und beäugte Bryson und Elena, ohne den Kopf zu bewegen.

»Jetzt werden wir Ihnen ein paar Fragen stellen«, sagte Bryson und ging mit ausgestreckter Pistole auf Dawson zu. »Und Sie werden so klug sei, vollständig und wahrheitsgemäß darauf zu antworten.«

Zurückweichend, schüttelte Dawson verächtlich den Kopf. »Wenn Sie meinen, mir Angst machen zu können, irren Sie sich gewaltig. Prometheus ist seit über einem Jahrzehnt in Planung und lässt sich durch nichts mehr aufhalten, schon gar nicht durch Sie.«

»Keine Bewegung!«, wiederholte Bryson scharf.

»Sie können mich abknallen«, sagte Dawson und wich noch weiter zurück, immer näher auf Elena zu. »Aber dadurch ändert sich nichts. Die Pistole, die Sie in der Hand halten, wurde auf meinen Freund abgefeuert, und wenn Sie so dumm sein sollten, mich umzubringen, wird man Ihnen gleich zwei Morde anlasten. Ich will fair sein und Sie darauf hinweisen, dass dieses Büro überwacht wird. Als ich Ihre Partnerin hier auftauchen sah und erkannte, worauf sie aus war, habe ich sofort die am Grosvenor Square stationierte Alpha-Truppe alarmiert.«

Bryson war sprachlos.

»Sie wird gleich hier sein, ist wahrscheinlich schon im Haus, *Sie verdammtes Arschloch!*« Mit diesen Worten sprang Dawson auf Elena zu, packte sie beim Hals und drückte beide Daumen auf ihren Kehlkopf. All das ging so schnell, dass Elenas Schrei im Hals erstickte.

Laut krachend löste sich ein Schuss aus der ungedämpften Browning, und dicht unter dem Haaransatz klaffte plötzlich ein kleines ovales Loch in Dawsons Stirn. Mit eigentümlich maskenhaftem Gesichtsausdruck kippte er vornüber zu Boden.

»Schnell!«, sagte Bryson. »Schnapp dir seinen Taschencomputer, seine Brieftasche, alles, was er bei sich hat.«

Elena verzog angewidert das Gesicht, als sie die Taschen des Toten durchsuchte und Schlüssel, Brieftasche, Palm-Pilot und diverse Zettel daraus hervorkramte. Dann folgte sie Bryson durch die offene Wandschranktür und sah, dass er die Rückwand entfernt hatte.

Diskretion war für Belinda Headlam als Angestellte von Außenminister Rupert Vere eine Selbstverständlichkeit. Sie wusste, dass ihr Chef politische Gespräche der heikleren Art in seinen Räumen unterm Dach des Palastes von Westminster zu führen pflegte, und sie hatte den Verdacht, dass es dort auch gelegentlich zu amourösen Treffen kam. Im vergangenen Jahr hatte die junge Frau aus dem Landwirtschaftsministerium immer einen leicht aufgelösten Eindruck gemacht, sooft sie, wegen einer dringenden Sache vom Premier gerufen, Veres Büro in aller Eile verlassen musste. In jüngster Zeit hatte sie sich allerdings nur noch selten blicken lassen; vielleicht war Vere es leid, dass sie so häufig vorzeitig weggerufen wurde. Wie auch immer, Belinda Headlam hatte die Episode fast schon wieder vergessen, zumal sie über die Schwächen der Männer ohnehin nur mit den Schultern zucken konnte.

Der Außenminister war jedenfalls ein bedeutender Mann, einer der fähigsten in der Regierung, wie es die *Express* immer wieder feststellte, und sie fühlte sich geehrt, von ihm persönlich als seine Sekretärin ausgewählt worden zu sein. Jetzt machte sie sich allerdings große Sorgen. Sie rang die Hände und wusste nicht, wie sie sich verhalten sollte, meinte aber schließlich, nicht länger zögern zu dürfen. Das Büro des Außenministers war schallisoliert – darauf hatte er Wert gelegt –, aber dieses Geräusch, so sehr es auch gedämpft worden war, hatte sich doch verdächtig nach einem Schuss angehört. War das denn überhaupt möglich? Wenn es aber tatsächlich ein Schuss gewesen war und sie hatte nicht reagiert – tja, was dann? Was, wenn der Außenminister verwundet am Boden läge und in Lebensgefahr schwebte? Ungewöhnlich auch, dass sich Simon Dawson so lange im Büro aufhielt. Und ganz und gar sonderbar war nicht zuletzt auch diese aufgedonnerte Frau, die dem Minister eine Nachricht hatte zukommen lassen. Dass der Außenminister bei ihrem Anblick große Augen machen würde, war anzunehmen, aber gewerblich schien die fremde Frau nicht unterwegs zu sein.

Irgendetwas war hier faul.

Belinda Headlam stand auf und klopfte an die Tür. Sie wartete fünf Sekunden, klopfte noch einmal und stieß dann mit den Worten »Es tut mir Leid« die Tür auf. Dann konnte sie nur noch schreien.

Der Anblick war so entsetzlich, dass es fast eine halbe Minute dauerte, bis sie den nahe liegenden Gedanken fassen konnte, Alarm zu schlagen.

Sergeant Robby Sullivan vom Palastrevier der Metropolitan Police machte, um schlank und fit zu bleiben, jeden Morgen einen Dauerlauf. Er hatte kein Verständnis für nachlässigere Kollegen, die es zuließen, dass sie mit den Jahren immer fülliger wurden. Robby war seit sieben Jahren auf seinem Posten und hatte die Aufgabe, in den Houses of Parliament für Sicherheit und Ordnung zu sorgen. Ein ruhiger Job, doch weil nach wie vor mit Bombendrohungen seitens der IRA zu rechnen war, wusste er sehr wohl schnell zu reagieren, wenn Alarm ausgelöst wurde.

Auf das, was ihn im Büro des Außenministers erwartete, war er jedoch ganz und gar nicht vorbereitet. Er und Constable Eric Belson, sein junger rothaariger Assistent, setzten sich sofort mit Scotland Yard in Verbindung und forderten Hilfe an. Dann versiegelten sie das Büro und postierten einen Wachposten vor jedem der Ausgänge. Laut Mrs. Headlam lief ein weiblicher Killer durchs Haus. Rätselhaft blieb, wie sie unbemerkt an Mrs. Headlam hatte vorbeikommen können. Wie dem auch sei, Robby war entschlossen, sie nicht entwischen zu lassen. Worauf seine Leute in zahllosen Übungen gedrillt worden waren, würden sie sich jetzt erproben müssen. Diesmal war es ernst, das spürte er genau.

Die Luft in dem langen, dunklen Schacht war muffig und abgestanden. Bryson und Elena bewegten sich schnell und leise, manchmal auf Händen und Knien rutschend, dann wieder aufrecht mit eingezogenem Kopf. Bryson trug noch immer den Aktenkoffer bei sich, mit dem er das Gebäude betreten hatte. Er behinderte ihn zwar, würde aber vielleicht noch von vitaler Wichtigkeit sein. Das einzige Licht fiel durch ein paar Ritze im Ziegeldach. Die alten Dielenbretter knarrten verräterisch. Umso vorsichtiger schlichen sich die beiden an Räumen vorbei, aus denen gedämpfte Stimmen zu vernehmen waren. Aufmerksam geworden durch ein besonderes Geräusch, blieb Bryson plötzlich stehen. Seine Augen hatten sich bereits an die Dunkelheit gewöhnt. Er sah, wie sich Elena fragend nach ihm umschaute, legte den

Zeigefinger an die Lippen und spähte durch einen Spalt in der Wand.

Da waren Stiefel zu erkennen, Drillichanzüge der US-Marines. Die geheime Alpha-Truppe war eingetroffen und hatte sich, sozusagen als Begrüßungskomitee, im Haus verteilt. Formell waren die Marines der amerikanischen Botschaft am Grosvenor Square zugeteilt, wo sie zusammen mit den regulären Wachposten Gebäude und Botschaftspersonal zu schützen hatten. Ihr Aufmarsch hier im Westminster-Palast ließ das Schlimmste befürchten, denn dieses extrem scharf gedrillte, geheime Sonderkommando rückte nur auf allerhöchsten Befehl seitens der US-Regierung, sogar nur auf Veranlassung des Oval Office aus. Was Prometheus auch im Schilde führte – und Bryson hatte zum Teil aufgeschnappt, was Dawson da über ein angeblich neues Zeitalter staatlicher Spionage gefaselt hatte –, es schien vom Weißen Haus mitgetragen zu werden, ob nun wissentlich oder nicht.

Wahnsinn! Es ging hier offenbar nicht bloß um eine veränderte Politik oder Neuorientierung der Regierung. Vielmehr schienen die von Prometheus ausgeschickten Killer an vorderster Front eines epochalen Machtkampfes zu stehen.

Der Gang, durch den sie sich vorwärts bewegten, endete plötzlich vor einem metallenen Verhau: einem Lüftungsschacht. Bryson ertastete eine Tür, die anscheinend zu Wartungszwecken in die Blechwand eingelassen war. Dahinter befanden sich mehrere Schichten von Luftfilterplatten. Bryson holte einen Schraubenzieher aus seinem Aktenkoffer, löste damit die Filter aus ihrer Halterung und stellte sie beiseite. Gefolgt von Elena, stieg er in den eckigen Schacht, der so stark geneigt war, dass sie immer wieder unfreiwillig ins Rutschen kamen. »Wir nähern uns dem Chancellor's Gate«, sagte Bryson, und seine Stimme hallte von den engen Wänden blechern wider. »Von dort geht's weiter Richtung Victoria Tower. Wir müssen uns auf unser Gehör verlassen.«

Die Alpha-Truppe mochte in noch so großer Zahl angerückt sein, es wäre ihr dennoch kaum möglich, den riesigen Palast mit seinen 1200 Räumen, über hundert Treppen und insgesamt über drei Kilometer langen Fluren komplett zu überwachen. Zweifellos waren auch noch andere Sicherheitskräfte ausgeschwärmt, Prometheus-Agenten in Zivil, die nicht weniger gefährlich sein würden. Sie mochten überall lauern. Bryson, der sich die Grundrisse und Lagepläne verinnerlicht hatte, musste sich jetzt ganz auf seine Instinkte verlassen – und auf die Erfahrung, die diese Instinkte geschärft hatte. Davon hingen nun sein und Elenas Überleben ab.

Die Verfolger würden alle direkten Fluchtwege kontrollieren und eine systematische Fahndung einleiten. Eine Möglichkeit zum Ausstieg bot das Fenster, das aber viel zu hoch war, zudem waren keinerlei Kletterhilfen an der Außenmauer zu erkennen. Veres Sekretärin würde versichern, dass niemand an ihr vorbeigelaufen sei; aber da sie nicht die ganze Zeit über an ihrem Schreibtisch gesessen hatte, war nicht auszuschließen, dass die gesuchte Frau durchs Vorzimmer entkommen war.

Allerdings würde es mit Sicherheit nicht allzu lange dauern, bis man entdeckt hätte, dass die Rückwand des begehbaren Schrankes nur lose angelehnt war und dass sich dahinter ein Schacht verbarg. Bryson und Elena konnten nur hoffen, dass sich die Killer der Alpha-Truppe im Gewirr der vielen versteckten Gänge nicht zurechtfanden.

Sie hatten gerade den Lüftungsschacht verlassen, als sie hinter sich Geräusche bemerkten, die darauf schließen ließen, dass man ihnen bereits auf den Fersen war: das Knarren von Dielen, der blecherne Hall. *Kein Zweifel.* Jemand folgte dichtauf.

Er spürte Elenas Hand auf seiner Schulter, ihre Lippen an seinem Ohr. »Hörst du das?«, flüsterte sie.

Er nickte.

Sein Kopf arbeitete auf Hochtouren. Er hatte Dawsons Browning mitsamt der in Kammer und Magazin enthaltenen Munition. Und was er sonst noch in dem Aktenkoffer mit sich trug, ließ sich vielleicht im Falle eines Nahkampfes mehr oder weniger effektiv einsetzen. Nur, zu einem Nahkampf würde es aller Voraussicht nach nicht kommen. Wenn man sie entdeckte, würde aus allen Rohren geschossen werden.

Durch einen einfallenden Lichtstrahl aufmerksam gemacht, entdeckte Bryson ein Loch in der Schachtwand. Dahinter befand sich eine mit grünem Linoleum ausgelegte Kammer, in der offenbar Putzmittel aufbewahrt wurden. Die Neonleuchte unter der Decke brannte, obwohl sich niemand in dem Raum aufhielt. Bryson fuhr mit den Händen über die Zwischenwand und ertastete die Umrisse einer Holzplatte, mit der offenbar ein Durchlass verschlossen worden war. Dank des Akkuschraubers, den er in seinem Koffer mit sich führte, waren die Schrauben schnell aus der Platte entfernt, die sich daraufhin knarrend und quietschend aus dem Durchbruch löste. Auch hier war die Einstiegsmöglichkeit in den Revisionsgang von der Kammer aus als begehbarer Wandschrank kaschiert. Unter dem Türspalt zeichnete sich eine helle Lichtspur ab.

Bryson schlüpfte durch die Öffnung in den Schrank. Als Elena folgte, stieß sie gegen einen Eimer, der lärmend umfiel und den Holzstil eines Besens vor die Schrankwand schlagen ließ. Die beiden erstarrten. Sie lauschten und warteten.

Als auch nach rund einer Minute alles still blieb, atmete Bryson auf. Langsam und vorsichtig öffnete er die Tür. Die Abstellkammer war in der Tat leer. Anscheinend hatte jemand vergessen, das Licht auszuschalten.

Lautlos huschten sie durch den Raum bis zur Tür, die in einen schwach beleuchteten Flur hinausführte. Bryson riskierte einen Blick nach draußen. Es war niemand zu sehen. »Warte hier, bis ich dir einen Wink gebe«, flüsterte er Elena zu.

Bryson schlich den Flur entlang, passierte einen Verkaufsautomaten und einen Eimer mit Wischer. Plötzlich tauchte eine Gestalt auf. Er blieb stehen und langte nach der Browning, die in seinem Gürtel steckte.

Doch es war nur eine ältere Putzfrau, die mit schwerfälligen Schritten einen Metallkarren vor sich herschob. Erleichtert ging Bryson weiter auf die Frau zu, und legte sich eine Antwort zurecht für den Fall, dass sie ihn fragte, was er hier zu suchen habe. Er würde behaupten, ein Regierungsbeamter zu sein; sein Anzug, obwohl verstaubt, passte ins Bild. Vielleicht konnte er ihr ja sogar den einen oder anderen nützlichen Hinweis entlocken.

»Entschuldigung«, sagte er im Näherkommen und klopfte sich den Staub von der Schulter.

»Na, mein Söhnchen, hast dich wohl verlaufen, was?«, sagte die Alte. »Kann ich weiterhelfen?« Sie hatte ein freundliches Gesicht mit vielen Runzeln. Für die anstrengende Arbeit einer Putzfrau war sie eigentlich schon viel zu alt. Tatsächlich wirkte sie auch so erschöpft, dass Bryson Mitleid empfand. Ihre Augen dagegen blitzten lebhaft.

Verlaufen? Die Frage machte durchaus Sinn. So, wie er gekleidet war, hatte er hier in diesem Teil des Gebäudes eigentlich nichts verloren. Hatte sich womöglich schon herumgesprochen, dass nach einer oder mehreren Personen gefahndet wurde?

»Ich bin vom Scotland Yard«, antwortete Bryson in typisch britischem Tonfall. »Wir ermitteln hier. Ist Ihnen irgendetwas Verdächtiges aufgefallen?«

»Ach, lass mich bloß in Ruhe«, antwortete die Alte. »Für Bullenarbeit werd' ich nicht bezahlt.« Sie schob ihren Karren ein Stück weiter und stellte ihn vor der Wand ab. Dann drehte sie sich um, wischte sich mit einem verschlissenen Taschentuch über die zerfurchte Stirn und sagte: »Aber vielleicht könntest du mir mal 'ne Frage beantworten?«

»Worum geht es denn?«

Die Alte rückte näher und fragte in vertraulichem Tonfall: »Wieso bist du eigentlich noch am Leben?« Mit diesen Worten zog sie eine schwere Pistole unter ihrem Kittel hervor und richtete sie auf Bryson. Blitzschnell riss der den Koffer in die Höhe und schlug ihn ihr mit Wucht gegen den Unterarm. Die Pistole flog ihr aus der Hand und trudelte klappernd über den Boden.

Mit einem schrillen Aufschrei kam die alte Frau auf ihn zugehechtet, das Gesicht zu einer Grimasse verzerrt, die

Hände zu Klauen verkrampft. Sie fiel über ihn her und warf ihn zu Boden, als er gerade seine Waffe aus dem Gürtel zu ziehen versuchte. Die Verletzung in der Seite schmerzte. *Was für ein Miststück, diese Alte*, dachte er noch und erkannte mit einem Male, dass die Frau, die ihm da ans Leder wollte, gar nicht alt war, sondern sehr viel jünger und stärker, als es den Anschein gehabt hatte. Sie stach ihn mit dem Daumen mitten ins Auge und rammte ihm gezielt und mit Wucht ihr Knie zwischen die Beine. Bryson brüllte vor Schmerz auf und schlug sie mit roher Gewalt zu Boden. Sein rechtes Auge blutete, doch er konnte noch sehen und was er sah, versetzte ihn so sehr in Angst und Schrecken, dass er das Gefühl hatte, als winde sich ein Aal durch seine Innereien. Sie hatte ein Stilett gezogen, aus dem eine lange, dünne Klinge ragte, die feucht glänzte, als sei sie mit einer viskösen Flüssigkeit überzogen. Er wusste sofort, was das zu bedeuten hatte: Sie war in Toxiferin getaucht, ein Alkaloid, das die Klinge zu einer tödlichen Waffe machte. Schon ein kleiner Kratzer würde in nur wenigen Sekunden zur Lähmung und zum Erstickungstod führen.

Bryson konnte das Gift an der Klinge riechen, als sie um Haaresbreite an seinem Gesicht vorbeisauste; er hatte den Kopf gerade noch rechtzeitig zurückgeworfen. Die Frau sprang hoch, und wieder konnte Bryson der Attacke nur knapp ausweichen. Es erwischte nur einen Hemdknopf, der, von der Klingenspitze abgetrennt, durch die Luft flog. Alles ging so schnell, dass er nicht riskieren konnte, seine Waffe zu ziehen. Wieder blitzte die Klinge vor seinem Gesicht auf, und fast zeitgleich schnellte sein linker Arm vor, dem Stilett entgegen – in gleichsam kontraintuitiver Bewegung, denn anstatt zurückzuschrecken, näherte er sich der tödlichen Gefahr. Bryson bekam das Handgelenk der Alten tatsächlich zu fassen, was diese sichtlich verblüffte.

Aber sie hatte sich schnell wieder gefangen. An Kraft wäre Bryson ihr normalerweise weit überlegen gewesen, doch er war durch seine Schussverletzungen immer noch sehr geschwächt. Davon abgesehen, war seine Gegnerin enorm kampfstark. Während sie ihre Hand aus der Umklammerung loszureißen versuchte, holte sie mit dem rechten Fuß aus und trat ihm mit der Stahlkappe ihres Schuhs ein zweites Mal in die Genitalien. Wie ein kaltes Feuer strahlte der Schmerz in seinem Unterleib aus, so übermächtig, dass ihm schlecht wurde. Mit aller Gewalt stieß Bryson die Frau zu Boden, wobei ihr die weiße Perücke vom Kopf flog, unter der kurz geschnittene schwarze Haare und der Rand einer Latexmaske zum Vorschein kamen.

Sie schrie auf, und ihre Augen flackerten wild. Wie ein tollwütiges Tier setzte sie sich zur Wehr, während er sie am Boden festzuhalten versuchte. Wieder versuchte sie zu treten, doch diesmal kam er ihr zuvor und fixierte sie mit Hilfe seiner größeren Körpermasse, ohne ihre Hand loszulassen, mit der sie das todbringende Stilett hielt. Sie bäumte sich unter ihm auf, doch er konzentrierte seine ganze Kraft und Ausdauer darauf, die Hand mit der Waffe zurückzudrücken und gegen ihren Hals zu richten. Ihr Arm zitterte, so groß war der Widerstand, den sie aufbrachte. Doch er reichte nicht; Bryson war ihr an Kraft überlegen. Zentimeter für Zentimeter trieb er die giftige Klinge auf den entblößten Hals der Frau zu. Ihre von Latexfalten verunstalteten Augen weiteten sich vor Schreck, als die Schneide ihre Haut aufritzte.

Die Wirkung setzte Sekunden später ein. Das Gesicht der Frau wurde zu einer verzerrten Fratze, Speichel troff aus dem Mund, der wie ein Fischmaul lautlos auf- und zuklappte, und plötzlich erschlafften ihre Glieder. Schnell breitete sich die Lähmung im gesamten Körper aus, bis am Ende auch die Atmung davon betroffen war und auch das letzte Muskelzucken aufhörte.

Bryson zog der toten Frau das Stilett aus der Hand, klappte die Klinge ein und steckte es in die Brusttasche seines Anzugs. Schwer atmend betastete er sein blutendes Auge. Plötzlich war ein Schrei zu hören. Elena kam herbeigelaufen, nahm seinen Kopf zwischen beide Hände und untersuchte mit entsetzten Blicken sein Gesicht. »Um Himmels willen, Liebster!«, flüsterte sie. Und dann: »Gott sei Dank, ich glaube, es sieht schlimmer aus, als es ist. Aber was ist mit ihr? Vergiftet?«

»Mit Toxiferin. Schlangengift, das sie mir einimpfen wollte.«

»Herrje, es hat offenbar nicht viel gefehlt.«

»Sie war sehr stark und sehr gut.«

»Vom Alpha-Team? Was meinst du?«

»Bestimmt von Prometheus. Alpha besteht ausschließlich aus Marines. Ich vermute, sie kam aus Bulgarien oder aus dem früheren Ostdeutschland, vielleicht von irgendeinem Geheimdienst des ehemaligen Ostblocks.«

»Ich hab's in dem Abstellraum allein nicht länger ausgehalten. Es war schrecklich, nichts zu tun und abzuwarten.«

»Gut, dass du zurückgeblieben ist. Du wärst ihr nur in die Falle gegangen.«

»Oh, Nicholas, ich bin so nutzlos, so wehrlos. *Draga mea*, wir müssen hier weg. Sie wollen uns töten!«

Bryson nickte. »Es wäre besser, wir trennen uns ...«

»*Nein!*«

»Elena, es dürfte inzwischen bekannt sein, dass wir zu zweit sind, ein Mann und eine Frau. Und deren Überwachungsmöglichkeiten scheinen perfekt zu sein. Der Außenminister Englands ist ermordet worden. Wenn jetzt auch noch Polizei und Sicherheitskräfte anrücken, wird's hier hoch hergehen.«

»Aber bei all den Leuten, die hier arbeiten, werden wir doch kaum auffallen.«

»Menschenmengen sind für Killer günstiger als für ihre Opfer, vor allem, wenn sie wissen, wie die Zielperson aussieht.«

»Trotzdem! Ich weiß mich nicht zu wehren, könnte dir aber bestimmt in vielerlei Hinsicht helfen. Bitte ...«

Bryson nickte. Elena war offenbar völlig verängstigt. In diesem Zustand konnte er sie wirklich nicht allein lassen. »Na schön. Aber wir können uns jetzt nur noch offen bewegen. In den Revisions- und Ventilationsschächten wimmelt es mit Sicherheit von Alpha-Soldaten. Wenn unser Fluchtplan überhaupt noch eine Chance haben kann, müssen wir uns irgendwie zum Ostflügel durchschlagen.«

Vorsichtig trat er seitlich neben das nächste Flurfenster und spähte nach draußen. Was er sah, überstieg seine Befürchtungen. Auf Anhieb zählte er sechs Männer in Kampfmontur – Mitglieder der Alpha-Truppe. Zwei von ihnen patrouillierten im Innenhof, zwei kontrollierten die Ausgänge und zwei weitere lagen auf dem Dach mit Feldstechern auf der Lauer.

Er wandte sich Elena zu. »Nun, ich fürchte, wir müssen von unserem Plan abweichen. Komm, sehen wir uns nach einem Lastenaufzug um.«

»Willst du ins Erdgeschoss?«

Er schüttelte den Kopf. »Da würden wir der Polizei direkt in die Arme laufen – und anderen. Nein, wir fahren in eine der oberen Etagen und suchen dort nach einem alternativen Weg nach draußen.« Er schlich bis zur nächsten Ecke vor und lauschte. Da war nichts zu hören. Anscheinend befanden sie sich in einem Gebäudeteil, der nur selten genutzt wurde. Dass aber eine Prometheus-Agentin hierher abkommandiert worden war, ließ zweierlei vermuten: Sie waren in der Nähe eines Ausganges, auf den mehrere Wege hinführten; und sie mussten jeden Moment damit rechnen, dass weitere auftauchten. Je schneller sie von hier verschwunden waren, desto besser.

Mit einem Wink forderte er Elena auf, ihm zu folgen. Zusammen eilten sie den Gang hinunter, der nach links abzweigte, und es dauerte nicht lange, bis sie einen Fahrstuhl erreichten – ein schon ziemlich betagtes Modell mit einem kleinen rautenförmigen Fenster in der Tür und einem metallenen Ziehharmonika-Gitter davor. Doch das war gut so, denn ein solcher Aufzug ließ sich auch ohne Sicherheitscode bedienen. Bryson drückte die Ruftaste. Langsam und leise rumpelnd näherte sich die schwach beleuchtete Kabine. Sie war leer. Bryson schob das Gitter auf, stieg nach Elena ein und drückte den Knopf für die zweite Etage.

Mit geschlossenen Augen rief er sich den Grundriss der Anlage ins Gedächtnis zurück und glaubte zu wissen, dass sie in einem rückwärtigen Wirtschaftsbereich landen würden, der hauptsächlich vom Putz- und Wartungspersonal benutzt wurde. Genaueres wusste er allerdings nicht. Das Gebäude war viel zu verwinkelt, als dass er sich alle Ecken und Enden hätte merken können.

Der Fahrstuhl hielt im zweiten Stock an. Bryson spähte durch das kleine Fenster. Der Weg schien frei zu sein. Er öffnete die Tür und stieg aus, gefolgt von Elena. Rechts vor der Aufzugtür entdeckte er eine grün gestrichene Tür mit einer in Hüfthöhe montierten Klinke. Er ging darauf zu und konnte sie ohne Mühe öffnen. Dahinter gelangten sie in einen ansehnlichen, mit Marmorfliesen ausgelegten Flur, von dem Türen aus dunklem Edelholz abgingen. An den Türen waren nur Zahlen zu lesen, keine Namensschilder, was darauf schließen ließ, dass in diesem Trakt die Büros von kleinen bis mittleren Staatsbeamten untergebracht waren. Der Flur war lang und spärlich beleuchtet und nur mäßig frequentiert. Keine der Personen, die ihnen begegneten, achtete besonders auf Bryson und Elena, und da war auch niemand, der sich durch sein Verhalten als Agent verraten hätte. Wieder einmal musste sich Bryson ausschließlich auf seinen Instinkt verlassen.

Er blieb stehen und versuchte sich zu orientieren. Der Ostflügel lag rechter Hand. Das war dann auch die Richtung, die sie einschlagen mussten. Eine adrett gekleidete Frau kam ihnen dort entgegen. Auf dem marmornen Boden klapperten ihre Absätze laut und hallend. Im Vorbeigehen warf sie den beiden neugierige Blicke zu, und Bryson wurde bewusst, dass er einen irritierenden Anblick bieten musste: Das eine Auge war blutunterlaufen und seine Kleidung nach dem Kampf mit der falschen Putzfrau in Unordnung und zerrissen. Auch Elena war zerzaust und voller Staub. In diesem Zustand mussten die beiden hier auffallen, woran ihnen überhaupt nicht gelegen sein konnten. Aber sie hatten keine Zeit, auf einer Toilette zu verschwinden und sich ein wenig zurechtzumachen. Sie konnten jetzt nur noch auf ihr Glück hoffen, was Bryson ganz und gar nicht gefiel. Allzu schnell konnte einen das Glück im Stich lassen.

Mit gesenktem Kopf, als sei er in Gedanken vertieft, ging er weiter und zog Elena an der Hand hinter sich her. Hin und wieder kamen sie an geöffneten Türen vorbei, in denen Leute standen und miteinander redeten. Er versuchte zumindest sein blutiges Gesicht zu verbergen.

Aber irgendetwas stimmte hier nicht. Bryson hatte ein ungutes Gefühl und spürte, wie sich ihm die Nackenhaare aufrichteten. Es waren die Geräusche, sie passten einfach nicht zusammen. Die Telefone klingelten nicht wie sonst üblich durcheinander, sondern in fast regelmäßiger Folge, in verschiedenen Büros mal auf der einen Seite des Flurs, mal auf der anderen. Was ihn daran störte, konnte er sich selbst nicht erklären. Er hielt es auch für durchaus möglich, dass seine Fantasie mit ihm durchging. Außerdem glaubte er wahrzunehmen, dass die Leute hinter den Türen ihre Gespräche unterbrachen, wenn er mit Elena daran vorbeiging. War er etwa paranoid geworden?

In den 15 Jahren seiner Agententätigkeit hatte er gelernt, dass der Instinkt die mit Abstand wertvollste Waffe war, die einem jederzeit zur Verfügung stand. Und er hütete sich, außer Acht zu lassen, was andere für Fantasie oder gar Verfolgungswahn halten würden.

Sie wurden beobachtet.

Aber wenn dem so war, warum rührte sich nichts?

Er nahm Elena fester bei der Hand und legte einen Schritt zu. Ob er auffiel oder nicht, war ihm jetzt einerlei. Er hatte andere Sorgen.

In etwa 50, 60 Schritt Entfernung war ein kleines bleiverglastes Spitzbogenfenster zu sehen. Er wusste, dass die Fenster auf dieser Seite des Gebäudes der Themse lagen. »Geradeaus und dann nach links«, hauchte er Elena unter angehaltenem Atem zu.

Zur Antwort drückte sie seine Hand. Bald hatten sie das Ende des Korridors erreicht. Elena flüsterte: »Sieh mal, ein Konferenzraum – wahrscheinlich leer. Wie wär's, wenn wir uns darin verstecken?«

»Gute Idee.« Es widerstrebte ihm, den Kopf zu wenden und einen Blick zurückzuwerfen. Stattdessen verließ er sich darauf, dass hinter ihnen keine Schritte zu hören waren. Zur Rechten war eine große, zweiflügelige Eichentür zu sehen, auf deren aufgerauter Glasscheibe KONFERENZSAAL 12 stand. Wenn es gelänge, möglichst schnell dahinter zu verschwinden, wären die Verfolger vielleicht abgeschüttelt oder zumindest für eine Weile irritiert. Der Knauf ließ sich ungehindert drehen; die Tür war nicht zugesperrt. Der Raum dahinter war leer und die Beleuchtung – zwei große Lüster – ausgeschaltet. Wie in einem Hörsaal gab es mehrere Reihen aus messingbeschlagenen und mit Leder bezogenen Sitzen, die stufenförmig und im Halbkreis um eine tiefer liegende Grundfläche angeordnet waren, die mit schmuckvollen, bunten Kacheln belegt war. In der Mitte standen ein langer, ebenfalls mit grünem Leder bezogener Konferenztisch und dahinter zwei lange Holzbänke. Tageslicht fiel durch zwei hohe, bleiverglaste Fenster mit Jalousien, die vor direkter Sonneneinstrahlung schützten. Auch im ungenutzten Zustand wirkte der Saal festlich und beeindruckend. Das Deckengewölbe erreichte eine Höhe von bis zu zehn Metern, die Wände waren halbhoch mit dunklem Holz vertäfelt und darüber mit einer kostbaren Seidentapete tapeziert. An jeder Wand hingen mehrere großformatige düstere Ölschinken aus dem 19. Jahrhundert: Szenen großer Kriegsschlachten, Porträts von Königen und eine Innenansicht der Westminster Abbey voller Menschen, die trauernd einen mit dem Union Jack verhüllten Sarg umringten. Die einzigen Zeichen der Moderne wirkten störend: Mikrofone, die an langen Kabeln von der Decke hingen, oder der an der Wand installierte Fernsehmonitor, ausgezeichnet als UNTERHAUS-ANZEIGER.

»Nicholas, ich fürchte, wir werden uns hier nicht lange versteckt halten können«, sagte Elena leise. »Ob wir durch die Fenster nach draußen steigen könnten?«

»Wir sind in der dritten Etage.«

»Dann wohl eher nicht.«

»Wir könnten es versuchen. Gefährlich wird's allemal.«

»Wenn's denn sein muss. Aber falls es eine andere Möglichkeit gibt …«

Plötzlich wurde es laut auf dem Flur. Die Saaltüren flogen

auf. Reaktionsschnell warf sich Bryson auf den Boden und zog Elena zu sich herab. Zwei dunkel gekleidete Gestalten traten ein, gleich darauf zwei weitere. An den blauen Uniformen erkannte Bryson sofort, dass es sich um Beamte der Metropolitan Police handelte.

Und bald bestätigte sich sein Verdacht, dass er und Elena längst entdeckt waren. »Keine Bewegung!«, rief einer der Uniformierten. »Polizei!«

Für britische Polizisten untypisch war, dass sie Schusswaffen bei sich trugen.

»Stopp!«, rief einer der anderen.

Elena begann zu schreien.

Bryson langte nach seiner Browning, ließ sie aber dann doch stecken. Gegen vier bewaffnete Polizisten hatte er keine Chance, auch dann nicht, wenn er hinter den Stühlen ausreichend Deckung finden würde.

Waren es überhaupt Polizeibeamte, mit denen sie es da zu tun hatten? Er konnte sich nicht mehr sicher sein. Sie wirkten entschlossen und schienen zum Äußersten bereit zu sein, hatten aber noch keinen einzigen Schuss abgegeben. Prometheus-Killer hätten doch bestimmt keinen Augenblick lang gezögert. Oder?

»Ja, kein Zweifel, sie sind es!«, rief einer der Männer. »Die Attentäter!«

»Waffe fallen lassen«, sagte derjenige, der anscheinend das Kommando hatte. »Und keine Mätzchen. Ihr kommt hier nicht mehr weg.« Bryson drehte sich um und sah, dass sie in der Tat in der Falle steckten. Die vier Polizisten hatten sich im Raum verteilt und rückten näher.

»Fallen lassen!«, wiederholte der Anführer des Trupps, um einiges lauter. »Na, wird's bald, du Dreckskerl? Und steh auf. Hände schön in die Luft. Beeilung!«

Elena wusste nicht, was sie tun sollte, und warf Bryson einen verzweifelten Blick zu. Der überschlug seine Möglichkeiten. Aufzugeben würde bedeuten, dass er sich einer fragwürdigen Autorität auslieferte, einer Polizei, die womöglich gar keine Polizei war, sondern verkleidete Killer, von Prometheus auf den Weg geschickt.

Aber wenn es sich nun doch um Beamte der Metropolitan Police handelte? Auf sie zu schießen, kam dann nicht in Frage. Sie würden aber ihrerseits ihn und Elena zweifelsfrei für die Mörder des Außenministers halten, sie festnehmen und stundenlang verhören – Stunden, die ihnen am Ende fehlen würden. Und ob man sie überhaupt wieder freiließe, war dahingestellt.

Nein, er durfte sich nicht ergeben. Doch alles andere war reiner Wahnsinn, Selbstmord.

Er holte tief Luft, schloss für einen kurzen Moment die Augen und stand dann auf. »Also gut«, sagte er. »Wir stehen voll und ganz zu Ihrer Verfügung.«

Achtundzwanzigstes Kapitel

Auf dem Namensschild des mutmaßlichen Anführers stand SULLIVAN zu lesen.

»Okay, Waffe fallen lassen und Hände hoch. Sonst kracht's«, sagte Sullivan unaufgeregt. »Wir sind zu viert und ihr nur zu zweit. Aber das dürfte euch inzwischen auch schon aufgefallen sein.«

Bryson hob die Pistole an, ohne auf einen der Beamten zu zielen. *Sind sie wirklich, was sie zu sein vorgeben?* Diese Frage beschäftigte ihn im Moment am allermeisten.

»Einverstanden«, antwortete er, »aber zuerst möchte ich einen Ausweis sehen.«

»Sieh dich vor!«, brüllte einer der anderen. »Hier ist mein Ausweis.« Er zeigte seine Waffe. »Das müsste reichen.«

Sullivan sagte: »Wenn ihr erst mal Handschellen tragt, könnt ihr unsere Dienstausweise begutachten, so lange ihr wollt.«

»Nein«, antwortete Bryson und hob die Pistole noch ein Stück höher. »Aber ich bin gern bereit zu kooperieren, wenn ich weiß, dass Sie wirklich von der Polizei sind. Hier in den Hallen streunen nämlich auch gedungene Söldner und Killer herum, die gleich gegen Dutzende von britischen Strafgesetzen verstoßen. Wenn ich mit Sicherheit davon ausgehen kann, dass Sie nicht dazugehören, lege ich sofort meine Waffe ab.«

»Warum knallen wir das Arschloch nicht einfach ab?«, knurrte einer der Männer.

»Geschossen wird nur auf meinen Befehl hin, Constable«, sagte Sullivan. Und an Bryson gewandt: »Na gut, Sie sollen meinen Ausweis sehen. Aber ich warne Sie. Sie haben den Außenminister umgebracht und werden womöglich auch noch so dumm sein, uns anzugreifen. Falls Sie tatsächlich abdrücken sollten, wäre es das Letzte gewesen, was Ihnen in diesem Leben gelingt. Also, versuchen Sie's erst gar nicht, okay?«

»Okay. Ziehen Sie den Ausweis mit der linken Hand aus der Tasche, aber schön langsam. Und dann bitte auf dem offenen Handteller präsentieren, wenn's recht ist.«

Sullivan folgte Brysons Anweisungen. Das lederne Mäppchen lag aufgeklappt auf seiner linken Hand.

»Gut. Und jetzt schieben Sie ihn mir auf dem Boden zu. Schön sachte, keine hastigen Bewegungen, sonst erschrecke ich mich noch und drücke aus Versehen ab.«

Mit einem Schlenzer aus dem Handgelenk ließ Sullivan das Mäppchen über den Boden rutschen, wo es dicht vor Brysons Füßen liegen blieb. Als er es aufheben wollte, bemerkte er, wie einer der Männer – der Constable, dem es offenbar im Finger juckte – von links heranpirschte. Bryson wirbelte herum und zielte mit der Pistole auf sein Gesicht. »Keine falsche Bewegung, *Idiot*. Ich meine, was ich sage. Wenn du wirklich glaubst, dass ich den Außenminister kaltblütig umgelegt habe, wird dir bestimmt auch klar sein, dass ich nicht zögern werde, dich abzuknallen.« Der schießwütige Beamte erstarrte und wich zurück, hielt aber seine Waffe weiterhin auf Bryson gerichtet.

»So ist es brav«, sagte Bryson und ging langsam in die Knie, um den Ausweis vom Boden aufzuheben. Dabei ließ er die Männer nicht aus den Augen. Er schnappte sich das Ledermäppchen, öffnete es und sah in der rechten Hälfte das silberne Abzeichen der Metropolitan Police. In der linken Hälfte steckte unter einem Plastikfenster eine laminierte Karte mit dem Foto von Sergeant Robert Sullivan in Uniform sowie laufende Nummer, Dienstnummer, Rang und Unterschrift. Der Ausweis sah durchaus authentisch aus. Doch echte Ausweise zu besorgen oder zu fälschen wäre für Prometheus gewiss kein Problem. Wie auch immer, der Name im Ausweis – Sullivan – stimmte mit dem auf dem Namensschild an der Uniform überein, und die Streifen an den Epauletten auf dem marineblauen Sweater entsprachen dem angegebenen Dienstrang. Sullivan – und wohl auch die anderen – gehörten einer Spezialeinheit an, was erklärte, dass sie Schusswaffen trugen. Es war natürlich denkbar, dass sie ihren Einsatz sehr gründlich und bis ins letzte Detail vorbereitet hatten. Ein Abzeichen zu tragen bewies nicht viel, außer dass es vorhanden war und nicht etwa gleich als Fälschung auffiel. Ein eilig zusammengetrommeltes Undercover-Team aus Killern würde aber wahrscheinlich gar nicht erst die Zeit gehabt haben, sich um solche Einzelheiten der Tarnung zu kümmern, und bislang hatte Bryson noch keine Unstimmigkeit entdecken können.

Er hielt die Polizisten für echt und gründete seine Einschätzung auf eine Vielzahl kleiner Details und Verhaltensmerkmale, insbesondere der Tatsache, dass sie noch keinen Gebrauch von ihren Schusswaffen gemacht hatten. Es wäre für sie ein Leichtes gewesen, ihn zu erschießen, doch sie hatten es nicht getan. Dies war der eigentliche Grund dafür, warum er schließlich seine Pistole ablegte und die Hände hob. Elena tat es ihm gleich.

»Okay, und jetzt zur Wand hin, alle beide«, sagte Sullivan. »Hände flach dagegen.«

Sie gehorchten. Bryson blieb auf der Hut, gefasst auf verräterische Zeichen, und es beruhigte ihn zu sehen, dass die Männer ihre Waffen senkten. Zwei von ihnen traten näher, legten ihnen Handschellen an und klopften sie nach eventuell versteckten Waffen ab. Ein anderer hob Brysons Pistole vom Boden auf.

»Ich bin Police Sergeant Sullivan und verhafte Sie wegen des dringenden Tatverdachts, Außenminister Rupert Vere und Staatssekretär Simon Dawson ermordet zu haben.« Sullivan schaltete sein Funkgerät ein, gab durch, wo er sich befand, und meldete Vollzug.

»Ich verstehe, Sie tun nur Ihre Pflicht«, sagte Bryson. »Eine sorgfältig durchgeführte ballistische Untersuchung wird allerdings zeigen, dass kein anderer als Dawson den Außenminister erschossen hat.«

»Sein engster Mitarbeiter? Wer soll das glauben?«

»Dawson war Agent eines internationalen Syndikats, dem sehr daran gelegen ist, dass das Abkommen für Überwachung und Sicherheit ratifiziert wird. Klar, dass er vorsichtig genug war, seine geheime Rolle zu kaschieren, aber ich bin sicher, es werden sich schon noch Beweise finden – zum Beispiel nachträglich geänderte Anruferlisten oder Besucher, die an der Pforte gemeldet waren, aber in seinem eigenen Journal nicht mehr auftauchen …«

Plötzlich flogen krachend die beiden Flügel des Eingangs auf. Zwei stämmige, uniformierte Männer mit Maschinenpistolen stürmten in den Saal. »Verteidigungsministerium, Sonderkommando!«, brüllte der größere der beiden in heiserem Bariton.

Sullivan zeigte sich überrascht. »Über Ihren Einsatz hat man uns nicht informiert, Sir.«

»Und wir wissen nichts von Ihrem. Auf jeden Fall übernehmen wir die beiden jetzt«, entgegnete der größere. Er hatte graue kurz geschorene Haare und hellblaue Augen.

»Nicht nötig«, sagte Sullivan ruhig, aber entschieden. »Wir haben alles unter Kontrolle.«

Alarmiert drehte sich Bryson um und zerrte an den Handschellen. Bei den Maschinenpistolen handelte es sich um tschechische Fabrikate. Solche Waffen hatte das britische Verteidigungsministerium ganz gewiss nicht in seinen Arsenalen. »*Nein!*«, rief er. »Die sind nicht, was sie vorgeben!«

Irritiert blickte Sullivan von Bryson auf den Mann mit Bürstenschnitt. »Sie sind vom Verteidigungsministerium?«

»Richtig«, antwortete der brüsk. »Und wie gesagt: Wir übernehmen den Fall.«

»*Runter!*«, schrie Bryson. »Das sind *Killer!*«

Elena lag bereits auf dem Boden, Bryson warf sich neben sie. Deckung bot einzig eine Reihe Stühle.

Für die anderen war es schon zu spät. Er hatte die Warnung noch nicht zu Ende gesprochen, als die automatischen Waffen bereits ohrenbetäubend laut losratterten. Die beiden Killer nahmen die vier Polizisten unter Dauerbeschuss. Querschläger spritzten klirrend vom Steinboden ab und zerhackten die Mahagonivertäfelung. Die überrumpelten Polizisten waren leichte Beute. Allzu spät langten sie nach ihren Waffen, die sie vor wenigen Augenblicken erst ins Halfter zurückgesteckt hatten. Taumelnd sprangen sie hin und her in dem hilflosen wie vergeblichen

Versuch, den Kugeln auszuweichen, und sackten schließlich zu Boden.

Elena schrie: »*Oh mein Gott, oh mein Gott!*«

Ohnmächtig und angewidert musste Bryson mit ansehen, was sich da vor seinen Augen abspielte.

Ätzender Pulvergeruch verbreitete sich in der Luft. Der grauhaarige Killer warf einen Blick auf seine Armbanduhr.

Bryson ahnte, wieso es zu diesem Massaker gekommen war. Dass er und Elena in Polizeigewahrsam genommen wurden, durfte die Prometheus-Gruppe auf keinen Fall riskieren. Es war ja nicht abzusehen, was ein Verhör an Erkenntnissen brächte. Wie viel die beiden, er und Elena, wussten, wollte man lieber selbst herausfinden. Nur so erklärte sich, warum sie überhaupt noch lebten.

Der größere der beiden Killer sprach mit tiefer Stimme. Dem Akzent nach schien er, wie Bryson vermutete, aus Holland zu stammen. »Wir werden uns jetzt ein bisschen miteinander amüsieren«, sagte er. »Die Pharmazie hat uns in jüngster Zeit ein paar wunderbare Verhörhilfen an die Hand gegeben.«

Am Boden liegend, kämpfte Bryson heimlich verzweifelt mit den Handschellen. Doch ohne Schlüssel oder irgendetwas, das sich als Schlüssel gebrauchen ließ, war nichts zu machen. Er sah sich um. Die zerschossenen Leichen der Polizisten lagen nur zwei bis drei Schritte entfernt. Trotzdem schien es aussichtslos zu sein, ihnen unbemerkt einen Handschellenschlüssel aus der Tasche zu ziehen. Aber den Versuch gar nicht erst zu wagen hieße, dass er sich in sein Schicksal ergeben und mit Chemikalien voll pumpen lassen würde, die seine Gesundheit womöglich auf Dauer schädigen könnten.

Falsch, korrigierte er sich – nach dem Verhör käme der Tod.

Robert Sullivan empfand den ersten Einschuss wie den Tritt eines Pferdes. Unmittelbar darauf sah er sich am Boden liegen. Sein Sweater war blutdurchtränkt. Er bekam keine Luft mehr. Anscheinend war seine Lunge getroffen worden, denn er hatte den Eindruck zu ertrinken. Er begann zu röcheln. Und die ganze Zeit über suchte er in Gedanken nach einer Erklärung. Was war hier passiert? Das festgenommene Paar schien unverletzt geblieben zu sein, doch seine Kollegen – allesamt gute Männer mit Freundin oder Frau und Familie – waren brutal niedergemäht worden. Theoretisch waren sie auf eine solche Möglichkeit vorbereitet gewesen, doch in Wirklichkeit hatten sie in ihrem Westminster-Revier eine wunderbar ruhige Kugel geschoben. Was seinen Leuten da widerfahren war, war schauderhaft, unvorstellbar. *Ich werd's auch nicht mehr lange machen*, dachte er. Aber er verstand nicht: Waren die Männer gekommen, um die beiden Attentäter zu befreien? Wenn ja, warum hatte der gefesselte Mann ihn dann zu warnen versucht? Er starrte unter die Decke. Seine Augen begannen zu flackern. Das Bewusstsein drohte ihm zu schwinden.

Er hatte seine Pistole noch ziehen können, doch wer um alles in der Welt hätte damit gerechnet, dass Soldaten des Verteidigungsministerium plötzlich das Feuer zu eröffnen? Natürlich gehörten sie nicht zum Ministerium; das hätte man schon an den Uniformen erkennen können. Der gefesselte Mann hatte Recht, was vermuten ließ, dass seine Unschuldsbeteuerungen womöglich ebenfalls der Wahrheit entsprachen. Und außerdem sprach für ihn, dass er sich am Ende widerstandslos hatte festnehmen lassen. Die Eindringlinge mit den Maschinenpistolen waren jedenfalls kaltblütige Killer. Robert Sullivan spürte den Tod nahen und hoffte nur, dass ihm noch vergönnt sein würde, seine Fehler wieder gutzumachen. Benommen tastete er fahrig nach der Pistole.

»Nach Ihnen wird international gefahndet«, sagte der Holländer gelassen. »Aber das wissen Sie bestimmt.«

Elena weinte und hielt die gefesselten Hände vors Gesicht. »Bitte nicht«, schluchzte sie leise. »Bitte.«

Bryson fiel auf, dass der zweite Mann, der mit dem runden Gesicht, näher kam, in der einen Hand die Maschinenpistole, in der anderen einen Gegenstand, der wie eine Injektionsnadel aussah.

»Dass Sie ein britisches Regierungsmitglied getötet haben, soll uns nicht weiter kümmern. Wir wollen nur ein paar Takte mit Ihnen reden. Vielleicht verraten Sie uns, warum Sie es so sehr darauf angelegt haben, uns in die Quere zu kommen und Ärger zu machen.«

Bryson bemerkte, dass sich am Boden neben ihm etwas rührte. Er warf einen Blick zur Seite und sah, wie der Polizist namens Sullivan die Hand bewegte und …

Schnell schaute Bryson zurück auf den älteren Killer, der ihn unverwandt anstarrte. *Hoffentlich sieht er nicht, was ich gerade gesehen habe.*

»Ihnen ist wohl bekannt, dass es das Direktorat nicht mehr gibt«, fuhr der Grauhaarige fort. »Sie haben keinen Rückhalt mehr, keine Rückzugsmöglichkeit. Sie stehen ganz allein da und kämpfen gegen Windmühlen, wie man so schön sagt.«

Lenk ihn ab! Er darf auf gar keinen Fall zur Seite schauen …

»Wir sind alles andere als allein«, entgegnete Bryson und durchbohrte ihn mit seinen Blicken. »Der Anschlag auf das Direktorat hat nicht mehr verhindern können, dass Ihre Verschwörung auffliegt. Was Sie da geplant haben, wird scheitern.«

Mit den Fingerspitzen tastete der Constable über den Lauf der Pistole, doch er bekam sie nicht zu fassen; es fehlten nur Zentimeter.

Der Mann mit dem grauen Bürstenschnitt redete weiter, ungeachtet Brysons Worte, wie es schien: »Es bräuchte eigentlich kein weiteres Blut mehr zu fließen«, meinte er. »Mit einem ehrlichen, offenen Gespräch mit Ihnen wären wir vollauf zufrieden.«

Bryson wagte nicht, noch einmal hinzusehen, hörte aber das feine, kaum mehr wahrnehmbare Schaben von Metall auf Stein. *Lenk ihn ab, damit er nur ja nichts mitbekommt!* Bryson hob die Stimme. »Und wozu all die Zerstörung, die Terroranschläge?«, rief er lauthals. »Die Bomben? Womit ließe sich rechtfertigen, dass Sie ein Flugzeug vom Himmel holen, mit weit über hundert Menschen an Bord, unschuldigen Männern, Frauen und Kindern?«

»Nun, wir glauben, dass es geradezu geboten ist, einige wenige auf dem Altar der Vielen zu opfern. Das Leben einiger Hundert Menschen zählt relativ wenig, wenn die Sicherheit und der Schutz von Millionen und Abermillionen dagegenstehen, das Wohlergehen künftiger Generationen ...« Der Killer stockte und verzog argwöhnisch die Miene. Er neigte den Kopf und schien zu lauschen. »Thomas!«, rief er.

Es krachte schallend; zwei Detonationen folgten unmittelbar aufeinander. Der Polizist hatte es tatsächlich geschafft! Er hatte die Waffe in die Hand genommen und trotz seiner großen Schwäche alle Kräfte, die ihm noch geblieben waren, aufgeboten und zwei gut gezielte Schüsse abgefeuert. Blut spritzte, als das großkalibrige Geschoss die Stirn des grauhaarigen Killers durchschlug und am Hinterkopf wieder austrat. Er erstarrte in der Bewegung; der Gesichtsausdruck war vor Wut und Überraschung wie versteinert. Sein jüngerer Kumpan zuckte spasmisch und knickte in den Knien ein. Er war im Hals getroffen worden; offenbar hatte die Kugel einen Nackenwirbel zertrümmert und eine Schlagader aufgerissen.

Elena war in panischer Angst zur Seite weggerollt. Sie wusste nicht, woher die Schüsse gekommen waren. Als sie nach Sekunden schrecklicher Ungewissheit den Kopf hob, stockte ihr vor Schreck der Atem. Ihre weit aufgerissenen Augen füllten sich mit Tränen. Dann faltete sie die gefesselten Hände und murmelte ein tonloses Bittgebet.

Der Constable, der die Schüsse abgefeuert hatte, gab, nach Luft ringend, rasselnde Geräusche von sich. Er verlor immer mehr Blut. Bryson untersuchte ihn und sah, dass er nicht mehr zu retten war.

»Ich weiß jetzt... wer Sie sind ...«, flüsterte der Polizist. »Jedenfalls nicht der, für den wir Sie gehalten haben ...«

»Wir sind keine Mörder«, sagte Elena. »Das wissen Sie jetzt, nicht wahr?« Und mit zitternder Stimme fügte sie hinzu: »Sie haben uns das Leben gerettet.«

Bryson hörte ein metallenes Klirren am Boden. Sullivan hatte ihm ein Schlüsselbund zugeworfen.

Die Zeit drängt, dachte er im Stillen. *Wann werden die anderen hier sein, angelockt von den Schüssen? In zwei Minuten? Oder schon in wenigen Sekunden?*

Er langte nach dem Schlüsselbund, hatte schnell den passenden Schlüssel gefunden und öffnete Elena damit die Handschellen, die ihn sofort darauf auch von seinen befreite. Eines der Funkgeräte der Polizisten begann plötzlich zu rauschen und zu knacken. »Mensch, was ist passiert?«, ertönte eine dünne, schnarrende Stimme.

»Schnell weg«, flüsterte der Polizist den beiden zu.

Elena sah Bryson an ein Fenster an der rechten Seite laufen. »Wir können ihn nicht einfach hier zurücklassen, nicht nachdem, was er für uns getan hat«, protestierte sie.

»Er hat nicht auf den Funkruf geantwortet«, antwortete Bryson, zog die Jalousie hoch und machte sich daran, den Fensterflügel zu entriegeln. »Seine Kollegen werden ihn bald gefunden haben, und die werden mehr für ihn tun können als wir.« *Ihm ist jedoch nicht mehr zu helfen*, ergänzte er in Gedanken, ohne es laut auszusprechen. »Komm jetzt!«, rief er.

Elena eilte zu ihm. Er blickte sich noch einmal um und sah, wie Sullivan auf den Rücken zurückrollte und erschlaffte. *Ein wahrer Held*, dachte Bryson, *von diesem Schlag gibt es nur ganz wenige*. Er zerrte mit Gewalt an dem Fenster, das offenbar seit Jahren, vielleicht Jahrzehnten nicht geöffnet worden war, schließlich aber doch aufsprang und kühle Luft in den Saal einströmen ließ.

Die fast 300 Meter lange Ostseite des Palastes grenzt unmittelbar an die Themse, abgesehen von jener terrassenförmigen Stufe, die fast die gesamte Breite dieser Front säumt und für die Entspannungspausen der Parlamentarier mit Bänken und Tischen bestückt ist. An dem einen wie am anderen Ende der Terrasse springt das Gebäude aber so weit vor, dass die Außenmauern direkt zum Wasser hinabfallen. Bryson und Elena befanden sich, wie geplant, in dem einen dieser beiden Vorbauten.

Elena starrte nach unten und warf Bryson einen ängstlichen Blick zu, sagte aber dann zu seiner Überraschung: »Ich springe zuerst. Ich … ich stell mir einfach vor, vom Zehner ins Schwimmbecken zu springen.«

Bryson schmunzelte. »Versuch vor allem Kopf und Nacken beim Eintauchen zu schützen. Am besten, du ziehst die Beine an den Leib, machst den Rücken rund und nimmst den Kopf zwischen die Arme. Und spring so weit ab wie möglich.«

Sie nickte und biss sich auf die Unterlippe.

»Ah, ich sehe es … das Boot«, sagte er.

Sie folgte seinem Blick und nickte wieder. »Na, immerhin, das hat geklappt«, sagte sie müde lächelnd. »Thames River Cruises war geradezu erfreut, meinem Boss ein Schnellboot vermieten zu dürfen, als ich sagte, dass er ein exzentrischer Parlamentsabgeordneter ist, der ungenannt bleiben möchte und bei seiner jüngsten Eroberung Eindruck schinden will. Das war noch der einfache Teil der Geschichte. Schwerer war's, sie dazu zu überreden, das Boot hier am Ufer neben dem Parlament zurückzulassen. Ich musste etliche Pfund drauflegen – falls du dich wundern solltest, wo das ganze Bargeld geblieben ist.«

Bryson grinste. »Gut gemacht.« Das Boot war nur wenige Meter weiter links am schmiedeeisernen Zaun der Terrasse festgemacht und wippte sanft im Wasser. Elena erklomm mit Brysons Hilfe das Fensterbrett. Er sah sich aufmerksam um, entdeckte aber keine Scharfschützen auf dem Dach, auch keine Patrouille auf der Terrasse. Für die Einsatzleitung schied die Ostseite anscheinend als möglicher oder nahe liegender Fluchtweg aus. Und weil ihr nicht beliebig viele Männer zur Verfügung standen, mussten Prioritäten gesetzt und die vorhandenen Kräfte sparsam eingesetzt werden, nämlich an Stellen, die als Fluchtweg am ehesten in Frage kamen.

Sie stand auf dem Fenstersims und holte tief Luft. Einen Moment klammerte sie sich noch mit der linken Hand an seiner Schulter fest. Dann sprang sie beherzt in die Tiefe, kauerte sich zusammen und tauchte, nachdem sie 15 Meter frei gefallen war, klatschend ins Wasser ein. Er wartete, bis sie ihm mit aufgerichtetem Daumen zu verstehen gab, dass mit ihr alles in Ordnung war, kletterte dann selbst auf den Sims und sprang.

Das Wasser war kalt und trüb, die Strömung kräftig. Als er wieder aufgetaucht war, sah er, dass Elena, die eine gute Schwimmerin war, das Boot fast erreicht hatte. Als er beim Boot war, hatte sie bereits den Motor gestartet. Er kletterte an Bord, sprang ins Cockpit, und Sekunden später rasten sie über den Fluss davon, weg vom Parlament, weg von den Killern, die auf sie angesetzt waren.

Wenige Stunden später befanden sie sich wieder in ihrem Hotelzimmer am Russell Square. Bryson war soeben von einem Einkauf zurückgekehrt, bei dem er auf Elenas Wunsch hin den leistungsstärksten Laptop erstanden hatte, der aufzutreiben gewesen war. Er war mit einem Infrarot-Port und einem superschnellem Modem ausgestattet.

Nachdem sie den Laptop an die Telefondose angeschlossen und sich erfolgreich ins Internet eingewählt hatte, sagte sie: »So, jetzt brauch' ich erst mal einen Drink.«

Bryson holte eine Flasche Scotch aus der Minibar und schenkte ihr und sich ein. »Lädst du was runter?«, fragte er.

Sie nickte und nahm einen tiefen Schluck aus dem Glas. »Software zur Password-Recovery … Shareware. Dawson hat sich vorgesehen und seinen Palm-Pilot mit einem Kennwort abgesichert. Das müssen wir jetzt zuallererst einmal knacken. Dann sehen wir weiter.«

Bryson nahm Dawsons Brieftasche zur Hand. »Ist hier irgendwas Interessantes drin?«

»Nur ein paar Kreditkarten, ein bisschen Bargeld und jede Menge Zettel. Aber nichts, was uns weiterhelfen könnte. Ich hab nachgesehen.« Sie wandte sich wieder dem Laptop zu. »Das könnte es sein.« Sie gab das gefundene Passwort in Dawsons digitales Notizbuch ein. Gleich darauf leuchtete der kleine Schirm auf. »Wir sind drin.«

Bryson prostete ihr zu. »Gratuliere. Du bist fantastisch.«

»Ach, das war nicht weiter schwer. Ich muss *dir* gratulieren. Was du geschafft hast, ist wirklich einzigartig. So einen Mann wie dich gibt's kein zweites Mal.«

»Du scheinst nicht viele Männer zu kennen.«

Sie schmunzelte. »Genug. Vielleicht mehr als genug. Aber darunter war keiner wie du ... so tapfer und so *dickköpfig.* Du hast nicht aufgegeben, nach mir zu suchen.«

»Das stimmt so nicht ganz. Es gab eine Phase, da ging es mir sehr schlecht. Ich war ziemlich fertig, nicht zuletzt von dem Zeug hier ...«, er hob sein Glas. »Mag sein, dass ich dich in dieser Zeit aufgegeben habe. Ich war verbittert und verunsichert. Mir war nie richtig klar ...«

»Was?«

»Warum du gegangen bist. Ich wollte unbedingt den Grund erfahren. Eher mochte ich mich nicht damit abfinden, auch wenn es mir das Herz gebrochen hätte.«

»Hast du Ted Waller nie gefragt?«

»Das hielt ich nicht für nötig, denn ich war mir sicher: Hätte er etwas gewusst und mir Bescheid geben wollen, wäre er auch damit herausgerückt.«

»Ich hab mich immer wieder gefragt ...« Sie wirkte mit einem Mal wie entrückt und begann, mit einem kleinen schwarzen Stift Befehle in den Palm-Pilot einzugeben. »Oh je.«

»Was ist?«

»Im Terminkalender steht der Eintrag: ›H. Dunne anrufen‹.«

Bryson merkte auf. »Harry Dunne. Verflucht. Steht da auch eine Telefonnummer?«

»Nein, nur ›H. Dunne anrufen‹.«

»Von wann ist der Eintrag?«

»Von vorvorgestern.«

»*Was?* Herrje, natürlich ... er mischt immer noch mit. Hat das Ding kein Adressbuch oder Telefonregister?«

»Es scheint alles Mögliche zu haben. Eine riesige Datenbank ist das.« Wieder tippte sie auf den Schirm. »Verflixt.«

»Was ist denn jetzt?«

»Verschlüsselt, sowohl die Adressen als auch die Telefonnummern. Und da ist noch etwas, gekennzeichnet als ›Tranfers‹.«

»Mist.«

»Nun, das hat auch was Gutes.«

»Und das wäre?«

»Man verschlüsselt nur, was wichtig ist. Verschlossene Zimmer sind schließlich auch interessanter als frei zugängliche.«

»So könnte man es sehen.«

»Leider fehlt uns das entsprechende Werkzeug. Der Laptop hier ist zwar vom Allerfeinsten, hat aber nur einen Bruchteil der Rechenleistung der Computer, die wir in der Dordogne hatten. Zum Glück haben wir's hier nicht mit einem 128-Bit-Schlüssel zu tun, sondern nur mit einem 56-Bit-DES-Algorithmus. Aber der ist schon knifflig genug.«

»Kannst du ihn denn knacken?«

»Irgendwann ja.«

»Wie lange würdest du denn brauchen?«

»Mit diesem Rechner mehrere Tage, vielleicht Wochen.«

»So viel Zeit haben wir nicht.«

Es war eine Weile lang still. Dann sagte Elena: »Ich weiß. Vielleicht kann ich ja ein bisschen improvisieren und verschiedene Hacker im Internet mit einbeziehen, die sich an der Lösung der Aufgabe beteiligen könnten; es geht darum, viele Milliarden Zahlenkombinationen durchzuprobieren. Mal sehen, was sich auf diesem Weg machen lässt. Es ist ein bisschen so, als würde man eine unendliche Anzahl von Affen vor Schreibmaschinen setzen in der Hoffnung, dass einer von ihnen ein Shakespeare-Drama schreibt.«

»Klingt nicht gerade viel versprechend.«

»Um ehrlich zu sein, ich bin selbst skeptisch.«

Als Bryson drei Stunden später mit zwei Portionen Curryreis aus einem indischen Schnellimbiss zurückkehrte, machte Elena einen erschöpften und frustrierten Eindruck.

»Kein Glück, hm?«, fragte er.

Sie schüttelte den Kopf. Bryson hatte sie während der Flucht aus Rumänien das letzte Mal rauchen sehen; jetzt hatte sie wieder eine Zigarette in der Hand, die sie im Aschenbecher ablegte, als das Diskettenlaufwerk eine der Disketten ausspuckte, die sie aus der Zentrale in der Dordogne hatte retten können und die verschlüsselte Daten von Prometheus enthielt. Sie ging ins Badezimmer und kam mit einem nassen Handtuch zurück, das sie sich vor die Stirn hielt. Sie ließ sich in den Sessel zurückfallen, und stöhnte: »Mir brummt der Schädel.«

»Mach eine Pause«, sagte Bryson. Er setzte die Papiertüte ab, trat hinter die Sessellehne und begann, ihren Nacken zu massieren.

»Ah, das tut gut«, seufzte sie. Und nach einer Weile: »Wir müssen uns mit Waller in Verbindung setzen.«

»Ich könnte es über einen der Funkkanäle für Notfälle versuchen, aber ob er sich überhaupt erreichen lässt, ist äußerst fraglich.«

»Versuchen müssen wir's.«

»Ja, allerdings dürfen wir dabei unsere eigene Sicherheit nicht gefährden. Das würde auch Waller von uns fordern.«

»Unsere Sicherheit«, murmelte sie. »Ja.«

»Was hast du gesagt?«

»Bei dem Wort Sicherheit musste ich wieder an Passwörter und Verschlüsselungen denken.«

»Liegt ja auch nahe.«

»Und das bringt mich auf Dawson. Ich frage mich, wie ein ordentlicher Mensch wie er mit all seinen Passwörtern umgeht. Er hat ja bestimmt nicht nur eins, sondern viele, vorsichtig wie er ist.«

»Und was heißt das?«

»Möglich, dass er irgendwo eine Liste davon angelegt hat.«

»Sekretärinnen schreiben die Passwörter, die sie sich nicht merken können, häufig auf einen Zettel, den sie dann unter die Schreibtischplatte kleben.«

»Dawson hat sich bestimmt etwas Schlaueres einfallen lassen. Ein kryptografischer Schlüssel besteht aus einer langen Folge von Ziffern; die kann man sich unmöglich merken. Er muss sie irgendwo an unauffälliger Stelle notiert haben. Gibst du mir mal seinen Palm-Pilot?«

Bryson nahm das Gerät vom Arbeitsplatz und reichte es ihr. Sie schaltete es ein und tippte mit dem Stift auf den Schirm. Zum ersten Mal seit Stunden ging ein Lächeln über ihr Gesicht. »Ja, da ist die Liste, ominös überschrieben mit *Tesserae*.«

»Wenn ich mich an mein Schullatein richtig erinnere, ist das die Mehrzahl von *tessera*, was ›Passwort‹ heißt. Ist die Liste ohne weiteres zu lesen?«

»Nicht direkt. Sie ist verschlüsselt, aber nicht besonders aufwändig. Dawson hat ein einfaches Programm benutzt, eine Art Verwalter für vertrauliche Informationen, den man überall kaufen kann. Kein Problem. Die Haustür ist zwar verschlossen, aber die Garagentür hat der Gute offen stehen lassen. Ich kann hier dieselbe Recovery-Software anwenden, die ich soeben runtergeladen habe. Ein Kinderspiel.«

Sie war wieder obenauf und kehrte mit Eifer an ihre Arbeit zurück. Zehn Minuten später verkündete sie, dass der Code geknackt war. Sie konnte jetzt alle Daten lesen, die Dawson so sorgfältig weggesperrt hatte.

»Gütiger Himmel, Nick. Die mit ›Transfers‹ bezeichnete Datei enthält eine lange Liste von Überweisungen an Londoner Banken. Mit Beträgen zwischen 50 000 und 100 000 Pfund. In einigen wenigen Fällen stehen da auch Summen, die bis zu dreimal so hoch sind.«

»Und wer sind die Empfänger?«

»Halt dich fest! Fast das ganze Who's who des Unterhauses, Abgeordnete sämtlicher Parteien. Sogar die Ulster Unionists sind vertreten. Hier stehen alle Namen, Empfangsdaten, Beträge, nicht zuletzt auch Zeit und Ort der Gespräche, die Dawson mit ihnen geführt hat. Eine komplette Dokumentation.«

»Bestechung und Erpressung. So wird eben auch Politik gemacht. Es beginnt ganz harmlos und völlig legal mit der

Honorierung von irgendwelchen Beraterleistungen. Und mit dem Nachweis der Geldüberweisung kann man dann hinterher drohen. So hat auch Dawson erpresst und Dutzende von Abgeordneten auf seine Seite gezwungen. Er war der heimliche Zahlmeister. Wer entscheidenden Einfluss nehmen will auf ein politisches Thema, das so kontrovers verhandelt wird wie das Abkommen, darf nicht knauserig sein. Er muss Geld einsetzen, Schmiergeld für all die Politiker, deren Stimme käuflich ist.«

»Und die scheinen deutlich in der Mehrheit zu sein.«

»Es würde mich allerdings nicht wundern, wenn bei dem einen oder anderen Bestechung allein nicht ausgereicht hat und mit noch drastischeren Mitteln nachgeholfen wurde. Wenn wir in der britischen Presse danach suchten, würden wir bestimmt ähnliche Storys finden, wie sie über Kongressabgeordnete in Amerika kolportiert worden sind, Storys über Korruption, Indiskretionen und persönliche Verfehlungen. Ich wette, die hartnäckigeren Gegner des Abkommens sind allesamt in große Schwierigkeiten geraten, so wie Senator Cassidy. Deren Beispiel war für alle anderen Kritiker eine nachhaltige Warnung. Und wenn sie sich dann gefügig gezeigt haben, gab's eine hübsche Belohnung.«

»Aus gewaschenen Funds«, ergänzte Elena.

»Lässt sich die Herkunft dieser Gelder wirklich nicht mehr feststellen?«

Elena schob eine der Dordogne-Disketten ins Laufwerk. »Dawson war ungemein gründlich. Er hat alles notiert, sogar die Leitzahlen der Ursprungsbanken.«

»Vergleichst du die Daten mit dem, was Chris Edgecomb für uns aufbereitet hat?«

Bei der Erwähnung von Edgecombs Namen verdüsterte sich ihre Miene; er rief einen Albtraum in ihre Erinnerung zurück. Sie starrte auf den Schirm, über den sich eine lange Kolonne von Zahlen bewegte. »Es gibt da eine Übereinstimmung.«

»Lass mich raten«, sagte Bryson. »Meredith Waterman.«

»Genau. Dasselbe Haus, dem auch die First Washington Mutual Bancorp. gehört und wo, wie du sagst, Richard Lanchester sein Vermögen gemacht hat.«

Bryson holte tief und hörbar Luft. »Eine alteingesessene Anlagebank, über die illegale Gelder nach Washington und London transferiert werden.«

»Womöglich auch noch in andere Hauptstädte – nach Paris, Moskau, Berlin … wer weiß?«

»Wahrscheinlich sogar. Meredith Waterman ist gewissermaßen der Eigentümer von Kongress und Parlament.«

»Und Richard Lanchester hat da sein Geld gemacht.«

»Ja, aber es heißt, dass er auf seinen dortigen Posten verzichtet hätte, um nach Washington zu gehen. Dass er sich aus allen früheren Geschäften heraushalten würde.«

»Ich habe schon als Kind in Bukarest gelernt, allen öffentlichen Verlautbarungen prinzipiell zu misstrauen.«

»Eine nützliche Lektion, wie ich fürchte. Du meinst, dass Lanchester immer noch einen Fuß in der Tür hat und darum in der Lage ist, über seine alte Bank Bestechungsgelder fließen zu lassen?«

»Meredith Waterman ist doch in Privatbesitz, nicht wahr? Der Form nach eine Kommanditgesellschaft. Sie ist unter zehn oder zwölf Gesellschaftern aufgeteilt. Glaubst du, Lanchester könnte immer noch dazugehören?«

»Nein. Als Regierungsmitglied darf er das nicht. Er wird seinen Gesellschaftervertrag aufgelöst haben und seine Anteile treuhänderisch verwalten lassen. Wer im Weißen Haus arbeiten will, muss seine finanziellen Verhältnisse offen legen.«

»Aber nur dem FBI gegenüber, nicht der Öffentlichkeit. Hat er sich jemals vom Senat bestätigen lassen müssen? Nein. Denk mal nach! Vielleicht hat er deshalb das Angebot des Präsidenten ausgeschlagen, Außenminister zu werden. Man hat ihm immer Bescheidenheit unterstellt. Aber es könnte durchaus sein, dass er sich der obligatorischen Wahlprüfung nicht stellen wollte. Vielleicht hat er einiges zu verbergen und ein paar Leichen im Keller.«

»Du hast Recht, im Unterschied zum Außenminister braucht sich ein nationaler Sicherheitsberater keiner Feuertaufe zu unterziehen«, sagte Bryson. »Aber trotzdem müssen sich alle Amtsträger des Weißen Hauses unters Mikroskop legen lassen, nicht zuletzt um auszuschließen, dass der eine oder andere in krumme Geschäfte verwickelt ist.«

Elena wurde merklich ungeduldig. Es gefiel ihr nicht, dass er immer neue Bedenken ins Feld führte. »Ich verfolge nun schon seit einigen Wochen alles, was über das internationale Abkommen für Überwachung und Sicherheit gesagt und geschrieben wird. Für uns und unsere Arbeit ist dieses Thema schließlich nicht unwichtig. Stimmst du mir zu?«

Er nickte.

»Nun, sobald das Abkommen ratifiziert ist, wird man ein neues Exekutivorgan schaffen müssen, eine international operierende Strafverfolgungsbehörde mit enorm großen Vollmachten. Und wer wird dieser Behörde voranstehen? Wenn du in letzter Zeit aufmerksam Zeitung gelesen hast, wird dir aufgefallen sein, dass, sooft über die Besetzung der höchsten Führungsposten spekuliert wird, immer derselben Name fällt. Und ständig kann man in dem Zusammenhang den Titel ›Zar‹ lesen. Das macht mich nervös.«

»Zar Lanchester.«

»Es scheint, dass man die Öffentlichkeit an diese Vorstellung gewöhnen will – so häufig, wie dieser Name ins Spiel gebracht wird. Wie ein Versuchsballon.«

»Aber das ergibt keinen Sinn. Er ist doch angeblich einer der schärfsten Kritiker des Abkommens. Es heißt, dass im Weißen Haus kein anderer so vehement vor dem möglichen Missbrauch einer solchen Behörde warnt, weil sie die persönlichen Freiheitsrechte einzuschränken droht …«

»Und wem verdanken wir diese Information? So genannten gut unterrichteten Kreisen. Hinter solchen verdeckt lancierten Presseinformationen stecken immer handfeste Interessen. Damit soll die Öffentlichkeit getäuscht werden. Vielleicht will Richard Lanchester seine eigentlichen Absichten nur bemänteln; vielleicht ist er in Wahrheit scharf auf den Posten – den er dann, wenn ihn die Pflicht ruft, akzeptiert, obwohl er ihn angeblich viel lieber ablehnen würde.«

»Möglich, dass er uns alle an der Nase herumführt. Aber warum?«

»Weil er maßgeblich an der Verschwörung der Prometheus-Gruppe mitwirkt und mit allen Mittel verhindern muss, dass auch nur der leiseste Verdacht in dieser Richtung aufkommt. Wie heißt dieses Zockerspiel noch, bei dem zu erraten ist, unter welcher von drei Nussschalen, die blitzschnell hin und her verschoben werden, die versteckte Erbse liegt? Hütchenspiel, nicht wahr? Dabei wird auch nach Strich und Faden getäuscht und ablenkt. Wir alle konzentrieren uns auf den politischen Streit über das eine oder andere Gesetzesvorhaben, während hinter den Kulissen der eigentliche Machtpoker stattfindet, der, bei dem immense Mengen an Geld eingesetzt werden. Und die Mitspieler sind reiche, mächtige Privatpersonen, die ihren Reichtum und ihre Macht noch vervielfachen wollen.«

Bryson schüttelte den Kopf. Vieles von dem, was Elena sagte, klang durchaus logisch und plausibel. Doch der Sicherheitsberater des Präsidenten saß im Weißen Haus wie ein Goldfisch in seinem Becken. Kaum vorstellbar, dass es ihm in seiner Situation gelingen konnte, eine derartige Verschwörung zu dirigieren. Das Risiko aufzufliegen war viel zu groß. Und welchen Beweggrund hätte er überhaupt haben sollen? Zugegeben, Gewinn- und Machtstreben waren so alt wie die menschliche Zivilisation – vielleicht sogar älter. Doch Lanchester hätte am Ende nicht mehr erreicht, als dass er für ein neues Amt nominiert werden würde. *Lächerlich*. Das passte nicht zusammen.

Trotzdem, Bryson war inzwischen überzeugt davon, dass Lanchester eine Schlüsselfigur darstellte und eine wichtige Rolle innerhalb der Prometheus-Gruppe spielte. »Wir müssen uns irgendwie Einlass verschaffen«, sagte er.

»Bei Meredith Waterman?«

Bryson nickte nachdenklich.

»In New York?«

»Ja.«

»Und wozu?«

»Um die Wahrheit herauszufinden. Um in Erfahrung zu bringen, in welchem Verhältnis Lanchester, das Bankhaus Meredith Waterman und die Promethianer zueinander stehen.«

»Aber wenn du Recht hast, wenn Meredith Waterman wirklich Dreh- und Angelpunkt ist, der Umschlagplatz für Bestechungsgelder in Milliardenhöhe, dann kommt da keiner ran. Dann ist das Haus streng bewacht, jeder Aktenschrank dreifach gesichert, jeder Computer kennwortgeschützt, jede Datei verschlüsselt.«

»Genau deshalb will ich da hin.«

»Nicholas, das ist verrückt!«

Er biss sich auf die Unterlippe. »Lass uns die Sache mal in Gedanken durchspielen. Um bei deiner Metapher zu bleiben: Wenn die Haustür verriegelt ist, steigen wir eben durchs Fenster ein.«

»Und was wäre dieses Fenster?«

»Wenn wir herausfinden wollen, wie aus einer alteingesessenen und angesehenen Handelsbank ein Geldwäschebetrieb werden konnte, müssen wir an Stellen suchen, die auf den ersten Blick unverdächtig erscheinen. Ich glaube, wir müssen uns in der Vergangenheit umsehen, in der renommierten Anlagebank von einst.«

»Ich verstehe nicht ganz.«

»Schau, Meredith Waterman war früher eines dieser vornehmen, altmodischen Geldinstitute an der Wall Street, geführt von Tattergreisen, die an einem sargähnlichen Konferenztisch unter den Ölporträts ihrer Ahnen weit reichende Entscheidungen trafen. Meine Frage ist: Wann und warum haben sie damit begonnen, Schmiergelder zu verteilen? Und wer steckte dahinter? Was ist da im Einzelnen passiert?«

Sie zuckte mit den Achseln. »Wo könnte man die Antworten darauf finden?«

»In den Archiven. Ein Bankhaus, das seine Tradition und Geschichte hochhält, hat bestimmt jeden mehr oder weniger relevanten Papierschnipsel für die Nachwelt aufbewahrt. Die alten Knacker hatten noch einen ausgeprägten Sinn für

Historie und waren ungemein interessiert an ihrem Nachruhm. Diese Archive von damals gibt's immer noch; sie sind für die neuen Besitzer gewissermaßen sakrosankt, weil sie für die guten alten Zeiten stehen. Das ist unser Fenster: der weiche Untergrund, die Jahre, in denen auf Sicherheit nicht so viel Wert gelegt wurde. Also, wie wär's, wenn du uns zwei Flugtickets nach New York besorgen würdest?«

»Für morgen?«

»Für heute Abend noch. Irgendeine Linie wird bestimmt noch zwei Plätze frei haben. Wir müssen so schnell wie möglich nach New York.«

An die Wall Street, dachte er, *im Stammhaus einer ehemals renommierten Investmentgesellschaft, über die heute die Prometheus-Gruppe ihre Geschäfte abwickelt.*

Neunundzwanzigstes Kapitel

Das Stammhaus der angesehenen Anlagebank Meredith Waterman lag im Schatten des World Trade Centers an der Maiden Lane im Süden von Manhattan, nur wenige Schritte von der Wall Street entfernt. Anders als der nahe gelegene, im Stil der italienischen Renaissance gebaute Palazzo der Federal Reserve Bank, wo auf fünf unterirdischen Etagen ein Großteil der nationalen Goldreserven lagerte, war das Gebäude von Meredith Waterman eher unauffällig, aber von stolzer, stiller Eleganz: ein viergeschossiges Bauwerk mit Satteldach und einer Ziegel-Kalkstein-Fassade, die vor hundert Jahren im Stil des französischen Historismus errichtet worden war. Es wirkte unzeitgemäß und schien an einen anderen Ort zu gehören, ins napoleonische Paris, als Frankreich noch von der Hegemonie träumte.

Umgeben von den Wolkenkratzern des Bankenviertels, strahlte das Gebäude eine gelassene Selbstsicherheit aus, die es wohl seiner noblen Herkunft verdankte, denn Meredith Waterman war die älteste Privatbank Amerikas. Seit vielen Generationen verwaltete und vermehrte sie das Vermögen der wohlhabendsten Familien Amerikas. Mit dem Namen Meredith Waterman wurde beides verbunden: Gediegenheit und Weltläufigkeit. Fachzeitschriften wie *Fortune*, *Forbes* oder *The Wall Street Journal* priesen die Clubatmosphäre des Hauses wie auch die Tatsache, dass die Familienstammbäume aller vierzehn Gesellschafter bis auf die Gründungszeit Manhattans zurückgingen.

Bryson und Elena hatten sich gründlich vorbereitet. Elena hatte sich in der New York Public Library im Internet angemeldet und Online-Recherchen betrieben. Über die Geschäfte von Meredith Waterman war nur wenig zu erfahren gewesen, was bei einer Privatbank nicht überraschen konnte. Sehr viel ergiebiger war das, was sie über die Hauptgesellschafter in Erfahrung hatte bringen können: biografische Daten, die sich allerdings ausnahmslos im Bereich des Unauffälligen bewegten. Richard Lanchester war nicht als Partner angeführt. Er hatte sich kurz nach seiner Ernennung zum Sicherheitsberater des Präsidenten aus dem Geschäft zurückgezogen und schien seitdem keine beruflichen Kontakte mehr zu den ehemaligen Kollegen zu unterhalten.

Und wie stand es um die persönlichen Kontakte, um alte Freundschaften und familiäre Beziehungen? Elena suchte und suchte, fand aber nichts. Zwischen den Kreisen, in denen sich Lanchester und seine ehemaligen Partner gesellschaftlich bewegten, gab es offenbar keinerlei Überschneidungen. Wenn es denn noch Beziehungen gab, dann jedenfalls keine, die offen gepflegt wurden.

Unterdessen hatte sich Bryson auf die Art und Weise informiert, die ihm am meisten lag: zu Fuß, observierend und per Telefon. Als Techniker, Vertreter oder Unternehmer auf der Suche nach Büroräumen hatte er sich stundenlang in der Gegend herumgetrieben und mit Angestellten benachbarter Firmen gesprochen. Am späten Nachmittag hatte er etliches an Informationen über das Gebäude von Meredith Waterman, die dort verwendeten Computersysteme und dergleichen mehr gesammelt, ja, er hatte sogar in alte Geschäftsunterlagen Einblick nehmen können.

Zum Schluss war er noch einmal wie ein neugieriger Tourist am Haupteingang vorbeigeschlendert, auf den breite Stufen aus Granit zuführten. Die ovale, marmorne Halle war prächtig beleuchtet. In der Mitte stand auf einem Sockel eine bronzene Statue, die eine Gestalt aus der griechischen Mythologie abzubilden schien. Bryson hatte sich erinnert, eine ähnliche Darstellung schon einmal an anderer Stelle gesehen zu haben, nämlich neben der Eisbahn am Rockefeller Center.

Ja. Es handelte sich ganz offenbar um eine Kopie des berühmten vergoldeten Standbildes am Rockefeller Center.

Es war die Statue des Prometheus.

Gegen fünf Uhr hatten sie ihre Vorbereitungen abgeschlossen und entschieden, dass sie mit dem Einstieg in das Bankhaus bis nach Mitternacht warten wollten. Es blieben also noch gut sieben Stunden.

Um sie mit Warten zu verbringen, war es viel, aber insgesamt doch wenig Zeit, denn sie war ein knappes Gut, das nicht vergeudet werden durfte. Bryson wollte noch ein paar Telefonate führen. Insbesondere wollte er Harry Dunne anrufen, doch der war nirgends aufzutreiben, und es gab auch keine Informationen darüber, wo er zu erreichen wäre. Es hieß nur lapidar, der stellvertretende Direktor der CIA habe »aus familiären Gründen Urlaub genommen«. Gerüchten zufolge konnte »familiär« mit »gesundheitlich« übersetzt werden.

Trotz fleißiger Nachforschungen hatte auch Elena nicht mehr erfahren.

»Ich hab's auf direktem Weg versucht und bei ihm zu Hause angerufen«, berichtete sie. »Aber es hat sich nur eine Haushälterin gemeldet, die sagte, dass er sehr krank sei. Wo er sich zurzeit aufhält, weiß sie angeblich nicht.«

»Wer's glaubt…«

»Was sie sagte, klang auch sehr nach auswendig gelerntem Text. Auf der Schiene kommen wir nicht weiter.«

»Aber er muss doch irgendwie zu erreichen sein. Der Hinweis auf Dawsons Palm-Pilot lässt gar keinen anderen Schluss zu.«

»Ich bin Dawsons Telefonverzeichnis durchgegangen. Eine Nummer für Harry Dunne gibt's nicht. Auch keine verschlüsselte.«

»Und was war über das Internet herauszubekommen? Irgendwelche Krankenberichte?«

»Fehlanzeige. Dabei habe ich alle einschlägigen Quellen angezapft, seinen Namen und die Versicherungsnummer eingegeben. Ich hab's sogar mit Tricks und Täuschungsmanövern versucht, das Personalbüro der CIA angerufen, mich als Angestellte des Weißen Hauses ausgegeben und behauptet, der Präsident wolle seinem alten Freund Harry Dunne einen Strauß Blumen zukommen lassen, an welche Adresse er sie schicken solle.«

»Gute Idee. Und?«

»Nichts. Sie sind mit keiner Adresse herausgerückt. Anscheinend will Dunne nicht gefunden werden, aus welchen Gründen auch immer. Er hat sich regelrecht eingegraben.«

Bryson hatte plötzlich eine Idee. »Ich glaube, ich weiß, wie wir an ihn herankommen könnten«, sagte er.

»Ach ja? Wie denn?«

»Es gibt da eine Angestellte in dem Heim, in dem Tante Felicia untergebracht ist, eine Frau namens Shirley, wenn ich mich recht erinnere. Die weiß, wie Dunne zu erreichen ist. Sie hat eine Telefonnummer, über die sie sich immer bei ihm melden kann, wenn Felicia Besuch oder einen Anruf bekommt.«

»Wie bitte? Wieso interessiert sich Dunne dafür, mit wem Felicia Munroe verkehrt? Als wir sie das letzte Mal gemeinsam besucht haben, war sie geistig doch schon ziemlich daneben, oder?«

»Allerdings. Trotzdem hält Dunne es für dringend nötig, sie im Auge zu behalten. Offenbar fürchtet er, dass sie etwas ausplaudern könnte, irgendetwas aus der Zeit, als ihr Mann beim Direktorat war.«

»War er das?«

»Ja. Unterwegs erzähle ich dir mehr darüber.«

»Unterwegs? Wohin?«

»Ins Seniorenheim nach Dutchess County. Wir statten unserer alten Tante Felicia einen Besuch ab, und zwar ohne uns vorher anzumelden.«

»Wann?«

»Jetzt gleich.«

Kurz nach halb sieben erreichten sie das sorgfältig gepflegte Anwesen des Seniorenheims Rosamund Cleary. Die angenehm kühle Abendluft duftete nach Blumen und frisch gemähtem Rasen.

Elena ging vor und bat um ein Gespräch mit der Heimleitung. Sie sagte, sie sei bei Freunden in der Stadt zu Besuch und habe so viele gute Dinge über die Einrichtung gehört, die genau das Richtige für ihren kränkelnden Vater zu sein scheine; es wäre schön, wenn sie trotz vorgerückter Stunde mit einer Person namens Shirley sprechen könne, ihre Freunde hätten diesen Namen erwähnt...

Wenig später betrat Bryson das Haus und fragte nach Felicia Munroe. Da Shirley, Dunnes Kontaktperson, von Elena in Beschlag genommen wurde, war es durchaus möglich, dass sie Dunne nicht sofort anrufen würde. Wenn sie es aber doch täte, wäre das nicht weiter schlimm. Dunne würde glauben, dass Bryson nur auf die eigene Vergangenheit fixiert und damit auf dem Holzweg sei. Die Prometheus-Gruppe wäre beruhigt und würde ihn, Bryson, nicht mehr als unmittelbare Gefahr ansehen.

Sollen die doch glauben, dass ich in meiner eigenen Geschichte herumwühle, dass ich ganz versessen darauf bin.

Was ja auch der Fall ist.

Ich bin versessen darauf, die Wahrheit auszugraben.

Er hoffte, Felicia in einem lichten Moment anzutreffen.

Sie aß gerade zu Abend, als Bryson zu ihr in den hübsch eingerichteten Speisesaal geführt wurde, wo auch andere Heimbewohner allein oder zu zweit an kleinen runden Tischen saßen. Er trat auf sie zu. Sie blickte auf und wirkte alles andere als überrascht; vielmehr schien es, als habe sie gerade erst von ihm gesprochen. Brysons Hoffnung sank.

»George!«, trällerte sie vergnügt. Sie lächelte und zeigte perlweiße, vom Lippenstift verschmierte Zähne. »Jetzt verwirrst du mich aber. Du bist doch längst tot!« Sie sprach wie mit einem unartigen Kind. »Du dürftest eigentlich gar nicht hier sein, George.«

Schmunzelnd stupste Bryson gegen ihre Wange und setzte sich auf einen Stuhl ihr gegenüber. Sie hielt ihn immer noch für seinen Vater. »Du hast mich ertappt, Felicia«, sagte er und tat zerknirscht. »Aber bitte verrate mir doch eines: Auf welche Weise bin ich gestorben?«

Felicia kniff die Brauen zusammen. »Komm mir nicht damit, George. Wie's passiert ist, weißt du selbst am besten. Lass uns über etwas anderes sprechen. Pete ist immer noch nicht darüber weg.« Sie führte eine Gabel mit Kartoffelpüree zum Mund.

»Warum eigentlich, Felicia? Warum kommt er nicht darüber weg?«

»Ihm wäre lieber gewesen, es hätte ihn selbst erwischt. Und nicht dich und Nina. Er macht sich schreckliche Vorwürfe. Warum nur, fragt er sich immer wieder, warum mussten George und Nina sterben?«

»Ja, warum bloß?«

»Das brauche ich dir nicht zu sagen. Du weißt es schließlich selbst.«

»Nein, ich weiß es nicht. Aber vielleicht kannst du es mir sagen.«

Bryson blickte auf und war überrascht, Elena zu sehen. Die umarmte Felicia, setzte sich neben sie und nahm ihre knochige, von Altersflecken bedeckte Hand in beide Hände.

Ob Felicia seine Frau wiedererkannte? Wohl kaum. Sie hatten sich nur einmal gesehen, und das lag Jahre zurück. Trotzdem schien es, als ob sie Elena auf Anhieb sympathisch fand.

»Er dürfte gar nicht hier sein«, wiederholte Felicia an Elena gewandt und warf Bryson einen kritischen Blick zu. »Er ist tot, weißt du.«

»Ja, ich weiß«, antwortete Elena. »Aber erzähl mir doch bitte, was damals passiert ist. Frei darüber zu reden würde dich vielleicht erleichtern.«

Felicia wirkte bekümmert. »Ich mache mir solche Vorwürfe. Pete sagt immer: Ach, hätte es doch mich getroffen! George war sein bester Freund, musst du wissen.«

»Ich weiß. Schmerzt es dich, darüber zu reden? Über das, was passiert ist? Wie die beiden zu Tode gekommen sind?«

»Es ist mein Geburtstag.«

»Tatsächlich? Wie schön. Herzlichen Glückwunsch, Felicia.«

»Schön? Schön ist das nicht, sondern sehr, sehr traurig. Entsetzlich.«

»Erzähl.«

»Es hat geschneit. Ich habe für uns alle gekocht. Dass das Essen allmählich kalt wird, ist mir nicht weiter wichtig. Das habe ich Pete auch ausdrücklich so gesagt. Aber er wollte wohl unbedingt die Feier retten und hat George angetrieben. Beeilung, schneller, schneller! Doch George wollte nicht, weil die Straßen vereist waren und die Bremsen an dem alten Chrysler nicht mehr richtig funktioniert haben. Nina hatte große Angst. Sie wollte, dass George anhält und wartet, bis der Schneesturm aufhört. Aber Pete war dagegen. Er hat sie gedrängt. *Schneller, schneller*!« Ihre Augen füllten sich mit Tränen. Sie sah Elena verzweifelt an. »Dann geriet der Wagen außer Kontrolle. George und Nina waren auf der Stelle tot... und mein Pete lag über einen Monat lang im Krankenhaus. ›Ach, warum hat es sie getroffen und nicht mich?‹, hat er immer und immer wieder gesagt.« Die Tränen rollten ihr über die Wangen, als ihr die schmerzhaften Erinnerungen in den verwirrten Sinn kamen, für den Vergangenheit und Gegenwart nicht mehr zu unterscheiden waren. »Sie waren unsere besten Freunde, weißt du.«

Tröstend legte Elena der alten Frau einen Arm um die Schulter. »Es war ein Unfall«, sagte sie. »Niemand muss sich Vorwürfe machen.«

Bryson, selbst den Tränen nahe, nahm Felicia in die Arme. Sie machte sich darin für ihn so zerbrechlich aus wie ein kleiner Vogel.

»Gräm dich nicht«, sagte er leise.

»Du bist jetzt bestimmt sehr erleichtert«, sagte Elena, als sie mit Bryson in den grünen Mietwagen einstieg.

Er nickte. »Es war mir wichtig zu hören, was sie von damals zu berichten weiß, auch wenn sie nicht mehr voll bei Verstand ist.«

»Aber was sie gesagt hat, passt zusammen. Ihr Langzeitgedächtnis scheint wie bei den meisten älteren Leuten vollauf intakt zu sein. So vergesslich sie auch sein mag, an ihre Hochzeitsnacht wird sie sich wahrscheinlich noch sehr gut erinnern.«

»Ja. In der Hoffnung, mit seinen Lügen durchzukommen, hat Dunne wohl darauf spekuliert, dass sie überhaupt keinen klaren Gedanken mehr fassen kann. Als verlässliche Zeugin ist sie ja auch nicht mehr ernst zu nehmen.«

»Trotzdem hat sie seinen Betrug auffliegen lassen«, sagte Elena.

»Ja, das hat sie. Dank deiner einfühlsamen Befragung. Du hast genau die richtige Ansprache gefunden. Ich bin dir sehr dankbar. Und wer hätte gedacht, dass ein so zartfühlendes Wesen auch noch das Zeug zu einer Spionin hat? Wie bist du so schnell an die Telefonnummer herangekommen?«

Sie grinste. »Ich habe mich einfach gefragt: Wo bewahrt man solche Nummern auf? Und wenn Harry Dunne die gute Shirley glauben machen wollte, dass er ein besorgter Verwandter ist, wird er bestimmt nicht darauf gepocht haben, dass sie seine Nummer gut versteckt.«

»Wo war sie denn notiert? Etwa in ihrem Rolodex auf dem Schreibtisch?«

»Fast. Sie hatte in der oberen linken Ecke ihrer Schreibunterlage einen Zettel mit Notrufnummern stecken. Der ist mir sofort aufgefallen. Also habe ich ›zufällig‹ meine Handtasche auf dem Stuhl liegen lassen, was mir prompt eingefallen ist, als wir zu einer Tour durchs Haus aufgebrochen waren. Als ich die Tasche dann holte, hab ich mir den Zettel genauer angesehen und Dunnes Nummer gefunden.«

»Und wenn es diesen Zettel nicht gegeben hätte?«

»Dann wäre Plan B zur Anwendung gekommen. Ich hätte ihre nächste Zigarettenpause abgewartet und erst dann die Tasche geholt. Sie ist eine starke Raucherin.«

»Gab's auch einen Plan C?«

»Ja. Der sah vor, dich einzuspannen.«

Er lachte auf. »Die Vorwahl – acht-eins-vier –, sagt dir das was?«

»Neben der Nummer stand ›PA‹, vermutlich für Pennsylvania.«

»Pennsylvania? Was sollte Dunne ausgerechnet da wollen?«

»Vielleicht stammt er von dort.«

»Dem Akzent nach kommt er aber aus dem tiefsten New Jersey.«

»Vielleicht hat er Verwandtschaft in Pennsylvania. Wie dem auch sei, wir werden es erfahren. Herauszufinden, welche Adresse sich hinter der Nummer verbirgt, ist kinderleicht.«

Um ein Uhr nachts waren im Bankhaus Meredith Waterman nur noch einige wenige Angestellte zugegen: eine Hand voll Sicherheitskräfte sowie ein Service-Mann für die Rechenanlage.

Eine kompakt gebaute Frau schob am Personaleingang Wache und las gerade einen Groschenroman. Dass sie gestört wurde, war ihr merklich lästig.

»Sie stehen nicht auf meiner Liste«, sagte sie und markierte mit ihrem langen Fingernagel die Stelle, an der sie ihre Lektüre hatte unterbrechen müssen.

Der kurzhaarige Mann mit Pilotenbrille und einem T-Shirt mit dem Aufdruck McCaffrey Datenspeicher-Services zuckte die Achseln. »Na prima, dann fahr ich zurück nach New Jersey und erzähl meinem Chef, dass man mich nicht reingelassen hat. Macht meinen Job umso leichter – bei vollem Lohnausgleich.«

Bryson wandte sich ab und bereitete seine nächste Riposte vor, als die Frau, schon etwas weniger schroff, nachfragte: »Weshalb sind Sie denn hier?«

»Wie gesagt, Meredith gehört zu unseren Kunden, für die wir *offsite backups* machen, das ist Datensicherung nach Feierabend. Jetzt sind hier beim Kollationieren Fehler aufgetreten. Kommt nicht häufig vor, aber hin und wieder eben doch. Und das heißt, dass ich die Router hier im Haus checken muss.«

Seufzend langte sie zum Telefonhörer und wählte eine Nummer. »Charlie, haben wir einen Wartungsvertrag mit der Firma McCaffrey…«, sie las von Brysons T-Shirt ab, »Datenspeicher-Services?«

Sie lauschte eine Weile in den Hörer. »Er sagt, er müsse wegen irgendeines Fehlers irgendetwas checken.«

Und dann: »Okay, danke.« Sie legte auf und grinste überheblich. »Sie hätten sich telefonisch anmelden sollen«, rügte sie. »Der Aufzug da hinten rechts bringt Sie runter auf Ebene B.«

Im Tiefparterre angekommen, eilte er zum Tor der Warenannahme, das er während seiner Erkundungen entdeckt hatte. Dort wartete Elena. Sie war ähnlich ausstaffiert wie er und trug ein Klemmbrett aus Aluminium unter dem Arm. Das Archiv der Bank befand sich in einem großen Kellerraum mit niedriger Decke, summenden Neonleuchten und etlichen Reihen metallener Lagerregale voll von grauen Aufbewahrungskästen, die, was sich an den Aufschriften unschwer erkennen ließ, chronologisch geordnet waren: von 1860, dem Jahr der Gründung durch den irischen Leinenhändler Elias Meredith, bis 1989. Akten jüngeren Datums waren offenbar noch nicht archiviert worden. Jeder Jahrgang war in verschiedene Kategorien unterteilt: Geschäftskunden, Personal, Sitzungsprotokolle, Beschlüsse, Satzungsänderungen und so weiter. Farbmarkierungen, aufgeklemmte Reiter und Strichcodes sorgten für systematische Ordnung.

Die Zeit war begrenzt. Sie konnten sich nicht viel länger als eine Stunde hier unten aufhalten, denn dann würde sich die Wachmannschaft allmählich fragen, was den Service-Mann so unverhältnismäßig lange in Anspruch nahm. Bryson und Elena machten sich getrennt an die Arbeit: Er sah die Akten durch, während sich Elena an den Computer setzte und die elektronischen Daten zu sichten versuchte. Die Daten wurden über ein Programm verwaltet, das einfach handzuhaben und nicht eigens durch ein Passwort gesichert war – schließlich sollten es die Angestellten der Bank ja frei verwenden können.

Es war eine mühselige Arbeit, zumal sie gar nicht genau wussten, wonach sie suchten. Nach Informationen über Kunden? Welche Kunden? Nach Unterlagen über größere Geldüberweisungen ins Ausland? Aber wie ließen sich gewöhnliche Schiebereien an der Steuer oder der geschiedenen Frau vorbei von solchen Transfers unterscheiden, die letztlich nach vielen Umwegen in der Tasche eines Senators landeten? Elena hatte den Einfall, den Computer auf die Suche zu schicken, und zwar mit Hilfe einschlägiger Schlüsselwörter. Doch nach einer Stunde gab es immer noch keine brauchbaren Ergebnisse.

Allerdings fielen ihnen bald große Lücken in den Aktenbeständen auf. Seit 1985 fehlten sämtliche Unterlagen zu den Bezügen der Gesellschafter, Unterlagen, die aber nicht etwa verlegt worden wären: Elena konnte auch über den Datenbankmanager am Computer bestätigen, dass nach 1985 an keiner Stelle irgendetwas über die Einkünfte der Gesellschafter ausgewiesen war.

Frustriert und mit fortschreitender Zeit immer nervöser, beschloss Bryson schließlich, seine Recherchen auf einen Gesellschafter zu konzentrieren, nämlich auf Richard Lanchester. Er sichtete dessen Personal-, Gehalts- und Kundenakten. Sie bezeugten alle den bekannten Lanchester-Mythos vom Genie der Wall Street. Gleich nach seinem Harvard-Abschluss hatte er seine Tätigkeit bei Meredith Waterman aufgenommen, wo er schnell Karriere machte. Er war überaus erfolgreich im Obligationenhandel und verschaffte der Bank beträchtliche Gewinne. Bald stieg er in eine leitende Position auf, wo er sich einer weiteren Spezialität widmete: dem Devisen- und Effektenhandel. Im Vergleich zu den Erfolgen, die er auf diesem Gebiet hatte, waren die Gewinne aus den früheren Geschäften Peanuts. Richard Lanchester hatte sich in nur zehn Jahren zum einträglichsten Banker der Firmengeschichte entwickelt.

Die Wall-Street-Koryphäe war durch ihre geschickten Geschäfte extrem reich geworden – und mit ihr die anderen Gesellschafter. Lanchester hatte es in der Kunst des so genannten Derivatehandels zur Meisterschaft gebracht und setzte Milliardensummen in Termingeschäften ein. Im Grunde war er ein Zocker am Spieltisch der internationalen Handelsmärkte, einer, der immer nur Gewinne einheimste. Und wie jeder andere Spieler glaubte er fest daran, dass seine Glückssträhne niemals enden würde.

Doch genau das war Ende 1985 der Fall gewesen.

In diesem Jahr trat die große Wende ein. Fasziniert von Lanchesters Geschichte auf kaltem Boden hockend, stieß Bryson auf einen dünnen Aktenordner mit den Berichten hauseigener Wirtschaftsprüfer, die eine so dramatisch abschüssige Bilanzkurve beschrieben, dass man es kaum glauben mochte.

Eine von Lanchesters Riesenwetten – auf Eurodollar-Futures – war offenbar geplatzt. Über Nacht gingen der Bank drei Milliarden Dollar verloren, eine Summe, die ihr Betriebsvermögen um ein Vielfaches überstieg.

Meredith Waterman stand vor dem Aus. Die Bank hatte über anderthalb Jahrhunderte alle Finanzkrisen überstanden, ja, sogar die Weltwirtschaftskrise. Doch dann verlor Richard Lanchester eine Wette, und Amerikas älteste Privatbank war pleite.

»*Ach, du lieber Himmel*«, hauchte Elena, als sie den Prüfbericht überflogen hatte. »Aber … von alledem ist nichts bekannt geworden.«

Bryson schüttelte den Kopf. »Rein gar nichts. Kein einziger Artikel, nirgends.«

»Wie ist das möglich?«

Er warf einen Blick auf die Uhr. Sie hatten inzwischen schon fast zwei Stunden im Archiv zugebracht und riskierten, entdeckt zu werden.

Plötzlich kam Bryson die Erleuchtung. Er sah Elena mit großen Augen an und sagte: »Jetzt weiß ich, warum wir nach 1985 nichts über die Einkünfte der Gesellschafter finden konnten.«

»Und warum nicht?«

»Sie hatten einen Wohltäter, der sie vor dem Untergang bewahrt hat.«

»Was soll das heißen?«

Er stand vom Boden auf und zog einen grauen Kasten mit der Aufschrift ANTEILSÜBERTRAGUNGEN aus dem Regal. Der war ihm schon vorher aufgefallen, hatte ihn aber nicht weiter interessiert, weil so vieles andere aufschlussreicher zu sein schien. Er öffnete den Kasten und fand darin nur einen einzigen braunen Ordner, der insgesamt 14 dünne juristische Dokumente enthielt, die zu je drei Seiten zusammengeheftet waren.

Jedes der Exemplare war überschrieben mit dem Wort ANTEILSÜBERTRAGUNG. Er las das erste mit pochendem

Herzen. Obwohl er den Inhalt schon ahnte, blieb ihm vor Schreck der Mund offen stehen.

»Nicholas, was ist? Was steht da?«

Er las laut vor. »Der Unterzeichnende veräußert alle Rechte, Titel und Gesellschaftsanteile an den Vertragspartner, auf den sämtliche Ansprüche und Obliegenheiten aus diesen Anteilen übergehen ...«

»Was soll das heißen? Nicholas, was bedeutet das?«

»Im November 1985 haben alle 14 Gesellschafter von Meredith Waterman ihre Anteile verkauft«, antwortete Bryson. Sein Mund war ausgetrocknet. »Sie hafteten alle persönlich für die drei Milliarden Dollar Schulden, die ihnen Lanchester eingebrockt hatte. Offenbar blieb ihnen keine andere Wahl. Sie standen mit dem Rücken zur Wand und mussten verkaufen.«

»Aber ... ich verstehe nicht ganz. Was gab es da denn noch zu verkaufen?«

»Im Grunde nur den Namen. Die leere Hülle einer Bank.«

»Und was war die noch wert?«

»Vierzehn Millionen. Die alten Gesellschafter wurden jeweils mit einer Million abgefunden, worüber sie sich sehr glücklich schätzen durften. Der Käufer nahm ihnen nämlich die komplette Schuldenlast ab. Aber er konnte sich das auch leisten. Mit der Übertragung hat sich jeder Gesellschafter außerdem in einer gesonderten Vereinbarung zum Stillschweigen verpflichtet. Bei Zuwiderhandlung riskierte er, seine Million, über fünf Jahre verteilt, zurückzahlen zu müssen.«

»Das ist doch nicht zu fassen«, sagte sie und schüttelte den Kopf. »Hab ich richtig verstanden? Meredith Waterman wurde 1985 an eine Einzelperson verkauft? Und außer den Beteiligten wusste keiner was davon?«

»So ist es.«

»Aber wer war der Käufer? Wer war verrückt genug, ein solches Geschäft abzuschließen?«

»Jemand, der ein Interesse daran hatte, heimlicher Inhaber eines renommierten Bankhauses zu werden, über das er dann in seinem Sinne frei verfügen konnte. Nämlich zum Zweck illegaler Geldtransfers rund um die Welt.«

»Wer steckt dahinter?«

Bryson lächelte matt und schüttelte den Kopf. »Ein Milliardär namens Gregson Manning.«

»Gregson Manning von Systematix …«

Bryson ließ sich Zeit mit der Feststellung: »Der Mann hinter der Prometheus-Verschwörung.«

Ein Geräusch ließ Bryson hochschrecken, das Geräusch von Ledersohlen, die über den Estrich gingen. Er blickte von den Akten hoch, die er auf einem kleinen Tisch vor sich verteilt hatte, und sah einen großen, stämmigen Mann in blauer Uniform vor sich, der ihn unverhohlen aggressiv anstarrte. »He, Sie da … was fällt Ihnen ein? Ich dachte, Sie wären von der Computerfirma! Was zum Teufel haben Sie hier verloren?«

Dreißigstes Kapitel

Die Computer und der Server, an denen sie angeblich hatten arbeiten wollen, befanden sich ganz woanders. Vor ihnen stand eine klar und deutlich beschriftete Archivbox, und die 14 juristischen Schriftstücke lagen wie zu einem Fächer ausgebreitet auf dem Tisch.

»Wieso kommen Sie erst jetzt?« Bryson gab sich verärgert. »Wir haben schon vor 'ner halben Stunde den Wachdienst gerufen.«

Der Mann beäugte die beiden mit argwöhnischen, bohrenden Blicken. Sein Funkgerät gab knisternde Geräusche von sich. »Was faseln Sie da? Mich hat niemand angerufen.«

Elena stand auf und winkte mit dem Klemmbrett. »Schauen Sie, ohne den Wartungsvertrag verplempern wir hier bloß unsere Zeit. Es war abgemacht, dass er immer an derselben Stelle für uns parat liegt, damit wir nicht lange suchen müssen. Haben Sie überhaupt eine Vorstellung davon, wie viele Daten wegen dieser Schlamperei verloren gehen?« Sie gestikulierte wild und tippte ihm mit dem ausgestreckten Zeigefinger auf die Brust.

Schwer beeindruckt von ihrem Auftritt, folgte Bryson ihrer Spur. »Sie hätten die Anlage runterfahren müssen«, sagte er kopfschüttelnd und stand langsam auf.

»He, Lady«, protestierte der Wachmann, »ich weiß nicht, wovon Sie reden …«

Unversehens schnellten Brysons Arme nach vorn. Mit der linken Hand ging er dem Mann von hinten an die Kehle, während er mit der Handkante der rechten auf den Plexus brachialis im Nacken einhieb. Der Mann erschlaffte augenblicklich und sank in Brysons Armen zu Boden. Bryson schleifte ihn zwischen zwei Regalreihen, wo er nach frühestens einer Stunde wieder aufwachen würde.

Sie verließen die Bank durch den Boteneingang und eilten zu ihrem Mietwagen, den sie in einiger Entfernung auf der gegenüberliegenden Straßenseite abgestellt hatten. Vor Erschöpfung wähnten sich beide wie in Trance. Das Einzige, was ihn jetzt helfen konnte, war Schlaf, es sei denn sie legten es darauf an, mit Hilfe von Koffein und Adrenalin über die Runden zu kommen.

Es war zwanzig nach drei in der Früh. Bryson fuhr durch dunkle, verlassene Straßen des südlichen Manhattan und fand in der Gegend von South Street Seaport eine stille Seitenstraße, wo er den Wagen am Bordstein zum Stehen brachte.

»Erstaunlich«, sagte er. »Zwei Männer, der eine unermesslich reich, der andere ein hoch geachteter Politiker – der ›letzte aufrechte Mann Washingtons‹, wie es heißt; eine vor Jahren besiegelte und streng geheim gehaltene Partnerschaft. Manning und Lanchester sind nie gemeinsam in der Öffentlichkeit aufgetreten. Zwischen ihnen scheint überhaupt keine Verbindung zu bestehen.«

»Und auf den Schein kommt es an.«

»Ja, und das in mehrerlei Hinsicht. Ich bin sicher, Manning wollte den guten Ruf des Hauses Meredith Waterman über die Zeit retten. Es war ihm als Aushängeschild und über jeden Zweifel erhabene Anlagebank äußerst wichtig. Damit konnte er heimlich und nach Belieben politische Entscheidungsträger auf der ganzen Welt kontrollieren. Es hat ihm eine wunderbar unauffällige Möglichkeit geboten, Schmiergelder und andere illegale Funds fließen zu lassen – an Parlament und Kongress, wahrscheinlich auch an die russische Duma, die französische Nationalversammlung und so weiter und so fort. Mit der Bank war es außerdem möglich, sich in andere Banken und Unternehmen einzukaufen, ohne dass sein Name in Erscheinung getreten wäre. So hat er sich zum Beispiel auch die Washingtoner Bank angeeignet, über die die meisten Kongressabgeordneten ihre Geldgeschäfte abwickeln. Damit ließen sich Bestechung und Erpressung im großen Stil abziehen.«

»Und natürlich auch an höchster Stelle politisch Einfluss nehmen«, ergänzte sie. »Über Lanchester.«

»Über ihn kann Manning ein Wörtchen mitreden, insbesondere was die Außenpolitik angeht. Deshalb war den beiden immer gleichermaßen wichtig, dass Mannings Einkauf bei Meredith Waterman niemals ruchbar wird. Richard Lanchesters guter Ruf musste unbedingt gewahrt bleiben. Wenn herauskäme, dass er Amerikas älteste Privatbank durch riskante Spekulationen in den Ruin getrieben hat, ginge es mit ihm bergab. So aber kann er auch weiterhin von seinem Ruf als Finanzgenie profitieren. Er steht nach wie vor da als brillanter Kopf mit Gewissen, als ein Mann, der so reich ist, dass er sich nie würde kaufen lassen müssen, und seine Machtstellung an der Wall Street aufgegeben hat, um seinem Land zu dienen. Amerika muss sich doch wirklich geehrt fühlen, dass ein solcher Mann dem Präsidenten im Weißen Haus zur Seite steht, oder?«

Nach einem Moment des Schweigens sagte Elena: »Ich frage mich, ob Lanchester nicht vielleicht sogar von Gregson Manning gezielt ins Weiße Haus geschickt worden ist. Vielleicht war das eine der Bedingungen, die er an seine rettende Übernahme von Meredith Waterman geknüpft hat.«

»Interessanter Gedanke. Aber vergiss nicht: Lanchester kannte Malcolm Davis bereits, ehe der seine Bereitschaft erklärt hat, sich für die Präsidentenwahl nominieren zu lassen.«

»Lanchester war einer seiner eifrigsten Wahlkämpfer, stimmt's? In der Politik ist es denkbar einfach, Freundschaften mit Geld zu erkaufen. Und er hat sich als Wahlkampfleiter geradezu aufgedrängt.«

»Kein Zweifel, Manning hat auch dabei geholfen und Davis eine Menge Geld zugeschaufelt, das er von Systematix, von seinen Angestellten, Freunden, Geschäftspartnern und wer-weiß-wem sonst noch alles lockergemacht hat. Lanchester konnte umso mehr glänzen und sich unersetzlich machen. Soeben hatte er noch vor dem Ruin gestanden und war jetzt mit einem Male ein Hauptdarsteller auf der politischen Weltbühne. Eine Karriere, die zur Supernova wird.«

»Und all das verdankt er seinem Spezi Manning. An den ist wohl kein Rankommen, oder?«

Bryson schüttelte den Kopf.

»Aber du kennst Lanchester, du hast ihn in Brüssel getroffen. Er wird sich aller Wahrscheinlichkeit nach auf ein Gespräch mit dir einlassen.«

»Das glaube ich nicht. Er weiß ja inzwischen alles, was ihn an meiner Person interessiert hat, und das reicht, um in mir eine Gefahr zu sehen. Ich glaube kaum, dass er Lust hat, mich zu sehen.«

»Es sei denn, du drohst ihm ganz explizit und verlangst, ihn zu sprechen.«

»Aber was könnte bei einem Gespräch mit ihm herausspringen? Nein, von einer direkten Konfrontation halte ich nicht viel. Der bessere Weg führt über Harry Dunne.«

»*Dunne?*«

»Ich kenne sein Temperament. Er wird einer Begegnung mit mir nicht widerstehen können. Er weiß, was ich weiß, und wird mich unbedingt sehen wollen.«

»Mag ja sein, aber womöglich ist er zu einem Treffen gar nicht mehr in der Lage.«

»Wieso?«

»Die Telefonnummer, die wir von Shirley haben, gehört zu einem privaten, sehr exklusiven Hospiz in Franklin, Pennsylvania. Dort hält er sich versteckt – er liegt im Sterben.«

Es gab keinen Direktflug nach Franklin. Am schnellsten kam man mit dem Auto dorthin. Vorher aber hatten Elena und Bryson unbedingt ein wenig Erholung nötig. Ausgeschlafen und hellwach zu sein würde für das, was sie noch vorhatten, unerlässlich sein.

Doch es stellte sich heraus, dass drei oder vier Stunden Schlaf beileibe nicht ausreichten. Bryson fühlte sich wie gerädert, als ihn – sie hatten sich in einem kleinen, unscheinbaren Motel außerhalb von Manhattan einquartiert – das Geklapper einer Computertastatur weckte.

Elena wirkte dagegen erstaunlich frisch; sie schien schon geduscht zu haben und saß vor dem Laptop, der mit der Telefonbuchse im Zimmer verbunden war.

Sie hatte ihn anscheinend aufwachen hören und sprach ihn an, ohne den Blick auf ihn zu richten. »Systematix lässt sich je nach Geschmack entweder als das Paradebeispiel eines erfolgreichen *global players* darstellen oder als ein Unternehmen, das sich auf Furcht einflößende Weise breit macht.«

Bryson richtete sich auf. »Ich brauche zuerst einmal einen Kaffee.«

Elena zeigte auf einen Styroporbecher mit Deckel, der neben dem Bett stand. »Könnte sein, dass er ein bisschen kalt geworden ist. Ich habe ihn schon vor einer Stunde besorgt. Tut mir Leid.«

»Macht nichts. Hast du überhaupt geschlafen?«

Sie schüttelte den Kopf. »Ich bin schon nach einer halben Stunde wieder aufgestanden. Mir ging zu viel im Kopf herum.«

»Was hast du herausgefunden?«

Sie drehte sich zu ihm hin. »Nun, wenn Wissen Macht ist, ist Systematix der mächtigste Konzern der Welt. Er bezeichnet sich selbst als ›The Knowledge Business‹, und das scheint auch sein erstes und oberstes Organisationsprinzip zu sein – das Einzige, was die riesige Holding zusammenhält.«

Bryson nahm einen Schluck Kaffee. Der war in der Tat bereits kalt. »Aber ich dachte, Systematix sei ein Software-Entwickler, einer der Hauptrivalen von Microsoft.«

»Software und Computer machen nur einen Bruchteil des Geschäftes aus. Das Unternehmen ist extrem diversifiziert. Wir wissen inzwischen, dass ihm Meredith Waterman gehört und darüber auch die First Washington Mutual Bancorp. Vieles deutet darauf hin, dass Systematix auch große Banken in Großbritannien kontrolliert, allerdings fehlen mir dafür die Beweise.«

»Und worauf stützt sich dein Verdacht? Manning mit britischen Banken in Verbindung zu bringen dürfte wohl noch schwerer sein als der Nachweis seiner Beziehung zu Meredith Waterman.«

»Aufschlussreich sind einige Anwaltskanzleien für ausländisches Recht, die für Systematix arbeiten. Diese Büros, ob in London, Buenos Aires oder Rom, unterhalten alle enge Kontakte zu bestimmten Banken. So lassen sich die verstreuten Punkte miteinander verbinden.«

»Interessant.«

»Mit Systematix hat Manning ein heißes Eisen im Feuer der größten Rüstungsschmieden der Welt. Erst kürzlich hat er eine ganze Reihe von Satelliten in erdnahe Umlaufbahnen geschickt. Und jetzt halt dich fest: Systematix besitzt außerdem zwei der drei größten Agenturen für Kreditsicherung.«

»Was hat es denn damit auf sich?«

»Die bieten Auskunft darüber, ob bestimmte Bankkunden kreditwürdig sind oder nicht. Du ahnst nicht, wie viele Informationen in einer solchen Agentur zusammenfließen. Das ist gigantisch, sie verfügen über eine unvorstellbare Fülle an persönlichen Daten. Aber das ist längst noch nicht alles. Systematix besitzt auch mehrere der größten Krankenversicherungen des Landes, dazu noch etliche Firmen für Datenmanagement, die die Datenbanken dieser Versicherer warten. Darüber hinaus hat sich Systematix jüngst eine Firma unter den Nagel gerissen, die die medizinischen Daten fast aller Gesundheitsorganisationen des Landes verwaltet.«

»Gütiger Himmel!«

»Wie gesagt, das Glied, das sämtliche Unternehmenszweige miteinander verbindet, ist die Ware Information, beziehungsweise der Zugriff darauf. Tritt mal einen Schritt zurück und sieh dir den Komplex aus der Distanz an: Lebens- und Krankenversicherungen, Gesundheitspflege, Kreditwesen … durch seine Beteiligungen an all diesen Unternehmen hat Systematix Zugang zu den privatesten, intimsten Informationen über schätzungsweise 90 Prozent der amerikanischen Bevölkerung.«

»Und das wäre nur Mannings Anteil.«

»Wie bitte?«

»Manning ist nur ein Mitglied der Prometheus-Gruppe. Vergessen wir Anatoli Prischnikow nicht, der eine ähnlich weit verzweigte Holding in Russland kontrolliert. Und Jacques Arnaud in Frankreich. Und General Tsai in China. Wer weiß, wie groß das Reservoir an persönlichen Daten ist, über das die Gruppe verfügt.«

»Das ist beängstigend, und die Angst trifft mich ganz besonders, weil ich in einem totalitären Staat aufgewachsen bin, wo eine Securitate ihr Unwesen getrieben und jeder jeden ausspioniert hat.«

Bryson stand aus dem Bett auf. Er fühlte sich wie durch den Wolf gedreht. »Was Prometheus in Washington geschafft hat – nämlich an streng vertrauliche Informationen heranzukommen und sie an die Öffentlichkeit zu bringen –, das kann die Gruppe überall auf der Welt in ähnlicher Form durchziehen. Systemtatix mag für ›Wissen‹ stehen; Prometheus aber steht für ›Herrschaft‹.«

»Ja«, antwortete Elena und wirkte dabei wie weggetreten. »Aber wozu das Ganze? Zu welchem Zweck?«

Der Machtwechsel steht unmittelbar bevor. Dann klärt sich alles auf…

»Ich weiß es nicht«, entgegnete Bryson. »Und ich fürchte, dass die Uhr schon abgelaufen sein könnte, wenn wir die Antwort endlich kennen.«

Kurz nach Mittag bogen sie in die halbkreisförmig angelegte Einfahrt zu einem ehemals hochherrschaftlichen Anwesen ein, das in georgianischem Stil aus rotem Ziegel gebaut war. Auf einer niedrigen Mauer stand in kupfernen Lettern der Name: FRANKLIN HOUSE. Elena wartete im Wagen.

Bryson trug einen weißen Arztkittel, den er unterwegs in einem Fachgeschäft gekauft hatte, und gab sich als Spezialist für Schmerztherapie von der Universitätsklinik von Pittsburgh aus, der von der Familie eines Patienten zur Beratung gerufen worden war. Bryson verließ sich auf die in der Regel unverdächtige Atmosphäre von Krankenhäusern und wurde in dieser Hinsicht auch nicht enttäuscht. Niemand verlangte nach einem Ausweis. Er selbst gab sich ganz professionell: distanziert, dabei aber durchaus besorgt. Die Familie habe ihn über einen Kollegen angesprochen mit der Bitte, dem Angehörigen das Sterben so leicht wie möglich zu machen. Verlegen schmunzelnd legte Bryson als Beleg einen gelben Notizzettel mit der Überschrift »In Ihrer Abwesenheit« vor, auf dem der Fall geschildert stand und die Telefonnummer angegeben war.

»Meine Sekretärin hat es versäumt, den Namen des Patienten aufzuschreiben«, sagte er. »Und ich muss gestehen, in all der Eile das Fax in meinem Büro zurückgelassen zu haben. Wissen Sie vielleicht, um welchen Patienten es sich handeln könnte?«

Die Frau am Empfang warf einen Blick auf die Telefonnummer und schaute dann in ihre Liste. »Natürlich, Herr Doktor. Das ist ein Mr. John MacDonald. Zimmer 322.«

Harry Dunne sah aus wie ein intensiv behandelter Kadaver. Sein schmales Gesicht war eingefallen, von den weißen Haaren fast nichts mehr übrig geblieben. Die Haut hatte eine unnatürlich bronzene Farbe und war voller Flecken. Seine Augen traten aus den Höhlen hervor, und in seiner Nase steckte ein Beatmungsschlauch. Er hing am Tropf und war an diverse Messinstrumente angeschlossen, über die alle möglichen Körperfunktionen überwacht wurden.

Dem Patienten standen ein eigener Telefonanschluss und sogar ein Faxgerät zur Verfügung.

Dunne schlug die Augen auf, als Bryson zur Tür hereinkam. Er wirkte benommen, aber doch wach, und nach wenigen Sekunden verzog sich sein Knochengesicht zu einem gespenstischen Grinsen. »Sind Sie hier, um mich zu töten, Bryson?«, fragte er und kicherte schwach. »Das wäre ein Witz. Man hält mich hier künstlich am Leben. Genauso wie man die verdammte CIA künstlich am Leben hält. Dabei sind wir beide, die CIA und ich, längst passé.«

»Sie zu finden war nicht leicht«, sagte Bryson.

»Weil ich nicht gefunden werden will. Ich habe keine Verwandtschaft, die mich am Sterbebett besuchen könnte, und ich weiß ja, was in Langley los ist, wenn sich dort herumspricht, dass man krank ist. Dann brechen sie deinen Schrank auf, durchwühlen deine Papiere und räumen dein Büro aus. Wie in der guten alten Sowjetunion: Der Chef macht Urlaub in Jalta, kommt zurück und findet seine Sachen, in Umzugskartons verpackt, draußen vor dem Kreml wieder.« Er kicherte rasselnd. »Ja, man muss sich nach allen Seiten hin gut absichern.«

»Auch wenn man ohnehin nicht mehr viel Zeit hat?«, fragte Bryson in provozierender Absicht.

Dunne starrte eine Weile vor sich hin, ehe er antwortete. »Vor sechs Wochen wurde festgestellt, dass ich Lungenkrebs habe. Daraufhin musste ich den ganzen Zinnober über mich ergehen lassen: Chemotherapie, Bestrahlung und so weiter. Inzwischen stecken die Scheiß-Metastasen überall, im Bauch, in den Knochen, sogar in den verdammten Händen und Füßen. Und die Ärzte haben tatsächlich die Stirn, mir das Rauchen zu verbieten! Lächerlich. Ich habe denen gesagt: Vielleicht sollte ich es auch mal mit Trennkost versuchen; darüber hört man ja so viel Gutes.«

»Sie haben mich gründlich drangekriegt«, sagte Bryson und verhehlte seinen Ärger nicht, »ein raffiniertes Geflecht aus Lügen um meine Vergangenheit gestrickt, und um das Direktorat, seine Anfänge und Absichten… Warum eigentlich? Damit ich für Sie ins kalte Wasser springe, zum Direktorat zurückkehre und herausfinde, was wir…« Er stockte und wunderte sich, dass er das persönliche Fürwort ›wir‹ gebraucht hatte. *Bin ich wirklich wieder Teil eines Dienstes, den es im Grunde gar nicht gibt?* »… was wir über Prometheus wissen? Weil wir die Einzigen waren, die Ihrer Bande auf die Schliche gekommen sind?«

»Ja, was haben Sie denn wirklich herausgefunden? Doch nur Kinkerlitzchen.« Er grinste und begann zu husten. »Ich komme mir vor wie Moses, zeige den Weg, werde das Gelobte Land aber selbst nicht mehr betreten.«

»Das Gelobte Land? Wessen Land soll das sein? Das von Gregson Manning?«

»Geben Sie's doch auf, Bryson«, sagte Dunne und schloss die Augen.

Bryson warf einen Blick auf den mit einer klaren Flüssigkeit gefüllten Plastikbeutel am Infusionsstativ Nummer IV. »Ketamin« stand darauf zu lesen. Ein Schmerzmittel, das in hoher Dosis auch halluzinogen wirkt und den Patienten delirieren lässt. Sowohl Direktorat als auch CIA hatten dieses Mittel mitunter als Wahrheitsdroge eingesetzt. Bryson langte mit der Hand an die Schlauchklemme und erhöhte die Tropffrequenz.

»Was zum Teufel machen Sie da?«, sagte Dunne. »Legen Sie mich nur ja nicht trocken. Morphin wirkt bei mir nicht mehr. Man gibt mir jetzt härteren Stoff.«

Die erhöhte Dosierung zeigte sofort Wirkung. Dunne wurde rot im Gesicht und begann zu schwitzen. »Sie haben's nicht begriffen, oder?«

»Was denn?«

»Wissen Sie nicht, was mit seinem Kind passiert ist?«

»Wessen Kind?«

»Mannings.«

Dank Elenas Recherchen wusste Bryson halbwegs Bescheid. »Er hatte eine Tochter, die gekidnappt wurde.«

»Gekidnappt? Das trifft die Sache nicht ganz. Manning war geschieden, hatte aber eine achtjährige Tochter, sein Ein und Alles.« Dunne hatte Mühe zu sprechen. »Er war auf Besuch in Manhattan, wurde dort wegen irgendeiner Wohltat geehrt. Auf Töchterchen Ariel passte ein Au-pair-Mädchen auf. Als er am Abend nach Hause zurückkam, war das Au-pair-Mädchen ermordet und die Tochter verschwunden ...«

»Herrje.«

»Irgendwelche Ganoven ... wollten schnelles Geld machen ...« Dunnes Stimme wurde immer schwächer. »Er hat Lösegeld bezahlt ... umsonst. Man hat sie in eine entlegene Hütte verschleppt ... in Pennsylvania.« Wieder setzte ein Hustenanfall ein. »Manning ... lässt sich nichts gefallen ...« Die Augen fielen ihm zu.

Bryson wartete ab. Hatte er es übertrieben? Er stand auf und drosselte den Zufluss des Medikaments wieder. Wenig später öffnete Dunne wieder die Augen. »Er hat dem FBI seine Hilfe angeboten … aber Pustekuchen. Wir haben zwar jede Menge Satelliten, dürfen sie aber nicht nutzen, nicht im vollen Umfang … Durchführungsbestimmung 1233. Weiß der Henker …«

Dunne schien wieder scharf sehen zu können. »Diese Arschlöcher von der Justiz … lassen keine Lauschangriffe auf das Handy der Kidnapper zu. Paragraphenterror … schützt die Intimspähre von Kriminellen. Und ein hübsches kleines achtjähriges Mädchen wird lebendig begraben … muss qualvoll ersticken.«

»Mein Gott, was für ein Albtraum.«

»Manning ist nie drüber weggekommen. Hat aber seine Konsequenzen daraus gezogen.«

»Und wie sahen die aus?«

Dunne schüttelte den Kopf und lächelte auf sonderbare Weise.

Bryson stand auf. »Wo ist Lanchester?«, fragte er. »Es heißt, er wäre im Urlaub, irgendwo an der Pazifikküste im Nordwesten. Aber das ist dummes Zeug. Also, wo steckt er wirklich?«

»Wo die anderen auch sind. Der ganze Haufen. Lakeside, wo sonst?«

»Lakeside …?«

»Mannings Haus, an diesem See bei Seattle.« Dunnes Stimme wurde wieder schwächer. Die Augen fielen ihm zu. »Und jetzt machen Sie, dass Sie hier rauskommen, Bryson. Mir geht's nicht besonders.«

»Wozu das Treffen?«, fragte Bryson. »Was steht an?«

»Mann, Bryson, da rollt ein Güterzug auf Sie zu«, murmelte Dunne. »Den können Sie nicht aufhalten. Dafür ist es viel zu spät. Darum sollten Sie ihm lieber schleunigst aus dem Weg gehen.«

Bryson sah hinter der verglasten Trennwand einen schlanken dunkelhäutigen Mann im Flur näher kommen, einen Pfleger, wie es schien, der ihm aber auf Anhieb bekannt vorkam. Nur wusste er das Gesicht nirgends einzuordnen.

Abrupt stand er auf und verließ das Zimmer. Er witterte Gefahr. Seiner Rolle des permanent überforderten Arztes treu eilte er den Flur entlang. Am Ende angelangt, warf er einen Blick zurück und sah den Pfleger in Dunnes Zimmer eintreten. Kein Zweifel, Bryson kannte ihn. Aber woher?

Bryson verzog sich in einen Aufenthaltsraum voller Verkaufsautomaten, Tische und Sitzgelegenheiten. Woher, von welchem Einsatz, in welchem Land kannte er den Mann bloß? Oder hatte er ihn in seinem zivilen Leben, in der Zeit seiner Lehrtätigkeit kennen gelernt? Er zermarterte sich den Kopf.

Nach ein paar Minuten schaute er auf den Flur hinaus. Weil niemand zu sehen war, schlich er zurück, um noch einmal einen Blick auf den Pfleger zu werfen.

Er näherte sich Dunnes Zimmer. Die Tür stand offen. Er schaute ins Zimmer, sah aber niemanden, außer Dunne, der schlief.

Nein.

Der Herzmonitor piepte ununterbrochen. Alarmiert trat er näher. Das EKG schrieb eine horizontale Linie. Dunnes Herz hatte zu schlagen aufgehört. Er war tot.

Mit Blick auf das Stativ Nummer IV sah er, dass die Schlauchklemme voll geöffnet und die Ketamin-Lösung fast gänzlich aufgebraucht war.

Der Pfleger hatte Dunne den Rest gegeben.

Man hatte sie, Bryson und Dunne, die ganze Zeit über beobachtet. Der dunkelhäutige Mann war nicht als Pfleger gekommen, sondern als Killer.

Weshalb? Weil Dunne ausgepackt hatte?

Bryson machte sich Hals über Kopf aus dem Staub.

»Sir, wir haben etwas entdeckt.«

Ringsum reihte sich ein Flachbildschirm an den anderen, auf denen ständig die von geostationären Satelliten übertragenen Bilder in Echtzeit gezeigt wurden. Der mit elektronischem Gerät gespickte Raum befand sich, gut getarnt, auf der oberen Ebene eines Einkaufszentrums im kalifornischen Sunnyvale.

Die junge Fachkraft deutete mit dem Zeigefinger auf Monitor 23A und eilte darauf zu, gefolgt von einem Supervisor mittleren Alters, der ein Headset auf dem Kopf trug.

»Genau hier – ein grüner Buick«, sagte der jüngere Mann. »Das Kennzeichen stimmt mit unseren Angaben überein. Am Steuer sitzt ein Mann, auf dem Beifahrersitz eine Frau.«

»Was sagt die Fazialanalyse?«

»Positiv. Es handelt sich definitiv um die gesuchten Personen.«

»In welche Richtung fahren sie?«

»Nach Süden.«

Der Supervisor nickte. »Geben Sie den Einsatzbefehl für Team 27.«

Elena und Bryson fuhren zum nächstgelegenen Flughafen, um so schnell wie möglich nach Seattle zu fliegen und von da aus nach Lakeside weiterzufahren, dem Wohnort von Manning.

Wo auch gerade die Prometheus-Gruppe zusammentraf. Aus welchem Grund auch immer, alle Mitglieder würden dort versammelt sein. Eine solche Gelegenheit durfte sich Bryson auf keinen Fall entgehen lassen.

Er hatte Elena ausführlich von seinem Besuch bei Dunne berichtet. »Dieser Pfleger«, fuhr er fort und stockte.

Ihm wurde flau, als sich plötzlich ein klares Bild aus der Erinnerung zurückmeldete. Ein Betonbunker im Rock Creek Park. Dunnes Chauffeur, *ein schlanker Afroamerikaner in marineblauer Livree*. Solomon, der mit sadistisch verzerrter Grimasse seine Pistole auf ihn abgefeuert hatte. Und dann selbst zu Boden gegangen war, niedergestreckt von seinem Boss und aus den Schusswunden in der Brust blutend, bis es schließlich um ihn geschehen war.

Erst jetzt dämmerte ihm die schmutzige Wahrheit.

»Es war Dunnes Chauffeur. Offenbar ein Söldner von Prometheus.«

»Aber … aber ich dachte, der wäre tot. Du hast doch gesagt, dass Dunne selbst ihn erschossen hat.«

»Ja, das hat er mich glauben lassen. Und zwar mit Hilfe eines ganz einfachen Tricks, wie es scheint: mit einem roten Farbbeutel unter dem Hemd, der sich über einen Schalter zum Platzen bringen lässt. Dunne wollte wohl mit dieser dramatischen Aktion meinem Argwohn begegnen … Moment, hörst du das?«

Sie lauschte. »Was denn?«

Ganz leise konnte man das dumpfe Wummern von Rotoren hören. »Ein Hubschrauber, eines dieser neuen, extrem leisen Modelle. Scheint direkt über uns zu sein. Hast du einen Schminkspiegel in der Handtasche?«

»Natürlich.«

»Dreh bitte dein Seitenfenster herunter und halt den Spiegel so, dass du sehen kannst, was sich da oben tut – möglichst unauffällig.«

»Glaubst du etwa, man ist uns auf der Spur?«

»Ja, denn das Geräusch begleitet uns schon seit einigen Minuten, ohne leiser oder lauter zu werden.«

Sie klappte ihren Taschenspiegel auf und führte ihn in der Hand durch das geöffnete Fenster nach draußen. »Du hast Recht, Nicholas. Da folgt uns ein Hubschrauber.«

»Verdammt«, murmelte Bryson. Sie hatten soeben ein Schild passiert, das auf eine zwei Kilometer entfernte Raststätte hinwies. Er trat das Gaspedal durch, bog dann hinter einem alten klapprigen Cadillac El Dorado von der Autobahn ab und folgte ihm auf den Parkplatz. Die Schrottkiste war an etlichen Stellen durchgerostet, und der Auspuff hing so tief, dass er fast über den Boden schleifte. Die verbeulte Motorhaube war mit einem Stück Seil gesichert. Bryson sah einen langhaarigen, abgerissenen jungen Mann aus dem Auto steigen. Er trug schmierige Jeans, ein schwarzes Béret, ein schwarzes Grateful-Dead-T-Shirt und darüber eine grüne Armeejacke. Ein Kiffer, dachte Bryson. Ein Haschbruder.

»Was hast du vor?«, fragte Elena.

»Geeignete Gegenmaßnahmen treffen.« Bryson nahm die

Papiere aus dem Handschuhfach des Mietwagens heraus. »Komm. Und nimm deine Handtasche mit.«

Verwirrt verließ sie den Wagen.

»Siehst du den Kerl, der soeben aus der Klapperkiste gestiegen ist?«

»Was ist mit ihm?«

»Merk dir, wie er aussieht.«

»Den kann man ohnehin kaum verwechseln.«

»Ich möchte, dass du hier wartest, bis er wieder rauskommt.«

Bryson betrat das Selbstbedienungsrestaurant und sah den Fahrer des El Dorado weder in der Schlange am Buffet stehen noch an einem der Tische sitzen. *Dann kann er nur noch bei den Automaten sein und Zigaretten oder Getränke kaufen oder aber auf den Toiletten*, dachte er. An den Automaten war er nicht, wohl aber auf der Herrentoilette. Bryson erkannte ihn an den dreckigen schwarzen Halbschuhen, die unter der Türkante einer der Kabinen zu sehen waren. Erleichtert stellte er sich vor eines der Waschbecken und hielt die Hände unters Wasser. Als der Mann schließlich aus der Kabine herauskam, wusch er sich ebenfalls die Hände, was Bryson einigermaßen verwunderte, hatte er ihm so viel Reinlichkeit gar nicht zugetraut.

Bryson begegnete dem Blick des Mannes im Spiegel. »He«, sagte er, »würden Sie mir einen Gefallen tun?«

Der Langhaarige musterte ihn mit argwöhnischer Miene, seifte sich die Finger ein und ließ mit der Antwort auf sich warten. Ohne aufzublicken, fragte er dann knurrig: »Worum geht's?«

»Meine Bitte klingt vielleicht etwas sonderbar, aber könnten Sie vielleicht für mich einmal nachsehen, ob sich meine Frau draußen herumtreibt. Ich glaube, sie ist mir auf den Fersen.«

»Tut mir Leid, Mann, aber ich bin in Eile.« Er schüttelte die nassen Hände und sah sich nach Papierhandtüchern um.

»Es wäre mir wirklich sehr wichtig«, legte Bryson nach. »Sonst würde ich Sie nicht bitten.« Er zog ein Bündel Banknoten aus der Tasche und blätterte zwei Zwanziger davon ab. *Nicht zu viel, sonst wird er misstrauisch.* »Sie bräuchten nur einen Blick nach draußen zu werfen und mir dann berichten, was sie gesehen haben.«

»Ach, Scheiße, keine Handtücher. Ich hasse diese verfluchten Heißluftgeräte.« Er wischte sich die Hände an der Hose trocken und nahm Bryson die beiden Scheine ab. »Und wehe, Sie haben ein krummes Ding mit mir vor. Es würde Ihnen verdammt Leid tun.«

»Keine Sorge.«

»Wie sieht sie aus?«

»Brünett, Anfang dreißig, rote Bluse, hellbrauner Rock. Ziemlich hübsch. Nicht zu übersehen.«

»Und ich kann die Scheine auch dann behalten, wenn sie nicht da ist?«

»Klar. Ich hoffe doch sehr, dass sie nicht da ist.« Bryson dachte kurz nach. »Wenn Sie zurückkommen und mir Bescheid geben, kriegen Sie noch mal so viel.«

»Oh Mann, ich weiß zwar nicht, worauf Sie aus sind, aber was soll's?« Kopfschüttelnd verließ er die Toilette.

Er ging durch die Automatenhalle nach draußen. Elena hatte sich in der Nähe postiert und spielte die verabredete Rolle: mit verschränkten Armen, wütendem Gesichtsausdruck und fuchtigen Blicken.

Kurze Zeit später kehrte der Mann in die Toilette zurück. »Ja, sie ist da. Scheint stinksauer zu sein.«

»Scheibenkleister«, zischte Bryson und steckte ihm die versprochene Zusatzprämie zu. »Ich muss dieses Miststück irgendwie abschütteln. Unbedingt.« Er holte wieder das Geldbündel hervor, zählte zwanzig Hunderter ab und winkte damit. »Sie ist ein echter Drache und macht mir das Leben zur Hölle.«

Der Langhaarige stierte mit gierigen Blicken auf die Scheine und fragte misstrauisch: »Was denn jetzt? Krumme Sachen mach ich nicht, nichts, was mir Ärger einbringen könnte.«

»Würde ich auch nie verlangen. Sie verstehen mich völlig falsch.«

In diesem Augenblick kam ein Dritter zur Tür herein. Er nahm nur flüchtig Notiz von den beiden und stellte sich an ein Urinal. Bryson schwieg, bis der Mann wieder gegangen war.

Dann sagte er: »Gehört der El Dorado Ihnen?«

»Ja, ist 'ne alte Schrottschleuder. Was interessiert Sie daran?«

»Ich würde sie Ihnen gern abkaufen und biete 2000 Dollar.«

»Ausgeschlossen, Mann, ich hab zweieinhalb reingesteckt und gerade erst neue Stoßdämpfer eingebaut.«

»Wie wär's mit 3000«, sagte Bryson und klingelte mit dem Schlüssel des Buick. »Und Sie können in meinen Wagen umsteigen.«

»Der ist womöglich heiß.«

»Ist er nicht. Sie können ganz unbesorgt sein.«

»Ach, ein Mietwagen«, sagte er, als er den Schlüsselanhänger von Hertz sah.

»Richtig. Ich biete Ihnen immerhin die Möglichkeit, von hier wegzukommen. Es ist alles bezahlt; Sie brauchen den Wagen nur noch abzugeben.«

Der Mann dachte einen Moment lang nach. »Aber dass Sie sich am Ende nur ja nicht über die Karre beklagen. Ich habe Ihnen gesagt, was damit los ist. Sie hat über 280000 Kilometer auf dem Buckel.«

»Keine Sorge. Ich kenne ja nicht einmal Ihren Namen, und Sie werden mich nie wieder sehen. Ich will nur eines: meine Frau abschütteln. Und das lass ich mir einiges kosten.«

»Dreineinhalbtausend?«

Bryson gab sich irritiert. »Ja, ja.«

»Ich hab noch Sachen im Wagen.«

»Holen Sie sie raus. Ich warte hier.«

Der Langhaarige ging auf den Parkplatz, holte einen grünen Armeesack aus dem Kofferraum und bepackte ihn mit alten Kleidungsstücken, Flaschen, Zeitschriften und Büchern, einem Walkman und Kopfhörer. Damit kam er wenig später in die Herrentoilette zurück.

»Ich leg noch mal hundert drauf, wenn Sie mir ihr Béret und die Jacke abtreten.« Bryson zog seinen teuren blauen Blazer aus. »Nehmen Sie meine Jacke. Sie schneiden wirklich besser ab. Und verkaufen Ihren Wagen für das Dreifache seines Wertes.«

»Das ist ein gutes Auto«, murrte er.

Bryson reichte ihm den Hunderter, und dann noch einen zweiten. »Warten Sie hier, bis ich weg bin, okay?«

Der Mann zuckte mit den Schultern. »Von mir aus.«

Bryson ließ sich die Schlüssel für den El Dorado geben und schüttelte dem Mann die Hand.

Der wartete hinter den Fenstern der Automatenhalle, bis der alte El Dorado vorbeirollte. Dann musste er zu seiner Verwunderung mit ansehen, wie der Wagen plötzlich anhielt, worauf die hübsche Brünette mit der roten Bluse herbeigelaufen kam und auf den Beifahrersitz sprang.

Total plemplem, diese Stadtrandspießer, dachte er und schüttelte ungläubig den Kopf. *Scheiß drauf.*

Der Hubschrauber Bell 300 schwebte über dem Rastplatz.

»Wir haben ihn im Blick«, sagte der Kopilot in sein Mikro. Er hielt ein Fernglas vor den Augen und sah den Mann in dunkelblauem Blazer auf den nagelneuen Buick zugehen.

»Roger«, antwortete die Stimme im Kopfhörer. »Wir schalten uns jetzt auf den Satelliten. Geben Sie uns das Fahrzeugkennzeichen durch.«

Der Spähposten richtete den Feldstecher auf das Nummernschild und las das Kennzeichen ab. »Himmel, wie fährt der denn? Hat sich offenbar ein paar Drinks gegönnt. Kein Wunder, dass er so lange gebraucht hat.«

Die Funkstimme fragte: »Und was ist mit der Frau?«

»Ähm, er hatte keine bei sich«, antwortete der Beobachter. »Vielleicht ist sie zurückgeblieben.«

Der Kiffer mit dem schwarzen Grateful-Dead-T-Shirt und dem eleganten französischen Blazer konnte sein Glück kaum fassen. Zum einen war er endlich den El Dorado los – für dreieinhalb Riesen, obwohl er normalerweise keine 500

Dollar mehr dafür bekommen hätte. Zum anderen konnte er nun umsonst in einem Mietwagen herumkutschieren, und zwar beliebig lange, wie es schien. Nicht zu vergessen die stattliche Summe, die er für sein Gelumpe, das Béret und die Jacke, eingeheimst hatte. So viel verdiente er normalerweise in einem ganzen Monat nicht. Und das alles für einen Blick aus dem Fenster auf die Tussi eines durchgeknallten Idioten, der anscheinend selbst nicht wusste, was er wollte, da er sie am Ende ja doch wieder hatte einsteigen lassen.

Er hatte das Radio voll aufgedreht und rauschte mit 150 Sachen über die Bahn, als plötzlich ein riesiger Sattelschlepper auf der Überholspur auftauchte, mit dem Buick gleichzog …

… und ihn von der Straße abdrängte!

Verdammt noch mal! Gegenzusteuern würde nichts nützen; er musste abbremsen und kam auf dem Seitenstreifen zu stehen.

»Ja, was zum Teufel …!«, bellte er und sprang, die Faust schwingend, aus dem Wagen. »Was fällt euch ein?«

Auf der Beifahrerseite der Zugmaschine stieg ein muskelbepackter Enddreißiger mit kurz geschorenen Haaren aus. Er ging um den Buick herum, schaute in die Fenster und klopfte dann mit den Knöcheln auf den Kofferraumdeckel. »Aufmachen«, kommandierte er.

»Wer zum Teufel bist du überhaupt, du Rattengesicht …«, brüllte der Langhaarige, hielt aber erschrocken an sich, als er eine flache silberne Pistole auf sein Gesicht gerichtet sah. »Ach, du Scheiße.«

»Aufmachen.«

Zitternd stieg er in den Wagen und suchte nach dem Hebel zum Entriegeln des Kofferraums. »Das musste ja so kommen«, murmelte er.

Der mit dem Bürstenschnitt inspizierte den Kofferraum und warf einen Blick auf die Rückbank. Er öffnete die Hecktür und durchwühlte den grünen Seesack. Um auf Nummer Sicher zu gehen, feuerte er ein paar Schüsse auf den Sack und die Polster der Rückbank ab.

Der Kiffer stand fassungslos dabei und zitterte am ganzen Körper.

Der Muskelmann stellte noch ein paar Fragen, steckte dann die Pistole weg und brummte, als er ins Fahrerhaus des Sattelschleppers zurückstieg: »Lass dir die Haare schneiden und besorg dir einen Job.«

»Verflixt noch mal, was ist passiert?«, bellte der Supervisor in der Überwachungszentrale in Sunnyvale, Kalifornien.

»Ich… das weiß ich auch nicht«, stammelte der Techniker.

»Was ist das da auf der Rückbank? Gehen Sie näher ran… ja, das da. Ein Seesack. Wo kommt der her?«

»Der war vorher nicht da, Sir.«

»Spielen Sie noch einmal die Aufnahmen von S23-994 ab, zum Zeitpunkt 14:11 Uhr.« Er blickte auf den benachbarten Bildschirm. Wenige Sekunden später zeigte sich darauf der seltsame Kerl im schwarzen T-Shirt, der mit einem grünen Seesack auf den Buick zuging.

»Genau, das ist er«, sagte der Supervisor. »Rücklauf. Mal sehen, wo das Ding herkommt.«

Wenig später sahen sie den langhaarigen Mann hinter dem geöffneten Kofferraum eines verbeulten, rostigen El Dorado stehen und Sachen zusammenraffen, die er dann in den Sack steckte.

»Verdammt. Na schön, machen Sie eine Kopie von dem Fahrzeug und lassen Sie danach suchen.«

»Schon geschehen.«

Nach nur 30 Sekunden war ein akustisches Signal zu hören, und der El Dorado zeigte sich, von einem Satelliten live aufgenommen, auf dem Monitor. »Heranzoomen«, sagte der Supervisor.

»Fahrer männlich, in weiblicher Begleitung«, meldete der Techniker. »In beiden Fällen Übereinstimmung. Die Zielpersonen sind wieder in Sicht, Sir.«

Der El Dorado, in dem sich Bryson und Elena fortbewegten, zog eine schwarze Rußwolke hinter sich her.

Sie sind immer noch da. Wir haben sie nicht abschütteln können.

Auf einer großen, quadratischen Holztafel am Fahrbahnrand stand in groben, aus Zweigen zusammengesetzten Lettern: CAMP CHIPPEWAH. Die Einfahrt war nicht viel mehr als eine Waldschneise, eine holprige Schotterpiste zwischen Bäumen.

Bryson schaute genauer hin und sah ein kleines Schild unter dem größeren hängen; darauf stand GESCHLOSSEN.

Das Knattern wurde allmählich lauter. Der Hubschrauber stieg auf eine niedrigere Flughöhe herab.

Warum?

Er wusste den Grund. Auf dem Highway war weit und breit kein anderes Auto zu sehen. Der Hubschrauber wurde in Position gebracht.

Unvermittelt schwenkte Bryson von der Schnellstraße ab und bog auf die Schotterpiste ein, die in den Wald führte.

»Was hast du vor, Nicholas?«, rief Elena.

»Unter dem Laub der Bäume sind wir besser geschützt«, erklärte Bryson. »Vielleicht schaffen wir es, uns vor dem Hubschrauber zu verstecken.«

»Wir haben ihn doch am Rastplatz abhängen können.«

»Aber nur für kurze Zeit.«

»Der fliegt nicht bloß hinter uns her, oder?«

»Nein, Schatz. Ich glaube, sie haben anderes mit uns vor.«

Dem monotonen Wummern war zu entnehmen, dass der Hubschrauber den plötzlichen Richtungswechsel ebenfalls vollzogen hatte und im gleichen Abstand folgte. Von der mit tiefen Fahrspuren gefurchten Piste zweigte auf einer Lichtung ein Weg ab, der offenbar nicht für Personenwagen gedacht war. Bryson hatte das Gaspedal bis zum Anschlag durchgetreten. Das Auto lag viel zu tief und setzte immer wieder mit dem Chassis auf. Zu beiden Seiten peitschten tief hängende Zweige auf den Wagen ein.

Plötzlich tauchte im Abstand von knapp 50 Metern eine Lichtung vor ihnen auf. Durch Lücken im Laubdach sah Bryson den Hubschrauber darüber schweben. Er trat so heftig auf die Bremse, dass der Wagen seitlich ausbrach und durch das Dickicht am Wegrand pflügte. Unwillkürlich schrie Elena auf und krallte sich am Armaturenbrett fest.

Hier zu wenden ist nicht drin. Zu wenig Platz zum Rangieren.

Als der El Dorado auf die Lichtung hinausschlingerte – eine Wiese, auf der ein paar Blockhütten standen –, senkte sich der Hubschrauber mit nach vorn geneigter Nase bis auf sechs, sieben Meter herab.

»Zieh deinen Revolver!«, rief Elena.

»Würde nichts nützen. Die Maschine ist kugelsicher und außerdem zu weit weg.«

Er riskierte einen flüchtigen Blick auf den Hubschrauber und suchte vergeblich nach dem Bordgeschütz. Stattdessen sah er einen Raketenwerfer. Gerade noch rechtzeitig schaute er wieder nach vorn, um das Steuer herumzureißen und der Hütte auszuweichen, der er schon bedrohlich nahe gekommen war.

Plötzlich gab es eine gewaltige Explosion, und die Hütte verwandelte sich in einen Feuerball. Es wurde mit Brandsätzen geschossen!

Elena schrie auf. »Die wollen uns umbringen!«

Bryson versuchte Ruhe zu bewahren, registrierte die Position des Hubschraubers am äußeren Blickfeldrand und schlug das Lenkrad in die entgegengesetzte Richtung ein. Unter Vollgas schleuderte der Wagen mit durchdrehenden Reifen nach rechts.

Wieder krachte es. Wenige Meter entfernt ging, von einer weiteren Rakete getroffen, eine zweite Hütte in Flammen auf.

Nur nicht ablenken lassen! Nicht hinsehen!

Nichts wie weg. Aber wohin? Bloß runter von der Lichtung, außer Reichweite der Raketen!

Bryson geriet in Panik. Er sah keinen Ausweg.

Himmel! Eine Rakete schoss vor der Windschutzscheibe dicht über die Motorhaube hinweg und traf explodierend auf einen dicken Eichenstamm. Feuer ringsum. Ein Großteil der Wiese brannte, und aus den beiden Holzhütten schlugen fauchend und himmelhoch die Flammen.

»*Mein Gott!*«, hörte er sich murmeln. Er war wie gelähmt vor Angst und Hoffnungslosigkeit.

Dann erblickte er eine Brücke. Gleich hinter der brennenden Lichtung führte ein leicht abschüssiger Pfad an einen breiten Fluss, über dem eine alte, wacklig aussehende Brücke aus Knüppelholz hing. Kurz entschlossen trat es das Gaspedal durch und beschleunigte den Wagen bis an die Grenze seiner Möglichkeiten. Elena schrie: »Was machst du! Nein, nicht ... die Brücke ist zu labil ...«

Bäume zerbarsten in hellroten Flammen, als eine weitere Rakete ihr eigentliches Ziel nur knapp verfehlte. Sie rasten mitten durch das Inferno hindurch. Für eine oder zwei Sekunden tauchten sie durch die Feuersbrunst; die Scheiben verrußten. Dann sahen sie die Brücke auf sich zufliegen, die sich in rund drei Metern Höhe über den dreckigen, träge fließenden Fluss spannte und allein schon unter der eigenen morschen Last einzustürzen drohte.

»Nein!«, schrie Elena. »Die hält uns nicht!«

»Dreh dein Fenster runter, schnell!«, brüllte Bryson und kurbelte schon auf seiner Seite. »Und tief Luft holen.«

»Was?«

Der Hubschrauber rückte näher. Das Knattern der Rotoren war nicht mehr bloß zu hören, sie konnten bereits ihre Druckwelle spüren.

Unverwandt hielt Bryson auf die Brücke zu. Kaum war sie erreicht, riss er das Steuer herum, worauf der Wagen die hölzerne Brüstung durchbrach.

»Nein! *Nicholas!*«

Wie in Zeitlupe, so sein Eindruck, flog der Wagen durch die Luft und stürzte in die Tiefe. Er hielt das Lenkrad umklammert. Elena hatte sich an ihm festgekrallt und schrie.

Im spitzen Winkel und laut klatschend durchstieß der El Dorado, die Schnauze vorneweg, die Wasseroberfläche. Gleich darauf war der Wagen von schlammigen Fluten umspült. Im selben Moment hörte Bryson eine Detonation. Er drehte sich um und sah noch, wie die Brücke unter einem Feuerball in sich zusammenbrach.

Dann wurde es dunkel. Der Wagen sackte in die Tiefe. Braunes Wasser ergoss sich durch die heruntergedrehten Seitenfenster ins Innere, das rasch voll lief. Bryson hielt die Luft an, legte den Gurt ab und half Elena, die Beifahrertür gegen den Druck von außen aufzustoßen und auszusteigen, mit zähen, schwerfälligen Bewegungen und ohne die Hand vor Augen sehen zu können. Er zog sie, dicht unter der Wasseroberfläche schwimmend, mit aller Kraft hinter sich her, flussabwärts, bis er den Lufthunger nicht länger unterdrücken konnte und im Schutz von Schilf und Sumpfgras mit ihr auftauchte.

Röchelnd schnappten beide nach Luft. »Unten bleiben«, keuchte er. Wegen der dichten, langen Blätter ringsum war der Hubschrauber nicht zu sehen, wohl aber zu hören. Bryson deutete aufs Wasser. Elena nickte, holte noch einmal tief Luft und tauchte unter.

Todesangst setzt ungeahnte Kräfte frei. Unter gewöhnlichen Umständen hätten sie bei weitem nicht so lange unter Wasser ausharren und dermaßen ausdauernd schwimmen können. Als sie, nach wie vor geschützt von Röhricht und Gras, wieder auftauchten, war das Knattern des Hubschraubers schon merklich leiser geworden und schien in den Hintergrund gerückt zu sein. Vorsichtig hob Bryson den Kopf und sah, dass die Maschine höher aufgestiegen war; offenbar wollten die Piloten ein größeres Terrain überblicken können.

Bestens. Sie haben uns also aus den Augen verloren und können nicht ausschließen, dass wir mit dem Auto abgesoffen sind.

Die beiden holten erneut tief Luft und tauchten unter. Es hatte sich schon so etwas wie ein rhythmischer Wechsel eingestellt, ein Fluchtmuster; sie schwammen, ließen sich treiben, und wenn ihnen die Luft ausging, tauchten sie im Schilfsaum des Flusses wieder auf.

So ging es weiter, unter Wasser und mit kurzen Atempausen am Ufer. Nach einer halben Stunde wagte Bryson einen Blick zurück und sah, dass der Hubschrauber verschwunden war. Die Verfolger hatten allem Anschein nach ihre Spur verloren und hofften wahrscheinlich, dass sie tot waren.

Sie erreichten schließlich eine Stelle, an der das Wasser so seicht war, dass sie darin stehen und sich ausruhen konnten. Elena schüttelte die dreckige Brühe aus ihren Haaren und rang hustend nach Luft. Ihr Gesicht war schmutzig, und Bryson musste über ihren Anblick lachen, vor allem aber wohl aus Erleichterung.

»Wenn's im Außendienst immer so zugeht, bleib ich lieber bei meinem Fach«, sagte die Analystin.

Er schmunzelte und sagte: »Das ist noch gar nichts, verglichen mit einem Bad in den Kanälen von Amsterdam. Die sind drei Meter tief; ein Drittel davon besteht aus Dreck und Schlamm, und darüber liegt eine ebenso dicke Schicht aus weggeworfenen Fahrrädern, rostig und mit scharfen Kanten. Es tut höllisch weh, wenn man sich daran schneidet. Und der Gestank hängt noch mindestens eine Woche an einem. Dagegen war das hier ein wahres Erfrischungsbad.«

Triefend stiegen sie ans Ufer. Ein unangenehm kühler Wind wehte. Elena begann zu zittern. Bryson versuchte sie zu wärmen.

Gut einen Kilometer hinter Camp Chippewah gab es ein Restaurant mit einer Bar. Tropfnass, dreckig und unterkühlt setzten sie sich an den Tresen, bestellten heißen Kaffee und ignorierten die Blicke des Kellners und der übrigen Gäste.

Der auf halber Höhe an der Wand montierte Fernseher zeigte eine Seifenoper, die soeben begonnen hatte. Der Mann hinterm Tresen nahm eine Fernbedienung und schaltete auf den Nachrichtensender CNN um.

Plötzlich füllte der aristokratische Kopf von Richard Lanchester den gesamten Bildschirm. Die Szene, aufgenommen während eines seiner zahlreichen Auftritte im Senat, stammte aus Archivmaterial. Der Kommentar dazu – oder das, was noch davon zu hören war – lautete: »... Quellen zufolge, soll er für den Posten des Generalsekretärs des neuen internationalen Amtes für Sicherheit nominiert werden. Washington würde eine solche Entscheidung begrüßen.

Von Lanchester selbst, der zurzeit Urlaub an der Pazifikküste im Nordwesten macht, war noch keine Stellungnahme zu hören ...«

Elena erstarrte. »Sie halten nicht einmal mehr hinterm Berg damit«, flüsterte sie. »Aber was ist da eigentlich passiert; was haben sie getan?«

Zwei Stunden später waren sie in einer gecharterten Privatmaschine auf dem Weg nach Seattle.

An Schlaf war nicht zu denken. Leise und konzentriert trafen sie genaue Absprachen. Sie planten hin und her, legten ihr Vorgehen fest. Und ständig saß ihnen die Furcht im Nacken, dass Harry Dunne mit dem, was er auf seinem Totenbett gesagt hatte, womöglich Recht behalten sollte: dass es für ein Eingreifen viel zu spät sei.

Einunddreißigstes Kapitel

Ihre Suite im Hotel Vierjahreszeiten-Olympic in Seattle, das ihnen wegen seiner Lage am Interstate 5 Expressway für eine eventuelle Flucht besonders günstig erschien, hatten sie zu einer Art Operationszentrale umfunktioniert. Überall lagen Karten, Ausdrucke, Kabel und diverses Computerzubehör herum.

Die Anspannung war fast greifbar. Sie hatten das Nervenzentrum der Schattenorganisation Prometheus ausfindig gemacht, den Ort, wo am Abend ein überaus folgenreiches Treffen stattfinden sollte. Was Harry Dunne im Medikamentenrausch darüber von sich gegeben hatte, war durch eine Reihe von Indizien bestätigt worden. Die Autovermietungen der Stadt hatten sämtliche Luxuslimousinen wegen einer »Großveranstaltung« vermietet. Einer der Händler war weniger diskret und konnte nicht widerstehen, den Namen des Veranstalters zu nennen: Gregson Manning. Den ganzen Tag über landeten Privatmaschinen auf dem Flughafen Seattle-Tacoma, deren Passagiere als VIPs empfangen und zum Teil mit Eskorte weitergeführt wurden. Der Sicherheitskordon war außerordentlich eng.

Nach außen hin gut abgeschottet war auch das geheimnisvolle Leben und Wirken von Gregson Manning. Darüber gab es anscheinend nur zwei oder drei sterile Berichte, willfährigen Journalisten zugespielt, in bekannten Zeitschriften veröffentlicht und dann immer wieder recycelt – mit dem Resultat, dass über Manning zwar viel geschrieben wurde, aber nur wenig bekannt war.

Sehr viel ergiebiger waren Brysons und Elenas Recherchen über Mannings berühmtes Anwesen am Ufer eines Sees außerhalb von Seattle. Der Bau dieser Hightech-Festung, die auch »Smart House« genannt wurde, hatte Jahre gedauert und jede Menge – vor allem voyeuristische – Aufmerksamkeit seitens der Presse auf sich gelenkt. Nachdem er anfänglich die Presse außen vor zu halten versucht hatte, war Manning später offenbar dazu übergegangen, ihre Berichte zu kontrollieren. Mit großem Erfolg: Das Gebäude wurde in den höchsten Tönen andächtiger Bewunderung beschrieben. Magazine wie *Architectural Digest* oder *House & Garden* brachten Artikel in Form von »geführten Rundgängen«. Selbst *The New York Times Magazine* und *The Wall Street Journal* beteiligten sich an dieser Hofberichterstattung im wahrsten Sinne des Wortes.

Viele dieser Artikel waren mit Fotos bebildert; einige zeigten sogar grobe Grundrisspläne, die natürlich nicht vollständig waren, aber doch einen Überblick über Lage und Funktion der vielen Räume verschaffen konnten. Das futuristische Hundertmillionen-Dollar-Anwesen lag an einem steilen Berghang, der zu großen Teilen ausgehöhlt war und ein Schwimmbad, eine Tennishalle sowie ein komplett ausgestattetes Theater im Art-déco-Stil beherbergte. Es gab Konferenzsäle, ein Fitness-Studio samt Trampolin, eine Bowling-Bahn, einen Schießstand, eine Basketballhalle und ein Putting-Green. Die Rasenfläche vor dem Prachtbau erstreckte sich, wie Bryson registrierte, bis ans Seeufer, wo zwei Bootsstege ins Wasser ragten. Unter dieser Rasenfläche befand sich eine weiträumige Tiefgarage.

Was Bryson besonders beeindruckend fand, war die ungemein aufwändige Steuerungsanlage des Hauses: Sämtliche elektronische Installationen und Geräte waren miteinander vernetzt und ließen sich sowohl an Ort und Stelle schalten als auch fernbedienen, nämlich vom Systematix-Stammhaus in Seattle aus. Das Haus war programmiert darauf, allen Bedürfnissen seiner Bewohner und Gäste nachzukommen. Jeder Besucher bekam eine Plakette angesteckt, in der sich ein elektronischer Chip mit den Daten seiner Vorlieben und Abneigungen befand, Informationen über seine bevorzugten Speisen, seine Lieblingsmusik, die Temperatur, bei der er sich besonders wohl fühlte, oder die Art der Beleuchtung. Die von dieser Plakette ausgesandten Signale wurden von Hunderten von Sensoren empfangen.

Egal, wo sich der Hausgast gerade aufhielt, überall wurden Licht und Temperatur für ihn eingestellt und aus versteckten Lautsprechern ertönte seine bevorzugte Musik. Wie Gemälde gerahmte und in die Wände eingelassene Mattscheiben zeigten ständig wechselnde Bilder aus einer riesigen Auswahl an Kunstschätzen, deren Verwertungsrechte exklusiv bei Manning lagen. Besucher konnten so an den Wänden genau die Werke bewundern, für die sie selbst ein besonderes Faible hatten, sei es eine russische Ikone oder ein Gemälde von Van Gogh, Picasso, Monet, Kandinsky oder Vermeer. Die Auflösung der jeweiligen Darstellung war so hoch, dass man sich vor einer echten Leinwand wähnte.

Über die Sicherheitssysteme in Mannings Hightech-Xanadu war der Öffentlichkeit natürlich kaum etwas bekannt. Und was Bryson darüber in Erfahrung bringen konnte, verstand sich von selbst: dass nämlich alle entsprechenden Einrichtungen mehrfach redundant ausgelegt waren, dass jeder Winkel von versteckten Kameras überwacht wurde und dass die elektronischen Plaketten der Gäste und des Personals mehr als nur Beleuchtung und Musik zu regeln vermochten. Sie ermöglichten es auch, dass man ihnen auf Schritt und Tritt folgen konnte. Es hieß, dass Mannings Anwesen strenger bewacht sei als das Weiße Haus. *Kein Wunder*, dachte Bryson, *Manning hat ja auch mehr Macht als der Präsident*.

»Uns wäre sehr geholfen, wenn wir genauere Pläne bekommen könnten«, sagte Bryson, als er und Elena die vielen aus der Bibliothek kopierten oder aus dem Internet heruntergeladenen Artikel über das Anwesen gesichtet hatten.

»Woher?«

»Aus dem Katasteramt der Stadt. Da müssten jede Menge Baupläne und Zeichnungen unter Verschluss liegen. Allerdings habe ich den Verdacht, dass sie ›verloren gegangen‹ sind, aus welchen Gründen auch immer. Männer wie Manning lassen sich nicht in die Karten schauen. Möglich, dass der Architekt noch seine Pläne hat, aber der lebt und arbeitet in Scottsdale, Arizona, und für einen Abstecher dorthin fehlt uns die Zeit. Wir müssen also improvisieren.«

»Was hast du vor, Nicholas?«, fragte Elena mit besorgter Miene.

»Ich werde versuchen, ins Haus reinzukommen. Dort hat die Verschwörung ihren Anfang genommen, und wenn wir etwas dagegen unternehmen wollen, müssen wir als Augenzeugen in Erscheinung treten.«

»Als Augenzeugen?«

»Ja, wir müssen observieren, feststellen, wer sonst noch alles dazugehört, Fotos schießen, Videoaufnahmen machen. Licht ins Dunkel bringen. Nur so haben wir eine Chance.«

»Aber wie soll das gelingen? Wäre es nicht einfacher, in Fort Knox einzusteigen?«

»Jetzt übertreibe aber nicht.«

»Es wäre jedenfalls weniger gefährlich.«

»Zugegeben. Leider sind wir auf uns allein gestellt. Rückendeckung gibt's nicht.«

»Ted Waller könnte uns helfen.«

»Weißt du denn, ob, wie und wo er zu erreichen ist?«

»Wenn er noch lebt, wird er uns zu erreichen versuchen.«

»Er wüsste auch, wie. Die Anrufbeantworter sind noch alle eingeschaltet; Ansagen und Mitteilungen lassen sich abhören. Aber er hat sich immer noch nicht gemeldet. Und im Verstecken ist er unangefochtener Weltmeister.«

»Aber im Alleingang in Mannings Haus einsteigen ...«

»Wird natürlich nicht einfach sein. Aber wir haben eine Chance. In einem der Artikel war doch die Rede davon, dass sich die Sicherheitsanlage im Haus sowohl vor Ort als auch von der Systematix-Zentrale aus steuern lässt.«

»Na und? Die Zentrale ist wahrscheinlich genauso abgesichert wie Mannings Festung.«

Bryson nickte. »Kein Zweifel. Aber gerade die Verbindung zwischen beiden Häusern könnte eine Schwachstelle sein. Wie wird diese Verbindung wohl beschaffen sein?«

»Ich tippe auf einen optischen Leiter aus Glasfaser, tief in der Erde vergraben.«

»Ließe sich so etwas anzapfen?«

Sie merkte plötzlich auf, blickte ihn an und verzog den Mund zu einem kleinen Lächeln. »Fast alle Welt würde deine Frage verneinen.«

»Und du?«

»Ich *weiß*, dass es möglich ist.«

»Woher?«

»Wir haben's schon gemacht. Das Direktorat hat vor einigen Jahren eine clevere Methode entwickelt.«

»Und du kannst sie anwenden?«

»Na klar. Ich bräuchte nur ein paar Geräte, die man in jedem Computerladen kaufen kann.«

Er gab ihr einen Kuss. »Wunderbar. Auch ich muss noch diverse Sachen einkaufen. Aber zuallererst werde ich eine bestimmte Nummer in Kalifornien anrufen.«

»Und wer oder was verbirgt sich hinter der Nummer?«

»Eine Firma in Palo Alto, deren Dienste ich früher schon einmal in Anspruch genommen habe. Ihr Gründer ist ein russischer Emigrant namens Viktor Schewtschenko, ein Ass in Sachen Lichtwellenleiter. Er hat damals mit dem Pentagon zusammengearbeitet und nebenher hoch brisantes und streng geheimes Material auf dem Schwarzmarkt verhökert. Dabei ist er mir während einer Fahndung ins Netz gegangen. Ich habe allerdings von einer Anzeige abgesehen und ihn stattdessen als Köder für einen sehr viel dickeren Fisch eingesetzt. Er ist mir dafür immer noch dankbar, und jetzt werde ich ihm die Gelegenheit bieten, sich zu revanchieren. Viktor hat, was ich brauche, und wenn ich ihn sofort erreiche, könnte er mir das Ding per Express zukommen lassen, so dass es schon heute Abend da wäre.«

Die folgende Stunde verbrachte Bryson damit, Mannings Anwesen in Augenschein zu nehmen, diskret und aus der Distanz, mit Hilfe eines kleinen, aber leistungsstarken Fernglases. Der Grundbesitz am Seeufer war gut zwei Hektar groß. Auf der gegenüberliegenden Seeseite stand ein sehr viel bescheideneres Haus auf einem Grundstück von einem halben Hektar.

Was Bryson aus der Ferne an Sicherheitsvorrichtungen erkennen konnte, war zum einen ein zweieinhalb Meter hoher Maschendrahtzaun mit einer eingewebten Litze, die auf Zug reagierte und Alarm auslöste, wenn jemand versuchte, über den Zaun hinwegzuklettern. Der Sockel bestand aus Beton, so dass es auch nur schwer möglich sein würde, einen Tunnel unter dem Zaun zu graben. Außerdem waren unter der Grasnarbe vor dem Zaun druckempfindliche Matten ausgelegt, die bei einer bestimmten Belastung ebenfalls Alarm auslösten. Zum anderen wurde das gesamte Gelände von Überwachungskameras abgedeckt, die entlang des Zaunes auf hohen Pfosten montiert waren. Auf diesem Weg unbemerkt einzudringen, war ausgeschlossen.

Aber jedes Sicherheitssystem hatte seine Schwachstellen.

Da war einerseits der an Mannings Grundstück angrenzende Wald, an dessen Rand sich Bryson zurzeit aufhielt. Die beste Einstiegsmöglichkeit aber schien ihm der See zu bieten. Er kehrte zu dem gemieteten Jeep zurück, den er abseits der nächsten Straße zwischen Bäumen versteckt abgestellt hatte. Als er an der Zufahrt zu Mannings Anwesen vorbeikam, sah er, wie sich das Gittertor für einen kleinen weißen Lieferwagen öffnete. Er trug den Namenszug und das Signet eines Partyservice-Unternehmens und lieferte offenbar Speisen und Getränke für das Fest am Abend.

Bryson erhaschte einen Blick auf die Insassen des Lieferwagens und fasste einen Plan.

Es gab noch allerhand zu erledigen und vorzubereiten, und dafür blieb nur wenig Zeit. Immerhin war es hier im Nordwesten kein Problem, ein Sportgeschäft zu finden, das sich auf den Handel mit Bergsteigerausrüstung spezialisiert hatte. Es war ein großer Laden, der auch Artikel für den Jagdbedarf führte, was Bryson den Weg zu einem weiteren

Fachhandel ersparte. Das nötige Tauchgerät musste er sich allerdings in einem anderen Geschäft besorgen. Im Branchenbuch fand er eine Bezugsquelle für seine Sonderwünsche, denn er brauchte unter anderem eine batteriebetriebene, tragbare Winde mit einer sich automatisch aufwickelnden Rettungsleine, ein 70 Meter langes Stahlseil und eine Fliehkraftbremse.

Auf Empfehlung eines Verkäufers in einem Armeeladen suchte er einen Übungsschießplatz auf, wo er einem jungen, schmierigen Mann eine halbautomatische Pistole Kaliber 45 abkaufte, der damit herumballerte und viel Verständnis zeigte für Brysons Wut auf die verfluchten Waffenkontrollgesetze, die es einem so verdammt schwer machten, auf die Schnelle und wenn einem gerade danach war, irgendein x-beliebiges Schießeisen zu kaufen.

Batterien und Klingeldraht erstand er in einem gewöhnlichen Baumarkt. Schneller als erwartet fand er auch einen gut sortierten Handel für Theaterbedarf. Das an der North Fairview Avenue gelegene Geschäft mit dem Namen »Hollywood Theatrical Supply« verkaufte und vermietete alles, was der Schauspiel- oder Filmindustrie von Nutzen sein konnte.

Was er jetzt noch brauchte, war ein seltenes Gerät, über das sonst eigentlich nur das Militär verfügte. Aber als Erfinder dieses Geräts hatte auch Viktor Schewtschenko ein paar Exemplare in seinem Besitz. Er mochte sich allerdings nur sehr ungern von einem dieser so genannten virtuellen Kathodenoszillatoren trennen, gab Brysons Drängen aber schließlich nach, zumal der ihm glaubhaft versichern konnte, dass er mit der Herausgabe gegen kein einziges Gesetz verstoßen würde. Und Brysons Versprechen, 50 000 Dollar auf sein Geheimkonto auf den Kaiman-Inseln zu überweisen, machte den Handel schließlich perfekt.

Als er endlich ins Hotel zurückkehrte, hatte auch Elena ihre Einkäufe erledigt und sogar schon von der Homepage des US-Bundesamtes für Naturschutz eine topografische Landkarte des an Mannings Grundbesitz angrenzenden Waldgebietes heruntergeladen.

Er schilderte ihr die Ergebnisse seiner Observation, worauf sie fragte: »Wäre es nicht das Einfachste, du würdest versuchen, als Catering-Bediensteter oder Florist reinzukommen?«

»Ich glaube nicht. Daran habe ich selbst schon gedacht. Vermutlich werden die Floristen unter Aufsicht gestellt und, wenn sie ihren Job gemacht haben, sofort wieder nach draußen gebracht. Selbst wenn ich mit ihnen ins Haus käme, könnte ich mich nicht einfach absetzen und irgendwo versteckt halten. Es würde sofort auffallen und das ganze Haus in Alarmbereitschaft versetzen.«

»Aber als Angestellter des Partyservice… Die kommen ohne weiteres rein und bleiben den ganzen Abend über.«

»Die könnten sich durchaus als nützlich erweisen. Aber wie wir Manning inzwischen kennen, wird er alle Bediensteten gründlich durchleuchtet und ihnen Ausweise mit Passbild aufgedrückt haben, die auf Nachfrage vorgelegt werden müssen. Zu versuchen, mit ihnen ins Haus zu kommen, ist wohl keine gute Idee. Ich habe mir allerdings ein Boot gemietet. Die Anlegestelle zu erreichen, dürfte vergleichsweise leicht sein.«

»Und dann? Die Rasenfläche zwischen Ufer und Haus wird doch wohl auch bewacht sein.«

»Keine Frage. Aber ich glaube, dass genau da die am wenigsten gesicherte Zugangsmöglichkeit besteht. Wie auch immer, erzähl: Was hast du über die Verbindung zwischen Mannings Haus und der Systematix-Zentrale in Erfahrung bringen können?«

»Ich brauche einen Lieferwagen«, antwortete Elena.

Am Stadtrand von Seattle unterhielt das US-Landwirtschaftsministerium eine Garage und Werkstatt für die Fahrzeuge seiner Forstbeamten, die in dieser Region ihren Dienst taten. Auf dem dazugehörigen Parkplatz standen mehrere grün gestrichene Nutzfahrzeuge, die mit dem Signet des staatlichen Forstdienstes gekennzeichnet waren. Wachposten gab es hier keine.

Bryson fuhr mit Elena in den Wald, der an Mannings Anwesen grenzte. Sie trug dunkelgrüne Kleider – Hose und Hemd, die sie in einem Armeeladen gekauft hatte und halbwegs nach Uniform aussahen.

Bis zum verabredeten Start ihrer Aktion um 21 Uhr blieben ihnen noch vier Stunden Zeit.

Sie näherten sich dem Hochsicherheitszaun, der die Grenze von Mannings Grundstück markierte, und achteten darauf, weder in den Blickwinkel der Kameras noch in den Bereich der auf Fußdruck reagierenden Alarmanlage zu gelangen. Elena suchte nach Hinweisen auf das unterirdische Glasfaserkabel, das, vom Haus kommend, eine kurze Strecke durch den Wald führte.

Dass es da war, wusste sie. Mannings Haus lag rund fünf Kilometer von der Zentrale entfernt. Während des Baus hatte der Bauunternehmer beim Landwirtschaftsministerium darum ersucht, einen Graben für die Verlegung eines Lichtwellenleiters ausheben zu dürfen. Dieser Antrag war, weil offiziell an die Regierung gerichtet, öffentlich zugänglich und auch übers Internet abzurufen, und er erwähnte ein Detail, das Elena ganz besonders interessant fand: Aus technischen Gründen musste ein so genannter optischer Repeater eingebaut werden, ein Kasten, der wie ein Verstärker wirkt und den Datenstrom in Bewegung hält, der sonst über längere Distanzen versickern würde.

Ein Repeater ließ sich problemlos abzapfen, zumindest für jemanden, der sich damit auskannte. Für Elena war es jedenfalls kein Problem.

Fraglich war nur, wo genau die Leitung verlief.

Sie wählte die Telefonnummer des Seattler Bauunternehmers, der den Antrag gestellt und das Kabel verlegt hatte.

»Mr. Manzanelli? Mein Name ist Nadya. Im rufe im Auftrag des Bundesamtes für Naturschutz an. Wir untersuchen den Säuregehalt des Waldbodens und entnehmen ihm Proben, wollen aber natürlich keine Leitungen dabei verletzen, die hier ...«

Als sie erklärte, in welchem Waldabschnitt gegraben werden sollte, fiel ihr der Bauunternehmer ins Wort und rief:

»Um Himmels willen! Erinnert sich bei Ihnen denn keiner an den Ärger, den uns Ihre Behörde gemacht hat, als es um die Streckenführung ging?«

»Verzeihung, Sir, ich bin nicht ganz im Bilde...«

»Das verfluchte Forstamt hatte sich quer gelegt, obwohl Mr. Manning eine halbe Million springen lassen wollte für Neuaufforstung und dergleichen. Aber nein, wir mussten die Leitung direkt am Zaun entlanglegen, und zwar zu ebener Erde.«

»Tut mir Leid. Ich bin sicher, unsere neue Direktion wäre Mr. Manning bestimmt sehr viel weiter entgegengekommen.«

»Haben Sie eine Ahnung, wie viel er allein an Grundsteuern bezahlt?«

»Immerhin können wir jetzt ausschließen, dass wir aus Versehen eine Leitung kappen. Wenn Sie Mr. Manning das nächste Mal sehen, richten Sie ihm bitte aus, dass wir vom Bundesamt für Naturschutz seine Verdienste für das Land durchaus zu würdigen wissen.«

Sie brach die Verbindung ab und wandte sich Bryson zu. »Gute Nachrichten. Wir brauchen nicht zu graben und haben dadurch an die drei Stunden Zeit gewonnen.«

Kurz nach 16:00 Uhr wurde Bryson vom Büro der Pacific Air Trade darüber informiert, dass auf dem Flughafen Seattle-Tacoma eine Lieferung für ihn angekommen sei. Sie könne aber leider nicht vor morgen weitergeleitet werden.

»Wollen Sie mich auf den Arm nehmen?«, donnerte Bryson. »Ich brauche den Qualitätsprüfer noch heute Abend. Davon hängt immerhin ein 50000-Dollar-Auftrag ab.«

»Tut mir Leid, Sir. Aber wenn wir Ihnen zwischenzeitlich irgendwie anders helfen könnten...«

Kurz vor sechs fuhr Bryson mit einem gemieteten Lieferwagen am Terminal der Pacific Air Freight vor, wo dann die von ihm bestellte, knapp 500 Kilo schwere Apparatur mit Hilfe eines Gabelstaplers und drei freundlichen Helfern umgeladen wurde.

Eine Stunde später steuerte er den Lieferwagen durch den Wald neben Mannings Grundbesitz und bis auf hundert

Meter an die Stelle heran, wo bereits das grüne Forstfahrzeug stand. Er stellte den Wagen so ab, dass das Heck dem Maschendrahtzaun zugewandt war, von den Überwachungskameras aber noch nicht eingefangen werden konnte. Er öffnete die Heckklappe und richtete den Apparat aus. Das Dickicht und die vielen Bäume, durch die die Sicht auf das Anwesen verstellt war, waren kein Problem. Im Gegenteil, sie halfen, das Gerät des russischen Wissenschaftlers zu tarnen.

Daraufhin schulterte Bryson einen Rucksack, gefüllt mit kleinen runden Scheiben, die alle mit einem Zünder versehen waren, der über Funk zum Platzen gebracht werden konnte. Er marschierte durch den Wald zur rund 400 Meter entfernten Durchgangsstraße, schlenderte dann jenseits der Alarmsysteme an der Grundstücksgrenze entlang und warf alle 50 Schritte ein Scheibe im hohen Bogen über den Zaun. Falls eine davon ins Visier einer Kamera geraten wäre – was unwahrscheinlich war, weil die Kameras erst dann wirklich zum Einsatz kamen, wenn Alarm ausgelöst war –, so würde nicht viel mehr als ein schwirrendes Etwas zu sehen sein, das einem kleinen Vogel ähnlich war. Nichts, was Aufmerksamkeit erregt hätte.

Im Laderaum des Forstfahrzeugs sammelte Elena eilig ihre Utensilien zusammen. Der Laptop war inzwischen an den optischen Repeater angeschlossen, und zwar mittels eines rund zehn Meter langen Kabels, das, versteckt von Laub und Reisig, zwischen Anschlussbox und Fahrzeug verlegt war. Sie hatte die Leitung angezapft und eine Weile lauschend und beobachtend abgewartet, doch es war bislang zu keiner Übertragung gekommen. Sie hatte sich mit Mengen von Software eingedeckt. Damit führte sie nun aus, was man einen »Stealth Scan« nannte, eine heimliche Analyse des Systems mit dem Ziel herauszufinden, welche Software zur Erkennung von Lauschangriffen verwendet wurde. Außerdem speiste sie ein selbst geschriebenes Skript ein, das das System mit einer unerwartet großen Datenmenge strapazierte und den Buffer zum Überlaufen brachte. Mittels eines so genannten Sniffers, der Datenpakete »beschnuppert«, durchforstete sie die Systeme des Sicherheitsnetzwerkes, um herauszufinden, wie der Datenverkehr organisiert war.

Es dauerte nicht lange, und sie hatte, wie Hacker es ausdrücken würden, den Kasten im Griff. Sie war zwar kein Hacker, hatte aber Wert darauf gelegt, deren Techniken zu erlernen, so wie auch Agenten im Außendienst gut beraten waren, Einbrechern und Dieben über die Schulter zu blicken und von ihnen zu lernen.

Die Übung zahlte sich aus. Sie war drin.

Der vier Meter lange Kahn aus Aluminium wurde von einem leise laufenden, 40 PS starken Außenbordmotor angetrieben. Bryson drehte voll auf und das Boot schob eine dicke Bugwelle vor sich her. Der Wind stand günstig und trieb die Geräusche übers Wasser davon. Als die Kette aus orangefarbenen Schwimmkörpern in Sicht kam, die die Grenze zu Mannings Anwesen markierten, drosselte er das Tempo und schaltete den Motor aus. Er hätte über die Absperrung hinwegsetzen können, musste aber davon ausgehen, dass Manning seinen kleinen Hafen gegen Eindringlinge zusätzlich abgesichert hatte.

Die sich entlang des Hügels erstreckende und von Scheinwerfern bestrahlte Villa war gut zu sehen und wirkte relativ bescheiden, wenn man wusste, was noch alles in dem Fels dahinter verborgen war. Er warf den Anker aus; der Kahn sollte ihm als Fluchtmöglichkeit erhalten bleiben, für den Fall, dass er das Glück hatte, überhaupt noch fliehen zu können. Dass der Rückzug fest mit eingeplant war, hatte er Elena versprechen müssen, es entsprach aber nicht ganz der Wahrheit. Entweder würde er Erfolg haben und überleben oder aber scheitern und ins Gras beißen. Einen Mittelweg gab es nicht.

Schnell packte er seine Ausrüstung zusammen. Die sollte zwar so leicht wie möglich sein, doch musste er sich für etliche Eventualitäten wappnen, was das Gepäck natürlich umso schwerer machte. Es wäre allzu dumm, wenn er die ganze

Aktion abblasen müsste, weil ihm zum Beispiel geeignetes Besteck zum Öffnen von Schlössern fehlte. Seine Weste mit den vielen Taschen steckte voller Waffen, säuberlich zusammengefalteten Kleidungsstücken und anderen Gegenständen, die alle wasserdicht in Plastik eingepackt waren.

Über ein abhörgeschütztes Funkgerät meldete er sich bei Elena.

»Wie sieht's aus?«

»Gut.« Ihre Stimme klang klar und zuversichtlich. »Die Augen sind offen.«

Sie hatte sich durch den Lichtwellenleiter in die Steuerung der Überwachungskameras einklinken können. »Wie weit können die Augen sehen?«, fragte Bryson.

»Unterschiedlich. Manche Bereiche lassen sich klar und deutlich überblicken, andere weniger deutlich.«

»Welche sind das?«

»Vor allem die Wohnbereiche. Wahrscheinlich werden die mit einem separaten System überwacht, das nicht mit der Zentrale verbunden ist.« Offenbar brauchte auch Manning zumindest den Anschein einer Privatsphäre.

»Schade.«

»Ja, aber es gibt auch eine gute Nachricht. Da wären ein paar brauchbare Konserven.« Sie konnte die Videoaufzeichnungen des gestrigen Tages aufrufen und bei Bedarf ins Überwachungssystem einspeisen, die dann wie ein aktuelles Bild erscheinen würden.

»Sehr gut. Aber warte damit, bis Phase eins abgeschlossen ist. Okay, ich melde mich, sobald ich wieder aus dem Wasser raus bin.«

Über der leichten, schwarzen Nomex-Montur trug er einen Tauchanzug. Derart dick angezogen, war ihm sehr heiß, doch das kalte Wasser würde bald Abhilfe schaffen. Die Flasche war mitsamt der Tarierweste schon angelegt. Er kontrollierte die Schnellablässe, legte den Bleigürtel an, setzte die Maske auf und nahm das Mundstück des Sauerstoffgerätes zwischen die Zähne.

Rücklings ließ er sich vom Dollbord ins Wasser fallen. Auf dem Wasser treibend, schaute er sich zur Orientierung um, ließ dann Luft aus der Tarierweste ab und tauchte unter. An der Oberfläche war das Wasser noch kristallklar, doch nach unten hin wurde es immer trüber. Als er eine Tiefe von 18 Metern erreicht hatte, konnte er nur noch maximal vier, fünf Meter weit sehen. Langsam und vorsichtig bewegte er sich auf das Ufer zu.

Gefasst auf das dumpfe Zittern von Sonarwellen, lauschte er ins Wasser, doch es blieb still, was ihn allerdings nicht wirklich beruhigte. Er blieb auf der Hut, überzeugt davon, dass es noch einige Hürden zu nehmen galt.

Und so war es: Im Abstand weniger Armlängen sah er plötzlich ein Netz vor sich schweben, das für ein Fischernetz viel zu grobmaschig war. Es handelte sich vielmehr um die aus optischen Leitern geknüpften Nervenenden eines hoch modernen Alarmsystems, wie es von der Marine zum Schutz ihrer Unterwassereinrichtungen verwendet wurde.

Das Netz – auch Aquamesh genannt – war zwischen Bojen an der Wasseroberfläche und Gewichten auf dem Grund des Sees gespannt. Hindurchzuschwimmen war unmöglich, und jeder Versuche, die Maschen zu zerreißen, würde unweigerlich Alarm auslösen. Bryson ließ noch mehr Luft ab und sank bis auf den Grund, wo er sich dem Netz vorsichtig näherte. Während eines Einsatzes in Sri Lanka hatte er selbst schon einmal eine solche Vorrichtung installiert, und er wusste, dass sie nicht selten fälschlicherweise Alarm schlug. Durch das sich ständig bewegende Wasser konnte es durchaus passieren, dass irgendwo ein Leiter zu Bruch ging. Es war beileibe kein perfektes System.

Trotzdem konnte es Bryson nicht riskieren, Alarm auszulösen. Mannings Mannschaft würde heute und die ganze Nacht über besonders wachsam sein.

Bryson bemerkte, dass er nur noch sehr flach atmete – ein Zeichen für Angst. Und dass ihm dies bewusst wurde, hatte plötzlich das unangenehme Gefühl von Atemnot zur Folge. Schon spürte er Panik aufkommen. Er schloss die Augen für einen Moment und zwang sich zur Ruhe, bis er wieder entspannt durchatmen konnte.

Aquamesh soll vor Booten und Unterwasserfahrzeugen schützen, erinnerte er sich. *Nicht vor Tauchern.*

Er ging in die Knie und inspizierte die Gewichte, die das Netz am Boden hielten. Dieser bestand aus weichem Schlick und ließ sich ohne weiteres aufwühlen. Mit beiden Händen begann er zu schaufeln und hatte bald, obwohl er nun ganz und gar im trüben Dunklen schwebte, einen Graben ausgehoben, durch den er sich unter dem Netz durchwinden konnte.

Er befand sich jetzt auf der anderen Seite, in Mannings Gewässer. Wieder lauschte er in die Stille, doch von einer Sonaranlage war auch hier nichts zu hören.

Und was, wenn ich mich irre?

Dann wird mir sehr bald die Quittung präsentiert. Ängstliche Spekulationen halfen jetzt nicht weiter. Entschlossen schwamm er weiter und erreichte wenig später die dick mit Algen bewachsenen Pfähle der Anlegestelle. An deren Rand entlang bewegte er sich auf die Stelle zu, an der er das Bootshaus wähnte. Das Wasser wurde flacher. Er ließ alle Luft ab und stapfte über den ansteigenden Grund, bis er mit dem Kopf die Wasseroberfläche durchstieß. Dann nahm er die Maske vom Gesicht und lauschte, sah sich nach allen Seiten um und stellte zu seiner großen Erleichterung fest, dass niemand in der Nähe war. Er schnallte Flasche und Tarierweste ab und legte die Ausrüstung auf einer breiten, versteckten Planke ab, wo er notfalls auf sie würde zurückgreifen können.

Dann stieg er aus dem Wasser.

Das Bootshaus verstellte den Blick auf die Villa. So war auch er geschützt vor Menschen, die zufällig aus einem der Fenster nach draußen blickten. Es war dunkel geworden. Nur in der Nähe des Hauses fiel ein wenig Licht aus den hohen abgerundeten Fenstern auf den Rasen. Bryson setzte sich an den Rand des Stegs, zog die Weste aus, dann den Taucheranzug und legte die Weste wieder an. Die darin verstauten Waffen und Instrumente befreite er daraufhin von den Plastiktüten. Dann schlich er über den Steg zum Bootshaus und hielt für den Fall, dass man ihn überraschte, die Hand am Griff der 45er, die in der vorderen Westentasche steckte.

So weit, so gut. Doch er wusste: Die Gefahr, entdeckt zu werden, nahm mit jedem Schritt zu, den er sich der Villa näherte. Er durfte keinesfalls nachlässig werden. Mit einer schwarzen Strickmaske verhüllte er sein Gesicht. Dann setzte er das Metaskop ans rechte Auge – ein optisches Gerät, das Infrarotlicht sichtbar machte.

Die Strahlen waren so auf Anhieb zu erkennen.

Die Bewegungsmelderstrahlen von Infrarotkameras verliefen kreuz und quer über die weite Rasenfläche. Sie waren auf eine Toleranzhöhe von knapp einem Meter eingestellt, damit nicht jedes Karnickel Alarm auslöste.

Und Hunde?

Womöglich waren auch Wachhunde im Einsatz, allerdings hatte er noch keine gehört oder gesehen.

Das Metaskop hatte eine Kopfhalterung, die ihm die Hände freihielt. Und er brauchte freie Hände. Er schnallte das Monokular fest und setzte die Gummimanschette aufs Auge. Jetzt konnte er den Rasen passieren und darauf achten, dass er den Infrarotstrahlen nicht in die Quere kam.

Als er auf allen Vieren losrobbte, hörte er ein Geräusch, das ihn erstarren ließ. Leise winselnd kamen mehrere Hunde um die Ecke getrottet, sahen ihn und beschleunigten ihren Gang. Und es waren beileibe keine Schoßhunde, sondern ausgewachsene, gut durchtrainierte Dobermänner.

Er spürte, wie sich ihm der Magen zuschnürte. *Gütiger Himmel*!

Sie kamen herangeschossen, knurrten, bellten und fletschten die Zähne. Schon hatten sie sich bis auf 20 Meter genähert. Mit bebendem Herzen zerrte er die Bolzenpistole aus der Weste, zielte und drückte ab. Viermal hustete die Waffe leise auf, und vom Druck aus einer Kohlendioxidpatrone angetrieben, flogen der Meute vier zehn Zentimeter lange Pfeile mit betäubender Ladung entgegen. Einer verfehlte sein Ziel, die anderen trafen ins Schwarze. Fast unmittelbar darauf sackten zwei Hunde zu Boden, der größte von ihnen sprang noch ein paar unsichere Sätze weiter und brach dann ebenfalls zusammen. Jeder Pfeil enthielt zehn Kubikzentimeter eines sofort wirkendes Anästhetikums auf Fentanyl-Basis.

Bryson war ins Schwitzen geraten und zitterte am ganzen Körper. Obwohl er auf eine solche Eventualität vorbereitet gewesen war, hätte er sich fast überraschen lassen. Es hätte nicht viel gefehlt, und die Hunde wären ihm an die Gurgel gesprungen. Er lag flach auf dem Bauch und wartete. Vielleicht waren da noch andere Hunde, ein zweites Rudel. Möglich auch, dass ein Wachposten das Bellen gehört hatte und aufmerkte. Allerdings schlugen selbst gut ausgebildete Hunde mitunter irrtümlicherweise an, und wenn sie dann von sich aus wieder aufhörten zu bellen, bedeutete dies Entwarnung.

Dreißig, vierzig Sekunden lang lag Bryson da und rührte sich nicht. Mit seinem schwarzen Overall und der Gesichtsmaske war er im Dunklen kaum auszumachen. Noch mehr Hunde schienen nicht in der Nähe zu sein. Wie auch immer, er konnte es sich nicht leisten, noch länger auszuharren. Wie er wusste, waren an mehreren Stellen Gitterroste in den Rasen eingelassen. Darunter befanden sich die Belüftungsschächte der Tiefgarage. Bei den Bauarbeiten an der Villa war es mit der Bauaufsicht unter anderem zu einem Streit über die Planung dieser Tiefgarage gekommen, die inzwischen treffenderweise Moto-Grotto genannt wurde, weil sie nur über eine Zufahrt zu erreichen war, die durch den Hügel auf der anderen Seite des Hauses führte. Manning hatte Konzessionen eingehen und für zusätzliche Belüftungsschächte sorgen müssen, die nun unauffällig auf der Rasenfläche vorm Haus mündeten.

Bryson kroch weiter, hielt sich halb links und hütete sich, einen der Infrarotstrahlen zu kreuzen. Nach etwa fünf Metern traf er auf eines der Metallgitter. Für den Fall, dass es fest vernietet oder verschweißt sein sollte, hatte er geeignetes Schneidwerkzeug mitgebracht. Doch es ließ sich ohne großen Kraftaufwand anheben.

Die Öffnung war nur ungefähr 40 mal 60 Zentimeter groß, was ihm aber als Durchlass reichte. Das eigentlich Kritische war die fragliche Tiefe. Die Innenwände des Schachts waren aus glattem Beton und boten keinerlei Halt. Nur gut, dass der Rahmen für das Gitter aus Stahl bestand.

Mit einem Blick durch sein Monokular konnte er sich davon überzeugen, dass der Schacht frei von Alarm auslösenden Infrarotstrahlen war. Da ihm die Sehhilfe ohnehin allmählich lästig würde, nahm er sie erleichtert vom Kopf und steckte sie weg.

Stattdessen langte er nach dem Funkgerät und meldete sich bei Elena. »Ich steig jetzt ein. Du weißt, was zu tun ist.«

Zweiunddreißigstes Kapitel

Verblüfft starrte der Wachposten auf den Monitor. »John, sieh dir das mal an.« Die Wand des zylindrischen Raums, in dem die beiden saßen, war ein Mosaik aus einzelnen Bildschirmen, die jeweils das Bild einer der vielen Überwachungskameras wiedergaben.

Der zweite Wachposten drehte sich in seinem Sessel herum und schaute seinem Kollegen über die Schulter. Kein Zweifel: An der Grundstücksgrenze war ein Feuer ausgebrochen. Die am Zaun im Westen installierten Kameras 16 und 17 zeigten Flammen, die zwischen den Bäumen am Waldrand aufloderten und dicken Rauch aufsteigen ließen.

»Scheiße«, sagte der zweite Mann. »Wieder so ein verdammtes Buschfeuer. Und nur weil irgendein Blödmann seine Kippe nicht ausgetreten hat.«

»Was machen wir jetzt? Mir ist so was noch nicht untergekommen.«

»Ja, was wohl, du Armleuchter? Feuerwehr anrufen. Und dann Mr. Manning Bescheid geben.«

Auf ein Zeichen von Bryson hin hatte Elena einen Knopf auf ihrer Fernbedienung gedrückt und so die kleinen Zünder aktiviert, die Bryson an die zwölf Rauchpatronen und vier Flammenwerfer angeschlossen hatte. Die auf der Innenseite des Zauns zwischen Gras und Laub liegenden Rauchpatronen erzeugten dicke Wolken aus grauem und schwarzem Rauch, während aus den Flammenwerfern drei Meter hohe Stichflammen aufloderten, wenn auch nur für wenige Sekunden. Mit der nach und nach erfolgenden Zündung sollte nach Brysons Absicht ein Waldbrand simuliert werden, der sich rasch ausbreitete. Dabei waren die Requisiten, die normalerweise bei Spezialeffekten in Film- und Fernsehproduktionen Verwendung fanden, in Wirklichkeit vollkommen harmlos. Dass sie einen echten Brand verursachen würden, stand nicht zu befürchten.

»Feuerwehr Seattle, was gibt's?«

»Hier ist der Sicherheitsdienst des Anwesens von Gregson Manning. Bitte kommen Sie sofort herüber. Wir haben hier ein großes Feuer, das offenbar im Wald ausgebrochen ist.«

»Danke für den Hinweis, aber unsere Löschzüge sind schon unterwegs.«

»Wie bitte?«

»Wir sind schon benachrichtigt worden.«

»Tatsächlich?«

»Ja, von einem Ihrer Nachbarn. Es scheint wirklich sehr ernst zu sein. Darum schlagen wir vor, dass Sie das Haus so schnell wie möglich evakuieren.«

»Unmöglich. Hier findet zurzeit eine äußerst wichtige Veranstaltung statt, mit Gästen aus aller Welt, sehr bedeutenden Gästen ...«

»Umso wichtiger ist es, dass Sie diese Leute in Sicherheit bringen«, entgegnete der Feuerwehrmann. »Und zwar sofort!«

Bryson beeilte sich, die mitgebrachte Winde in den Metallrahmen des Belüftungsschachtes einzuhängen. Dann klinkte er den Karabinerhaken am Ende des Stahlseils in den Gurt, der mit seiner Kombiweste vernäht war.

Dank einer eigens zu diesem Zweck eingebauten Bremsvorrichtung konnte Bryson die Geschwindigkeit steuern, mit der er sich mit Hilfe der Winde abseilte. Als er in den Schacht geklettert war, legte er das Gitter wieder in die Zarge zurück und stieg dann langsam durch den scheinbar endlos langen Schacht nach unten. In der Ferne glaubte er die Sirenen der anrückenden Feuerwehr hören zu können. Sie kam schneller als erwartet. Meter um Meter sank er in die Tiefe. Bald würde er in streng bewachte Bereiche vorstoßen, doch Bryson hoffte darauf, dass der angebliche Waldbrand die volle Aufmerksamkeit der Sicherheitskräfte auf sich lenken würde. Falls er einen Alarm auslöste, würde man wahrscheinlich die auf dem Grundstück eintreffende Feuerwehr dafür verantwortlich machen. Ein heilloses, panisches Durcheinander wäre die Folge, und für seinen Einbruch konnte es keine bessere Deckung geben. Bryson hatte die Rauchpatronen ausreichend weit von Elenas Posten entfernt platziert, um der Möglichkeit vorzubeugen, dass sie in Verdacht geriet. Dennoch musste sie auf kritische Fragen gefasst sein. Dass sie solche im Ernstfall gut parieren würde, stand für Bryson aber außer Zweifel.

Immer weiter ließ er sich in den Schacht hinunter. Bryson konnte kaum glauben, dass das Parkdeck so tief lag. An der Führungsleine tauchte schließlich jene Markierung auf, die ihn wissen ließ, dass die 60 Meter Seil fast komplett abgewickelt waren. Und dann war es so weit. Es ging nicht mehr weiter. Er schaute nach unten und stellte fest, dass er gut zwei Meter über dem Boden schwebte. Glück gehabt. Er ließ sich fallen und federte den Aufprall in den Knien ab. Für den Fall, dass er es für seinen Rückzug brauchte, ließ er das Seil im Schacht hängen.

Matthew Kimball, der Hauptmann der Feuerwehr von Seattle, war ein Afroamerikaner von beeindruckender Körpergröße und -fülle. Er baute sich vor Gregson Mannings Sicherheitschef auf, einem Mann namens Charles Ramsey, der ebenfalls kräftig gebaut und nur wenige Zentimeter kleiner war.

»Wollen Sie uns zum Narren halten? Einen Waldbrand gibt es hier nicht«, sagte Kimball.

»Aber zwei meiner Männer haben das Feuer doch gesehen«, entgegnete Ramsey trotzig. »Auf ihren Bildschirmen.«

»Und was ist mit Ihnen? Haben Sie's gesehen?«

»Nein, aber …«

»Hat einer Ihrer Männer das Feuer mit eigenen Augen gesehen?«

»Keine Ahnung. Aber die Kameras sind absolut verlässlich.«

»Trotzdem, irgendjemand hat sich geirrt«, brummte Kimball und zog ab.

Charles Ramsey kniff die Brauen zusammen und wandte sich an den Mann an seiner Seite: »Ich will, dass genau nachgezählt wird, wie viele Feuerwehrleute das Grundstück betreten haben«, blaffte er. »Hier stinkt was zum Himmel.«

Bryson fand sich auf einem riesigen Parkdeck wieder, dessen Betonboden so glatt poliert war, dass er wie Marmor schimmerte. An die 50 Fahrzeuge waren hier abgestellt – Oldtimer und Liebhabermodelle: Duesenbergs, Rolls-Royces, Bentleys und Porsches, anscheinend alle in Mannings Besitz. Auf der gegenüberliegenden Seite entdeckte Bryson den Fahrstuhl, der nach oben ins Haupthaus führte.

Er drückte die Sprechtaste seines Funkgeräts und fragte leise: »Alles okay bei dir?«

Elenas Stimme klang sehr fern, war aber noch deutlich zu verstehen. »Ja. Die Feuerwehr ist inzwischen wieder abgezogen. Als sie hier aufgekreuzt ist, hatte sich der Rauch längst verzogen. Und von deinen Brandsätzen war nichts mehr zu sehen.«

»Na bitte. Wenn sich alles wieder beruhigt hat, spielst du, wie verabredet, die Konserven ein.« Die Aufzeichnungen des gestrigen Tages schon jetzt laufen zu lassen wäre zu riskant gewesen, da die Wachposten auf den Monitoren Szenen der Hektik und Aufregung zu sehen erwarteten. »Sobald ich im Haus bin, werden wir engen Funkkontakt halten müssen. Du musst mich über die Minenfelder führen.«

Plötzlich gewahrte Bryson eine Bewegung zwischen den Autos auf der linken Seite. Er drehte sich um und entdeckte einen Wachposten in blauer Uniformjacke.

»He!«, rief der und langte nach seiner Pistole.

Bryson ließ sich auf den Boden fallen. Ein Schuss krachte und hallte donnernd durch die höhlenartige Tiefgarage. Das Geschoss verfehlte ihn nur um wenige Zentimeter und prallte sirrend vom Betonboden ab. Bryson zog seine 45er. Er hatte kaum Zeit zu zielen, traf aber den Wachposten dennoch in die Brust, der laut aufschrie und in die Knie ging. Eine zweite Kugel aus Brysons Waffe streckte ihn zu Boden.

Bryson eilte auf den Mann zu. Der starrte aus weit aufgerissenen Augen ins Leere; sein Gesicht war in Agonie verzerrt. Am Revers seines Jacketts steckte ein Ausweis. Bryson nahm ihn an sich und konnte der Aufschrift entnehmen, dass dem in Gruppen unterteilten Sicherheitspersonal unterschiedliche Bereiche zugewiesen waren. Die Zugänge zu den jeweils abgeschlossenen Bereichen waren über ein Scanner-System abgesichert, das die sichtbar auf dem Revers getragenen Sicherheitsausweise ablesen und identifizieren konnte. Unbefugten Personen blieben die Türen verschlossen.

Doch das konnte nicht das ganze Sicherheitssystem sein. Sich allein über einen gestohlenen Ausweis Zutritt zu verschaffen, wäre allzu einfach. Entweder waren da noch zusätzliche biometrische Systeme eingebaut – solche, die Finger- oder Handabdrücke oder die Augeniris ablesen konnten – oder es gab Kontrollschleusen, die nur bei Eingabe eines bestimmten Zahlencodes passiert werden konnten.

Ob ihm der Ausweis des Wachpostens überhaupt weiterhelfen konnte, war fraglich und würde sich erst herausstellen müssen.

Der einzige Weg ins Haus führte über den Fahrstuhl. Bryson lief darauf zu. Er musste sich beeilen, denn wo ein Wachposten war, schwirrten meist auch andere herum. Blieb die Antwort eines routinemäßig angerufenen Kollegen aus, würde unweigerlich Alarm geschlagen werden – und der ließe sich dann nicht durch irgendwelche Ablenkmanöver konterkarieren.

Die Fahrstuhltüren bestanden aus gebürstetem Edelstahl. Er drückte den Rufknopf auf der seitlich davon angebrachten Schalttafel, doch das Leuchtsignal, das den Befehl bestätigt hätte, blieb aus. Er drückte ein zweites Mal – wiederum ohne Ergebnis. Offenbar musste in den Ziffernblock über dem Rufknopf zunächst ein Code eingegeben werden, wahrscheinlich eine vierstellige Zahl. Der dem toten Wachposten abgenommene Ausweis, den er sich an die Weste geheftet hatte, würde ihm hier nichts nützen.

Er sah sich rings um die Fahrstuhltür nach versteckten Kameras um. Dass es hier welche gab, war mehr als wahrscheinlich, doch er konnte getrost davon ausgehen, dass dank Elenas Manipulation statt der aktuellen Bilder die von gestern auf den Monitoren der Überwachungszentrale zu sehen sein würden. Wenn nicht, hätte Elena ihm Bescheid gegeben. Sie diente ihm jetzt als Auge und Ohr, und er musste sich voll und ganz auf ihre Tüchtigkeit und Umsicht verlassen.

Gewiss ließen sich die Fahrstuhltüren mit Gewalt öffnen, etwa mit Hilfe eines Brecheisens, was aber alles andere als ratsam war. Ein solcher Eingriff würde womöglich die elektronische Steuerung außer Kraft setzen, und das riefe wiederum unweigerlich die Sicherheitskräfte auf den Plan.

Bryson hatte vorgesorgt und ein Spezialwerkzeug mitgebracht, das zur Grundausstattung aller Fahrstuhlmonteure gehörte: eine rund 15 Zentimeter lange und drei Zentimeter breite Stahlfeder mit gekröpftem Ende. Diese führte er in den Spalt der oberen Türführung und bewegte sie nach rechts, bis er auf einen Widerstand stieß – die mechanische Sperre. Ein leichter Druck genügte, und die Tür glitt auf.

Aus dem dunklen, leeren Schacht schlug ihm kalte Luft entgegen. Die Kabine hing irgendwo weiter oben im Haus. Mit einer Halogenlampe leuchtete Bryson in den Schacht. Der kleine helle Lichtkreis fuhr hin und her, auf und ab. Was er auf diese Weise zu sehen bekam, war nicht sehr ermutigend. Er hatte darauf gehofft, mit seiner Steighilfe am Zug- beziehungsweise Stromkabel im Schacht hochklettern zu können. Und nun musste er feststellen, dass es in dieser Anlage solche Kabel überhaupt nicht gab. Der Fahrstuhl wurde vielmehr mit hydraulischer Kraft über eine große Schiene an der Seite auf- und abgeführt. Diese Schiene war gut geschmiert, also viel zu rutschig, um daran hochzuklettern.

Elena hatte die Archivaufnahmen der Überwachungsanlage gefunden. Sie waren in einer im Stammhaus von Systematix verwalteten Datenbank abgespeichert und ließen sich über das von ihr angezapfte System ohne weiteres abrufen. Zehn Tage digitalisierter Videoaufzeichnungen lagerten dort, geordnet nach Datum und Sicherheitsbereich. Es war ein Leichtes, Material von gestern, auf das heutige Datum umbenannt, ins System einzuspeisen. Die Wachposten in der Überwachungszentrale würden somit keine aktuellen Bilder zu Gesicht bekommen, sondern eine Wiederholung dessen, was genau 24 Stunden zuvor aufgezeichnet worden war. Das funktionierte allerdings nur für jene Bereiche, die von den Kameras 1 bis 18 abgedeckt wurden und in deren Blickwinkel sich im Normalfall nur wenig oder gar nichts bewegte.

In den hinteren Taschen von Brysons Kombiweste steckten superleichte, magnetische Greifwerkzeuge, die hauptsächlich bei Inspektions- oder Wartungsarbeiten an Brücken oder Schiffskörpern und dergleichen zum Einsatz kamen. An Händen und Füßen damit ausgerüstet, stieg er in den mit Metallplatten verkleideten Fahrstuhlschacht ein und hangelte sich Stück für Stück an der Wand hoch – eine mühselige und langwierige Prozedur, zumal er, wenn er das Parterre erreichen wollte, mindestens so hoch klettern musste, wie er sich durch den Parkhausschacht abgeseilt hatte, nämlich über 60 Meter.

Immerhin konnte er im Schein seiner Lampe die Fahrstuhltür in der untersten Kelleretage erkennen. Ihm war bewusst, dass sich der Fahrstuhl jederzeit in Bewegung setzen und ihm entgegenkommen konnte. Wenn es ihm dann nicht rechtzeitig gelänge, die Magnete zu lösen und sich flach in die 45 Zentimeter tiefe Furche in der Wand zu schmiegen, wäre es um ihn geschehen.

Schließlich fehlten nur noch rund drei Meter bis zu der Ebene, die mit Nummer 1 gekennzeichnet war. Die Fahrstuhlkabine parkte unmittelbar über dem Ausstieg. Vorsichtig kletterte Bryson zu ihr hinauf, löste, einen nach dem anderen, die Handmagneten von der Wand und setzte sie unter den Kabinenboden, wobei sich nicht vermeiden ließ, dass ein metallisches Klingen laut wurde. Jetzt hing er unter der Kabine, die Beine baumelten über dem Abgrund. Den Blick in die Tiefe hätte er sich lieber ersparen sollen. Zwar litt er nicht direkt unter Höhenangst, doch Gefühle wie Angst und Entsetzen waren ihm durchaus vertraut. *Bloß nicht in Panik geraten!* Der Aufzug konnte sich jeden Moment in Bewegung setzen. So schnell er konnte hangelte Bryson sich auf die Tür in der Schachtwand zu.

Dass mir jetzt nur ja keiner den Fahrstuhl ruft!, dachte er. *Bitte nicht.*

Vor der Tür fand er auf einem kleinen Sims Halt. Dort ruhte er einen Moment lang aus, schnallte die Magneten ab und steckte sie in die Weste zurück. Dann nahm er die gekröpfte Stahlfeder zur Hand und führte sie durch den oberen Türspalt nach links.

Die Tür öffnete sich.

Und wenn jemand auf der anderen Seite direkt davor steht?

Hoffentlich nicht!

Immerhin, er war darauf gefasst. Er blickte hinaus in einen spärlich beleuchteten, elegant eingerichteten Flur, der anscheinend zum Haupthaus gehörte. Es war niemand zu sehen. Kurz entschlossen griff er um den Türsturz, schwang sich nach draußen und landete auf blank poliertem Marmor.

An verschiedenen Stellen im Flur gingen plötzlich Lichter an – offenbar durch den Sicherheitsausweis eingeschaltet, den er bei sich trug.

Er war im Haus.

Die beiden Männer in der Überwachungszentrale gingen ihre Checkliste durch, eine lästige Routine, die mehrere Male am Tag zu vollziehen war.

»Kamera 1?«

»In Betrieb.«

»Kamera 2?«

»In Betrieb.«

»Kamera 3?«

»In … Augenblick, ja doch, in Betrieb.«

»War was?«

»Ich dachte, hinter dem großen Panoramafenster hätte sich was bewegt. Aber es war nur Regen.«

»Kamera 4?«

»Nicht zu fassen. Es schüttet wieder wie gestern. Dabei war es zu Beginn unserer Schicht so schön draußen gewesen. Scheißwetter. Meinst du, es geht in Ordnung, wenn ich mal eine kurze Pause einlege?«

»Eine Pause?«

»Ja, ich bin mit dem Mustang Cabrio hier und hab das Verdeck offen gelassen.«

»Stehst du denn nicht in der Tiefgarage?«

»Nein, ich war heute ziemlich spät dran«, gestand der Wachposten. »Also bin ich auf den Parkplatz vorm Haus gefahren. Ich will nur eben raus, das Verdeck zumachen, ehe das Leder ruiniert wird.«

Charles Ramsey, der Sicherheitschef, stöhnte genervt. »Wenn's denn sein muss. Dann mach halt 'ne Pause, aber nicht zu lange.«

Vor Erschöpfung und Anspannung schlug Bryson das Herz bis zum Hals. Er wandte sich dem dunkel drohenden Loch des offenen Fahrstuhlschachtes zu, um die Tür von Hand wieder zu schließen. Ein Sturz wäre fatal. Eigentümlich, erst jetzt, da er die eigentliche Gefahr hinter sich gelassen hatte, wurde sie ihm nachdrücklich bewusst.

Plötzlich bemerkte er am äußersten Rand seines Gesichtsfeldes eine Bewegung, ein kurzes Flackern von Licht. Er wirbelte herum und sah einen Wachposten, der schon auf ihn zugestürzt kam, um ihn zu Boden zu reißen. Bryson wich ihm aus, wehrte den Fausthieb ab, mit dem der Posten nachzusetzen versuchte, bekam dessen rechten Unterarm zu packen und trat ihm gleichzeitig mit dem Stiefelspann in die Kniekehlen. Der Mann knickte ein, konnte sich aber schnell wieder fangen und langte nach seiner Waffe, die im Halfter an der Hüfte steckte.

Ein Fehler, dass er die nicht längst gezogen hat, dachte Bryson. Er nutzte die Gunst des Augenblicks und trat ihm mit Wucht zwischen die Beine. Schreiend taumelte der Mann zurück, auf den offenen Aufzugschacht zu. Aber irgendwie gelang es ihm doch, die Pistole zu ziehen und in Schussposition zu bringen. Bryson sprang nach links weg, um sein Gegenüber zu irritieren, stürzte sich dann auf ihn und trat ihm die Waffe aus der Hand.

»Verdammtes Schwein!«, brüllte der Wachposten und wich mit ausgestreckten Armen zurück in dem Versuch, die Pistole aufzufangen. Auf seinem Gesicht zeigte sich ein geradezu empörter Ausdruck, als er plötzlich ins Leere trat und keinen Boden mehr unter den Füßen spürte, nichts, was seinen Sturz gebremst hätte. In dem vergeblichen Bemühen, irgendwo Halt zu finden, fuchtelte er mit den Händen in der Luft herum. Er stieß einen fürchterlich gellenden Schrei aus, der in dem tiefen Schacht gespenstisch widerhallte, einen lang gezogenen Schrei, der während seines Falls allmählich leiser wurde, bis er urplötzlich abriss, als der Körper aufschlug.

Der Sicherheitsangestellte, ein blonder junger Mann, verließ das Haus durch den Dienstboteneingang, von wo es nicht mehr weit war bis zum Parkplatz. Verwundert sah er sich um. Soeben hatte es doch noch geregnet, in Strömen und so heftig wie gestern. Doch jetzt war der Himmel klar, die Luft trocken und warm.

Von Regen keine Spur.

Keine Pfütze auf dem Boden, an den Bäumen kein feuchtes Blatt.

»Was zum Teufel ...?«, entfuhr es ihm. Er hob das Funkgerät, das er in der Hand hielt, an den Mund und meldete sich bei Ramsey in der Überwachungszentrale.

Ramsey explodierte – erwartungsgemäß. Als er sich nach seiner spontanen Schimpfkanonade wieder halbwegs beruhigt hatte, sagte er schließlich: »Da scheint uns jemand einen

Streich zu spielen. Wir müssen die Kollegen in der Stadt alarmieren und die ganze Leitung am Zaun abgehen und prüfen, ob's da irgendwo ein Leck gibt.«

Bryson schwitzte unter seinem schwarzen Nomex-Overall aus allen Poren. Er holte tief Luft, trat einen Schritt von dem Fahrstuhlschacht zurück und langte nach der mechanischen Sperre. Lautlos schoben sich die Türen vor die Öffnung.

Bryson versuchte sich zu orientieren. Als Erstes galt es jetzt, die Überwachungszentrale zu finden. Dort würde er alles Weitere in Erfahrung bringen. Und außerdem war sie sozusagen das Auge des Gegners, das es zu blenden galt.

Er drückte die Sprechtaste seines Funkgeräts. »Ich bin im Parterre des Haupthauses«, flüsterte er.

»Gott sei Dank«, meldete sich Elena. Bryson schmunzelte. Das war eben der Unterschied zwischen ihr und einer hartgesottenen Agentin im operativen Einsatz: Sie reagierte emotional und besorgt.

»Wie komme ich zur Kontrollstation?«

»Wenn du jetzt mit dem Gesicht zum Fahrstuhl stehst, musst du dich links halten. Du bist doch jetzt in einem langen Flur, oder?«

»Genau.«

Sie orientierte sich weniger an den Grundrissskizzen, die sie bei sich hatte, als vielmehr an den Überwachungskameras, durch die sie Einblick ins Haus nehmen konnte. »Also, du gehst jetzt nach links und am Ende des Flurs wieder links. Dort kommst du in eine Art Galerie, wo auf beiden Seiten Porträts an den Wänden hängen. Das scheint mir der kürzeste Weg zu sein.«

»Okay, roger. Wie steht's um die Überwachung?«

»Ist ausgeschaltet.«

»Prima. Danke.«

Bryson wandte sich nach links und eilte den Flur entlang. Er war überzeugt davon, dass überall in den Wänden winzige Objektive steckten, die, anders als bei früheren Überwachungskameras, nicht so leicht zu entdecken waren. Hätte Elena nicht die Videoaufzeichnungen des gestrigen Tages ins System eingespeist, wäre jetzt jeder seiner Schritte beobachtet worden. So konnte er sich immerhin nahezu frei und unbemerkt im Haus bewegen. Der Ausweis des Wachpostens aus der Tiefgarage hatte ihm bislang noch nicht viel genutzt, außer dass er das Licht eingeschaltet hatte. Das Ding schien vor allem einen Zweck zu haben, nämlich seinen Träger an der Leine zu führen. Weg damit! Er nahm den Ausweis ab und warf ihn auf den Boden, so dass es den Anschein hatte, als sei er verloren gegangen.

Elena hatte gerade das Funkgerät aus der Hand gelegt, als sie draußen vor dem Lieferwagen raschelnde Schritte hörte. Bislang ist wohl auch alles viel zu glatt gegangen, dachte sie. Offenbar war da die Forstaufsicht im Anmarsch, um ihr ein paar Fragen zu stellen. Jetzt würden ihr ein paar plausible Antworten einfallen müssen.

Sie öffnete die Hecktür und schrie laut auf, als sie die Mündung einer Pistole auf ihr Gesicht gerichtet sah.

»Raus da!«, brüllte der Mann in dunkelblauer Jacke.

»Ich bin vom Bundesamt für Naturschutz«, protestierte sie.

»Und zapfen unsere Leitung an? Hände schön unten an der Seite lassen. Keine falsche Bewegung. Wir hätten da ein paar Fragen an Sie.«

Bryson hatte jenen lang gestreckten Raum erreicht, den Elena als Galerie bezeichnet hatte. Wie in einem Museum hingen hier vergoldete Bilderrahmen, die allerdings allesamt leer waren. Statt einer bemalten Leinwand befand sich in jedem dieser Rahmen ein flacher, grauer Bildschirm, der wahrscheinlich die digitalisierte Reproduktion eines Ölporträts zeigen konnte oder ein Gemälde, das dem – per Plakette registrierten – Geschmack des jeweiligen Betrachters entsprach.

Bryson wollte die Galerie gerade betreten, als ihm in der Wand zwischen den Bildern vertikale Reihen kleiner schwarzer Punkte auffielen. Diese Punktreihen waren im Abstand von etwa anderthalb Metern zueinander angeordnet, und es schien auf den ersten Blick, als gehörten sie zum Dekor der Velourstapete. Bryson stand im Eingang der Halle und rührte sich nicht vom Fleck. Vom Boden hatten die Punktreihen einen Abstand von knapp 50 Zentimetern, und sie endeten in einer Höhe von rund zwei Metern. Er ahnte, was es damit auf sich hatte, und um sicher zu gehen, setzte er das Monokular vors Auge.

Jetzt konnte er die vielen dünnen Lichtspuren erkennen, die sich über- und hintereinander quer durch den Raum zogen. Was wie harmlose grüne Fäden aussah, waren, wie er wusste, Laserstrahlen im Infrarotspektrum, die, für das Auge unsichtbar, von einer Lichtquelle ausgesandt wurden und in der gegenüberliegenden Wand auf eine Fotozelle trafen. Falls ein Unbefugter in diese Lichtschranke geriet, würde Alarm ausgelöst werden. Dass dieses Sicherungssystem einen halben Meter über dem Boden aussparte, lag wohl, wie sich Bryson erklärte, an den frei herumlaufenden Haustieren.

Es gab nur eine Möglichkeit, den Raum zu durchqueren: Er setzte die Kopfhalterung auf, befestigte das Monokular daran, legte sich flach auf den Rücken und rutschte, indem er sich mit den Füßen immer wieder abdrückte, mit dem Kopf voran über den Boden. Dabei achtete er sehr genau und konzentriert darauf, nicht in die Nähe der Laserstrahlen zu geraten. Zum Glück erleichterte der glatte Nomex-Overall das Rutschen, weil er dem Parkettbelag nur wenig Widerstand bot. Die Videoüberwachung war zwar außer Kraft gesetzt, doch alle anderen Alarmanlagen funktionierten noch. Und überhaupt ging die größte Gefahr nicht von irgendwelchen Alarmsystemen aus, sondern von den Sicherheitskräften. Was schon zweimal passiert war, konnte sich jederzeit wiederholen – dass nämlich plötzlich ein Wachposten um die Ecke gebogen kam.

Bryson glitt unter dem vierten, dann dem fünften Laserstrahl hinweg. Und schließlich hatte er auch den letzten hinter sich gelassen, ohne Alarm ausgelöst zu haben. Immer noch auf dem Rücken liegend, legte er eine kleine Verschnaufpause ein und sah sich nach allen Seiten hin um. Als er sich davon überzeugt hatte, dass niemand in der Nähe war, stand er vorsichtig vom Boden auf. Bis zur Überwachungszentrale war es nicht mehr weit. Elena würde ihm den Weg weisen können.

Er drückte die Sprechtaste. »Ich hab's bis ans Ende der Galerie geschafft«, flüsterte er. »Wie geht's weiter?«

Keine Antwort. Er wiederholte die Frage und hob dabei ein wenig die Stimme.

Immer noch keine Antwort. Nur statisches Knacken.

»Elena, sag doch was.«

Nichts.

»Elena, melde dich. Du musst mich führen.«

Stille.

»Verdammt noch mal, so melde dich doch!«

Himmel! War die Funkverbindung gestört? Er versuchte es ein ums andere Mal – vergeblich. Oder war hier irgendwo eine Störquelle installiert, die den Empfang oder das Senden von Funksignalen durchkreuzte? Aber die Hausangestellten verständigten sich schließlich auch über Funk. Es war kaum möglich, alle möglichen Radiofrequenzen zu stören bis auf die eine, die man selbst nutzte.

Warum also antwortete sie nicht?

Er versuchte es noch einmal und noch einmal. Die Antwort blieb aus.

Elena meldete sich nicht.

Was war da passiert? Mit einer solchen Situation hatte er nicht gerechnet.

Bryson spürte, wie ihn kalter Schrecken packte.

Aber er durfte jetzt nicht aufgeben und auch keine Zeit damit verlieren, dass er sich Sorgen machte und rätselte, warum der Funkkontakt zu Elena abgebrochen war. Er musste weiter.

Die Küche konnte er auch ohne ihre Anweisungen finden. Der Duft der Horsd'œuvres war schon von weitem zu riechen. Ein Bediensteter in schwarzer Hose und weißem, langärmeligem Hemd ging am anderen Ende des

Flurs durch eine doppelflügelige Schwingtür. Er verschwand mit einem großen, leeren Silbertablett in der Küche. Bryson wich zurück in die Galerie, wohlweislich aber nicht so weit, dass er Alarm auslöste. Bis zur nächsten Lichtschranke blieb ihm noch genügend Spielraum. Schnell zog er seine Kombiweste und den schwarzen Overall aus. Einer wasserdichten Plastikhülle, die in der Weste steckte, entnahm er daraufhin eine schwarze Hose und ein weißes Hemd, beides akkurat gefaltet. Nachdem er die Kleidung gewechselt hatte, tauschte er auch noch die Stiefel gegen schwarze Halbschuhe mit Gummisohle ein.

Er spähte in den Flur, der zur Küche führte, hörte Gelächter, flapsige Wortwechsel und das Klappern von Töpfen und Geschirr. Er wartete, bis die Schwingtür wieder aufging. Aus der Küche kam derselbe Kellner, der vor wenigen Minuten darin verschwunden war. Jetzt trug er ein mit Appetithappen gefülltes Tablett vor sich her.

Leise trat Bryson in den Gang hinaus und schlich an den Kellner heran. Mit ihm würde er leichtes Spiel haben, doch er musste leise sein, durfte keine Aufmerksamkeit erregen. Als er sich dem Mann bis auf wenige Schritte genähert hatte, griff er ihn hinterrücks an, zwang ihn, die Hand auf den Mund gepresst, zu Boden und schnappte sich gleichzeitig das Tablett. Der Kellner versuchte zu schreien, was ihm wegen Brysons Hand aber nicht gelang. Bryson setzte das Tablett auf dem Boden ab und quetschte den Trigeminuspunkt am Unterkiefer des Kellners, woraufhin dieser bewusstlos in sich zusammensackte.

Schnell schleifte Bryson den Mann in die Galerie, platzierte ihn in sitzender Haltung vor der Wand, faltete ihm die Hände und senkte den Kopf auf die Brust, so dass es den Anschein hatte, als würde er ein Nickerchen machen. Dann eilte er in den Gang zurück und nahm das Tablett vom Boden auf.

Schnell, schnell, trieb er sich selbst zur Eile an. Jeden Moment konnte ein anderer Bediensteter aufkreuzen, ihn entdecken und als Eindringling überführen. Er wusste, dass die Überwachungszentrale ganz in der Nähe sein musste. Aber wo?

Er bog in einen anderen Gang ein; die Tür an seinem Ende öffnete sich automatisch. Nein, auf diesem Weg gelangte man in den Speisesaal, der heute Abend leer blieb. Er machte kehrt, ging zur Küche zurück und schlug dann die Richtung ein, aus der der Kellner anfangs mit leerem Tablett gekommen war. Wiederum öffnete sich eine automatische Schiebetür. Er blickte in einen Flur, der allem Anschein nach in die große Empfangshalle führte. Auf halber Strecke zweigte ein anderer Gang nach rechts ab. Vielleicht hatte er dort Glück. Er schlug diesen Weg ein und erreichte nach etwa 50 Schritten eine Tür mit der Aufschrift:

Sicherheitsdienst
Unbefugten Zutritt verboten

Er blieb stehen, holte tief Luft, um sich zu beruhigen, und klopfte an die Tür.

Keine Reaktion. Neben dem Türrahmen bemerkte er einen kleinen Klingelknopf, den er spontan drückte.

Nach etwa zehn Sekunden – er wollte gerade ein zweites Mal drücken – schnarrte aus einem Lautsprecher in der Wand eine Stimme, die fragte: »Ja? Was ist?«

»Hi, ich habe Ihr Abendessen hier«, antwortete Bryson.

Nach einer Pause: »Wir haben keins bestellt.«

»Na schön. Wenn Sie nicht wollen. Kein Problem. Mr. Manning meinte nur, dass wir seine Sicherheitskräfte gut versorgen sollen. Ich sag ihm dann, dass Sie keinen Hunger haben.«

Die Tür flog auf. Vor ihm stand ein gedrungener Mann in dunkelblauer Jacke; das braun gefärbte Haar hatte einen unschönen Stich ins Gelbrote. Auf der Plakette an seinem Revers stand der Name Ramsey. »Geben Sie schon her«, sagte er und langte nach dem Tablett.

»Tut mir Leid, ich brauche das Tablett zurück. Bei all den Leuten da draußen wird uns das Serviergeschirr knapp. Lassen Sie nur, ich trag Ihnen auf.« Bryson rückte vor. Ramseys Misstrauen schien sich ein wenig gelegt zu haben, und er ließ ihn passieren.

Bryson sah sich in dem Raum um, der auf kreisrunder Grundfläche aus lauter Bildschirmen aufgebaut zu sein schien und auch ansonsten jede Menge Hightech-Geräte enthielt. Mit demjenigen, der die Tür aufgemacht hatte, und einem zweiten Mann war die Station voll besetzt.

»Wir hätten geräucherte Entenbrust zu bieten, Kaviar, Gougere, Lachs, Schweinemedaillons ... Wo kann ich das Tablett mal kurz absetzen? Hier scheint ja alles voll zu stehen.«

»Stellen Sie's da drauf«, sagte der Mann namens Ramsey und konzentrierte sich wieder auf die Monitore. Bryson setzte das Tablett auf einer Konsole ab und langte dann unter den linken Ärmel, scheinbar um sich zu kratzen. Blitzschnell zog er die Bolzenpistole und streckte die beiden Wachposten mit zwei gezielten Schüssen nieder. Das injizierte Betäubungsmittel würde sie für mehrere Stunden außer Gefecht setzen.

Gleich darauf eilte er an die Tastaturen, über die sich die Bilder auf den Monitoren steuern ließen: vergrößern, verkleinern, verschieben und so weiter. Auf einem der Schirme erkannte er die Empfangshalle.

Dort fand das Bankett statt, bei dem sich die Mitglieder der Prometheus-Gruppe am Vorabend der geplanten Machtübernahme trafen.

Wessen Macht sollte eigentlich auf wen übergehen?

Bryson tippte auf der Tastatur herum und wusste bald, mit welchen Funktionen die einzelnen Tasten belegt waren. Schnell fand er auch heraus, dass sich die Überwachungskameras mittels einer Maus horizontal und vertikal bewegen ließen. Und per Klick wurde das Zoomobjektiv in Gang gesetzt.

Die Empfangshalle war immens groß, über drei Etagen hoch, umringt von mehreren Balkonen. Über hundert Gäste verteilten sich auf Dutzende weiß eingedeckter Tafeln, die prachtvoll mit Blumengestecken und Kristall dekoriert waren.

An dem einen Ende der Halle stand eine mächtige Skulptur aus leuchtend vergoldeter Bronze, die in doppelter Lebensgröße Jeanne d'Arc mit gezogenem Schwert auf ihrem Pferd darstellte, in dem Moment, da sie ihre Landleute in die Schlacht von Orléans führte. Sonderbar, aber irgendwie passend für einen Menschen wie Gregson Manning.

Am anderen Ende sah er hinter einem schlanken, schlichten Rednerpult den Gastgeber persönlich stehen. Er trug einen eleganten schwarzen Anzug und hatte die Haare zurückgekämmt. Der Eifer, mit dem er redete, wurde auch ohne Ton deutlich, vor allem an den Händen und der Art, wie er damit den Rand des Pultes umklammerte. Überaus beeindruckend war die Wand in seinem Rücken, die aus 24 riesengroßen Videobildschirmen bestand, wovon jeder ein Bild des Redners Manning in Echtzeit wiedergab: eine egomanische Selbstinszenierung, wie sie zu einem Hitler oder Mussolini gepasst hätte.

Bryson schwenkte die Kamera und zoomte das Publikum näher heran. Und was er sah, verblüffte ihn über alle Maßen.

Er kannte bei weitem nicht alle, aber viele von denen, die er kannte, waren weltweit angesehene Persönlichkeiten.

Da war der Chef des FBI.

Der Sprecher des Repräsentantenhauses.

Der Vorsitzende des Generalstabes.

Mehrere amtierende US-Senatoren.

Der Generalsekretär der Vereinten Nationen, ein wegen seiner Höflichkeit und Besonnenheit hoch geschätzter Ghanaer.

Der Chef des britischen MI-6.

Der Direktor des Internationalen Währungsfonds.

Das demokratisch gewählte Oberhaupt von Nigeria. Die obersten Militärs und Geheimdienstler aus etlichen Dritte-Welt-Ländern, unter anderem aus Argentinien und der Türkei.

Bryson starrte und staunte.

Die Bosse einiger multinationaler Technologieunternehmen, von denen Bryson manche vom Sehen kannte. Sie alle –

schwarz befrackt und in Begleitung von Frauen in förmlicher Abendgarderobe – lauschten andächtig den Worten des Gastgebers.

Jacques Arnaud.

Anatoli Prischnikow.

Und … Richard Lanchester.

»Mein Gott …!«, platzte es aus ihm heraus.

Er fand den Lautstärkeregler und drehte ihn auf.

Mannings Stimme tönte samtweich durch die Lautsprecher.

»… eine Revolution der globalen Observation. Ich freue mich auch, Ihnen ankündigen zu können, dass die von Systematix entwickelte Software zur Gesichtserkennung schon bald weltweit zum Einsatz kommen wird. Dank der bereits genutzten CCTV-Technik sind wir nunmehr in der Lage, größere Menschenansammlungen zu scannen und einzelne Gesichter mit dem Inhalt einer *internationalen* Datenbank abzugleichen. All dies ist nur möglich geworden, weil wir zu kooperieren gelernt haben und an einem Strang ziehen – wir, das sind die Repräsentanten von inzwischen bereits 47 Nationen, und unser Kreis wird täglich größer.«

Manning hob die Hände, als wolle er die Anwesenden segnen.

»Lassen sich so auch Fahrzeuge observieren?« Der Fragesteller war ein dunkelhäutiger Mann mit afrikanischem Akzent.

»Danke für den Hinweis, Mr. Obutu«, antwortete Manning. »Mit Hilfe unserer neuralen Netzwerk-Technologie ist es uns tatsächlich auch möglich, Fahrzeuge im fließenden Verkehr zu erkennen und ihnen kreuz und quer durch eine Stadt, durch ein Land zu folgen. Die so gewonnenen Informationen lassen sich speichern und diversen Verwertungszwecken zuführen. Sie sehen, es ist nicht nur so, dass wir das Netz erweitern; wir verkleinern auch seine Maschen.«

Es wurde noch eine Frage gestellt, die Bryson aber nicht verstehen konnte.

Manning lächelte. »Ich bin sicher, mein lieber Freund Rupert Smith-Davies vom MI-6 wird mir voll und ganz Recht geben, wenn ich sage, dass es mit den rechtlichen Behinderungen der NSA und des GCHQ ein für alle Mal vorbei sein muss. Es ist doch einfach lächerlich, dass man in Großbritannien zwar Amerikaner observieren darf, aber keine Briten. Und hierzulande verhält es sich genauso, nur unter anderen Vorzeichen. Leider ist unser CIA-Koordinator Harry Dunne erkrankt und darum nicht unter uns. Er könnte uns auf seine unnachahmliche Art die eine oder andere Anekdote erzählen, die schlaglichtartig deutlich macht, wie unsinnig viele dieser rechtlichen Verordnungen sind.«

Alles lachte.

Eine Frau mit russischem Akzent meldete sich zu Wort. »Wann wird die Internationale Sicherheitsbehörde ihre Arbeit aufnehmen?«

Manning warf einen Blick auf die Armbanduhr. »Sobald das Abkommen in Kraft tritt, also in etwa 13 Stunden. Unser geschätzter Richard Lanchester wird ihr erster Direktor sein und damit oberster Hüter über die Sicherheit der ganzen Welt. Dann, meine Freunde, werden wir alle Zeugen einer neuen Weltordnung, und wir können stolz darauf sein, daran mitgearbeitet zu haben. Die Welt wird frei sein von Drogenhändlern, Terroristen und Gewaltverbrechern. Die öffentliche Sicherheit muss nicht länger zurückstehen hinter den so genannten Persönlichkeitsrechten von Kinderpornografen, Päderasten und Kidnappern.«

Stürmischer Beifall.

»Wir werden nicht mehr in Sorge davor leben müssen, dass es zu weiteren Bombenanschlägen in Oklahoma City, auf das World Trade Center oder auf Passagierflugzeuge kommt. Vorbei sind die Zeiten, da wir die Regierung anflehen mussten, dass wir doch bitte schön die Telefonanschlüsse von Kidnappern, Terroristen und Drogenbaronen anzapfen dürfen. Denen, die sich in ihren Freiheitsrechten beeinträchtigt sehen, werden wir sagen: Wer sich nichts zu Schulden kommen lässt, hat auch nichts zu befürchten.«

Bryson merkte nicht, dass sich die Tür zur Überwachungszentrale öffnete. Plötzlich hörte er eine vertraute Stimme.

»Nicky.«

Er wirbelte herum. »Ted! Was machst du denn hier?«

»Das sollte ich dich fragen, Nicky. Es kommt doch immer wieder anders, als man denkt, nicht wahr?«

Bryson registrierte Wallers Aufmachung, den schwarzen Frack, den schwarzen Binder.

Ted Waller war Gast.

Dreiunddreißigstes Kapitel

Du … du bist einer von denen!«, flüsterte Bryson.

»Ach, Nick, komm mir nicht mit altem Lagerdenken. Wir sind hier nicht auf dem Schulhof, wo Grün gegen Rot antritt.«

»Du Schwein!«

»Habe ich dir nicht oft genug Vorträge darüber gehalten, wie wichtig es ist, dass man seine strategischen Allianzen immer wieder neu auf den Prüfstand hebt? Und hast du nicht von mir gelernt, dass eben solche Begriffe wie Verbündete, Gegner und so weiter am Ende ohne Bedeutung sind? Das müsstest du doch inzwischen aus eigener Erfahrung bestätigen können.«

»Was machst du hier? Wir haben gegen diesen Haufen gekämpft, wir alle, jahrelang …«

»Das Direktorat ist zerstört. Das weißt du; du hast gesehen, wie es passiert ist.«

»Hast du uns die ganze Zeit zum Narren gehalten?« Bryson konnte kaum mehr an sich halten.

»Nicky, Nicky. Prometheus ist jetzt unsere beste Chance, versteh doch …«

»Unsere beste *Chance*?«

»Liegen unsere Ziele denn wirklich so weit auseinander? Das Direktorat war ein Traum, ein angenehmer Traum, den wir ein paar Jahre lang allen Widrigkeiten zum Trotz haben realisieren dürfen. Das war ein Glück. Wir haben viel für Frieden und Stabilität in der Welt getan. Aber erinnere dich, ich habe immer schon gesagt: Das Beutetier überlebt nur, wenn es selbst zum Jäger wird.«

»Mir scheint, du hast nicht erst in letzter Minute die Seiten gewechselt«, sagte Bryson mit gedeckter Stimme. »Du bist schon vor Jahren umgeschwenkt.«

»Ich bin schon lange Freund und Förderer neuer Möglichkeiten.«

»Förderer … Augenblick mal. Das Kapital, das damals von dieser Bank im Ausland verschwunden ist, die Milliarden Dollar – du warst nie an der Anhäufung von Schätzen interessiert. Jetzt verstehe ich. Du gehörst mit zu denen, die Prometheus ins Leben gerufen haben.«

»Starthilfe nennt man das wohl. Vor 16 Jahren war Manning noch etwas überfordert, und das Projekt brauchte unbedingt einen finanziellen Anschub. Wenn man so will, bin ich einer der Hauptaktionäre.«

Bryson fühlte sich wie in den Bauch getreten. »Aber ich verstehe dich nicht. Prometheus war doch auch dein Feind …«

»Der Tüchtigste setzt sich durch, mein Lieber. Hast du in ein und demselben Rennen noch nie auf zwei Pferde gleichzeitig gesetzt? Wer Erfolg haben will, hält sich alle Optionen offen. Mit dem Ende des Kalten Krieges hat das Direktorat sein eigentliches Aufgabengebiet verloren. Ich habe mich umgesehen, meine Möglichkeiten geprüft und festgestellt, dass das herkömmliche Spionagegeschäft keine Zukunft mehr hat. Ganz anders das Projekt Prometheus.«

»Du hängst dein Fähnchen in den Wind. Es scheint dir völlig egal zu sein, wofür Prometheus steht.«

»Manning ist einer der brillantesten Köpfe, denen ich je begegnet bin. Seine Ideen und Visionen haben einiges für sich. Ich fand sie jedenfalls durchaus unterstützungswürdig.«

»Opportunist! Du wolltest auf Nummer Sicher gehen.«

»Man kann es auch freundlicher formulieren. Ich gehe den Mittelweg, denn der ist der einzig vernünftige. Nick, ich habe dir immer wieder gepredigt: Spionage ist kein Mannschaftssport. Der Satz hätte dir eine Lehre sein können; intelligent genug bist du ja.«

»Wo ist Elena?«, fragte Bryson.

»Sie ist wirklich ein cleveres Mädchen, Nick. Aber offenbar hat sie nicht damit gerechnet, erwischt zu werden.«

»Wo ist sie?«

»Mannings Leute halten sie irgendwo in Gewahrsam. Mir wurde versichert, dass man sie mit dem Respekt behandelt, der ihr gebührt. Nick, ich muss dich jetzt unumwunden fragen: Willst du bei uns mitmachen? Siehst du ein, dass die Zukunft bei uns liegt?«

Bryson zog seine Pistole und zielte auf Waller. Sein Herz raste. *Warum zwingst du mich dazu?*, fragte er verzweifelt im Stillen. *Warum, verdammt noch mal?*

Waller zuckte nicht einmal mit der Wimper. »Das soll wohl deine Antwort sein, verstehe. Eine andere wäre mir sehr viel lieber gewesen.«

Die Tür flog auf, und ein etwa zehn Mann starker Trupp stürmte den Raum mit schussbereiten Waffen. Durch einen gut getarnten Einlass auf der anderen Seite drangen weitere von Mannings Sicherheitskräften ein. Bryson wirbelte herum und wurde im selben Moment von hinten gepackt. Er spürte eine kalte Pistolenmündung am Hinterkopf und dann noch eine an der rechten Schläfe. Als er sich wieder zur anderen Seite hin umdrehte – sehr viel langsamer diesmal – war Waller verschwunden.

»Hände hoch«, kommandierte eine Stimme. »An eine schnelle Bewegung sollten Sie lieber nicht einmal denken. Und noch ein kleiner Hinweis: Einem von uns die Pistole zu entreißen hat keinen Zweck. Sie sind ein intelligenter Bursche und wissen bestimmt, was es mit intelligenten Waffen auf sich hat.«

Smart-Guns, elektronische Pistolen, entwickelt von Colt, Sandia und einigen europäischen Herstellern. Einmal abgedrückt, und es krachte gleich dreimal.

»Hände hoch! Aber ein bisschen dalli!«

Bryson gehorchte. Er hatte keine Chance, und auch keine Hoffnung mehr, Elena helfen zu können. Ingenieure der Waffentechnik hatten auf Wunsch der Polizei Pistolen entwickelt, die nicht mehr in falsche Hände geraten und von einer anderen als der jeweils befugten Person abgefeuert werden konnten. Dafür sorgten Sensoren am Abzug, die auf eine bestimmte Person programmiert waren.

Man führte ihn aus der Überwachungszentrale hinaus und durch einen kurzen Korridor. Während andere ihn mit aufgesetzten Pistolen in Schach hielten, machte sich einer der Wachposten daran, ihn zu filzen. Er fand die 45er und steckte sie unverhohlen triumphierend ein. Bryson war jetzt völlig entwaffnet, abgesehen von seinen Händen, seinen Instinkten und der Erfahrung, mit denen er aber gegen diese überwältigende Artillerie nicht ankommen konnte.

Aber warum hatte man ihn noch nicht umgebracht? Worauf warteten sie noch?

Er wurde durch eine offene Tür gestoßen und gelangte in einen lang gezogenen Raum, der ähnlich proportioniert war wie die Gemäldegalerie. Das Licht war auf ein Minimum reduziert, doch er sah sich von Regalen umgeben, die bis unter die rund sechs Meter hohe Decke reichten und voll von wertvollen, in braunes Leder gebundenen Folianten standen. Es handelte sich um eine prächtige Bibliothek, wie man sie von englischen Herrenhäusern her kannte. Der Boden war mit Parkett ausgelegt.

Seine Bewacher hatten sich zurückgezogen. Er war allein und musste mit dem Schlimmsten rechnen.

Plötzlich löste sich die Bibliothek auf; die Regale und Bücher verblassten und verwandelten sich in ein silbriges Grau. Wie die Porträtgalerie war die Bibliothek nur eine Illusion, ein digitales Phantasma. Er trat näher und berührte die graue Wand, die rau wie Schmirgelpapier war. Da flackerte es erneut auf, und ein unglaublicher Bilderbogen präsentierte sich an der Wand.

Entsetzt starrte er auf Fotos von sich selbst. Film- und Videosequenzen.

Wie er mit Elena über den Strand schlendert. Mit ihr im Bett. Unter der Dusche, beim Rasieren, pinkelnd.

Im Streit mit Elena. Wie er sie küsst. Verärgert in Ted Wallers Büro.

Mit ihr zusammen auf dem Rücken eines Pferdes.

Mit Layla im Laderaum der *Spanish Armada* auf der Flucht vor Calacanis' Killern. Versteckt in der alten Kirche in Santiago de Compostela. Beim Durchsuchen von Jacques Arnauds Privatbüro. Mit Lanchester. An der Seite von Tarnapolski in Moskau. Rennend.

Im Gespräch mit Harry Dunne.

Szene um Szene – Aufnahmen von Überwachungskameras, aus der Ferne, von nahem, und jedes Mal seine Person als Gegenstand der Beobachtung. Szenen aus seinem Leben, Mitschnitte intimster Momente, geheimster Einsätze. Nichts, kein Augenblick aus den vergangenen zehn Jahren, der nicht gefilmt worden wäre. Kaleidoskopisch flackernd stürzte diese erschreckende Bilderflut auf ihn ein.

Sogar sein Einstieg durch den Belüftungsschacht in die Tiefgarage war zu sehen. Man hatte ihn dabei beobachtet und von Anfang an gewusst, dass er im Haus war.

Bryson fühlte sich wie betäubt. Ihm schwirrte der Kopf. Er glaubte, die Besinnung verlieren zu müssen. Zu erfahren, dass man ihn dermaßen missbraucht und vergewaltigt hatte, drehte ihm den Magen um. Die Knie wurden ihm weich; er sank zu Boden und übergab sich; er würgte und würgte noch, als sein Magen schon längst leer war.

Es war alles gestellt. Man hatte gewusst, dass er kommen würde, und ihn die ganze Zeit über beobachtet.

»Sie erinnern sich vielleicht: Prometheus hat den Göttern das Feuer geraubt und es den unterdrückten Menschen zum Geschenk gemacht«, sagte eine sanfte, tröstende Stimme, verstärkt über versteckte Lautsprecher.

Bryson blickte auf. Am anderen Ende des Raumes stand in einer marmornen Nische Gregson Manning.

»Es heißt, Sie seien ein hervorragender Sprachwissenschaftler. Wenn dem so ist, werden sie die Etymologie des Namens Prometheus wahrscheinlich kennen. Aus dem Griechischen übersetzt, bedeutet er ›Vorbedacht‹. Ein solcher Name passt, wie wir meinen, auch zu uns. Der klassischen Sage nach hat Prometheus der Menschheit die Zivilisation geschenkt; das Geschenk des Feuers symbolisiert Erleuchtung, Einsicht, Wissen. Die Möglichkeit zu erkennen, was im Schatten verborgen liegt. Prometheus, dieser Titan, hat vorsätzlich göttliches Recht gebrochen, als er das Himmelsfeuer auf die Erde geholt und den Sterblichen damit umzugehen beigebracht hat. Das war Verrat, der den Göttern ihre Überlegenheit gegenüber den Menschen streitig machte. Aber diesem Verrat verdanken wir unsere Zivilisation. Und es ist unsere Aufgabe, ihren Fortbestand zu sichern.«

Bryson ging ein paar Schritte auf Manning zu. »Und was stellen Sie sich vor?«, fragte er. »Wollen Sie eine Art Stasi im Weltformat?«

»Stasi?«, entgegnete Manning ärgerlich. »Mir schwebt wahrhaftig nicht vor, die eine Hälfte der Menschheit von der anderen bespitzeln zu lassen, mit dem Ergebnis, dass keiner keinem mehr trauen kann.«

»Ach ja?« Bryson rückte noch ein Stück an die Marmornische heran. »Zugegeben, die Technologie der DDR war ja auch vorsintflutlich, nicht wahr? Da sind Sie sehr viel besser dran. Ihnen stehen Supercomputer und winzige Glasfaserobjektive zur Verfügung. Sie haben die Möglichkeiten, alle Menschen einzeln unters Mikroskop zu legen. Darum geht's Ihnen doch, Ihnen und Ihren Kumpanen da draußen, darum, dass dieser Albtraum Wirklichkeit wird. Das Abkommen für Überwachung und Sicherheit ist im Grunde nur Tarnung für Ihre eigentlichen Pläne der globalen Kontrolle, gegen die sich Big Brother geradezu freundlich ausmacht.«

»Ich bitte Sie, Mr. Bryson. Solange unsere Kinder noch an den Nikolaus glauben, sagen wir ihnen: ›Er *weiß*, ob ihr lieb oder unartig gewesen seid. Darum seht euch vor.‹ Ob es Ihnen gefällt oder nicht, damit es auf der Welt halbwegs moralisch zugeht, muss es eine Instanz geben, die über alles Bescheid weiß. Ein allgegenwärtiges Auge. Wohlverhalten und Transparenz gehen Hand in Hand. Wenn alles sichtbar gemacht wird, verschwindet das Verbrechen. Terrorismus hat dann keine Chance mehr. Dann ist es endgültig vorbei mit Vergewaltigung, Mord, Kindesmisshandlung. Genozid, Krieg – all das gehört dann der Vergangenheit an. Natürlich auch die Unsicherheit in unseren Städten und die Angst der Menschen, überfallen zu werden. Viele trauen sich doch nicht mehr raus auf die Straße – sie brauchen sich nicht länger zu fürchten und können so leben, wie sie leben möchten.«

»Und wer passt auf?«

»Der Computer. Ein riesiger, weltumspannender Verbund von Rechnern. Der Globus wird umflochten sein von evolutionären Algorithmen und neuralen Netzwerken. So etwas hat es noch nie gegeben.«

»Und im Zentrum steht der Despot und Voyeur Gregson Manning, der eine Unzahl von virtuellen Spannern orchestriert.«

Manning schmunzelte. »Haben Sie schon einmal vom Volk der Igbo aus dem Osten Nigerias gehört? Obwohl ringsum Chaos und Korruption herrschen, leben sie selbst in Freiheit. Warum? Weil sie ihrer Tradition gemäß sehr viel Wert auf Transparenz legen. Sie meinen, dass es an einer anständigen Person nichts gibt, was sie vor anderen verheimlichen müsste. Alles, was sie tun, geschieht vor Zeugen. Sie verabscheuen jede Form von Geheimniskrämerei und Zurückgezogenheit. Ihr Ideal absoluter Transparenz ist so weit entwickelt, dass, sobald auch nur ein Funken von Misstrauen auftaucht, ein Ritual namens *Igbandu* abgehalten wird, wobei diejenigen, die einander misstrauen, das Blut des jeweils anderen trinken müssen. Zugegeben, ein ziemlich umständliches Regime, was die Logistik betrifft. Das Netzwerk von Prometheus dagegen erzielt ähnliche Resultate mit ganz und gar unblutigen Methoden.«

»Papperlapapp!«, blaffte Bryson und rückte noch ein paar Schritte weiter vor. »Das sind exotische Geschichten, die von unseren Verhältnissen himmelweit entfernt sind.«

»Seit zehn Jahren ist die Verbrechensrate in den Vereinigten Staaten, vor allem in größeren Städten, deutlich rückläufig. Wissen Sie, woran das liegt?«

»Was weiß ich?«, entgegnete Bryson. »Aber Sie werden bestimmt Ihre Theorie haben.«

»Keine Theorie. Das Produzieren von Theorien, die sich dann immer wieder als falsch erweisen, überlasse ich unseren Sozialwissenschaftlern. Nein, ich habe nicht bloß eine Theorie, sondern Gewissheit.«

»Soll das etwa heißen ...« Bryson stockte.

Manning nickte. »Wir haben eine Pilotstudie durchgeführt. Zu dem Zeitpunkt waren unsere Möglichkeiten der Überwachung allerdings noch sehr begrenzt. Nun ja, man fängt immer klein an, nicht wahr?« In einem etwa drei Quadratmeter großen Ausschnitt der Wand zu seiner Linken leuchtete plötzlich der Stadtplan von Manhattan auf. Das Straßennetz war mit kleinen blauen Punkten besprenkelt. »Das sind unsere versteckt installierten Überwachungskameras«, fuhr Mannung fort und deutete auf die Punkte. »Anfangs haben wir der Polizei nur anonyme Tipps gegeben. Die Aufklärungsrate bei der Ermittlung von Straftaten stieg auf wundersame Weise an. Seit langer Zeit hat es endlich wieder einmal den Anschein, dass sich Verbrechen tatsächlich nicht auszahlt. Die Polizei brüstet sich mit angeblich neuen Methoden, Kriminologen finden irgendwelche anderen Erklärungen, aber niemand spricht von den Kameras, die alles aufzeichnen, und von unserer Überwachungsinitiative. Niemand spricht davon, dass die von Kriminellen bedrohten Straßenzüge und dunklen Gassen nunmehr veritable Panoptiken sind. Keiner spricht von unserem Pilotprojekt, weil es niemand *wahr haben will.* Begreifen Sie allmählich, was wir für die Menschheit zu tun im Stande sind? Für den armen *homo sapiens*? Zuerst musste er Jahrtausende unter denkbar schlechten Verhältnissen ums schiere Überleben kämpfen, und kaum hatte ihm die Aufklärung ein bisschen Hoffnung gebracht, kamen mit der Industrialisierung und Urbanisierung eine Fülle an neuen sozialen Schwierigkeiten auf ihn zu. Die Kriminalität nahm in einem bislang nie geahnten Ausmaß zu. Ganz zu schweigen von zwei Weltkriegen und scheußlichen Verbrechen wider die Menschlichkeit. Und wenn sich keine feindlichen Armeen gegenüberstehen, führen innerstädtische Banden Krieg miteinander. Wollen wir unter solchen Voraussetzungen leben? Wollen wir so sterben? Die Mitglieder der Prometheus-Gruppe rekrutieren sich aus aller Herren Länder und aus unterschiedlichen Schichten, aber allen gemein ist die Überzeugung, dass es nichts Wichtigeres gibt als Sicherheit.«

Bryson bewegte sich noch ein paar Schritte auf Manning zu. »Und das ist Ihre Vorstellung von Freiheit?« *Ich muss ihn am Reden halten.*

»Wirkliche Freiheit ist immer Freiheit *von* etwas. Wir wollen eine Welt schaffen, deren Bürger frei von der Angst vor Gewalt leben können. Das, Mr. Bryson, ist wahre Freiheit. Wenn alle wissen, dass ihnen auf die Finger geschaut wird, zeigen sich die Menschen von ihrer besten Seite.«

Noch zwei, drei Schritte näher, ganz en passant. Und am Reden halten. »Und auf die Privatsphäre kann gepfiffen werden«, sagte Bryson, der jetzt keine fünf Meter mehr von Manning entfernt war. Er warf einen Blick auf die Uhr.

»Unser Problem ist, dass wir ein Zuviel an Privatsphäre haben. Sie ist ein Luxus, den wir uns nicht länger erlauben können. Dank Systematix verfügen wir jetzt allerdings über ein weltweites, ungemein potentes Überwachungssystem aus Satelliten und unzähligen Videokameras. In Kürze wird es übrigens auch implantierbare Chips geben.«

»Aber nichts von alledem macht Ihre Tochter wieder lebendig«, sagte Bryson leise.

Mannings Gesicht lief rot an. Die Bilder an den Wänden verloschen. Es wurde dunkel wie in einer Grabkammer. »Davon haben Sie keine Ahnung«, zischte Manning.

»Nein«, bestätigte Bryson. Urplötzlich fiel er mit erhobenen Armen über Manning her, in der Absicht, ihm an die Kehle zu springen, ihn zu würgen. Doch er griff ins Leere, stürzte in die marmorne Nische und schlug mit dem Kinn auf. Benommen raffte er sich auf, suchte nach Manning und entdeckte in den Wänden der Nische eine Fülle von Laserdioden. Er hatte nicht den echten Manning gesehen, sondern seine holografische Projektion, täuschend echt erzeugt von Laserstrahlen, die sich an mikroskopisch kleinen Teilchen in der Luft brechen und so Bilder entstehen lassen.

Eine Illusion, eine Schimäre. Ein *Phantom*.

Bryson hörte, wie jemand im hinteren Teil des Raumes begann, in die Hände zu klatschen. Es war Manning, der, von Bodyguards umringt, applaudierend näher kam.

»Tja, wenn Sie nicht anders wollen«, sagte er schmunzelnd. Und an seine Wachen gewandt: »Festnehmen!«

Mit gezogenen Smart-Guns eilten die Männer auf Bryson zu. Er wehrte sich, doch sie hielten ihn an Armen und Beinen gepackt.

Manning hatte schon wieder kehrtgemacht, blieb aber in der Tür stehen und drehte sich noch einmal um. »Die meisten Männer und Frauen Ihrer Branche sterben auf schmachvolle Weise, mit einer Kugel im Kopf, abgefeuert aus dem Hinterhalt, oder in Folge eines arrangierten Unfalls. Es wird niemanden überraschen, wenn Sie und Ihre Frau bei dem törichten Versuch ums Leben kommen, einen Mordanschlag auf hochrangige Persönlichkeiten auszuüben. Was Sie zu diesem Versuch bewegt hat, wird leider nie aufgeklärt werden können. Aber auch das kann nicht verwundern, denn Leute wie Sie sind Schattenwesen und Heimlichtuer, die immer Geheimnisse mit ins Grab nehmen. Und jetzt entschuldigen Sie mich. Ich muss zu meinen Gästen zurück.« Manning verschwand.

Während er mit den Wachen rang, warf Bryson noch einen flüchtigen Blick auf die Uhr. Jetzt! Jetzt müsste es passiert sein. Oder hatte man auch den Lieferwagen entdeckt und weggeschleppt?

Smart-Guns wurden ihm an Stirn, Schläfe und Hinterkopf gesetzt. Er sah seine konfiszierte 45er im Halfter eines wenige Schritte abseits stehenden Wachpostens stecken.

Plötzlich gingen die Lichter aus, und es wurde vollkommen dunkel. Gleichzeitig konnte man mehrere Klicklaute hören. Die verriegelten Türen zur Bibliothek waren aufgesprungen.

Es hatte funktioniert!

Bryson sprang einen Schritt nach vorn und riss seine Pistole aus dem Halfter der Wache, worauf ihn ein Fausthieb zu Boden streckte. »Noch eine Bewegung, und das war's dann!«, brüllte einer der Männer.

»Schießen Sie doch«, rief Bryson. Er sah, wie sie die Waffen auf ihn richteten, wie sie abdrückten …

Und es tat sich nichts.

Die Waffen blieben stumm. Ihre elektronische Steuerung war unbrauchbar gemacht, lahm gelegt wie auch die gesamte elektronische Installation in Mannings Hightech-Villa.

Die Männer riefen irritiert durcheinander. Bryson gab mit seiner Pistole ein paar Warnschüsse in die Luft ab. Sie wichen zurück, alle zwölf Wachposten, mussten sie doch einsehen, dass sie ohne ihre Waffen machtlos waren.

Bryson lief durch die halb offen stehende Tür hinaus in den Flur.

Er musste Elena befreien. Aber wo steckte sie?

Und wie lange würde die Munition reichen?

Ein paar Wachen nahmen die Verfolgung auf. Er hielt sie mit mehreren Schüssen auf Abstand, rechnete sich dann aber aus, dass wohl nur noch eine Kugel in der Kammer steckte und eine weitere im Magazin. Stehen zu bleiben und nachzusehen kam nicht in Frage. Er musste so schnell wie möglich davonkommen. Die Korridore, durch die er rannte, schmückten normalerweise prächtige Gemälde, jetzt aber waren sie zu einem einheitlichen Silbergrau verblasst. Sämtliche Türen, an denen er vorbeieilte, standen halb offen.

Der Apparat des russischen Ingenieurs hatte ganze Arbeit geleistet. Sowjetische Wissenschaftler hatten diesen Kathodenoszillator Mitte der 80er Jahre zum Schutz vor amerikanischen Nuklearwaffen entwickelt. Die Atombomben der Sowjets waren sehr viel simpler gestrickt, das heißt ohne ausgeklügelte Elektronik, also weniger anfällig. Was die Ausrüstung mit so genannten Radiofrequenz-Waffen anging, waren sie darum den Amerikanern weit überlegen. Wenn er aktiviert wurde, sandte ein solcher Apparat einen starken elektromagnetischen Impuls von der Dauer einer Mikrosekunde aus, was ausreichte, um im Umkreis mehrerer hundert Meter sämtliche elektronischen Schaltkreise, Mikrochips und Prozessoren zu zerstören. Es kursierten Gerüchte, wonach eine solche Waffe schon von Terroristen eingesetzt worden sei, die damit etliche Verkehrsflugzeuge hatten abstürzen lassen.

Kraftfahrzeuge mit elektronischer Steuerung konnten nicht mehr gestartet werden, Smart-Guns gaben keinen einzigen Schuss mehr ab, und in Mannings Haus funktionierte fast gar nichts mehr.

Schlimmer noch, Tausende durchgeschmorter Platinen fingen Feuer, das sich rasch ausbreitete. Überall entwickelte sich ätzender Qualm – so wie damals, Ende der 80er Jahre, als, wie sich Bryson erinnerte, der KGB die US-Botschaft in Moskau mit dieser Waffe in Brand gesetzt hatte.

Aus der Empfangshalle waren Schreie zu hören. *Ob sie da ist?*, fragte er sich.

Er stieß die Türen zu dem Saal auf, in dem das Bankett abgehalten wurde, und fand sich auf einer Empore wieder. Unten in der Halle war Feuer ausgebrochen. Flammen leckten über die Wände. Aus allen Ecken und Enden quoll dicker Rauch. In Panik hasteten die Gäste auf die Ausgänge zu, zerrten vergeblich an den Türen und schrien durcheinander. Während im Haus alle Schlösser aufgesprungen waren, hatten sich aus irgendeinem Grund sämtliche Ausgänge der Empfangshalle automatisch verriegelt.

War Waller in der Menge? Manning?

Elena?

»*Elena!*«, brüllte er über den Tumult hinweg.

Keine Antwort.

Wäre sie da unten, hätte sie ihn bestimmt gehört.

»Elena!«, rief er noch einmal.

Nichts.

Er spürte eine kalte Stahlklinge an der Kehle und im selben Moment hörte er, wie ihm jemand mit heißem Atem etwas auf Arabisch ins Ohr flüsterte. Das lange Kampfmesser drückte gegen seinen Kehlkopf. Es war scharf wie eine Rasierklinge und schnitt in seine Haut. Der um eine Sekunde verzögert einsetzende Schmerz war heiß und kalt zugleich und versetzte seinen ganzen Körper in Aufruhr.

Wie auch die gehauchten Worte: »Lügen haben kurze Beine, Bryson.«

Abu.

»Ich hätte dich schon damals in Tunesien erledigen sollen, Verräter, du«, zischte der arabische Terrorist. »Aber zum Glück kann ich das ja jetzt nachholen.«

Bryson war starr vor Schrecken. »Wenn du mir mal kurz zuhören würdest ...«, entgegnete er zur Ablenkung, hob dann blitzschnell die 45er, richtete sie nach hinten auf den Gegner und drückte ab.

Es machte nur *klick*. Die Pistole war leer.

Abu schlug sie ihm mit der Linken aus der Hand. Die Waffe flog scheppernd auf den Boden.

Bryson hatte wertvolle Sekunden verloren. Die Klinge ritzte ihm die Haut am Nacken ein, als er mit der Rechten Abus Hand zu packen bekam, in der er das Messer hielt. Er versuchte es ihm zu entreißen und trat ihm gleichzeitig mit dem linken Fuß in die rechte Kniekehle, worauf Abu einen Moment lang das Gleichgewicht verlor. Abus Handgelenk fest im Griff, ließ sich Bryson zu Boden fallen und verdrehte seinem Widersacher so sehr den Arm, dass dieser das Messer freigeben musste.

Bryson griff danach, doch Abu kam ihm zuvor. Er hielt das Messer jetzt wie einen Dolch gepackt und hackte damit auf Brysons linke Schulter ein.

Bryson stöhnte laut auf und ging vor Schmerzen in die Knie. Der Geraden, die er mit der Rechten auszuteilen versuchte, wich Abu leichtfüßig aus. Er zeigte sich von Brysons Gegenwehr völlig unbeeindruckt. Die Knie leicht angewinkelt, verlagerte er das Gewicht von einem auf das andere Bein, das blutverschmierte Messer mit der rechten Faust umklammert. Bryson richtete sich mühsam auf und trat mit dem rechten Fuß aus. Doch Abu wich reaktionsschnell zurück, ergriff Brysons Bein und zwang ihn zu Boden.

Der Araber schien jede Aktion seines Gegners voraussehen zu können. Als Bryson ihn von den Beinen zu holen versuchte, rammte er ihm einfach den Ellbogen in den Nacken, klemmte seinen Kopf zwischen den Knien ein und schleuderte ihn erneut zu Boden. Bryson schlug mit dem Mund auf und schmeckte Blut. Er glaubte spüren zu können, dass sich ein paar Zähne gelockert hatten. Geschwächt von der Einstichwunde an der Schulter, war Bryson in seinen Reaktionen verzögert. Trotzdem schaffte er es, seinen Arm um Abus Fußgelenk zu werfen und es in der Armbeuge zu quetschen, bis Abu vor Schmerzen aufschrie.

Plötzlich schnellte Abus Hand vor; das Messer zielte auf Bryons Herz. Bryson wälzte sich zur Seite, war aber nicht schnell genug. Die Klinge drang ihm zwischen den Rippen in die Seite.

Bryson sah, was geschehen war. Das Messer steckte in seinem Brustkorb. Er zerrte es unter unsäglichen Schmerzen heraus und warf es über die Brüstung des Balkons in das Inferno tief unten.

Jetzt waren sie beide ohne Waffe. Am Boden liegend und schwer verletzt, befand sich Bryson allerdings klar im Hintertreffen. Zudem hatte Abu Bärenkräfte. Seine Bewegungen waren entspannt und fließend. Bryson rollte zur Seite weg. Abu trat ihm so wuchtig in den Unterleib, dass ihm die Luft wegblieb. Er hatte das Gefühl, in Ohnmacht zu fallen, konnte sich aber trotzdem aufraffen und schwang seine Fäuste.

Abus Gesicht war ohne jeden Ausdruck. Obwohl schwer getroffen von Brysons Rechten, schnappte er blitzschnell zu und umklammerte dessen Handgelenk. Bryson versuchte sich mit aller Kraft zu befreien und wuchtete Abu das Knie in den Bauch. Doch Abu konterte, ebenfalls mit dem Knie, schickte Bryson zu Boden und verdrehte ihm den Arm.

Ehe Bryson wusste, wie ihm geschah, war Abu ihm mit beiden Füßen auf die Brust gesprungen. Er spürte, ja, konnte sogar hören, dass mehrere Rippen brachen.

Und Abu ließ ihm keine Zeit zum Luftholen, attackierte ihn weiter, schlang ihm einen Arm um den Hals, würgte ihn und stützte sich dabei, auf den Knien grätschend, in stabiler Position ab. Bryson versuchte verzweifelt, sich aus dem Würgegriff zu befreien, doch Abu zwang ihn mit dem Hebel seines Ellbogens nieder. Ihm drohten die Sinne zu schwinden. Die Sauerstoffversorgung des Gehirns war unterbrochen. Er begann, schwarzviolette Punkte vor den Augen schwirren zu sehen.

Ein Teil von ihm wollte sich ergeben, alle Gegenwehr einstellen, doch er wusste, dass jedes Nachgeben seinen sicheren Tod bedeutet hätte. Mit einem Aufschrei mobilisierte er alle ihm verbliebenen Kräfte, langte mit beiden Händen nach Abus Gesicht und bohrte ihm die Finger in die Augen.

Unwillkürlich lockerte Abu seinen Griff – nicht viel, aber weit genug, um Bryson Gelegenheit zu bieten, mit den Fäusten zuzuschlagen. Dabei traf er unter anderem den Plexus brachialis in Abus rechtem Arm, der sofort erschlaffte und für einen Moment gelähmt war. Als es ihm dann noch gelang, mit der Hand zwischen Abus Beine zu greifen und zuzudrücken, war der Würgegriff gebrochen.

Bryson senkte die rechte Schulter und rammte Abu gegen die Balustrade. Er ließ sich jetzt nur noch von seinen Instinkten steuern. Sein Kopf schien weit entfernt zu sein von den Händen, die sich wie aus eigenem Antrieb bewegten. Aber von Wut und Rachgier angestachelt, warf er sich mit aller Gewalt gegen seinen Widersacher und zwang ihn, den Kopf und die Schultern voran, über die Balkonbrüstung. Die beiden Männer rangen so miteinander, als wären sie verknotet, und ihre Muskeln bebten vor Anstrengung. Die Lähmung in Abus rechtem Arm dauerte länger an, als Bryson hatte hoffen können. Er drückte und drängte, so fest er konnte, und schob Abu, der ihn mit den Beinen umklammert hielt, immer weiter über das Geländer. Bryson war geschwächt, aber entschlossen. Abu hatte die Kraft eines Arms eingebüßt – die Chancen standen also in etwa gleich. Bryson schlug so wuchtig zu, dass Abus Kopf nach hinten weggeschleudert wurde, fasste sofort mit ausgestrecktem Arm nach und drückte das Kinn nach hinten weg. Abu wehrte sich und gab ihm mit der noch brauchbaren Linken einen Haken nach dem anderen auf die Leber. Noch behielt Bryson die Oberhand und drückte Abu die Luft ab, doch der Schmerz in der Schulter wurde unerträglich stark und erschöpfte auch den letzten Rest seiner Kräfte. Seine Hände zitterten. Noch einmal raffte er in verbissener Wut sämtliche Energie zusammen, doch sie reichte nicht.

Abu röhrte, sein hochrotes Gesicht war vor Schmerz und Wut verzerrt. Von den violett angelaufenen Lippen troff Speichel. Er richtete sich auf …

Die Detonation kam aus dem Nichts, und die Kugel traf Abu in den rechten Oberarm. Die Umklammerung seiner Schenkel lockerte sich. Er kippte nach hinten und stürzte vom Balkon.

Bryson starrte nach unten, sah ihn in der Luft mit Armen und Beinen rudern und dann krachend auf dem großen bronzenen Reiterstandbild auftreffen, genau über dem aufgepflanzten Schwert, das ihn durchbohrte. Abu stieß einen schrillen, fast unmenschlichen Schrei aus, der gleich danach zu einem gurgelnden Röcheln wurde.

Benommen und entsetzt drehte sich Bryson um. Elena hielt die Pistole in der Hand, die er ihr gegeben hatte. Die Augen weit aufgerissen, starrte sie auf die Waffe wie auf einen außerirdischen Gegenstand und ließ sie langsam sinken.

Bryson mühte sich auf, kam auf sie zu und kollabierte in ihren Armen. »Du hast fliehen können«, keuchte er.

»Die Tür, hinter der man mich eingeschlossen hat, ist plötzlich aufgesprungen.«

»Die Pistole …«

»Die Smart-Guns taugen nichts mehr, wohl aber die Munition, oder?«

»Wir müssen hier raus«, keuchte er. »Und zwar so schnell wie möglich.«

»Ich weiß«, sagte sie. Sie griff ihm unter die Schulter, stützte ihn und schleppte ihn vom Balkon herunter, durch den rauchverhangenen Korridor dem Ausgang entgegen.

Epilog

The New York Times auf Seite 1:

DUTZENDE VON SPITZENVERTRETERN
AUS POLITIK UND WIRTSCHAFT
IN GROSSFEUER UMS LEBEN GEKOMMEN
Ursache wird auf technisches Versagen
zurückgeführt

SEATTLE, Wash. – Eine feierliche Zusammenkunft von führenden Mitgliedern der New Global Economy in der Hightech-Residenz des Systematix-Gründers Gregson Manning endete heute in einer Tragödie. Dutzende von prominenten Gästen aus aller Welt kamen in dem 100-Millionen-Dollar Anwesen ums Leben, das bis auf die Grundmauern niederbrannte.

Der Sprecher der Feuerwehr von Seattle äußerte Reportern gegenüber die Vermutung, dass das Feuer wohl in der hochkomplexen elektronischen Installation des voll automatisierten Hauses ausgebrochen sei. Alle Anzeichen deuten darauf hin, dass sich die Ausgänge des Bankettsaals, in dem ein Galadinner stattfand, aufgrund defekter Computerchips selbsttätig verriegelten.

Ersten Schätzungen zufolge forderte die Katastrophe über hundert Menschenleben. Unter den Opfer befindet sich angeblich auch der Sprecher des Repräsentantenhauses …

MANNING FESTGENOMMEN

WASHINGTON (A. P.) Heute Mittag wurde Systematix-Präsident Gregson Manning in Polizeigewahrsam genommen, nachdem vergangene Nacht über hundert prominente Gäste aus aller Welt bei einem Feuer in seiner Villa in Seattle zu Tode kamen. Die Generalstaatsanwaltschaft versichert, dass die gegen Mr. Manning erhobenen Vorwürfe nichts mit dieser Tragödie zu tun haben. Vielmehr heißt es, dass gegen Mr. Manning schon seit Wochen ermittelt werde, und zwar wegen des Verdachtes, gegen die Interessen der nationalen Sicherheit verstoßen zu haben.

Das gegen ihn eingeleitete Verfahren soll, wie verlautet, unter Ausschluss der Öffentlichkeit stattfinden, weil Dinge zur Sprache kommen werden, die strengster Geheimhaltung unterliegen. Der Generalstaatsanwalt hat darum beantragt, ein Sondergericht einzusetzen …

The Wall Street Journal auf Seite 1:

RICHARD LANCHESTER WÄHLT FREITOD

Nach Angaben des Weißen Hauses schied der hoch angesehene Präsidentenberater und Vorsitzende des Nationalen Sicherheitsrates Richard Lanchester (61) gestern Nachmittag freiwillig aus dem Leben.

Auslösender Grund scheint seine tiefe Bestürzung über den Verlust vieler enger Freunde gewesen zu sein, die bei dem verheerenden Brand in der Residenz von Systematix-Chef Gregson Manning zusammen mit insgesamt 102 anderen Gästen ums Leben kamen, die sich dort zu einer Konferenz eingefunden hatten. Depressive Neigungen und seine gescheiterte Ehe werden ein Übriges …

Jeden Morgen die Tageszeitung zu holen war schon fast zum Ritual geworden. Nicht, dass es ihr gefallen hätte, die aktuellen Nachrichten zu lesen. Das war Nicholas' Gewohnheit; er legte Wert darauf, über die Zeitung mit der Welt, von der sie sich abgesondert hatten, in Kontakt zu bleiben – was sie missbilligte, eben weil sie sich aus dieser Welt zurückgezogen hatten, jedenfalls aus der gewalttätigen und verlogenen Welt außerhalb ihres Refugiums.

Aber es gefiel ihr einfach, mit dieser Besorgung ihren Tag zu beginnen. Sie stand immer recht früh auf und sprang ins Wasser – ihr Bungalow lag auf einem Felsvorsprung über der schönsten, abgeschiedensten Meeresbucht schlechthin. Danach bestieg sie ihr Pferd und ritt ins Dorf, das nicht viel mehr als eine kleine Ansammlung von Häusern war. Für den Kramladen im Ort wurden täglich von einer der größeren Nachbarinseln zusammen mit Lebensmitteln und sonstigen Bedarfsartikeln auch ein paar Zeitungen eingeflogen. Die Kauffrau legte immer ein Exemplar für die berittene Kundin mit dem hübschen ausländischen Zungenschlag zurück.

Anschließend galoppierte Elena über den verlassenen Sandstrand zum drei Kilometer entfernten Bungalow zurück, wo Nicholas dann meist bei einer ersten Tasse Kaffee auf der Terrasse saß. Nach dem Frühstück nahmen sie gemeinsam ein Bad im Meer. So begingen sie ihre Tage. Es war paradiesisch.

Auch als der Inselarzt anhand eines Bluttests bestätigen konnte, was sie schon seit mehreren Tagen ahnte, nämlich dass sie schwanger war, setzte Elena ihre morgendlichen Ausritte fort, verhielt sich aber nun vorsichtiger dabei. Beide waren überglücklich. Sie bereiteten sich auf die Ankunft ihres Babys vor, diskutierten stundenlang darüber, was sich für sie alles ändern und was gleich bleiben würde, und ihre Liebe vertiefte sich von Tag zu Tag.

Geldsorgen hatten sie keine. Die Regierung hatte ihnen eine großzügige Abfindung zukommen lassen, die, vernünftig investiert, mehr Ertrag einbrachte, als sie zum Leben brauchten. Nur selten sprachen sie über die Gründe, die sie hierher verschlagen hatten, darüber, warum ihre Flucht unerlässlich gewesen war und warum sie einen neuen Namen hatten annehmen müssen. Jene schreckliche, schmerzvolle Episode gehörte der Vergangenheit an, und die sollte nach Möglichkeit ruhen.

Die Mini-DVD, die sie in jener Nacht aus Mannings Überwachungssystem zusammengestellt hatte, bot ihnen allen Schutz, den sie brauchten, denn die Scheibe enthielt Geheimnisse, die so brisant waren, dass niemand daran rühren mochte. Es hätte womöglich Unruhen gegeben, wäre der Öffentlichkeit bekannt geworden, wie nahe die Welt am Rand einer politischen Katastrophe gestanden hatte, dass sich eine Gruppe arroganter Putschisten, die demokratisch legitimierte Regierungen für obsolet erachteten, angeschickt hatte, eine supranationale Sicherheitsbehörde einzurichten, gegen die sich Stalins KGB oder Hitlers SS geradezu lax ausgemacht hätten.

Bis auf wenige Ausnahmen waren alle Putschisten in der Manningschen Villa bei lebendigem Leibe verbrannt. Aber es gab viele Helfer und Helfershelfer, mit denen sich nun die Gerichte zu befassen hatten. Dank mancher Kronzeugengeständnisse konnte Licht in das Dunkel der unsäglichen Affäre gebracht werden. Von Gregson Manning hieß es, dass er in einem Staatsgefängnis in North Carolina einsaß und eine Strafe wegen Wirtschaftsspionage abbüßte, und zwar in strenger Isolationshaft, wie es gerüchteweise hieß. Mehrere Senatoren verlangten, die Abstimmung über das Abkommen für ungültig zu erklären und zu wiederholen, da vermutet werden musste, dass Richard Lanchester das Verfahren in unzulässiger Weise beeinflusst hatte. Ohne Unterstützung von amerikanischer Seite gab man dem Abkommen auch auf internationaler Ebene keine Chance mehr.

Von der DVD wurden insgesamt 16 Kopien gezogen. Eine ging per Kurier ans Weiße Haus und war mit einem Code versehen, der sicherstellte, dass nur der Präsident Einblick nehmen konnte. Auch den Generalstaatsanwalt der Vereinigten Staaten erreichte eine solche Lieferung. Weitere Kopien wurden nach London, Moskau, Peking, Berlin, Paris und in andere Welthauptstädte verschickt.

Drei Kopien sollten als Sicherheitsgarantien herhalten. Eine lag bei einem Anwalt in Verwahrung, dem Bryson rückhaltlos vertrauen konnte, die zweite in einem Schließfach, und die dritte war in einem sicheren Versteck auf der Insel deponiert worden. Bryson und Elena hofften sehr, dass sie nie würden darauf zurückgreifen müssen.

Er lag auf einem Liegestuhl und hatte sich in seine Zeitungslektüre vertieft, als Elena aus dem tiefblauen Wasser stieg. »Ehe du diese grässliche Gewohnheit nicht aufgibst, wird du nie wirklich frei sein«, rügte sie ihn.

»Als wär's ein Laster wie das Rauchen.«

»Das ist es auch, und fast ebenso schlimm.«

»Und wahrscheinlich nicht weniger leicht aufzugeben. Aber wenn ich es täte, welchen Vorwand hättest du dann noch für deine morgendlichen Ausritte?«

Sie grinste. »Mir würde schon etwas einfallen.«

»*Herrje!*« Er starrte auf die aufgeschlagene Zeitung.

»Was ist?«

»Versteckt auf Seite D-16. Im Wirtschaftsteil.«

»Worum geht's?«

»Eine kleine Notiz nur. Liest sich wie eine Pressemitteilung von Systematix.«

»Manning sitzt doch hinter Gittern.«

»Ja. Aber er hat Stellvertreter, die das Unternehmen in seiner Abwesenheit führen. In dieser Notiz heißt es, dass die NSA bei Systematix mehrere Überwachungssatelliten eingekauft hat.«

»Dass so eine Meldung nur am Rande erwähnt wird, ist doch schon wieder auffällig, oder? Wo willst du hin?«

Bryson hatte sich aus dem Liegestuhl erhoben und ging ins Haus. Sie folgte ihm Minuten später und hörte, dass er den Fernseher eingeschaltet hatte. Noch so eine Unart, die sie ihm auszutreiben versuchte: Er hatte eine Satellitenschüssel auf dem Dach montiert, um Nachrichten sehen zu können, und ließ den Apparat häufiger laufen, als ihr lieb war.

Er hatte CNN eingeschaltet und ärgerte sich darüber, nicht gleich geboten zu bekommen, was er zu sehen hoffte, sondern eine alberne Unterhaltungssendung. Er wandte sich Elena zu und sagte: »Ted Waller lebt wahrscheinlich noch. Ich habe alle Akten der Gerichtsmedizin einsehen können; die Toten sind ausnahmslos identifiziert worden, und Ted war nicht darunter.«

»Das wissen wir doch schon seit einem Jahr. Warum kommst du jetzt damit?«

»Ich wette, er hat auch in dieser Sache wieder seine Finger im Spiel.«

Plötzlich tönte eine vertraute Stimme aus dem Fernseher mit den Worten: »Wie ich immer schon gesagt habe: Auf die Instinkte ist Verlass.«

Elena schnappte hörbar nach Luft und zeigte auf den Bildschirm. Bryson fuhr herum. Ihm war, als würde sein Blut in den Adern gerinnen. Ted Wallers Gesicht füllte die ganze Mattscheibe.

»Was soll das?«, hauchte Elena. »Ist das eine Show oder was?«

»Nenne es Reality-TV«, antwortete Waller.

»Man hat versprochen, uns in Ruhe zu lassen«, donnerte Bryson. »Ich weiß nicht, wie du's angestellt hast, dass wir dich jetzt hier empfangen, auf jeden Fall ist es widerrechtlich und nicht hinzunehmen.« Die Fernbedienung in der Hand, zappte Bryson hektisch weiter, doch auf allen Kanälen grinste ihnen Waller entgegen.

»Ich finde es bedauerlich, dass wir nicht Abschied voneinander genommen haben, wie es sich für alte Freunde gehört«, sagte er durch den Fernseher. »Ihr seid mir doch hoffentlich nicht mehr böse.«

Sprachlos sah sich Bryson in dem kleinen Wohnzimmer um. Überwachungskameras gab es mittlerweile in derartig winzigen Ausführungen, dass sie sich überall heimlich installieren ließen und kaum entdeckt werden konnten.

»Ich werde mich irgendwann wieder melden. Dass ich mich jetzt schon bei euch habe blicken lassen, war wohl ein bisschen verfrüht.« Waller schien noch etwas anderes sagen zu wollen, hielt sich aber zurück und meinte nur schmunzelnd: »Wir sehen uns.«

»Nicht, wenn ich's verhindern kann«, entgegnete Bryson in schneidendem Tonfall. »Wir haben jede Menge Beweise gegen dich in der Hand, Ted, und werden nicht zögern, sie auch zu verwenden.«

Dem Gesicht auf der Mattscheibe verging das Grinsen.

»Du wirst nicht ungeschoren davonkommen, Ted.«

So plötzlich, wie er in Erscheinung getreten war, verschwand Waller wieder vom Bildschirm. Stattdessen ging es mit der unterbrochenen Unterhaltungsshow weiter.

Noch am selben Nachmittag montierte Bryson die Satellitenschüssel ab. Den Fernsehapparat machte er der Eigentümerin des Inselkaufladens zum Geschenk, gewissermaßen als Ausgleich dafür, dass er seine Tageszeitung bei ihr abbestellt hatte.

Elena unternahm trotzdem weiterhin ihre allmorgendlichen Ausritte ins Dorf. Ansonsten verbrachten die beiden, wie gehabt, die meiste Zeit im Freien, am Strand oder auf der Terrasse. Bryson hatte sein vergangenes Leben endgültig hinter sich gelassen und war an aktuellen Nachrichten nicht mehr interessiert.

Sie hatten einander, und das war ihnen genug.